DROEMER

Von der Autorin sind bereits im Knaur Taschenbuch erschienen:
Als wir unsterblich waren
Als der Himmel uns gehörte
Weil sie das Leben liebten
Bis wieder ein Tag erwacht
Wenn wir wieder leben
Wir sehen uns unter den Linden

Im Droemer Verlag sind erschienen:
Die Königin von Berlin
Grandhotel Odessa – Die Stadt im Himmel

Über die Autorin:
Charlotte Roth, Jahrgang 1965, ist gebürtige Berlinerin, Literaturwissenschaftlerin und seit zehn Jahren freiberuflich als Autorin tätig. Charlotte Roth hat Globetrotter-Blut und zieht mit Mann und Kindern durch Europa. Sie lebt heute in London, liebt aber Berlin über alles.
Ihr Debüt, »Als wir unsterblich waren«, war ein Bestseller, dem seitdem zahlreiche weitere Romane über Frauenschicksale vor dem Hintergrund der deutschen und europäischen Geschichte folgten.

Charlotte
Roth

Grandhotel Odessa

Der Garten des Fauns

Roman

DROEMER

Besuchen Sie uns im Internet:
www.droemer.de

Aus Verantwortung für die Umwelt hat sich die Verlagsgruppe Droemer Knaur zu einer nachhaltigen Buchproduktion verpflichtet. Der bewusste Umgang mit unseren Ressourcen, der Schutz unseres Klimas und der Natur gehören zu unseren obersten Unternehmenszielen. Gemeinsam mit unseren Partnern und Lieferanten setzen wir uns für eine klimaneutrale Buchproduktion ein, die den Erwerb von Klimazertifikaten zur Kompensation des CO_2-Ausstoßes einschließt. Weitere Informationen finden Sie unter: www.klimaneutralerverlag.de

FSC www.fsc.org
MIX
Papier aus verantwortungsvollen Quellen
FSC® C083411

Originalausgabe März 2021
Droemer Taschenbuch

Ein Imprint der Verlagsgruppe
Droemer Knaur GmbH & Co. KG, München

Ein Projekt der AVA International
Autoren- und Verlagsagentur
www.ava-international.de
Redaktion: Silvia Kuttny-Walser
Covergestaltung: ZERO Werbeagentur, München
Coverabbildung: Collage unter Verwendung von Motiven
von Lee Avison / Arcangel Images und shutterstock.com
Satz: Adobe InDesign im Verlag
Druck und Bindung: CPI books GmbH, Leck
ISBN 978-3-426-30803-5

2 4 5 3 1

Für Martina.
Für unseren Tantenklub,
den so schnell nichts unterkriegt,
und für unsere Kinder,
die Helden und Riesen sind.

»Damals war Odessa noch eine Königin. Dann wurde der Wald lichter und lichter, aber ich möchte, dass es so ist wie in meiner Kindheit. Ein Wald, und von allen Seiten die Rufe von Matrosen, Bootsführern, Schauerleuten, und wenn ich näher dran wäre, würde ich das schönste Lied der Menschheit hören: hundert Sprachen.«

Vladimir Jabotinsky: *Die Fünf*

1919

ODESSA

PORTAL

»Und noch einmal schwellen Knospen,
Treibt der Spross und quillt das Grün,
Doch dein Rückgrat liegt gebrochen,
Meine Zeit, du – elend schön.«

Ossip Mandelstam: *Mitternacht in Moskau*

MANON

Das Kind wusste, dass hinter ihm das Meer lag und dass das Meer kein Ende hatte. Der Himmel hatte auch kein Ende und erhob sich über ihm. Beides, Meer und Himmel, verband die Treppe, an deren Fuß sie standen und die der Vater Himmelsleiter genannt hatte. Für die Augen mochte die Treppe so wenig ein Ende haben wie der Himmel und das Meer, doch das Kind wusste, dass an ihrem Ende das *Grandhotel Odessa* und damit sein Zuhause stand.

Das Kind hieß Manon. Von dem Vater war ihr nur noch wenig im Gedächtnis: Er war die Himmelsleiter heruntergerannt, um an schönen Sommertagen Manon und ihre Mutter vom Strand abzuholen, und er hatte an Igors Bude für sie alle Schaschliks gekauft, dazu Kirschsaft, den Manon liebte, und Bier, von dem die Eltern lustig wurden.

Mit alledem war es jetzt vorbei. Mit Schaschlik und Kirschsaft, mit der Treppe, die scheinbar in den Himmel, in Wahrheit aber in ihr hell erleuchtetes Zuhause führte, und mit Eltern, die lustig waren. Alle anderen feierten. Sie tanzten die Hafenstraße entlang zur Musik von Pawlo, der mit seiner süßen Mädchenstimme zur Bandura sang, und johlten vor Freude, weil die Deutschen aus Odessa abzogen. Manons Cousins – der schöne, ihr so vertraute Maxim, der griesgrämige Edvard und der kleine Clown Hanno – schlugen sich mit gebackenem Fisch und *Syrniki* mit Himbeerkompott die Bäuche voll, und die Erwachsenen tranken Wodka und georgischen Wein und fielen einander schwankend in die Arme.

Nur sie, Manon, gehörte nicht mehr dazu.

»*Deutsche raus!*«, brüllten die Tanzenden, die sich Wein aus Krügen in die Kehlen schütteten. »*Deutsche raus!*«, stand auf den Flaggen und Bannern, die sich die Leute aus Odessa vor die Fenster hängten.

Sie wollten die Deutschen nicht mehr haben, die Leute aus Odessa, und sie wollten auch Manon und ihre Mutter nicht mehr haben.

»Aber warum müssen wir denn weg?«, hatte Manon ihre Mutter gefragt, ehe sie am Morgen aufgebrochen waren, hatte die Finger in den samtigen Stoff ihres Kleides gegraben und sich darin festgekrallt.

Die Mutter hatte sich ihr hübsches, helles Haar zurückgestrichen, hatte sich zu Manon hinuntergebeugt und gesagt: »Ja, warum wohl, Prinzesschen auf der Erbse? Weil wir Deutsche sind. Da hilft nun auch kein Weinen.«

Von der Antwort war Manon so verblüfft gewesen, dass sie das Samtkleid der Mutter losgelassen hatte. Bis zu diesem Morgen hatte es die Deutschen und die Odessiten gegeben. Die Deutschen, das waren die Männer in den grauen Uniformen, die im Stechschritt durch die Straßen marschierten, obwohl sie nicht hierhergehörten, und denen Manons Freunde alles Böse auf der Welt an den Hals wünschten. Die Odessiten dagegen, das waren die anderen. Die, die ihre Vorhänge zuzogen, wenn die Deutschen vorbeistampften, und die Straßenseite wechselten, ohne zu grüßen.

Bis zu diesem Morgen war Manon sicher gewesen, eine Odessiterin zu sein, eine von denen, die bleiben würden, wenn man die Deutschen endlich zum Teufel schickte. Jetzt aber gehörte sie selbst auf einmal zum Teufel, und ihre Cousins, ihre Tanten, ihre Freunde, die sie gestern noch im Kreis herumgeschwenkt hatten, sprachen von ihr, wenn sie grölten: »*Deutsche raus!*«

Sie war keine Odessiterin, hatte ihre Mutter gesagt. Eine Deutsche war sie doch aber auch nicht, denn wie konnte man etwas sein, das man überhaupt nicht kannte? Sie war ihres Vaters Schneewittchen gewesen und hatte an Igors Bude von seinem Schaschlik probiert. Sie war Manon gewesen, der die fliegenden Händler auf der Strandpromenade Kusshände zuwarfen und Tütchen mit *Semechki* – Sonnenblumenkernen – schenkten. Wer war sie jetzt? Und wie schrecklich war das Land, in das sie und die Mutter vertrieben wurden, wenn dort der Teufel wohnte und Männer in grauen Uniformen unentwegt die Straßen hinauf- und hinunterstampften?

Manon sah sich um. Über dem Meer verlosch das Licht, und entlang der Promenade glommen bunte Laternen. Die Menschen tanzten und lachten. Ihre drei Cousins, die sie sonst umschwirrten wie Motten eine Gaslaterne, hüpften im Kreis, ohne zu bemerken, dass sie fehlte. Die Kälte des Märzabends und der scharfe Wind schienen ihnen nichts auszumachen. Manon blickte wieder nach vorn, die lange Treppe hinauf. Die Schar Menschen, mit denen sie gekommen war, scherte sich nicht mehr um sie und hatte sie vergessen. Sie war allein. Zum ersten Mal in ihrem Leben.

Oben war ihre Mutter, die ihre und Manons Sachen zusammenpackte, um mit Herrn Oberleutnant von dem Knesebeck nach Deutschland zu gehen. Manon konnte Herrn Oberleutnant von dem Knesebeck nicht leiden, aber von nun an würde sie zu ihm und seiner grauen Uniform gehören, nicht mehr zu all denen, die sie lieb hatte.

Tante Oda, Tante Lene, Tante Tessa, die lustige Lidija mit den Klunkerketten, Eduard, der Portier in seiner hübschen Livree, Sebastien, der Empfangschef, und Andreja, die in der Küche stand und Meerestiere aus Teig knetete – wo waren sie alle jetzt, da Manon sie brauchte?

Es war niemand mehr da.

Niemanden kümmerte es mehr, was mit Manon geschah. Sie sollte weg. Wie die Deutschen. Morgen früh mit dem ersten Zug.

Die Himmelsleiter war leer. Es kam ihr vor, als wäre der Platz mit dem Hotel verschwunden, als gäbe es zwischen Himmel und Meer ihre vertraute Welt nicht mehr, sondern nur noch Endlosigkeit. Brennende Tropfen schossen ihr in die Augen. Wer sie sah, musste glauben, dass Manon Albus nicht nur eine Deutsche, sondern obendrein eine Heulsuse war. Aber es sah sie ja niemand. Sie war allein. Sie setzte einen Fuß auf die unterste Stufe und begann, die Treppe hinaufzusteigen. Nach ein paar Schritten begannen ihre Waden zu schmerzen, doch sie hielt nicht an. Weg, nur weg von den Tanzenden und der schönen Stimme zur Bandura, von dem Fest, zu dem sie nicht eingeladen war. Das Geräusch, leise Schritte, die nicht von der Hafenstraße heraufkamen, hielt sie zunächst für Einbildung. Dann aber blickte sie auf und sah, dass ihr tatsächlich jemand entgegenkam.

Ein kleines Kind kletterte die Treppe herunter und winkte mit beiden Armen. »Manon, Manon!« Das Stimmchen war rau, und das Kind sprach Manons Namen so aus, wie es die Deutschen taten: mit einem harten »n« am Ende, das ein bisschen knallte. Ihre Mutter sagte es nie so, auch nicht, wenn sie mit Manon deutsch sprach. Vielmehr pflegte sie zu seufzen und zu erklären: »Französisch ist die Sprache der vornehmen Welt, und ich habe dir einen französischen Namen gegeben, weil ich dir ein vornehmes Leben wünschte. Wie es stattdessen dann gekommen ist, konnte ja kein Mensch ahnen.«

»Manon!«, rief das Kind noch einmal und kam die Treppe so eilig herunter, dass Manon Angst hatte, es könnte stolpern. »Da bist du ja, Manon! Ich hab dich überall gesucht.«

Manon erkannte das Kind nun. Es war die kleine Clara, die

Tochter von Onkel Bodo und Tante Valerie, die nur zu Besuch hier waren. Sie straffte den Rücken und wischte sich hastig mit dem Handrücken über die Augen. Die kleine Clara war wirklich noch klein. Erst vier war sie, im Vergleich dazu war Manon mit ihren bald acht Jahren schon so gut wie erwachsen. Auf keinen Fall würde sie sich vor ihr verheult und jämmerlich zeigen. Im Gegenteil. Die Kleine sollte glauben, Manon ginge aus freier Entscheidung nach Deutschland und könne gar nicht schnell genug von hier wegkommen.

»Ach, du arme, arme Manon!« Auf der letzten Stufe, ehe sie Manon erreichte, stolperte Clara doch noch und fiel geradewegs gegen sie. Sie trug einen unschönen, kratzigen Mantel aus Wollpopeline, hatte sich ihre komische, zu große Russenmütze vom Kopf gezogen, und ihre kurzen Ärmchen schlangen sich um Manons Mitte.

»Oben gibt's Pfannküchlein«, murmelte Clara. »Mit allem Möglichen drauf. Kirschmarmelade, Zuckerwasser, echte Sahne. Aber weil du nicht da warst und weil du so traurig warst, hat's mir gar nicht geschmeckt.«

Verdutzt schob Manon sie ein Stück von sich weg und betrachtete sie. Die Kleine hatte ein nahezu vollkommenes Mondgesicht und auf dem Kopf ein Haargestrüpp in einer Farbe, die Manons Mutter *Straßenköterblond* genannt hatte. Ihre hellen Augen waren fast so rund wie ihr Gesicht und vollkommen offen, als könne man in Clara hineinsehen.

»Ich bin gar nicht traurig«, log Manon.

»Ach doch«, sagte Clara. »Das hab ich dir angemerkt. Du bist traurig, weil du nicht mit uns nach Berlin fahren, sondern hierbleiben willst.«

Wie konnte die Kleine das gespürt haben, wie konnte sie etwas davon verstehen? Sie war doch kaum mehr als ein Wickelkind, nicht älter als Hanno, der Manon oft schrecklich auf die Nerven ging. Und überhaupt – was verstand so ein Knirps schon von Traurigkeit?

Clara musste zwar auch nach Deutschland, aber sie hatte ja dort ihr Zuhause. Sie hatte eine Mutter, die sie nicht wegschob, wenn sie mit ihr reden wollte, sondern ihr zuhörte, und obendrein hatte sie ihren Vater bei sich. Onkel Bodo. Einmal hatte Manon sich bei dem Wunsch ertappt, Onkel Bodo möge auch ihr Vater sein. Sie hatte sich hinterher dafür geschämt, weil ihre Mutter ihr schließlich oft genug versicherte, sie hätte den besten Vater auf der Welt gehabt. Aber davon ging der Wunsch nicht weg. Ein Vater, von dem man nichts als Schaschliks in Erinnerung hatte, war ein bisschen wenig, um sich daran festzuhalten, und der verblichene Schaschlik-Vater würde sie auch nicht davor schützen, in ein wildfremdes Land verschleppt zu werden.

Manon schluckte hart. In ihren Augen sammelten sich schon wieder die verhassten Tränen.

Etwas berührte ihre Hand, stupste sie an wie eine Hundeschnauze. Claras Hand war so nass geschwitzt wie die ihre. Ohne es zu wollen, schlossen Manons Finger sich um die der Kleinen. Sie hielten sich aneinander fest. Begannen langsam, Stufe für Stufe, die Himmelsleiter hinaufzusteigen. Hinter ihnen verhallten Stimmen und Gelächter.

»Warum kratzt dich das denn, dass ich traurig bin?«, fragte Manon.

»Weil ich dann auch traurig bin«, antwortete Clara ernst und stapfte weiter. »Weil ich deine Freundin sein will.«

»Du bist meine Cousine.«

»Cousine brauch ich nicht. Freundin ist besser. Am liebsten hätte ich eine Schwester, aber Freundin ist fast genauso gut.«

»Du bist zu klein«, sagte Manon, ohne Claras Hand loszulassen. »Freundinnen müssen im selben Alter sein. Wenn ich dich einmal dringend brauche, kannst du mir ja gar nicht helfen.«

»Kann ich doch«, sagte Clara.

»Wieso?«

»Weil ich dir schon geholfen habe.« Clara schnaufte ein bisschen, trat auf die oberste Stufe und zog Manon hinterher. Ihre Beine waren kurz, aber offenbar erstaunlich kräftig. Der kleine Hanno, der genauso alt war, hätte niemals die ganze Himmelsleiter allein hinaufsteigen können, und Manon, die älter und hochbeinig war, keuchte selbst ein bisschen.

Vor ihnen erstreckte sich der Platz mit dem Denkmal, und zur Rechten erhob sich schneeweiß das Hotel mit seinen Türmen, den Fenstern und Balkonen, die aufs Meer hinausgingen. Hinter den Fenstern brannte immer Licht, und wenn Manon auf das Portal zueilte, stand dort Eduard, der Portier, lächelte zu ihr hinunter und schob für sie die gläserne Drehtür an, die in die Empfangshalle führte.

Das Hotel war das schönste Haus in Odessa.

Für sie, für Manon Albus, war es das schönste Haus auf der Welt.

»Wie willst denn du mir geholfen haben?«, fragte sie Clara. Ihr konnte ja niemand helfen, und wenn die Kleine ihr etwas von ihrem Spielzeug schenken wollte, wäre das kein Trost. Die Kleine konnte sich doch nicht einmal vorstellen, wie Manon sich fühlte: Alle Menschen, die Clara lieb hatten, lebten weit weg, in Deutschland.

Aber alle Menschen, die Manon lieb hatten, lebten hier, in Odessa.

»Ich hab meinem Papa erzählt, dass du traurig bist«, sagte Clara. »Ich hab ihm gesagt, er muss mit Tante Belle reden und ihr erklären, dass du nicht weggehen willst.«

Tante Belle war Manons Mutter. Onkel Bodo, Claras Vater, war Belles Bruder. Wenn Manon oder sonst jemand zu ihr sprach, hörte Manons Mutter meist nicht hin, begann, an ihren Haaren oder der Spitze in ihrem Ausschnitt zu spielen und in die andere Richtung zu starren. Wenn dagegen ihr Bruder zu ihr sprach, stand sie auf, nahm ihn am Ärmel und raunte ihm mit rauchiger Stimme zu: »Lass uns das nicht hier besprechen, Bo. Gehen wir irgendwohin, wo nicht die halbe Welt mithört.«

Hatte sie das auch diesmal gesagt? Hatte sie Onkel Bodo ausreden lassen, ohne die Spitze in ihrem Ausschnitt zwischen den Fingern zu zwirbeln und abwesend in die andere Richtung zu schauen? Und selbst wenn sie ihm zugehört hatte – was sollte das bewirken? Die Antwort, die sie ihm gegeben hatte, war bestimmt nicht viel anders ausgefallen als die, die Manon auf all ihr Weinen und Betteln erhalten hatte: »Jetzt sei schon still. Ich schlepp dich ja nicht in die Hölle. Du kriegst eine Schwester und ein eigenes Kinderzimmer, wie's bei reichen Leuten üblich ist, das ist ja wohl so schlecht nicht. Und außerdem, mein Erbsenprinzesschen, ist deine Mutter ein armer Schlucker und hat gar keine andere Wahl. Also heb dir das dramatische Gejammer für solche Momente auf, in denen du was damit erreichst.«

»Du musst nicht weg aus Odessa.«

Manon zuckte zusammen. Sie war in Gedanken bei ihrer Mutter gewesen und sah erst jetzt wieder Clara an, die im aufglimmenden Licht der Gaslaternen vor ihr stand.

»Was?«

»Du musst nicht weg aus Odessa«, wiederholte Clara. »Mit uns und dem doofen Knesebeck nach Berlin, das musst du nicht. Ich hab zu Papa gesagt, er soll nicht nur mit Tante Belle, sondern besser auch gleich mit Tante Oda reden, weil Tante Belle oft gar nicht hinhört, wenn einer was sagt.«

Wie konnte die Kleine das wissen? Ihr Cousin Hanno wusste kaum, wie alt er war, aber Clara kam Manon in diesem Augenblick schlauer vor als so mancher Erwachsene.

»Das hat er dann getan«, fuhr Clara fort. »Mein Papa tut immer, was ich mir wünsche, weil er was gutmachen will. Tante Oda hat gesagt, von ihr aus kannst du gern bei ihr bleiben, und Tante Belle hat gesagt, wenn dann endlich Ruhe ist, gibt sie in Gottes Namen ihren Segen dazu.«

»Sie hat gesagt, ich kann bei ihr bleiben?«, platzte Manon heraus. »Tante Oda hat gesagt, ich kann bleiben, und meine Mutter hat es erlaubt?«

Tante Oda, die Mutter von Hanno, Edvard und Maxim, war keine richtige Tante. Aber dann wieder doch. Ihr gehörte das Hotel, sie trug nur Blau, Weiß und ein wundervoll schillerndes Türkis, damit sie zur Einrichtung passte, und Manon war fest entschlossen, eines Tages genauso zu werden wie sie.

Clara nickte, dass das zottige Haar auf und nieder wippte. »Ich bin sehr traurig darüber, denn ich habe gedacht, dass wir in Berlin in derselben Straße wohnen und wie Schwestern immer zusammen sein können.«

»Es macht dich traurig, aber du hast es trotzdem für mich getan?«

Clara nickte noch einmal. »Eine Freundin tut so was doch. Sonst wär sie ja keine Freundin.«

Der Wind pfiff vom Meer herauf, und die sich senkende Dunkelheit wartete mit noch mehr Kälte auf, doch Manon wurde warm. Sie schlang die Arme um Clara und zog ihren kompakten kleinen Körper an sich. »Wir sind jetzt mehr als Freundinnen«, sagte sie. »Die Tochter vom Oberleutnant von dem Knesebeck, die meine Schwester werden soll, will ich nicht, aber du hast mich gerettet. Du bist jetzt meine Schwester.«

»Wirklich?« Clara befreite ihren kugeligen Kopf aus der Umarmung und blickte wieder zu Manon auf.

»Ganz wirklich.« Manon nahm ihr die komische Russenmütze ab und zog sie ihr dann zum Schutz vor dem Wind bis über die Ohren. »Wir sind Manon und Clara, die Himmelsleiterschwestern, und wenn du schreiben gelernt hast, können wir uns Briefe schicken.«

»Schreiben kann ich schon.«

»Umso besser.« Manon wunderte jetzt nichts mehr.

»Und im Sommer komm ich wieder, ja?«

Manon dachte an den Sommer in Odessa, an Eis und Schaschlik auf der Promenade, an Sandburgen, Eselsritte und das sich bäumende Meer, in das man hineinlaufen konnte, und ihr Herz wurde so weit, dass ihre Brust sich eng anfühlte. »In *jedem* Sommer«, sagte sie zu Clara, der sie verdankte, dass sie im Sommer noch hier sein würde. »Du kommst in jedem Sommer zu Besuch nach Odessa, und vor dem Hotel stehe ich dann und warte auf dich.«

1932

BERLIN UND ODESSA

EMPFANG

»Wie sehr möcht ich das Spiel noch weiterspielen,
Mich im Gespräch verlieren, nur die Wahrheit reden,
Und alle Schwermut nun zum Teufel schicken,
Um irgendwessen Hand zu greifen: Sei mir Freund,
Wir gehen noch zusammen ein Stück Weg.«

Ossip Mandelstam: *Mitternacht in Moskau*

1

CLARA

»Vergiss das nie«, hatte der Vater zu Clara gesagt, als er sie an ihrem ersten Schultag bis ans Tor begleitet hatte. »Vergiss nie, dass du Clara Schneider-Arndt bist. Lass dir von keinem erzählen, was du *nicht* kannst. Du kannst alles, was du willst.«

Clara hatte es nicht vergessen. Damals war ihr trotz der übergroßen Zuckertüte in ihrem Arm zum Heulen gewesen, und sie hatte sich dafür geschämt, weil sie doch Clara Schneider-Arndt war, die alles konnte, was sie wollte. Ihr Vater aber hatte gesagt, Clara Schneider-Arndt könne auch heulen, wenn sie das wollte, denn das ändere nichts daran, dass sie das stärkste kleine Mädchen auf der Welt war.

Daheim hatte er ihr Bildergeschichten von einer Clara gezeichnet, die mit Flügeln an den Fesseln fliegen konnte und mit dem Kopf voran durch Wände stürmte. Jetzt stand sie wieder hier an einem Schultor, an dem des Luisengymnasiums, das sie die letzten sechs Jahre lang täglich durchquert hatte, und diesmal war es ihr Vater, der mit dem Heulen kämpfte.

»Das macht nichts«, sagte Clara. »Bodo von Arndt kann auch heulen, wenn er das will. Er ist trotzdem der stärkste kleine Vater auf der Welt.«

Sie grinsten sich an.

»Ich kann nicht glauben, dass du heute tatsächlich dein Reifezeugnis bekommst. Du hast doch gerade erst gelernt, dich an der Küchenanrichte hochzuziehen und Radieschen zu stibitzen.«

»Als ich das gelernt habe, warst du nicht da«, erwiderte Clara.

Sie sagte es nicht, um ihm wehzutun oder weil Sentimentales zwischen ihnen keinen Platz hatte, sondern weil es ihnen in diesen drei Jahren zum ungeschriebenen Gesetz geworden war, einander die Wahrheit nie schuldig zu bleiben.

Er schluckte tapfer und fing sich. »Trotzdem, ganz so hättest du dich nicht zu beeilen brauchen«, sagte er. »Deine Freundinnen gehen alle noch mindestens ein Jahr zur Schule.«

»Ich war eben schon immer von der schnellen Truppe«, entgegnete Clara lapidar. In Wahrheit war sie beim Lernen losgeprescht wie einer der modernen Eilzüge, die ihren Vater in Begeisterung versetzten, weil sie es in der Schule nicht mehr ausgehalten hatte. Sie war immer gern hingegangen, hatte voll Neugier Wissen in sich aufgesogen, doch seit jenem Tag vor drei Jahren war es ihr vorgekommen, als vergeude sie Zeit, die sie nicht hatte. Die Schule war Spiel gewesen, Vorbereitung, Teil des seligen Wolkenkuckucksheims, in dem sie mit ihren Eltern gelebt hatte. Jetzt war alles anders, die Jahre des Spielens vorbei. Clara hatte eine Klasse übersprungen und mit gerade siebzehn Jahren die Reifeprüfung am Luisengymnasium abgelegt, weil es für sie an der Zeit war, Ernst zu machen.

»Ich denke, ich gehe dann wohl besser das Zeugnis holen«, sagte sie, wieder um den flachsenden Ton bemüht, der zwischen ihnen üblich war. »Nicht dass Rektor Krankemann denkt, ich will es nicht haben, und es jemand anderem gibt.«

»Kommt nicht infrage. Ehre, wem Ehre gebührt.« Ihr Vater ließ die Hand, die er an ihren Ellbogen gelegt hatte, sinken und trat kaum merklich zurück. Eine ähnliche Geste hatte sie beim Vater von Saskia aus ihrer Zeichenklasse beobachtet, als er seine Tochter zum Altar geführt hatte, weil eins der männlichen Aktmodelle sie geschwängert hatte. »Ich warte dann also bei Tanner auf dich. Ich allein. Wie du's wolltest.«

Er hatte eine Schar ihrer engsten Freunde in ihr Stammlokal

einladen wollen, um das bestandene Abitur zu feiern, aber Clara hatte ihn gebeten, darauf zu verzichten. Sie fühlte sich in dem bunten Haufen ihrer Freunde wohl und genoss für gewöhnlich ihre Feste, aber heute war ihr nicht danach zumute. Ihr Vater hatte sich widerspruchslos gefügt. Sie würden nur zu zweit, an einem Fenstertisch, eins der kühlen, blitzsauberen amerikanischen Menüs genießen, die der aus Boston stammende Tanner zubereitete, begleitet von amerikanischer Jazzmusik, die er auf Platten aus New York importierte: Duke Ellingtons *Creole Love Call* mit James Bubber Mileys Trompetensolo oder *Singin' the Blues* mit dem Kornett von Bix Beiderbecke, die beide auch kühl und blitzsauber waren, aber in den Spitzen nicht ohne Schmelz und gerade wehmütig genug, damit es wehtat.

Ein bisschen.

Manchmal auch mehr als das.

Wenn ihr Vater ihr erlaubte, zum Essen einen *Manhattan* mit mehr Whisky als süßem Vermouth zu trinken.

Beide – Miley wie Beiderbecke – waren keine dreißig geworden, gestorben an Entkräftung, an Alkoholsucht oder am Leben, das war so genau vermutlich nicht zu unterscheiden.

»Mach's gut, mein Mädchen.« Claras Vater presste die Lippen zu einer schmalen Linie. Clara war klar, was er dachte, denn sie dachte das Gleiche. »Sie wär verdammt stolz auf dich. Das weißt du, oder?«

»Ja, Paps. Das weiß ich.«

»Stolz wär sie sowieso. War sie immer. Wär sie auch dann, wenn du gemacht hättest, was du eigentlich wolltest. Weiter zeichnen. Kunst studieren. Einen Beruf draus machen.«

»Sicher«, sagte Clara.

»Aber das willst du nicht?«

»Nein«, sagte Clara. »Das will ich nicht.«

Sie hatte jahrelang nichts anderes gewollt. Aus den rasch entworfenen Bildergeschichten von *Super-Clara* mit den Flügeln an den Füßen, die Vater und Tochter an verregneten Sonntagen auf die Rückseiten von Bahnfahrplänen gekritzelt hatten, waren mehrbändige Epen geworden, dicke Kladden, Skizzenbücher voller gezeichneter Geschichten.

Dass sie dabei immer besser wurde, bemerkte sie selbst. Was sie zeichnete, lebte, besaß Witz und Ausdruck und hatte mit den krakeligen Blumenbildern, die ihre Altersgenossen zum kürzlich eingeführten Muttertag anfertigten, nichts gemein.

»Du hast Talent«, sagte ihr Vater, der bei der Reichsbahn in seinem Element war, aber selbst welches hatte.

»Mich dürft ihr bekanntlich nicht fragen, aber was unser Karikaturist für die Sonntagsausgabe macht, sieht bestimmt nicht besser aus als die Bilder von Clara«, sagte ihre Mutter, die nichts von Kunst verstand.

Vater und Mutter berieten sich und fuhren mit Clara auf ein Familienwochenende in ein Hotel nach Leipzig, um mit ihr die Staatliche Akademie für Graphik und Buchkunst zu besuchen. Der Karikaturist, der wie Claras Mutter für den *Vorwärts* tätig war, hatte das empfohlen, nachdem er sich ein paar von Claras Zeichnungen angesehen hatte. Er selbst hatte dort studiert. Clara liebte es, mit ihren Eltern in Hotels zu übernachten, und sie liebte die Staatliche Akademie. Den Lichthof, in dem etliche Frauen mit Skizzenblöcken saßen und zeichneten. Die Wandelgänge, in denen Frauen paarweise auf und ab schlenderten und ihre Arbeiten verglichen. Das Institut war 1905 die erste Kunstschule gewesen, die Frauen aufnahm, und kurz vor dem Krieg hatten dort bereits mehr Frauen als Männer studiert.

Clara wollte eine von ihnen sein. Sie wollte Geschichten zeichnen, in Bildern von der Welt berichten. Ihre Eltern gingen mit ihr in Museen, ließen sie jahrhundertealte byzantinische Manuskripte und japanische Tuschezeichnungen betrachten, um ihr zu zeigen, dass die Idee der Bildergeschichte uralt war, dass sich seit Urzeiten Menschen mit Bildern behalfen, weil ihre Empfänger nicht lesen konnten oder ihre Sprachen nicht verstanden.

»Sprache ist auch ein Mittel zur Festigung von Macht«, sagte ihre Mutter, deren Werkzeug die Sprache war. »Bilder sind klassenlos und international. Es ist kein Wunder, dass der Film wie ein Komet zum Medium der Demokratie avanciert ist.«

Das war gewesen, bevor Ton und Sprache in den Film einzogen. Clara begann davon zu träumen, eines Tages einen Film zu zeichnen.

Es gab heilige Bücher in Bildern ebenso wie politische Kampfschriften, uralte Beschwörungsformeln und moderne Satiren, gegen die die Nazis, so sagte ihre Mutter, wutschnaubend vor Gericht zogen.

Und es gab *Krazy Kat*. Den Comicstrip um eine vertrottelte Katze und ihre unerwiderte Liebe zu einem Mäuserich, den der Zeichner George Herriman erfunden hatte, ließ sich Claras Vater von einem amerikanischen Freund für sie schicken. Clara war hingerissen, sie versank wochenlang in den Katzengeschichten, und als sie wieder auftauchte, hatten sich ihre Zeichnungen verändert.

Das wollte sie auch: Tiere zeichnen, die sich so töricht und zickig, eitel und heuchlerisch wie Menschen verhielten, gegen die jedoch niemand vor Gericht ziehen konnte, weil es schließlich nur Tiere waren, erfundene Figuren zur Erheiterung von Kindern.

Nichts *ganz* Wirkliches. Nichts, das man an sich heranlassen musste, wenn man nicht wollte.

Ihr Vater erzählte ihr, dass er Feldpostkarten voller Strichmännchen gezeichnet hatte, um ihrer Mutter vom Krieg zu berichten, weil er es in Worten nicht vermochte.

»Mit den Strichmännchen ging es. Was Strichmännchen erleben, kann man aushalten. Man kann so tun, als hätte es nichts mit einem selbst zu tun.«

Clara zeichnete Sidonie, eine Spinne, die ein Riesennetz unter Berlins Straßen spann und darin Fliegen fing, die niemals wieder auftauchten. Erich Ohser, Mutters Karikaturistenkollege vom *Vorwärts*, sah sich die Zeichnungen an und sagte zu Clara: »Dein Name passt zu dir. Clara, die Klarsichtige. Du siehst hin und benutzt zum Zeichnen dein Hirn. Wer das draufhat, kann in ein paar Strichen die Welt beschreiben.«

Er schenkte ihr ein Buch mit Gedichten von Erich Kästner, die er illustriert hatte, und ein Original seiner Zeichnungen: Adolf Hitler, der sich hinter einem Bild von sich selbst versteckte, weil es ihn vor seinem Anblick graute. Clara war begeistert. In *Krazy Kat* hatte die Katze sich einen Baum gezeichnet, um sich dahinter zu verstecken. In der Wirklichkeit war das unmöglich. Aber mit Bildergeschichten machte man eine Wirklichkeit sichtbar, die sich hinter der Wirklichkeit verbarg.

Sie hatte Blut geleckt und war voller Neugier gewesen, hatte lernen und immer besser werden wollen. Ihre Mutter hatte sie zu Zeichenkursen an der Kunstschule am Askanischen Platz angemeldet, die vom Verein der Berliner Künstlerinnen betrieben wurde.

Ihr Vater winkte ihr damals nach, als sie mit ihrer Zeichenmappe unter dem Arm hineinging. »Vergiss nie, dass Clara Schneider-Arndt alles kann, was sie will.«

Dann aber hatte es die Mutter von einem Tag auf den anderen nicht mehr gegeben, und Clara hatte begriffen, dass sie doch nicht alles konnte, was sie wollte. Sosehr ihr Vater es sich für sie wünschen mochte.

Jetzt stand er vor ihr und konnte sich noch immer nicht entschließen, sie gehen zu lassen. Wäre sie ihre Zeichenmitschülerin

Saskia vor dem Altar gewesen, wäre das männliche Aktmodell sicher längst geflüchtet. So aber zogen nur ein paar Schülerinnen in kniekurzen Röcken an ihnen vorüber und stolperten mit verdrehten Köpfen weiter.

Claras Vater war ein Frauenschwarm. Groß, blond, klassische Züge, Schultern, um das Leben darauf zu balancieren. Das ganze Programm. »Als wir Anfang zwanzig waren, war ich rund um die Kasernen von Lübben die einzige Frau, die sich nicht nach ihm verschmachtet hat«, hatte ihre Mutter erzählt. »Vermutlich hat er mich deshalb angebettelt, ihn zu heiraten.«

Mit Mitte vierzig hatte sich daran nichts geändert. Die Frauen des swingenden, kämpfenden, Cocktails trinkenden, auf Barrikaden kletternden Berlin verschmachteten sich nach ihm und würden es vermutlich auch noch tun, wenn er Ende sechzig war. Wohl das Anziehendste an seinem Charisma war, dass er nicht zu bemerken schien, dass er es besaß. Aber das war lediglich eine Spekulation von Clara. Was sie von dem verstand, was sich zwischen Mann und Frau abspielte, hätte für eine Bildergeschichte nicht ausgereicht.

Ihr Vater achtete nicht auf die schmachtenden Blicke der Mädchen, die an ihren Rocksäumen zupften. Er hatte nur Augen für Clara, und in diesen Augen stand, dass er sich mit der Wirklichkeit, wie sie nun einmal war, noch immer nicht abfinden konnte: Er hatte die Liebe seines Lebens verloren. Und er wollte um keinen Preis hinnehmen, dass seine Tochter darüber ihre Zukunft verlor.

Die Zukunft, die sie wie drei Verschwörer zusammen erdacht und der sie entgegengefiebert hatten wie Pferde im Startblock. Claras Comicstrips auf Siegeszug von Berlin bis nach Tokio und New York. Sie hatten es vor sich gesehen. »Die Welt ist Clara Schneider-Arndts Auster.«

»Erich Ohser hat mich angerufen.« Ihr Vater trat von einem

Bein aufs andere. »Er hat gesagt, wenn du mit ihm noch einmal über alles sprechen möchtest …«

»Möchte ich nicht«, sagte Clara, drückte seine Hand und ließ sie gleich wieder los. »Ich studiere Jura, Paps. Ich habe mich nun einmal dazu entschlossen, ich bin immatrikuliert, und dabei bleibt es auch.«

»Die deutsche Justiz«, hatte ihre Mutter gesagt, »ist auf dem rechten Auge blind. Wenn sie daran nichts ändert, wird man ihr eines Tages das linke ausstechen.«

»Und jetzt gehe ich«, sagte Clara.

»Warte noch einen Augenblick.« Ihr Vater streckte die Hand aus, ließ sie dann jedoch sinken, ohne sie zu berühren. »Nein, keine Sorge, ich versuche nicht noch einmal, dich von deinen Plänen abzubringen. Du bist Clara Schneider-Arndt, du tust, was du dir in den Kopf gesetzt hast, und von einem alten Mann lässt du dir nicht dreinreden.«

»Du bist kein alter Mann.«

Natürlich war er das nicht. Aber ein wenig erschrak sie darüber, dass man den alten Mann, der er einmal werden würde, in seinem klar geschnittenen Gesicht auf einmal erahnen konnte.

»Der alte Mann hat eine Überraschung für dich«, sagte er. »Bevor du dich in dein Jurastudium stürzt und darin zweifellos glänzen wirst wie in allem, was du anfängst, machst du noch einmal Ferien. Genau gesagt: wir beide zusammen. Und Tante Belle kommt auch mit, samt Malwine und Georgchen. Wir fahren nächste Woche, unser Zugabteil habe ich bereits reserviert.«

Claras Herz vollführte einen winzigen Satz. Jahr für Jahr, Sommer für Sommer, hatten sie zusammen Ferien gemacht, immer in derselben Stadt am Meer, in derselben Suite mit Blick auf den Hafen, und diese endlosen Sommer, deren Sand sie in ihren Schuhen mit nach Hause trugen, kamen ihr wie die Seele, wie der

Kern ihrer Kindheit vor. Sie hatte ihre Freundin dort. Die zweite Seite ihrer Medaille. Wer eine Bildergeschichte über Clara zeichnen wollte, musste eine Manon zeichnen, die sich dahinter versteckte. Und umgekehrt. Vielleicht hatte sie auch deshalb die langen Sommer in der Ferne so genossen, weil sie dort vollständig gewesen war.

Claraundmanon.

Manonundclara.

Zwei in einem Atemzug.

Ein einziges Mal, vor drei Jahren, waren sie schon im Frühling hingefahren, weil sie nach der Stadt am Meer, nach ihren Alleen mit den Akazien und ihrem Markt voll exotischer Düfte solche Sehnsucht hatten. Diese drei Wochen bildeten Claras letzte Erinnerung an das sorglose Glück ihrer Familie. An eine Zuversicht, die auf dem festen Glauben beruhte, dass das Leben ihnen wohlgesonnen war.

Zehn Tage später war die Mutter gestorben, und seither waren sie nicht mehr dort gewesen. Ohne die Mutter hielte er es in der Stadt nicht mehr aus, hatte der Vater gesagt, und Clara hatte ihn verstanden, auch wenn sie getrennt von Manon ein Ruf ohne Widerhall war, eine *Krazy Kat* ohne *Ignatz Mouse.* Sie hatte aufgehört, Manon zu schreiben, weil Briefe zwischen zweien, die sich nicht wiedersahen, etwas Pathetisches und vor allem Sinnloses hatten. Sie hatte Manons Foto von der Frisierkommode in ihrem Zimmer entfernt, weil sie nicht wollte, dass jemand hereinkam und fragte: »Wer ist das?«

Meine Himmelsleiterschwester.

Manchmal träumte sie von Manon. In den Träumen saß sie vor der Frisierkommode, die sie nie zum Frisieren benutzte, und im Spiegel tauchte Manon an ihrer Seite auf.

»Wohin fahren wir denn?«, fragte sie ganz leise und fürchtete einen Augenblick lang, ihr Vater könne sie in irgendeinem dieser neuerdings modernen Ferienorte an der Riviera oder der Côte d'Azur eingebucht haben, der mit ihnen beiden nichts zu tun hatte.

»Wohin schon?«, fragte er zurück, und ihre Blicke trafen sich noch einmal, ehe er sich endlich zum Gehen wandte. »Dorthin, wo wir immer waren. Nach Odessa. In Odas Grandhotel.«

2

ODA

Es war einer dieser Tage, an denen Oda Liebenthal selbst jetzt noch in der Frühe erwachte und als Erstes dachte: Was immer geschehen ist und was noch geschehen wird – es gibt keinen Menschen, mit dem ich tauschen möchte.

Die Zeiten waren schwierig. Aber sie waren schon viel schwieriger gewesen. Und wenn Sommer war, so wie jetzt, bewies die Stadt Odessa einmal mehr ihr außerordentliches Talent, alle Zeiten samt ihren Schwierigkeiten zu ignorieren. Oda stand auf, durchquerte ihr Schlafzimmer und trat vor die bodentiefe Fenstertür mit dem geschmiedeten Geländer. Der Blick war ihr Kapital. Um diesen Blick zu genießen, überwanden Europas Reiche und Schöne jegliche Ressentiments gegen den kommunistischen Superstaat und fragten nicht nach dem Preis für eine Suite mit Balkon und Sonderbehandlung.

Entlang der Flanke von Odessas berühmter Himmelstreppe führten die in fünf Terrassen angelegten Gärten des Hotels. Wo sie endeten, erstreckte sich die Hafenstraße, vor der sich der Wald der Schiffsschornsteine erhob und die Molen ins Meer ragten. An Tagen wie diesem machte das Meer seinem Namen Ehre und glänzte ölschwarz mit goldenen Sprenkeln.

Das Hafengelände war nicht mehr so schön wie auf den Stichen in den Rauchzimmern, nicht mehr so nostalgisch und verträumt mit seinen alten Silos und den Hütten der Zollbeamten, vor denen junge Burschen auf Säcken saßen und träge auf Arbeit warteten. Die neuen Gebäude waren zweckmäßig und modern, aber wenn man die Straße in Richtung Westen hinunterging, geriet man vom zackigen Schreiten automatisch ins Schlendern, sobald man die Strandpromenade mit ihren belaubten Akazien und den Verkaufsbuden unter ihren weiß und bonbonfarben gestreiften Dächern erreichte.

Hier war das alte Odessa noch so gut wie unverändert. Das Odessa der Eiswaffeln und des Sandspielzeugs, der Wasserbälle und Badekabinen, der jüdischen Fischgerichte und griechischen Süßigkeiten, der flanierenden Damen in Pariser Sommergarderobe und der Kinder, die quietschend vor Glück ins Meer rannten. Odessa an einem hellen Sommertag war ein blauer Edeltopas, der von allen Seiten funkelte. Odessa war eine Nische.

Wie sehr es Menschen nach diesen Dingen verlangte, hatte Odas Vater Philipp Liebenthal erkannt, als er vor bald fünfzig Jahren alles – sein Erbe, seine Ehre, sein Lebensglück – geopfert hatte, um an dieses Ufer, über Odessas Bucht sein weißes Hotel zu bauen. »Wer durch die Tür meines Hauses tritt, soll vergessen, was auch immer da draußen wütet«, hatte er gesagt. »Von mir aus kann er vergessen, wer er ist, und für die Dauer seines Aufenthalts werden, wer immer er sein will.«

Philipp Liebenthal hatte sein Hotel in eine Bühne verwandelt, über die die Worte aus Shakespeares *Sturm* zu hallen schienen: »*Wir sind aus solchem Stoff, wie Träume sind …*« Das Licht der Empfangshalle war golden, die Musik sanft und die Luft erfüllt vom zartesten Duft nach Minze und Rosenknospen. Das *Grandhotel Odessa* zwang nichts auf, doch es schloss auch nichts von dem aus, was Menschen sich erträumten.

Die Plakate von Intourist, die Oda in der Empfangshalle hatte aufhängen müssen, gaben von alledem nichts wieder. Sie waren so, wie Werbung für die Lebensart der modernen Sowjetunion eben zu sein hatte: klare, knallige Farben und Formen, kein Pastell, keine weiche Schattierung, kein überflüssiger Strich. *»Es* *ist nicht nur ein Urlaub*«, stand in zackigen Lettern unter dem Bild. »*Es ist eine Reise in eine neue Welt.*«

So lautete jetzt eben das Gebot der Stunde: Alles musste neu sein – die neue Welt, die neue Ordnung, der neue Mensch. Dass es aber für wahre Ferien, für völlige Entspannung und Erholung erlaubt sein musste, ein wenig im Altbekannten zu verharren, zwischen der vertrauten Behaglichkeit des Alten und dem abenteuerlichen Neuen hin- und herzutaumeln, das verkannten die beflissenen Werbefachleute von Intourist.

Die Plakate mit ihrem grellen Rot und Gelb und dem albernen Slogan waren Schandflecke in einem Raum, in dem sonst alles mit Harmonie und Unaufdringlichkeit im Sinn gestaltet worden war. Die Farben des *Grandhotel Odessa* waren das Weiß und die verschwimmenden Blautöne des Meeres, in deren Schönheit ein Gast eintauchen und sich verlieren konnte. Solche Farben taten der erschöpften Seele gut, so wie das Meer ihr guttat, weil es einfach da war und sie einlud, ohne etwas von ihr zu verlangen.

Das aber einem dienstbeflissenen Sowjetkommissar zu erklären, wäre verlorene Liebesmüh gewesen, und sich verlorene Liebesmüh zu sparen, hatte Oda gelernt. So wie ihre Gäste gelernt hatten, über die hässlichen Plakate hinwegzusehen. Vielleicht bestand ja darin das ganze Geheimnis eines guten Lebens in schwierigen Zeiten: das Mögliche auszuschöpfen und das Unvermeidliche zu ignorieren. Und das Geheimnis des *Grandhotel Odessa*, das ein Stück *Belle Époque* in eine auf Nüchternheit setzende Gegenwart rettete, mochte darin bestehen, dass es von einem Schwärmer gegründet worden war, jedoch von einer Pragmatikerin geleitet wurde.

Pragmatismus war ein höchst nützliches Werkzeug, wenn man ein Luxushotel in einer Zeit führen wollte, in der allein das Wort Luxus als Insignie des Teufels galt. Alles in ausreichender Menge aufzutreiben, was die Standards des *Odessa* erforderten, glich an den meisten Tagen einem Hindernislauf, bei dem der Streckenverlauf sich im Minutentakt änderte. Erschwerend hinzu kam, dass ein Hotel wie dieses sich nicht rentabel betreiben ließ, solange es nicht den größten Teil des Jahres über zu mindestens zwei Dritteln ausgebucht war. Die Jahre, in denen Oda sich die Gäste hatte aussuchen können, waren vorbei. Inzwischen musste sie sie nehmen, wie sie kamen, und über so manche hinwegsehen wie über die geschmacklosen Plakate.

Nicht immer war das einfach gewesen. Anfangs, gleich nach der Revolution, waren in den Balkonsuiten Rotarmisten einquartiert worden, die ihre Füße in Knobelbechern auf Chintzpolster legten, Zigaretten in Pflanzkübeln ausdrückten und jahrzehntealten Wein wie Wasser soffen. Kurz darauf war die *Tscheka* gekommen und hatte ganze Flure mit Zimmern beschlagnahmt, um Verdächtige zu internieren. Wo zuvor Europas vom Glück begünstigte Klasse ihre glamouröse Sommerfrische genossen hatte, wurden jetzt über Nacht Entrechtete eingeschüchtert und verhört.

Wegzuhören, die Gänge mit den versiegelten Räumen zu meiden und den Gästen, die auf der Sonnenterrasse ihr Frühstück einnahmen, einen schönen Tag zu wünschen, hatte Oda all ihre Kraft gekostet. Dass ausgerechnet der Mensch, von dem sie mehr als von jedem anderen hatte verstanden werden wollen, dazu nicht in der Lage gewesen war, hatte sie zusätzlich zermürbt:

»Wie kannst du lächelnd Schlehenkonfitüre auffüllen und so tun, als wenn nichts wäre? Die armen Schweine da oben erleben nie wieder einen schönen Tag!«

»Ich bin keine Heldin, Bodo. Ich führe ein Hotel.«

Er hatte seine Heldin geheiratet, die bereit gewesen war, für die Rechte armer Schweine zu sterben. Oda wollte leben und für die kämpfen, die ebenfalls leben wollten. Natürlich brauchten die Menschen in dem von Krieg und Seuchen und Umwälzung gebeutelten Kontinent Brot und Medikamente dringender als einen Luxusurlaub. Aber die Aussicht auf einen Luxusurlaub machte so manchen Berg, der unüberwindlich erschien, erklimmbar.

»Verurteile mich nicht, Bodo.«

»Dazu habe ich kein Recht.«

Das Karussell der Gäste drehte sich weiter. Nach den Rotarmisten kamen die Deutschen, von der Entente geduldet, um das Gespenst des Kommunismus aufzuhalten. Sie hausten im *Grandhotel* wie die Herren der Welt, und als nach ihrer Vertreibung die Odessiten eine Nacht lang ihre Freiheit feierten, stand die Rote Armee schon wieder vor der Tür.

Maria Peters, das Faktotum, das von Rechts wegen Lidija Petrowna Bezborodko hieß und seit der Revolution von 1905 im *Grandhotel Odessa* logierte, sagte zu Oda: »Wenn man morgens nicht weiß, wer einen abends regieren wird, lohnt es sich nicht, sich deswegen Kopfschmerzen einzuhandeln.«

Die Roten allerdings machten diesmal Ernst. Und keinen Hehl daraus, dass sie gekommen waren, um zu bleiben. Das störrische, freiheitsliebende Odessa sollte gezähmt und enteignet werden, seine Bewohner nicht mehr an Besitz behalten als pro Kopf drei Unterhosen und ein zweites Hemd für den Sonntag. Keinen Schmuck, kein Fahrrad, keine Familienbibel, weder ein Schnitzmesser noch eine Ladenkasse, keine Töpferscheibe, kein Butterfass und erst recht kein weißes Hotel über Odessas Küstenlinie.

Sie hätten es jeder Familie entreißen wollen, denn Familien mit Privateigentum sollte es ja nicht länger geben. Umso zorniger, ja hasserfüllter hatten sie es jedoch auf den Besitz derjenigen Odessiten abgesehen, die sie als *die Deutschen* schmähten, auch wenn diese – von Katharina der Großen ins Land gerufen – seit der Gründung der Stadt in Odessa lebten. Familien wie die Liebenthals. »Solchen wie euch lassen wir nicht einmal die Fetzen auf dem Leib«, hatte Anselm Fleißer, der beauftragte Politkommissar, ihr ins Gesicht geschleudert, und die Tatsache, dass Anselm selbst Schwarzmeerdeutscher war, spielte dabei keine Rolle.

An das Gefühl würde sich Oda ihr Leben lang erinnern. Sie hatte sich gezwungen, stehen zu bleiben und Anselm die Stirn zu bieten, doch während sie ihrem Körper das Zittern verbot, spürte sie tatsächlich, wie sich ihr das Haar im Nacken sträubte.

Maria Peters hingegen war gelassen geblieben. »Von all den törichten Spruchweisheiten, die einem im Laufe des Lebens um die Ohren geblasen werden, hat nur eine sich als wahr erwiesen«, hatte sie gesagt. »Wie man sich bettet, bleibt man ja nicht liegen, und Unrecht Gut gedeiht in den meisten Fällen. Aber es wird nur verschwindend selten etwas so heiß gegessen wie gekocht.«

Ganz so einfach war es allerdings nicht. Aber das wusste Maria Peters aus der Zeit, als sie noch Lidija Petrowna Bezborodko geheißen hatte, selbst. Sie hatte schließlich eine Revolution – die von 1905 – hinter sich, und wie sie die überlebt hatte, hatte sie Oda in all den Jahren ihrer Freundschaft nie erzählt.

Vermutlich nicht viel anders als ich die von 1917, dachte Oda und erzählte das, was sie getan hatte, um die Leitung des Hotels nicht zu verlieren, ebenfalls keinem Menschen. Sie fand, sie hatte keine Wahl gehabt: Das *Bristol,* ihr Konkurrent in der noblen Puschkinstraße, war geschlossen und erst zehn Jahre später unter dem Namen *Krasnaja* – Rot – wieder aufgemacht worden, und das pompöse *London* führten Beauftragte der Partei, die es zugrunde richten würden. Das *Odessa* hingegen war noch immer das, was es gewesen war, und seine Zügel lagen in den Händen von Menschen, die es liebten. Das war den Einsatz wert, konstatierte Oda und zog unter das Ganze einen Strich. Über die Angst, die sie in jenen Tagen gehabt hatte, hatte sie gedacht: Die halte ich einmal aus und dann nie wieder. Wenn ich noch einmal solche Angst haben muss, wird mir davon das Herz zerspringen.

Aber die Angst war vergangen, die Politkommissare waren abgezogen, und das, was unvorstellbar erschienen war, war zum Alltag geworden. Inzwischen kamen ins *Odessa* wieder vorwiegend Menschen, um die schönste Zeit des Jahres hier zu verbringen, die paar kurzen, unwiederbringlichen Wochen, die ihnen allein gehörten. Hinzu gesellten sich einige, die sich auf längere Zeit einmieteten, um zu arbeiten, sich von der Arbeit zu erholen oder beides zugleich. Vorwiegend Künstler, ein Fotograf und wechselnde Dichter und Schriftsteller, die regelrechte Zirkel bildeten. Es bereitete Oda Freude, trotz der Widrigkeiten für sie alle zu sorgen, denn es war die Aufgabe, für die sie geboren war.

Auf die zweite Terrasse der Hotelgärten, inmitten eines Labyrinths, hatte ihr Vater einen Springbrunnen mit einem Faun aus schwarzem Marmor gebaut, der dort sprudeln sollte, solange das Hotel bestand. Der Sinn von Odas Leben war es, dafür zu sorgen, dass der Brunnen des Fauns immer sprudelte, bis sie ihn eines Tages in die Obhut eines ihrer Kinder übergeben würde.

Die Sowjetunion kämpfte noch immer an allen Fronten darum, zwischen Versorgungsengpässen und lokalen Aufständen ein Bein auf den Boden zu bekommen, aber manches beruhigte sich und spielte sich ein. »Das Leben ist leichter, es ist fröhlicher geworden«, verkündete Stalin, der nach Lenins Tod das Ruder des schlingernden Staatsschiffs übernommen hatte, in einer Rede, die sämtliche Zeitungen abdruckten, und von der Hand zu weisen war das nicht.

Das Leben hatte diese Tendenz, fand Oda. Es musste nach jeder Tragödie, jeder Katastrophe, jedem Zusammenbruch irgendwann wieder fröhlich werden, weil der Drang dazu im Menschen steckte: Er wollte in der knapp bemessenen Zeitspanne, die ihm auf der Welt vergönnt war, nichts so sehr, wie ab und an fröhlich sein.

Stalin war gewitzter und kaltblütiger als Lenin, er scheute sich nicht, sich alles zunutze zu machen, wovon er sich etwas versprach. Sein sozialistischer Staat brauchte Devisen, wenn er auf lange Sicht überleben wollte, und Hotels, die Besucher aus dem Ausland dazu verführten, mit vollen Händen Geld auszugeben, schafften diese Devisen ins Land. Oda Liebenthals *Odessa* war die reinste Devisenfalle. Also ließen Stalins Leute sie machen und fragten nicht allzu genau nach. Wenn das Politbüro in Moskau Abordnungen in die verhasste Ukraine entsandte, logierten sie selbst gern im *Odessa,* und Oda sorgte dafür, dass roter Sekt von der Krim in Strömen floss.

Ja, es ist gut gegangen, hielt sie fest. Wir sind noch einmal davongekommen, und dass uns das Grauen, das uns fast zu Fall gebracht hätte, in den Knochen sitzt, hat auch sein Gutes. So schnell schreckt uns nichts mehr. Ein wenig Stolz verspürte sie durchaus. Sie hatte nicht nur ihr Hotel, sondern auch ihre Familie, die sie sich so zahlreich gewiss nicht gewünscht hatte, durch die Stürme gesteuert. Dass nicht jedes Mitglied sie liebte, nahm sie in Kauf, denn ihr selbst erging es nicht anders. Gleiches Blut machte Menschen nicht zu Freunden, und auch auf Dankbarkeit legte Oda keinen Wert. Man schützte seine Familie, nicht weil man von edlen Instinkten geleitet war, sondern weil man es eben so machte, ein wildes Tier tat nichts anderes. Ihre Familie brachte ihr Respekt entgegen, selbst solche Angehörige wie Mascha Vitalyewna, Tante Tessas Tochter und Odas Cousine, die einst an ihrem Grab keine Träne vergießen würde.

Das genügte ihr.

Anselm Fleißer zählte sie allerdings nicht zur Familie, obwohl er und sie blutsverwandt waren. An Anselm Fleißer dachte sie ohnehin nur, wenn es sich überhaupt nicht vermeiden ließ, und da Anselm in seiner Funktion die meiste Zeit fern von Odessa verbrachte, gestaltete sich das mit dem Vermeiden nicht allzu schwierig. Zumindest tagsüber, wenn sie alle Hände voll zu tun hatte. Anselm hatte einmal geschworen, ihr das Liebste zu nehmen, was sie besaß, und daran, dass er es erneut versuchen würde, hegte Oda keinen Zweifel. Er war kein Niemand, sondern konnte ihr gefährlich werden, doch sie hatte gelernt, was gegen eine Trumpfkarte half: ein noch höherer Trumpf. Den hatte sie sich verschafft und dafür gesorgt, dass er in ihrem Ärmel blieb. Seither schlief sie zwar nicht gerade friedlich und entspannt, aber immerhin lange genug, um halbwegs erfrischt zu erwachen.

Ihre Ehe war wohl kaum das, was ein junges Mädchen wie Manon sich erträumte. Aber es war ihr immerhin gelungen, mit Leo Ullrich, dem Mann, den sie aus einer Notlage heraus geheiratet hatte, eine Art von Freundschaft aufzubauen, von der sie beide profitierten. Sie ließen sich gegenseitig sämtliche Freiheiten und wohnten auch nicht zusammen, weil sein Schlaf- und Arbeitsrhythmus dem ihren nicht entsprach. Wenn Oda ehrlich war, wusste sie gar nicht, ob Ullrich überhaupt je arbeitete. Er hatte vor dem Krieg einen einzigen, sehr erfolgreichen Roman herausgegeben und anschließend noch ein paar Artikel und Kritiken verfasst, doch von späteren Veröffentlichungen war ihr nichts bekannt.

Ihr war es egal. Sie mischte sich nicht in seine Angelegenheiten, und er nicht in ihre. Geld spielte keine Rolle. Von dem beträchtlichen Vermögen, das er als Mitglied des baltendeutschen Adels vor dem Zugriff der Revolution hatte retten können, hatte er einbehalten, was er zum Leben brauchte, und den Rest Oda überschrieben. Das Zimmer, das er gemietet hatte, als er vor gut zwanzig Jahren nach Odessa gekommen war, bewohnte er noch heute, während Oda in einem Schlafzimmer der Familienwohnung schlief, in der auch ihre Kinder untergebracht waren.

Auf diese Kinder empfand sie vielleicht den größten Stolz. Sie hatte sich nie welche gewünscht, hatte die Verzweiflung, die ihre kinderlose Cousine Mascha umtrieb, nie nachvollziehen können, und hatte für drei der fünf, die sie mehr oder weniger zufällig bekommen hatte, jahrelang keine Liebe empfinden können. Dennoch hatte sie ihr Bestes gegeben, um sie vor allem Übel zu behüten und mit höchster Sorgfalt großzuziehen. Dass sie ihr im Laufe der Jahre ans Herz gewachsen waren, hatte sie kaum bemerkt. Nicht alle im gleichen Ausmaß zwar, aber doch alle hoffentlich ausreichend, um sie für ihr Leben zu rüsten.

So sehr wie bei den eigenen Eltern verlangte man nach Liebe womöglich nie wieder von einem Menschen, und der Mangel daran blieb ein Leben lang spürbar. Oda selbst konnte davon ein trauriges Lied singen, und nicht selten hatte sie gefürchtet, das, was ihr angetan worden war, an das eine oder andere ihrer Kinder weiterzugeben. Alle fünf aber waren zu Menschen herangewachsen, derer sich niemand zu schämen brauchte. Nicht alle waren mit der Veranlagung zum Glücklichsein geboren, was ihr zuweilen Sorge bereitete, doch soweit es ihrer Natur entsprach, schienen sie stabil und zufrieden zu sein.

Alle fünf. Vier Söhne und ein Mädchen, das nicht ihre Tochter war. Auch einer der Jungen, Maxim, war nicht ihr leibliches Kind, und seltsamerweise waren es diese beiden, die sie mit beinahe schmerzlicher Inbrunst liebte. Hätte Anselm Fleißer ihr eines ihrer Kinder rauben wollen, um sie zu vernichten, hätte er eines von diesen beiden auswählen müssen. Maxim und Manon waren wie das Hotel – sie konnte sich nicht vorstellen, wie sie weiterleben sollte, wenn einem von ihnen etwas geschah.

Aber ihnen würde nichts geschehen. Weder Anselm noch irgendein anderer wäre auf den Gedanken gekommen, dass Oda Liebenthal den Sohn einer Küchenhilfe, den sie in Odessas Katakomben gefunden und großherzig aufgezogen hatte, oder das Mädchen, das ihre zur Mutter ungeeignete Wahlschwester Belle ihr hinterlassen hatte, mehr liebte als ihre drei eigenen wohlgeratenen Söhne:

Edvard, ihr Erstgeborener, der unglaubliche zwanzig Jahre alt wurde.

Hanno, die Frohnatur der Familie, der, obwohl mitten im Krieg geboren, als Hans im Glück zur Welt gekommen und inzwischen siebzehn war.

Und Kasimir, der Jüngste, der völlig überraschende Nachzügler, der 1920 geboren war, als sie sich reichlich naiv in der trügerischen Sicherheit gewiegt hatte, keine Kinder mehr zu bekommen. Auch er war mittlerweile schon zwölf Jahre alt.

Manon war einundzwanzig, volljährig, aber noch immer von kindlicher Anhänglichkeit und Verträumtheit, und Maxim war noch ein Jahr älter, ein Dichter, Schwärmer und Rebell, den es mit Macht in die Welt zog und der doch den Absprung noch nicht gefunden hatte.

Möge er ihn nie finden!, wagte Oda ein hastiges Stoßgebet, das sie gleich darauf bereute. Natürlich musste ein junger Mann seinen Weg gehen, sich erproben dürfen, sich die Hörner abstoßen, und sie hatte Maxim mehr als einmal versichert, dass sie ihn in allem, was er beschloss, unterstützen würde. Dennoch konnte sie sich insgeheim nicht der Hoffnung erwehren, dass es Maxim sein würde, der sich letzten Endes entschloss, hierzubleiben, ein odessitisches Mädchen zu heiraten und das *Odessa* weiterzuführen.

Ein odessitisches Mädchen.

War sie aufrichtig zu sich selbst, so meinte sie damit keine andere als Manon.

Dass es die beiden zueinander zog und zwischen ihnen eine ungewöhnliche Zärtlichkeit erwuchs, war Oda nicht entgangen. Zudem war Manon keine, die mit ihren Gefühlen hinterm Berg hielt. »Maxim ist ein Märchenprinz, findest du nicht auch?«, hatte sie Oda gefragt, nachdem sie zu Neujahr mit ihm in der zugefrorenen Bucht zum Schlittschuhlaufen gegangen war. »Wie der aus dem Märchen mit der Zauberweide.«

Oda hatte ihr nicht gesagt, dass sie an die meisten Märchenprinzen nicht glaubte und die wenigen, die es gab, für gefährlich hielt. Stattdessen hatte sie sie mit gebührender Strenge darauf hingewiesen, dass sie allmählich zu alt für solche Geschichten wurde und sich in einem sozialistischen Staat wohl auch besser nicht ausgerechnet nach einem Prinzen umsehen sollte. Nicht zum ersten Mal fürchtete sie, dass ihre hoffnungslos romantische Ader Manon zum Verhängnis werden könnte. Den Spitznamen Schneewittchen hatte ihr Vater ihr seinerzeit so treffend verliehen, und ihr väterliches Erbe konnte sie nicht verleugnen, was sie für Oda nur noch kostbarer machte.

Ganz von der Hand weisen ließ sich die Feststellung der jungen Frau trotzdem nicht:

Manon und Maxim waren auf eine altmodische, eine märchenhafte Weise schön. Wenn sie zusammen durch Odessas Flaniermeile, die Deribasowskaya, gingen, drehten die Leute sich nach ihnen um, selbst die, die sonst zynisch und verhärtet auf die ganze Welt blickten. Hätte man ein Paar von Darstellern gesucht, um das Märchen von der Zauberweide zu verfilmen, so hätten die beiden spielend das Rennen gemacht. In der Sowjetunion wurden jedoch andere Filme gedreht, und weder Maxim noch Manon hätten die nötige Zähigkeit besessen, um im modernen Filmgeschäft zu bestehen.

Und dennoch – dieser Sommer war von einem Märchenfilm, wie es sie nicht mehr geben sollte, nicht allzu weit entfernt. Das Wetter war seit Wochen herrlich, der Himmel wolkenlos, das Meer von Tag zu Tag wärmer. Das *Odessa* war ausgebucht bis Ende September, die vorwiegend ausländischen Reisenden würden Geld hereintragen und Oda nach langer Dürrezeit einen Winter des Aufatmens verschaffen. Die kleinen Badekarren, die sie traditionsgemäß mit weißen Ponys bespannen ließ, zuckelten von früh bis spät hin und her, um Hotelgäste morgens zum Badevergnügen an den Strand und abends müde, sonnenverbrannt und salzverkrustet wieder zurückzubringen. Maxim war noch hier, sie waren alle noch hier, und was zwischen ihm und Manon nicht war, konnte womöglich in diesem Zaubersommer noch werden.

Und die, die nicht hier waren – der Rest der Familie, den Oda drei Jahre lang mehr vermisst hatte, als sie sich eingestehen wollte –, würden heute eintreffen! Sie würden noch einmal alle zusammen einen Sommer verleben wie in den Jahren, als die Kinder gepunktete Spielhosen getragen und Schlösser aus Sand gebaut hatten. Noch einen Sommer in Odessa, ehe womöglich alles auseinanderstrebte, noch einen Sommer, den man später *Jugend* nennen und verklären würde, als ließe die ganze Strapaze des Heranwachsens sich in sechs sonnigen Wochen wie in einem Brennglas einfangen.

Sie würde ihre Turnübungen machen, sich anziehen und mit Tessa und Andreja abklären, dass es für das abendliche Meeresfrüchtebüfett an nichts fehlte, ehe sie zum Bahnhof nach Holovna fuhr, um ihre Familie abzuholen.

Belle, ihre Stieftochter Malwine und ihren kleinen Sohn Georg, der so klein nun auch nicht mehr, sondern wie ihr eigener Nachkömmling Kasimir zwölf Jahre alt war. Und Bodo und Clara. Von denen sie manchmal befürchtet hatte, sie nicht wiederzusehen.

Oda nahm sich nur in Ausnahmefällen ein paar Stunden frei, aber heute hatte sie mit ihrer Tante Tessa vereinbart, dass diese sie am Nachmittag vertreten würde. Die gewonnene Zeit würde sie zu schätzen wissen wie ein Juwel: Sie wollte mit ihren Besuchern auf der hinteren Terrasse sitzen, über den Faunenbrunnen hinweg auf das Meer blicken und feiern, dass sie einander auch dieses Mal nicht verloren hatten.

»Komm noch einmal hierher. Sind wir nicht deine Familie, sind wir das nicht immer gewesen?«

»Und wenn ich es nicht aushalte?«

»Dann halten wir es zusammen nicht aus. Du bist nicht der Einzige, dem dieser Weltenbrand etwas entrissen hat, Bodo.«

Er würde kommen. Er saß mit seinem Clan in seiner geliebten Eisenbahn und wäre in knapp drei Stunden schon hier. Bodo. Mit den Brüdern war es womöglich wie mit den Söhnen: Denen, die man sich selbst gewählt hatte, war man stärker verbunden als jedem Verwandten im Blut.

Nein, es gab wirklich keinen Menschen, mit dem Oda, die am Fenster ihres Schlafzimmers stand und ihren Blick in die Weite schweifen ließ, an diesem Morgen hätte tauschen mögen. Natürlich würden sie auch weiter mit Problemen zu kämpfen haben. Die Missernte des letzten Jahres und die Gesetze zur Zentralisierung führten zu Engpässen, wie sie sie in der Zeit der Neuen Ökonomischen Politik kaum erlebt hatten, und die Wirtschaftskrise, die die ganze Welt erfasst hatte, tat ein Übriges. Ihre Gäste aber würden davon nichts merken, sondern sorglos den Sommer auskosten können. Um dafür zu sorgen, war sie schließlich da. Oda öffnete das Fenster weit, um die frische, salzige Morgenluft hereinzulassen, und begann, ihre Glieder zu dehnen.

In diesem Augenblick – dem einen heiligen, den sie tagtäglich für sich allein reservierte – klopfte es an der Tür.

3

ODA

Es tut uns leid, Sie zu stören, Frau Liebenthal.«
Oda hatte sich ihren Morgenmantel übergeworfen, ehe sie Jurij die Tür öffnete. Der Assistent des Empfangschefs wirkte außer Atem. Einen halben Schritt hinter ihm stand Mitja, einer der Jungköche, der sich besonders herausgemacht und es vor Kurzem zum *Rôtisseur* gebracht hatte. Die jungen Leute zu fördern war wichtig. Sergej, ihr Küchenchef, dessen Kunst der Küche des Hotels weit über Odessa hinaus seinen Ruf verschafft hatte, wurde gebrechlich, ihre ganze alte Garde, die noch für ihren Vater gearbeitet hatte, wurde gebrechlich, und ein wenig graute es Oda davor, Ersatz für sie alle finden zu müssen. Was sie brauchte, hatte Seltenheitswert: Leute, die sich als so verlässlich, so loyal und so unbezahlbar erweisen mussten wie jene, die mit ihr und dem Hotel durch Krieg und Revolution gegangen waren.

Einer von ihnen war Sebastien, der Empfangschef, der im Nebel irgendeiner Vorzeit aus einer Stadt namens Bayonne ans Schwarze Meer gekommen war und mit seiner Grandezza, seinem französischen Schick, seiner eleganten Haltung all das repräsentierte, wofür das *Odessa* stand. Wenn die Gäste ihn in seinem tadellos sitzenden Frack in der Halle stehen sahen, wenn sie hörten, wie er sie formvollendet in sämtlichen Weltsprachen begrüßte, fiel etwas von ihnen ab. Sie wussten ihre Ferien in kompetenten Händen, wussten, sie hatten bei ihrer Wahl Geschmack und Stil bewiesen, und fingen im selben Augenblick an, sich zu entspannen.

Aber *le grand Sebastien,* einer ihrer Männer der ersten Stunde, baute zusehends ab. Er wurde so dünn, dass der Frack trotz ständiger Änderungen an ihm schlackerte, und auch wenn er es niemals eingestanden hätte, bereitete ihm jeder der schnellen Gänge, die er früher nebenher erledigt hatte, Mühe und schmerzende Gelenke.

Jurij, sein Assistent, den er sich selbst ausgebildet hatte, hatte von einem Zwischenfall während der Revolution einen steifen Arm zurückbehalten, was ihn daran hinderte, eine annähernd elegante Figur zu machen. Er war ohnehin nicht der Typ, sondern im Vergleich zu dem imposanten Sebastien eher unscheinbar, aber er war ein Arbeitstier ohnegleichen.

Für das Hotel wie für die Familie wäre er durchs Feuer gegangen, daran bestand kein Zweifel, denn er hatte es bereits unter Beweis gestellt. Das zerschossene Schultergelenk war die Folge davon. Oda hatte in einem der wahnwitzigsten Augenblicke ihres Lebens die Frau gerettet, die Jurij liebte, und Jurij war ein Elefant: Er würde versuchen, ihr diese Tat zu vergelten, bis er starb. Oda war sicher, es kränkte ihn, dass *das Triumvirat der Damen* – Tessa, sie selbst und Maria Peters – zwar begonnen hatte, von Sebastiens Nachfolge zu sprechen, dass sein Name dabei jedoch nicht fiel.

Was sollte sie tun?

Um als Empfangschef das Hotel zu repräsentieren, fehlte ihm das Entscheidende: die Unversehrtheit. Den Leuten, die hierherkamen, hatte der Krieg ihre Unschuld und ihr Gottvertrauen geraubt. Sie wollten an diesen Krieg nicht länger denken, und jedes entstellte Gesicht, jedes fehlende oder versehrte Glied rief die verhasste Erinnerung wach.

Das Interesse des Hotels stand an erster Stelle, so hatte ihr Vater es gehalten, und so hielt es Oda als seine Erbin. Auch wenn es Jurij gegenüber nicht gerecht war. Mascha, ihre Cousine, hatte sie einmal eine Fanatikerin genannt, doch die Wahrheit war weit weniger dramatisch: Wer ein Hotel leitete, war wie der Kommandant, der für ein Heer von Menschen Verantwortung trug und sich zu keinem falschen Schritt hinreißen lassen durfte, weil ihm ein einzelner Kanonier ans Herz rührte.

»Sie stören mich nicht, Jurij«, sagte Oda. »Nicht, wenn es wichtig ist.«

»Ich bin nicht sicher, aber ich *denke*, dass es wichtig sein könnte«, erwiderte Jurij. »Mitja hat mich dazuholen lassen, und ich bin der Ansicht, er hat damit das Richtige getan.«

»Sicher.« Oda unterdrückte ein Seufzen. Vermutlich konnte einer ihrer Lieferanten nicht liefern, was sie im Hinblick auf die Abendveranstaltung einmal mehr vor einen Berg Probleme stellte. Die Speiseplanung würde geändert werden müssen, was bei einem festlichen Büfett, das zu den Höhepunkten des Sommers gehörte, besonders ärgerlich war. Für gewöhnlich ließ sie sich von dergleichen nicht mehr aus der Ruhe bringen, aber für heute hätte sie sich gewünscht, das Ganze ein einziges Mal ohne Zwischenfälle in Tessas Hände übergeben zu können.

»Wer ist es?«, fragte sie Mitja. »Kossynka, der Krabbenfischer?« Wenn es der war, konnte sie das Meeresfrüchtebüfett getrost vergessen und sann lieber rasch auf einen akzeptablen Ersatz.

Jurij und Mitja schüttelten gleichzeitig die Köpfe, was unter anderen Umständen durchaus etwas Komisches gehabt hätte.

»Izydor Bajgelman«, sagte Mitja.

»Der fällt uns aber nicht aus«, beeilte sich Jurij zu ergänzen, während Oda aufatmete. Izydor Bajgelman war der koschere Schlachter aus dem Viertel Slobodka, von dem sie das Fleisch für ihre jüdischen Gäste bezogen. Das wenige, was sie derzeit benötigten, ließe sich problemlos ersetzen, und bei einem Büfett mit den Schätzen des Meeres hielten sich die Fleischgerichte, die man für Fischverächter nun einmal anzubieten hatte, in überschaubarem Rahmen. »Eher im Gegenteil. Er wünscht, Sie zu sprechen.«

»Ja, selbstverständlich, nur nicht gerade heute.« Alle wünschten, sie zu sprechen, die Lieferanten aus der eleganten Deribasowskaya wie die aus den übervölkerten jüdischen Vierteln Moldawanka und Slobodka und die Bauern aus dem Umland ganz besonders. Sie kämpften um ihre Existenz, verausgabten sich, um sich gegen die Kolchosen und Staatsbetriebe zu behaupten, und machten sich vor Oda regelrecht zu Bettlern, um ein paar Kopeken mehr für ihre Ware herauszuschlagen.

Es tat ihr weh. Diese Leute – und der findige Izydor Bajgelman allen voran – waren einst stolze Geschäftsleute Odessas gewesen, die sich auch von keinem Grandhotel die Butter vom Brot nehmen ließen. Jetzt verscherbelten sie, was sie hatten, um ihre Familien durchzubringen. Verdient hatten sie das nicht. Aber davon durfte sie sich nicht verleiten lassen, Geld auszugeben, das sie anderswo dringend brauchte.

»Ich bitte um Verzeihung, Frau Liebenthal«, sagte Mitja, »aber ich denke doch, dass Sie sich die Sache ansehen sollten. Es geht um …« Er hielt inne und tauschte einen Blick mit Jurij, der ihm zunickte. »Es geht um eine Menge Fleisch«, fuhr Mitja fort. »Gutes Fleisch, wie mir scheint. Wir haben Hochsaison, sind voll belegt, da käme es mir leichtsinnig vor, sich ein solches Angebot entgehen zu lassen. Davon abgesehen haben wir gewisse Schwierigkeiten, die Leute vom Lieferanteneingang wegzubekommen. Sie könnten Aufsehen erregen, wenn die ersten Gäste die Gärten betreten.«

»Bajgelman hat mehr Fleisch geliefert, als wir bestellt haben?«, fragte Oda. So etwas kam nicht vor. Für gewöhnlich musste man froh sein, wenn man zwei Drittel einer Bestellung erhielt, weshalb Oda regelmäßig etwas mehr auf die Liste setzte, als sie unbedingt brauchte. Wurde tatsächlich alles geliefert, hatte sie keine Probleme, es zu verwenden. Die Küchenbrigade war froh, wenn sie statt knapp einmal großzügig kalkulieren konnte, und in den Vorratskellern warteten zwei große Eistruhen meist halb leer darauf, das Unverbrauchte aufzunehmen.

Mitja und Jurij nickten. »Ihm wäre daran gelegen, rasch handelseinig zu werden«, sagte Jurij. »Mitja war so geistesgegenwärtig, mich darauf hinzuweisen, da es sich seiner Meinung nach um ausgezeichnetes Fleisch handelt.«

Das Fleisch, das von Bajgelman kam, war grundsätzlich ausgezeichnet. Oda überlegte blitzschnell. Sie hatte Lamm, Geflügel und eine Kalbsbrust für Essigfleisch bestellt, dazu die mit Muskat und Nelkenpfeffer gewürzte Pastrami, die Bajgelman nach einem Familienrezept herstellte und die ihre jüdischen Gäste schon zum Frühstück liebten. Wenn der Schlachter mehr verkaufen wollte, konnte sie ihm problemlos die doppelte Menge abnehmen. Sie hatte Familie zu Besuch, für die sie ordentlich auftischen wollte, und ob Fleisch koscher war, interessierte nur die, denen *treifes* – nicht koscheres – Fleisch verboten war.

Bodo wäre es egal, ob der Hammel für sein geliebtes *Scharkoe* geschächtet worden war oder nicht, und den Gästen erst recht. »Geben Sie mir zwei Minuten«, sagte sie zu Jurij und Mitja, schloss vor ihnen die Tür und begann in aller Eile, sich für den Tag herzurichten.

Wenig später durchquerte sie, flankiert von den beiden Männern, den Küchentrakt, in dem die übliche Betriebsamkeit herrschte. Oda hatte die Geräuschkulisse schon als Kind geliebt: das Klappern von Töpfen, das Brodeln von Sud, das Zischeln von Butter, die in Pfannen schmolz, und das Krachen von Braten, dem beim Anschmoren die Haut platzte – das ganze Konzert, das anzeigte, dass an den Herdstellen des *Grandhotel Odessa* kein Mangel herrschte und unzählige Hände sich für das Wohlergehen der Gäste rührten. Das Gemisch der Aromen erinnerte sie daran, dass sie noch nicht gefrühstückt hatte und dazu wahrscheinlich auch keine Zeit mehr finden würde.

Izydor Bajgelman wartete vor dem Lieferanteneingang, zu dem eine vor Blicken versteckte Zufahrt führte. Der offene Kleinlaster, in dem er sonst stolz durch Odessas Straßen kurvte, war nicht zu sehen. Stattdessen standen seine drei Söhne bei ihm, die wie er selbst die Holme von Schubkarren in den Händen hielten. Alle vier Karren waren hoch beladen mit Geschlachtetem, von dem Bajgelman mit einem Tuch die Fliegen verjagte. Enten, Gänse und Hühner, Kalbsseiten, halbierte Lämmer und Zicklein. Wo hatte der Mann so viel Fleisch her? Nie zuvor hatte er mit solchen Massen bei ihr vorgesprochen.

Gutes Fleisch war ein erfreulicher Anblick, aber dermaßen aufgehäuft löste es einen Schrecken aus, den Oda nicht recht zuordnen konnte. So viele Leiber toter Tiere ließen nicht an das übliche Schlachten für Verzehr und Verkauf denken, sondern an eine Katastrophe, eine Seuche etwa, die komplette Tierbestände vernichtete.

War mit dem Fleisch etwas nicht in Ordnung, hatte der gewiefte, erfahrene Bajgelman versehentlich krankes Vieh aufgekauft?

Die Karren, die er selbst und sein ältester Sohn hielten, waren größer und höher beladen als die der beiden jüngeren Burschen. Oda sah genauer hin und erschrak erneut. Ganz oben auf dem Fleischstapel des Sohnes lag eine Schweinehälfte, ein prächtiges, fettes Stück, wie es sich zur Herstellung von *Salo,* Schinkenspeck, und *Krucheniki,* mit Pilzen und Trockenpflaumen gefüllten Rouladen, bestens eignete. So etwas bei der derzeitigen Lage in derart guter Qualität aufzutreiben, kam einem Goldfund gleich. Der letzte Ort, an dem man danach gesucht hätte, war jedoch eine jüdische Schlachterei.

Das Schwein galt den Juden, die in Odessa gut ein Drittel der Bevölkerung ausmachten, als unreines Tier. Sie durften es weder essen noch schlachten oder daraus Speisen zubereiten.

»*Madame.*« Izydor Bajgelman deutete eine Verbeugung an. »Ein alter Verehrer dankt Ihnen, dass Sie sich Zeit für sein Anliegen nehmen, und bittet zugleich um Vergebung, weil es sich nicht gehört, Sie ohne Grund zu stören.«

Er klang nicht unterwürfig, sondern verzweifelt. Sie hatte ihn als einen Mann erlebt, dem die Höflichkeit im Blut saß und der sich durch nichts aus dem Konzept bringen ließ. »Sie stören mich nicht«, sagte sie. »Die Ware, die Sie hier bringen, ist sichtlich nicht unsere Bestellung. Lassen Sie mich wissen, womit ich Ihnen helfen kann.«

»Sie würden mir helfen, indem Sie die ganze Lieferung abnehmen und mir dafür den Preis bezahlen, den Sie für angemessen halten«, erwiderte er ohne Umschweife. »Es ist gutes Fleisch. Alles auf unserem Hof geschlachtet und begutachtet, wie Sie es von uns gewohnt sind. Ausgewogen ist es bereits, und hier erhalten Sie von mir die üblichen Papiere. Natürlich hätte ich aber Verständnis, wenn Sie von Leuten Ihres Vertrauens die einzelnen Posten nachwiegen ließen.«

»Das wird nicht nötig sein«, erwiderte Oda, die die geradezu pedantische Korrektheit des Mannes kannte. »Lieber wüsste ich, was Sie dazu bringt, mit derartigen Mengen auf meinem Lieferhof vorzusprechen, Izydor. Solange wir miteinander zu tun haben, kenne ich Sie als vorausschauenden Geschäftsmann, der ankauft und schlachtet, wie es dem Bedarf entspricht.«

»Der war ich.« Izydor Bajgelman senkte den Kopf. Aus seiner Stimme sprach die stille Traurigkeit eines Mannes, der seine Felle davonschwimmen sah und zu müde war, sie aufzuhalten. »Aber für einen solchen Geschäftsmann ist in unseren Zeiten kein Platz mehr. Wem eine Lawine entgegenrollt, der kann nicht vorausschauend sein. Und mit Lawinen – zuerst kleinen, dann größeren und schließlich einer unüberwindlichen – habe ich in diesen Tagen fertigwerden müssen. Die letzte bekämpfe ich nicht länger, mir fehlen die Kräfte. Ich habe immer angenommen, ich würde einst meine *Mazewa* auf dem jüdischen Friedhof von Odessa haben, und meine Söhne und Enkel würden hier meiner gedenken, aber das ist mir nicht vergönnt. Auf meine alten Tage werde ich zum Zerrbild des Ahasver, des ewig wandernden Juden, und gehe fort aus meiner Stadt.«

»Das ist nicht Ihr Ernst!«, rief Oda. Sie hatte bei dem Mann gekauft, solange sie das Hotel führte, und zuvor hatte ihr Vater bei Izydors Vater gekauft und ihm nach den Pogromen Männer geschickt, die ihm halfen, in seinem Laden die Verwüstung zu beseitigen.

»Doch, das ist es«, erwiderte Bajgelman. »Was Sie hier sehen, sind die letzten Tiere, die in meinem Hof geschlachtet worden sind.«

»Aber warum denn, Izydor? Sie gehören hierher, Sie sind ein Teil von Odessa. Wenn es so schlecht steht, lassen Sie uns doch gemeinsam überlegen, wie wir Ihnen behilflich sein können.«

»Helfen würden Sie mir, wenn Sie mir die Ware im Ganzen abnehmen könnten«, wiederholte der Schlachter. »Und nicht nur mir. Auf meine eigene Rechnung habe ich nur ein paar Hammel, Kälber und Hühner geschlachtet. Den Rest verkaufe ich für die Bauern, die mir das Vieh in Scharen in den Hof getrieben und mich angefleht haben, es in Kommission zu nehmen, um ein paar Rubel herauszuschlagen. Sie können die Mengen nicht lagern, weder räuchern noch pökeln, ohne dass man das Fleisch bei ihnen finden und sie dafür bestrafen würde.«

»Aber warum schlachten die Bauern denn all ihr Vieh?«, rief Oda und konnte sich die bestürzende Antwort im selben Augenblick denken.

»Es wird alles enteignet«, murmelte Bajgelman. »Sie wollen die Leute in die Kolchosen zwingen und nehmen ihnen selbst ihre Zugtiere. Esel, Pferde, Ochsen, alles haben sie mir vor die Tür gezerrt.«

»Sie dürfen doch Pferde nicht schlachten«, entfuhr es Oda. »Und Schweine auch nicht.«

Izydor Bajgelman straffte den Rücken. »Wir haben es für unsere Freunde getan«, sagte er würdevoll und wies mit gestrecktem Kinn auf das Schwein. »Unsere Religion misst der Freundschaft hohen Wert zu und überlässt es dem Gewissen eines Mannes, in einer Notlage zu entscheiden. Wo er das Leben eines Freundes rettet, darf er Gebote der *Halacha* übertreten. Diese Leute haben uns durch Glück und Elend die Treue gehalten. Es kam uns nicht richtig vor, sie ohne Beistand ihres Weges zu schicken. Das Leid ist so groß. Manche von ihnen füttern schon ihre Kinder mit den Eicheln für die Schweine.«

Bajgelman musste in der Tat als außergewöhnlicher Freund bekannt sein, wenn selbst christliche Bauern sich in der Not an ihn wandten und ihm den Verkauf ihres Viehs anvertrauten. Was er ihr erzählt hatte, beunruhigte Oda zutiefst. Das Zentralkomitee in Moskau hatte bereits mehrmals Erlasse verabschiedet, mit denen die Bauern um Odessa in die Kolchosen gezwungen werden sollten. Seinen Mitstreiter Bucharin, der gegen allzu radikale Kollektivierung eingetreten war, hatte Stalin kurzerhand aus dem Politbüro entfernt.

Ein odessitischer Bauer besaß jedoch den Dickschädel seines Pflugochsen. Er war stolz auf seinen hochstehenden Weizen, der das gesamte Reich durch zwei Jahrhunderte gebracht und den er mit seinen Händen gepflegt hatte. Von Moskau ließ er sich dabei nicht dreinreden, sondern hielt es unter den Sowjets wie unter dem Zaren: Er nahm die Erlasse, die er nicht lesen konnte, entgegen, warf sie auf den Mist und wirtschaftete weiter, wie es sein Vater und Großvater vor ihm getan hatten.

Wenn diese stolzen odessitischen Bauern sich jetzt jedoch gezwungen sahen, ihre Arbeitstiere zu schlachten – wie sollten sie den Winter und die Zeit der neuen Aussaat überstehen?

»Ich nehme Ihr Fleisch«, sagte sie zu Bajgelman. »Bieten kann ich Ihnen zwei Drittel vom bisher üblichen Preis. Ist Ihnen damit geholfen?«

Der Schlachter nickte stumm, und Oda wandte sich an ihre Leute: »Mitja, sorgen Sie dafür, dass die Ware verteilt und, wo nötig, eingelagert wird. Und Sie, Jurij, holen bitte Sergej und Frau Pertsowa. Ich muss mich mit ihnen besprechen, wir machen aus dem Meeresfrüchtebüfett ein großes Galadiner mit Fleisch- und Fischgerichten.«

»Das hatte ich in der Aufregung vergessen, Ihnen mitzuteilen«, murmelte Jurij zerknirscht. »Frau Pertsowa ist unpässlich. Sie lässt sich für heute entschuldigen.«

Tessa unpässlich? Ihre Tante war sonst, genau wie Oda selbst, nie krank. Der ganze Tag, wie sie ihn geplant hatte, schien aus den Fugen zu geraten. Das war im Alltag des Grandhotels nichts Ungewöhnliches, aber heute tat es ihr weh. Sie würde jemanden zum Bahnhof schicken müssen, statt ihre Gäste selbst abzuholen, und sie würde vor dem Abend wohl kaum in der Lage sein, mit ihnen Zeit zu verbringen. »Nun gut«, sagte sie schließlich, »dann holen Sie mir Maria Peters. Sie, Izydor, kommen bitte mit in mein Büro, damit ich Sie auszahlen kann. Ihre Söhne können derweil helfen, das Fleisch abzuladen.«

»Sehr wohl, *Madame*«, antwortete Bajgelman. »Nur mein Ältester, Feliks – dürfte er mich begleiten? Er taugt nicht zum Schlachter, es ist ihm zuwider, ein Tier zu töten oder auch nur ein totes Tier zu berühren. Mir zuliebe hat er diese ganze Herde geschlachtet, all die unreinen Tiere, doch ich möchte ihm nun nicht noch mehr zumuten.«

»Ja, von mir aus nehmen Sie ihn mit«, sagte Oda nebenher und ging den beiden voraus. Als sie den Küchentrakt verließen, fiel ihr noch etwas ein, und sie fragte aus reiner Neugier: »Wenn Ihrem Ältesten das Schlachten zuwider ist – warum haben Sie ihm dann ausgerechnet die unreinen Tiere überlassen?«

Ein paar Atemzüge lang kam keine Antwort. Dann endlich sprach der Mann: »Feliks ist blind«, sagte er. »Wir haben die ganze Nacht lang überlegt und sind zu dem Schluss gekommen, dass die Verletzung der *Mitzwa* nicht ganz so schwer wiegt, wenn ein Blinder sie begeht. Er bekommt schließlich nicht zu sehen, was er tut.«

Vor Verblüffung blieb Oda stehen. Ehe sie sich beherrschen konnte, hatte sie schon den jungen Mann von Kopf bis Fuß angestarrt. Er ist zart, das war das Erste, was sie dachte, schmal, fast zerbrechlich gebaut, das Haar hellbraun und weich wie bei einem Kind. Die Augen schienen ihr groß, halb unter tief gesenkten Lidern und dichten Wimpern verborgen.

Verträumt, verschlafen, ein bisschen wie Manon.

Wie konnte er blind sein? Er ging neben seinem Vater her, und sein Gang verriet nicht die geringste Unsicherheit. Er hatte all die Tiere geschlachtet, die die verzweifelten Bauern seinem Vater in den Hof getrieben hatten, weil sie sie lieber geschächtet und für ein Almosen verscherbelt sehen wollten, als sie sich von den Leuten des Kolchos wegholen zu lassen. Er war so ruhig, wie sein Vater erregt war, still, sich in ein unbekanntes Schicksal fügend.

Sie gingen weiter. In ihrem Büro beeilte sie sich, die Sache hinter sich zu bringen, ließ sich von Bajgelman den Betrag nennen und blätterte ihm die Geldscheine hin, ohne aufzublicken. Die Vorfreude auf Bodos Besuch, alle Hoffnung auf einen sorglosen Nachmittag waren verflogen, weil sie spürte, dass dies hier erst der Anfang war, die Berge toter Tierleiber waren übelste Vorzeichen.

»Es tut mir leid für Sie, Izydor«, sagte sie und stand schon auf. »Grüßen Sie Ihre Frau, ich wünsche Ihnen alles Gute. Leider bin ich in Eile.«

So rasch wischte man eine lebenslange Bekanntschaft unter den Tisch. Oda hatte es wirklich eilig. Sie musste mit Sergej und Maria die Änderung des Speiseplans durchsprechen, entscheiden, was von dem Fleisch verwendet und was gelagert werden sollte, und jemanden zum Bahnhof schicken, um die von Arndts abzuholen. Anschließend erwarteten sie all die Aufgaben, die die unpässliche Tessa hätte erledigen sollen, und bis es schließlich an der Zeit war, sich zum festlichen Abendessen umzuziehen, würde sie vollkommen außer Atem sein. Aber das alles wurde nicht besser davon, dass sie Bajgelman abfertigte wie einen lästigen Hausierer.

»Natürlich, *Madame*«, sagte er, schichtete die Geldscheine sorgfältig zu einem kleinen Stapel und schob ihn sich unter das Revers seines kastanienbraunen, flotten, wenn auch ein wenig abgeschabten Jacketts. »Sie sind mir nichts schuldig, in der Welt, in die Sie gehören, tauchen solche wie ich nur am Rand auf, und daran ändert auch der aus Moskau verordnete Sozialismus nichts. Dennoch haben Sie mir geholfen. – Es kommt mir nicht recht vor, statt des kleinen Fingers gleich die ganze Hand zu nehmen und Sie um noch weitere Hilfe zu bitten, doch ich habe keine Wahl.«

»Was ist denn noch?« Oda wünschte, ihre Worte hätten weniger unwirsch geklungen.

»Ich bitte Sie, einen weiteren Handel mit mir abzuschließen«, sagte der Schlachter. »Sie werden ihn nicht bereuen, denn etwas anderes als gute Ware biete ich meinen Kunden nicht an.«

»Worum geht es?«, fragte Oda. »Ich verstehe Sie, Izydor, es sieht aus, als schwelgten wir im Luxus, derweil das Geld uns aus den Taschen quillt, als hätten wir nie erfahren, was Not ist.« Das hatte Bogdan gesagt und zornig auf den Boden gespuckt, als er damals als Kommissar der ukrainischen KP zur Inspektion ihres Hotels entsandt worden war. Es war ein halbes Leben her. Was seither zwischen der Hoteldirektorin und dem Mann, der inzwischen als mächtigster Mann der Ukraine galt, vorgefallen war, blieb ihr Geheimnis. Oda riss sich zusammen. »Aber so ist es nicht«, fuhr sie fort und fragte sich, ob es nicht doch so war.

»Ich würde mir nicht anmaßen, dergleichen von einem Menschen, dessen Schicksal ich nicht kenne, zu behaupten«, sagte Bajgelman. »Ich weiß nur, dass Sie ein sehr feines Haus führen, das erste am Platz, und dass Sie stets gute Leute brauchen, die für den Ruf dieses Hauses einstehen, als wäre es ihr eigenes. Wie Sie vielleicht wissen, gehörte die Familie Milstein zu meinen Kunden, und sie alle sprechen nie anders als mit höchstem Respekt von Ihnen und Ihrem Hotel.«

Dr. Milstein war der Hausarzt ihrer Familie gewesen, bis er sich zur Ruhe gesetzt hatte, und Eduard, sein Bruder, war ihr Portier. Ein Mitglied der alten Garde wie Sergej und Sebastien, steif im Kreuz und in den Gelenken, doch dem *Odessa* in unverbrüchlicher Treue ergeben.

»Ich bitte Sie, mir jetzt zu sagen, worum es geht«, drängte sie Bajgelman. »Ich muss zum Bahnhof, ich erwarte Gäste mit dem Zug aus Leningrad.« Sankt Petersburg durfte man die Stadt nicht mehr nennen, so wie Nischni Nowgorod auf einmal den Namen Maxim Gorkis trug, aber der Zug fuhr noch immer über Bodos Lieblingsstrecke.

»Ich biete Ihnen einen sehr guten Arbeiter für Ihr Hotel«, sagte der Schlachter. »Für Ihren herrlichen Garten wäre er am besten geeignet, denn er ist allen Blumen und Pflanzen von klein auf zugetan. Ob es die Kräuter seiner Mutter auf der Fensterbank sind oder der kleine Rosenstock zu seiner Schwester Hochzeit, was er in seine Obhut nimmt, das blüht und gedeiht. Aber er kann auch anderes. Er tut, was immer man ihm sagt.«

»Von wem sprechen Sie?« Ihr schwante Übles.

»Von Feliks. Meinem Sohn.« Er wies auf den Blinden, der obendrein stumm zu sein schien und Oda ansah wie ein waidwundes Tier. Nein, korrigierte sie sich, er sah sie natürlich nicht an. Sehen konnte er ja nicht. Seine Augen, die nur ein wenig verschlafen wirkten, waren in Wahrheit tot.

»Meinen Jüngsten, Efraim, nimmt meine verheiratete Tochter in ihren Haushalt, und Moissey, der Mittlere, begleitet meine Frau und mich auf unserem Weg. Eines seiner Kinder muss einem Menschen doch bleiben dürfen, nicht nur damit es eines Tages an seinem Grab das *Kaddisch* spricht, sondern auch weil es doch unsere Kinder sind, in denen wir weiterleben.«

Was soll ich mit einem Blinden anfangen?, hätte sie fragen wollen, doch sie wusste, das war nicht möglich, sie hätte sich heute Abend beim Pudern nicht ins Gesicht sehen können. Für Aghasi, den obersten Gärtner, waren die fünf Terrassen der Anlage ein Kunstwerk, an dem er keinen unüberlegten Handgriff duldete. Er wählte die Gärtner, die unter ihm arbeiteten, selbst und bildete sie aus. Einen Blinden, der ihm über seine Beete und Rabatten trampelte, würde er nicht einmal komisch finden.

Immerhin war der Junge aber in der Lage, eine schwer beladene Schubkarre zu schieben. Hilfsarbeiten, zu denen man ihn heranziehen konnte, würden sich schon irgendwie finden.

»Mein Feliks ist nicht blind zur Welt gekommen«, sagte Bajgelman jetzt. »Bei seiner Geburt war er ein schöner, gesunder Junge, doch als er acht Jahre alt war, ist er mit seiner Mutter und seinen Schwestern in einen Zwischenfall geraten. Er schien nur leicht verletzt und mit dem Schrecken davongekommen zu sein, doch als er sich erholte, zeigte sich, dass er sein Augenlicht verloren hatte. Kein Arzt wusste Rat, keiner konnte es sich erklären, obwohl ich die teuersten Spezialisten bezahlt habe. Unser Feliks aber hat sich an das Leben als Blinder gewöhnt, und ich erwähne es nur, damit Sie wissen, dass er schon ein Bild von der Welt hatte, ehe sie für ihn im Dunkel verschwand. Er kennt sich gut aus. Er macht sogar Botengänge …«

»Mehr als Kost und Logis kann ich ihm nicht bieten«, unterbrach Oda den Redeschwall, der zu nichts führen würde. »Ich brauche eigentlich keinen Gärtnergehilfen. Ich brauche überhaupt niemanden. Aber wenn Sie partout für Ihren Sohn keine andere Lösung wissen, nehme ich ihn eben auf.«

Ihr fiel auf, dass sie von dem Jungen sprach, als wäre er nicht nur blind, sondern auch noch taub oder nicht bei Verstand. Vermutlich traf beides zu. Sein Vater hatte nicht viel anders von ihm gesprochen, und er hatte sich nicht einmal zu Wort gemeldet, um selbst für seine Sache einzutreten.

Was hatte sie sich da nur aufgehalst? So oder so kam sie aus der Sache jedoch nicht mehr heraus, denn wenn sie ihr Wort einmal gegeben hatte, nahm sie es nicht zurück. Selbst schuld, schalt sie sich. Zu Bajgelman sagte sie: »Ich muss jetzt wirklich gehen. Schicken Sie Ihren Jungen an einem der nächsten Tage her, damit er sich bei unserem Gärtner vorstellen kann.«

»Ich würde ihn gern heute schon hierlassen.« Bajgelman verbeugte sich, und sein Sohn sprach noch immer kein Wort. »Meine Tamar und ich, wir sind so gut wie auf dem Weg. Das Fleisch verkaufen und den Ertrag unter den armen Teufeln verteilen, das war das Letzte, was ich mir zu tun geschworen habe.«

»Aber in Gottes Namen, wo wollen Sie denn hin?«, rief Oda, der nicht klar war, wovor der Mann so kopflos floh.

Bajgelman zuckte die Schultern. »Hinüber nach Rumänien erst einmal. Danach wird man sehen.«

»Und da, glauben Sie, geht es Ihnen besser?«, herrschte Oda ihn geradezu an. »In Rumänien haben sie einen Thronfolger ins Exil geschickt, weil er eine jüdische Geliebte hatte.« Sie führte ein internationales Hotel, und ihre Gäste sprachen in ihrer Gegenwart so ungehemmt, als wäre sie ein Stück Inventar. Über die Weltlage war sie intimer informiert als einer, der täglich in drei Sprachen die Zeitungen las. »Sie können mir glauben, als Jude haben Sie es nirgendwo besser als hier, in Odessa.«

»Als Jude, *Madame*«, sagte Bajgelman, »als Jude fragen Sie nicht, wo Sie es besser haben, sondern wo sich das Schlechte am leichtesten ertragen lässt. Hierher nach Odessa kommt der Hunger, der ganz große, bei dem einem Mann seine Kinder vor leeren Tellern wegsterben. Wer so etwas erlebt, geht zum nächstbesten Juden und erschlägt ihn, und dieser Jude will ich nicht sein.«

»Aber in Rumänien …«, begann Oda, brach jedoch ab, weil sie einsah, dass es sinnlos war.

»Ich habe nur noch eine Tochter, und die ist gut verheiratet«, sagte Bajgelman. »Auch sonst käme sie als Geliebte eines rumänischen Thronfolgers wohl kaum infrage. Von der Seite droht uns also keine Gefahr, es sind vielmehr meine Söhne, um die ich fürchte. Bei Ihnen weiß ich meinen Erstgeborenen in guter Obhut. Was Sie für ihn tun, wird er Ihnen vergelten, daran hat er mir niemals Anlass zu zweifeln gegeben.«

4

MANON

Manon sah Maxim vor dem Portal in eine der blauen GAZ-A-Limousinen mit dem Emblem des Hotels steigen, rannte ihm hinterher, riss die Tür auf und ließ sich auf den Sitz des Beifahrers gleiten, ehe er protestieren konnte.

»Fährst du für Tante Oda zum Bahnhof? Ich dachte mir schon, dass sie jemanden schicken muss, wo doch Tante Tessa krank ist. Arme Tante Oda. Sie hatte sich so darauf gefreut, die Berliner abzuholen.«

Maxim startete den Motor, fuhr aber nicht an, sondern wandte ihr sein Gesicht zu. Um seine Lippen, die sie unglaublich hübsch fand, spielte zwar kein Lächeln, doch Manon hoffte, zumindest eine Spur Amüsement zu erkennen. »Ich muss los«, sagte er. »Bequemst du dich bitte und steigst aus?«

»Nimm mich mit.«

»Nein.«

»Doch.«

»Manon, sei nicht kindisch.«

»Bin ich aber«, versetzte Manon. »Und außerdem ist das meine Mutter, die du da abholst, also habe ich ja wohl ein Recht, mit zum Bahnhof zu kommen.«

Maxim seufzte, schaute wieder nach vorn und fuhr los. »Dass du gesteigerten Wert auf deine Mutter legst, ist mir zwar neu, aber sei's drum. Mit sinnlosen Diskussionen vergeude ich nicht meine Kraft.«

Manon hätte auch gern geseufzt. Der helle Leinenanzug, den er ohne Weste zum weißen Hemd mit fein gestreifter Krawatte trug, stand ihm so gut, als hielten diese sachten, blassen Farben sich absichtlich zurück, um dem Drama seines Künstlerkopfs mit dem wallenden, dunkelblonden Haar, der Adlernase und den fast schwarzen Augen keinen Funken Wirkung zu stehlen. Ach, Maxim, dachte sie, warum musst du zu allem Überfluss auch noch so schön sein, ich würde dich hässlich doch nicht weniger lieben. Und warum musst du bei all deinen anbetungswürdigen Eigenschaften immer dann, wenn es ernst und groß und wunderschön werden könnte, so ein grässlicher Stoffel sein?

Er liebte sie doch. Er *musste* sie lieben. An den meisten Tagen war sich Manon dessen sicher. Sie waren miteinander aufgewachsen, die Ältesten der Kinderschar vom *Grandhotel Odessa* und die Einzigen, über die die Gäste die Köpfe zusammensteckten und tuschelten:

»Das Pärchen mit den Engelslocken, das dunkle Mädchen und der blonde Junge, die sind gar nicht Oda Liebenthals Kinder.«

»Tatsächlich nicht?«

»Der Junge ist ein Findelkind.«

»Was Sie nicht sagen! Wer hätte das bei dem hübschen Burschen gedacht? Und das Mädchen?«

»Ach Gott, das arme Ding. Die eigene Mutter hat sich von ihr abgewandt, und wer der Vater war, das möchten Sie gar nicht wissen …«

Maxim und Manon senkten die Köpfe und hielten sich noch fester bei den Händen. Ihre ganze Kindheit hindurch waren sie unzertrennlich gewesen, hatten ihre eigene Badestelle am Strand gehabt, vor dem Dorf Bolschoi Fontan, wohin man weit laufen musste und wohin sonst niemand zum Baden kam, weil es steinig war und das Wasser in der kleinen Bucht nicht flach abfiel, sondern sofort tief wurde. Dort hatten sie sich in die Wellen geworfen, von Anfang Mai bis Mitte Oktober, wurden bald die besten Schwimmer unter allen Kindern und saßen hinterher dicht aneinandergedrängt, vor Kälte zitternd und mit den Zähnen klappernd, in ihrer Sandburg wie kleine Tiere.

Irgendwann, als ein Gewitter sie überraschte, hatten sie das Haus entdeckt, das wie ein verwunschenes Märchenschloss von Ranken umfangen verwitterte. Die Scheiben waren trüb und eingeschlagen, der weiße Putz blätterte, die Türen hingen schief in den Angeln. Aber es war alles noch da, was den Glanz vergangener Zeiten zurückrief, die Säulen, Erker und Balkone, die emaillierten Kacheln der Veranda, die Rosetten aus Stuck, das abgeschabte Parkett in der Halle und der Kronleuchter, umkränzt von filigranen Spinnweben und ohne sein goldenes Licht. Hier hatten Maxim und Manon sich die Kälte aus den Knochen und alle Ängste, alle dunklen Träume aus den Köpfen getanzt.

Maxim hatte schon als Kind und sogar ganz ohne Musik getanzt, wie es niemand außer ihm konnte.

Nach dem Tanzen hatte Maxim Manon von Raum zu Raum geführt. Sie hatten die Gegenstände, die zurückgeblieben waren – jeden zerbrochenen Waschkrug, jeden zerschlissenen, vom Wind gebauschten Vorhang –, gestreichelt, und er hatte ihr versprochen: »Eines Tages kaufe ich dieses Haus, und wir richten es wieder her. Es wird unsere Zuflucht sein. Ein Ort nur für dich und mich.«

Auf Kinderart hatten sie sich ewige Liebe geschworen. Maxim hatte das Gift von einem Wespenstich aus Manons knospenkleiner Brust gesaugt, und sie hatte die Blutung an seiner Lippe mit ihrem Mund gestillt, nachdem er sich mit Vladimir Fleißer geprügelt hatte.

Ihretwegen.

»Jetzt ist etwas von dir in mir«, hatte sie mit kindlichem Ernst zu ihm gesagt, »und etwas von mir in dir«, obwohl sie sich, was das Wespengift anging, nicht ganz sicher war. Auf seiner Oberlippe, beinahe in der Mitte, wo die geschwungenen Hälften wie

Flügel zusammentrafen, formte sich eine kleine Narbe, die weit größer und entstellender ausgefallen wäre, wenn sie die Wunde nicht mit ihren eigenen Lippen zusammengepresst hätte, bis sie das Pulsieren des Blutes nicht mehr spürte. Deshalb dachte sie manchmal, wenn sie in sein Gesicht sah, dass es die Narbe war, die sie darin am meisten liebte, das kleine Mal an ihm, das von ihr stammte.

Sie waren Kinder gewesen, die sich lieb hatten, und als sie keine Kinder mehr waren, bemerkte Manon, dass sie Maxim noch immer und jetzt auf eine andere Weise lieb hatte, die sich schöner und erregender anfühlte als alles, was sie kannte. Sie war spät dran gewesen mit dem Erwachsenwerden, war mit sechzehn, siebzehn noch immer mit ihren kleinen Cousins zum Strand gerannt, um Ball zu spielen, und hatte mit ihrer einzigen Herzensfreundin Clara auf dem Boden des Kinderzimmers gelegen und Bildergeschichten von lustigen Katzen erfunden. Dann war ihre Freundin von einem Tag auf den anderen aus ihrem Leben verschwunden und hatte ihre Briefe nicht mehr beantwortet. In diesem traurigen Sommer des Jahres 1929, in dem sie sich noch einmal nach einem Menschen gesehnt hatte wie einst nach ihrem toten Vater, war sie vom Kind zur Frau geworden und hatte festgestellt, dass sie Maxim Liebenthals Frau werden wollte.

Immer schon war Tante Oda ihr Vorbild gewesen. Manon hatte blaue, weiße und türkisfarbene Kleider getragen wie sie, hatte den gleichen halb dezenten, halb energischen Schritt eingeübt und überhaupt in allem genauso werden wollen wie sie. Jetzt entdeckte sie, dass ein dunkles, ein wenig dramatisches Violett ihr besser stand, dass ihre Beine sich dem energischen Schritt widersetzten und dass ihr, um eine zweite Oda zu werden, die Kraft und die Courage fehlten.

Tante Oda schaffte alles allein. In ihren Händen liefen die tausend Fäden des Hotels zusammen, und jeden Entschluss, der die

Kinder betraf, fällte sie, während ihr Mann, den jeder nur Ullrich nannte, in seinem Zimmer vor einer papierlosen Schreibmaschine saß und nichts tat. Manon konnte das nicht. Sie fand bereits den gewöhnlichen Alltag zuweilen so verwirrend und tat sich so schwer damit, etwas zu entscheiden, dass sie sich einen starken, entschlossenen Mann wünschte, der sie in sein Boot nehmen und durch die Wogen des Lebens steuern würde.

Ja, sie wünschte sich noch immer, das *Odessa* eines Tages weiterzuführen. Es war ja ihr Zuhause, ihre Welt, die einzige, die sie kannte. Anders als Tante Oda würde sie das jedoch nicht allein, sondern nur als Gefährtin eines Mannes tun können. Hübsch aussehen und zu den Gästen freundlich sein war für Manon ein Kinderspiel, ihre zweite Natur. Aber eine Kalkulation erstellen, einen Zimmervergabeplan entwerfen oder auch nur entscheiden, womit das *Kataifi* zum Dessert ersetzt werden und die Polster im kleinen Salon aufgebessert werden konnten? Damit war sie überfordert, und sosehr sie sich bemühte, sie würde es auch nicht lernen.

Zu ihrer Erleichterung liebte Tante Oda sie weiter, obwohl Manon – die schwache, ein wenig träge und ganz und gar nicht gewitzte Manon – eine solche Enttäuschung war. »Keine Sorge, für mich brauchst du keine Nobelpreisträgerin zu werden«, hatte sie gesagt. »Und auch nicht die Leiterin dieses Hotels. Wenn du sein Talisman bleibst, die süße Manon vom *Odessa,* die die Gäste lieben, genügt das vollkommen. Die Frauen meiner Generation hatten den Krieg, der ihnen plötzlich die Männer wegriss, und wir mussten uns eben durchschlagen. Die Frauen deiner Generation haben wieder Zeit für Poesie und Zauber und womöglich zum ersten Mal in der Geschichte eine Wahl.«

Und als Manon noch immer unschlüssig schwieg, hatte sie mit einem Lächeln hinzugefügt: »Außerdem ist mir das Wichtigste, dass du Maxim unter deine Fittiche nimmst. Du bist gut für ihn,

Manon. Ja, er hat einen Kopf auf den Schultern, in dem ganze Welten sich formen, aber er steht mit den Füßen nicht fest auf dem Boden, verstehst du? Er braucht eine Frau wie dich. Eine, die ihn tröstend in die Arme nimmt, wenn er aus einem seiner Wolkenschlösser stürzt.«

Das kann ich, hatte Manon gedacht. Wenn er anfängt, über die Strömungen der modernen russischen Literatur zu reden, die für mich ein Buch mit sieben Siegeln bleiben werden, wenn er mir eines seiner Gedichte zeigt, in denen ich so gern seine Liebe zu mir finden würde, von denen ich in Wahrheit aber kein Wort verstehe, dann befällt mich die Schwarzseherei, und ich denke, ich kann nie im Leben die Frau sein, die er braucht. Wenn er aber scheitert – und mit all dem verquasten Zeug, das er aufschreibt, muss er ja scheitern, weil die Welt gar nicht schlau genug dafür ist –, wenn er eine braucht, die ihn nach dem Sturz aus höchster Höhe tröstet und ihm das Blut von der Lippe küsst, dann gibt es keine Bessere als mich.

Jetzt gerade war sie sich nicht mehr so sicher. Was sollte sie tun, wenn er liegen bleiben und weiterbluten wollte, wenn er sich nicht von ihr trösten ließ? Seine Stirn erschien ihr wieder einmal von Wolken verdüstert, so als nehme er den leuchtenden, lockenden Tag gar nicht wahr. Gewiss hatte er wieder die ganze Nacht über zwei Zeilen eines Gedichts gebrütet, das sowieso niemand lesen, geschweige denn begreifen würde. Sie hätte ihn aufheitern wollen, ihn dazu bringen, sich mit ihr auf den festlichen Abend zu freuen, doch ihre Gegenwart schien ihn nur noch übellauniger zu machen.

Manchmal kam er ihr vor wie Edvard, der ein grimmiger, reizbarer Eigenbrötler war und einfach keine Menschen mochte. Natürlich war ihr Maxim in Wahrheit nicht so. Er mochte Menschen, er wollte ihnen mit dem, was er schrieb, so vieles schenken, er fühlte sich nur von ihnen unverstanden. Sei nicht traurig, dafür verstehe ich dich ja, hätte Manon ihm sagen wollen, nur tat sie genau das eben nicht. Warum genügte es ihm nicht, dass sie ihn über alles liebte, warum musste sie unbedingt obendrein seine obskuren Gedichte durchschauen?

»Heute Abend wird es schön«, begann sie, während er den schicken neuen Wagen viel zu ruckartig durch die belebten, kurvenreichen Straßen steuerte. »Das Meeresfrüchtebüfett ist verschoben, stattdessen gibt es ein Galadiner mit Tanz. Mir gefällt das besser. Dir auch?«

»Mir egal«, brummte Maxim. »In der Moldawanka und in Slobodka hungern Kinder. Meinst du wirklich, da spielt es eine Rolle, ob wir Luxusweibchen und -männchen im *Odessa* uns die Bäuche mit Fisch oder Fleisch vollschlagen?«

Manon fühlte sich zurechtgestutzt wie als kleines Mädchen in der Schule, wo ein Lehrer vor allen Kindern zu ihr gesagt hatte, sie bilde sich ein, weil sie so hübsch sei, sehe alle Welt über ihre Dummheit hinweg. Warum musste er so sein? In ihrer Kindheit hatte er nie auch nur ein einziges verletzendes Wort zu ihr gesagt. »Das mit den Kindern in der Moldawanka tut mir leid«, erwiderte sie kleinlaut. »Soll ich Tante Oda fragen, ob wir ein paar Körbe packen und sie ihnen bringen können?«

»Ach, Manon«, war alles, was er sagte, ohne den Blick von der Straße zu nehmen. Der Wagen holperte über das Kopfsteinpflaster, und die Einkäufer, die gedankenlos zwischen den Marktständen herumbummelten, spritzten schimpfend auseinander. »So wie du stellt sich der kleine Moritz die Welt vor.«

»Welcher kleine Moritz? Den kenne ich nicht.«

»Das ist eine Redensart.« Jetzt klang er endgültig wie Lehrer Prokow.

»Ich hatte sowieso nicht ans Essen, sondern ans Tanzen gedacht«, sagte sie. Sie hatte für Festlichkeiten im Hotel schon im Frühling ein neues Kleid bekommen: Seide, dunkelviolett, das

Oberteil eng um den Körper geschmiegt und der Rücken bis fast zur Taille ausgeschnitten. Dass er daran Interesse zeigen würde, schien ihr jetzt zweifelhaft. Aber warum eigentlich nicht? Warum war er unter all den jungen Männern ihrer Kreise der Einzige, der ihr keine Komplimente machte?

»Hast du mich gehört, Maxim?«

Er fuhr in die breite Straße vor dem Bahnhof ein und parkte den Wagen nicht weit vom Portal. »Natürlich. Du sprichst ja laut genug.«

»Ich habe gesagt, ich will heute Abend mit dir tanzen«, stellte Manon klar. »Und wie steht es mit dir? Du meldest keinen empörten Protest an, erklärst mir nicht, du müsstest an deinen weit wichtigeren Schriften zur Rettung der Menschheit arbeiten? Dann gehe ich also davon aus, dass du einverstanden bist. Schön, Maxim. Ich freue mich darauf.«

Abrupt und ungeschickt würgte er den Motor ab. Er war kein guter Fahrer, weil er sich nicht konzentrierte, weil ihm keine der banalen Tätigkeiten, die er auszuführen hatte, Liebe und Sorgfalt wert war. »Manon«, sagte er, wandte sich ihr zu und sah sie mit diesem Blick an, der alles in ihr zum Schmelzen brachte. »Ich habe eine Bitte an dich.«

Du weißt doch, dass du nicht zu bitten brauchst, dachte sie. Dass ich für dich tun würde, was immer mir möglich ist.

»Da du nun einmal unbedingt mitfahren wolltest«, sagte er, »würde es dir etwas ausmachen, allein auf eure Verwandten aus Berlin zu warten?«

»Es sind doch auch deine Verwandten!«, rief Manon. Natürlich stimmte das nicht im Sinne des Wortes, und sie war darüber heilfroh, denn sonst hätte sie ihn nicht heiraten können. Gerade Onkel Bodo hatte zwischen leiblichen und erwählten Verwandten jedoch nie einen Unterschied gemacht. Blutsverwandt war mit ihm von den *Odessa*-Kindern nur Manon, doch da er Oda genauso als seine Schwester betrachtete wie Manons Mutter Belle, waren die Jungen seine Neffen für ihn. Wenn überhaupt, dann war Maxim sogar sein Liebling, weil das kleine stumme Findelkind damals nach der Revolution genauso gern mit Eisenbahnen gespielt hatte wie Onkel Bodo selbst, weil er mit Onkel Bodo zusammen auf die Trittbretter von Eisenbahnwaggons gesprungen war, um bei den Bauern im Umland Vorräte zu hamstern, und weil er bei alledem ganz langsam, Wort für Wort sprechen gelernt hatte.

Besonders gut kann er es immer noch nicht, dachte Manon mit einer Spur Gehässigkeit, die jedoch gleich wieder verpuffte. »Onkel Bodo freut sich bestimmt, dich zu sehen«, sagte sie. »Im Auto sitzen zu bleiben, ist unhöflich, Maxim. Warum willst du unsere Gäste brüskieren?«

»Ich bleibe ja nicht im Auto sitzen«, sagte Maxim. »Ich will nur rasch ans Gleis drei und nachsehen, ob der Zug aus Moskau pünktlich einfährt.«

»Und was interessiert dich so brennend an dem Zug aus Moskau?«

»Von dort kommen auch Gäste.« Er zuckte auf seine unnachahmlich elegante Weise die Schultern, und die kleine Narbe auf seiner Lippe zuckte mit. »Ein Mann und zwei Frauen, die auf der Durchreise auf die Krim sind und ein paar Tage im *Odessa* Station machen. Ich dachte mir, es wäre vielleicht nett, sie persönlich willkommen zu heißen.«

»Aber das tust du doch sonst nicht!«, rief Manon immer ratloser. Er sollte sich nicht alles aus der Nase ziehen lassen, sollte vor ihr keine Geheimnisse haben, sollte noch einmal zwölf sein und sich mit Vladimir Fleißer prügeln, weil er Manon Albus liebte.

»Es sind Bekannte von Ullrich«, sagte Maxim. »Leute, die eigens auf seine Einladung hin hier ihre Reise unterbrechen. Ich würde sie auch ganz gern treffen. Es handelt sich nicht um irgendwelche Leute, sondern um Ossip Mandelstam und seine Frau Nadeshda, dazu ihre Freundin Anna Achmatowa.«

Sein Blick wurde sehnsüchtig, entglitt in eine Ferne, in die Manon ihm nicht folgen konnte.

»Und wer sind die?«, fragte sie.

»Das hätte ich mir denken können, dass dir die Namen nichts sagen«, erwiderte Maxim. »Mandelstam und Achmatowa gehören zu den bedeutendsten Dichtern unserer Zeit, auch wenn es heutzutage als verpönt gilt, sie zu lesen. Sie sind die Begründer des Akmeismus. Allerdings mache ich mir keine Hoffnungen, dass du weißt, was das ist.«

»Nein, das weiß ich nicht«, sagte Manon. »Macht mich das zu einem schlechten Menschen? Im Übrigen könntest du es mir ja erklären.«

»Wozu? Du wirst es kaum verstehen, und es interessiert dich sowieso nicht.«

Mich interessiert alles, was dich betrifft, hätte sie gern entgegnet, doch sie schluckte es herunter, weil sie eine weitere eiskalte Antwort von ihm nicht ausgehalten hätte. Wieder einmal überwältigte sie das Gefühl, zu dumm für ihn zu sein. Er hatte doch recht, wenn er sie verachtete. Was wollte ein so überragend kluger, begabter junger Mann wie Maxim mit einer albernen Gans wie ihr?

»Ist das in Ordnung, Manon?« Seine Stimme war jetzt fast zärtlich. »Nimmst du die Berliner in Empfang, und ich begrüße die Gäste aus Moskau? Deiner Oda machst du damit sicher eine Freude.«

»Sie ist nicht meine Oda«, sagte Manon. »Oder zumindest ist sie genauso deine. Wenn dir an diesen Moskauer Dichtern so viel liegt, tue ich dir gerne den Gefallen und warte allein auf Onkel Bodo und die anderen. Aber alle zusammen bekommen wir sie nicht ins Auto.«

»Für die Moskauer ist ein Wagen bestellt«, sagte Maxim und öffnete die Tür auf der Fahrerseite. Im Aussteigen drehte er sich noch einmal um. »Danke, Manon.«

Sie wartete ab, doch er vergaß, um den Wagen herumzulaufen und den Schlag auch für sie zu öffnen, wie es sich gehörte. Also tat sie es selbst und musste laufen, um ihn einzuholen, denn er war mit seinen langen Schritten schon bis zum Eingang des Bahnhofs vorausgeprescht.

»Vergiss nicht, du hast versprochen, heute Abend mit mir zu tanzen«, mahnte sie ihn, ehe sie sich in der Halle vor den Gleisen trennten.

»Habe ich das?«

»Ja, du hast. Du liebe Zeit, Maxim, tu doch nicht so, als wäre es dir zuwider. Gilt das unter euch Dichtern als schick, das Mädchen, das man lieb hat, schlecht zu behandeln? Und ist es verboten, Spaß am Tanzen zu haben, wenn man in den Olymp der Meisterliteraten aufsteigen will? Tut mir leid, mein Lieber. Dann wirst du wohl auf dem Boden bleiben müssen, denn so gut wie du tanzt keiner, und du tust es mit dem größten Vergnügen. Egal, wie viel Mühe du dir gibst, es zu verbergen.«

Gut möglich, dass er jetzt zornig wurde und überhaupt nicht mehr mit ihr sprechen würde, doch sie hatte nicht länger an sich halten können. Wo war das alles hin, was sie verbunden hatte, ihre Vertrautheit, ihr blindes Verständnis, die Wärme, die sie vor der Kälte der Welt geschützt hatte?

Maxim wurde nicht zornig. Zu ihrem Erstaunen strich über sein Gesicht ein Lächeln, das aber gleich wieder verschwand. »Ich leugne es doch gar nicht«, sagte er. »Mein Leben besteht nur aus ein bisschen mehr als Musik und Tanz und Ringelpiez mit Anfassen.«

»Nun gut«, sagte Manon und schluckte die neuerliche Kränkung. »Aber heute Abend wird dein Leben eben einmal aus all diesen trivialen Dingen bestehen, und weil du sie mit deiner Manon zusammen tust, genießt du sie vielleicht mehr, als du jetzt denkst. All die hochbedeutsamen anderen Dinge sind dann ab morgen wieder an der Reihe, einverstanden?«

»Also schön, kleine Blutsaugerin. Einverstanden.« Er beugte sich zu ihr hinunter, und seine Wange streifte die ihre, ehe er in Richtung Gleis drei davoneilte.

Manon musste sich ebenfalls beeilen. Als sie die Treppe zum Gleis fünf hinaufhastete, schrillte bereits ein Pfeifton durch den Bahnhof, und der Schnellzug aus Sankt Petersburg – nein, Leningrad hieß es ja jetzt – war dampfend und schnaubend eingefahren. Die Türen sprangen auf, und Gepäckträger und wartende Verwandte stürmten den Reisenden entgegen.

Die Erinnerung kehrte zurück. Mit diesem Ereignis hatte jeder ihrer Sommer begonnen. Hier am Gleis hatte sie gewartet und war losgerannt, sobald sie ihre Freundin entdeckte. Schon beim Verlassen des Bahnhofs waren sie hinter ihre Familien zurückgefallen und hatten sich ausgetauscht über Badeanzüge, Schwimmfortschritte, den neuesten Tratsch rund um Stadt und Strand und all das, was sie aus diesem Sommer machen wollten. Bis vor drei Jahren.

»Claras Mutter ist gestorben, deshalb können sie alle in diesem Sommer nicht kommen«, hatte Tante Oda erklärt. Manon hatte es das Herz umgedreht. Clara und ihre Eltern waren ein Dreigespann gewesen, das nichts hätte trennen dürfen, sie hatte zusammen gelacht und getuschelt, schon am Frühstückstisch diskutiert, einander ihre Bücher und Zeitschriften vor die Nase gehalten, Bissen in die Münder geschoben und mit selbst bemalten Karten gespielt. Die arme Clara musste außer sich sein. Augenblicklich hatte Manon sich hingesetzt und der Freundin einen langen, tröstenden Brief geschrieben, dann noch einen und noch einen, aber Clara hatte nie geantwortet.

Was war es nur mit den Menschen, die sie am meisten liebte, warum ließen sie sich nicht von ihr helfen, warum schienen sie Manon in ihrer Not nicht zu brauchen? Gedankenverloren wankte sie über den Bahnhof und stieß gegen eilig dahinhastende Herrschaften, die sie mit ärgerlichen Bemerkungen bedachten – bis sie ihr Gesicht sahen. Dann wich zumindest bei den Herren die Verärgerung einer gönnerhaften Freundlichkeit. »Hoppla, junge Dame. Ein bisschen aufgepasst, wo wir hintreten – wir wollen uns doch nicht das hübsche Näschen stoßen.«

War das alles, was sie zu bieten hatte? Ein niedliches Püppchengesicht, das einen hohlen Schädel schmückte? Am liebsten hätte sie kehrtgemacht und wäre den Weg bis zurück zum *Odessa* gerannt, um sich in ihrem Zimmer zu verkriechen. Dann aber hallte eine Stimme über den Bahnhof, die lauter als alle Geräusche war und ihren Namen rief: »Manon, Manon!« Die Stimme war rau, und die Ruferin sprach Manons Namen aus, wie es die Deutschen taten, mit einem harten »n« am Ende, das ein bisschen knallte.

»Clara!« Manon blickte auf und sah die blonde Frau, die ihren Koffer selbst schleppte, aus dem Zug steigen. Sie war kräftig, geradezu stattlich, trug über einem losen Kleid mit ineinanderfließendem Muster aus Wellenlinien den allerdünnsten Staubmantel. Schmutzfarben. So war Clara. Was immer sie am Leib hatte, sie kam damit so selbstbewusst daher, dass die Pariser Modellkleider anderer Damen dagegen verblassten. Ihr Haar war wild zerzaust, wie unfrisiert, die Gesichtszüge ungefällig und kantig, und doch drehten sich auf dem gesamten Bahnhof die Leute nach ihr um.

So war Clara. So war sie als Kind gewesen, und so war sie auch jetzt: Ihre Ausstrahlung war überwältigend, alle starrten sie an, und sie hatte nur Augen für Manon.

Die rannte los, rannte an Onkel Bodo, ihrer Stiefschwester

Malwine, ihrem Halbbruder Georgchen, der sie am Arm packen und an ihr hochhüpfen wollte, und an ihrer Mutter vorbei, als wäre Clara der einzige Mensch auf dem Bahnhof.

Meine Himmelsleiterschwester.

Im letzten Schritt, ehe sie Clara erreichte, stolperte Manon und fiel geradewegs gegen sie. Clara fing sie auf. Sie war keine kleine Clara mehr, sondern hatte Kraft in den Armen, mit denen kein Mann mithalten konnte.

»Bist du das wirklich? Clara Schneider-Arndt? Meine Clarinka?« Übermütig befreite sich Manon und versetzte der Freundin einen Stoß gegen die Hüfte, dass sie sich lachend vor ihr drehte.

»Ja, natürlich bin ich's, du verrückte, kleinrussische Steppenziege. Wer soll ich denn sonst sein?« Clara wirbelte um die eigene Achse, und das lose Kleid mit seinen verlaufenden Wellenlinien flatterte um ihren Körper, der so sportlich und muskulös und erwachsen war, dass Manon es kaum fassen konnte.

»Du bist so hübsch geworden, Clarinka.«

»Das ist nicht dein Ernst, oder? Anhören tut sich das, als würde eine *Korovka*-Torte mit acht Böden zu einem Spritzkuchen sagen, er wäre ein festliches Gebäck.«

»Das ist er ja auch. Er ist die Krone des Festes.«

Sie lachten beide.

5

CLARA

Es war wie immer. Das zu empfinden, bekam eine höchst eigene Bedeutung, wenn man wusste, dass überhaupt nichts noch einmal wie immer sein konnte. Daheim in Berlin war alles anders geworden, und genau das war ja auch richtig, nachdem jemand einer Frau, die aus ihrer Tür getreten war, um zu helfen, aus zehn Schritten Entfernung ins Herz geschossen hatte und die Erde mitten in der Bewegung aufgehört hatte, sich zu drehen.

Es wäre taktlos, ja geradezu brutal von der Welt gewesen, am Morgen danach noch die zu sein, die sie am Abend zuvor gewesen war, und Clara hatte vom ersten Tag an hingenommen, dass es ihr Leben, wie sie es gekannt hatte, nicht mehr gab. Hier aber, etliche Schienenmeilen und Ländergrenzen weit weg, war von diesem Leben noch etwas übrig. Als hätte jemand es in eine Schatzkiste gelegt und sorgsam für den Zeitpunkt bewahrt, an dem Clara in der Lage sein würde, es wieder anzusehen und sogar zu berühren. Der Zeitpunkt war jetzt gekommen. Sie waren in Odessa, waren auf dem alten Bahnhof Holovna eingetroffen und von dort ins *Grandhotel Odessa* gefahren, waren begrüßt worden, als hätte in dieser ganzen Stadt nichts so sehr gefehlt wie sie, und fühlten sich nach einer Stunde schon, als wären sie nie fort gewesen.

Vor dem Portal, unter dem Wellen-Emblem mit dem Schriftzug *Odessa* hatten sie gewartet. Die Liebenthalschen Orgelpfeifen, von Kasi, dem überraschend nachgeborenen Jüngsten, bis zum immer da gewesenen Edvard, und daneben der noch immer eindrucksvolle Portier Milstein, der die Kappe vom Vorkriegsscheitel zog. Kaum hatte Maxim den Wagen scharf und schlecht eingeparkt, waren sie alle aus den Türen gequollen und auf die Wartenden zugerannt wie Krazy Kat auf Ignatz Mouse. »Kasi, Kasi!«, hatte Georgchen gerufen und sein Spielzeug in die Höhe gehalten, ein mächtiges Schiffsmodell, das wie die Panzerkreuzer aussah, um die es im Reichstag so viel Streit gegeben hatte. »Schau mal, was ich hab! Das ist die *Deutschland*, hat mir mein Vati für die Ferien geschenkt – alles wie in echt, mit acht Torpedorohren und zwei Bordflugzeugen!«

Er war ein liebenswerter kleiner Kerl, ihr Cousin Georg, und Kasi, das jüngste Liebenthal-Kind, nicht weniger. Zwölf Jahre alt waren sie beide. Wann passierte es, dass liebenswerte kleine Jungen sich zu Halbstarken auswuchsen, und warum geschah es bei Mädchen so viel früher? Bei ihrem letzten Besuch in Odessa, in jenem Frühling des Jahres 1929, war Clara kein richtiges Kind mehr gewesen, aber Hanno, ihr Lieblingscousin, der mit seiner Fröhlichkeit jeden ansteckte, hatte sich noch mit Kasi und Georgchen hinter der Strandmauer versteckt und war mit Geschrei und Spritzpistolen auf sie losgeschossen.

Hanno war ein rundlicher kleiner Clown gewesen, hatte etwas von einem Welpen gehabt, der nicht still sitzen konnte, sondern ständig herumtollen musste. Einer, der Läufer zerkaute und Decken vom Tisch zog, ohne dass jemand ihm böse sein konnte. Jetzt war Hanno ein schlaksiger, langbeiniger Bursche, der im taubengrauen Sommeranzug mit flottem Einstecktuch und offenem Hemd schon fast wie ein voll ausgewachsener Mann wirkte.

Aber nur fast. Rennen konnte er noch immer wie als Knirps. »Clärchen, Menschenskind – du bist ja wieder da!«

Er packte sie einfach und riss sie von den Füßen. Als wäre die nicht eben graziöse Clara Schneider-Arndt ein Federgewicht. Sie war verblüfft davon, wie gut es sich anfühlte – einen Augenblick lang wie auf der Schiffsschaukel im Lunapark.

»Nicht zu glauben.« Er stellte sie vor sich wieder auf die Füße und ließ den Blick an ihr hinauf- und hinunterschweifen.

»Was?«

»Was für eine Schönheit du geworden bist.«

Clara schoss ein wenig Hitze in die Wangen, nicht des unzutreffenden Kompliments wegen, sondern weil sie in etwa das Gleiche gedacht hatte. Die Liebenthal-Brüder waren gut aussehende Burschen, wenn auch an die exquisite, beinahe dramatische Schönheit Maxims keiner heranreichte. Hannos Gesicht war frisch und sonnengebräunt, die Augen wach und voll Neugier, das Haar schwarz und wie ihr eigenes offenbar zu dicht, sich in eine Frisur zu fügen, die diesen Namen verdiente.

»Mach mal halblang«, sagte Clara und grinste.

»Nicht, wo ich mich drei Jahre lang nach dir verzehrt habe.« Hanno grinste zurück.

»Hast du nicht.«

»Hab ich doch. Frag Edvard. Stimmt's, Bruderherz? Ich wäre vor Sehnsucht nach unserer Donna Clara fast gestorben.« Er stieß seinem Bruder den Ellbogen in die Seite und intonierte aus dem Stegreif den Tango, der – gespielt vom Tanzorchester John Morris – seit zwei Jahren um die Welt ging:

»Oh Donna Clara, ich hab dich tanzen gesehn,
Und deine Schönheit hat mich toll gemacht.«

Mit einem pikierten Blick brachte Edvard seinen Bruder zum Verstummen. Es sah nicht im Mindesten danach aus, als hätte er vor, Hanno die erhoffte Schützenhilfe zu leisten. Genauso wenig schien er vorzuhaben, einen der Besucher aus Berlin, die mit seinen Verwandten zum Knäuel verschmolzen waren, zu begrüßen.

Clara schon gar nicht. Er war ein Griesgram gewesen, solange sie ihn kannte, und hatte sich von jeher darauf verstanden, anderen die Stimmung zu verderben.

Hanno war womöglich der einzige Mensch, der ihn mochte, aber der Mensch, den Hanno nicht mochte, war noch nicht erfunden worden. Und Clara mochte Hanno. Schlechte Laune war ein Fremdwort für ihn, und bis auf Manon, ihre zweite Hälfte, hatte sie vermutlich ihn von allen am meisten vermisst. Es fühlte sich so gut an, ihn wiederzuhaben, noch besser als erwartet.

Der kleine Zwischenfall, die winzige Unstimmigkeit im Auto war vergessen.

»Mir bleib damit vom Leib«, knurrte Edvard. »Ist dieses Schaulaufen jetzt beendet? Ich habe zu tun, ich kann es mir nicht leisten, den ganzen Tag hier herumzustehen.«

»Was hast du denn so Dringendes zu tun?«, fragte Clara, seine Unhöflichkeit ignorierend.

»Falls es dir neu sein sollte, wir betreiben hier ein Hotel«, erwiderte Edvard, ohne den Blick zu heben oder auch nur die Strähne des schweren, dunklen Haars zurückzustreichen, die sein Gesicht in Schatten tauchte. »Mein Bruder vergisst zwar mit Vorliebe, dass dazu Arbeit gehört, aber wenn wir es alle so hielten, könnten wir das *Odessa* auch gleich Anselm Fleißer übergeben.«

»Dein Bruder ist erst siebzehn«, konterte Clara. »Da wirst du ihm ein bisschen Vergnügen ja wohl gönnen. Außerdem ist er nett zu Gästen, wie es sich für einen künftigen Hoteldirektor gehört, und was hat mit alledem nun Anselm Fleißer zu tun? Ist der noch immer an jedem Sack Reis schuld, der im *Odessa* umkippt?«

Daran erinnerte Clara sich lebhaft, es war ihr bereits als Kind ständig aufgefallen: Während sie daheim in Berlin mit ihren Spielgefährten *Wer hat Angst vorm Schwarzen Mann?* spielte, hätte es bei ihren Freunden an der Schwarzmeerküste *Wer hat Angst vor Anselm Fleißer?* heißen müssen. Alles Schlechte, das dem Grandhotel in der Vergangenheit widerfahren war oder in der Zukunft drohte, schien von diesem Mann auszugehen, der in einer Art finsterer Festung in einem Vorort auf der anderen Seite der Stadt hauste. Schenkte man den Leuten vom *Odessa* Glauben, dann war der Mann auch für schlechtes Wetter, Missernten und verdorbene Getreidelieferungen verantwortlich.

»Ausgeschlossen ist das nicht«, hatte Manon Clara einst belehrt. »Anselm Fleißer ist ein mächtiger Mann, und er hat geschworen, uns zu vernichten.«

Clara liebte Manon. Dass die Freundin an böse Geister glaubte, die aus Hass auf entfernte Verwandte das Wetter verhexten, tat dieser Liebe keinen Abbruch. Hierher, ins Herz der Ukraine, passte der dunkle Aberglaube in gewisser Weise, während er im blinkenden Neonlicht Berlins nichts als lächerlich wirkte. Soweit sie wusste, hatte Anselm Fleißer irgendein hohes Amt innerhalb der ukrainischen kommunistischen Partei inne. Damit konnte er dem *Odessa* vermutlich gefährlich werden, aber zweifellos traf er Entscheidungen nicht allein.

Mascha Vitalyewnas Hochzeit fiel ihr ein, auf der sie und Manon mit Blumenkränzen auf dem Haar hatten tanzen dürfen. Clara hatte Mascha, die Braut, so hübsch und exotisch gefunden und hatte ihre Mutter gefragt, warum sie einen so alten, grimmigen Mann heiratete und dabei weinte. Ihre Mutter hatte nie geschimpft, wenn Clara nach Dingen fragte, die sie nichts angingen, sondern sie dazu ermutigt: »Dich geht alles an, was dich interessiert.«

»Damit das heilige Hotel vor dem niederträchtigen Vetter in Sicherheit ist, der es vermutlich gern zu einem *Haus der Sowjets* erklären würde«, hatte sie auf die Frage nach Maschas Hochzeit erwidert. »Nikolai Bogdan ist sozusagen der Vater der Revolution in der Ukraine. Wenn der seine Hand schützend über Oda

Liebenthals *Odessa* hält, dürfte der Genosse Fleißer das Nachsehen haben.«

Der Genosse Fleißer, der niederträchtige Vetter, das war der berüchtigte Anselm, und Nikolai Bogdan war der verknöcherte Bräutigam. Claras Mutter hatte nie etwas davon gehalten, Kinder zu schonen, indem man ihnen nur die Hälfte erzählte. Ihrer Ansicht nach bekamen sie nicht vom Erzählten, sondern vom Verschwiegenen Albträume. Also hatte sie Clara erklärt, dass es weltweit zu den gängigen Praktiken gehörte, ein schönes junges Mädchen an einen mächtigen Mann zu verscherbeln, um sich Vorteile zu verschaffen. »Selbst hier. Im Sozialismus. Ehe das Patriarchat seine Frauen befreit, ernennt es Ziegenböcke zu Volkskommissaren.«

Im selben Atemzug hatte sie ihr versichert, dass sie Clara für keinen Vorteil der Welt verscherbeln würde. »Eher verscherbeln wir deinen Vater. Der ist sowieso der Hübscheste von uns, für den bekommen wir einen besseren Preis.«

Clara war noch klein gewesen, erst sechs oder sieben, und hatte vor Angst, ihr Vater könnte an einen hässlichen alten Mann verscherbelt werden, mit den Tränen gekämpft. Ihre Mutter und ihr Vater aber hatten gelacht, hatten sie zwischen sich genommen und waren als eng umschlungenes Dreigespann zum Büfett marschiert, um sich mit Hochzeitskuchen vollzustopfen.

Wir hatten vor nichts Angst, durchfuhr es sie. Wir waren die drei Schneider-Arndts, wir hatten unser Zahnpulver dabei, uns konnte gar nichts geschehen. Ihre Welt war klar und überschaubar gewesen: Was sie hatte wissen müssen, hatten ihre Eltern sie wissen lassen, und vor dem, was sie nicht wusste, brauchte sie sich nicht zu fürchten.

»Das Böse gibt es nicht«, pflegte ihre Mutter zu sagen. »Nur Menschen, die Böses tun und die wir mit vernünftigen Mitteln daran hindern können.«

Dunkle Ängste, Bedrohungen durch düstere Gestalten, die undurchsichtige Rachepläne gegen die eigenen Verwandten hegten, hatte sie nur hier in Odessa erlebt, war von Grauen und Geheimnis fasziniert gewesen und hatte sich von Ideen für Bildergeschichten geradezu überflutet gefühlt. Die Spinne Sidonie war viel eher eine odessitische als eine Berliner Kreatur, denn den verborgenen Grusel, der unter der Oberfläche Fäden spann, kannte Clara aus der Stadt der Katakomben, nicht aus ihrer eigenen.

Bis das Finstere, das tatsächlich Böse und Ungreifbare auch in ihr Leben getreten war.

Clara stemmte eine Hand in die Hüfte und rief sich in die Gegenwart zurück. Sie war hergekommen, um den Sommer zu genießen und danach neu anzufangen. »Na komm, Eddie«, sagte sie. »Anselm Fleißer wird sich nicht gerade hinter der Litfaßsäule verstecken, um sich mit gierigen Klauen das Hotel unter den Nagel zu reißen, sobald du ein paar Minuten mit deiner lang vermissten Kinderfreundin verbringst. Wir beide waren doch wie Latsch und Bommel, oder etwa nicht?« Sie boxte ihn gegen den Oberarm und spürte unter dem Hemdsärmel den Knochen. Er war immer ein mäkliger Esser gewesen, erinnerte sie sich, und jetzt war er dünn wie ein Streichholz.

Hanno schwang herum und legte ihr den Arm um die Taille. Wie komisch, dachte sie flüchtig. Kaum liegt sein Arm da, weiß ich, dass ich so etwas wie eine Taille habe. »Ganz recht hat unser Clärchen«, rief Hanno fröhlich. »Du arbeitest zu viel. Wenn du so weitermachst und dir nicht die kleinste Pause gönnst, hast du mit fünfundzwanzig graue Haare. Oder eine Glatze wie Bogdan – Eddie, stell dir das mal vor! Ich darf doch Eddie sagen, oder? Ich finde es einfach urkomisch, dass Clärchen dich so nennt!«

»Bezahlt dich eigentlich jemand für den Unsinn, den du

schwatzt?«, stieß Edvard hervor, und mit einem Schlag tat er Clara leid. Er konnte nicht aus seiner Haut, kam ihr vor wie ein Käfer, der auf dem Rücken lag und vergeblich mit den Beinen zappelte.

Hanno hatte es auch bemerkt, und dafür mochte ihn Clara gleich noch mehr. »Tut mir leid, alter Junge«, sagte er und klopfte dem Bruder auf die Schulter. »Ich hab mich so sehr über Clärchens Ankunft gefreut, da sind die Pferde mit mir durchgegangen.«

»So bist du doch immer, dazu braucht niemand anzukommen«, brummte Edvard und wandte sich ab. »Ich mache mich an meine Arbeit, ihr amüsiert euch sicher bestens ohne mich.«

»Was fällt dir denn ein!« Tante Oda, die mit Tante Belle und Claras Vater bei der Tür gestanden hatte, fuhr herum. »Du kannst doch unsere Gäste nicht einfach stehen lassen, ohne wenigstens einen Begrüßungscocktail zu trinken.«

»Ich dachte, zumindest du wüsstest zu schätzen, dass ich mich um die Belange des Hotels kümmere«, warf Edvard ihr hin und tauchte in die Drehtür ein.

Während Clara ihm nachsah, schob Manon sich zwischen sie und Hanno. »Und jetzt bekomme ich meine Freundin wieder zurück, ja? Mach schon, Hanno, nimm die ganze Meute mit, verzieht euch an den Strand. Wir zwei Mädchen brauchen ein bisschen Zeit für uns, verstanden?«

Clara blickte sich um und erkannte, warum die Freundin so drängte: Maxim hatte sie stehen lassen, sobald die Gäste aus Moskau eingetroffen waren, und Clara konnte es ihm nicht verdenken. Anna Achmatowa! Ihre Mutter hatte einen Kollegen gehabt, der ihren herrlichen Gedichtband *Die weiße Schar* ins Deutsche übersetzte. Was sie schrieb, hätte Clara illustrieren wollen, hätte in der Künstlerkolonie von Koktebel, wo die akmeistischen Dichter ihre Ferien verbrachten, bei ihnen sitzen und ihnen zuhören wollen. Es hieß, Ossip Mandelstam könne seit Jahren nicht mehr schreiben, und Achmatowas Gedichte drangen nur noch durch den *Samisdat,* eine Art Schwarzmarkt für Literatur, überhaupt außer Landes. Sie hätte die beiden gern danach gefragt, und auf Anhieb fielen ihr noch ein Dutzend weitere Fragen ein, die sie ihnen am liebsten sofort gestellt hätte.

So einfach war das nur leider nicht. Der unschöne Vorfall von der Herfahrt ins Hotel rief sich in Erinnerung. Manon und Maxim, die Clara nur als harmonische Einheit gekannt hatte, hatten sich gestritten, und sie war in gewisser Weise daran schuld. Maxim hatte die Gäste aus Moskau erwähnt, hatte erklärt, er werde nicht mit zum Strand kommen, sondern hätte verabredet, mit den dreien in Ullrichs Zimmer Tee zu trinken.

Als ihre Namen fielen, war Clara fast aus dem Häuschen geraten: »Mandelstam und Achmatowa? Die Akmeisten? Oh bitte, Maxim, darf ich auch kommen? Tee schmeckt für mich wie Abwaschwasser, ich trinke euch ganz bestimmt keinen weg, aber ich würde sie so gern kennenlernen.« Wie von selbst, ohne nachzudenken, hatte sie ein paar Zeilen aus einem von Anna Achmatowas Gedichten vor sich hin gemurmelt:

»Im späten Sommer traf ich eine Fremde
Zur Zeit der Sünde und des Abendrots
Wir badeten zu zweit im warmen Meere.«

»Ich wusste gar nicht, dass dein Russisch gut genug ist, um mit Intellektuellen zu parlieren«, war Manon gehässig eingefallen. So kannte Clara sie gar nicht.

»Ossip Mandelstam hat in Heidelberg studiert«, hatte Clara, noch immer ohne nachzudenken, erwidert. »Er spricht sicher Deutsch, und zumindest Französisch dürften wir ja alle können.«

»Was er schreibt, ist ziemlich rückständig«, mischte Malwine von dem Knesebeck, Belles erwachsene Stieftochter, sich ein. »Mich würde nicht wundern, wenn er mit den Trotzkisten liebäugelte, und die Frauen aus seinem Kreis ebenso. Die Zwetajewa ist die Schlimmste, so schön ihr Geschreibsel auch klingt. Sie weiß einfach nicht zu schätzen, welche Möglichkeiten einer Frau im Sozialismus offenstehen.«

»Ich glaube, ich muss nach Berlin umziehen«, hatte Maxim eingeworfen. »Dort scheinen die Mädchen gebildet zu sein und Gedichte zu lesen.«

Damit hatte er Manon, seiner süßen, arglosen Manon, der er als Ritter ihre ganze Kindheit hindurch zur Seite gestanden hatte, eine Ohrfeige verpasst. Überhaupt war Maxim nicht wiederzuerkennen. Er mochte aussehen wie ein Prinz aus dem Märchen, aber Manon gegenüber benahm er sich so schäbig und geringschätzig, dass Edvards schlechtes Betragen dagegen harmlos wirkte. Zumal man es von Edvard nicht anders gewohnt war, während Clara Maxim bisher nur als Muster wohlerzogener Freundlichkeit gekannt hatte.

Manon hatte ihre Verletztheit kaum verbergen können, und auch jetzt stand sie ihr ins Gesicht geschrieben.

»Ich mache euch einen Vorschlag«, sagte Hanno. »Ihr zwei lasst den Begrüßungscocktail weg und beeilt euch mit Clärchens Gepäck, wir warten so lange, und dann gehen wir alle zusammen an den Strand. Wettschwimmen! Wasserschlacht! Na, wie klingt das?«

»Nach einem Unterhaltungsprogramm für kleine Jungen, zu dem du uns nicht brauchst«, verwies Manon ihn kurz angebunden. »Ihr macht eure Planscherei allein, und Clara und ich genießen ein bisschen Ruhe ohne euch. Wir sehen uns ja dann heute Abend.«

Ich will auch zum Strand!, hätte Clara um ein Haar gerufen.

Sehnsucht nach dem Meer überfiel sie, nach den Wellen, in die man sich hineinwerfen konnte, als wäre man ein freies, wildes Tier, das keine Heimat kannte. Dann aber fiel ihr Blick auf Manons Gesicht. Die Freundin brauchte sie. Das war wichtiger.

Hanno schien dasselbe zu erkennen, und schon wieder freute sich Clara über sein Feingefühl, das sie bei dem Clown der Familie nicht erwartet hätte. »Na gut, na gut, wenn's unbedingt sein muss, findet die große Schwimmmeisterschaft der Ukrainischen Sowjetrepublik eben ohne euch statt.« Er nahm Claras Hand und suchte ihren Blick. »Aber nur wenn du heute Abend mit mir tanzt.«

»Darauf kannst du Gift nehmen«, erwiderte Clara, die außer Schüttel-*Shimmy* kaum tanzen konnte, aber Musik liebte. »Wir treffen uns also heute Abend im Wellensaal? Oder in der Bar?«

»Das eine schließt das andere nicht aus.« In Hannos Augen blitzte eine Lebenslust, die auf sie übergriff. »Erst ein Stündchen Tango mit unseren Altvorderen im Saal und dann ab in die Bar, zu AMA-Jazz mit dem einen und einzigen Bob Zfasman. Für Leute über zwanzig nur in Ausnahmefällen geeignet.«

Er zwinkerte ihr zu, und sie zwinkerte zurück. Manon stieß er brüderlich in die Seite. »Ich mag Tango lieber als Jazz«, sagte die, hakte sich bei Clara unter und wollte mit ihr ins Hotel.

»Augenblick noch!«, hielt eine Männerstimme sie zurück. Maxim eilte hinter ihnen her und zerrte einen kleinen, ausgezehrten Mann mit großen Ohren regelrecht mit sich. Die beiden Frauen, die folgten, wirkten ebenfalls ausgezehrt und in der leuchtenden Sonne erschreckend bleich. »Ich will auch mit Clara tanzen«, sagte Maxim auf Russisch. »Und unsere Gäste aus Moskau würden sich gern mit ihr bekannt machen. Clara, hier hast du Ossip Emiljewitsch. Ich habe ihm erzählt, dass du seine Gedichte liest und dich dafür begeisterst.«

Eigentlich eher für die von Anna Achmatowa, dachte Clara, doch als Mann ging Maxim selbstverständlich davon aus, dass der männliche Dichter der Interessantere war. Daran war sie gewöhnt. In ihrer Familie war es anders gewesen, aber ihre Familie gab es nicht mehr. Sie streckte Ossip Mandelstam die Hand hin. »Ich bin Clara Schneider-Arndt. Ich freue mich sehr, Sie kennenzulernen.«

»Die Freude ist auf meiner Seite«, sagte er, ohne zu lächeln, und beugte sich über ihre Hand, ohne sie zu küssen. Seine Augen lagen in dunkel umschatteten Höhlen. »Im eigenen Land gilt der Prophet ja nichts mehr. Will sagen, einem Menschen, der den eigenen Namen und sogar das bisschen, das man geschrieben hat, noch kennt, begegnet man in diesem Staatskonstrukt nur noch höchst selten.«

Die Frauen schlossen zu ihnen auf, und Maxim half charmant und zuvorkommend, alle miteinander bekannt zu machen. Anna Achmatowa war eine hochgewachsene Schönheit mit glänzendem schwarzen Haarknoten, Nadeshda Mandelstam hingegen eine unscheinbare, fast maushafte Frau, die unlängst krank gewesen sein musste, so mager war sie. In ihren Augen aber stand etwas Lebendiges, Energetisches, das sie jung erscheinen ließ, während ihre Begleiter alt wirkten.

Was für fesselnde Menschen! Am liebsten wäre Clara sofort mit ihnen weitergezogen, in ein Lokal wie *Tanner,* um zu reden, Fragen zu stellen, zu hören, was sie von ihrer Arbeit erzählten, davon, etwas zu erschaffen, das sie mit Menschen auf der ganzen Welt verband. Im nächsten Atemzug fiel ihr Manon ein. Sie drehte sich um und sah, dass die Freundin schon durch die Drehtür gegangen war. Dahinter blieb sie stehen und verfolgte die Szene mit unverhohlener Traurigkeit.

Unwillkürlich wandte Clara den Blick nach Maxim, der gestikulierend, geradezu flirtend der schönen Anna Achmatowa etwas erklärte. Zum ersten Mal kam Clara der Gedanke, dass er dieses Spektakel nicht nur vor Manon nicht verbarg, sondern dass er es eigens ihretwegen inszenierte.

Aber warum?

Hatte ausgerechnet der sanftmütige Maxim, der Manon so sehr geliebt hatte, auf einmal seine Lust daran entdeckt, sie zu quälen?

6

BODO

Ich fahre dich«, sagte Bodo, als Oda beim Frühstück ankündigte, sie wolle bei einem Bauern, der sie regelmäßig mit Feldfrüchten belieferte, nach dem Rechten sehen, weil die Lieferung mehrmals ausgeblieben war.

»Ich kann selbst fahren, Bodo.« Der Ton war so typisch für Oda, dass er sich das Grinsen verkniff. »Was, glaubst du, habe ich 1918 gemacht, nachdem ihr mich alle hier habt sitzen lassen? Bin ich da vielleicht mit dem Eselskarren durch die Wirren der Revolution gekurvt?«

»Aber nicht doch.« Er beugte sich herab und strich ihr die drahtige Locke, die sich aus der perfekt gelegten Frisur befreit hatte, vom Auge. »Ich bin sicher, du hast den abrückenden kaiserlichen Einheiten ein Panzerfahrzeug gestohlen und bist damit die Deribasowskaya hinuntergerattert, um für die Gala des *Odessa* roten Kaviar zu kaufen.«

»Als kleiner Junge warst du ein unerträglicher Rotzlöffel«, sagte Oda. »Ich weiß nicht, warum, aber ich hatte mir Hoffnungen gemacht, du wärst inzwischen gereift.«

»Gealtert, Oda Odessa. Sobald man die vierzig überschritten hat, spricht kein Mensch mehr von Reife, sondern nur noch von Verfall.«

»Das macht mir nichts aus«, erwiderte Oda. »Es ist sogar eine Art von Erleichterung. Ich hatte zum Jungsein nie sonderliches Talent.«

»Dagegen hätte ich einiges vorzubringen«, sagte Bodo. »Aber ich denke, ich beschränke mich für heute auf den Versuch, dir dein Auto abzuschwatzen. Sei kein Frosch, Oda, lass mich dich fahren. Einen von deinen schicken GAZ-As mit seinen vierzig Pferdestärken möchte ich zu gern mal unter dem Allerwertesten vibrieren lassen.«

Vielleicht hatte sie noch einmal protestieren oder ihm zumindest an den Kopf werfen wollen, er sei noch immer so unmöglich wie vor dreißig Jahren. Stattdessen marschierte die formidable Lidija Petrowna, Fürstin Bezborodko, die jetzt schon seit über zehn Jahren mit den Papieren des baltischen Kinderfräuleins Maria Peters herumlief, vor ihrem Frühstückstisch auf, den die Jugend bereits verlassen hatte. So wie Bodo sie kannte, würde sie bereit sein, ihm Schützenhilfe zu leisten.

»Hauptmann von Arndt. Noch immer dieselbe Augenweide wie anno dazumal.«

»Nur kein Hauptmann mehr.« Bodo erhob sich, öffnete die Arme und fing den in flatternde Farbenpracht gewandeten Paradiesvogel darin auf. »Und das ›von‹ habe ich unterwegs auch verloren. Zum Ausgleich bleibt mir offenbar der altersgemäße Haarverlust noch eine Weile erspart. Wie ist es Ihnen ergangen, Lidija? Es gibt Menschen, die sollte man nicht erst nach drei Jahren, sondern auf Rezept des Hausarztes mindestens alle vier Wochen zu sehen bekommen.«

»Maria, bitte. Das schlichte Kinderfräulein Maria Peters grüßt den schlichten Reichsbahner Bodo Arndt, und das Kompliment gebe ich postwendend zurück.«

Ohne Hemmungen ließ sie sich in seine Arme sinken. Der Krieg, dachte er, hat uns so vieles entrissen und uns gezwungen, mit Löchern in der Seele weiterzuleben. Freunde, Geliebte, Hoffnungen, das Urvertrauen, aus einem Missgeschick werde schon keine Katastrophe werden. Wer den Krieg erlebt hat, kann keinen grandiosen Saxofonisten zum Schmelzen schönen Jazz spielen hören, ohne sich zu fragen: Wie viele von denen liegen in den

Massengräbern von Verdun verscharrt? Aber der Krieg und die verdammte Erfahrung, dass das Leben kurz und unschätzbar ist, haben uns auch so manches genommen, das wir nie gebraucht hätten: Hemmungen, Schranken, Standesdünkel. Er tätschelte Lidija-Maria den Rücken. »Sie haben sich prächtig gehalten, meine Beste. Nur zum Kinderfräulein finde ich Sie heute noch so wenig geeignet wie 1917.«

»Warum? Weil ich die Zähne blecke, als würde ich Kinder zum Frühstück verspeisen? Nicht die meiner Herrschaft, das müssen Sie mir glauben.«

»Wenn du gekommen bist, um mit Bodo zu flirten, überlasse ich dich deinem Vergnügen und mache mich auf den Weg zu Alexej Danilowitsch.« Oda stand auf und wandte sich zur Tür.

»Warte.« Lidija Petrowna löste sich von Bodo und trat ihr in den Weg. »Mit Herren wie Hauptmann von Arndt muss ich flirten, wenn ich ihnen über den Weg laufe, das entspricht meiner Natur und lässt sich nicht ändern. Aber gekommen bin ich, um dich wissen zu lassen, dass deine Tante sich auch heute entschuldigen lässt. Und dass mir die Sache nicht länger geheuer vorkommt. Ich habe Tessa Pertsowa in all den Jahren nicht krank erlebt und würde gern einen Arzt kommen lassen. Auch wenn deine Tante mit Liebenthalscher Familiensturheit darauf beharrt, dass sie keinen braucht.«

Oda nickte. »Kann ich dich hier alleine lassen, wenn Tessa wieder ausfällt? Ich denke, ich sollte die Fahrt auf die Höfe wirklich nicht länger aufschieben. Wenn Alexej Danilowitsch nicht mehr verlässlich liefern kann, müssen wir uns nach jemand anderem umsehen, so leid es mir tut. Ich kann nicht mit einem voll belegten Hotel ohne Weizen und Sommergerste dastehen. Unterwegs fahre ich bei Dr. Wajsberg vorbei und bitte ihn, nach Tessa zu sehen, sobald er die Praxis schließt.«

»Nicht du fährst, sondern ich fahre«, ergriff Bodo seine Chance. »Lidija, ich flehe Sie an, wirken Sie auf Ihre Freundin ein, damit sie mir ihre GAZ-A-Limousine überlässt. Ich bin ein guter Fahrer, ich schwör's. Und in jedem Mann steckt doch ein kleiner Junge, der Auto fahren will.«

»In dir steckt eine ganze Volksschulklasse, das ist das Problem«, parierte Oda. »Also schön, wenn du dich partout nicht davon abbringen lässt, dann komm in Gottes Namen mit. Aber fahren werde ich, und ein Vergnügen wird die Exkursion für dich auch nicht werden. Ich habe nämlich ein Hühnchen mit dir zu rupfen.«

»Ach du liebe Zeit«, entfuhr es Bodo.

Lidija Petrowna lachte und wischte ihm ein Stäubchen vom Revers. »Sie Armer. Aber was verbringen Sie auch mit derartig vielen Frauen Ihren Urlaub, was haben Sie sich denn dabei gedacht?«

»Ich weiß es selbst nicht«, antwortete Bodo. »Ich habe schon Georgchen und Kasi gefragt, ob ich bei ihnen mitspielen darf, aber Modelleisenbahnen sind bei der Jugend nicht länger angesagt. Und für einen tapferen Panzerkreuzer-Matrosen finden sie mich zu alt.«

»Unglaublich.« Ihre hellen Augen blitzten vor Amüsement. Sie war selbst unglaublich, diese Petersburger Fürstin, die ihr Gut in Pargolovo mit allem, was daran hing, hinter sich gelassen und vor der Revolution von 1905 in ein Hotel geflüchtet war. Vor den einrückenden Bolschewiki hatte sie sich wochenlang in Odessas Katakomben versteckt, und jetzt stand sie Oda bei der Führung des Hotels zur Seite und lebte mit Jurij Jatschenko zusammen, dem Assistenten des Empfangschefs, der ihr Sohn oder vielleicht sogar ihr Enkel hätte sein können.

Bei Lidija Petrowna wusste das niemand ganz genau. Ihrem verwitterten Gesicht nach mochte sie gut und gern achtzig sein, ihr voluminöser Körper war hingegen wieselflink wie der einer

Dreißigjährigen, und in ihren Augen brannten noch manchmal die Neugier und Lebenslust eines blutjungen Mädchens. Gut, dass Oda sie hatte. Oda war womöglich der tapferste Mensch, den Bodo kannte, und der Mann, den sie geheiratet hatte, war ihr keine Stütze. Zu ihrem Glück hatte sie eine Freundin, die ebenso wie sie selbst um dieser Freundschaft willen vor nichts zurückschreckte.

»Ich liebe Sie, Lidija«, sagte er aufrichtig und war auf einmal froh, dass er hergekommen war. Er hatte Clara zuliebe fahren wollen, für sein Mädchen, die viel zu rasch und viel zu entschlossen in ihr Erwachsenenleben preschte und noch ein wenig Halt spüren sollte. Jetzt aber erkannte er, dass der Halt auch ihm selbst gefehlt hatte. Hier zu sein tat weh, würde immer wehtun, aber der Schmerz glich einer Art Zahnweh, das daran erinnerte, an welch langen Wurzeln so ein Zahn hing. Seine Wurzeln waren hier. In Odessa. Vielleicht hatte jeder Mensch sie nicht dort, wo er zur Welt gekommen, sondern dort, wo er zum ersten Mal verliebt gewesen und vom Kind zum Mann oder zur Frau geworden war.

»Sagen Sie das nicht.« Lidija Petrowna riss die blitzenden Augen auf. »Es würde dem armen Jurij das Herz brechen, wenn ich mit Ihnen durchbrenne. Und das müsste ich doch – schließlich liebe ich Sie spätestens seit jener Nacht in einem glorreichen Vorkriegswinter, als Sie erst mich, die am Faunenbrunnen festgefroren war, und dann die arme Oda in ihrem Strandhaus vor dem Kältetod bewahrt haben.«

Sie lachten alle drei. Das war Freundschaft, stellte Bodo nicht ohne Verwunderung fest. Über etwas zu lachen, nicht weil es komisch war, sondern weil man es teilte. »Ich muss Sie eben entführen«, sagte er zu Lidija. »Wir planen das später ausführlich.« Dann bot er Oda seinen Arm und verließ mit ihr das Hotel, in das soeben eine Horde lärmender italienischer Herren in Sommeranzügen hineinquoll.

Unbarmherzig blieb Oda bei ihrem Entschluss: Das rassige Automobil fuhr nicht er, sondern sie. Sie kurbelte das Verdeck zurück und ließ den Wagen im gleißenden Sonnenlicht die Strandpromenade hinuntergleiten, bot Bodo den Blick über Strände voller herumtollender, vor schierer Lebenslust johlender Menschen hinweg auf das Meer, das den glänzenden Himmel schwarzblau spiegelte. Irgendwo dort war auch seine Clara, umschwärmt von jungen Männern, wie sie es verdiente, bereit, in ihrem gepunkteten Badeanzug in die Wellen hinauszulaufen und alles Schwere, alles Düstere der letzten Jahre hinter sich zu lassen. Wenn sie abends mit ihrem Gefolge heimkehrte, das Haar von der Sonne gebleicht und das Gesicht gebräunt und strahlend, kam es ihm flüchtig vor, als wäre ihre Welt wieder heil.

Wo die Akazien und Bogenlampen endeten, wendete Oda den Wagen, fuhr hinauf in die Innenstadt und durch die Deribasowskaya mit ihren zweistöckigen Häusern, vor denen sich Buden reihten und Menschen drängten. Der Duft nach kandierten Früchten und ein wenig nach Bratfisch hatte hier schon gehangen, als sie beide Kinder gewesen waren, und das Gezwitscher der vielen Sprachen war wie ein lange vergessenes Lied.

Er sah einen kleinen Blumenstand, an dem er Valerie einmal ein Sträußchen roter Nelken gekauft und an den Kragen ihrer Bluse gesteckt hatte, und einen anderen, an dem sie türkischen Honig gegessen und sich vor Lachen ausgeschüttet hatten, weil sich die klebrige Masse von den Fingern nicht einmal durch Küssen entfernen ließ.

Beim ersten Mal hatten sie gemeinsam kaum eine Kopeke in der Tasche gehabt. Der Bruch seines Sprunggelenks, den er sich bei seiner Flucht quer durch das zerfallende russische Reich zugezogen hatte, heilte nicht richtig zusammen, er wandelte im Schlaf, und sie beide waren von fast vier Kriegsjahren vollkommen erledigt gewesen.

Und vollkommen glücklich.

Wir haben es geschafft. Wir leben. Die neue Zeit beginnt, und die Welt ist fortan nur noch die, die wir daraus machen.

Beim zweiten Mal hatten sie Clara dabeigehabt und waren vor Elternstolz fast geplatzt. Valerie, die geflickte Röcke aus Zellstoff trug, hatte ihr Mädchen in eine Matrosenbluse gesteckt, um mit ihr über Odessas Flaniermeile zu paradieren. Klein Clara war die geborene Odessiterin, die geborene Weltbürgerin, sie spazierte durch Akazienalleen, die sich mit vier bis fünf Fremdsprachen füllten, wie durch ihre Nachbarschaft in Schöneberg.

Dieses Mal waren sie länger geblieben, nicht Wochen, sondern Monate, weil in den Wirren von Krieg und Revolution niemand mit Sicherheit wusste, welche Stadt übermorgen zu welchem Staat gehören würde und wer aus welchem Staat aus- und in welchen anderen einreisen durfte. Es war ein Notbehelf, ein Provisorium, aus dem ein Winter lang Alltag wurde. Zusammenrücken vor Kaminfeuern, geteilte Mahlzeiten aus wenig Brot, noch weniger Trockenfisch und reichlich Wodka, Kinder, die aus ihren drei Sprachen eine vierte machten, und Erwachsene, die sich warm tanzten, warm küssten, unter Federbetten warm liebten, wenn das Feuer erloschen und kein Holz mehr da war.

Valerie hatte schiefe, verwackelte, atemberaubende Fotos geschossen, die um die halbe Welt gingen, und Artikel verfasst, zu denen ihr ein Mitglied des amerikanischen Kongresses schrieb, er habe beim Lesen geweint. *Die Stimme der zwischen Mächten zerrissenen Ukraine* – das war sie gewesen. Valerie Schneider. Seine Liebste. »Zu dem Thema bin ich ja wie die Jungfrau zum Kind gekommen, aber jetzt ist es eben *mein* Thema«, hatte sie ihm erklärt. »Ich glaube, daheim in Berlin kann ich mit meiner Arbeit meine Familie ernähren. Hungern werden wir nicht, auch wenn die deutsche Republik für meinen desertierten Offiziersehemann keine Verwendung mehr hat.«

Sie war so stolz darauf gewesen, ein bürgerlich geborenes Mädchen, das sich ihren Weg als Journalistin allein erkämpft hatte. Und Bodo war stolz auf sie.

Als sie das dritte Mal nach Odessa kamen, hatten sie sich jeder für sich in ihrer neuen Welt etabliert. Sie waren die, die zurechtkamen, die auf die Füße fielen, auch wenn das meiste, was glänzte, kein Gold war. Es war alles echt. Ihr Leben voller Herausforderungen, das Leben, das sie gewollt hatten. Valerie Schneider wurde als streitbare Journalistin zum stehenden Begriff, und Bodo von Arndt hängte den verhassten Offiziersrock an den Nagel und widmete sich seiner liebsten Beschäftigung: mit Eisenbahnen spielen. Bei der Reichsbahn war er für die Umrüstung auf den neuen Einheitstyp von Dampflokomotiven zuständig und durfte all den ausgemusterten alten Prachtstücken Lebewohl sagen. »Mein Mann streichelt D-Züge«, pflegte Valerie zu erklären, wenn jemand sie nach seinem Beruf fragte.

Sie liebten sich sehr. Wenn sie sich stritten, gelang es ihm kaum, sich zu konzentrieren, weil er an die anschließende Versöhnung im Bett dachte. Valerie war unter den Frauen, die er kannte, die Einzige, die auch bei der Liebe unentwegt redete. Über fehlende Sozialversicherungen, Mangel an Frauenrechten, Gefahren von rechts, denen niemand Grenzen setzte. Bodo küsste ihren ewig sich bewegenden Mund zwischen zwei Worten und konnte sich um keinen Preis etwas vorstellen, das so aufregend war wie ihr zarter Körper, der sich aus Schichten formloser Kleidung schälte, und ihr messerscharfer Verstand, der nie Pause machte.

Er hätte sich ein halbes Dutzend Kinder gewünscht, aber bei Valeries beruflicher Belastung wäre das nicht fair gewesen. Und sie hatten Clara. Wie konnte man andere Kinder vermissen, wenn man das beste der Welt bei sich haben durfte?

All die guten Jahre.

All die glücklichen Sommer in Odessa.

Ich habe kein Recht, mich zu beklagen, dachte er. Ob Oda diese Umwege mit ihm gefahren war, um ihm vor Augen zu führen, was er verloren oder was er besessen hatte, wusste er nicht, schloss aber Ersteres aus. Oda war pragmatisch bis auf die Knochen und hätte im Zweifelsfall nicht gezögert, für ihr Hotel über Leichen zu gehen, aber Grausamkeit war ihr fremd. Sie hätte nicht einmal Anselm Fleißer, der ihr den Mann, den sie liebte, geraubt hatte, sinnlos quälen oder sich an ihm rächen wollen, sondern wünschte sich lediglich Ruhe vor ihm.

Vermutlich hatte sie Bodo zeigen wollen, was er noch immer besaß. Und recht hatte sie. Mit einem Lächeln blickte er zu ihr hinüber, betrachtete ihr scharfes Profil, die eine Hand, mit der sie lässig steuerte, während sie den anderen Arm auf die Autotür stützte. Er war ein Glückspilz. Trotz allem. Auch diese Wahlschwester, die er einst heiß und unerwidert geliebt hatte, die Freundschaft ihrer Familien, die aus der tragischen Liebe zwischen seiner Mutter und ihrem Vater erwachsen war, bedeutete Glück. »Odessa sieht ein bisschen gerupft aus«, sagte er zu ihr. »Aber sie ist noch immer die Schönste.«

»Gut, dass du das so siehst«, versetzte Oda. »Als ich neulich mit Malwine hier unterwegs war, um ihr Strumpfbänder zu kaufen, hat sie mir erklärt, die ganze Innenstadt samt meinem Hotel wäre eine Obszönität. Wir würden am sinnlosen Prassen der Bonzen verdienen, während rings um uns Menschen Not leiden, und sie hätte sich das Leben in einer sozialistischen Stadt anders vorgestellt.«

»Odessa ist eben keine sozialistische Stadt«, sagte Bodo zärtlich. »Odessa ist Odessa, die bekommt auch eine so wackere Pädagogin wie Malwine nicht erzogen. Im Übrigen vergisst Malwine ihre Vorbehalte gegen bonzenhaftes Prassen in Windeseile, wenn es zum Abendessen frische Austern und Dessertwein aus

Massandra gibt. Sie ist ein nettes Mädchen, Oda. Tatsächlich kann ich es manchmal kaum fassen, was mein Schwager Alfred von dem Käsegebäck für nette Kinder gezeugt hat.«

Oda verkniff sich ein Grinsen. »Dein Humor hat immer noch Schulhofniveau. Und was an Malwine von dem Käsegebäck nett sein soll, musst du mir erklären.«

»Nett ist zum Beispiel, dass sie mit ihren fünfundzwanzig Jahren bei dem Vater, dem sie spinnefeind ist, wohnen bleibt, weil sie Belle und Georgchen mit ihm nicht alleine lassen will.«

»Sie bleibt wohl eher, weil sie sich mit ihrem Gehalt als Parteischullehrerin keinen eigenen Haushalt leisten kann«, bemerkte Oda bissig. Sie bog ab, nahm eine Seitenstraße, verließ den belebten Stadtkern. »Heiraten wird sie kaum, um sich auf eigene Füße zu stellen, solange sie sich ihren Sozialismus vom Vater finanzieren lassen kann. Wie steht es eigentlich mit deiner Clara? Ist die auch Sozialistin?«

»Clara? Natürlich. Jeder Mensch, der ein Herz hat, ist heutzutage Sozialist, oder nicht?«

»Woher soll ich das wissen?«, fuhr sie ihn an. »Ich habe ja keines. Allerdings scheint es mir sehr viel leichter, Sozialist zu sein, wenn man nicht in einem sozialistischen Land lebt.«

»Selbstverständlich«, erwiderte Bodo. »Man muss auch nicht jede Gleiskonstruktion, die im Modell bestechend schön aussieht, in der Realität ausprobieren. Aber wenn junge Leute nicht davon träumten, die Welt besser zu machen, müssten wir uns um die Welt sorgen, oder nicht?«

»Ich sorge mich um die Welt«, sagte Oda. »Wenn ich mal Zeit dazu habe. Meistens habe ich mit den Sorgen um mein Hotel und meine Familie den Kopf voll genug.«

Sie schien in den engen Gassen Slalom zu fahren. Ein paar Straßen weiter begann die Moldawanka, das jüdische Viertel, auf dessen Märkten man so gut wie alles bekam. Bodo hatte einmal ein Fläschchen Schlangenblut erworben, das dem Händler zufolge gegen jedes Leiden des menschlichen Herzens half. »Gegen Liebeskummer vor allem – probieren Sie's aus!«

Bodo hatte dazu keinen Anlass gesehen und das Fläschchen zu dem Sammelsurium von Muscheln, Seesternen und weiteren Souvenirs auf die Kredenz in ihrem Wohnzimmer gestellt. Dort stand es noch heute. In den Monaten, die auf den Mai 1929 folgten, war er allerdings mehr als einmal in Versuchung gewesen, es auszutrinken.

»He, was ist los?«, fragte er Oda. »Du warst so vergnügt, als wir angekommen sind. Wo ist diese gute Laune hin?«

Oda zuckte die Achseln und hielt vor einem grauen Haus, dessen Torbogen auf einen Hinterhof führte. Odessa war die Stadt der tausend Höfe. Hier, unweit der großen Brodsky-Synagoge, lebten jüdische Kaufleute, Ärzte, Anwälte und Geschäftsleute, die sich zwar Wohnungen in den beleuchteten, von Kastanien gesäumten Straßen leisten konnten, nicht aber die großbürgerlichen Häuser der Innenstadt. Dr. Wajsbergs Praxisschild in weißer Emaille prangte neben dem Tor. Der junge Arzt hatte Eduard Milsteins Nichte geheiratet und vor ein paar Jahren die Praxis seines Schwiegervaters samt den Patienten übernommen.

Auf die Verschwiegenheit des Schwiegervaters hatte sich Odas Familie verlassen können, ob ein Opfer bolschewistischer Unruhen sich mit einer Schusswunde hinter den Empfangstresen geflüchtet hatte oder eine lebensbedrohlich fiebernde Untergetauchte in den Katakomben der Behandlung bedurfte. Zum Ausgleich hielt Oda dem Nachfolger die Treue. In Odessa, wo ein Drittel der Bevölkerung einer jüdischen Gemeinde angehörte, scherte sich niemand darum, ob er zu einem Juden oder einem Christen zum Arzt ging.

In Berlin eigentlich auch nicht, fiel ihm ein, und er fragte sich, warum er gerade jetzt darüber nachdachte.

»Was los ist, willst du wissen?«, fragte Oda. »Wohin meine gute Laune verschwunden ist? Die vergeht mir, wenn mir mitten in der Hochsaison die Frau ausfällt, auf die ich mich verlassen konnte, seit ich das *Odessa* leite. Die vergeht mir, wenn ich anfangen muss, mir Sorgen zu machen, wie lange die Getreidevorräte wohl reichen, weil mir nicht nur einer, sondern reihenweise Lieferanten ausfallen. Von frischem Obst und Gemüse ganz zu schweigen. Lediglich Fleisch bekomme ich in rauen Mengen angeboten, meist schwarz und zu Schleuderpreisen. Wie lange das anhalten kann, frage ich mich allerdings auch. Demnächst müsste jedes Stück Vieh rund um diese Stadt geschlachtet sein.«

»Was Tessa betrifft, weiß sicher der Arzt Rat«, sagte Bodo. »Vielleicht hat sie irgendeinen Mangel, braucht ein Tonikum, das er ihr verschreiben kann. Und gleich danach finden wir heraus, wo auf den Höfen der Hase im Pfeffer liegt. Sind die privaten Einzelbauern womöglich nicht mehr in der Lage, Großkunden zu beliefern? Solltest du es doch einmal mit den Kolchosen oder Sowchosen versuchen?«

»So einfach, wie ihr Salon-Sozialisten es euch vorstellt, ist es nicht«, unterbrach ihn Oda. »Kolchosen und Sowchosen werden nach Plänen bewirtschaftet, die Moskau neuerdings fünf Jahre im Voraus erstellt. Fünf Jahre im Voraus weiß aber kein Mensch in Moskau, wie in der Ukraine das Wetter sein wird, was für Schädlinge auftauchen und vor allem nicht, was mein Hotel braucht. Wenn du fünf Jahre im Voraus geplant hast, was Menschen leisten, wozu sollen sie sich dann noch anstrengen? Von der Kolchose bekomme ich nur, was mir nach dem Fünfjahresplan aus Moskau zusteht. Mit dem, was irgendein Plan ihnen zugesteht, geben sich Gäste von Luxushotels aber nicht zufrieden. Sie kommen schließlich nicht her, um mit der Masse verplant zu werden, sondern um sich einzigartig und besonders zu fühlen.«

Wie klug sie ist, dachte Bodo. Und wie gut sie sich auf das, was sie tut, versteht. Seine Schwäche für kluge Frauen hatte ihn in die Arme von Valerie Schneider getrieben, an deren Seite er sich gelegentlich wie ein Dummkopf gefühlt und es von Herzen genossen hatte.

Ehe er auf eine Erwiderung sinnen konnte, fuhr Oda schon fort: »Vielleicht solltest du lieber über Dinge reden, von denen du etwas verstehst. Weißt du, was mir meine gute Laune nämlich mehr verleidet als alles andere?«

»Ich bin nicht sicher, ob ich es wissen will.«

»Dann hättest du nicht mitfahren dürfen«, beschied sie ihm und stieg aus. »Ich habe dir gesagt, ich habe ein Hühnchen mit dir zu rupfen, und sobald ich mit Dr. Wajsberg gesprochen habe, geht es dir an den Kragen.«

7

BODO

Sie brauchte länger, als er erwartet hatte, und kam tief in Gedanken zurück.

»Du siehst aus, als hätte Dr. Wajsberg deine Sorgen eher größer statt kleiner gemacht«, sagte er, als sie anfuhr. »Oder nutzt du diese Stille nur zur Sammlung, ehe du mir an die Kehle springst?«

»Dr. Wajsberg hat genau das gesagt, was ich denke«, erwiderte Oda. »Tessa war nie krank. Wir alle drei, Lidija, Tessa und ich, waren nie krank, weil wir es uns nie erlauben konnten. Als wir die Spanische Grippe im Haus hatten, an der meine Mutter gestorben ist, sind wir weiter über die Gänge geflitzt und haben getan, was eben getan werden musste. Wenn Tessa sich jetzt auf einmal hinlegt und schlappmacht, ist das kein gutes Zeichen. Er kommt nach Praxisschluss und sieht sie sich an. Und ich überlege, ob ich Grischa verständigen sollte.«

Grischa war Tessas Sohn, der als Naturwissenschaftler an die Lomonossow-Universität nach Moskau gegangen war. Als Sohn eines Mannes, der vom fanatischen Bolschewisten zum verbannten Regimekritiker geworden war, hatte er mit allen erdenklichen Schwierigkeiten zu kämpfen und würde sich vermutlich so leicht nicht frei machen können. »Meinst du nicht, wenn überhaupt, solltest du Mascha benachrichtigen?«, fragte Bodo vorsichtig.

»Das kann Tessa selbst tun, wenn sie es für nötig hält«, kam es postwendend von Oda. »Von Mascha halte ich mich in unser beider Interesse fern und bin froh, wenn sie mir nicht heute Abend im italienischen Konsulat über den Weg läuft. Womit wir beim Thema wären, mein Lieber.«

»Das bedauernswerte Huhn, das du mit mir zu rupfen hast, hat mit diesem Empfang im italienischen Konsulat zu tun?«

»Empfang mit Tanz«, korrigierte Oda.

»Mit Tanz, selbstredend. Ich war der Ansicht, eure italienischen Freunde hätten diesen Protzkasten hinter der Oper überhaupt nur angemietet, um da in einem fort zu feiern und zu tanzen.«

Seit das faschistische Italien die Union der Sozialistischen Sowjetrepubliken überraschend als erstes Land anerkannt hatte und nun sogar ein Freundschaftsbündnis mit ihr vorbereitete, betrieb es nicht nur eine Botschaft in Moskau und ein Konsulat in Charkiw, sondern auch eines in Odessa. Da die drei Diplomaten sich nicht nur ständig gegenseitig besuchten, sondern auch minder bedeutenden Staatsmännern aus dem Mutterland ihre Aufwartung machten, gab es alle naselang etwas zu feiern.

So wie heute Abend. Irgendein Unterstaatssekretär kam, der als brandheißer Kandidat für den Posten des Außenministers gehandelt wurde. Dem bisherigen Amtsinhaber – Dino Grandi, der dem Völkerbund allzu sehr zugeneigt war – hatte Mussolini den Stuhl vor die Tür gestellt, und ewig würde er das Amt nicht selbst ausfüllen wollen.

Oda hatte das Haus voller Italiener, die noch immer gern herkamen, weil sie es mochten, wie Oda ihr Hotel führte. Und Oda hatte sie gern als Gäste, weil sie Lebensart und Leichtigkeit mitbrachten und lieber flirteten, als über Politik zu streiten. Politik blieb im *Odessa* außen vor. Ein Hotelier hatte keine Meinung, und sein Boden war neutrales Gebiet, darauf beharrte Oda wie vor ihr ihr Vater. Valerie hatte sich daran gestört, aber Bodo war es recht. Heute Abend würden sie zusammen mit den Italienern zum Tanz ins Konsulatsgebäude gehen, das einer gigantischen Sahnetorte glich.

Sie fuhren aus der Stadt heraus, und wieder einmal erstaunte es ihn, wie weit und leer die Steppe sich erstreckte, sobald die Häuser und Straßen hinter ihnen lagen. Das Gras war gelbbraun vom allzu trockenen Sommer, und auch das erntereife Getreide, das noch hier und da hoch stand, hatte sichtlich gelitten. Dennoch fand Bodo den Anblick schön und erhebend. Er hatte immer in Städten gelebt, und diese riesigen Felder, auf denen durch unermüdliche Arbeit von Menschen Nahrung spross, berührten ihn. Die tiefschwarze Erde dieser weiten Ebene gehörte zu den fruchtbarsten Böden der Welt, und die mit mildem Klima gesegnete Ukraine galt schon seit Jahrtausenden als Kornkammer des östlichen Europas. Er musste grinsen.

»Was ist so komisch?«, fragte Oda.

»Dass meine Gedanken gerade klingen wie ein Werbeplakat für den Arbeiter-und-Bauern-Staat.«

»Was ich mit dir zu besprechen habe, ist nicht komisch«, sagte Oda. »Es geht um dieses Fest heute Abend. Ich will, dass du deine Clara zurückpfeifst. Bis auf Maxim gibt es keinen Menschen, der Manon so viel bedeutet, und doch schreckt Clara nicht davor zurück, ihr das Herz zu brechen.«

»Aber auf gar keinen Fall!«, rief Bodo. »Wie kannst du so etwas auch nur denken?« Persönliche Kritik nahm er selten schwer, doch wer etwas gegen sein Mädchen sagte, der kränkte ihn.

Ich pass auf sie auf, Valerie. Ich weiß noch nicht, woher ich ohne dich die Kraft dazu nehmen soll, und ich will mich in der Holzkiste, in die sie dich packen, verkriechen, damit ich dich nicht loslassen muss. Aber auf das wundervolle Mädchen, das du mir geschenkt hast, passe ich verdammt noch mal auf.

Er hatte ihr das im Leichenschauhaus der Charité geschworen, wo sie ihm gestattet hatten, das, was von ihr übrig war, noch einmal zu sehen. Um ihr Fußgelenk, an einer Art Paketschnur, war ein Etikett befestigt gewesen: *Schneider-Arndt, Valerie Ilse, verst. 3. Mai 1929.* Dass sie mit dem Zweitnamen Ilse gestraft war, hatte sie, die Selbstbewusste, ihm ein Leben lang verschämt verschwiegen.

Er riss sich zusammen. Dass ihn hier die Trauer überkam, war zu erwarten gewesen, aber im Augenblick war anderes gefordert. Mit weinerlicher Wehmut half er weder Oda noch Clara.

»Für Clara ist Manon mindestens genauso wichtig wie umgekehrt«, sagte er. »Das Foto, das wir von den beiden auf der Potemkinschen Treppe gemacht haben, steht auf ihrem Nachttisch, neben dem Bild ihrer Mutter. Manon ist ihre Herzensfreundin, und wenn jemand darunter gelitten hat, dass ich in den letzten drei Jahren nicht fähig war, herzukommen, dann war es Clara. Bist du verärgert, weil sie es nicht genug zeigt? Vielleicht solltet ihr beide, du und Manon, nicht vergessen, dass Clara erst siebzehn ist. Ich vergesse es selbst allzu oft, weil sie von klein auf dieses Miniatur-Ebenbild ihrer Mutter war: entschlossen, stark, vorwärtsstrebend wie eine Lawine und immer sicher, wohin sie wollte. Aber sie ist trotzdem erst siebzehn, Oda. Ein junges Mädchen, das zu früh die Schule abgeschlossen hat und ihren Weg zur Frau gerade erst beginnt.«

»Und Manon?« Oda fuhr den Wagen an den Rand der unbefestigten Straße und hielt an. »Glaubst du, Manon ist weniger jung und verwirrt und zart? Im Gegenteil. Deine von euch beiden vergötterte Clara scheint mir so stark wie der von Hand aufgezogene Weizen da drüben im Vergleich zu meiner Manon, die von ihrer Mutter – deiner Schwester – verlassen wurde und deren Vater nicht mehr lebt. Meine Manon ist schlapper Kolchose-Weizen gegen deine Clara.«

»Aber vier Jahre älter«, entgegnete Bodo.

Oda lenkte den Wagen über den holprigen Feldweg, an dessen Ende das Bauernhaus in Sicht kam. »Da wir gleich da sind, fasse ich mich kurz«, sagte sie. »Manon und Maxim wären längst verlobt, wenn sie nicht beide die Schüchternheit gepachtet hätten.

Für Manon gibt es keinen anderen Mann, hat es nie gegeben. Dass deine Clara sich einen Spaß daraus macht, ihn ihr abspenstig zu machen, ist abscheulich, Bodo.«

»Du lieber Himmel! Das glaubst du doch wohl selbst nicht.«

»Was ich mit eigenen Augen sehe, brauche ich nicht zu glauben.«

»Selbst wenn sie sich in Maxim verliebt hätte und selbst wenn sie erst siebzehn ist – Clara würde nie im Leben für einen Mann eine Freundin verraten«, sagte Bodo. »Valerie hätte das auch nicht getan. Nicht einmal für mich.«

»Es geht hier aber nicht um die heilige Valerie«, platzte ihm Oda ins Wort. »Es geht um mein Mädchen, das jeden Abend weint.«

»Dann soll sie mit Clara reden, die vermutlich einfach nur nett sein und tanzen will und keine Ahnung hat, dass Manon daran etwas stört.«

»Hältst du Clara wirklich für derart naiv?«, fragte Oda. »Dann hat sie dich genauso eingelullt wie die arme Manon.«

»Verdammt, Oda, halt an und lass uns das klären.« Er griff ihr ins Lenkrad und zwang sie, aufs Bremspedal zu treten. Der Wagen schlingerte ein wenig zur Seite, wirbelte gelbbraunen Staub auf und kam zum Stehen. »Was ihr euch da einredet, du und Manon, ist Unsinn. Clara hat gerade erst tanzen gelernt, sie ist hin und weg davon, und Maxim bringt es darin ja offenbar zur Meisterschaft.«

»Und weil sie hin und weg vom Tanzen ist, hängt sie stundenlang um die Mandelstams und die Achmatowa herum, die den ganzen Tag sitzend verbringen?«

»Nein«, gab Bodo zu. »Das tut sie, weil sie Literatur liebt und Anna Achmatowas frühe Gedichte gelesen hat und …«

»Und weil sie ein gottverfluchtes Universalgenie ist. Manon ist hübscher, aber wer denkt noch daran, wenn Clara den Raum betritt, die amerikanisch tanzen, französisch flirten, Berliner Großstadtkleidung spazieren tragen und obendrein über moderne sowjetische Lyrik schwadronieren kann. Maxim bekommt ein Funkeln in den Augen vor Begeisterung, und meine Manon fühlt sich wie eine dumme Pomeranze, die irgendwer bestellt, aber niemand abgeholt hat. Ich habe mit Ullrich gesprochen, ich habe ihm gesagt, er soll seine Dichterhorde gefälligst bei sich behalten, aber wie immer, wenn es um die Kinder geht, ist Ullrich keine Hilfe.« Sie sah ihn an. »Hilf du mir, Bodo.«

Oda Liebenthal gönnte es sich nicht oft, jemanden um Hilfe zu bitten, und die Verzweiflung in ihrer Miene war echt. »Weiß Gott, ich will dir ja helfen«, sagte er. »Aber nimmst du das bisschen Liebesgeplänkel unter jungen Leuten nicht zu ernst? Ja, ist gut, wenn es dich beruhigt, rede ich mit Clara, aber erforderlich wäre es nicht. Clara ist ein feiner Kerl, und wenn sie sich überhaupt in jemanden verliebt hat, dann scheint mir eher dein äußerst ausgeschlafener Hanno der Kandidat zu sein.«

»Hanno und Clara?« Oda überlegte und schüttelte den Kopf. »Hanno ist noch ein Kind, er ist ihr nie und nimmer gewachsen.«

»Clara ist auch noch ein Kind. Ein kleines Mädchen, das seine Mutter verloren hat und seit drei Jahren wie eine Krake mit acht Armen darum kämpft, möglichst zügig seine Schulzeit zu beenden, das politische Erbe seiner Mutter zu bewahren und seinen Vater zu stützen, der ein ziemlich schwaches Bild abgab. Wenn ein so sehr dem Leben zugewandter junger Kerl wie dein Hanno sie dazu bringt, wieder herumzualbern, zu spielen, womöglich gar zu zeichnen, soll mir das mehr als recht sein. Sie hat ein solches Talent zum Zeichnen! Sie kann mit ein paar Strichen und Sprechblasen ein ganzes Nazi-Parteiprogramm ad absurdum führen, und du musst dabei sogar noch lachen. Es tut mir in der Seele weh, dass sie der Meinung ist, sie schulde es ihrer Mutter, nicht Kunst, sondern Jura zu studieren.«

»Warum nimmt sie das an?«, fragte Oda.

»Weil die deutsche Justiz auf dem rechten Auge blind ist«, antwortete Bodo. »Valerie hat das seit Jahren gesagt, noch bevor Walther Rathenau ermordet worden ist. Und am Ende ist sie selbst einem rechtsgerichteten Mörder zum Opfer gefallen, der dafür nie zur Rechenschaft gezogen worden ist. Clara erträgt das nicht. Ich ertrage es auch nicht. Nur hindert mich im Gegensatz zu meiner Tochter meine angeborene Trägheit daran, in mir den Helden zu sehen, der es ändern kann.«

»Clara wird es auch nicht ändern können«, sagte Oda.

»Nein«, stimmte Bodo zu. »Ihr stehen Enttäuschungen bevor, die ans Eingemachte gehen, und ich werde ihr nichts davon ersparen können. Deshalb macht es mich froh, wenn sie sich mit Hanno und der ganzen jungen Bande hier ein bisschen amüsiert. Verstehst du das nicht? Und wenn einer von ihnen sie sogar wieder zum Zeichnen brächte, gäbe es nicht viel, das er von mir nicht haben könnte.«

Sie überlegte, und er mochte sie dafür. Eine Frau für schnelle Urteile war sie nie gewesen.

»Ich habe Manon doch selbst lieb«, versuchte er noch einmal, sie zu beschwichtigen. »Sie ist meine einzige Nichte, und als ich aus dem Kriegsirrsinn hierherkam, war ich sicher, ein süßeres Geschöpf könne es nirgendwo geben. Wie sie immer gesungen hat, werde ich nie vergessen: ›*Alle lieben Tiere, groß und klein, hat Gott, der Herr, gemacht.*‹«

»›*Alle lieben Blumen, groß und klein, hat Gott, der Herr, gemacht*‹«, stimmte Oda ein. »Sie singt das immer noch. Pflückt nie eine Blüte ab und verhätschelt die Kaninchen im Küchengarten. Im Grunde gehört sie in eine Welt, die nur von kleinen Tieren und Blumen bevölkert ist. Ohne die Bosheit von Menschen.«

Bodo versuchte zu lächeln. »Ich glaube, sie ist ganz zufrieden damit, dass ihre Welt auch von ansehnlichen jungen Männern bevölkert ist. Ihren Maxim wird sie doch bekommen, wenn sie ihn will, und wenn sie ihn nicht mehr will, bekommt sie im nächsten Jahr einen anderen.«

»So ist sie nicht. Sie liebt nur einmal und mit allem, was sie hat.«

So wie du, dachte Bodo. Manon aber besaß wohl kaum Odas Kraft, mit dem Verlust dieser einen Liebe fertigzuwerden und weiterzuleben. Sie besaß kein *Grandhotel Odessa,* auf das sie ihre unverbrauchte Liebe werfen konnte. Vielleicht hatte also Oda doch recht, sich Sorgen zu machen.

»In zwei Wochen sind wir über alle Berge«, sagte er schließlich und legte ihr die Hand auf die Schulter. »Selbst wenn sich Maxim also einen kleinen Flirt mit meiner Clara erlaubt hat – sobald der Sommer vorbei ist, hat Manon ihn wieder für sich.«

»Dein Wort in Gottes Ohr«, sagte Oda und fuhr wieder an. »Ich wäre dir dankbar, wenn du trotzdem mit Clara redest.«

»Mache ich.«

Langsam und holpernd rollten sie den Weg hinunter auf das Haus mit dem tief hängenden Strohdach zu. Der Schlamm, in dem man zur Zeit des Frühlingsregens stecken blieb, war von der Sonne hart gebrannt. Die Familie des Bauern Alexej Danilowitsch gehörte den *seredniaks,* dem bäuerlichen Mittelstand, an und war damit weniger dem Hass der Sowjet-Kommissare ausgesetzt als die *kulaks,* die Großbauern, deren Vernichtung als Klasse Stalin bereits vor zwei Jahren angeordnet hatte. In Bodos Erinnerung waren diese Leute stolz auf ihren Stand, hielten ihre Häuser sauber, fütterten ihre Zugtiere fett und taten alles, um sich von den *bedniaks,* den armen Kleinbauern, abzuheben.

Das Haus Alexej Danilowitschs wirkte jedoch heruntergekommen, und von den fetten Mongolenponys, Ochsen und Maultieren war nichts zu sehen. Nicht einmal ein Huhn pickte im Vorgarten, in dem es auch nichts zum Picken gefunden hätte.

»Was ist hier los?«, fragte Bodo.

»Das wüsste ich auch gern.« Oda hielt den Wagen an und stieg aus.

»Oda Philippowna, Oda Philippowna, gütige *Madame!*« Aus dem Haus kam ein Mädchen gelaufen, dem wirres Haar ins Gesicht hing und der zerrissene Rock auf dem Boden schleifte. Vor Oda angekommen, fiel sie vornüber auf die Knie und klammerte sich an Odas Kleiderfalten. Ob dies als Geste der Demut gedacht war oder ob sie einfach die Kraft verlassen hatte, wusste Bodo nicht zu sagen.

»Bitte helfen Sie uns. Bitte, bitte, bitte.«

»Wo sind deine Eltern, Ivana?« Oda schob das Mädchen von sich, verfuhr dabei jedoch ungewohnt sanft.

Das Mädchen wies auf das Haus und lief los. Oda und Bodo folgten.

In dem Raum, in dem die Familie wohnte, schlief, ihre Mahlzeiten zubereitete und verzehrte, war es heiß wie im Dampfbad, die Luft zum Schneiden dick. Ein paar verstörte Kinder flüchteten zur Seite und versteckten sich hinter einer Truhe, als die Besucher eintraten. Vor dem einzigen Fenster, das nach hinten hinausging, hing ein Laken, und daneben stand das Bett. Die Frau, die darin lag, hielt ein vielleicht dreijähriges Kind an sich gedrückt und gab ein leises, durchdringendes Wimmern von sich.

Bodo kannte solche Bilder. Valeries Kollegen schossen diese Fotos seit Beginn der Wirtschaftskrise in den Behausungen von Arbeitslosen, um auf die ungemilderte Not aufmerksam zu machen. Bis auf Truhe, Bett und Herd gab es kein Möbelstück mehr im Raum, und um den Herd stand kein Krug mit Milch, kein Korb mit einem Kanten Brot, kein Butterfass, kein Mehlsack – überhaupt nichts, das für die menschliche Ernährung getaugt hätte.

Ein Bündel Grünzeug – Brennnessel glaubte Bodo zu erkennen – ragte aus dem verbeulten Topf. Das war alles.

»Maminka, hier ist Oda Philippowna vom großen Hotel«, sagte das Mädchen zu der wimmernden Frau, in der eigentümlichen Mischung aus Ukrainisch, Russisch und vielleicht einem Dutzend weiterer Sprachen, die man nur in Odessa hörte. »Sie kommt zum Helfen.«

»Deswegen komme ich nicht«, sagte Oda, in dieselbe Mundart fallend, was Bodo immer wieder verblüffte. »Ich helfe Ihnen, wenn ich kann, Warwara, aber gekommen bin ich, weil Sie mir zum zweiten Mal Gerste und Weizen schuldig bleiben. Es tut mir leid, dass es Ihnen nicht gut geht, aber länger warten kann ich nicht.«

»Sie haben uns alles weggeholt«, presste die Frau kaum verständlich heraus. »Tiere, Pflug, Wagen. Wir haben Tag und Nacht mit der Sichel auf dem Feld gestanden, aber alles haben wir nicht einbringen können. Auf dem Halm verrottet ist uns das Getreide.«

»Was wir Ihnen verkaufen, dürfen wir nur einbehalten, wenn wir den Plan erfüllen«, erklärte ihre Tochter. »Wir haben nichts mehr gegessen, um alles aufzusparen. Nur Fladen aus Spreu und Nesseln.«

Ohne Vorwarnung riss sie die wollene Decke, die ihre Mutter trotz der Hitze über sich und das reglose Kind gezogen hatte, in die Höhe. Die Frau des Bauern lag mit hochgeschlagenen Röcken und ohne Strümpfe da, ihre Waden weiß und gedunsen, prall wie Ballons. »Kommt vom Hunger, sagt Georgi.« Das Mädchen starrte auf ihre Fußspitze, die Zacken in den Staub malte.

»Wer ist Georgi?«, fragte Bodo, dem der Dialekt nicht von der Zunge ging.

Das Mädchen verstand ihn nicht, und im Grunde war ja auch gleichgültig, wer Georgi war. Vor ihnen ausgestreckt lag eine Frau mit Hungerödemen, die ihren Kindern Brennnesseln zu essen gab. Lag dieses Haus wirklich keine halbe Stunde Fahrt vom

Lachen der Badegäste, dem Zimtduft der Deribasowskaya, der Zuckertorte des italienischen Konsulats entfernt?

»Warwara.« Die beherzte Oda trat näher an das Bett. »Wo ist Ihr Getreide?«

Die Bäuerin heulte auf wie ein Tier.

»Sie haben es abgeholt«, antwortete ihre Tochter dumpf. »Heute Morgen. Die von der Brigade.«

»Aber die Abgaben werden doch erst im November eingesammelt!«, rief Oda.

Das Mädchen schüttelte den Kopf, ohne aufzublicken. »Sie haben gesagt, wir erfüllen den Plan nicht, und sie nehmen jetzt alles, was sie finden. Das, was wir für Sie aufgespart haben, und das Saatgetreide auch.«

»Das ist Unsinn. Wie sollt ihr im nächsten Jahr denn den Plan erfüllen, wenn sie euch nichts zum Aussäen lassen?«

Die dünnen Schultern des Mädchens zuckten. »Zu meinem Vater haben sie gesagt, er muss mit uns in die Kolchose gehen. Die Kolchose bestellt unser Land und sorgt dafür, dass es sich rentiert.«

»Wo ist dein Vater?«, fragte Oda.

Wieder heulte die Frau auf, und die Schultern des Mädchens zuckten erneut.

»Lass mich mit ihm sprechen«, sagte Oda. »Du weißt, ich habe Verbindungen zu Generalsekretär Bogdan, meine Cousine ist seine Frau. Den Bauern hier in der Ebene hat man bisher ihren Frieden gelassen, und ich werde dafür sorgen, dass es auch so bleibt. Also – wo ist dein Vater?«

Ohne hinzusehen, streckte das Mädchen den Arm aus, umfasste Odas Handgelenk und zog sie mit sich aus dem Haus. Bodo ging mit, hielt sich an ihrer Seite. Es gab Dinge, vor denen konnte man sich nicht drücken, und selbst der Wunsch danach kam ihm feige vor.

Neben dem Haus erhob sich die Scheune, schien beinahe doppelt so hoch. Bodo hatte nie zuvor in einer leeren Scheune gestanden, der Boden so blank, als hätte jemand noch den letzten Heuhalm, das letzte Weizenkorn ausgefegt. Lediglich ein ausgetretener Halbstiefel lag wie vergessen in der Mitte.

Das Mädchen wies in die Höhe, dann drehte es sich blitzschnell um und lief davon. In dem hohen, bis unters Dach leeren Raum hallte ein kleiner, heiserer Schrei.

Sein eigener.

An einem der Dachsparren über dem Heuboden baumelte an einem Kälberstrick ein Körper, den Kopf nach vorn abgeknickt. Alexej Danilowitsch. An einem Fuß trug er noch seinen Stiefel. Der andere war nackt.

8

MANON

Die Jungen spielten erst stundenlang in den Wellen Schiffsschlacht, flitzten dann in ihren triefenden Badehosen an den Strand, um die Spielzeugschiffe abzustellen, stopften in Windeseile Plinsen mit *sliwki,* dickem Rahm, und Wurst in sich hinein und rannten anschließend ins Meer zurück, um stundenlang Wasserball zu spielen.

Es wurde ihnen nie langweilig. Manon bewunderte sie und war ein bisschen neidisch.

Sie selbst konnte nicht schwimmen gehen und trotz der Hitze ihr Kleid nicht gegen den Badeanzug tauschen, weil es die Zeit des Monats war, in der eine Frau das nun einmal nicht konnte. Sie lag ein wenig unbequem auf ihrem Badetuch und wagte kaum, sich zu drehen, aus Angst, ihr Bindengürtel könne verrutscht sein. Wenn sie sich hinten mit Blut beschmutzt hätte und jemand es zu sehen bekäme, wäre es ihr unerträglich peinlich gewesen.

Da sie unter lauter Jungen aufgewachsen war, hatte Manon niemanden, mit dem sie sich über dieses und andere Mysterien des Frauenlebens hätte austauschen können. Tante Oda war dafür nicht geeignet. »Eins der vielen Übel, die es lästiger machen, eine Frau zu sein«, hatte sie beiläufig bemerkt und Manon den Bindengürtel gegeben. »Du wirst's überleben. Sich deshalb zu grämen, bringt ja nichts.«

Manon wäre auf keinen Fall lieber ein Mann als eine Frau gewesen. Sie wäre nur lieber eine Frau wie Clara gewesen, die überall hineinzupassen und solche Probleme wie verrutschte Bindengürtel nicht zu haben schien. In ihrem gepunkteten Badeanzug sprang sie überall herum und kannte bald jeden. Sie zog sich nach dem Baden auch nicht ihr Strandkleid über, um auszuruhen, sondern hielt es wie die Jungen: hier ein bisschen reden und flirten, da rasch etwas essen und trinken und dann wieder hinein ins Wasser.

Sie schwamm wie ein Fisch, fast so gut wie Kasi, den man aus dem Wasser nicht herausbekam, und viel besser als Manon, die doch ihr Leben lang am Meer gewohnt hatte.

Clara war ein wenig vierschrötig gebaut, mit flachen Brüsten und zu kurzen Beinen, aber dennoch fand Manon, dass sie die Schönste am Strand war. Die jungen Männer schienen das auch zu finden. Es kamen täglich mehr, wer einmal da war, kam am nächsten Tag wieder und brachte drei Freunde mit, als gäbe es am Privatstrand des *Odessa* eine Sensation zu bestaunen.

Es gab eine. Clara.

Das einzige männliche Geschöpf, das älter als Georgchen und Kasi war und Claras Reizen keinen Blick gönnte, war Edvard. Er war auch der Einzige, der keine Bade- oder Strandkleidung, sondern einen dreiteiligen Leinenanzug mit dem Emblem des Hotels auf der Brusttasche trug. Derart uniformiert stand er oben an der Promenade, wo einst ein Mann namens Igor seine Schaschliks verkauft hatte, und kämpfte darum, sich den Schweiß schneller abzuwischen, als er floss. Unermüdlich begrüßte er die Gäste, die in den weiß und blau bemalten Strandkarren eintrafen, erkundigte sich, ob für ihr Wohlbefinden alles Nötige getan worden war, und sorgte dafür, dass kein Unbefugter diesen durch einen weißen Zaun abgetrennten Abschnitt des Strandes betrat.

Der Privatstrand mit seinen blau-weißen Sonnenschirmen, den Liegestühlen und den Kellnern, die aus Eiskübeln gekühlte Getränke servierten, war einst viel größer gewesen, hatte Manons

Mutter erzählt. »Im Sozialismus gehört sich das natürlich nicht mehr, dass die Reichen im schneeweißen Sand und in der hübschesten Bucht sitzen, während die Werktätigen mit Kieseln und Felsen vorliebnehmen müssen. Aber sein kleines exklusives Streifchen darf das *Odessa* trotzdem behalten. Wenn du nicht weißt, warum, frag doch deine Tante Oda mal nach dem feinen Herrn Bogdan.«

Der Herr Bogdan war kein Herr, sondern ein Genosse, der ranghöchste in der ganzen Ukraine, und er war mit Tante Tessas Tochter Mascha verheiratet. Vermutlich deshalb beließ er dem *Odessa* die vertraute Badebucht, wo der Strand so sanft ins Wasser abfiel, dass Eltern und Kinderfrauen ihre Kleinen unbesorgt spielen lassen konnten. An Odessas Küste wimmelte es von schönen Buchten, doch auf die des Grandhotels blickten alle mit Neid. Das war auch notwendig, hatte Tante Oda erklärt: »Wer sich einen teuren Urlaub leistet, der will von anderen darum beneidet werden. Das ist so wie auf einem Fest mit einer Liste erlesener Gäste – um sich auserwählt zu fühlen, braucht man die, die am Zaun stehen und nicht eingeladen sind.«

Die, die heute am Zaun standen, waren seltene Besucher: Vladimir Fleißer und ein paar seiner Freunde vom *Komsomol.* Offenbar hatte die Kunde von der attraktiven Besucherin aus Deutschland sogar sie erreicht. Kaum waren sie eingetroffen, fingen sie schon an, Clara zu sich herzuwinken.

»Geh nicht zu denen«, hatte Manon sie gewarnt.

»Warum denn nicht?«

»Der Rädelsführer ist der Sohn von Anselm Fleißer. Erkennst du den denn nicht?«

»Nein«, sagte Clara. »Als ich ihn das letzte Mal gesehen habe, war er ein kleiner Giftzwerg, der auf alles Lebendige, was ihm vor die Augen kam, mit seiner Steinschleuder zielte. Jetzt ist er ja fast ein Mann geworden. Und richtig hübsch.«

Vladimir Fleißer war groß, drahtig-sehnig gebaut und braun wie ein Türke. Sein krauses, tintenschwarzes Haar wuchs ihm in einer Spitze in die Stirn, seine balkengleichen Brauen hatten etwas Diabolisches, und Manon fand ihn alles andere als hübsch. »Es ist noch immer das Gleiche mit den Fleißers«, sagte sie zu Clara. »Wo sie auftauchen, gibt es Ärger. Tante Oda ist es am liebsten, wenn wir uns von ihnen so weit wie möglich fernhalten.«

Für Clara aber war die Tatsache, dass etwas schon immer so gewesen war und deshalb eben so gemacht wurde, kein Argument. Im Gegenteil. »Was für ein Unsinn«, rief sie und war schon aufgesprungen. »Wir sind doch keine kleinen Kinder mehr, und wenn der böse Vladi mir einen schönen Tag wünschen will, dann werde ich ihn nicht daran hindern.«

Sie warf sich ihr Tuch um und wollte loslaufen.

»Clara!«, rief Manon. »Anselm Fleißer ist der Mann, der meinen Vater erschossen hat. Hast du das vergessen?«

Manon sprach diesen Satz so gut wie nie aus. Es tat ihr weh, dass sie es jetzt tun musste, dass die Freundin nicht von selbst daran dachte. »Würde es dir gefallen, wenn ich mit dem Sohn des Mannes schäkere, der deine Mutter erschossen hat?«, fragte sie.

Clara blieb stehen und drehte sich nach ihr um. »Wenn du mit dem Mann zu tun hast, der meine Mutter ermordet hat, kannst du mit mir nichts mehr zu tun haben«, sagte sie in diesem ruhigen, erwachsenen Tonfall, um den Manon sie beneidete. »Du stehst dann auf der anderen Seite. Sein Sohn, wenn er einen hat, tut mir leid, denn ich möchte das Kind eines solchen Mannes nicht sein. Ob ich aber mit ihm zu tun haben will, hängt von den Entscheidungen ab, die er trifft, nicht von denen, die sein Vater getroffen hat, und im Übrigen habe ich nicht vor, mit jemandem zu schäkern.«

Damit ging sie, und Manon blickte ihr nach, verfolgte das große Hallo, mit dem sie begrüßt wurde. Sie sah auch, dass die Jungen, die an den kurzen Ärmeln ihrer Sporthemden das *Komsomol*-Abzeichen trugen, Vladimirs kleinen Bruder – Anselm den Dritten – dabeihatten, sich jedoch nicht um ihn kümmerten. Der kleine Bruder, der im Alter von Georgchen und Kasi sein musste, wenngleich er nicht so aussah, wanderte hierhin und dorthin, fand aber nirgendwo Anschluss.

Das Gelächter von Clara und den Jungen hallte über den Strand, wie um Manon zu verhöhnen. Was ist nur aus mir geworden?, fragte sie sich. Eine Spielverderberin, die mit grimmiger Miene vor sich hinstarrt und anderen ihren Spaß missgönnt. So wie Edvard. So, wie sie niemals hatte werden wollen.

Und warum? Sie konnte doch froh sein. Zwar vermisste sie Maxim, der wieder einmal unterwegs war, um seinen Dichterfreunden irgendetwas in der Stadt zu zeigen, aber das war ihr lieber, als wenn er die drei hierherbrachte, wo Clara mit ihrer Allwissenheit allen die Schau stahl. Auf diese Weise hatte sie keine Gelegenheit, sich wieder einmal als Dummchen vor Maxim zu blamieren, und damit stiegen womöglich ihre Chancen, dass er heute Abend im italienischen Konsulat mit ihr tanzte.

Mit seiner Manon. Nicht stundenlang mit Clara.

Du bist ekelhaft, schalt sie sich selbst. Clara ist deine Freundin, deine Schwester von der Himmelsleiter, du hast dich drei Jahre lang nach ihr gesehnt, und jetzt fallen dir, wenn du an sie denkst, nichts als Gehässigkeiten ein.

Sie lag auf dem Handtuch und wusste nichts mit sich anzufangen. Dass die Haut auf ihren Armen den Ton von Goldbronze angenommen hatte, der mit dem Violett ihres Kleides harmonieren würde, nützte ihr nichts, denn Maxim würde es nicht einmal bemerken.

Oder vielleicht doch? War vielleicht heute der Tag, wo er wieder ihr Maxim sein würde? Diese Dichter, deren Bücher kein Mensch las, mussten doch irgendwann wieder abreisen. Sie hatten schließlich auf die Krim gewollt, und jetzt war der als italienisch gefeierte Sommer bald vorbei.

Auch wenn man noch nichts davon merkte, solange man nicht hier geboren war. Auch wenn noch jeder Tag leuchtender und wolkenloser schien als der zuvor, auch wenn das Meer noch täglich wärmer wurde und auf der abendlichen Promenade die Ausgelassenheit immer neue Höhepunkte fand. Wer aber die Sommer von Odessa sein Leben lang kannte, der spürte, dass die hellen Himmel sich bereits früher verdunkelten, dass manchmal ein Windstoß, der soeben noch eine streichelnde Brise gewesen war, schon ein Frösteln auslöste, und dass am Morgen Tau auf dem Gras lag, der ein dünnes Kleid aus Nebel trug.

Warum nur?, begehrte es in Manon auf. Warum kommt es mir jedes Jahr Ende August so vor, als striche mein Leben an mir vorbei und als würde ich eines Tages hier hocken und bitterlich weinen, weil ich es nicht genutzt habe?

Sie war doch noch jung! Von den andern, die mit ihr jung waren, hatte niemand Eile. Sie hätte wie die Jungen im Wasser sein wollen, die wie Fische herumtollten und sich nur darum scherten, wer höher, schneller, weiter nach dem Ball sprang. So aber war sie nie gewesen. Sooft um sie lärmende Fröhlichkeit herrschte, zog sie sich in sich selbst zurück wie eine Muschel in ihre Schale. Als Kind war sie am glücklichsten gewesen, wenn Maxim sie an ihre Badestelle vor Bolschoi Fontain geholt hatte oder in ihren geheimen Palast, ihr Märchenhaus, das er eines Tages zu ihrem gemeinsamen Zuhause machen würde.

Der Lärm von der Promenade schwoll an. Hanno kam mit einer Horde Freunde, in den Händen zwei Eiswaffeln, aus denen die schmelzende, sahnige Masse ihm über die Finger troff. Seinem Bruder Edvard, der ihm mit strenger Miene den Weg vertrat, um ihn an seine Pflichten zu erinnern, drückte er kurzerhand eine der tropfenden Waffeln in die Hand. »Lass es dir schmecken, Bruderherz. Ist gut gegen deine saure Miene.«

Während er sich und seine Kameraden durch die Absperrung schleuste, schnappte er einem von ihnen noch das Eis aus der Hand. »Tut mir leid, Petruschka, mein Freundchen. Ich brauche zwei davon, du bist ein Kavalier und verstehst das, n'est-ce pas?«

Mit den Eiswaffeln stürmte er in langen Sätzen den Strand hinunter und blieb gut drei Schritte vor Clara stehen, die noch immer mit Vladimir und seinen *Komsomol*-Kumpanen am Zaun stand.

»Oh, Donna Clara!«, intonierte er,
»Ich hab dich flirten gesehn.
Und nicht mit mir, das hat mich toll gemacht.«

Die Umstehenden lachten, selbst die, die den deutschen Text nicht verstanden. Hanno war der geborene Clown. Augenblicklich gab er sich jedoch ernst und furchte die Brauen. »Soll sich das arme Eis in meinen Händen zu Tode tropfen? Und ich mich zu Tode schmachten? Oder überlässt du jetzt auf der Stelle die sozialistische Elitejugend ihrem Schicksal und stürzt dich mit dem unspektakulären Hanno in die Fluten, wie du's heute Morgen versprochen hast?«

Clara lachte ebenfalls. Sie warf den Kopf, an dem das nasse Haar klebte, in den Nacken und sah aus wie ein Werbeplakat. Ein Bild vom Sommer. »Mit Eis in die Fluten, Monsieur Unspektakulär?«

»Aber sicher. Süße von Sahneeis und obendrauf ein Schwall Salzwasser, das ist Odessas *pièce de résistance.*«

»Da kann ich ja wohl nicht Nein sagen.«

Clara wandte sich den Jungen am Zaun zu, rief einen Abschiedsgruß und ging auf eine Bosheit von Vladimir gar nicht ein. Stattdessen nahm sie Hanno eine Eiswaffel ab und stürmte Hand in Hand mit ihm ans Meer.

Er hat es richtig gemacht, schoss es Manon durch den Kopf. Ihr waren Hannos Blicke nicht entgangen, und sie war sicher, dass ihn Vladimirs Versuche, sich bei Clara anzubiedern, nicht weniger wütend machten als sie. Anders als sie hatte er seine Schlacht jedoch nicht mit Gejammer verloren, sondern hatte höflich und heiter gesiegt. In schönster Harmonie rannten die beiden ins aufspritzende Wasser, ließen sich rücklings fallen und leckten ihr Eis, während die Wellen über sie hinwegspülten. Dabei lachten sie, als wäre die ganze Welt ein einziger Witz. Kurz darauf begannen sie, mit Kasi, Georgchen und einem Dutzend ihrer Freunde Wasserball zu spielen, und wirkten nicht weniger sorglos als die Kinder.

Manons Blick schweifte ab. Vladimir und die Kerle vom *Komsomol* standen nicht mehr am Zaun. Der gedrungene kleine Bursche, Vladimirs Halbbruder, auf den niemand achtgab, wanderte jedoch daran entlang, gelangte auf die Promenade und stahl sich durch die Absperrung. Edvard war mit dem am Morgen eingetroffenen Ehepaar aus Istrien beschäftigt, das allerlei Sonderwünsche vortrug, und bemerkte nichts von dem kleinen Wicht, der lediglich eine Badehose und ein schmutziges weißes Trikot von *Sparta Odessa* trug.

Wie in einem Glücksrausch drehte sich das Kerlchen im Kreis, bewunderte die leuchtenden Farben und hoppelte dann den Strand hinunter. Er riss die Arme in die Höhe und gab glucksende Laute von sich, die Manon kaum verstand.

»*Ja zdes*«, mochte das, was er rief, bedeuten, »ich bin hier«, auf Russisch, nicht in der Mundart der Odessiten. »*Ja zdes*, ich bin hier, ich bin hier!«

Kaum hatte er den Saum des Meeres überquert, stolperte er und schlug der Länge nach hin. Wasser schwappte über ihn hinweg, erst über Beine und Rücken, dann über den Kopf mit dem zimtbraunen Haar. Niemand drehte sich nach ihm um, niemand kam, um ihm aufzuhelfen. Manon vergaß den rutschenden Bindengürtel und wollte ihm zu Hilfe eilen. Die Fleißers mochten Feinde ihrer Familie sein, aber der kleine Anselm war davon ausgenommen. Er war im Grunde doch unschuldiger als ein Kind, unschuldiger als ein Tier, er wusste vermutlich nicht einmal, dass sein Name Fleißer war.

Ihr Einsatz blieb jedoch unnötig, denn der Kleine hatte sich schon selbst auf die Füße gerappelt. Im triefenden Trikot, das ihm um den dicklichen Leib klebte, stapfte er zum Ring der Ballspieler weiter.

Ich bin hier, ich bin hier, hallte es Manon in den Ohren. Wie stolz er war. Wie bewundernswert. Vor seinem Gesicht erschraken die Leute, aber er verkündete dessen ungeachtet seine Freude am eigenen Dasein: »Ich bin hier!«

Und sie dagegen? Sie galt als hübsch, war umgeben von Menschen, die sie liebten, doch sie ließ sich den sonnigen Tag von einem schlecht sitzenden Bindengürtel und der Tatsache verderben, dass ihre Freundin nicht ihr allein gehörte.

Der kleine Anselm erreichte den Kreis und zupfte einen der Spielenden am Arm, damit er ihn einließ. Der warf einen flüchtigen Blick auf ihn hinunter und stieß mit dem Ellbogen nach ihm, um ihn zu verscheuchen. Sein Stoß traf Anselm an der Wange und brachte ihn ins Stolpern.

Er fiel, und der zimtbraune Kopf tauchte unter Wasser. Manon schlug die Hände vor den Mund.

Prustend und mit den Armen rudernd kämpfte der Kleine sich wieder auf die Füße. Aus den Haarsträhnen troff ihm Salzwasser in die Augen, doch unverdrossen näherte er sich von Neuem dem Kreis und packte einen anderen Burschen am Arm: Sascha, den Sohn einer Familie von Stammgästen aus Smolensk, der im Begriff war, den bunt gestreiften Ball zu werfen. Er gönnte dem Eindringling nicht einmal einen Blick, sondern setzte seinen Körper ein, um ihn beiseitezurempeln.

Wieder stürzte Anselm hintüber und wäre um ein Haar unter Wasser getaucht, aber diesmal war jemand zur Stelle. Georgchen. Manons Halbbruder, der so gut wie kein Wort Russisch, Ukrainisch oder gar Odessitisch sprach. »He, Sascha, da will noch jemand mitspielen«, rief er auf Deutsch und zog Anselm am Arm in den Kreis.

Auf dem Gesicht des Kleinen breitete sich augenblicklich ein Strahlen aus. *»Ja zdes«,* sagte er. »Ich bin hier.«

Georgchen war beliebt bei den anderen Jungen, weil er einen Koffer voll hochmodernem Spielzeug mitgebracht hatte und großherzig genug war, sie alle damit spielen zu lassen. Um ihn zu verstehen, wandte Sascha sich wie üblich an Kasi: »Was hat der *Nemet* gesagt?«

»Dass der Anselm mitspielen will«, murmelte Kasi ein bisschen verlegen.

»Der?«, rief Sascha. »Das ist doch einer von denen, die nicht richtig im Kopf sind. Bei dem fehlen sämtliche Tassen im Schrank.« Er vollführte mit der Hand die Geste, mit der man Tauben verscheuchte, und traf Anselm am Kopf. Die anderen brachen in Gelächter aus.

»He, was soll denn das, er hat dir doch gar nichts getan!«, rief Georgchen empört und baute sich vor Anselm auf. »Er will nur Ball spielen. So wie wir.«

Das bedurfte keiner Übersetzung. »Mit Idioten spielen wir nicht«, gab Sascha zurück.

»Nie im Leben!«, rief ein anderer. »Der kann doch nicht mal den Ball festhalten.«

»Außerdem verwechseln wir am Ende den Ball mit seinem Ballonkopf!«

»Und der Schwachsinnige trägt das Trikot von *Sparta!* Kein Wunder, dass die gegen *Dynamo* das Tor nicht treffen.«

Schallendes Gelächter folgte. Wenn Menschen in Rudeln zusammenstanden, wurden offenbar selbst die dünnsten Witze urkomisch.

Ehe Georgchen nachfragte, half Kasi ihm aus: »Die anderen wollen nicht mit dem Anselm spielen«, sagte er. »Sie meinen, er ist zu dumm dazu.«

»Ach wo«, rief Georgchen fröhlich, »zum Ballspielen ist doch keiner zu dumm. Ja, wenn wir jetzt *Kampf ums Rheinland* spielen würden, dann könnten wir ihm wohl nicht erklären, worum's dabei geht, aber wie man einen Ball wirft, das sieht er doch.«

Kasi wand sich. »Ich denk's ja auch. Aber die andern eben nicht.«

»Der Johannes«, sagte Georgchen, »der Johannes, mein Jungvolkführer, sagt, ein Geisteskranker kostet die Volksgemeinschaft jeden Tag elf Reichsmark, weil sich ja immer einer um ihn kümmern muss. Das ist ein Haufen Geld, was?«

Kasi, der zwar schon mehrmals auf Besuch in Berlin gewesen war, aber kaum wissen konnte, was eine Reichsmark wert war, zuckte mit den Schultern.

»Da ist es doch prima, wenn wir uns ein bisschen um ihn kümmern«, bekundete Georgchen ganz praktisch und legte einen Arm um Anselm. »Wir kosten nichts.«

»Ja zdes«, sagte Anselm strahlend. »Ich bin hier.«

In diesem Moment wurden Clara und Hanno, die bis zum Hals im Wasser gehockt hatten und offenbar mit sich selbst beschäftigt gewesen waren, auf den Vorfall aufmerksam. Wie zwei Pfeile schnellten sie heraus und liefen durch spritzende Fontänen zu dem Pulk aus Anselm, Sascha, Georgchen und Kasi.

»Warum lasst ihr ihn denn nicht mitspielen?«, rief Clara. »Er tut euch ja wohl nichts zuleide.«

»Du kennst den Idioten doch gar nicht«, protestierte Sascha. »Wenn man den einmal mitmachen lässt, klebt der einem ewig am Bein.«

Mehrere andere bestätigten seine Worte. Anselm war ein Idiot, den wollte keiner dabeihaben.

»He, ihr da – an diesem Strand wird nicht gestritten!« Die scharfe Stimme, die über das Wasser gellte, ließ Manon zusammenzucken. Verblüfft sah sie Edvard in seinem zu warmen Anzug am Ufer stehen. Er hatte die Hände in die Hüften gestemmt, und seichtes Wasser leckte über seine aufpolierten Schuhe. »Wenn ihr euch nicht vertragen könnt, fliegt ihr alle raus. Wer am Strandabschnitt des *Odessa* zu Gast ist, hat das Recht, seinen Aufenthalt zu genießen, und wird nicht beleidigt, habt ihr Hohlköpfe das verstanden?«

»Aber der Fleißer-Idiot ist doch kein Gast!«, protestierte einer der Jungen, Michail, Kasis Freund, der am Ende der Italienischen Straße wohnte.

»Gast ist, wen ich durch die Sperre lasse«, versetzte Edvard, dem eine Welle die Hosenbeine durchnässte, drehte sich um und kehrte auf seinen Posten zurück.

Die Spielenden ließen die Köpfe hängen. Anselm wirkte verwirrt, sandte wilde Blicke von einem zum andern.

»Ist schon gut«, sagte Hanno, beugte sich liebevoll zu dem Kleinen hinunter und nahm seine Hand. »Hier draußen zu spielen ist ganz schön gefährlich, weißt du? Du kannst nicht schwimmen, kannst das Meer nicht einschätzen und solltest nicht unbeaufsichtigt ins Wasser gehen. Na komm, Anselm. Ich bringe dich zu deinen Leuten zurück, in Ordnung?«

Anselms Verunsicherung legte sich augenblicklich. Strahlend blickte er zu Hanno auf. Clara nahm seine andere Hand, und ehe er mit den beiden davonzog, drehte er sich noch einmal zu Georgchen um und rief ihm mit lautem, lebensfrohem Lachen zu: »*Ja zdes.*«

»Er sagt: ›Ich bin hier‹«, erklärte Kasi und berührte Georgchen am Arm. »Damit will er sich von dir verabschieden. Etwas anderes kann er nicht sagen.«

Georgchen überlegte einen Moment lang, um das Gehörte zu verdauen. Dann reckte er sich auf die Zehenspitzen. »Ich bin auch hier!«, rief er Anselm hinterher. »Ich bin der Georg von dem Knesebeck, meine Freunde sagen Georgchen zu mir!«

9

MANON

»Du bist wirklich unglaublich schön, Manon. Ich glaube, du wirst mit jedem Tag schöner.«

Clara saß auf dem Bett, noch in der Strandkleidung, aus der überall Sand rieselte, und strichelte auf einem Zeichenblock herum, während Manon sich in ihrer violetten Robe vor dem Spiegel drehte. Sie teilten sich das Zimmer, wie sie es als Kinder getan hatten. Manon hatte darauf bestanden, weil sie Clara so oft wie nur möglich für sich haben wollte. Und wer jemals eine Freundin gehabt hatte, wusste, dass mit der Freundin nichts so schön, so intensiv, so durchträumt, durchkichert oder durchphilosophiert war wie die zu zweit verbrachten Nächte.

Ich will über Clara nichts Hässliches mehr denken, beschloss Manon. Zu glauben, ausgerechnet ihre Herzensschwester würde ihr ihren Liebsten wegnehmen, war absurd, und außerdem war Clara ein Herz und eine Seele mit Hanno. Es war so schön, sie bei sich zu haben, es würde im Nu vorbei sein, und wer wusste schon, was im nächsten Jahr sein würde. Vielleicht war sie, Manon, dann schon verheiratet, und so glücklich sie darüber auch wäre, würde es keine geheimen Zaubernächte mit Clara mehr geben.

Das Kompliment der Freundin freute sie umso mehr, als sie wusste, dass Clara keine Schmeichlerin war, sondern schonungslos damit herausplatzte, wenn ihr etwas nicht gefiel.

»Du findest also, dass das Kleid mir steht?«, hakte sie nach.

»Und ob!«, rief Clara. »Obwohl ich fast sicher bin, du könntest alles tragen mit deiner schönen Haut, deinen Augen, deinem Schneewittchenhaar.«

Schneewittchen. Keinem außer Maxim und Clara hatte sie erzählt, dass ihr Vater sie Schneewittchen genannt hatte.

»Aber ist es nicht ein bisschen langweilig?«, bohrte Manon nach. »Ich hatte es jetzt schon zwei Mal an.« Und Maxim hat es nicht bemerkt, lautete der Zusatz, den sie nicht aussprach. Wie konnte sie auf die Wirkung des violetten Kleides setzen, wenn diese schon zweimal versagt und ihr einen Abend der Enttäuschung eingetragen hatte?

»Du könntest es ja ein bisschen aufpeppen«, schlug Clara vor.

»Aufpeppen?« Das war eines von Claras Berliner Worten, die Manon noch nie gehört hatte.

Clara lachte. »Ein wildes Tuch dazu tragen, eine riesige unechte Brosche oder einen verrückten Hut.«

Manon lachte mit. »Ich fürchte, das bin dann nicht ich.«

»Also gut. Dann vielleicht wenigstens ein paar Blumen zum Anstecken.«

An der Zimmertür klopfte es.

»Herein«, rief Clara, ohne Manon zu fragen.

Die Tür wurde ein Stück weit aufgeschoben, und im Spalt erschien Maxim. Manon kreischte auf und flüchtete ins Bad. Sie hatte sich noch nicht die Haare gerichtet und wünschte sich doch so sehr, heute Abend so schön zu sein, dass ihm der Mund offen stand. An eine Aufsteckfrisur im griechischen Stil hatte sie gedacht, die zwar ein wenig aus der Mode gekommen war, jedoch zu ihrem schlanken Hals, ihrem klassischen Gesichtsschnitt und den großen Ohrgehängen mit den Amethysten passte. Maria Peters hatte ihr die geliehen. »Du brauchst sie dringender als ich altes Weib«, hatte sie gesagt. »Behalte sie, solange sie dir nützen, Vögelchen.«

Mit fliegenden Fingern steckte Manon sich vor dem Spiegel das Haar auf, wobei immer wieder Nadeln verrutschten und die ganze Pracht in sich zusammenfiel. Dabei hörte sie durch die Tür Maxim und Clara sich unterhalten.

»Ich wollte dich fragen, ob du Lust hast, mit uns auf ein Glas zu *Lambrino* zu gehen«, sagte er. »Ossip, Nadeshda und Anna reisen morgen weiter. Ich dachte, es wäre nett, noch ein bisschen mit ihnen zu sitzen und zu reden, ehe wir zu der unsäglichen italienischen Tanzerei müssen.«

»Ach, Maxim!«, rief Clara. »Müssen sie denn wirklich schon reisen? Es war so schön, mit ihnen Zeit zu verbringen, ich habe es so sehr genossen. Irgendwie habe ich mir wohl eingebildet, es geht immer so weiter.«

»Ihr Bekannter Woloschin, der das Sommerhaus hat, in dem sie seit Jahrzehnten zusammenkommen, ist letzte Woche gestorben«, sagte Maxim. »Das Haus erbt der Schriftstellerverband der Sowjetunion, er macht ein Erholungsheim daraus. Ossip ist sicher, dass sie zum letzten Mal dorthin dürfen. Ullrich sagt, wir müssen sie ziehen lassen, aber mir geht es wie dir. Ich habe mich geweigert, an den Tag, an dem sie abreisen, auch nur zu denken, und jetzt ist er einfach so gekommen.«

Und ich habe an nichts anderes gedacht, gestand sich Manon und verspürte Scham.

»Seit sie hier sind, habe ich mich nicht mehr ganz so talentlos und unbedeutend gefühlt«, fuhr Maxim fort. »Wann immer Ossip mit mir gesprochen hat, fühlte ich mich beinahe in der Lage, zu glauben, ich könne eines Tages tatsächlich etwas erschaffen, das von Wert ist.«

»Bei mir ist es ähnlich«, sagte Clara. »Ich habe mit dem Zeichnen sogar erst wieder angefangen, weil die drei mich so sehr dazu ermutigt haben.«

»Und ich«, sagte Maxim.

»Ja, natürlich. Und du.« Clara lachte traurig. »Es gab da sogar etwas, das ich euch gerne zeigen wollte.«

»Dann komm mit zu *Lambrino*. Zeig es uns heute Abend. Aber du musst dich beeilen, die anderen warten schon unten im Wagen. Ullrich kommt auch mit, wir fahren dann später alle zusammen ins Konsulat, damit Oda uns nicht die Köpfe abreißt.«

Dass er sie Oda und nicht mehr Mutter nannte, tat Manon weh, weil sie wusste, dass Oda ihn mehr als ihre eigenen Söhne liebte. Es gab so vieles, das ihr wehtat. Sie ließ ihr Haar los, sodass es ihr wie ein Vorhang übers Gesicht fiel, und presste sich die Hände aufs Herz.

»Dreh dich um«, sagte Clara zu Maxim. »Ich bin in einer Minute fertig.«

Manon schob die Klappe vor dem Spion in der Badezimmertür beiseite, spähte hindurch und kam sich so schäbig vor wie nie zuvor in ihrem Leben.

Maxim stand mit dem Rücken zum Zimmer im Türrahmen. Er trug seinen Smoking und sah selbst von hinten elegant aus. Clara hatte sich mit zwei Griffen aus ihrem Strandkleid geschält, vervollständigte mit ein paar weiteren schnellen Handgriffen ihre Unterwäsche, flitzte zum Schrank und stand buchstäblich einen Atemzug später in einem zitronengelben, untaillierten Kleid da, das ihr selbst mit den Fransen am Saum nur bis knapp übers Knie reichte. Sie schnappte sich ihre Spangenschuhe, in denen sie *Lindy Hop*, *Shimmy* und all die anderen wilden Schütteltänze tanzen konnte, bis der ganze Saal amüsiert jubelte. Manon mochte solche Tänze nicht, weil sich die Partner dabei kaum berührten, ja weil man im Grunde gar keinen Partner dazu brauchte.

Auf Strümpfen, in jeder Hand einen Schuh, hüpfte Clara zurück zu Maxim und knuffte ihn in die Seite. »Ich bin fertig.«

Er drehte sich um. »Das finde ich so großartig an dir«, sagte er. »Dass du kein stundenlanges Gewese machst wie andere Frauen, sondern wirklich nur eine Minute brauchst, wenn du eine Minute sagst.«

»An mir ist nicht viel Gewese zu machen«, sagte Clara und zupfte sich das kurze Haar zurecht.

Manon wandte sich ab und starrte in das Handwaschbecken, in dem verstreut ihre Haarnadeln lagen. Als sie schon annahm, die beiden hätten vergessen, dass sie existierte, hörte sie Clara rufen: »Manon, meine süße Steppenziege, wir gehen noch rasch mit den Mandelstams etwas trinken. Wir sehen uns dann nachher im Konsulat.«

Kein Wort von Maxim. Die Tür schlug zu.

Flüchtig erwog Manon, das violette Kleid auszuziehen, sich unter der Bettdecke zu verkriechen und dem Empfang fernzubleiben. Sei nicht schon wieder kindisch, schalt sie sich jedoch gleich darauf. Ist es ein Wunder, dass Maxim dich nirgendwo dabeihaben will, wenn du dich ständig wie ein trotziges Kind beträgst? Statt zu schmollen, würde sie fortsetzen, was sie gerade unterbrochen hatte: sich für das Fest zurechtmachen. Mechanisch schob sie sich die Klammern ins Haar und befestigte die Ohrgehänge, legte Puder auf, eine Spur ihres neuen Lippenstifts und hinter jedes Ohr einen Tropfen ihres Parfüms *Shalimar.*

Sie betrachtete sich. Fade sah sie aus. Das glamouröse Kleid mit den Goldfäden war an sie verschwendet – für Manon Albus hätten es eine Trachtenbluse und Zopfschleifen getan. Ehe sie sich völlig in Selbstmitleid verlor, fiel ihr Claras Rat wieder ein: Sie sollte sich etwas besorgen, das dem Kleid ein wenig Pfiff verlieh. Wenigstens ein Blumensträußchen. Ohne viel Hoffnung beschloss sie, ihn zu befolgen. Sie schlüpfte in ihre Abendsandaletten, die sich zum *Shimmy*-Tanzen nicht eigneten, und lief über die hintere Treppe hinunter zu der eisernen Tür, durch die das Personal in den Garten gelangte.

Sie blieb stehen, weil sie Stimmen hörte, und sah Aghasi, den obersten Gärtner, mit ein paar seiner Gehilfen beim Geräteschuppen stehen. Er verteilte Arbeitsaufträge, und wer seinen erhalten hatte, trollte sich. Als er sich an einen schmächtigen, braunhaarigen Jungen wandte, den Manon noch nie gesehen hatte, begannen die zwei Burschen, die noch dabeistanden, zu kichern.

»Und jetzt zu dir, Blindschleiche«, sagte Aghasi. »Du gehst hinunter zum Garten des Fauns und kümmerst dich um die Rosenhecke. *Princesse de Vaudemont.* Das Feinste vom Feinen. Ist dir ja sicher ein Begriff, wenn du dich Gärtner nennen willst.«

Das Gekicher und Gegluckse der beiden Gehilfen schwoll an.

»Und überhaupt ist die Hecke, die das Labyrinth um den Faunenbrunnen bildet, das Heiligste hier im *Odessa*«, fuhr Aghasi fort. »Da will ich keine verwelkte Blüte und kein Blatt mit Sternenrußtau daran sehen, geht das in deinen Schädel? Und noch weniger will ich sehen, dass du mir die Hecke verhunzt und womöglich Blüten zerstörst, an denen nichts auszusetzen ist. Ich warne dich, Grottenolm. Bei meinen französischen Rosen verstehe ich noch weniger Spaß als sonst. Und jetzt beeil dich, damit du was schaffst, solange es noch hell ist. Wenn man nichts sieht, steht's ziemlich schlecht mit dem Gärtnern.« Aghasi grinste, und die beiden Burschen brachen in schallendes Gelächter aus.

Manon begriff, und die Wut kam im selben Moment. Der Junge war blind, er war aus irgendwelchen Gründen zum Gartendienst abgestellt worden, und Aghasi, der wie ein kleiner König über sein blühendes Reich herrschte, passte das nicht. Seinen Ärger reagierte er ab, indem er den hilflosen Jungen zum Gespött machte und ihm eine Aufgabe gab, die er nicht erfüllen konnte.

Es war das Gleiche wie vorhin am Strand, als die ganze Horde sich auf den armen schwachsinnigen Anselm Fleißer gestürzt hatte, der keinem Menschen etwas zuleide tat. Die ganze Horde bis auf Kasi und Georgchen, ihr kleiner Bruder, der ein Held war und dem sie morgen im Peressyp türkischen Honig kaufen würde.

Warum waren Menschen so, warum gingen sie so abscheulich mit anderen um, deren Leben ohnehin ungleich schwerer war? Manon war entschlossen, Aghasi sein niederträchtiges Spiel zu vereiteln und dem blinden Jungen zu helfen. Er war mit einer Schere und einem Blecheimer losgezogen. Sie wartete ab, bis der Gärtner auch die zwei anderen Burschen noch mit Anweisungen ihrer Wege geschickt hatte und sich wieder seiner Arbeit zuwandte. Dann lief sie los, quer über die Wiese mit dem weißen Pfauenpaar, das die Gäste rund wie Weihnachtsgänse gemästet hatten, und hinunter auf die zweite Terrasse.

Das Herz des *Odessa*.

Tagsüber tollten hier Kinder herum, die hinter den Rosenhecken Verstecken spielten. Reisegruppen suchten um die Wette ihren Weg durchs Labyrinth, und Hobbyfotografen probierten ihre neuen Kodaks aus, indem sie Schnappschüsse ihrer Familien vor dem Faunenbrunnen knipsten. Um diese Uhrzeit aber, zur blauen Stunde, war die Terrasse mit dem Labyrinth menschenleer. Aufräumarbeiten wurden in dieser Zeit erledigt, weggeworfenes Bonbonpapier und zerlesene Zeitungen aufgesammelt, die Hecken mit Wasser besprengt, damit das Blattgrün üppig und saftig blieb, und tote Blüten von den Zweigen geschnitten, wie es jetzt der arme blinde Junge tun sollte.

Der ganze Aufwand wurde betrieben, um den Brunnen samt seinem Rosenlabyrinth Tag für Tag aufs Neue in ein Paradies zu verwandeln, das jungfräulich erschien, als hätte kein Mensch es je zuvor betreten. Am Abend nämlich, wenn die Sonne vor Odessa ins Meer tauchte und die Welt ins Farbenspiel von Magie und Geheimnis hüllte, war der Garten des Fauns allein den Liebespaaren vorbehalten.

In den Nischen, die die Hecken bildeten, ließen sich Küsse tauschen, ohne dass Unbefugte Einblick erhielten, und das Plätschern des Brunnens, das als einziges Geräusch an die Ohren der Liebenden drang, war eine Musik, die man nie vergaß.

Die Musik der Ewigkeit.

Philipp Liebenthal, Tante Odas Vater, der das Hotel begründet hatte, hatte den schwarzen Marmorfaun aus der Ewigen Stadt Rom hierhergeholt. Auf einem der Korridore hingen Bilder aus der Geschichte des Hotels, und das erste zeigte Sigrid von Arndt, Manons unbekannte Großmutter und Philipp Liebenthals große Liebe, die den Faun in den Springbrunnen stellte. Solange der Faunenbrunnen sprudelt, steht das *Grandhotel Odessa* über der Bucht der Stadt, hatte er verkündet und war ein Leben lang dafür eingestanden. Das Wasser war nie abgestellt worden, weder in Not und Elend des Krieges noch in den Wirren der Revolution. Tante Oda hatte einmal gesagt, sie würde lieber eine Woche lang abgekratzte Baumrinde essen, als eine Stunde lang das Sprudeln des Brunnens zu unterbrechen.

Von Tante Oda, die sowohl Aberglauben als auch übertriebenes Pathos ablehnte, wog ein solches Geständnis doppelt schwer.

Dass sie ihre violette Ballrobe, den wertvollen Schmuck und die Abendsandaletten trug, fiel Manon erst wieder ein, als sie den Garten des Fauns erreichte. Wie komisch musste sie wirken, und wie gut, dass der Junge sie nicht sah! Er selbst ging barfuß, trug am Saum zerrissene Hosen und ein Hemd ohne Kragen, das lose an ihm herabhing. Den Blecheimer hatte er zu seinen Füßen abgestellt und sich die Schere in den Hosenbund gestopft. Manons Ankunft schien er nicht zu bemerken, denn er drehte sich nicht um, obwohl sie wohl kaum besonders leise gewesen war.

Warum aber hätte er sich umdrehen sollen? Er war ja blind und hätte ohnehin nicht erkennen können, wer ihm da gefolgt war.

Innerhalb der nächsten Minuten begann Manon jedoch daran zu zweifeln, dass er blind war. Fasziniert sah sie zu, wie er seine Arbeit tat: Mit unglaublich flinken, unglaublich geschickten Fingern ertastete er sich seinen Weg durch das Gewirr der Hecke, strich da über ein Blatt und dort über den Überrest einer Blüte, ehe er nach der Schere griff, den Makel herausschnitt und in den Eimer warf. Sie war ihm hinterhergerannt, um ihm zu helfen, zu verhindern, dass er bloßgestellt wurde, und kam sich jetzt selbst bloßgestellt und lächerlich vor.

Nur noch eines wünschte sie sich: zu verschwinden, ohne bemerkt zu werden. Sie hasste diesen Ort, sie hatte sich nie zuvor eingestanden, wie sehr sie ihn hasste. Paare kamen hierher und waren glücklich, während es Maxim noch nie eingefallen war, mit ihr hier herunterzukommen, um glücklich zu sein.

Wie konnte er nur so sein, wie konnte er eine Sommernacht nach der anderen verschwenden, wo doch kein Mensch zu sagen wusste, wie viele ihnen davon blieben?

Stattdessen hatte sie ihn dabei beobachtet, wie er mit seinen ewigen Dichtern, mit Ullrich und natürlich mit der allgegenwärtigen Clara in den Garten des Fauns hinunterschlich, hatte oben, auf der Terrasse des Restaurants, im Licht einer Laterne gestanden und mit wütendem Schmerz im Bauch zugesehen, wie die sechs im Balsamduft der Rosenhecke beisammenstanden und redeten, lachten, rauchten und aus Sektkelchen tranken.

Was gab es so viel über Gedichte zu reden? Selbst Ullrich, der ständig Angespannte, dem es körperliche Qualen zu bereiten schien, mit einem Gast auch nur ein paar Floskeln zu tauschen, wirkte gelöst und geradezu schwatzhaft.

Wenn sie es doch nur begreifen könnte, wie Clara es offenbar ohne jede Mühe begriff!

Sie wollte nichts wie weg von hier, raffte den Rock ihres Kleides und stürmte den Hang hinauf. Unterm Gehen stolperte sie und streckte die Arme aus, um nicht vornüber aufs Gesicht zu fallen. Ehe sie den Boden berührte, umfasste sie jemand und fing sie auf.

»Ich glaube, in Ihren Schuhen sollten Sie auf diesem Boden nicht rennen«, vernahm sie eine männliche Stimme, die zu erwachsen klang, um zu dem schmächtigen Jungen zu gehören. »Die Sonne brennt ihn hart wie Stein, und die Bewässerung wühlt ihn wieder auf. Das macht ihn uneben. Nicht geeignet für schmale Absätze.«

»Woher weißt du, dass ich schmale Absätze trage?«, fragte Manon perplex, während er ihr behutsam wieder auf die Füße half.

»Das ist nicht schwer zu hören«, erwiderte er. »Erst ein spitzes *Klack,* dann ein flaches, das macht ein Damenschuh mit Absatz, am ehesten wohl eine feine Sandalette.«

Manon brauchte ein paar Augenblicke, um sich zu fassen. »Warum gibst du vor, du wärst blind?«, platzte sie dann heraus.

»Das bin ich schon oft gefragt worden«, antwortete der Junge. »Aber ich bin es nicht, der etwas vorgibt. Meine Augen sind es.«

»Wie meinst du das?«

»Ich meine, dass an meinen Augen kein Arzt etwas finden kann, das meine Blindheit erklärt«, sagte er. »Aber blind bleibe ich trotzdem. Meine Augen verweigern schlicht ihren Dienst.«

»Das heißt, du kannst wirklich nicht sehen?«

»Wirklich nicht«, sagte er.

Manon trat zur Seite und sah, dass seine Augen ihr nicht folgten, sie hob die Hand und bewegte sie vor seinem Gesicht, bemerkte aber keine Reaktion.

»Mich auf die Probe zu stellen, wird Ihnen kaum helfen«, sagte er. »Ich könnte es ja auch eingeübt haben, den Blinden zu spielen.«

»Es tut mir leid«, murmelte Manon und senkte den Kopf.

»Keine Ursache. Sie sind nicht die Erste, die so etwas macht.«

Er drehte sich um und ging zurück zum Labyrinth, wo er seine Arbeit an der äußeren Hecke fortsetzte.

Manon wollte auch gehen. Aber etwas hielt sie. »Ich brauche einen kleinen Rosenstrauß für mein Kleid«, brachte sie absurderweise heraus.

Er wandte den Kopf, während seine Hände weiter flink und zielsicher ihre Arbeit verrichteten. Sie hätte ihnen stundenlang zusehen wollen.

»Welche Farbe hat es?«, fragte er. »Ihr Kleid?«

»Violett.«

»Ja«, sagte er. »Dazu wird der tiefe Roséton der Blüten gut passen.«

»Woher weißt du, wie die Farbe der Blüte aussieht?«

»Der Gärtner hat gesagt, es ist eine *Princesse de Vaudemont*«, erklärte er. »Als Junge bin ich jahrelang in die Bibliothek gegangen und habe mir Bücher über Pflanzen ausgeliehen, alle, die ich bekommen konnte. Die Bibliothek, die Graf Woronzow Odessa gestiftet hat, ist die älteste in der Ukraine, und man kann jedes Buch, jede Schrift dort leihen, ohne etwas dafür zu bezahlen. Wussten Sie das? Ich finde es sehr schön.«

»Aber lesen kannst du doch nicht«, rief Manon.

»Ich habe Efraim, meinen kleinen Bruder, gebeten, mir vorzulesen«, sagte er. »Er hat sich extra für mich in der Schule angestrengt, damit er die Namen der Pflanzen auf den Abbildungen entziffern konnte. Und er hat mir die Bilder beschrieben, immer wieder, bis ich sie mir eingeprägt hatte. Efraim ist ein Meister im Beschreiben. Man kann gar nicht anders, als vor sich zu sehen, was er erklärt.«

»Und warum das alles?«, fragte Manon.

»Ich fand eben, ich müsse etwas lernen, wenn ich nicht Schlachter und auch kein blinder Bettler werden wollte«, antwortete er. »Und bei den Pflanzen hat jede ihre eigene Form, ihre Textur und ihren Duft. Sie sind sehr geduldig, man kann sich Zeit damit lassen, sie zu betasten und ihr Aroma wahrzunehmen. Ich war der Meinung, das ist gut geeignet für mich.«

Manon war so beeindruckt, dass ihr die Worte fehlten. Er tastete an den knospigen Blüten entlang, trennte mit schnellen Schnitten ein paar von ihnen ab, flocht die Stiele umeinander und wand zum Schluss ein Stück Blumendraht darum.

»Ist es Ihnen so recht?« Er hielt ihr das Sträußchen entgegen.

»Es ist perfekt.«

Er gab es ihr und vollführte eine knappe Verbeugung. Als er den Rücken wieder straffte, war es ihr, als blicke er sie an, obwohl er sie nicht sah. Wie angenehm das ist, stellte sie fest. Ich brauche mir keine Gedanken zu machen, ob mir die Haarnadeln verrutscht sind, ob mein Kleid nicht zu fad ist, ob ich mich mit irgendetwas beschmutzt habe. Ich kann mich auf ihn konzentrieren, nicht auf die ewige Sorge, etwas an mir sei falsch.

Seine Augen waren seltsam, fand sie. Nicht weil sie blind waren, sondern weil sie genau dieselbe Farbe wie sein Haar und seine Haut zu haben schienen. Ein helles Braun. Selbst die Brauen und Wimpern, die lang wie bei einem Mädchen waren, wirkten kaum dunkler.

»Wollen Sie es nicht anstecken?«, fragte er. »Dabei kann ich Ihnen nicht helfen.«

»Nein?« Manon war verwirrt, wusste kaum, was sie und er redeten.

»Nein«, sagte er. »Nicht weil ich nichts sehe. Sondern weil es sich nicht gehört.«

Dann waren sie beide wieder still.

Das Wasser des Faunenbrunnens sprudelte unablässig in die Höhe, um mit leisem Plätschern ins Becken zurückzukehren und von dort gleich wieder emporgesprudelt zu werden. Das Geräusch war wie ein kleines Lied, zu dem man den Text nicht kannte und das man trotzdem nicht vergaß. Der Himmel rötete sich, und der sonst zarte, ein wenig an Thymian und ein wenig an Zitronen erinnernde Duft der Blüten wurde überwältigend.

Manon steckte sich die Rosen mithilfe ihrer Brosche ans Kleid.

»Danke, dass Sie mir geholfen haben.« Dass sie ihn nicht länger duzte, wie es bei den Jungen, die im Garten halfen, üblich war, geschah ganz von selbst.

»Ich habe das gerne getan«, sagte er. »Ich wünschte, jede Blüte, die abgeschnitten wird, würde so geschätzt und fände eine solche Verwendung.«

Ein altes Lied, das sie als Kind gesungen hatte, mischte sich mit dem Gesang des Brunnens:

»Alle lieben Blumen, groß und klein
Hat Gott der Herr gemacht.«

»Ich muss jetzt gehen«, sagte sie.

Er nickte.

»Darf ich vielleicht einmal wiederkommen?« Sie hätte sich ohrfeigen können. Warum um alles in der Welt stellte sie ständig so törichte Fragen, die Clara nie eingefallen wären? Sie gehörte zur Hoteliersfamilie, sie durfte in den Garten kommen, wann immer es ihr einfiel.

»Es ist schön, dass Sie das wollen«, sagte er. »Ich würde mich freuen, wenn Sie kämen.«

10

CLARA

Das *Lambrino* war eine der letzten griechischen Tavernen in Odessas Hafenviertel, wo es einst von solchen Lokalen gewimmelt hatte. Ganze Scharen von Pontosgriechen waren in den beiden vergangenen Jahrhunderten aus den osmanischen Gebieten in die zum russischen Reich gehörenden Schwarzmeerregionen abgewandert und hatten dem Schmelztiegel Odessa ihr unverwechselbares Flair hinzugefügt.

Panagiotis Lambrino, vielleicht der Letzte von ihnen, der selbst beim Fluchen noch Griechisch sprach, hatte sein Sammelsurium aus wackligen Tischen und Stühlen auf die Straße geräumt, sodass seine Gäste in einer Wolke aus Öl und Seetang saßen, die womöglich dem Duft der großen, weiten Welt entsprach. Den Blick aufs Meer versperrten Schiffsleiber mit ihrem Wald von Schornsteinen, eine schaukelnde Stadt vor der Stadt. Der Wein, den Lambrino ausschenkte, stammte zweifellos aus Georgien, nicht von der Ägäis, aber er war samtig, schwer und schwarzrot, und die in Knoblauch und Olivenöl gebratenen Sardellen beschworen das Land, aus dem Iason mit seinen Argonauten aufgebrochen war, um das Goldene Vlies zu finden.

Mit den drei Dichtern sowie Maxim und Leo Ullrich hatte Clara viele Abende hier gesessen und fasziniert Ossip Mandelstams Erzählungen von den Wanderbewegungen der Völker und den Kulturen, die einander befruchtet hatten, gelauscht.

»Die Idee des Nationalstaats gehört ja zu den Absurditäten, auf die wir erst seit Kurzem verfallen. Die alten Riesenreiche hätten sich von dem Reichtum, zu dem jedes Glied der Völkervielfalt beitrug, keine Unze nehmen lassen.«

Er war viel gereist, zuletzt durch Armenien, von dem er mit flammender Liebe sprach.

»Ich will auch reisen!«, hatte Clara ausgerufen.

»Unbedingt«, hatte Ossip Mandelstam erwidert. »Sie gehören nach Amerika, Fräulein Clara. Besser früher als später. Englisch sprechen Sie fließend, oder?«

Clara hatte genickt. Von allen Sprachen war ihr das verwaschene, vielfarbige Englisch, das sie sich bei Tanner angeeignet hatte, die liebste.

Und nun saßen sie heute Abend hier zum letzten Mal. Sie waren schweigsamer als sonst und wussten, es blieb ihnen höchstens noch die Zeit, um den Wein in ihren Bechern auszutrinken. Clara knetete ihre Hände. Die Begegnung mit den Dichtern und so vieles, das sie hier in Odessa erlebt hatte, hatte sie ganz in seinem Bann gehalten und das, was vorher gewesen war – Berlin, ihr Leben, ihre Pläne –, verdrängt. Jetzt, wo ihre Sommergemeinschaft, die wie ein fest verflochtener Strick gewesen war, sich allmählich aufzudröseln begann, musste sie sich wappnen, um dorthin zurückzukehren.

Ossip Mandelstam nahm ein Blatt Papier vom Tisch, ein Gedicht, das Maxim ihm zum Lesen gegeben hatte und das er nun noch einmal studierte. Maxims Rücken, die Linie seiner Schultern, der ganze Oberkörper spannte sich.

»Ist es wirklich gut? Haben Sie das vorhin so gemeint, wie Sie es gesagt haben?«

Ossip Mandelstam blickte von dem Papier auf. Er hatte einen so imposanten, charaktervollen Kopf, der zu allem, was er sagte, noch stumm ein Gewicht hinzuzufügen schien. »Nein, vielleicht nicht«, sagte er. »So gut, wie ich gesagt habe, ist es wohl kaum, aber ich habe Sie mit meinen Worten ermutigen wollen.«

Maxim senkte den Kopf. Wenn man ihn ansah, verstand man den Ausdruck *seine Stirn umwölkte sich,* den Clara immer so pathetisch gefunden hatte. »Ich will keine Schmeicheleien für einen Schuljungen«, stieß er heraus. »Ich will ehrlichen Rat, um mich zu verbessern.«

»Ich bin der Ansicht, dass Sie sich sehr stark verbessern werden, wenn Sie endlich wirklich schreiben«, sagte Ossip Mandelstam. »Nicht nur hier und da eine Zeile, sondern jeden Tag etwas. Schreiben Sie auf, was Sie sehen, was Sie erleben, was da in Ihnen brodelt und herauswill. Und wenn Sie nur einer Katze zusehen, der Kinder den Schwanz abgeschnitten haben, die aber den Rücken mit einer Grazie und Würde wölbt, als hätte sie nie etwas verloren.« Er legte das Blatt mit Maxims Gedicht zurück auf den Tisch, ehe er die letzte Sardelle aus der Schüssel nahm und sie der schwanzlosen Katze hinwarf.

»Wichtig scheint mir, dass Sie Ihr Schreiben, Ihre Stimme nutzen, um mit Ihrer Welt ins Gespräch zu treten, solange Ihnen diese Stimme nicht versiegt«, fuhr er fort. »Im Augenblick fahren Sie ja mit gebremster Kraft, Sie halten das alles, was Sie zu sagen hätten, zurück, weil Ihre Stimme Ihnen nicht vollkommen genug ist.«

»Ich will es so«, erwiderte Maxim. »Wenn es nicht gut ist, wird es nicht aufgeschrieben oder sofort weggeworfen.« Wie um seine Worte zu beweisen, schnappte er sich das Gedicht, das Ossip Mandelstam kritisiert hatte, knüllte es zu einem Ball zusammen und warf es der Katze hin, die jedoch mit der Sardelle beschäftigt war und ihm keine Beachtung schenkte.

»Jaja, das wollten wir alle, als wir noch jung waren und glaubten, das, was da in uns wucherte, wäre ein unerschöpflicher Strom. Nur Meisterwerke schaffen. Unsterbliche Weltliteratur. Wenn ich heute, wo der Strom in mir schon so lange trocken liegt, zurückdenke, wäre mir manch eines meiner weggeworfenen Katzengedichte lieber als die paar Bände, für die die literarische Welt mir Anerkennung zollte.«

Er hatte seit Jahren keine Gedichte mehr geschrieben, sondern lebte von Übersetzungen und Essays. Erst in Armenien, das ihn aus seiner Taubstummheit, wie er es nannte, herausgelockt hatte, war eine schmale Sammlung neuer Texte entstanden. Keine Gedichte, sondern Prosastücke. Gerade jetzt aber hatten die großen Zeitungen, die *Prawda, Iswestja* und die so wichtige *Literaturnaja Gaseta,* ihn und sein Werk als »für die Sowjetunion unbrauchbar« erklärt.

Nadeshda, seine Frau, die so still und zugleich so lebendig wirkte, blickte von dem grauen Kleidungsstück, an dem sie herumflickte, auf. »Er kann wegwerfen, was er will«, sagte sie. »Ich lasse ihn aus keiner unserer Behausungen einen Abfalleimer tragen, den ich nicht vorher durchwühlt habe.« Sie bückte sich, hob den von der Katze verschmähten Papierball auf und strich ihn glatt.

»Hier, junger Mann«, sagte sie und legte Maxim das Blatt aufs Knie. »Suchen Sie sich eine Frau, die das ein Leben lang für Sie tut, oder gehen Sie sorgsamer mit Ihren Werken um.«

Maxim sagte nichts und rührte den Zettel nicht an.

Clara musste an Manon denken. Sie wäre die richtige Frau dafür, würde gewiss jeden Fetzen, den Maxims Hand berührt hatte, aufsammeln und bewahren. Aber Nadeshda Mandelstam? Hieß es nicht, sie sei selbst eine begabte Schriftstellerin?

»Bleiben Sie dabei nicht auf der Strecke, Nadeshda?«, fragte Ullrich, der meist nur zuhörte, als widerstrebe es ihm, an der Richtung des Gesprächs etwas zu ändern. »Was ist mit Ihrem eigenen Schreiben?«

»Was soll damit sein?«, fragte Nadeshda kühl zurück. »Ich habe Kunst und Literatur studiert, um mich um Kunst und Literatur zu bemühen. Wo und wie ich das tue, ist gleichgültig.«

»Nadeshda kennt mit sich selbst keine Gnade, wenn es um Ossips Gedichte geht«, sagte Anna Achmatowa, die eine schwarze, mit Pailletten besetzte Kappe aus abgeschabtem Samt trug. »Sie hebt sogar die auf, die er für seine Geliebte geschrieben hat, die mit Sicherheit schönsten Liebesgedichte des Jahrhunderts.« Sie bog den grazilen Hals zurück und deklamierte:

»Wie du stocktest, allzu plötzlich,
Logst und lächeltest verletzlich,
Und verhaltene Schönheit strich
Hilflos hin dir durchs Gesicht.«

»So gut ist das nicht«, sagte Ossip Mandelstam. »Man muss heute anders schreiben. Alte Anna, dir werfen sie ja auch längst vor, dass du zu mystisch, zu erotisch, zu wenig frisch und frei und fröhlich bist. In jedem Fall ist es Nadeshdas Stimme, die ich in meiner Stille höre. Nadeshdas Lächeln, mit dem ich manchmal noch lächeln kann.«

Sie hatten beide, Ossip und Nadeshda, die gleiche weiße, hoch gewölbte Stirn, stellte Clara fest.

»Wir sollten aufbrechen«, sagte Ullrich. »So gern ich bleiben und mir diese italienische Nacht ersparen würde. Es wäre Oda gegenüber nicht fair.«

Er sagte immer *Oda,* nie *meine Frau.* Sie hatten drei leibliche und zwei Pflegekinder miteinander, aber sie lebten getrennt, wie Freunde, die sich gelegentlich besuchten.

»Ich würde sie mir auch gern ersparen!«, rief Maxim. »Dass unser Staat gemeinsame Sache mit Mussolinis Faschisten macht, führt für mich alles ad absurdum, wofür dieser Staat steht. Ich will dabei nicht mitmischen. Und wenn ich dann noch höre, dass man Sie, Anna Andrejewna, mit Verhaftung bedroht hat, und Sie, Ossip Emiljewitsch, fürchten, nicht mehr schreiben zu dürfen, dann frage ich mich: Ist zwischen diesem Staat und dem faschistischen Italien wirklich ein Unterschied?«

»Solche Fragen zu stellen, ist das Vorrecht von jungen Leuten«, erwiderte Ossip Mandelstam. »Weil sie die Oberfläche sehen, das, was sich im Augenblick zeigt, und das ist in unserem Fall ziemlich hässlich. Wenn Sie in mein Alter kommen, können Sie sich nicht mehr leisten, das, was sich unter der hässlichen Oberfläche befindet, zu vergessen, weil es hieße, alles, wofür Sie gelebt haben, abzutun.«

»Und was liegt darunter?«, fragte Maxim.

»Ein Gesellschaftssystem, von dem ich immer noch glauben will, dass wir es aus Menschenliebe erdacht haben«, antwortete Ossip Mandelstam. »Nicht aus Menschenverachtung. Das, so hoffe ich, bleibt der Unterschied zwischen uns und den Faschisten Italiens. Dass es am Sozialismus etwas zu retten oder zu betrauern gibt. Am Faschismus dagegen nur etwas zu zerschlagen, ehe wir selbst zerschlagen sind.«

Clara fühlte sich in die Zeiten zurückversetzt, in denen die Kollegen ihrer Mutter in der Schöneberger Wohnung ein und aus gegangen waren und sich über Politik die Köpfe heißgeredet hatten. Sie kamen immer noch, doch sie sahen nach Clara und ihrem Vater wie nach Kranken, zu denen man mit gedämpfter Stimme sprach und denen man jedwede Aufregung ersparte.

»Sie werden mir fehlen«, platzte sie heraus. »Ich wünschte, Sie könnten noch bleiben.«

Maxim griff unter dem Tisch nach ihrer Hand und hielt sie fest.

»Glauben Sie mir, ich wünsche mir das auch«, sagte Anna Achmatowa. »Wir hatten es gut hier. Geborgen und sicher, wie ich mich seit Langem nicht mehr gefühlt habe und wie es in Koktebel einmal war, aber nicht mehr sein wird. Ich bin ja nicht weit von hier geboren, ich hatte diese eigentümliche Sehnsucht nach dem alten Odessa, das ihr in eurem Luftschloss von Hotel konserviert. Wir liegen aber Leo schon allzu lange auf der Tasche. Da man es uns ja nicht mehr gestattet, uns mehr als das Nötigste zu verdienen, gehören Luxushotels zu den Sternen, nach denen wir nicht greifen sollten.«

»Sie wissen, Sie sind mir willkommen, Anna Andrejewna«, beeilte sich Ullrich zu versichern. »Nur besitze ich hier nichts, wenn ich ehrlich bin. Und meine Frau ist ein feiner Mensch, deren schweigende Großzügigkeit ich nicht überreizen will.«

»Es ist gut, so wie es ist«, sagte Anna Achmatowa. »Wir wollen alle noch einmal nach Koktebel, ehe es für uns verloren ist, und in ein paar Wochen müssen wir zurück nach Moskau. Ich habe damit zu rechnen, dass man meinen Mann verhaftet. Wenn es so weit kommt, will ich wenigstens vor Ort sein und erfahren, wohin sie Nikolai schaffen.«

Clara hatte über lange Zeit nicht gewusst, dass Anna Achmatowa überhaupt einen Mann hatte. Stillschweigend hatte sie angenommen, sie lebe mit den Mandelstams in einer Art *Ménage à trois,* wie es sie auch in Berliner Künstlerkreisen geben sollte. Einerseits hatte sie das aufregend gefunden und war beinahe enttäuscht gewesen, als die Achmatowa ihren Mann Nikolai zum ersten Mal erwähnte. Dann aber hatte Maxim ihr erzählt, dass sie zwar mit Ossip Mandelstam nur eine lebenslange Freundschaft verband, dass sie aber mit Nikolai Punin – mit dem sie nicht verheiratet war – und dessen Frau in einer Gemeinschaft zusammenlebte, in die seine Tochter und ihr Sohn aus früheren Ehen einbezogen wurden.

»Eifersucht ist so furchtbar bürgerlich und tötet alles Lebendige ab«, hatte Maxim gesagt. »Warum soll es mir gestattet sein, mich für die Schönheit von Versen, von Dramen, von Musik, von Städten zu begeistern, für die von Frauen aber nicht? Um zu schreiben, brauche ich Neugier und offene Türen, keine Wärterin, die mich im Namen der Liebe in ein Gefängnis sperrt.«

Tief im Innern hatte Clara ihm recht geben wollen. Sie waren so jung, die Welt war so groß, und das Leben und Lieben fing erst an. Zugleich aber hatte Manon ihr leidgetan, die sich an Maxim klammerte wie eine Ertrinkende an einen Rettungsring.

Es wurde Zeit, dass sie aufbrachen. Vermutlich saß Manon im italienischen Konsulat wie auf Kohlen. Wenn aber die Mandelstams morgen abreisten, war dies ihre letzte Gelegenheit, ihnen zu zeigen, was sie gezeichnet hatte.

Aber war das wirklich so wichtig?

Sie hatte doch erkannt, dass das Zeichnen ihr nicht mehr wichtig war, dass das Leben nicht aus Strichmännchen, verrückten Katzen und Sprechblasen bestand.

Die neue Zeichnung enthielt nicht einmal eine Sprechblase, sie war kein echter Comicstrip, worin ihre Stärke lag, sondern eher eine Karikatur wie die von Erich Ohsen. Überhaupt nicht ihr Metier. Wie war es überhaupt dazu gekommen, dass sie auf einmal wieder pausenlos zeichnen wollte?

Lambrinos Samtwein war schuld. An einem dieser Abende hatte sie zu viel davon getrunken, und Maxim hatte sie so lange angefeuert, bis sie für Ossip Mandelstam auf einem Stück Packpapier ein paar Szenen entworfen und ihm erzählt hatte, was ihr das Zeichnen einmal bedeutet hatte.

»Ich war jung und wusste, mein Schreiben gehört nach Italien«, hatte er gesagt, nachdem er ihre Skizzen eingehend betrachtet hatte. »Zu Dante und Petrarca heißt das, ganz sicher nicht zu Mussolini und seinem Hofnarren d'Annunzio. Also habe ich mich auf Gedeih und Verderb in einen Zug gesetzt und bin dorthin gefahren. Sie sind auch jung. Und ich glaube, Sie wissen, Ihr Zeichnen gehört nach Amerika. Ein Zug wird bei Ihnen nicht genügen. Fahren Sie trotzdem hin.«

Ihr Herz klopfte ihr bis in die Kehle. Wenn sie das Papier jetzt nicht hervorholte und vor Ossip Mandelstam hinlegte, würde sie keine Gelegenheit mehr haben.

Und war das nicht gut? Hatte sie ihrer Mutter nicht versprochen, sich auf anderes zu konzentrieren?

Maxim drückte ihre Hand. Als sie versuchte, ihm ihre Finger zu entziehen, ließ er es nicht zu. »Clara hat etwas mitgebracht, das sie Ihnen gern zeigen möchte«, sagte er. »Uns allen. Ich brenne schon den ganzen Abend darauf, es zu sehen.«

Du Schuft, dachte sie und war ihm dankbar.

»Das freut mich«, sagte Ossip Mandelstam. »Ich hatte darauf gehofft, noch etwas zu sehen zu bekommen, ehe wir fahren und uns wohl nicht mehr begegnen.«

Mit zitternder Hand langte sich Clara in den Halsausschnitt, fingerte in dem neuartigen Büstenhalter herum, den die Sekretärin ihres Vaters ihr besorgt hatte, und erwischte endlich das zusammengefaltete Stück Papier.

»Darf ich?« Ossip Mandelstam hielt ihr die geöffnete Hand hin. Clara legte hastig ihre Zeichnung hinein und wandte sich ab. Sie kam sich vor wie ein Schulmädchen, und genau genommen war sie ja auch eines.

Ossip Mandelstam faltete die Zeichnung auf und betrachtete sie. Sie war gut, hatte Clara vorhin noch gedacht. Nicht das Beste, was sie je gemacht hatte, denn dazu war sie zu lange aus der Übung, aber doch so pointiert, dass es sie selbst überraschte.

Eine Abfolge von zwei Szenen.

Die erste zeigte den glatzköpfigen Mussolini und Stalin mit dem unverkennbaren Schnauzbart, die ein Tauziehen austrugen. An dem Strick zwischen ihnen hingen ein paar zappelnde Gestalten, Mitglieder der italienischen kommunistischen Partei, die nach Moskau geflohen waren und die die Sowjets nicht ausliefern wollten. Auf dem zweiten Bild hingegen waren die Gestalten verschwunden, und der Strick, den Mussolini und Stalin hielten, war zu einem Drahtseil geworden. Im Netz darunter reihten sich Kohlehalden und Öltanks, die sich die Italiener von den Sowjets versprachen, neben Flugzeugwerften und Automobilfabriken, die die Sowjets sich von den Italienern erhofften.

Der Seiltänzer, der über alledem tanzte, war Adolf Hitler, und am Kopf der Zeichnung prangte ihr Titel: *Manege frei*.

Ossip Mandelstam hob den Kopf und sah Clara ins Gesicht. »Ich habe Ihnen gesagt, Sie können zeichnen, oder?«

Clara konnte nur nicken.

»Wenn ich es Ihnen jetzt noch einmal sage, werden Sie es mir dann glauben?«

Sie nickte wieder und begriff zugleich, dass sie es ohnehin wusste.

»Fahren Sie nach Amerika«, sagte er. »Lernen Sie, indem Sie den Großen ihres Metiers zusehen, nutzen Sie die Freiheit, die es womöglich nicht mehr lange gibt. Wer weiß, vielleicht zeichnen Sie eines Tages Trickfilme. Wenn ich der junge Mann wäre, der da an Ihrer Seite sitzt, würde ich Sie noch heute Nacht bei der Hand nehmen und losfahren.«

Clara schluckte zweimal und sammelte all ihre Tapferkeit. »Ich kann nicht.«

»Warum nicht?«

»Ich studiere Jura«, erwiderte die tapfere Clara. »Bei allem, was in Deutschland geschieht, ist das wichtiger.«

»Und Kunst, meinen Sie, ist nicht wichtig?« Der Blick seiner beinahe nackten Augen ließ sie nicht los. »Dann sehen Sie sich unsere Sowjetunion an. Bei uns nimmt man Künstler wichtig. Juristen lassen wir schwatzen, die machen uns keine Angst. Aber vor unseren Künstlern zittern wir so sehr, dass wir uns nicht anders zu helfen wissen, als sie umzubringen.«

11

CLARA

Ich will das tun. Das, was Ossip Mandelstam gesagt hat.« Vor dem Portal des Konsulats, das mit sowjetischen und italienischen Wimpeln geschmückt war, blieb Maxim stehen und hielt Clara am Arm fest. »Heute Nacht nach Amerika fahren. Wenn du Ja sagst, mache ich's.«

Aus den Türen des Konsulats, die weit offen standen, strömten gleißendes Licht und Musik. Leo Ullrich war im Eingang stehen geblieben und drehte sich suchend nach ihnen um.

»Heute Nacht geht mit Sicherheit kein Schiff«, sagte Clara.

»Wir nehmen den Zug in irgendeinen Hafen, von dem ständig welche gehen.«

»Hast du Geld?«

Er zuckte die Schultern, für die der Smoking erfunden zu sein schien. »Ich werde schon welches auftreiben. Lass das meine Sorge sein. Sag einfach Ja.«

»Ich sage Nein«, sagte Clara, die sah, wie Oda mit Renato Bernadeschi, dem Konsul, auf Leo Ullrich zusteuerte und nach den Fehlenden Ausschau hielt. Sie zwang sich, einfach weiterzugehen, ohne auf seinen Protest zu achten.

»Na endlich, da seid ihr ja. Wir haben auf euch gewartet«, empfing Oda sie hörbar verärgert. »Inzwischen gibt es so gut wie nichts mehr zu essen, aber ich nehme an, ihr habt euch ohnehin mit *Baklava* vollgestopft.«

»*Che bella*«, bemerkte der italienische Konsul, der Claras Kleid vom Ausschnitt bis zum Saum musterte. »Aber auch sehr enthüllend«, fuhr er in fließendem Russisch fort. »Eine Frau, die dieser

Mode folgt, wird sich gefallen lassen müssen, dass man sie nach den Beinen beurteilt, die sie hat.«

»Man könnte sie stattdessen auch nach dem Kopf beurteilen, den sie hat«, versetzte Clara.

Ob das Lachen des Konsuls erschrocken oder amüsiert war, vermochte sie nicht zu entscheiden.

»Gegen eine schöne Frau nach Punkten zu verlieren, ist für einen Italiener keine Schande«, sagte er, noch immer lachend. »Und wegen des Büfetts machen Sie sich keine Sorgen. Es gibt von allem reichlich, und Sie sind beileibe nicht die letzten Gäste. Unser Ehrengast trifft auch gerade erst ein, und wenn ich richtig sehe, steigt da der Signor Generalsekretär samt seiner zauberhaften Gemahlin aus seiner Limousine.«

»Bogdan«, platzte Oda heraus, die dabei war, Ullrich die Leviten zu lesen. »Den muss ich sprechen.«

Sie ließ ihren Mann samt Konsul und Clara stehen und stürmte die Stufen hinunter auf das Paar zu, das gerade heraufkam. Der Mann war kahlköpfig wie Mussolini, bullig gebaut und mit harten, groben Zügen. Die Frau, die an seinem Arm hing und den Rock ihres schweren, weißen Seidenkleids anhob, war schmächtig und blass, wie verblichen, selbst das dunkle Haar kraft- und glanzlos.

Clara vermochte kaum ihren Augen zu trauen: Den bulligen Mann hatte sie auf den ersten Blick als Nikolai Bogdan erkannt, der inzwischen Generalsekretär der ukrainischen kommunistischen Partei und damit der mächtigste Mann im Land war. Dass die Frau aber die Braut von damals, die entzückende Mascha Vitalyewna mit den sprechenden Augen und dem schwarzen Lockenschopf war, wollte sie nicht glauben.

Aus dem blühenden Mädchen, von dem es hieß, sie könne göttlich singen, war in wenig mehr als zehn Jahren eine ältliche Frau geworden.

Oda verstellte den beiden den Weg. »Ich habe mit dir zu reden, Nikolai Leonidowitsch. Es ist dringend. Mascha, bist du so gut und lässt uns einen Augenblick allein?«

»Hast du neuerdings auch noch den letzten Rest Anstand verloren?«, fauchte Mascha sie an. »Natürlich lasse ich dich nicht mit meinem Mann allein, noch ehe wir auch nur Zeit hatten, Konsul Bernadeschi zu begrüßen. Was fällt dir denn ein?«

»Das habe ich doch gesagt«, erwiderte Oda. »Es ist dringend. Bogdan?« Sie sah ihn an, als wäre seine kleine, blasse Frau nicht mehr da. »Wenn du es genau wissen willst: Es geht um Leben und Tod.«

Ein Skandal auf der Treppe des Konsulats? Das war so gar nicht Odas Art, umso weniger, als aus der Limousine, die jetzt vor den Stufen hielt, die drei Fleißers stiegen: Anselm der Zweite, Bogdans Stellvertreter, dem das Hemd über dem Bauch spannte, seine Frau Katrein, die zwar ebenfalls wohlgenährt war, jedoch genau wie Mascha Vitalyewna etwas zu früh Verblühtes an sich hatte, und Vladimir, der schlanke, auf eine düstere Weise attraktive Sohn, von dem kein Mensch angenommen hätte, dass er das Kind dieser beiden war.

Der zweite Sohn, der arme kleine Anselm, der offenbar an Mongolismus litt, fehlte. Kinder wie er wurden vor der Welt versteckt. Bei Claras früheren Besuchen war ihr wohl Vladimir, nicht aber dessen kleiner Bruder jemals begegnet, und sie hatte nicht einmal gewusst, dass Anselm Fleißer überhaupt einen zweiten Sohn hatte.

Das Automobil der Familie, ein offener GAZ-A in einem seltenen, fast türkisen Blau, kam ihr bekannt vor. Hatte der Wagen nicht vorm *Lambrino* gestanden, als sie dort mit den Mandelstams Wein getrunken hatten, nicht heute, aber vor ein paar Tagen, und nicht nur einmal, sondern mehrmals?

Clara kam nicht dazu, noch länger darüber nachzudenken,

und auch nicht dazu, den Streit, der sich anbahnte, weiterzuverfolgen. Maxim war ihr in langen Sätzen hinterhergeeilt und zog sie mit sich fort in den Saal, aus dem die Musik drang. Ein Walzer, zu dem sich Paare in Smokings, Galauniformen und Ballkleidern drehten. Musik aus einer anderen Epoche, wie überhaupt das gesamte Ambiente mit seinem Gold und Stuck und rotem Samt, seinen Säulen und Wandgemälden wirkte, als hätte man es für ein Museum konserviert. Das *Odessa* bewahrte sich ebenfalls einen Glanz, der in der neuen Welt nicht mehr ganz real erschien, doch mit seinem modernen Komfort und dem maritimen Design in Blau und Weiß strahlte es dennoch Frische aus, während dies hier nur antiquiert wirkte.

»Wenn du nicht mit mir nach Amerika fährst, will ich wenigstens mit dir tanzen«, sagte Maxim, nahm Tanzhaltung ein und umschlang rigoros ihre Taille.

»Ich kann das wirklich nicht tanzen, Maxim.«

Sie hatte Manon entdeckt, die in einem Pulk von Verehrern bei der Bar stand, sich auf ihre schüchterne, höfliche Weise zu befreien suchte und nur Augen für Maxim hatte. Augen, in denen eine Sehnsucht flackerte, der Clara sich nicht gewachsen fühlte.

»Mit mir kannst du das«, sagte Maxim und begann trotz ihres Widerstrebens, mit ihr den Walzer zu tanzen. »Gegen das, was du und ich könnten, wenn man uns ließe, ist das hier banal. Eine Alberei.«

Sehr gut ging es nicht. Maxim hielt sie viel fester als üblich und steuerte sie wie ein Boot durch unschiffbaren Seegang. Wenigstens rammten sie niemanden. Die Musik hatte etwas von Ende und Drama in alten Filmen, die noch von einem Kinoorchester begleitet wurden. Jäh fiel ihr ein, dass Ossip Mandelstam gesagt hatte, sie könne eines Tages Trickfilme zeichnen, so etwas wie *Oswald the Lucky Rabbit* von Walt Disney oder Max Fleischers *Koko the Clown*. In ihrem Kopf drehte sich alles. Der Saal, das

Licht, die schillernden Roben, die verstiegenen Gedanken und die Wirkung von Lambrinos rotem Wein.

Gesichter und Gestalten flogen vorbei. Tante Belle, in einer mit aufwendigen Rüschen besetzten, himmelblauen Robe, tanzte mit einem ordenbehängten italienischen Honoratioren. Auch sie hat etwas Verblühtes an sich, dachte Clara. Wie Katrein Fleißer und Mascha Bogdan. Dabei war sie, wenn man Claras Vater glauben durfte, einmal die am meisten umschwärmte Heiratskandidatin von Berlin gewesen, obwohl ihr gemeinsamer Vater sein ganzes Vermögen und seinen Adelsglanz versoffen hatte.

Der Grund war vermutlich bei allen dreien derselbe: eine zutiefst unglückliche Ehe, in der von der Selbstachtung der Frau nichts übrig blieb. »Meine Mutter war mit einem saufenden Scheusal verheiratet«, hatte ihr Vater Clara erzählt. »Und meine Schwester hat es tatsächlich geschafft, sich ebenfalls ein saufendes Scheusal zu angeln. Hätte sie nicht ein bisschen klüger sein müssen, oder gehört das zu den Dingen, die Menschen niemals lernen?«

Maxim zog Clara an sich und dirigierte sie weiter. Von den Drehungen wurde ihr schwindlig. Auf einem Stuhl bei der Bar saß Tante Tessa, die sie seit ihrer Ankunft noch nicht gesehen hatte und kaum wiedererkannt hätte. Sie schien in den drei Jahren um mehr als ein Jahrzehnt gealtert zu sein, war dünn wie ein Strich, das Haar eisgrau und das Gesicht tief eingefallen. Wie alt war sie? Sechzig, siebzig? Sie sah nicht nur alt aus, sondern krank, und dennoch besaß sie etwas, das den drei anderen – Tante Belle, Mascha und Katrein Fleißer – fehlte: Persönlichkeit. Würde. Vertrauen in sich selbst. Sie hatte sich aus ihrer zerstörerischen Ehe befreit, war mittellos mit ihren Kindern quer durch Russland geflüchtet und hatte sich im *Odessa* noch einmal ein Leben aufgebaut.

Im Weitertanzen sah Clara, dass die Fleißers inzwischen im Saal eingetroffen waren. Vladimir tanzte mit Malwine, oder besser: Vladimir versuchte, mit Malwine zu tanzen, die jedoch lediglich von einem Bein aufs andere schwankte und ihm dabei in mühsamem Russisch einen ihrer Vorträge hielt: »Und gerade deshalb ist es von äußerster Wichtigkeit, den Werktätigen zu vermitteln, dass die parlamentarische Demokratie im Grunde überhaupt keine Demokratie ist und dass der erste Schritt die Enteignung der Produktionsmittel sein muss. Ich wünschte, der Bildungsausschuss der Partei würde Mittel zur Verfügung stellen, um jeden Arbeiter auf Urlaub zu euch hier herüberzuschicken, damit er sich ansehen kann, wie es gemacht wird …«

Vladimir sah aus, als verstünde er kein Wort. Clara verkniff sich ein Grinsen. Sie mochte Malwine. Freunde, die in der Kommunistischen Partei waren, hatten ihr erzählt, dass die Genossen verzweifelt versuchten, die eifrige Wahlkampfrednerin an einer Kandidatur für den Reichstag zu hindern, weil sie nicht die geringste Spur von Charisma besaß und die KPD mit jeder ihrer Ansprachen Wähler verlor. Malwine wurde seit Jahren im Schulungsbereich gehalten, wo sie den geringsten Schaden anrichtete und nicht mehr als einen Hungerlohn verdiente.

Böse Zungen sagten ihr nach, sie sei nur Kommunistin geworden, um ihrem verhassten Vater eins auszuwischen, aber das war ungerecht. Malwine gab sich der Partei mit Haut und Haar hin, sie lebte für nichts anderes. Zudem war sie der Inbegriff einer guten Seele und hätte ihr letztes Hemd an jemanden verschenkt, der es dringender brauchte als sie.

»Aufgeräumt werden muss allerdings bei euch auch«, war das Letzte, was Clara von ihr hörte, ehe Maxim sich mit ihr entfernte. »Und ich bin überzeugt, dass Stalin der richtige Mann dafür ist. Mit dem halbherzigen Trotzki wärt ihr nicht weit gekommen, und auch sich von dem schlaffen Bucharin zu trennen, war genau der richtige Schritt.«

Als Nächstes sah sie, wie Tante Oda in den Saal stürmte, das

Gesicht weiß vor Wut und der Rücken steif wie ein Stock. Das Gespräch, das sie mit dem Generalsekretär geführt hatte, war offenbar nicht nach ihren Wünschen verlaufen. Sie steuerte auf Tante Tessa zu, aber ehe sie diese erreichte, vertrat ihr ein Mann den Weg, der soeben als der Ehrengast aus Rom angekündigt worden war. Der faschistische Diplomat, der aller Voraussicht nach Mussolinis Außenminister werden würde, ein Graf Cadorna oder etwas in der Art.

Tante Oda war keine, die sich den Weg abschneiden ließ, ihr imponierten weder sozialistische Machthaber noch faschistische Hochadlige. Clara versuchte, den Kopf über Maxims Schulter zu recken, um den Zusammenprall nicht zu verpassen, aber Oda blieb stehen wie angewurzelt. So, wie sie ihn anstarrte, konnte der Mann kein lebendiger Erdenmensch sein. Er war ein Geist, stammte aus einer längst vergangenen Phase ihres Lebens, von der Clara und die anderen nichts wussten.

Ihre Fantasie ging mit ihr durch. All das hier war zu viel, zu intensiv, zu leidenschaftlich und zu überhitzt. Es wurde Zeit, dass sie zurück nach Hause in ihren kühlen, vernünftigen Alltag kam. Zugleich aber war es unvorstellbar. Das *Grandhotel Odessa* samt seinen Bewohnern, seinen Haupt- und Nebenfiguren, kam ihr wie eine Geschichte vor, von der zwar schon etliche Bilder gezeichnet waren, die aber noch lange nicht zu Ende war.

Zu Ende ging dafür die Musik. Maxim wollte Clara in eine Schlussfigur führen, die sie nicht beherrschte, sie glitt zur Seite weg, und er fing sie auf. Er war in der Tat ein begnadeter Tänzer, sie hätte ihn gern mit jemandem gesehen, der so gut Walzer tanzen konnte wie er selbst. »Vielen Dank«, sagte sie und wollte fort, zur Bar, weil ihr auf einmal die Kehle brannte, doch Maxim ließ sie nicht los.

»Geh nicht weg«, raunte er an ihrem Ohr, »lass mich nicht allein, ich bitte dich. Ich fühle mich wie ein Pulverfass, das zwischen brennenden Streichhölzern einen Eiertanz vollführt. Wenn du jetzt auch noch gehst, erwischt das nächste von ihnen meine Zündschnur.«

Trotz allem musste Clara lachen. Mit einem Fass hatte er wenig Ähnlichkeit, doch dass an ihm irgendwo eine Lunte hing, bezweifelte sie nicht.

»Maxim, was ist eigentlich so schlimm?«, fragte sie. »Mir kommt es vor, als befändest du dich fortwährend im Ausnahmezustand, und mir will nicht eingehen, was an deinem Leben derart unerträglich ist. Du hast ein Zuhause, um das die meisten Leute dich beneiden würden, du bist jung, begabt, und du hast eine Familie, die dich wie verrückt liebt.«

»Nein«, sagte Maxim. »Ich habe keine. Keinen Vater, keine Mutter, keine Schwestern oder Brüder, nichts. Ich habe Oda, die für mich gesorgt hat und der ich dafür dankbar bin. Aber das hilft mir nicht über die Tatsache hinweg, dass ich nicht weiß, wer ich bin. Dass die beiden einzigen Menschen, die mit mir verwandt waren, in einem Armengrab hinter der Verklärungskathedrale verscharrt sind und dass von keinem von beiden ein Bild existiert.«

»Ich habe nicht gewusst, dass dir das wichtig ist«, sagte Clara ehrlich erstaunt.

»Ach nein? Ausgerechnet du, die mit einem imaginären Schild um den Hals durch die Gegend läuft, hast das nicht gewusst?«

»Was steht denn auf meinem imaginären Schild?«

»Ich bin die Tochter der Journalistin Valerie Schneider, die für die Demokratie gestorben ist, und des allseits umschwärmten Bodo von Arndt«, sagte Maxim ätzend.

Clara stockte. War das die Wahrheit, lief sie wirklich mit einem solchen Schild durch die Gegend? Vermutlich war es nicht ganz von der Hand zu weisen. *»Vergiss nie, dass du Clara Schneider-Arndt bist«*, glaubte sie die Stimme ihres Vaters zu hören.

»Ich bin nicht schuld an deiner miesen Laune«, sagte sie. »Und ich erlaube dir auch nicht, sie an mir auszulassen.«

»Du hast recht«, gab er zu ihrer Überraschung zu. »Es tut mir leid, Ich wollte es mir nicht noch mit dir verderben, du bist der einzige Mensch, an dem mir hier noch etwas liegt. Ich bin so verzweifelt, weil die Mandelstams abreisen, ich komme mir vor wie in einem Käfig, an dem ich nie die Tür finden werde. Bitte fahr du nicht auch noch ab, Clara. Bleib hier in Odessa. Du hättest Zeit, um wieder zu zeichnen, du wärst weit weg von deinen Belastungen, und wir könnten uns gegenseitig Mut machen – ich dir bei deinen Bildern und du mir bei dem verfluchten Schreiben.«

Er brach ab. Die Musik setzte wieder ein, und er brauchte all seine Aufmerksamkeit, um sich mit ihr in das abrupt in Bewegung geratene Gewirr der Paare einzufädeln. Clara wünschte, sie hätte über sein Angebot nicht nachdenken müssen, hätte es nicht gar so verlockend gefunden. Zeichnen machte süchtig. Man konnte es nur ganz oder gar nicht tun. Odessa machte süchtig. Sie hatte vergessen, *wie* süchtig Odessa machte, und zudem war es in diesem Jahr anders. Es war etwas hinzugekommen, eine bisher ungekannte Erregung, die das reinste Opiat war.

Und die machte süchtiger als alles andere.

Aber wie hätte sie denn hierbleiben können? Sie hatte im Herbst einen Studienplatz, wie ihn sich Frauen jahrhundertelang erträumt und unter schmerzlichen Opfern erkämpft hatten. Ihre Mutter war gestorben, und Clara hatte ihr geschworen, dass es nicht umsonst geschehen war. Jura würde sie studieren, um etwas zu verändern, um der deutschen Justiz die Binde vom rechten Auge zu reißen, ehe es zu spät war, ehe noch mehr Menschen starben und noch mehr Familien durch die Hölle mussten, durch die sie und ihr Vater gegangen waren.

Ihr Vater. Ihn konnte sie auch nicht so einfach allein lassen. Sie blickte zur Seite und sah, wie er mit Tante Belle tanzte, wie er lachte, alberte und so viel vitaler und jünger wirkte als diese, und doch wusste Clara, dass er im Innern gealtert war. Hätte sie ihn gefragt, hätte er geantwortet, er wolle nichts lieber, als dass sie ihr Studium verschob, sich noch Zeit ließ, das Zeichnen wieder aufnahm, aber war es wirklich das, was er empfand?

Er vermisste ihre Mutter womöglich mehr als sie, er litt unter der Sinnlosigkeit ihres Todes, auch wenn er es tunlichst vermied, darüber zu sprechen.

Sie durfte das Versprechen, das sie auch ihm gegeben hatte, nicht einfach brechen, nur weil der Sommer heiß und das Leben auf einmal voller verführerischer Aufregung war.

»Es geht nicht, Maxim«, sagte sie. »In zehn Tagen reisen wir ab, und das ist auch richtig so. Wir waren fast sechs Wochen hier, und daheim wartet schließlich auch ein Leben auf uns, um das wir uns wieder kümmern müssen.«

»Warum müsst ihr das?« Seine Augen waren beinahe schwarz, ihr Blick wie magnetisch. »Warum musst *du?*«

»Weil es eben mein Leben ist, weil ich in Berlin meinen Platz und meine Verpflichtungen habe.« Lahmer ließ es sich kaum ausdrücken. Sie sprach wie ein Verwaltungsbeamter, aber wie sollte sie es ihm erklären, ohne die Wunde offenzulegen, die sie verschlossen hielt, damit sie nicht noch einmal zu bluten begann?

Sie war vierzehn gewesen. Kein gutes Alter, um sich davor zu fürchten, an sprudelndem Blut in ihrem Innern zu ersticken. Sie war fast noch ein Kind gewesen, nur wenig älter als Kasi, Georgchen und der kleine Anselm. Im Vergleich dazu war sie jetzt regelrecht abgebrüht, eine, die so schnell nichts aus den Schuhen haute. Sie und ihr Vater hatten sich aneinandergeklammert und hatten überlebt. Frei würde Clara aber erst sein, wenn der Mörder ihrer Mutter zur Verantwortung gezogen war und feststand, dass in Deutschland kein solcher Mörder mehr auf stille Beihilfe der Gerichte hoffen durfte.

»Sprich mit mir, Clara«, sagte Maxim mit seinen schwarz flackernden Augen, der Zündschnur, die auf ein Streichholz wartete. »Schweig mich nicht an, so gottverdammt einsam, wie wir jetzt wieder sind, halte ich das nicht aus.«

»Wir sind nicht einsam, Maxim.« Ohne nachzudenken, hob sie die Hand und legte sie an seine Wange. »Auch wenn wir uns manchmal so fühlen, weil das, was in uns ist, sich schwer erklären lässt. Wir sind umgeben von Menschen, die uns lieben.«

»Hier? Auf dem Fest der Faschisten?«

Sie verstand, was er meinte. Es war so schwer, das Gleichgewicht zu halten. Hier Sommer und Musik und Freundschaft, dort die politische Farbe, die man immer und überall bekennen musste. Aber sogar Malwine, die in der Wolle gefärbte Kommunistin, war hier, und dazu Menschen wie ihr Vater und Tante Oda, die sie ihr Leben lang kannte und denen sie vertraute. »Es wird nicht ganz Italien voller Faschisten sein«, sagte sie. »In Deutschland stellen die Nazis seit Mai die stärkste Fraktion, und das ist gefährlich und darf nicht verharmlost werden. Aber trotzdem kannst du mir glauben: Meine Freunde in Deutschland sind samt und sonders nette Leute, die eher ihren Hut fressen würden, als die Nazis zu wählen.«

»Es macht mich neidisch, dass du so viele Freunde hast«, sagte er.

»Die hast du auch.« Sie streichelte ihm die Wange. »Du lässt sie nur gerade nicht sonderlich nah an dich heran.«

»Sie sind mir alle fremd.« Kurz unterbrach er den Walzer, um ihre Hand an seiner Wange festzuhalten. »Danke, dass du mit mir sprichst. Mir fällt das alles so schwer. Wenn du mir nicht helfen würdest, wäre ich nicht in der Lage, durchzuhalten.«

Ehe Clara antworten konnte, huschte von der Seite ein Geschöpf über die Tanzfläche, ein violett gewandetes Feenwesen von einer Schönheit, die nicht ganz irdisch war. Manon. Sie hätte in eine Bildergeschichte gehört, durchfuhr es Clara. Sie hätte die Figur *Magic Woman* nennen und ihr ein Drama zeichnen wollen, das den Lesern das Herz brach.

Auch denen, die tönten, Bildergeschichten wären nur etwas für Kinder.

Zugleich begriff sie, warum sie nicht bleiben durfte, erkannte, was alle anderen Gründe überwog: weil sie es Manon nicht zumuten, nicht länger der Anlass dafür sein durfte, dass ihre Freundin sich derart demütigte.

Verdammt, *Magic Woman,* meine Steppenziege, warum tust du dir das an?, hätte sie sie anschreien wollen. Warum beträgst du dich, als wäre ein umwerfend schönes, warmherziges Geschöpf voller Zauber weniger wert als ein schlecht gelaunter Mann? Warum wirfst du deine Würde, deine Selbstachtung weg? Glaubst du wirklich, du gewinnst seine Liebe damit zurück?

Manon drängte sich zu ihnen, als ließe sich der Walzer zu dritt tanzen, und hängte sich an Maxims Arm. »Maxim!«, rief sie, die Tränen in der Stimme unüberhörbar. »Ich dachte, jetzt könnten endlich wir miteinander tanzen. Du und ich. So wie früher. In unserem Haus.«

Sie hatte getrunken. Manon, die nichts vertrug. Ihr Atem und ihre verwaschene Sprache machten daraus keinen Hehl. Maxim wollte sie von sich abschütteln, doch Manon hielt ihn mit eisernem Griff fest. »Weißt du nicht mehr, wie glücklich wir waren? Was wir uns ausgedacht haben? Eines Tages, hast du gesagt, eines Tages machst du aus unserem Haus einen Palast wie diesen hier, ein Märchenschloss für deine Königin. Für mich war es aber immer schon mein Märchenschloss, weil du und ich darin zusammen waren.«

»Manon, hör damit auf. Lass mich los.« Er setzte an, sie wegzustoßen, wie die Kinder am Strand den kleinen Anselm weggestoßen hatten.

Clara hielt ihn auf, drängte ihn zurück. »Manon hat ja recht.« Ihre Heiterkeit klang gekünstelt, und längst ruhten die Blicke aller auf ihnen. »Dass ich dich so lange mit Beschlag belege, ist nicht fair, und Manon tanzt ohnehin viel besser.«

»Ich will aber mit dir tanzen«, beharrte Maxim. »Zählt das, was ich will, überhaupt nicht, bin ich eine Marionette, die immer und ewig tun muss, was die Puppenspieler von ihr verlangen?«

»Natürlich nicht«, setzte Clara an und hatte nicht die geringste Ahnung, was sie noch sagen, wie sie ihn besänftigen sollte. Das Streichholz hatte die Zündschnur erreicht. Sie konnte die Funken förmlich fliegen sehen, und bis zur Explosion fehlten nur noch ein paar Augenblicke.

»Warum willst du denn nicht mit mir tanzen, Maxim?« Über Manons fein modelliertes Feengesicht strömten Tränen, mischten sich mit der Schminke zu roten und schwarzen Bächen. »Was habe ich denn getan, dass du mich auf einmal überhaupt nicht mehr willst?«

»Was du getan hast? Du läufst mir hinterher wie ein Hund, du lässt mir keinen Frieden, und wenn ich dir sage, was ich will, hörst du einfach nicht hin. Ich bin nicht mehr zehn Jahre alt, ich lebe nicht mehr in irgendwelchen Märchenwelten für kleine Kinder. Wenn du darin verharren willst, kann ich dir nicht helfen.«

Verzweifelt suchte Clara nach etwas, das diese Bombe entschärfte, da kam wahrhaftig ein Ritter herbeigesprungen, um ihr aus ihrer misslichen Lage zu helfen.

Hanno.

Schlank, agil und wendig, die Augen vor Lebenslust blitzend, das störrische Haar mit Pomade gebändigt. Dass das nicht ganz geglückt war, machte ihn in Claras Augen umso anziehender. Sie sah sein Lächeln, spürte eine Woge der Erleichterung und begriff: Er war es, der für den Aufruhr in ihrem Innern, für die unbekannten Gefühle und den Wunsch, in Odessa zu bleiben, verantwortlich war: Sie war verliebt. Zum ersten Mal in ihrem Leben.

Er war noch ein Junge und würde vermutlich für immer einer bleiben, aber wie er mit ihr umging, zeigte, dass er auch schon ein Mann war, und er ließ sie die Sehnsucht eines Mannes spüren, was sie unendlich aufregend fand. Er hatte darin Ähnlichkeit mit ihrem Vater, besaß dieselbe Art von Menschenliebe, die jedem mit Wohlwollen begegnete, und einen unverwüstlichen Humor. All das liebte sie an ihm. Sie fühlte sich bei ihm zu Hause und in der Fremde zugleich.

»He, Bruderherz«, sagte er in seiner unnachahmlichen Art, die Probleme beiseitewischte, zu Maxim. »Ich weiß, du tanzt wie der Sohn eines Ballettmeisters vom Stadttheater, aber irgendwann wollen auch wir gewöhnlichen Sterblichen zu unserem Recht kommen. Dein kleiner Bruder wartet friedlich und langmütig den ganzen Abend auf seinen Augenblick mit der schönen Donna Clara, doch selbst die geduldigste Geduld ist irgendwann am Ende.«

Auf seine schwungvolle Weise umfasste er Claras Taille und wollte sie davonführen. Maxim aber hielt Clara fest und schob Hanno zurück. »Ich bin nicht dein Bruder«, sagte er zornbebend. »Und ich bin nicht der Sohn eines Ballettmeisters.«

Zornbebend. Was für ein Ungetüm von einem Wort. Jedes harmlosere aber wäre für Maxims Zustand eine Untertreibung gewesen.

»Wie Euer Gnaden wünschen.« Hanno ließ sich nicht aus der Ruhe bringen. »Aber ob du der Sohn von *Dynamos* Mittelstürmer oder Prinzessin Anastasia Romanowa bist – mit Clara tanze jetzt ich. Wir waren nämlich schon seit heute Nachmittag verabredet, und wie gesagt: Gewartet habe ich jetzt lange genug.«

Manon schluchzte. Das war das Schlimmste. Dass hier zwei

Männer auf einer Tanzfläche standen und sich um Clara stritten, während Manon daneben von niemandem beachtet weinte.

»Gibt es eigentlich irgendein Recht, das ich habe, irgendetwas, das diese Familie mich tun lässt, oder erstickt ihr jedes meiner Bedürfnisse, bis ich keines mehr äußere? Egal, was ich will – es heißt grundsätzlich: Das kannst du nicht machen, Maxim. Ich kann nicht nach Moskau gehen, wo die Leute leben, die mir bei meiner Arbeit weiterhelfen, ich kann nicht mit der einzigen Frau, die versteht, was in mir vorgeht, nach Amerika fahren, ich kann mich weder rücken noch rühren, sondern klebe an diesem verdammten Hotel fest. Und jetzt kann ich nicht einmal tanzen, mit wem ich will? Ist sogar das zu viel für euch?«

»Grundsätzlich nicht«, antwortete Hanno und blieb weiterhin freundlich. »Wir Erdenwürmer haben nur ab und an auch Bedürfnisse, wenn du gestattest. Clara ist mein Mädchen, falls du das nicht bemerkt haben solltest. Meiner Ansicht nach war sie das schon, seit sie mit ungefähr drei Jahren das erste Mal hierhergekommen ist und eine Mütze mit einer weißen Bommel trug.«

»Verdammt, bist du nicht in der Lage, nur einmal ernst zu sein?«, herrschte Maxim ihn an.

»Ich bin ernst«, sagte Hanno. »Wenn es dir aber so besser gefällt: Clara ist mein Mädchen spätestens seit dem sogenannten Meeresfrüchtebüfett, auf dem sich die Fleischberge türmten. Seit wir in der Bar zu Bob Zfasmans *Seminole* getanzt haben und ich ihr vor lauter Schmachten auf die Füße gehüpft bin. Seither haben wir jeden Tag zusammen verbracht, auch wenn dir das nicht aufgefallen ist, weil du erst abends aufstehst. Für heute Abend haben wir uns bereits vorhin am Strand verabredet. Genügt das? Dürfen wir jetzt gehen?«

»Warum fragen wir Clara nicht selbst?«, schoss Maxim zurück.

Manon weinte. Am Spitzeneinsatz ihres Kleides steckte ein kleiner Strauß knospiger Rosen, die die Köpfe hängen ließen. Clara ertrug es nicht mehr. »Bitte, Manon, hör auf!«, rief sie und legte der Freundin den Arm um die Schultern. »In zehn Tagen bin ich doch weg, dann beruhigt sich hier alles, und du hast deine Welt wieder so, wie sie war.« Die beiden Männer fuhr sie an: »Ja, genau, warum fragt ihr mich eigentlich nicht selbst? Ich sage euch, was ich tue: Ich gehe jetzt mit Manon etwas trinken, und ihr zwei könnt meinetwegen miteinander tanzen.«

Hanno gegenüber war das unfair, und außerdem wäre sie liebend gern mit ihm zusammen gewesen, aber beides spielte im Augenblick keine Rolle.

Manon befreite sich und stieß Clara weg. Nicht heftig, aber doch so, dass deutlich wurde: Sie wollte keinen Trost und keinen Ersatz. Sie wollte Maxim, und sie gab Clara die Schuld daran, dass sie ihn nicht haben konnte.

»Schon gut«, vernahm Clara eine Stimme hinter sich. »Komm, Manon, ich tanze mit dir. Nein, keine Widerrede, ich weiß, ich bin nicht das, was du wolltest, aber beim Walzer werde ich zumindest nicht über meine eigenen Füße stolpern. Und unser hoher Besuch aus Berlin kann dann in Ruhe entscheiden, welchem Kandidaten sie den Zuschlag geben möchte. Wer weiß, vielleicht finden sich ja noch andere, die sich bewerben wollen.«

Clara drehte sich um und blickte in Edvards Gesicht, das sich sofort verschloss. »Danke«, sagte sie und meinte es nicht ironisch. Trotz der Verachtung, mit der er über sie gesprochen hatte, war sie ihm dankbar, weil er gesehen hatte, wie Manon sich quälte, und es ihm nicht gleichgültig gewesen war.

»Keine Ursache«, sagte Edvard. »Ich weiß, ich hätte eher einschreiten sollen, aber gelegentlich bin ich es eben leid, die Wirrungen dieser Familie auseinanderzusortieren und die Scherben aufzusammeln.«

Er zog sein Einstecktuch aus der Tasche, trocknete Manon das Gesicht und führte sie am Arm davon.

»Ich möchte gern mit Hanno tanzen«, sagte Clara zu Maxim. »Er hat recht, wir haben uns vorhin verabredet, und du und ich waren ja den ganzen Abend schon zusammen.«

Sie war froh, dass Hanno sie sofort wegführte, ohne Maxims Reaktion abzuwarten. »Willst du wirklich tanzen?«, fragte er, sobald sie außer Hörweite waren. »Aussehen tust du, als hättest du einen Drink weit nötiger als diesen Schwof für Großmütter.«

»Ich hatte schon reichlich bei *Lambrino*«, gab sie zu. »Trotzdem hört sich ein Drink gerade an wie ein Heilsversprechen.«

»Dann sollten wir das Versprechen einlösen.« Durch das Getümmel der Tanzenden steuerte er sie zur Bar, vorbei an Oda, die mit dem Ehrengast tanzte. Graf Cadorna, der Geist aus der Vergangenheit. Sie tanzten gut, die statueske Oda und das höchst dekorative Aushängeschild des Faschismus, nur sah Oda aus, als hätte sie ihm lieber die Gurgel durchgebissen.

»Ist dir ein *Gimlet* recht?«, fragte Hanno. »Mit doppeltem Gin?«

Clara nickte. Der starke, säuerlich erfrischende Cocktail würde hoffentlich helfen, die Hitze und das Chaos in ihrem Kopf zu mildern.

Hanno stellte eins der beiden Gläser, die mit einer grünlichen Pflaume garniert waren, vor sie hin und prostete ihr mit seinem zu. Über den Rand hinweg sah er ihr tief in die Augen. »Ich habe das ernst gemeint«, sagte er. »Das, was ich zu Maxim gesagt habe. Ich war wirklich schon in dich verliebt, als ich dich mit deiner Bommelmütze und deinen kleinen Knopfstiefeln das erste Mal die Himmelsleiter hinaufstapfen sah. Und seither hat sich daran nichts geändert. Für mich bist du das großartigste Mädchen, das auf diesem Planeten herumläuft. Mit dir kann man einen ganzen Nachmittag lang Wasserball spielen und eine ganze Nacht lang

Lindy Hop tanzen, sich im Morgengrauen zum Gezwitscher der Vögel nach Hause schleichen und zur Not auch ein Pferd stehlen. Ich will, dass du mein Mädchen bist, Clara. Und ich will, dass jeder das weiß.«

Claras Herz raste. »Dass jeder das weiß, ist mir nicht so wichtig«, sagte sie.

»Aber mir. Ich will vor meinen Brüdern, meinen Freunden und sämtlichen männlichen Einwohnern Odessas damit angeben, dass ich mir das fantastischste Mädchen von allen geangelt habe.«

Es war so nett, dass er das zugab. Alles an ihm war nett. Er schob ihre Gläser beiseite und beugte sich zu ihr. Die Bar des italienischen Konsulats von Odessa war nicht gerade der passende Ort, um sich zu küssen, aber auf das, was zwei Siebzehnjährige taten, achtete ohnehin kein Mensch.

Wie merkwürdig, dachte Clara, als sie seine Lippen, die nach Limetten schmeckten, auf ihren spürte. Vermutlich denkt jeder, der mich in diesen Wochen erlebt hat, ich bin das raffinierteste Luder, das Berlin zu bieten hat. In Wahrheit aber werde ich gerade zum ersten Mal geküsst.

Es gefiel ihr ausnehmend gut. Und sie hätte es allzu gern an einem Ort fortgesetzt, an dem nicht seine Mutter, ihr Vater und drei Dutzend gemeinsame Bekannte ihnen zusehen konnten.

Als sie sich von ihm löste, strich er ihr das Haar zurück, was wie in einer Filmszene wirkte, obwohl ihr Haar sich dazu gar nicht eignete. »Du hast das, was du zu Maxim gesagt hast, nicht ernst gemeint, nicht wahr?«, fragte er.

»Was denn?«, fragte Clara zurück.

»Dass du in zehn Tagen abreist«, sagte Hanno. »Zurück nach Berlin. Fahr nicht, Clara. Bleib hier bei mir.«

12

ODA

Sommer wie diesen gab es nur selten, und die wenigen hatten eines gemeinsam: Sie endeten über Nacht. Eines Morgens erwachte man vom Geräusch des Regens, der gegen die Fensterscheibe prasselte, und erkannte es nicht sofort, weil man es so lange nicht gehört hatte. Man sah hinaus in den von dichtem Grau bedeckten Himmel und wusste, dass man das leuchtende Blau lange Zeit nicht sehen und die verheißungsvolle Leichtigkeit nicht mehr verspüren würde, mit der ein strahlender Sommertag begann.

Frauen wie Oda, die den Sommer des Jahres 1914 erlebt hatten, erfüllte dieser erste Tag, der vom Herbst kündete, mit einer Beklommenheit, die sich Jüngeren nicht erklären ließ. Für die Jungen folgte auf einen Sommer der nächste, und auch Oda und ihre Altersgenossen hatten seinerzeit angenommen, sie hätten nur den Winter zu überstehen, damit auf ihren Sommer einfach ein weiterer folgte. Dann aber war mit dem Ende des Sommers der Krieg ausgebrochen. Nicht nur die Sommerfrischler, sondern Odessas Männer und Jungen waren fortgezogen, und seither glich kein Sommer mehr denen von einst.

Oda hasste den ersten Herbstregen. Noch viel mehr aber hasste sie die Geräusche von Menschen, die hin und her hasteten, um die Requisiten ihres Sommers – die Badeanzüge, Wasserbälle, Sandaletten, Buddeleimer, die leichten Kleider und Frottiertücher – in Koffer zu packen und abzureisen. Was immer übrig blieb, war ein Häuflein Sand, das aus den Strandtaschen rieselte, ein Schwimmreifen mit einem Loch, eine Handvoll zerbrochener

Muscheln und Steine, die auf den zweiten Blick dann doch nicht schön genug zum Mitnehmen waren.

Was immer übrig bleibt, bin ich, dachte Oda.

Sie hatte es jahrein, jahraus ertragen und sich mit Arbeit darüber hinweggerettet. Wenn der Herbst begann, endete die Zeit der wie von selbst gefüllten Reservierungsbücher, und sie musste sich krummlegen, um sicherzustellen, dass die fünfundfünfzig Beschäftigten ihren Lohn erhielten und das Hotel einen weiteren Winter überstand. Dazu gehörte es, Geld auf die Seite zu schaffen, es aus den Bilanzen, die geprüft wurden, verschwinden zu lassen und für Notzeiten aufzubewahren. In Goldrubeln. Vor Ausbruch der Wirtschaftskrise hatte sie mithilfe vertrauenswürdiger Stammgäste Summen im Ausland angelegt, doch nachdem sie nur mit größter Mühe das *Odessa* aus dieser Katastrophe herausgesteuert hatte, verließ sie sich nur noch auf Gold und Wertsachen.

Die Flaute des Winters erforderte Ideenreichtum, Veranstaltungen, die sie sich ausdenken musste, um Tagesgäste in ihr Hotel zu locken, Anreize für Hochzeitsreisende, Familienfeiern und vor allem politische Zusammenkünfte, die über mehrere Tage Zimmer und Suiten füllten. Sie musste dafür sorgen, dass die verschwenderische Fülle, mit der sie im Sommer auftischten, zurückgefahren wurde, ohne dass das Angebot des *Odessa* zweitklassig oder billig wirkte. Nicht zuletzt musste sie prüfen, was den Sommer über allzu sehr gelitten hatte und bis zur nächsten Saison ersetzt gehörte, und das betraf Menschen ebenso wie Inventar.

All das kostete Kräfte, zwang Oda, oft bis tief in die Nacht am Schreibtisch zu sitzen, und verhinderte das Grübeln. Wenn das Schlimmste überstanden war, war es bald schon Zeit, an einen weiteren Sommer zu denken. Der Schnee schmolz, die Akazien in Odessas Alleen begannen zu knospen, und die Telefone liefen wieder heiß mit Reservierungswünschen.

Durch den Winter gekämpft hatte sich Oda in all diesen Jahren seit dem Ende von Revolution und Bürgerkrieg allein. Sie hatte nie wieder jemanden, der seine Koffer packte, gebeten, bei ihr zu bleiben, denn das eine Mal, als sie es getan hatte, hatte sie eine Abfuhr erhalten. Sie kam zurecht, hatte ihren harten Kern von Menschen, die sich für das Hotel einsetzten, als wäre es ihr eigenes, und in Notfällen stand noch Bogdan im Hintergrund. Von außen, das hatte sie sich geschworen, würde sie nie wieder jemanden brauchen.

In diesem Jahr war es jedoch anders. Alles in ihr trieb sie, hinüber in das Schlafzimmer, das an ihres grenzte, zu gehen und zu der Frau, die dort packte, zu sagen: Hör damit auf.

Warum?, fragte sie sich, als sie das Fenster öffnete und dann vor der grauen Regenwand, die das Meer peitschte, lustlos ihre Turnübungen absolvierte. Der Sommer war ein Erfolg gewesen, vielleicht der größte seit Krieg und Revolution. Zum ersten Mal brauchte sie sich um Leerstand kaum zu sorgen, da etliche Gäste für Herbst und Winter Zimmer reserviert oder versprochen hatten, die jung verheiratete Nichte, den Genossen, der einen Tagungsort suchte, oder die gebrechlichen Eltern, die am Meer überwintern wollten, herzuschicken.

Warum also fühlte sie sich beklommener denn je? Weil endgültig für Sebastien und bis zur nächsten Saison auch für Sergej und Eduard Ersatz gefunden werden musste? Weil sie mit Lidija einen Strauß würde ausfechten müssen, da sie unmöglich deren Liebhaber Jurij Sebastiens Posten übertragen konnte? Weil zwischen Manon und Maxim so gut wie alles im Argen lag, weil Edvard und Hanno sich neuerdings feindselig anschwiegen und Oda selbst wusste, dass der Jüngere dem Älteren zu häufig seinen Anteil an der Arbeit überließ? Während Edvard womöglich mehr Abende am Schreibtisch verbrachte als Oda selbst, glaubte Hanno, indem er die Gäste mit seinem Charme und seinen Albernheiten umgarnte, habe er genug getan.

Problematisch war, dass er damit recht hatte. Hanno war in einem Ausmaß liebenswürdig, dass er ohne Anstrengung aus Neulingen Stammgäste machte und aus Stammgästen Freunde, was Edvard mit all seiner Bürokratie und seinen Überstunden nie gelungen wäre.

Edvard. An ihren Erstgeborenen dachte sie sonst kaum, doch seit zehn Tagen verhärteten sich bei jedem Gedanken an ihn ihre Muskeln. Oda hielt in einer Schulterbeuge inne und spürte die feuchtkalte Luft auf der Haut. Verborgen unter all den halbwegs erklärlichen Problemen, die sie sich aufgezählt hatte, lauerten andere – sinistre, finstere, über die sie mit niemandem sprechen konnte.

Wollte sie deshalb Belle, die Frau, die sie einst ihre Wahlschwester genannt und die sie ihr ganzes Leben gekannt hatte, daran hindern, ihre Koffer zu packen? Weil sie mit ihr darüber sprechen wollte, dass ihr auf dem Empfang in der italienischen Botschaft der gottverdammte Carmelo de Cadorna über den Weg gelaufen war und etwas von ihr verlangt hatte, das sie ihm unter keinen Umständen geben konnte? Dass er damit gedroht hatte, sie andernfalls in einen Skandal zu verwickeln, mit dem ihr auf Anstand bedachter ältester Sohn nicht fertigwerden würde?

Wollte sie Belle erzählen, dass sie Anselm Fleißers Wagen, der auf groteske Weise die Farben des *Odessa* nachäffte, mehrmals an Orten gesehen hatte, an denen Maxim mit den Mandelstams gewesen war? Dass sie sich Sorgen machte, weil ein Gast, ein Universitätsprofessor aus Zarizyn, das jetzt Stalingrad hieß, freundlich und unverfänglich gefragt hatte, ob Mandelstam nicht ein Trotzkist sei und ob die Achmatowa nicht mit einem zum Tode verurteilten Konterrevolutionär verheiratet gewesen wäre?

Auf Letzteres – nur darauf – hatte sie Maxim angesprochen, weil sie es nicht ertrug, um ihn Angst zu haben. Er hatte sich stumm abgewandt, war gegangen und hatte ihr statt einer Antwort vier Zeilen der Achmatowa auf den Schreibtisch gelegt:

»Nein, du wirst nicht wieder wach.
Dort im Schnee, nie mehr.
Bajonette, zwanzigfach,
Fünfmal das Gewehr.«

Falls er sie damit hatte beruhigen wollen, so hatte er das Gegenteil erreicht. Aber wollte sie davon wirklich Belle erzählen, der hübschen, hohlen Belle, die sie schon einmal im Stich gelassen hatte, die ihr weit mehr angetan hatte als das?

Warum?

Weil nicht Blut dicker als Tinte ist, sondern geteilte Vergangenheit, dachte sie. Mit Belle zu reden brachte meist wenig, aber sie kannten einander bis ins Innerste, wussten um das, was an ihnen bis zur Abscheulichkeit hässlich war. Vor einem Menschen, der einen derart nackt erlebt hatte, gab es keine Scham. Vielleicht wollte sie nichts als Belles Hand, die so verschwitzt war wie ihre, festhalten, wenn ihr der Berg, den sie zu erklimmen hatte, zu groß erschien. So wie vor vierzig Jahren auf der Himmelsleiter, auf die ihre Eltern sie zu ihrem Amüsement platziert hatten. So wie vor vierzehn Jahren im Garten des Fauns, wo sie im Augenblick höchster Not einander wiedergefunden hatten.

Ich brauche Belle, erkannte sie. Nicht weil ich ein paar Probleme zu lösen habe, sondern weil eine Lawine auf mich zurollt. Weil um meine Stadt herum, auf den Gehöften, die kein Tourist zu sehen bekommt, Menschen verhungern. An dem Tag, an dem sie und Bodo den Leichnam Alexej Danilowitschs vom Strick geschnitten und die Leiter hinunter zu seiner Familie geschleppt hatten, waren sie anschließend stundenlang von einem Bauern zum nächsten gefahren, um in Erfahrung zu bringen, was vor sich ging.

Was sie zu sehen bekommen hatten, waren Bilder aus Albträumen: Leer gefegte Schober und Scheunen, Häuser, in denen bis auf die nackten Wände alles geplündert worden war. Kinder mit streichholzdünnen Armen und aufgetriebenen Bäuchen, ein Greis, der in seinem Stuhl, vor seinem leeren Teller verhungert war. In einer Blechbüchse kochte eine Bäuerin Pferdefell aus, um das übel riechende Gebräu an fünf Kinder zu verfüttern. Auf dem Nachbarhof hatte der Bauer innerhalb einer Woche drei Gräber ausgehoben, aufgereiht wie Kinderbetten, die in ihrer Stube dicht beieinanderstanden. Die Tochter, die ihm geblieben war, kroch – zu schwach, um aufrecht zu gehen – über die Steppe, um an Gräsern zu rupfen, die sonst die Ziegen fraßen.

Bodo, der im Krieg seine beiden besten Freunde ersoffen aus einem Minenkrater gezogen hatte und seitdem schlafwandelte, hatte gesagt: »Man sollte sein Schicksal nie herausfordern, indem man behauptet, man habe das Schlimmste schon gesehen.«

Und es war erst der Anfang. Noch war Sommer, noch wuchs etwas, das die, die stark genug waren, am Leben hielt. Was jedoch aus den Bauern, die weder Saatgut noch Arbeitsgeräte oder gar Vorräte hatten, werden sollte, wenn der Herbst kam, wollte Oda sich nicht vorstellen. Sie würden sterben wie die Fliegen. Nicht nur Kinder, Alte und Kranke, sondern auch Leute, die noch in diesem Frühling kerngesund gewesen waren.

»*Holodomor*«, hatte eine Frau, deren Haut wie Papier auf den Knochen hing, eine Dreißigjährige, die aussah wie hundert, Oda und Bodo hinterhergerufen. Mord durch Hungern. »Sie hungern uns aus, sie wollen, dass wir alle sterben.«

Offenbar hatte Moskau zusätzliche Brigaden des *Komsomol* geschickt, um sicherzustellen, dass kein Sack Korn, kein Rechen, kein mageres Huhn versteckt in einer Kammer verblieb.

»Ich rede mit Bogdan«, hatte Oda gesagt. »Heute noch.«

Bodo hatte genickt. Sie hatte ihn nie gefragt, ob er wusste, warum sie den Generalsekretär der ukrainischen KP in jeder Notlage um einen Gefallen bitten konnte, oder ob er annahm, Bogdan fühle sich dem *Odessa* lediglich verpflichtet, weil er Maschas Mann war. Sie selbst wusste nur eines: Belle und Bodo waren die Geschwister, die sie nie gehabt hatte, und würden sich jedes Urteils enthalten.

Sie hatte Bogdan auf dem Empfang im Konsulat gestellt, und wie immer hatte sie sich gewünscht, sie hätte Mascha sagen können, wie leid ihr alles tat. Warum das Schicksal mit manchen Menschen so grausam verfuhr, fragte sie sich nicht, weil es sinnlos war. Gegen die Grausamkeit des Schicksals war man machtlos. Hier ging es um die Grausamkeit von Menschen, und der musste sie sich entgegenstemmen. Andernfalls würde das Land, das jetzt brachlag, nicht ausreichen, um für all die Toten Gräber auszuheben.

In den dreizehn Jahren, die sie Nikolai Leonidowitsch Bogdan kannte, hatte er ihr keine ihrer Forderungen abgeschlagen. Er war auch an jenem Abend mit ihr in eines der Rauchzimmer gegangen, das Konsul Bernadeschi ihnen eilig zur Verfügung stellte, ohne sich um die Proteste seiner Frau zu scheren. Als Oda ihm aber ihr Anliegen vorgebracht hatte – »Du musst deine Leute zurückpfeifen, Bogdan, von diesem ganzen Menschenschlag überlebt sonst keiner!« –, hatte er zum ersten Mal, seit sie sich kannten, den Kopf geschüttelt.

»Ich kann nichts tun, Oda. Das sind nicht meine Leute. Die Kollektivierung geht nicht mehr freiwillig vor sich, sondern soll flächendeckend erzwungen werden. Das organisiert Moskau zentral. Wir Funktionäre vor Ort sind im besten Fall Erfüllungsgehilfen.«

»Aber diese Leute lassen sich nicht kollektivieren, und du bist von hier, nicht aus Moskau, du weißt es!«, rief Oda. »Sie haben immer gut gewirtschaftet, sie haben ihre Abgaben planmäßig geliefert und weit mehr eingebracht, als die Kolchose zu produzieren imstande ist. Lass sie so weitermachen. All das weißt du doch auch.«

»Es ist nicht die Frage, ob ich es weiß, sondern ob ich mir leisten kann, es zu wissen«, sagte Bogdan. »Lass mich dir eines raten, Oda: *Du* kannst es nicht.«

Er war immer ein bulliger, verblüffend kraftvoller Mann gewesen, hässlich zwar, doch auf eine Art, die Frauen anzog. Jetzt erst fiel Oda auf, wie eingefallen und verbraucht er wirkte. Auf seiner Glatze bildeten sich ständig neue Schweißperlen. Ihre Proteste wehrte er ab: »Glaub mir, mir sind die Hände gebunden. Wenn du mir eine Liste von Namen gibst, kann ich ein paar von den Leuten, die dir am Herzen liegen, etwas zukommen lassen, aber das ist alles, und das sollte es nicht nur für mich sein. Der Wind weht schärfer, Oda. Falls wir nicht aufhören, uns allzu weit aus dem Fenster zu lehnen, könnten sowohl du als auch ich uns das Genick brechen.«

»Und auf diese vage Unkerei hin soll ich den lieben Gott einen guten Mann sein und Hunderte von Bauernfamilien verhungern lassen?«, fauchte sie.

»Nicht Hunderte, Oda«, sagte er müde, wandte sich ab und steckte sich eine *Papirossa* an. »Tausende. Vielleicht Millionen. Das, was du vor deiner Haustür siehst, passiert im ganzen Land. Wir können es nicht aufhalten, höchstens uns selbst um Kopf und Kragen bringen. Glaubst du nicht, dass an dem Ast, auf dem ich sitze, längst jemand sägt?«

»Das ist feige, Bogdan. Verlangst du wirklich von mir, dass ich bei dieser Feigheit mitmache?«

»Ich will, dass du aufpasst«, hatte er müde erwidert. »Auf dich und die Kinder.«

Die Kinder.

Das war das Codewort, auf das sie sich stillschweigend geeinigt hatten. Was er meinte, wussten sie beide.

Sie hatte ihn stehen lassen, weil sie keine sinnlose Schlacht schlagen wollte, sondern für einen erneuten Angriff erst eine neue Strategie brauchte. Dazu war es an dem Abend nicht mehr gekommen, denn stattdessen war sie in Carmelo de Cadorna hineingerannt. Der war ein Faschist vor dem Herrn gewesen, noch ehe vor den Toren Italiens irgendwer geahnt hatte, was das Wort Faschismus bedeutete. Weshalb war sie nicht selbst darauf gekommen, dass der viel gepriesene scharfe Hund, der als Italiens künftiger Außenminister gehandelt wurde, niemand anders als er sein konnte?

Carmelo de Cadorna mit der Seidenstimme und den hocheleganten Händen. Carmelo de Cadorna, der ihr geholfen hatte, sich aus einem Sumpf zu ziehen, und der sie am Ende in einen noch tieferen gestoßen hatte.

Weil ich ihn vergessen habe, erkannte sie, ihn samt meiner Sünde aus meinem Gedächtnis radiert, als hätte er nie existiert. Aber gewisse Sünden ließen sich nicht ausradieren, weil es lebende Beweise für sie gab. Sie machten sich höchstens eine Zeit lang unsichtbar, um dann umso wirkungsvoller wieder aufzutauchen. Carmelo de Cadorna hatte zweifellos auf diese Wirkung gesetzt. Und er trug Oda ein Geschäft an, das ihr den Atem verschlug.

Handel war nicht das richtige Wort. Erpressung traf es eher.

»Ich gebe dir Zeit, *carina.* Ein ganzes Jahr, wenn du willst. Aber es bleiben dir nur zwei Möglichkeiten: Entweder du tust es, oder mir bleibt nichts übrig, als es selbst zu tun.«

Von dem Schrecken hatte sie sich bis heute nicht erholt. Wie Cadorna in Erfahrung gebracht hatte, was sie so sorgsam geheim gehalten hatte, brauchte sie sich nicht zu fragen. Nachdem er sie endlich freigegeben hatte, sah sie ihn an den Kaminsims gelehnt mit Anselm Fleißer plaudern und bekam ihre Antwort auf dem Silbertablett.

Würde das denn niemals aufhören? Würde Anselm nie darüber hinwegkommen, dass sein Vater einst von Philipp und Tessa Liebenthal zurückgewiesen und gekränkt worden war? Was hatten sie, die Nachkommen, damit zu tun? Warum hatten sie sich die Fehde, deren Gründe sie kaum durchschauten, vererben lassen, sodass sie sie fortsetzen und neue, eigene Gründe schaffen mussten? In einem Augenblick tiefster Verzweiflung hatte Oda einst versucht, das Kind, das jetzt zum Zankapfel wurde, Anselm unterzuschieben, worauf er geschworen hatte, ihr das Liebste zu nehmen, was sie besaß.

Karol.

Den sie in Wahrheit nie besessen hatte.

Das alles war so lange her, und warum war es damit nicht getan? Warum gab Anselm keine Ruhe, bis er ihr auch noch das Hotel entrissen und vor allem bis die sinnlose Todfeindschaft auch noch ihre Kinder vergiftet hatte?

Eine Ironie des Schicksals hatte zumindest dafür gesorgt, dass Anselm der Dritte, der einzige Sohn, den Anselm im ehelichen Bett gezeugt hatte, daran keinen Anteil haben würde. Also war Anselm losgezogen, um irgendein gottverlassenes Dorf an der Wolga wiederzufinden, wo er im Krieg verwundet und gesund gepflegt worden war. Seiner Pflegerin hatte er ein Andenken hinterlassen, das den Namen Vladimir trug. Dass der nach Lenin benannte Junge nicht schwachsinnig, sondern kerngesund war, wog den Makel seiner Geburt auf. Anselm kaufte ihn seiner Mutter ab und brachte ihn zu sich nach Hause, wo seine Frau ihn aufzuziehen hatte. Die Demütigung, die dies für Katrein, die einst so stolze Tochter der Seibmans, bedeutete, stand ihr wie ein Feuermal ins Gesicht geprägt.

Unfroh lachte Oda auf. Machte das etwa Schule, die unehelichen Kinder, die man irgendwo in der Weltgeschichte gezeugt hatte, einzusammeln, wenn man mit den ehelichen kein Glück hatte?

Abrupt hörte sie mit dem Turnen auf und schlug das Fenster zu. Ihre Sorgen waren allzu zahlreich geworden. Wenn sie hier noch länger allein vor sich hin grübelte, verlor sie den Verstand. Sie zog sich an, richtete sich mit ein paar Handgriffen das Haar und ging hinüber zu Belle.

»Reist nicht ab«, sagte sie ohne einen Gruß. »Nicht ausgerechnet jetzt. Ich habe zu viele Fronten, an denen ich kämpfen muss. Ich brauche eure Hilfe.«

Belle blickte von den seidenen Blusen auf, die sie unbeholfen in ihren Koffer schichtete und zu Hause würde bügeln müssen. Mit ihren himmelblauen Puppenaugen, fand Oda, sah sie noch immer aus, als verstünde sie nicht, warum ihr all das zugestoßen und zu ihrem Leben geworden war. Sie war doch gerade erst zwanzig gewesen und hatte in diesem Zimmer ihr neues himmelblaues Ballkleid anprobiert.

»Du weißt, dass das unmöglich ist, Oda. Glaub mir, wenn ich die Wahl hätte, würde ich ganz bestimmt nicht zu meinem Sargnagel Alfred nach Hause fahren.«

»Du hast die Wahl«, sagte Oda. »Und ich brauche dich.«

»Nein, das tust du nicht«, erwiderte Belle, unterbrach das uneffektive Packen und zündete sich eine Zigarette an. »Du kommst allein zurecht. Das tust du doch immer.«

»Diesmal nicht«, sagte Oda. »Wenn du mir nicht helfen willst, dann lass mir wenigstens Bodo.«

»Und wie stellst du dir das vor?«, fragte Belle. »Bodo ist Beamter bei der Reichsbahn, er hat Sonderurlaub genommen, um diesen langen Sommer mit Clara zu verbringen, ehe sie ihm ins Erwachsenenleben entschwindet. Noch länger kann er unmöglich wegbleiben. Außerdem brauche ich ihn dringender als du. Wenn ich erst wieder daheim in meinem Gefängnis bin, ist er für mich und die Kinder der einzige Halt.«

Das *Gefängnis* war eine Villa im vornehmen Dahlem, die zwar mit Hypotheken belastet und Belle zufolge weder mit Mobiliar noch mit Personal ausreichend ausgestattet, aber gewiss komfortabel genug war. Und was die Kinder anbelangte, so hatte Belle ihre Erstgeborene – Manon – vor Jahren bei Oda abgeladen, und die Stieftochter – Malwine – war zwar nervtötend, aber inzwischen eine erwachsene Frau von fünfundzwanzig. Zudem war es mit Sicherheit niemals Belle gewesen, die ihr das Frühstück zubereitet, die Kleider gerichtet und den Mund abgewischt hatte. Ihr jüngstes Kind schließlich, das Georgchen, war so gutwillig, dass es unmöglich einer Mutter Mühe bereiten konnte. Geschweige denn Belle, die nie mehr tat, als sich um keinen Preis vermeiden ließ.

Belle zog an ihrer Zigarette wie am Schlauch eines Pulmotors, der sie vor dem Ersticken bewahren sollte. »Weißt du eigentlich, wie gut du es hier hast?«, fragte sie mit aufgerissenen Augen. »Und wenn du an noch so vielen Fronten zu kämpfen hast, von denen du dir die meisten selbst aufmachst – du wohnst in der schönsten Stadt der Welt, in deinem eigenen Hotel, das immer glamourös bleiben wird, egal, was für einen Unsinn sich die Politiker gerade einfallen lassen. Du bist umgeben von Leuten, die sich überschlagen, um es dir recht zu machen, und du bist deine eigene Herrin. Es ist nicht meine Schuld, dass ich nicht halb so viel Glück habe wie du und deshalb auf den Beistand meines Bruders nicht verzichten kann.«

»Es hat dich niemand gezwungen, Alfred von dem Knesebeck zu heiraten und von hier wegzugehen«, versetzte Oda. Wie tief sie die Abreise der Freundin getroffen hatte, nachdem sie zusammen den Wahnwitz des ersten Nachkriegsjahres durchgestanden hatten, behielt sie für sich. Etwas in ihr hatte angenommen, es würde immer so weitergehen, sie würden sich gemeinsam durchkämpfen, ihre Kinder aufziehen und irgendwann alt werden. Belle aber hatte gejammert, sie sei zum Alleinleben nicht geboren, sondern brauche den Status und die Stellung, die nur ein Mann ihr bieten könne.

»Wie gesagt, es ist nicht meine Schuld«, entgegnete Belle. »Es ist nicht meine Schuld, dass ich mit nicht halb so viel Kraft wie du geboren bin, mit nicht halb so viel Mut oder gar Energie. Du kommst mit knapp fünf Stunden Nachtschlaf bestens aus, ich brauche mindestens neun. Du kannst so ziemlich alles, was von Nutzen ist, wohingegen meine Fähigkeiten sich auf das Tuschen von Wimpern und den Umgang mit der Brennschere beschränken. Ich verfüge nicht über lauter glänzende Eigenschaften, für die eine halbe Stadt mich bewundert und respektiert. Ich habe keine Schar Kinder, die mich anhimmeln, keine Angestellten, die für mich durchs Feuer gehen, keine Freundin wie deine komische Fürstin, die dich im Herzen adoptiert hat, und auch keine Tante Tessa, die es zwar niemals zugeben würde, die dich aber über alles liebt.«

»Mindestens Letzteres ist Unsinn«, sagte Oda, der bei der Erwähnung von Tessa auf einmal der Mund trocken wurde. »Weshalb sollte Tessa mich mehr lieben als ihre eigenen Kinder?«

»Weil du besser zu ihr passt«, antwortete Belle. »Versteh mich nicht falsch. Natürlich würde sie, wenn ihr zu dritt am Abgrund stündet und sie nur einen von euch retten könnte, eines ihrer Kinder nehmen. Das macht man so. Blut ist immer dicker als Tinte. Aber das bedeutet nicht, dass man den, den man vor die Hunde gehen lässt, nicht dringender in seinem Leben gebraucht hätte. Das Gleiche gilt übrigens für uns drei, für Bodo, dich und mich. Aber da die Blutsverwandte nun einmal ich bin, werde ich dreist von ihm verlangen, *meinen* Hals zu retten und nicht deinen. Du fällst auf die Füße, Oda Odessa. Und wenn mich das Ungeheuer, das ich geheiratet habe, bis dahin nicht massakriert hat, sind wir im nächsten Sommer wieder da.«

Was sie gesagt hatte, war erstaunlich klug. So erging es Oda oft mit Belle: Sie rührte keine Zeitung an, las höchstens billige Liebesromane und gab Trivialitäten von sich, dass Oda sich fragte, wie alt sie eigentlich war. Dann aber ließ sie wie beiläufig eine Bemerkung fallen, die deutlich machte, dass sie nicht dumm war, sondern auf einer Ebene klug, auf der Oda sich ihr Leben lang wie eine blinde Idiotin fühlte. Sie verstand etwas von Menschen und ihren Beziehungen. Sie wusste, warum die Welt sich drehte, wie sie es eben tat.

Ich muss zu Tessa, dachte Oda. Mit schwindelerregender Gewissheit wurde ihr klar, dass sie seit Tagen oder eher seit Wochen schon zu Tessa gemusst hätte. Sie sah sie vor sich, wie sie auf dem Empfang im Konsulat saß, das Gesicht so grau wie ihr Kleid und die Lippen fast ohne Farbe. Ihr Körper hatte gezittert, und ihr Atem war in flachen, kurzen Zügen gegangen. Oda hatte mit ihr sprechen wollen, aber ihr schwammen gerade auf allen Seiten gleichzeitig die Felle weg, und vor der Wahrheit, die in Tessas eingefallenen Zügen stand, war sie zurückgeschreckt.

Jetzt musste sie ihren Schrecken überwinden. Die Wahrheit würde nicht mehr länger auf sie warten.

Sie verabschiedete sich von Belle und beschloss, morgen früh keine Zeit zu haben, um sich von Bodo zu verabschieden. Obwohl sie als Hoteldirektorin ihr tägliches Brot waren, war sie für Abschiede einfach nicht gemacht.

»Wohin gehst du?«

»Ich muss nach Tessa sehen.«

»Diese Sommergrippe, die sie sich eingefangen hat, ist ganz schön heftig, was?«

»Sieht so aus«, sagte Oda und war schon aus der Tür.

13

ODA

Sie eilte den Gang entlang, vorbei an den Fotografien aus der Geschichte des Hotels. Die dritte in der Reihe zeigte ihren Vater und Tessa bei der Eröffnungsfeier. Sie waren bettelarm gewesen, und die gesamte Stadt hielt sie für verrückt, aber sie hatten sich ihren Traum verwirklicht. Über den Faunenbrunnen hinweg trafen sich ihre Blicke, in denen grenzenloser Triumph lag.

Oda brauchte das Bild nicht zu betrachten, sie kannte jedes Detail davon. Ihr Vater und seine Zwillingsschwester waren eine Einheit gewesen. Sie hatten sogar ihre eigene Sprache und ihr eigenes Schweigen gehabt, und das Hotel war das Kind, das sie als Geschwister nicht bekommen konnten. Philipp Liebenthal hatte weder seine Tochter noch deren stille, farblose Mutter lieben können, doch in diesem Moment spürte Oda, dass das, was Belle gesagt hatte, der Wahrheit entsprach: Tessa und sie passten zusammen. Sie hatten einander nie Liebeserklärungen gemacht, aber in all den Jahren war Tessa bei ihr geblieben. Auch als Grischa, ihr Sohn, nach Moskau ging, und sogar als Mascha, ihre Tochter, heiratete und Oda zu ihrer Feindin erklärte. Was ihr das bedeutet hatte, hatte Oda sich nie eingestanden.

Sie ist meine Familie, dachte sie und lief schneller. Wenn sie nicht mehr da ist, bin ich die Älteste, die übrig ist.

Mit dem Gefühl, von Verantwortung erdrückt zu werden, schob sie die Tür der Kammer auf, die Tessa sich als Krankenstube gewählt hatte. Angeblich hatte sie in den Wohnräumen der Familie nicht genug Ruhe. In Wahrheit hatte sie wohl niemandem den Sommer verderben wollen, indem sie sie sehen ließ, wie es um sie stand.

»Tessa, was ist mit dir los? Was hat Dr. Wajsberg gesagt?«

Tessa lag flach auf dem Rücken in dem weiß bezogenen Bett wie eine Tote. Ihr Haar, das einst dicht und rötlich gewesen war, musste schon länger so grau und spinnwebzart sein, doch es war Oda nicht aufgefallen. Sie war immer die schöne Tessa Liebenthal gewesen, die jahrelang sämtliche Verehrer abgewiesen und nur ihren Bruder geliebt hatte, um dann mit einem Revolutionär durchzubrennen und zehn Jahre später zu ihrem Bruder zurückzukehren. Jetzt war sie alt, fast siebzig. Und was sie hinter sich hatte, reichte für weit mehr als ein Menschenleben.

»Ich hatte dich früher erwartet«, sagte sie.

»Ich weiß«, erwiderte Oda. »Das ist keine Entschuldigung, aber mir ist in den letzten Wochen so einiges über den Kopf gewachsen. Wie es aussieht, hat Stalin mit dieser Entkulakisierung nicht nur die Kulaken gemeint, sondern sämtliche eigenständigen Bauern. Er hungert sie aus, Tessa. Wenn niemand ihnen hilft, bleibt ihnen nur, entweder zu krepieren oder sich gegenseitig aufzufressen.«

»Und hier haben wir wieder einmal Oda Liebenthal, wie sie leibt und lebt. Nur kein Blatt vor den Mund nehmen oder gar die Ausdrucksweise mildern, um das Gegenüber zu schonen.«

»Du bist doch genauso«, sagte Oda.

»Nein«, entgegnete die alte Tessa, deren Mund in einem Netz aus Falten verschwand. »In der Epoche und der Gesellschaft, in die ich hineingeboren wurde, war es für eine Frau nicht möglich, so zu sein. Sie hatte ein eisernes Korsett zu tragen, um ihre Körperformen ebenso wie um ihren Verstand oder das, was man Seele nennt.«

»Nimm das Korsett ab«, sagte Oda. »Sag mir, was mit dir los ist.«

»Ich sterbe«, sagte Tessa.

Sie hatte es geahnt oder sogar gewusst. Warum war es dennoch ein Schlag, unter dem sich ihr Magen zusammenzog? Mit steifen Schritten ging sie zum Fenster und sah hinaus in die Regenfluten, die einen Vorhang vor das Meer zogen. »Was ist es?«

»Um es mit letzter Sicherheit zu wissen, müsste Dr. Wajsberg mich in die Klinik schaffen und etliche Untersuchungen durchführen lassen. Ich habe mich entschieden, davon abzusehen. Der junge Herr Doktor sagt, er sieht so etwas nicht zum ersten Mal, und da es zu dem passt, was ich in mir spüre, habe ich kein Problem damit, ihm zu vertrauen. Letzte Gewissheit würde zudem nichts nützen, da es keine Behandlung gibt. Sie könnten mich in ein Sanatorium schicken, um an den Symptomen herumzudoktern. Die gute Luft der Schweizer Berge gegen die Atemnot oder dergleichen. Wenn du gestattest, verzichte ich. Ich würde gern hier sterben, wo ich mein Leben verbracht habe und wo auch die, die vor mir da waren, gestorben sind.«

Oda drehte sich nicht um, ihr ganzer Körper hatte sich verkrampft. So hörte sie lediglich, wie Tessa mehrmals nach Luft rang, ehe sie weitersprach. »Ich weiß, sie verhaften die Geistlichen jetzt reihenweise, und Vitaly war Atheist, ich habe nicht einmal kirchlich geheiratet. Aber auch wenn es kitschig ist – ich hätte gern, dass mich der alte Pfarrer Vogel zu Grabe trägt. Auf dem Kirchhof von St. Paul. Das Altarsilber haben sie ja wohl weggeholt, was Vitaly gefreut hätte, aber kirchliche Begräbnisse sind meines Wissens nicht verboten.«

»Tessa, was ist es?«, schnitt ihr Oda das Wort ab. »Weshalb finden wir uns mit irgendetwas ab, was Dr. Wajsberg vermutet, ehe du ordentlich untersucht worden bist? Dr. Wajsberg ist jung, er hat wenig Erfahrung, und er ist beileibe nicht der einzige Arzt in dieser Stadt.«

»Es ist das Schreckgespenst, das bis vor Kurzem unter dem Namen *Weißes Blut* bekannt war«, sagte Tessa. »Jetzt hat es einen imposanten griechischen Namen, der aber dasselbe bedeutet. Mein Blut hat seine Farbe verloren. Aus Rache raubt es mir den Appetit, obwohl ich anders als unsere Bauern reichlich zu essen hätte, und es macht mich so schwach, dass jeder Gang ins Badezimmer mich völlig erschöpft. Es verpasst mir blaue Flecken, als wäre ich verprügelt worden, was Vitaly nur ein einziges Mal getan hat, und es wird mich am Ende umbringen.«

»Das ist nicht sicher!«, rief Oda. »Es steht nicht einmal fest, dass du diese Krankheit hast.«

»Doch, das tut es«, sagte Tessa. »Ich könnte dir auch noch die punktförmigen Einblutungen an den verschiedensten Stellen meines Körpers zeigen, aber du wirst so gut sein und mir das ersparen. Wir sind doch beide nicht dumm, wir sind keine Frauen, die sich etwas vormachen.«

Oda schwieg und wünschte sich, sie hätte auch nur das geringste Talent gehabt, sich etwas vorzumachen.

»Vitaly hat dich verprügelt?«, fragte sie schließlich. Dass jemand sich an der Respekt einflößenden Frau, die Tessa Liebenthal gewesen war, vergriff, schien unvorstellbar.

»Nachdem die zaristische Polizei seinen kleinen Bruder mit ihren Kugeln durchlöchert hatte und ich ihn anschrie, dass die Kinder neue Schuhe brauchen.« Über den dünnen Mund zuckte ein Lächeln. »Ein Mensch ist durchaus imstande, etwas Monströses zu tun, ohne deshalb ein Monster zu sein. Er hat mir damals mehr leidgetan als ich mir selbst. Trotzdem habe ich beschlossen, ihm bei Nacht und Nebel davonzulaufen und seine Kinder mitzunehmen.«

Sie hatte über diese Zeit, die sie mit Vitaly Pertsow und ihren kleinen Kindern in wechselnden Verstecken vor der zaristischen Polizei verbracht hatte, nie gesprochen. Oda begriff, dass sie es jetzt tat, weil danach keine Zeit mehr bleiben, weil ihre Erinnerung mit ihr sterben würde.

»Ob Vitaly noch lebt, weiß ich nicht. Sie haben ihn in irgendein Lager hinter Irkutsk geschafft, seine Genossen, die doch geschworen hatten, im sozialistischen Wunderland hätten Gefängnisse, Verbannungen und Lager keinen Platz mehr. Der arme Vitaly. Er hat allen Ernstes daran geglaubt. Es heißt, in diesen Lagern macht es niemand lange, und um seinetwillen hoffe ich, dass es zutrifft. Für diesen Traum von der besseren Welt hat er alles aufgegeben. Nachdem sie ihm seinen Traum zertrümmert hatten, kann nicht viel mehr als eine leere Hülle von ihm übrig gewesen sein.«

Und von dir?, fragte sich Oda. Was ist von dir übrig?

»Was ist mit Grischa?«, fragte sie laut. »Hast du ihn benachrichtigt, oder soll ich es tun?«

»Lass ihm seinen Frieden«, sagte Tessa. »Er hat es schwer genug, denn er hat von seinem Vater nicht nur den Namen, sondern auch die Überzeugung geerbt, in einem freien Staat dürfe man sagen, was man denkt.«

»Selbst wenn man es dürfte – weshalb sollte man?«

»Frag nicht mich.« Ihre Blicke trafen sich.

»Tessa, dein Sohn hat ein Recht darauf, zu erfahren, dass du …«, begann Oda und brach ab.

»Dass ich sterbe?«, beendete Tessa den Satz. »Und was soll er tun, wenn er es erfährt, dieser grundanständige Kerl? Sich verpflichtet fühlen, sofort herzukommen, und sich mit seinen Vorgesetzten, die ihm ohnehin lieber heute als morgen den Stuhl vor die Tür stellen würden, noch mehr Ärger einhandeln? Wenn er von meinem Tod in Kenntnis gesetzt wird, ist es früh genug. Es wird ihm auch dann noch einen Sack voll Probleme bereiten.«

»Er wird mir vorwerfen, dass er von seiner Mutter nicht Abschied nehmen konnte.«

»Damit wirst du fertig«, konstatierte Tessa. »Und aufs Abschiednehmen verstehe ich mich nicht.«

»Ich mich auch nicht.«

»Ich weiß.«

Noch einmal schwiegen sie für eine Weile, dann gelang es Oda endlich, sich umzudrehen.

»Brauchst du etwas?«

»Nein. Essen bringe ich nicht mehr herunter, und auch die Freuden der geistigen Getränke sind leider vorbei. Dr. Wajsberg besorgt mir ein Mittel, das die Schmerzen auf einem halbwegs erträglichen Maß halten sollte, und ansonsten kann ich nicht mehr tun, als mir beim Sterben zuzusehen.«

Oda zuckte zusammen.

»Mach dir darüber keine Gedanken«, sagte Tessa. »Um ehrlich zu sein, ist mir das, was mir bevorsteht, lieber als das, was du vor dir hast.«

»Glaubst du nicht daran, dass sich die Lage stabilisieren könnte?«, fragte Oda, mehr um sich selbst als um Tessa zu überzeugen. »Stalin hat seine Machtkämpfe doch gewonnen, Bucharin und Trotzki sind weg vom Fenster, und international sind die Fronten geklärt. Warum sollte er sich nicht allmählich beruhigen, diesen Entkulakisierungsirrsinn aufgeben und dem Alltag seinen Lauf lassen?«

»Weil das ist wie im Garten«, erklärte Tessa. »Wenn man einmal anfängt, Unkraut auszurupfen, sieht man plötzlich überall welches und muss immer weitermachen.«

»Wie kommst du auf Garten?«, fragte Oda und dachte: Verdammt, Bodo, was kannst du so Wichtiges in Berlin zu tun haben? Deine Spielzeugeisenbahn fährt auch ohne dich, aber ich bin nicht sicher, dass ich ohne dich den Karren aus dem Dreck ziehen kann.

Ihr blieb Lidija, aber die hatte ihren jugendlichen Liebhaber, mit dem sie inzwischen schon fast zu einem alten Ehepaar verwachsen war. Oda hatte einmal, vor Jahren, das Schlafzimmer der Liebenden gestürmt und würde es nicht wieder tun; sie kam sich wie eine eifersüchtige, sitzen gebliebene alte Schachtel dabei vor, die sie im Grunde vermutlich auch war.

»Wie ich auf Garten komme?«, fragte Tessa zurück. »Weiß ich selbst nicht. Belassen wir es dabei. Vielleicht ist das Ganze ja nichts als Gerede einer Sterbenden, die glaubt, weil ihre Zeit abgelaufen ist, müsste die Zeitrechnung überhaupt zu Ende sein und die Erde, auf der sie gelebt hat, stehen bleiben. Aber das tut sie ja nicht, nicht wahr? Philipps Faunenbrunnen sprudelt weiter, und im nächsten Sommer sitzen wieder Gäste mit Sonnenhüten in den blau-weißen Badekarren. Weißt du, dass dieser Faun eigentlich gar kein Faun ist, sondern die etruskische Darstellung von einem Dämon des Todes?«

»Nein.«

»Dann vergiss es auch wieder. Es ist ja nicht gerade ein glänzender Zeitpunkt, um über so etwas nachzudenken.«

»Tessa, wenn ich irgendetwas für dich tun kann …«

»Nur eines«, fiel ihr Tessa ins Wort. »Dass du nach meinem Sohn gefragt hast, nach meiner Tochter jedoch nicht, ist ja keine Überraschung. Ich muss aber sicher sein, dass Mascha hier eine Zuflucht hat, wie ich sie hatte, falls das mit Bogdan sich nicht länger aufrechterhalten lässt. Deshalb muss ich wissen, wie tief dieser Riss zwischen euch geht. Ob der sich im Ernstfall zumindest notdürftig kitten ließe.«

»Weshalb sollte sich Maschas Ehe mit Bogdan nicht länger aufrechterhalten lassen?«, fragte Oda. »Ich hatte immer den Eindruck, sie kämen gut miteinander aus. Vielleicht wären sie sogar glücklich geworden, wenn sie …« Warum brach sie heute ständig ihre Sätze ab? Was war so schlimm daran, etwas auszusprechen, was sie doch beide wussten?

»Wenn Mascha ein Kind bekommen hätte«, beendete Tessa einmal mehr, wovor Oda zurückgeschreckt war. »Sie hat aber keines. Und ebendeshalb will ich von dir wissen, ob zwischen euch eine Versöhnung möglich wäre, wenn Mascha einen Ort braucht, an den sie fliehen kann. Vielleicht nicht aus ihrer Ehe mit Bogdan, sondern aus der Lage, in die Bogdan womöglich gerät, wenn er weiter auf derart dünnem Eis agiert. Zumal unter den Augen des allgegenwärtigen Anselm Fleißer.«

Auf Letzteres ging Oda nicht ein. Sie hegte die Sorge selbst bei jedem Gefallen, um den sie Bogdan bat, und verfluchte den Tag, an dem Anselm zu seinem Stellvertreter ernannt worden war. »Mich musst du danach nicht fragen«, sagte sie. »Ich habe diesen Bruch nicht herbeigeführt, und ich habe ihn auch nie ganz verstanden. Was wirft Mascha mir vor? Dass der Mann, den sie geheiratet hat, zuvor mir Avancen gemacht hat? Dass er mir immer noch gelegentlich dabei hilft, mein Hotel zu erhalten? Was stört sie daran?«

Statt einer Antwort hob Tessa lediglich die Brauen, die so schütter waren, dass man sie kaum noch sah.

»Ich bekomme ihn kaum je zu sehen und lege, wenn nichts Dringendes ansteht, auch keinen gesteigerten Wert darauf«, fuhr Oda fort. »Die paar Wochen, in denen er es aus unerfindlichen Gründen auf mich abgesehen hatte, sind dreizehn Jahre her. Ich war damals eine zu Tode erschöpfte verheiratete Frau und Mutter, die selbst in ihrer besten Zeit nie hübsch gewesen ist. Mascha dagegen war ein bildschönes, blühendes Mädchen mit einer Wahnsinnsstimme, das er schließlich geheiratet hat. Wo also liegt das Problem?«

»Das frage ich dich«, sagte Tessa. »Genauer gesagt frage ich dich, ob du das besitzt, was Mascha sich mit ganzer Seele und um jeden Preis wünscht. Die war damals bekanntlich kein blühendes Mädchen mehr, sondern ein bis ins Mark verschrecktes kleines Geschöpf, das das Singen aufgegeben hatte und bei einem Bollwerk wie Bogdan Schutz suchte.«

Oda öffnete den Mund, um etwas zu sagen – dann schloss sie ihn wieder, weil ihr klar war, dass sie nichts zu sagen hatte. Sie hatte ihrem jüngsten Sohn den Namen Kasimir gegeben, was Friedensstifter bedeutete, weil sie gehofft hatte, mit seiner Geburt würden friedlichere Zeiten anbrechen. Stattdessen hatte der kleine Bursche Zwietracht gestiftet, ohne zu ahnen, warum, und ohne es je erfahren zu dürfen.

»Zum Teufel, Oda.« In Tessas erstorbenes Gesicht geriet ein wenig Leben. »Sehe ich das richtig? Ausgerechnet du, die vermutlich ganz Odessa für den Anstand in Person hält, hat fünf Kinder großgezogen, von denen nicht zwei denselben Vater haben?«

Oda sagte nichts.

»Oder doch«, überlegte Tessa laut. »Zwei von ihnen könnten …«

»Nein, sie könnten nicht!«, unterbrach Oda sie in aller Schärfe. »Es sind meine Kinder. Alle fünf. Keines von ihnen hat einen Vater gebraucht, um groß zu werden, und keines von ihnen wird einen Vater brauchen, um durchs Leben zu kommen. Sie haben mich. Manon und Maxim sind mit keinem blutsverwandt, aber das ändert nichts an ihrer Stellung in unserer Familie.«

»Nur daran, dass sie heiraten könnten, wenn sie wollten«, sagte Tessa.

»Ja«, sagte Oda und sah wieder hinaus in den Regen. »Nur daran.«

1933–36

BERLIN UND ODESSA

WARTESAAL, AUF KOFFERN

»Die Sprache des Vaters und die Sprache der Mutter – nährt sich nicht aus dem Zusammenfluss dieser beiden Sprachen unsere eigene das ganze Leben lang?«

Ossip Mandelstam

14

CLARA

Donnerlittchen, hat das Mädchen ein Talent.« Erich Ohser schlug mit der flachen Hand auf den Tisch, dass die Gläser hüpften. Blitzschnell zog er das mit Zeichnungen bedeckte Blatt zur Seite, ehe etwas von seinem *Hot Toddy* oder Claras grünlich schillerndem *Mojito* darauf schwappte.

Sie saßen bei *Tanner,* wo sich Clara nach der Uni des Öfteren mit ihrem Vater und den alten Freunden traf, und hörten ein zum Schmelzen schönes Musikstück von Duke Ellington, das *It Don't Mean a Thing, if It Ain't Got That Swing* hieß. Mit ihrem Vater, der nach der Arbeit herkommen wollte und jeden Augenblick eintreffen musste, stritt sie sich seit Wochen darüber, ob es ein schöneres Stück überhaupt gab. Clara behauptete Nein, ihr Vater hingegen sagte, so etwas glaube man immer, wenn man jung und verliebt sei. Man könne sogar bei der Überzeugung bleiben, solange man sich die Stücke später nie wieder anhörte.

Der Titel stammte von Ellingtons göttlichem Trompeter Bubber Miley, der mit knapp dreißig gestorben war. Clara hätte das Lied von morgens bis abends hören können.

Erich Ohser nahm erneut ihre Zeichnung zur Hand. Er und seine Frau Marigard hatten einen kleinen Sohn namens Christian, der einen Haarschopf wie eine Ananas hatte und heute seinen zweiten Geburtstag feierte. Zu diesem Anlass hatte Clara Sidonie, die Strichspinne, noch einmal aufleben lassen und eine Bildergeschichte gezeichnet. Allerdings fand Sidonies neuestes Abenteuer über Tage statt und beschränkte sich auf das Erlegen einer fetten Fliege mit dem Gesicht des jüngst zum Rücktritt gezwungenen Reichskanzlers Schleicher. Die finsteren Machenschaften der Katakombenspinne wären für die Bedürfnisse eines Zweijährigen wohl doch nicht angemessen gewesen. Selbst das schwarze Hakenkreuz, das auf dem Rücken der Spinne geprangt hatte, hatte Clara letztendlich übermalt.

Erich Ohser sah es trotzdem. »Eigentlich sollte ich ja froh sein, dass du Jura studierst«, sagte er. »Wenn es mir gelingen würde, dich stattdessen wieder zum Zeichnen zu bewegen, könnte ich beim *Vorwärts* ziemlich schnell meinen Hut nehmen. Ich bin auf meinen Hitler hinter dem Spiegel durchaus ein bisschen stolz, aber in Sachen politischer Karikatur wärst du im Handumdrehen unschlagbar. Und was das Beste ist: Du unterhältst, du erzählst Geschichten, bringst deine Sachen nicht bierernst, sondern lustig und leicht.«

»Das ist mir wichtig«, sagte Clara, ehe sie sich bremsen konnte. »Nicht mit erhobenem Zeigefinger zu erzählen, sondern die Leute denken lassen, was sie wollen. So wie Walt Disney. In dem neuen Film, der gerade angelaufen ist, steckt so viel – oder gar nichts, ganz wie es der Zuschauer will.«

Der Film hieß *Three Little Pigs,* war acht volle Minuten lang und faszinierenderweise in Farbe. Clara hatte ihn im UFA-Palast am Zoo gesehen und sich vor Begeisterung kaum halten können. Es war der Abend vor Hannos Abreise gewesen, und den ganzen Heimweg waren sie durch die überfrorenen Straßen getanzt und hatten das Lied aus dem Film gesungen:

»*Who's afraid of the big bad wolf*
The big bad wolf, the big bad wolf?«

Es war so schön gewesen. Jung und sorglos und auf einmal wieder erfüllt von Hoffnung und Ideen. Wie Sommer in Odessa, mitten im Winter von Berlin. Sie hatten sich an den Händen gehalten und waren sich alle paar Schritte lachend und erhitzt in die Arme gefallen. Weihnachtsferien, weit weg von der Universität, an der Clara sich quälte und die sie begonnen hatte zu fürchten. An manchen Tagen übergab sie sich, ehe sie morgens aufbrach, und an manchen Tagen ging sie gar nicht hin. Auch heute nicht. Erich Ohser und ihr Vater, die sie ohnehin von ihrem Plan abbringen wollten, brauchten davon nichts zu wissen.

Dieser Plan war wichtiger als je zuvor. In ihrer Fakultät wimmelte es von jungen Männern, die dem Nationalsozialistischen Deutschen Studentenbund angehörten, die in Braunhemden mit Hakenkreuzbinden aufliefen und es bejubelten, dass die Mörder des Blutmai von 1929 ungestraft davongekommen waren. Es wimmelte auch von anderen, die ihre Gesinnung nicht so offen zur Schau stellten, jedoch den Schreihälsen im Stillen applaudierten und bekundeten, es müsse »eben mal aufgeräumt werden« in der deutschen Justiz. Man habe den Fremdeinflüssen und dem Terror von links zu lange die Zügel schießen lassen. Zudem wäre es eine Schande, dass an einer preußischen Universität so viele jüdische Lehrkräfte unterrichteten. Mehr als ein Drittel der Dozenten sei »verjudet«, und die meisten davon säßen in leitender Funktion.

Einer von diesen Mitläufern, Horst-Dietrich, den Clara anfangs für einen harmlosen Sonderling gehalten hatte, sagte zu ihr: »Warum ein nettes Mädel wie du sich unbedingt an der Uni herumtreiben und einem jungen Mann den Studienplatz wegnehmen muss, weiß der Teufel. Eine ehrenvollere Aufgabe als die Mutterschaft kann es für eine deutsche Frau niemals geben.«

Clara fühlte sich isoliert. Dabei weckte das, was im Land vor sich ging, durchaus Hoffnung: Bei der Reichstagswahl im November hatten die Nazis zwei Millionen Stimmen verloren, und die *New York Times,* die sie so oft wie möglich in Cafés las, meldete, Hitler habe seine Chance wohl verpasst. Selbst die ständigen Aufmärsche von SA und Hitlerjugend waren seltener geworden. Es gab Tage, an denen sie dachte: Vielleicht ist unsere Republik schon erprobt genug, um sich zu fangen und ihr Gleichgewicht zu finden. Vielleicht schüttelt sie sich die Nazis wie Flöhe aus dem Pelz, schickt all die Papens und Schleichers in die Wüste und bildet wieder eine Regierung aus Demokraten, die der sechs Millionen Arbeitslosen Herr wird. Vielleicht war es arrogante Einfalt zu glauben, die Republik brauche ausgerechnet mich dazu.

Und vielleicht – wenn mein Land mich nicht braucht – darf ich das Studium an den Nagel hängen, zu meinem Hanno nach Odessa gehen und von früh bis spät zeichnen.

Sobald sie jedoch einen Hörsaal ihrer Fakultät betrat, erlosch diese Hoffnung im Nu. Stattdessen hatte sie das Gefühl, all die auf einmal nicht mehr sichtbaren Nazis hätten sich hier verschanzt. Und das Schlimmste waren weder die Braunhemden, die geifernd Hetzreden schwangen, noch die Horst-Dietrichs, die beflissen dazu nickten, sondern die Professoren, die solches Denken förderten oder im besten Fall dazu schwiegen.

Clara begriff, dass sie trotz allem in einem Wolkenkuckucksheim gelebt hatte, und schämte sich dafür, dass sie sich der wie mit Sprengstoff aufgeladenen Atmosphäre an der Universität immer weniger gewachsen fühlte.

Die Weihnachtsferien und Hannos Besuch waren eine erlösende Abwechslung gewesen und der Kinoabend mit Walt Disneys Werk ihr Höhepunkt. »Ich hab keine Angst vor dem großen, bösen Wolf«, hatte Hanno gesagt und die Arme um sie geschlungen. »Ich hab vor gar nichts Angst, wenn ich bei dir sein kann. Ich liebe dich, Clara.«

Wie groß das klang. Als halle ein Echo der leise gesprochenen Worte über den gesamten Kurfürstendamm.

Während er sie küsste, war Schnee in ihren Nacken gerieselt, und sie hatte von Kälte nichts gespürt. Hinterher hatte er ihr fürsorglich den senfgelben Schal, den Manon ihr als Weihnachtsgeschenk gestrickt hatte, fester um den Hals gewunden und den Mantelkragen hochgeschlagen. »Dass du nicht mit mir nach Odessa kommen kannst, habe ich begriffen. Aber sag nur ein Wort, und ich bleibe bei dir in Berlin.«

Bitte bleib, hatte sie sagen wollen. In der Dienstbotenkammer, in der er während seines Besuchs schlief, hätte er sich häuslich einrichten können. Sie hatte sich vorgestellt, wie er sie abends gemeinsam mit ihrem Vater empfangen würde, und hatte sich im tiefsten Innern erleichtert und geborgen gefühlt. Ihr Vater verstand sich blendend mit ihm, und sie hatten die vier Wochen in schönster Harmonie verbracht. Sie standen gemeinsam am Herd und brieten Bratkartoffeln, spielten *Schlesische Lotterie* und *Scharade* und hörten sich neue Platten an, die ihr Vater sich von Tanner borgte. Es war fast wie früher gewesen, und sie wollte, dass es so blieb.

In der Nacht auf dem Kurfürstendamm, in Hannos Armen, hatte sie gesagt: »Du weißt, dass das nicht geht.«

»Und warum nicht?«, hatte er dagegen aufbegehrt. »Ich bin ein moderner Mann, Clara, auch wenn ich aus keiner chromblitzenden Weltstadt, sondern vom finsteren südöstlichen Rand Europas komme. Mir macht es nichts aus, dass meine Liebste fleißig studiert, um später die Brötchen zu verdienen, während ich mir als Luxusanhängsel einen lustigen Lenz mache. Ich lerne sogar kochen, wenn du willst. Mit Onkel Bodos Unterstützung bekomme ich schon jetzt ein ziemlich passables Omelett zustande, und ich mixe die besten Cocktails von ganz Odessa.«

Sie hatte gelacht und sich an ihn gelehnt. »Das klingt wundervoll, Hanno. Wir leben von Omelett und Cocktail und gutem Jazz.«

»Und Liebe.«

»Und Aspirin.«

»Ach was. Solltest du von meinen Spezialitäten tatsächlich mal einen kleinen Kater bekommen, mixe ich dir mein unschlagbares *Hair of the Dog.*«

»Du bist unbezahlbar, Hanno. Du und deine Cocktails und dein *Hair of the Dog*. Aber nach Hause musst du trotzdem. Meine kreuzbrave Oma vom Land sagt immer: Wenn man sich nicht verabschiedet, kann man sich auch nicht wiedersehen.«

»Und müssen wir tun, was deine kreuzbrave Oma vom Land sagt?«

»Ja.«

Er war abgereist, und seither focht Clara jeden Morgen einen Kampf mit sich aus. An den meisten Tagen gewann sie und ging zur Uni. Sie setzte sich in die Bank neben Rüdiger Starck, der seinem Nachbarn zur Rechten darlegte, wie die Regierung »der Pappfigur Schleicher« gestürzt, der Reichstag aufgelöst und »diese ganze Schlammgrube der Demokratie endlich trockengelegt« werden müsse. Sie schwieg und ließ später in der Mensa ihr Essen stehen. Abends versuchte sie, stolz darauf zu sein, etwas geschafft zu haben, wusste aber nicht, was.

An anderen Tagen, an solchen wie heute, verlor sie. Statt in die Uni zu gehen und ihre Vorlesung in Strafrecht zu hören, hatte sie im *Café Dorothee* auf der Museumsinsel einen schwarzen Kaffee nach dem anderen in sich hineingeschüttet und die Geschichte für den kleinen Christian gezeichnet, bis es Zeit war, zu *Tanner* zu gehen.

Es musste eine Ausnahme bleiben. Erich Ohser war einer der liebsten Kollegen ihrer Mutter gewesen, er war wie ein Onkel für sie, und das Geburtstagsgeschenk für seinen zum Auffressen süßen Jungen konnte als Entschuldigung herhalten. Aber es durfte ihr nicht wieder geschehen. Dass sie sich nicht unterkriegen ließ, sondern mehr denn je ihren Mann stand, war sie ihrer Mutter schuldig. Ihre Mutter hatte sich niemals unterkriegen lassen, und sie hatte in einer Zeit gelebt, in der eine Frau um das Recht, eine Vorlesung zu hören, hatte kämpfen müssen.

Wie konnte sie da schlappmachen? Wie konnte sie sich von ein paar krakeelenden Nazis Angst einjagen lassen, gerade jetzt, wo das tiefste Tal der Wirtschaftskrise durchschritten schien, wo es selbst für die Ärmsten der Armen wieder Hoffnung gab? Wie konnte sie mit Erich Ohser reden, als wäre das Zeichnen noch immer etwas, das sie ernsthaft verfolgte, als hätte sie diesen Traum nicht vor fast vier Jahren zusammen mit ihrer Mutter begraben?

»Clarabella?«, fragte Ohser leise und legte den Kopf schräg. »Habe ich irgendetwas gesagt, was dich betrübt?«

It Don't Mean a Thing, if It Ain't Got That Swing war zu Ende, und Clara wünschte sich, es finge noch einmal von vorn an.

»Nein, natürlich nicht«, sagte sie. »Ich mag nur nicht immer wieder erklären müssen, dass ich das Zeichnen nur noch zum Vergnügen betreibe.«

»Das verstehe ich, glaube ich«, sagte Ohser. »Für mich war es umgekehrt, aber im Grunde wohl das Gleiche in Grün: Ich war es irgendwann leid, meinem Vater erklären zu müssen, dass ich das Zeichnen nicht nur zum Vergnügen betreibe. Dass es mein Leben ist. Reden wir von etwas anderem, wenn dir das lieber ist. Der junge Mann deines Herzens ist wieder abgereist?«

Clara nickte dankbar.

»Und? Ist die Sehnsucht groß?«

»Sicher.« Verlegen lachte sie auf. »Aber Hanno hat ja in Odessa seine Arbeit im Hotel. Sein Bruder ist furchtbar streng und wird zum Wutnickel, wenn Hanno allzu lange blaumacht und ihm seinen Anteil an der Arbeit aufbürdet.«

»Ja, ich kann mir vorstellen, dass dort gerade auf kein Paar

Hände verzichtet werden kann. Gegen das, was da drüben los ist, geht es uns hier ja noch glänzend. Es muss schlimm sein.«

»Was muss schlimm sein?«, fragte Clara, aus allen Wolken fallend.

»Oh, weißt du davon gar nichts? Hat dein junger Mann nichts dergleichen erwähnt? In der Ukraine sollen scharenweise Bauern verhungern, weil ihnen durch allzu radikale Kollektivierung die Lebensgrundlage entzogen wird. Aber wer weiß, vielleicht stimmt das ja gar nicht. Paul Scheffer hat darüber geschrieben, dem ich eigentlich traue, aber natürlich ist nicht auszuschließen, dass es dabei um antisowjetische Propaganda geht.«

Paul Scheffer war Clara ein Begriff, er hatte zu dem weit gestreuten Bekanntenkreis ihrer Mutter gehört. Da er viele Jahre lang als Korrespondent in Moskau gelebt hatte, galt er als Sowjetunion-Experte, war jedoch im Laufe der Zeit immer stärker in Opposition zu Stalins Regierung geraten und hatte sich schließlich zum radikalen Antikommunisten entwickelt. Es gab andere Bekannte ihrer Mutter, die ihn dafür scharf verurteilten, unter ihnen Carl von Ossietzky, der Herausgeber der *Weltbühne* und vielleicht der einzige einflussreiche Mann, der sich noch immer unermüdlich für die Aufklärung der Morde des Blutmai von 1929 einsetzte.

Ossietzky, der für seine Überzeugungen ins Gefängnis gegangen und erst kürzlich entlassen worden war, bezeichnete Scheffer als eine journalistische Primadonna, die auf den Bolschewismus schimpfte, weil man ihr in der Sowjetunion keinen roten Teppich ausrollte.

Clara mochte Ossietzky schrecklich gern, aber sie hielt Scheffer nicht für einen Meinungsjournalisten, der Propaganda verbreitete, sondern für einen sachlichen Berichterstatter. Wenn er von Hungersnöten unter den Bauern der Ukraine berichtete, dann gab es diese Hungersnöte, und wenn er schrieb, dieser

Hunger wäre durch staatliche Maßnahmen verursacht worden, dann zweifelte sie nicht daran.

Warum aber hatte Hanno diese Zustände mit keinem Wort erwähnt? Warum tat er so, als sei in Odessa und seinem Grandhotel selbst im Winter alles eitel Sonnenschein?

Und Manon? Warum hatte sie in ihren Briefen nie etwas davon geschrieben?

Wenn Clara ehrlich zu sich war, schrieb Manon überhaupt selten und wenn, dann nur Belangloses über den Weihnachtsbaum in der Empfangshalle, den irgendein blinder Gärtner mit Zweigen voller Hagebutten geschmückt hatte, oder Kasis Training mit dem Schwimmverband, das bis in den Oktober hinein im eisigen Meerwasser fortgesetzt worden war. Tante Tessa war gestorben. Das war das einzig Traurige, das sowohl Manon als auch Hanno nicht verschwiegen hatten.

Zwischen Manon und mir steht Maxim, dachte sie, sosehr sie sich wünschte, daran etwas ändern zu können. Es war ihr nicht gelungen, die Freundin davon zu überzeugen, dass sie ihr niemals ihren Liebsten abspenstig gemacht hätte. Maxim gehörte zu Manon, solange Claras Erinnerung zurückreichte. Es tat weh, dass diese Fremdheit zwischen ihnen sich nicht beseitigen ließ, wie sehr sie sich auch bemüht hatte.

Vielleicht würde ich ja ähnlich reagieren, wenn Hanno ein anderes Mädchen mit so viel Aufmerksamkeit bedenken würde, überlegte sie. Vorstellen konnte sie es sich jedoch nicht. Zum einen erging es ihr, wie Maxim es in jener letzten Nacht bei *Lambrino* beschrieben hatte: Das Gefühl der Eifersucht war ihr fremd, sie empfand es als überflüssig, beengend, nicht mehr zeitgemäß.

Zum andern ging es ja nicht um irgendein Mädchen, sondern um sie, Clara, die zweite Hälfte des Schwesterngespanns von der Himmelsleiter.

Ich könnte das nie, erkannte sie. Einen Mann wichtiger nehmen als meine Freundin, um eines Mannes willen mich meiner Freundin entfremden. Männer schien es so viele zu geben, auch wenn natürlich an Hanno keiner heranreichte.

Aber Freundinnen?

Clara hatte ihr Leben lang immer zahllose Menschen um sich gehabt, von denen sie die meisten mochte. Sie war in der Schule beliebt gewesen und fand überall leicht Anschluss, doch als ihre Freundin hatte sie sich eine andere als Manon nicht vorstellen können.

Manon also hatte die Hungersnot wohl nicht erwähnt, weil sie Clara gegenüber gar nichts von Belang mehr erwähnte. Und Hanno? Nun, der war eben Hanno, ihr Hans im Glück, die Fröhlichkeit auf Beinen. Wann immer sie in den Wochen seines Besuchs ein belastendes, bedrückendes Thema auch nur streiften, hatte er es abgewürgt. »Ach, Donna Clara, verderben wir uns doch mit so traurigen Dingen nicht die Stimmung. Es ist so schön mit dir, wir haben es so gut, und es gibt so viel Erfreuliches, über das wir sprechen können. Deine Augen zum Beispiel, die aussehen wie eine Leuchtreklame für das fantastischste Mädchen von Berlin.«

»Jetzt habe ich dir die Laune endgültig verdorben«, stellte Erich Ohser bekümmert fest.

»Nein«, sagte Clara. »Wenn es in Odessa eine Hungersnot gibt, dann will ich davon wissen. Es ist mein zweites Zuhause, und die Menschen, die dort wohnen, sind meine Familie. Ich habe mich im letzten halben Jahr derart in unsere eigenen Probleme mit den Nazis vergraben, dass ich vom Rest der Welt kaum etwas mitbekommen habe. Wenn mein Vater kommt, frage ich ihn, was er weiß.«

Ohser sah auf seine Uhr. »Ich hoffe, er kommt bald. Hier sein wollte er schon seit einer Stunde, und wenn ich Marigard mit Kuchen und Kerzen noch länger warten lasse, denkt sie am Ende, mir liegt nichts daran, dass unser Sohnemann heute Geburtstag hat.«

Clara musste lächeln. »Das denkt sie bestimmt nicht.« Ohser und seine Marigard, die Kinderbücher illustrierte, waren selbst ein Paar wie aus dem Bilderbuch und himmelten ihren kleinen Jungen an.

»Nein. Vermutlich nicht. Und der gute Arndt von der höchsten Eisenbahn wird ja auch gleich da sein. Darf dir dein alter Onkel Ohser denn, während wir warten, noch einen Cocktail ausgeben?«

»Ich glaube, ich trinke zu viel«, sagte Clara.

»Und wäre das sehr schlimm? Wenn es die Ausnahme bleibt?«

Vor dem Fenster fiel Schneeregen, und hinter der Theke legte Tanner ein neues Stück auf, das schön war, aber nicht so schön wie *It Don't Mean a Thing, if It Ain't Got That Swing.*

Clara lachte. »Nein.«

»Das ist ein Wort. Also noch einen … wie heißt das Ding, *Mohiko?*«

»*Mojito.* Ich mag ihn so gern, weil er nach Sommer schmeckt.«

»Und im Sommer soll es wieder nach Odessa gehen?«

»Bis dahin ist es noch so ewig hin. Man kann es sich noch gar nicht richtig vorstellen.«

»Sommer ist wie Weihnachten«, tröstete er sie. »Kommt garantiert immer wieder und meistens dann, wenn man gar nicht damit rechnet.«

Kaum war er gegangen, um die Getränke zu bestellen, flog die Tür auf, und in einem Windstoß, der Regen hereintrieb, stürmte ihr Vater in das Lokal.

Tanner, der mit einem Stößel Zucker und Limettenviertel in einem hohen Glas zerstampfte, um die Aromen zu lösen, blickte auf. *»For heaven's sake, Bodo. I nearly sent out a search party.«*

Ohser drehte sich nach ihm um. »Nun aber husch, husch,

husch die Eisenbahn, Arndt. Was nimmst du? *Whisky Sour?* Wenn ich noch mit euch allen auf meinen Stammhalter anstoßen will, ohne dass die Frau meines Herzens die Scheidung einreicht, legen wir besser einen Zahn zu.«

Bessie Smith, *the Empress of Blues,* sang *Nobody Knows You When You're Down and Out*, und auf den Barhockern küssten sich eine blonde Frau und ein rot gelockter Mann, an denen Clara erst jetzt auffiel, dass auch die Frau ein Mann war.

An ihrem Vater hingegen war ihr sofort bei seiner Ankunft aufgefallen, dass er nicht aussah, wie sie ihren Vater kannte. In ihrer Kindheit hatte er Abend für Abend an ihrem Bett gestanden und mit einer Handpuppe, einem Kasper mit roter Zipfelmütze, Späße gemacht, um sie zum Lachen zu bringen. Ihre Kameradinnen hatten keinen Vater gehabt, der abends an ihren Betten Kasperletheater spielte, und als sie ihren Vater danach gefragt hatte, hatte er gesagt: »Ich war nicht da, als du geboren worden bist, ich war nicht da, als du lachen, laufen und lieben gelernt hast, also will ich den Rest deines Lebens da sein, wann immer ich kann.«

Seither hatte er für sie den Clown gespielt, hatte eine Niederlage in einen Sieg, eine Tragödie in eine Komödie, eine Enttäuschung in eine neue Hoffnung verwandelt, sooft sich ihm die Gelegenheit bot. Versagt hatte er lediglich in der Nacht, in der er ihr hatte sagen müssen, dass er ihre Mutter nicht aus dem Krankenhaus nach Hause geholt, sondern sie ins Leichenschauhaus begleitet hatte.

Und heute.

»Sagt mal, auf welchem Planeten lebt ihr Nachtnasen eigentlich?«, platzte er heraus. »In der Stadt war kein Durchkommen, es wird auch bis auf Weiteres keines geben, ihr richtet euch also besser auf eine lange Nacht ein. Da draußen lässt Hitler seine Horden aufmarschieren, SA, HJ, alles dabei, was das Herz begehrt. Der hat Grund zum Feiern, der Dreck.« Er spuckte auf den Boden – Bodo von Arndt, der seine Manieren aus der Kadettenanstalt nie ganz verleugnen konnte. »Hindenburg, das verwesende Stück Kriegsschrott, hat ihn heute Mittag zum Reichskanzler ernannt.«

15

ODA
1934

Ja, natürlich, Genosse Generalsekretär, ich habe verstanden. Sechs Doppelzimmer mit je zwei Zusatzbetten, einfachste Verpflegung und täglichen Zugang zu Schwimmbad und Strand. Die Jungen werden in unseren Wagen vom Bahnhof abgeholt. Vielen Dank, dass Sie unser Haus wiederum empfohlen haben, Genosse Generalsekretär. Wir wissen Ihre Unterstützung zu schätzen.«

Oda legte den Telefonhörer auf den Schreibtisch, ging zur Tür und versicherte sich, dass niemand davorstand, wie sie es in letzter Zeit immer tat, ehe sie vom offiziellen zum privaten Umgang mit dem Generalsekretär der KP überging. Sie solle vorsichtig sein, hatte er sie gebeten. Noch vorsichtiger als bisher.

»Bogdan?«, fragte sie in die Sprechmuschel, nachdem sie an den Schreibtisch zurückgekehrt war. »Wie geht es Mascha?«

»Danke, dass du fragst«, drang seine Stimme aus dem Hörer. »Sie erholt sich. Die Ärzte sind mit ihren Fortschritten zufrieden. Es ist nicht leicht. Für keinen von uns.«

Mascha war schwanger gewesen. Zum ersten Mal in ihrem Leben. Im sechsten Monat war das Würmchen tot zur Welt gekommen und hatte seine Mutter innerlich zerrissen, was sämtliche Hoffnungen auf Mutterschaft endgültig zunichtemachte. Eine Zeit lang hatten die Ärzte befürchtet, sie werde an den nicht zu stillenden inneren Blutungen sterben. Oda hatte gedacht: Vermutlich wünscht sie sich das, und vermutlich sollten wir es für sie hoffen.

Aber daran, dass er sterben wollte, starb kein Mensch.

»Ich bin froh, das zu hören«, sagte Oda. »Bitte richte ihr meine Grüße aus.«

»Danke, Oda.« Er räusperte sich, was Oda schon damals während ihrer kurzen Affäre auf die Nerven gegangen war. Mittlerweile brauchte er dazu jedoch immer länger. »Wie geht es Kasi?«, fragte er endlich.

»Sehr gut«, sagte Oda, die gern das Recht gehabt hätte, ihm diese Frage zu verbieten. »Er wird sich wie ein Schneekönig freuen, wenn er hört, dass die Jugendmannschaft des Schwimmverbandes bei uns einquartiert wird und er das Sommertraining mit ihr absolvieren darf.«

»Er ist gut«, sagte Bogdan. »Ilja Iwanowitsch, der Trainer, sagt, er kann einer von den ganz Großen werden.«

»Lass ihn das bloß nicht hören!« Oda lachte gekünstelt. »Er redet jetzt schon ununterbrochen davon, dass die Sowjetunion dem IOC beitreten muss und dass dann er in zwei Jahren in Berlin dabei sein wird. Mit sechzehn! Bisher waren die jüngsten Teilnehmer siebzehn, aber das ficht Kasi nicht an.«

»Wie soll ich ihn das denn hören lassen?«, fragte Bogdan tonlos. »Ich bekomme ihn doch nie zu sehen.«

»Wir hatten uns darauf geeinigt, dass es so das Beste für ihn ist.«

»Natürlich«, sagte Bogdan. »Was das Beste für ihn ist, zählt, auch wenn es das Schwerste für mich ist.«

Oda kannte etliche Leute, die ihn für scharf wie einen Bullterrier hielten. Ihr selbst aber kam er viel eher vor wie einer dieser großen, wolligen Hütehunde, die ihren Besitzern aus der Hand fraßen.

War sie seine Besitzerin? Auch nach all diesen Jahren noch? Und nur weil sie ihm ungewollt gegeben hatte, was seine Frau ihm nicht geben konnte? Warum war es für einen Mann so lebensentscheidend, einen Sohn zu haben? Für alle Männer mit

Ausnahme von Ullrich, fiel ihr ein. Ausgerechnet er, dem die Söhne buchstäblich in den Schoß fielen, schien keinen gesteigerten Wert darauf zu legen.

Wobei das so ganz gerecht nicht war. Das Vermögen seiner baltischen Adelsfamilie, das er vor dem Eintreffen der revolutionären Armee auf die Seite geschafft hatte, hatte er ihr übereignet, damit sie die Versorgung aller Kinder sichern konnte. Auf seine Weise leistete er also durchaus seinen Teil, er hatte nur für den Umgang mit Kindern kein Talent. Er hatte für den Umgang mit *Menschen* kein Talent. Ein Vater wie Bodo, der auf dem Boden lag und mit seiner Tochter Eisenbahn spielte, hätte er nie werden können und ein Ehemann wie Bodo erst recht nicht.

»Bitte pass auf ihn auf, Oda«, sagte Bogdan. »Lass ihn solche Sachen wie das mit dem Olympischen Komitee nicht in der Öffentlichkeit aussprechen.«

»Ist das nicht übertrieben?«, fragte Oda. »Es wird sich wohl kaum jemand daran stören, dass ein Kind, das gern schwimmt, verstiegene Träume von Olympia hegt.«

»Sie sind nicht verstiegen, und Kasimir ist kein Kind mehr«, gab Bogdan zu bedenken. »Bitte sag ihm, er soll sich auf die Rote Sportinternationale konzentrieren. Er wird zur Mannschaft gehören, wenn er weiter so fleißig trainiert wie bisher. Das wird er nicht gefährden wollen, indem er von bürgerlichen Sportereignissen träumt, bei denen es vor allem um Kommerz und Propaganda geht, nicht um das Miteinander der Völker.«

»Kasi geht es ums Schwimmen«, konnte Oda sich nicht verkneifen zu erwidern.

»Oda, ich bitte dich. Du weißt, was ich meine.«

»Ja«, sagte sie. Es gab keinen Grund, es ihm schwerer zu machen, als es ohnehin war. Er tat für sie, was er konnte, und ohne ihn hätte sie bereits im letzten Sommer die Waffen strecken müssen. »Hab Dank für die Einquartierung. Damit ist uns wirklich geholfen.« Indem er dafür sorgte, dass die jungen Schwimmer ihr Trainingslager im *Odessa* verbrachten, bewahrte er sie davor, dass für Mitarbeiter des Politbüros oder der Komintern Ferienplätze zwangsreserviert wurden.

Die Jungen waren bereits im letzten Jahr da gewesen. Sie waren fröhlich und unkompliziert, vertilgten kübelweise Borschtsch und Berge von Bratkartoffeln mit Zwiebeln und stellten ansonsten keine Ansprüche. Die aus Moskau gesandten Urlauber hingegen hätten allzu viele ihrer knappen Ressourcen verbraucht. Vor allem aber hätte man jedes Wort dreimal im Munde umdrehen müssen, ehe man es aussprach. Das hätte ihren Stammgästen den sorglosen Sommer vergällt, und sie verdankte es Bogdan, dass es ihr erspart blieb.

Und nicht nur das. Beileibe nicht. »Meine italienische Lieferung kommt am Montag aus Triest«, sagte sie zu ihm. »Geht damit alles klar?«

»Ich kümmere mich darum, dass der Wagen plombiert und von der Kontrolle ausgenommen wird«, antwortete Bogdan. »Ich wäre allerdings froh, wenn es in den nächsten Monaten nicht mehr allzu häufig geschehen müsste.«

»Wir haben Hochsaison, Bogdan.«

»Ich weiß. Ich gebe mir ja auch alle Mühe. Aber vielleicht ist es doch möglich, dass du die Lieferungen zusammenfassen lässt, sodass wir beim Zoll in Holovna weniger Verdacht erregen.«

Das würde nicht möglich sein. Die Waren, die drei Tage mit dem Zug unterwegs waren, wurden ihr in Eis gepackt geliefert, und Oda ließ sie wiederum sofort in ihre Eisschränke im Hotel umlagern. Über längere Zeit ließen sie sich dennoch nicht frisch halten, und frische Zutaten waren für eine exquisite Küche das A und O.

»Ich werde sehen, was ich tun kann«, sagte sie.

»Danke, Oda.«

Sie legte langsam den Hörer auf und stützte den Kopf in die Hände. Es ging also weiter. Sie würde auch in diesem Jahr ihr Luxushotel führen, während um sie herum das Land vom Hunger entvölkert war. In diesem Sommer brauchte sie wenigstens nicht zu befürchten, dass ihre Touristen vom großen Sterben um die Stadtgrenzen etwas bemerkten, und sie musste sich auch keine Erklärungen für die Wolken von bestialischem Gestank, die in der Hitze über die Stadt getrieben waren, aus den Fingern saugen. Der *Holodomor,* das Töten durch Hunger, war vorbei. Nicht weil Moskau das Wüten von Kollektivierung und Abgabenzwang aufgegeben hatte, sondern weil niemand mehr übrig war, den man hätte töten können.

Damals, auf dem Empfang im italienischen Konsulat, hatte Bogdan gemutmaßt, es könne in der gesamten Ukraine Millionen von Opfern geben. Oda bezweifelte, dass jemand sie gezählt hatte, doch noch ehe der Winter begann, hatte ein Erlass das Ausheben von Gräbern verbieten müssen, ehe das ganze Gebiet mit Leichen unterpflügt war. Da lagen sie dann also, auf einen Haufen geworfen und angezündet, die Großmütter und Lieblingsonkel, die Zwillingssöhnchen und jüngsten Töchter, die Balalaika-Spieler und Frauenhelden, der kugelbäuchige Dorfpfarrer und das Mädchen mit den Sternenaugen, von denen nichts blieb als Asche, die der Wind forttrug.

Es hatte Tage gegeben, an denen hatte sich Oda gewünscht, das Hotel Hotel sein zu lassen und mit Hannos Kodak, die er sich zum Knipsen von Clara gekauft hatte, hinaus in die Steppe zu fahren, um von all denen, die noch am Leben waren, Fotos zu schießen.

Zehntausende Fotos ausgemergelter Körper, sterbender Gesichter, unverwechselbarer Augen, um sie auf den Kaminsims der Weltgeschichte zu stellen.

Damit es nicht war, als hätte es sie nie gegeben.

Natürlich hatte sie es nicht getan, sondern war im blau-weißen Sommerensemble durch den Frühstücksraum geeilt, um ihren Gästen einen angenehmen Urlaubstag zu wünschen.

»Das habe ich auf mich geladen«, hatte Bogdan auf dem verzweifelten Höhepunkt, als die Lawine des Hungers unaufhaltsam Menschenmengen zu Tode walzte, gesagt. »Ich habe meine Hand ausgestreckt, um ein paar wenige beiseitezuziehen, aber den Tod habe ich weiter wüten lassen, wohl wissend, dass er diesen Landstrich entvölkert. Wir haben es gut gemeint, Oda. Wir wollten ein besseres Dasein für die Leute, die hier leben und ihr Brot nie anders als im Schweiß ihres Angesichts gegessen haben, aber in der Hölle, die wir ihnen gebracht haben, gab es kein Brot mehr, sondern nur noch den Tod. Das haben wir alle auf uns geladen, und wir wissen es einer vom andern, von mir bis hinauf zu Stalin. Vielleicht ist es gut, dass kein Kind auf der Welt mich seinen Vater nennt.«

Lass das Drama, das steht dir nicht, hätte sie ihn anfahren wollen, aber sie hatte geschwiegen, weil sie nicht viel anders empfand als er. Natürlich wusste sie, dass er zu den Tätern gehörte, während sie eine Unbeteiligte war, aber man konnte nicht zu den Ersten gehören, die diese Hungertoten gesehen hatten, geschwiegen hatten und sich hinterher noch mit der gleichen Selbstachtung im Spiegel betrachten wie zuvor.

Sie verschloss das, was in ihr vorging, tief in ihrem Innern. Die, die um sie waren, würde sie nichts davon spüren lassen, aber das bedeutete nicht, dass sie selbst es nicht spürte.

Auf dem großen Privoz-Markt, auf dem seit Odessas Gründung die Bauern der Umgebung ihre Produkte feilgeboten hatten, gab es nichts mehr zu kaufen. Die weiten Felder der berühmten Ebene, die die Ukrainer ihren Brotkorb nannten, lagen brach. Ihr Getreide kaufte Oda fortan von der Kolchose, und der neue Chefkoch, der Sergej ablöste, musste die Einbußen in Qualität und Menge kompensieren. Glücklicherweise war er ein Meister seines Fachs, wie Sergej es gewesen war, dies jedoch in einer Zeit, in der Oda nicht noch einmal damit gerechnet hatte, sich einen solchen Meister sichern zu können.

Er hieß Giovanni Agostini und war Piemonteser, ausgebildet in einem der berühmten Restaurants von Turin und Küchenchef des gräflichen Haushalts derer von Cadorna.

»Betrachte ihn als eine kleine Beigabe, ein Geschenk um der alten Zeiten willen«, hatte Carmelo in jenem ätzenden Ton, den er für Humor hielt, gesagt. »Bei dir ist er besser aufgehoben. Ich will ihn nicht mehr.«

»Warum nicht?«

»Er hat von Italiens neuer Größe nicht ein Quäntchen verstanden.«

Carmelo hatte sich bereits damals für den amüsantesten Unterhalter unter der Sonne gehalten, doch wenn es um Italiens neue Größe ging, verstand er keinen Spaß. Mussolini war für ihn ein Gott, ein wiedergeborener Caesar, und sich selbst betrachtete er mindestens als seinen Ziehsohn, obwohl sie im Alter höchstens fünf Jahre auseinanderlagen. Männer wie Carmelo blieben ihr Leben lang Söhne, und gefährlich machte sie, dass sie dazu sowohl alles verzeihende Mütter als auch gottgleiche Überväter brauchten.

Mit seiner Gräfin, die einst als eine der schönsten Frauen Norditaliens sowie eine der glänzendsten Partien gegolten hatte, war Carmelo im Haus des Duce ein und aus gegangen. Ihr Sohn – kühn nach dem König Vittorio getauft – hatte Edda Mussolini zum Tanzen ausgeführt, und vielleicht hätte sie statt des Grafen Ciano ja ihn geheiratet, wäre der tollkühne Pilot der *Regia Aeronautico* auf einem Trainingsflug mit einem viermotorigen Bomber nicht abgestürzt und verbrannt.

Beinahe hätte Carmelo ihr leidtun können. Er war so stolz auf den vollkommenen Sohn aus reinrassigem piemontesischen Adel gewesen. Dass er sie erpresste und sie sich seit zwei Jahren wehrlos in seinem Schwitzkasten krümmte, setzte dem Anflug von Mitleid jedoch ein rasches Ende. Sie hatte keine Wahl, als auf seine Forderung einzugehen, und war nur froh, dass er ihr immer wieder Aufschub gewährte.

Aufschub bedeutete Zeit, in der sie auf Wege sinnen konnte, sich dem Schwitzkasten doch noch zu entziehen. Oder hoffen, das Schicksal möge ein Einsehen haben und hilfreich seine Hand ins Spiel bringen.

So viele schlaflose Nächte Carmelo de Cadorna ihr auch bereitete – dass er ihr Giovanni überlassen hatte, entpuppte sich als purer Glücksgriff. Der findige Piemontese verhalf der Küche des *Odessa* zu ihrem alten Glanz. Er war Sozialist, wie Mussolini es selbst einmal gewesen war, was ihn zusammen mit seinem losen Mundwerk zum Leben in einem faschistischen Staat höchst ungeeignet machte. Seine politische Haltung hinderte ihn jedoch nicht, bei der Zubereitung von Speisen in genussvollem, verschwenderischem Luxus zu schwelgen.

Mitja, den jungen Rôtisseur, nahm er dabei unter seine Fittiche und bildete ihn zu einem Meister heran, der ihm eines Tages nachfolgen würde. Amüsant dabei war, dass sie keine gemeinsame Sprache teilten und sich aufs ausgiebige Fuchteln der Hände verlegt hatten, das sowohl dem italienischen als auch dem ukrainischen Menschenschlag eigen war. Wer die beiden nicht kannte, mochte sie für ein taubstummes Gespann aus Vater und Sohn halten und die kulinarischen Kreationen, die sie schufen, für die Krone alter Familientradition.

Die Zutaten dafür, die in der fruchtbaren Ukraine nicht mehr zu bekommen waren, stammten zu einem Teil aus Rumänien, zu einem weit größeren jedoch aus dem Herkunftsland des Küchenchefs selbst: Der geschäftstüchtige Graf Cadorna hatte Oda einen

Handelsvertrag vermittelt, der sie an den Steuer- und Einfuhrgesetzen beider Länder vorbei mit feinstem Gemüse und Obst versorgte und obendrein Essig, Öl und vor allem Wein in einer Qualität lieferte, von der die übrigen Restaurants der Stadt nicht einmal zu träumen wagten.

Oda seufzte. Auch diese Saison war, wie es aussah, also gerettet, und wenn sich heute Abend ein Augenblick Zeit fand, in dem sie all ihren Pflichten entfliehen konnte, würde sie hinunter zum Brunnen gehen und mit dem schwarzen Faun darauf anstoßen.

Vielleicht, wenn diese den Abend ausnahmsweise nicht mit Jurij verbrachte, würde sie sogar Lidija dazu einladen.

Erst einmal musste sie jedoch Edvard die Reservierung des Schwimmverbands melden und nötigenfalls ein paar Verschiebungen im Zimmerplan vornehmen. Dass sie Zimmer, die gutes Geld hätten einbringen können, für ein Almosen abgeben mussten, war ärgerlich, doch die schwimmenden Kinder waren das kleinste mögliche Übel.

Sie zog die Tür auf und fand sich zu ihrer Verblüffung ihrem ältesten Sohn gegenüber, der ihr geradezu entgegenstolperte. »Ach, Edvard«, murmelte sie. »Das trifft sich gut, ich wollte gerade zu dir.«

»Dann wollten wir beide zueinander«, sagte Edvard, ohne eine Miene zu verziehen.

Wie langweilig er im Vergleich zu dem abenteuerlichen Carmelo aussah, durchfuhr es Oda. Hätte sie Edvard in nicht mehr als fünf Worten beschreiben müssen, so hätte sie vermutlich »lang, dünn und perfekt gescheitelt« gesagt.

»Ich wollte dich wissen lassen, dass wir auch in diesem Sommer so gut wie ausgebucht sind«, sagte er. »Ich habe heute Vormittag eine Sammelbuchung für eine Anzahl Doppelzimmer der untersten Kategorie entgegengenommen. Es handelt sich um Studienreisende, die lediglich den Grundpreis aufbringen können, aber in diesem Fall sollten wir, denke ich, eine Ausnahme machen.«

»Und warum sollten wir das?«, fragte Oda. *Grundpreis* war ein beschönigender Ausdruck, den die Regierung für die Summe verwendete, die sie für Einquartierungen zahlte. Angeblich deckte der Betrag die Kosten, nur hatten politische Funktionäre, die für die Organisation von Urlaubsreisen zuständig waren, wenig Ahnung von den Kosten eines Luxushotels.

»Weil es gut für unseren Ruf ist«, sagte Edvard.

»Aha. Und was bringt dich zu der Ansicht?« Studienreisende, die den ganzen Tag im Lesesaal über Bildbänden hockten, waren ganz und gar nicht gut für das, was im Sommer das Wichtigste war: die Atmosphäre, das Flair, die prickelnde Erregung in der Luft.

Edvard zuckte die Schultern. »Es sind interessante, gebildete Leute, die etwas zu sagen haben und uns sicher in ihren Kreisen weiterempfehlen, wenn sie zufrieden waren.«

»Und weshalb sollten wir uns wünschen, dass ein staubtrockener Stubengelehrter ohne Geld in der Tasche uns dem Nächsten weiterempfiehlt?«, fragte Oda. »Woher kommen diese Leute überhaupt und wie viele sind es?«

»Sechzehn«, sagte Edvard, als hätte er die erste Frage überhört.

»Um Gottes willen, darüber gibt es gar keine Diskussion. So viele Zimmer können wir unmöglich erübrigen.«

»Doch, wir können.« Er klang pikiert, fand sie. »Wenn ich dich daran erinnern darf, verwalte ich die Reservierungsbücher dieses Hotels, und ich wage zu behaupten, dass ich das bisher zu deiner Zufriedenheit erledigt habe. Ich würde eine Buchung nicht vornehmen, wenn ich aus meinen Unterlagen nicht ersehen könnte, dass ein entsprechendes Zimmerkontingent zur Verfügung steht.«

»Ja, du hast recht, bisher habe ich an deiner akribischen Buchführung nie etwas auszusetzen gefunden«, erwiderte Oda trocken. »Im Gegenteil. Ich war sogar der Ansicht, du wärst zur Buchführung geboren. Hätte ich allerdings geahnt, dass du mitten in der Hauptsaison acht Doppelzimmer zum Grundpreis verschenkst, hätte ich dich angewiesen, Buchungen zuvor mit mir abzusprechen. Was mich noch mehr Zeit gekostet hätte, die ich ohnehin nicht habe, aber was sich nicht ändern lässt, lässt sich nun einmal nicht ändern.«

Edvards Gesicht überzog sich mit einer Spur Röte. Er senkte den Kopf. »Acht Zimmer werden nicht benötigt«, sagte er.

»Sechzehn durch zwei macht bei mir acht«, konstatierte Oda.

»Es handelt sich um Familien«, erklärte Edvard. »Sie können mit sechs, notfalls auch mit vier Zimmern auskommen.«

»Augenblick«, unterbrach ihn Oda. »Eben hast du gesagt, es sind Studienreisende aus irgendeiner geheimnisumwobenen Hochburg der Gelehrsamkeit. Jetzt sind es plötzlich Familien, die sich zu viert in ein Doppelzimmer quetschen. Allmählich interessiert mich wirklich, was für eine ominöse Versammlung du dir da hast aufschwatzen lassen. Aber wie auch immer, wir können sie leider nicht unterbringen. Ich wollte mich gerade auf den Weg machen, um dir zu melden, dass der Schwimmverband seine Jugendmannschaft wieder bei uns unterbringen wird. Da wir darauf ja gehofft hatten und andernfalls mit einer Einquartierung aus Moskau hätten rechnen müssen, hättest du die Zimmer sowieso nicht vergeben dürfen.«

»Überlass es mir.« Edvard blickte auf, und seine Stimme klang auf einmal bittend. »Wenn ich mich ein paar Stunden lang an den Zimmerplan setze und hier und da etwas verschiebe, bekomme ich alle unter. Zur Not kann ich die Gruppe auch auf drei Zimmer verteilen. Ich finde schon einen Weg.«

»Sechzehn Personen in drei Zimmern?«, fuhr Oda auf. »Bist du von allen guten Geistern verlassen? Ja, ich muss für so etwas wie die Schwimmer Zugeständnisse machen, aber ich werde die Zimmer meines Hotels, von denen jedes einzelne mit Sorgfalt, Stilgefühl und dem Einsatz eines kleinen Vermögens gestaltet worden ist, nicht als Konservenbüchse für Menschen missbrauchen. In welchem Zustand das Mobiliar hinterher ist, kann ich mir lebhaft vorstellen. Warum schickst du diese Leute nicht ins *Krasnaja?* Soweit ich weiß, nehmen sie da alles, was sie kriegen können.«

»Ich will sie hier.« Edvard sprach so leise, dass Oda nicht sicher war, richtig gehört zu haben. Dann sammelte er sich und fuhr lauter fort: »Es sind Freunde von mir. Es ist mir wichtig, dass sie bei uns unterkommen.«

»Aber du hast doch gar keine Freunde!«, platzte Oda heraus und brauchte mehrere Augenblicke, um zu begreifen, was sie ihm gerade an den Kopf geworfen hatte. Es stimmte aber. Edvard war von klein auf ein Eigenbrötler gewesen, der mit anderen Kindern auch dann nicht spielte, wenn man ihn dazu zwang. Der einzige Mensch, mit dem er halbwegs vertraut umgegangen war, war seine baltische Kinderfrau gewesen, und um seine Brüder – erst Hanno, dann Maxim – hatte er sich mit einer Fürsorge gekümmert, die Oda ihm bis heute hoch anrechnete. Er war kein übler Kerl, nur eben ein Stockfisch, der sich auf alles besser verstand als auf menschliche Nähe. Was ihre Söhne anging, fielen die Äpfel weit von ihrem Stamm.

Und jetzt wollte er auf einmal Freunde haben, die aus dem Nichts auftauchten und diverse Zimmer ihres Hotels belegten?

»Edvard, was ich gesagt habe, war nicht so gemeint«, rang sie sich ab. »Natürlich freut es mich, wenn du Freunde hast, nur leider können wir sie mitten in der Hauptsaison nicht bei uns unterbringen. Ich hätte gedacht, das wäre dir selbst klar.«

»Warum sollte es mir selbst klar sein?« Edvards Augen wurden schmal. Oda konnte sich nicht erinnern, dass er je derart auffahrend mit ihr gesprochen hatte. »Soweit ich weiß, rücken Hannos Freunde aus Berlin wieder in großer Schar an und werden seit Jahren entweder in unserer Wohnung oder in behaglichsten Suiten untergebracht. Wenn dagegen ich ein einziges Mal darum bitte, drei einfachste Zimmer für ein paar Besucher reservieren zu dürfen, die dafür sogar zahlen, wird mir das verwehrt?«

»Hannos Freunde?«, fragte Oda perplex. »Himmel, Edvard, Onkel Bodo, Tante Belle und ihre Kinder gehören zu unserer Familie. Selbstverständlich sind sie uns willkommen, wann immer sie es wollen, genau wie wir bei ihnen in Berlin willkommen sind. So war es bereits, lange bevor du auf die Welt gekommen bist, und so wird es auch immer bleiben.«

»Das weißt du nicht«, sagte Edvard.

»Was soll das heißen?«

»Du weißt nicht, ob es immer so bleiben wird, weil wir dieses Hotel der Rechtslage nach schließlich nur noch verwalten und nicht länger besitzen. Wenn im nächsten Jahr bestimmt wird, dass du keine Schar weinseliger Wandervögel aus Nazi-Deutschland mehr beherbergen darfst, wirst du dich damit abfinden müssen.«

Oda schlang die Arme um den Leib. Wenn sie ihm mit der unbedachten Bemerkung über seine nicht vorhandenen Freunde eine Ohrfeige versetzt hatte, so hatte er sie ihr hiermit zurückgegeben. Sie versuchte, jeden Gedanken daran, dass das Hotel auf dem Papier nicht mehr ihr gehörte, zu unterdrücken. Bogdan half ihr dabei, indem er dafür sorgte, dass sie bei der Führung des *Odessa* ungehindert schalten und walten konnte, wie sie es für richtig hielt. Ob bei Intourist oder in seiner eigenen örtlichen KP hatte er unermüdlich dafür geworben, dass niemand es besser konnte, niemand dem sowjetischen Valutenguthaben dienlicher war als Oda Liebenthal. Es entsprach der

Wahrheit. Die entsprechenden Bilanzen lieferte sie, dafür arbeiteten sie und ihre Leute, selbst ihre eigenen Söhne von früh bis spät. Die Zahlen sprachen eine eindrückliche Sprache, und bisher war es Bogdan gelungen, alle Männer, die an Schalthebeln der Macht saßen, zu überzeugen.

Fast alle.

Bis auf Anselm Fleißer.

In den Nächten, in denen Oda die Angst übermannte, lief sie hinunter zum Garten des Fauns und versprach ihrem Vater: Eines Tages wird das Hotel wieder uns gehören. Unserer Familie. Den Liebenthals. Eines Tages werden wir es wieder führen, ohne dass ein Damoklesschwert über uns schwebt und wir uns krummlegen müssen, um dem Schlimmsten zu entgehen.

Sie bildete sich nicht ein, viel von Politik zu verstehen, aber der sowjetische Staat kam ihr wie ein Kind vor, das allzu laut krakeelte und über alles hinwegtrampelte, damit die ganze Welt wahrnahm, dass es da war. Irgendwann würde es erwachsen werden, mit dem Krakeelen aufhören und einsehen, dass Gesellschaft durch Vielfalt florierte und private Unternehmer nicht zwangsläufig Ausbeuter waren. Dass das Hotel nie formal enteignet worden war, weil Bogdan ein wenig bürokratische Schlamperei zu ihren Gunsten genutzt hatte, würde dann das Trumpfass in ihrem Ärmel sein.

Edvard schien ebenso wie sie eine Zeit lang nachgedacht zu haben. Seine Miene war wieder unbewegt und unlesbar, wie sie es von ihm kannte. »Vielleicht solltest du Onkel Bodo einmal fragen, was er von deiner Weigerung, meine Freunde unterzubringen, hält«, sagte er endlich.

»Und was soll das jetzt schon wieder heißen?«, fuhr Oda auf. »Was hat Bodo damit zu tun, wie ich mein Haus führe? Er ist Eisenbahner, und mein Hotel ist kein D-Zug.«

»Er hat nichts damit zu tun, es war Unsinn, vergiss es«, wiegelte Edvard ab. »Vergessen wir also auch die Zimmer. Kann ich dann wenigstens die beiden Gartenhäuser haben?«

Oda musste erst überlegen, was er meinte, ehe ihr die zwei Hütten am Ende des Küchengartens einfielen, in denen sie bei Bedarf Personal unterbrachte. Sie waren aufs Einfachste ausgestattet und hatten kein fließendes Wasser. In einer von ihnen, in der die Kaltmamsell Katjuša bis zu ihrem Tod gelebt hatte, war in fünfzehn Jahren nie wieder jemand eingezogen, und das Inventar war zweifellos völlig verwahrlost. In der anderen wohnte Feliks, der Blinde, den Aghasi wider Erwarten nicht schon nach drei Wochen vergrault hatte. Er erwähnte den jungen Mann nie auch nur mit einem Wort, sodass dieser wie eine Art Phantom, eine graue Eminenz erschien und von dem man nicht recht wusste, ob er überhaupt existierte. Doch zumindest gab es auch keine Klagen über ihn.

Da die Gärten, vor allem der des Fauns, weiterhin schwärmerisch gelobt wurden und die Blumenarrangements in den Räumen so prachtvoll waren wie nie zuvor, machte sich Oda um diesen Bereich der Hotelführung wenig Gedanken. Es war vielleicht das einzige Feld, um das sie sich nicht zu sorgen brauchte.

»Du willst in den Gartenhäusern diese Freunde von dir unterbringen?«, fragte sie Edvard.

»Ich hätte es mir anders gewünscht, aber zur Not muss es eben so gehen.«

»Es geht so nicht, Edvard«, sagte Oda. »Sei so gut und komm zur Vernunft. Eins der Häuser ist unbewohnbar, und das andere ist in Benutzung.«

»Mit Feliks einige ich mich«, sagte er.

Oda horchte auf. Edvard war ein Schreibstubenhengst, alles andere als ein Mann, der zwischen Blumenrabatten spazieren ging, und ihr war nicht einmal bewusst gewesen, dass er von der Existenz des blinden Gärtnergehilfen etwas wusste.

Stattdessen kannte er ihn beim Namen, der ihr entfallen war.

»Gib du nur dein Einverständnis, um den Rest kümmere ich mich«, fuhr er fort.

»Liegt dir so viel an diesen Leuten?«

»Ja.«

Bei der Vorstellung sträubten sich Oda die Haare, und alle Instinkte in ihr sandten gellende Alarmsignale. Dennoch kam sie zu dem Schluss, dass sie ihm seine Bitte nicht gut abschlagen konnte. Edvard verlangte nie etwas, er hatte weder Wünsche noch Leidenschaften, während Hanno sich kein Vergnügen versagte und Maxim einzig und allein seinem Stern folgte. Edvard war der Sohn, dem sie ohne schlechtes Gewissen nie begegnen konnte, stellte sie fest. Sie hatte ihn nicht gewollt, hatte alles getan, um ihn loszuwerden, und noch Monate nach seiner Geburt hatte seine Existenz sie mit reiner Verzweiflung erfüllt.

Als ich begonnen habe, dich zu lieben, war es längst zu spät, und für uns beide gab es keinen Weg mehr zueinander, dachte sie.

Sie hatte ihm angetan, was ihr Vater ihr angetan hatte: Warum bekamen Menschen Kinder, die sie nicht wollten, während sie anderen, die sich wie die arme Mascha nichts sehnlicher wünschten, versagt blieben?

»Wenn du wirklich der Meinung bist, dass deine Freunde in diesen Gartenhäusern ihren Urlaub verbringen wollen, quartiere sie in Gottes Namen dort ein. Es wird furchtbar heiß und stickig da drinnen, und es wimmelt von Mücken, aber das ist euer Problem, nicht meines. Und natürlich müsst ihr euch mit dem Gärtner arrangieren und die Küche wissen lassen, was an Verpflegung benötigt wird.«

Edvard straffte den Rücken. »Danke, Mutter«, sagte er knapp und wandte sich zum Gehen.

»Es tut mir leid«, murmelte Oda, aber ihr Sohn hörte sie nicht mehr.

16

MANON

Es war in jedem Jahr das Gleiche. Wenn der Sommer zu Ende ging, wenn die Berliner abreisten, verschwand Maxim für mehrere Tage und Nächte, zog ruhelos durch Lokale und die Dachzimmer seiner obskuren Bekannten, trank zu viel, rauchte wie ein Schlot und kehrte schließlich bleich und abgemagert wie ein Todgeweihter ins *Odessa* zurück.

Dieses Mal stellte ihn Oda, ehe er sich an ihr vorbeistehlen und auf seinem Bett zusammenbrechen konnte. »Sieh dich doch an!«, hörte Manon, die auf der Galerie stand, sie schreien, sah, wie Oda ihn am Hemd packte und schüttelte und wie Maxim, der zu Tode erschöpft war, es geschehen ließ. »Stell dich vor einen Spiegel und sieh, was du aus dir gemacht hast, und dann erklär mir endlich, warum du das tust. Du bist jung, dir steht jeder Weg offen, ich würde dir bei allem helfen, wenn es dich nur aus diesem gottverdammten Drang, dich selbst zu zerstören, herausholt.«

»Mir steht überhaupt kein Weg offen«, stieß er hervor, sobald sie von ihm abließ. »Ein politischer Häftling im Neuen Gefängnis ist womöglich freier als ich.«

»Jedenfalls wird er besser riechen«, konterte Oda. »Dein Atem stinkt wie die letzte Kaschemme, und der Rest von dir ist auch nicht besser. Ich habe mich bemüht, dir ein Zuhause zu geben, eine gute Erziehung – warum du das Leben unter meinem Dach mit einer Haft im berüchtigtsten Gefängnis der Stadt vergleichst, hätte ich gerne erklärt.«

Maxim stöhnte und stützte sich an der Wand ab. Manon war

sicher, dass er seit Tagen nichts gegessen und lediglich starke alkoholische Getränke in sich hineingeschüttet hatte. »Ich kann mich nicht rücken und nicht rühren«, sagte er. »Wenn ich nichts weiter tue, als ein paar Tage mit Freunden unterwegs zu sein, werde ich abgefangen und heruntergeputzt wie ein Schuljunge. Ob ich in dieser Atmosphäre atmen kann, interessiert niemanden. Unter *deinem Dach,* wie du es nennst, zählt nur eines: dass das verdammte Hotel floriert, dass dem verdammten Hotel kein Schaden entsteht. Ob dabei Menschen über die Klinge springen, spielt keine Rolle, solange das *Grandhotel Odessa* klotzig und frisch getüncht über der Bucht mit seinem Luxus protzt.«

»Du bist ungerecht!«, rief Oda. »Von diesem Hotel, das du mit Dreck bewirfst, lebt ihr alle nicht schlecht, du am allerwenigsten.« Sie zupfte am Ärmel seines taubengrauen Sommeranzugs, der vollkommen verdreckt war. »Dieses wohl kaum von einem ukrainischen Schneider stammende Prachtstück zum Beispiel ist meines Wissens mit meinem Geld bezahlt worden. Du kannst es auf den Abfall werfen. Es zur Wäsche zu geben, lohnt nicht mehr.«

»Zum Teufel, ist das alles, worüber du dir den Kopf zerbrichst? Kleider, Geld und Äußerlichkeiten? Weißt du, was in deinem Land los ist, weißt du, dass das, wofür Menschen hier gekämpft und ihr Leben gelassen haben, gerade vor die Hunde geht?«

Sie holte aus und schlug ihm ins Gesicht. Es war kein fester Schlag, keiner, der ihm wehtat, doch Manon erschrak bis ins Mark. Sie hatte nie zuvor erlebt, dass Oda einen von ihnen geschlagen hätte, auch nicht, wenn sie es als Kinder zu toll getrieben und es mehr als verdient hatten.

»Halt den Mund«, herrschte sie ihn an. »Willst du mir etwa erzählen, auch nur einem Menschen in diesem Land ginge es besser, weil du dich besäufst?«

»Lass es gut sein, Oda.« Aus einem Seitengang, der zur Hintertreppe für das Personal führte, war Leo Ullrich getreten, legte seiner Frau die Hand auf die Schulter und zog sie von Maxim weg. »Das ist kein geeigneter Moment, um grundlegende Fragen zu diskutieren oder gar Beschlüsse zu fällen. Keiner von euch will etwas tun, das er später bereut.«

Er wandte sich an Maxim, der dastand wie vom Donner gerührt. »Sieh zu, dass du ein paar Stunden Schlaf bekommst, dann wasch dich und richte dich halbwegs zivilisiert her. Der gesamte Vorstand des Schwimmverbands kommt, um die Jungen abzuholen, und nach den Wettbewerben im Schwimmbad gibt es eine Gala zum Abschied. Dein kleiner Bruder hätte sich sicher gefreut, dich unter den Zuschauern zu sehen, wenn er um einen Preis im Langstrecken-Freistil schwimmt, aber darauf wird er wohl verzichten müssen. Komm wenigstens zu der Feier.«

»Kasi ist nicht mein Bruder.«

»Nein. Ich weiß. Es hat sich aber nun einmal eingebürgert, das zu sagen.«

Zu Manons Verblüffung versuchte Maxim nicht noch einmal zu widersprechen, sondern trollte sich ohne ein weiteres Wort. Ullrich drehte sich zu Oda um, auf deren Gesicht eine Verzweiflung stand, wie Manon sie nicht von ihr kannte. Diese Menschen dort unten auf dem Plateau waren ihre Familie, und doch kam es ihr gerade so vor, als führten sie ein verborgenes Leben, von dem sie nicht die geringste Ahnung hatte.

Ullrich hielt eine Zeitschrift in der Hand. »Sei nicht so unbarmherzig mit ihm«, sagte er sanft. »Er hat es nicht leicht.«

»Seit wann mischst du dich in die Erziehung der Kinder?«, schoss sie zurück. »Bisher warst du doch ganz zufrieden damit, es mir zu überlassen.«

»Mit Ausnahme von Kasimir sind sie keine Kinder mehr, Oda. Und sie müssen auch nicht länger erzogen werden.«

»Ach nein? Ich muss es mir also gefallen lassen, dass mein Sohn sich wie ein Herumtreiber benimmt und sowohl mich als auch mein Hotel aufs Übelste beschimpft?«

»Er ist nicht dein Sohn, Oda.«

»Für mich ist er das!«, rief sie. »Du hast dafür kein Verständnis, für euch Männer zählt nur das gemeinsame Blut.«

»Meinst du wirklich?«

Sie hörte nicht hin und sprach weiter: »Außerdem warst du nicht dabei, als wir ihn gefunden haben, neben seiner toten Mutter in den Katakomben. Er konnte kein Wort sprechen, er war wie ein kleiner Wolf, den sein Rudel zurückgelassen hat und der herumirrt wie auf einem fremden Planeten. Ich habe mir damals geschworen, dass ich für ihn das Beste tun werde, was in meiner Macht steht. Für Sonya, für die ich nichts mehr tun kann. Und für Katjuša, für die ich auch nichts tun konnte.«

Die Namen Sonya und Katjuša wurden sonst im *Odessa* höchstens hinter vorgehaltener Hand erwähnt. Manon hatte alles getan, um herauszufinden, was damals geschehen war, denn schließlich ging es dabei um Maxims Herkunft. Doch alles, was sie wusste, war, dass Katjuša, die Kaltmamsell, ein Kind gehabt hatte, das im Alter von vierzehn Jahren spurlos verschwunden war. Dieses Kind war Maxims Mutter gewesen. Warum sie sich in den Katakomben versteckt und dort in der Dunkelheit ihren Jungen aufgezogen hatte, war und blieb ein Rätsel. Manons Herz zog sich zusammen, sooft sie daran dachte. Was immer Maxim auch anstellte, um sie zu verletzen – sobald sie sich erinnerte, in welch elenden Verhältnissen er die ersten Jahre seines Lebens verbracht hatte, musste sie ihm einfach vergeben.

Gefunden worden war er, weil Oda losgezogen war, um Maria Peters, die damals noch Lidija Petrowna geheißen hatte, in den Katakomben vor den anrückenden Bolschewiki zu verstecken. Maxim wurde zornig, wenn Manon ihn danach fragte, also hatte sie es aufgegeben. Erzählt hatte er ihr lediglich, dass er sich weder an seine Mutter noch an seine Jahre unter der Erde erinnern konnte. Er wusste nicht, woher er gekommen war. Wusste er deshalb auch nicht, wohin er gehen musste?

»Ich weiß, dass du ihn wie eine Mutter liebst«, sagte Ullrich zu Oda. »Mehr als eine Mutter – jedenfalls mehr als sämtliche Mütter, die ich gekannt habe. Für ihn aber ändert das nichts daran, dass er sich haltlos fühlt, ohne Bindung an Menschen, die zu ihm gehören. Wir, die wir unsere Familien kennen, können ihm hundert Mal versichern, dass wir es vorziehen würden, sie zu vergessen. Es hilft ihm nicht. Schon gar nicht in Tagen wie diesen, in denen wir alle uns verunsichert fühlen.«

»Weshalb fühlt ihr euch verunsichert?«, blaffte Oda. »Und wer ist überhaupt *wir?*«

»Ich meinte die schreibende Zunft«, stellte Ullrich klar. »Ich weiß, ich sollte mich wohl schon lange nicht mehr dazuzählen, da das letzte Buch, das ich geschrieben habe, vor mehr als einem Vierteljahrhundert erschienen ist. Aber man bleibt das wohl ein Leben lang. Ein Schriftsteller, der nicht schreibt. Weißt du noch, dass du mich immer so genannt hast?«

»Nein.«

»Verständlich. Warum solltest du? In jedem Fall kann ich nicht ganz aufhören, mich denen verbunden zu fühlen, die mit dem Schreiben nicht aufhören können.«

»Was hat das mit Maxim zu tun?«

Ullrich kopfte auf die Zeitschrift in seiner Hand. »Ossip Mandelstams *Reise nach Armenien* wird ab heute in der *Swesda* abgedruckt.«

»Und?«

Ullrich senkte den Blick auf die Zeitschrift. »Es ist schon schön, wenn jemand so schreiben kann«, murmelte er. »Schön ist es durchaus. Man liest so etwas und fühlt sich, als könne man auf einmal ein wenig freier atmen, als wäre es nicht mehr ganz so peinlich, ein Mensch zu sein.«

»Mir ist es nicht peinlich, ein Mensch zu sein«, versetzte Oda. »Mir sind nur Dinge peinlich, an denen ich die Schuld trage. Würdest du jetzt bitte zur Sache kommen?«

»Ich bemühe mich«, sagte Ullrich. »Du weißt, ich bin ein Meister darin, um den heißen Brei herumzureden. Zum Ausdruck bringen wollte ich, dass wir uns Sorgen um Ossip Emiljewitsch machen. Jemand, der so gut schreibt, kann in einer Zeit wie dieser wohl nicht anders, als zugleich klar und wahr zu schreiben. Ossip ist von Stalin enttäuscht und verletzt, und das vermag er nicht zu verhehlen, auch nicht, wenn er schildert, wie er auf der Treppe einer rosafarbenen armenischen Villa einen Salamander beobachtet.«

»Und du bist sicher, dass sich für diese Salamander-Geschichten deines Freundes Ossip in Stalins Umfeld jemand interessiert?«

»Ich glaube, dass sich das NKWD dafür interessiert«, sagte Ullrich. »Und dass man ein solches Interesse nicht lange bei guter Gesundheit übersteht. Soweit ich weiß, hält das NKWD unter dem Schießhund Jagoda inzwischen alle Zügel in der Hand. Auch die der Geheimpolizei.«

»Übertreibst du nicht?«

Manon sah, wie ihre Blicke sich trafen, und war im selben Moment sicher: Tante Oda wusste, dass Ullrich nicht übertrieb. Sie sehnte sich nach Beschwichtigung, wie Manon selbst sich danach sehnte, aber anders als Manon hatte sie kein Talent, sich etwas vorzumachen. Ihr war klar, dass Ossip Mandelstam in Gefahr war, und mit ihm war es auch Maxim.

Obwohl er mit ihr nicht darüber sprach – er sprach über gar nichts mehr mit ihr, das ihn beschäftigte –, wusste Manon, dass er Ossip Mandelstam tief verehrte, ja ihn geradezu anbetete. In

Gesprächen, die er mit Clara und anderen jungen Leuten führte, kam von ihm ständig: »Ossip Emiljewitsch sagt dies« und »Ossip Emiljewitsch sagt das«. Wie ein Echo. Wenn Menschen für das, was sie schrieben, verhaftet wurden, wenn man Ossip Emiljewitsch deswegen verhaftete – würde man dann nicht auch sein Echo verhaften?

Aber nein, das war doch Unsinn! Manon hörte es immer wieder, an allen Feiertagen der Revolution wurde es im Triumph verkündet: Für das, was jemand schrieb oder sagte, konnte er im faschistischen Italien oder in Nazi-Deutschland verhaftet werden, aber nicht hier, nicht in der Sowjetunion, in der alle Menschen gleich und frei waren.

Malwine, ihre Stiefschwester, war beispielsweise verhaftet worden, als Adolf Hitler in Deutschland gerade erst die Macht ergriffen hatte. Sowenig Manon von alledem verstand, so sicher war sie, dass die ein wenig steife, polterige Malwine mit den komischen Hüten nichts Böses getan hatte. Sie unterrichtete in einer Schule, in der Arbeiter lernen sollten, für ihre Rechte einzutreten, Malwine hatte es Manon erst in diesem Sommer erklärt.

»Natürlich will kein Faschist, dass ein Arbeiter weiß, welcher Anteil an der Welt ihm zusteht«, hatte sie gesagt. »Dazu brauchte es übrigens nicht erst die Faschisten, das will das Kapital grundsätzlich nicht. Die Sozialfaschisten hatten da bereits gründliche Vorarbeit geleistet und den Arbeitern Sand in die Augen gestreut.«

Manon hatte nur Bahnhof verstanden, aber Malwine trotzdem weiterreden lassen, weil es ihr leidtat, dass jeder immer gleich das Weite suchte, wenn Malwine zu einem ihrer Monologe ansetzte. In jedem Fall wollte Malwine für die Menschheit nur das Beste, und sie zu verhaften, war falsch. Sobald Onkel Bodo sie über Beziehungen freibekommen hatte, war sie in die Sowjetunion gereist, wo sie in Sicherheit war. Nach Odessa. Das war im letzten

Sommer gewesen, und nicht nur Manon, sondern so gut wie die ganze Familie hatte erwartet, dass sie in Odessa blieb.

Stattdessen war sie Anfang September mit den anderen zurück nach Berlin gefahren: »Hier geht alles seinen Gang, wie es ihn nach einer sozialistischen Revolution eben gehen muss«, hatte sie zum Abschied zu Manon gesagt. »Wo gehobelt wird, fallen Späne, das ist kein Grund zur Sorge. In Deutschland dagegen wird jetzt jeder Kämpfer gebraucht, der sich nicht scheut, sein Leben zu riskieren. Davor kann ich mich nicht drücken, nur weil mein Herz mich hier halten will.«

Manon wollte nicht, dass Malwine ihr Leben riskierte. Sie war ein bisschen eigenartig, aber sie gehörte zur Familie, war in gewisser Weise ja doch so etwas wie ihre Schwester. Sie war erleichtert gewesen, als Malwine in diesem Sommer wieder mit von der Partie gewesen war. Sie war ständig mit Vladimir Fleißer herumgezogen, was Manon missfallen hatte, aber sie hatte dennoch zugehört, wann immer sich ein Gespräch mit Malwine ergab, auch wenn sie sich dabei langweilte oder wenig verstand. Vor ein paar Tagen auf dem Bahnhof hatte die Stiefschwester sich geradezu herzlich von ihr verabschiedet: »Vladimir hat auch gesagt, ich soll bleiben, aber ein Mensch muss nun einmal im Kampf den Platz ausfüllen, an den er gestellt worden ist, meinst du nicht auch?«

Manon wusste darauf keine Antwort, denn sie war an keinen Platz gestellt worden und focht keinen Kampf aus als den um Maxim.

Zum Glück erwartete Malwine wie meist keine Antwort, sondern sprach lieber selbst. »Hinzu kommt, dass Georgchen mich jetzt einfach braucht«, war sie fortgefahren. »Wie hart es ist, sich gegen einen Nazi-Vater zu behaupten, weiß niemand besser als ich, und Georgchen ist weich, er hat nicht meine Zähigkeit und Stärke. Weißt du, wie alt er ist? Vierzehn. Wenn niemand ihm zur

Seite steht, werden sie diesen armen kleinen Knopf in die Hitlerjugend zwingen, also werde ich für unseren Bruder da sein, einerlei, was es mich kostet.«

Manon wünschte, sie hätte auch für ihren Bruder da sein können, für Malwine, die ihr Leben riskierte, und vor allem für Maxim, von dem alle anderen mehr zu wissen schienen als sie. Welche Gefahren ihm drohten, welche Furcht ihn nachts wach hielt, was er schrieb und wovon er träumte – warum erzählte er es jedem eher als ihr?

Weil sie dumm war. Weil sie keine Gedichte las und von dem Text, den Ullrich Oda in der Zeitschrift zeigte, vermutlich keine Zeile begriffen hätte. Dass er mit ihr zu Musik getanzt hatte, die nur sie beide gehört hatten, dass er mit ihr über das Gartentor ihres verwunschenen Hauses geklettert war und in den Schatten, die die Kronleuchter auf die Stuckdecken warfen, ein verzaubertes Reich entdeckt hatte, zählte nicht mehr.

Das Gespräch zwischen Oda und Ullrich war inzwischen weitergegangen, doch Manon hatte nur noch ein paar Brocken aufgeschnappt.

»Ich weiß, was hier draußen mit den Bauern geschehen ist, es gibt kaum jemanden, der das besser weiß als ich«, sagte Oda jetzt. »Aber ich weiß auch, dass beispielsweise Bucharin dagegen protestiert hat und Stalin ihn trotzdem in Gnaden wieder in den Kreml aufgenommen hat. Und wenn es um Dichter geht – was ist mit Isaak Babel, der hier aus der Moldawanka stammt und mit deinem Liebling Gorki befreundet ist? Soweit ich weiß, hat auch er sich kritisch über die Zwangskollektivierungen geäußert, trotzdem darf er ungehindert reisen, Vorträge halten und mit Sergej Eisenstein an einem neuen Drehbuch arbeiten.«

»Ich wusste nicht, dass du derlei Dinge verfolgst«, gestand Ullrich verblüfft.

»Das tue ich nicht«, verwies ihn Oda. »Aber ich leite ein Hotel, in meinen Räumen geht die halbe Weltgeschichte aus und ein. Was sagst du jetzt zu meinen Beispielen? Sind das nicht Anzeichen dafür, dass sich die Wogen glätten und die Lage sich allmählich normalisiert?«

»Ja, dass man Babel ungeschoren lässt, hat auch mich überrascht, und Bucharins Rückkehr in Amt und Würden gibt zweifellos Hoffnung. Ossip ist mit ihm befreundet, und Maxim hält ebenfalls große Stücke auf ihn. Majakowski hingegen, der einst Stalins Lieblingsdichter und das meistgerittene Ross der Propaganda war, ist tot.«

»Verdammt, Majakowski hat sich umgebracht, Ullrich!«

»Ja«, sagte Ullrich leise, »gut möglich, dass er das getan hat.«

Oda stöhnte und rieb sich die Stirn. »Du weißt, ich bin die Letzte, die ideal findet, was in diesem Staat vorgeht«, sagte sie. »Wenn man auf solche Weise ein Hotel führen würde, wäre man im Handumdrehen bankrott. Aber wir leben nicht mehr unter den Zaren, es wird niemand ins Gefängnis geworfen, weil er seine Meinung sagt. Man muss sie ja nicht unbedingt in alle Welt hinausposaunen. Auch Maxim muss das nicht.«

»Er hat wohl das Gefühl, er müsse es«, sagte Ullrich. »Er fühlt sich nutzlos, Oda. Ein Schmarotzer wie ich mag sich damit halbwegs durchs Leben mogeln, aber Maxim verzweifelt daran.«

»Vielleicht sollte er es, ehe er verzweifelt, mal mit Arbeit versuchen«, kam es spitz von Oda. »Edvard jedenfalls könnte seine Unterstützung bestens gebrauchen, und selbst Hanno leistet mehr als er.«

»Er ist für das Hotelfach nicht gemacht.« Wieder berührte er Odas Schulter, zog seine Hand aber gleich darauf zurück. »Das ist nicht seine Schuld, Oda, und es ist nicht gegen dich gerichtet. Er ist womöglich auch nicht für den sonnigen Gleichmut von Odessa gemacht. Es zieht ihn nach Moskau, wo er hofft, auf seinesgleichen zu treffen, vielleicht sogar an die Universität.«

»Tatsächlich? In der Schule hat er sich nicht eben mit Ruhm bekleckert.«

»Das tun Dichter selten«, sagte Ullrich. »Glaub mir.«

»Du bist kein Dichter«, schnauzte sie ihn an. »Höchstens ein Schriftsteller, der nicht schreibt.«

Wieder trafen sich ihre Blicke. »Im Grunde wie Maxim«, konstatierte Oda. »Jedenfalls habe ich seit der paradiesischen Zeit, als er mir noch goldige Verse zum Geburtstag verfasste, nichts mehr von ihm gelesen, geschweige denn je etwas gedruckt gesehen. Wie kann man ein Schriftsteller sein, wenn man nicht schreibt, Ullrich? Was für ein Unsinn ist das eigentlich?«

»Es ist Unsinn, aber das macht es nicht falsch. Man sucht es sich nicht aus, man kämpft sogar dagegen an, doch das hat selten Erfolg.« Über seine Züge strich ein trauriges Lächeln. »Du, meine Liebe, wärst dein Leben lang eine Hoteldirektorin. Auch wenn es gar kein Hotel mehr gäbe, das du dirigieren könntest.«

Manon sah Oda zusammenzucken. Wenn es das Hotel nicht mehr gäbe, durchfuhr es sie, dann gäbe es auch Oda nicht mehr.

So wie es sie selbst nicht ohne Maxim gab. Nur eine leere Hülle bliebe ohne ihn von ihr übrig, eine, die mit Leichenbittermiene herumstrich und anderen auf die Nerven ging.

Innerhalb eines Augenblicks hatte Oda sich wieder in der Gewalt. »Ullrich«, sagte sie. »Ich weiß nicht, woher du all deine Kenntnisse über Maxim nimmst und warum er mit dir spricht statt mit mir. Aber es ist eben so, und was zählt, ist, dass er wieder er selbst wird. Ich will nicht, dass er mir zerbricht. Wenn du es also für richtig hältst, dass er fortgeht, wenn es das ist, wonach er sich sehnt, dann gebe ich meinen Segen dazu. Und – was wohl nötiger sein wird – auch mein Geld.«

Das Letzte klang bitter, und Manon war nicht entgangen, wie viel Kraft es Oda gekostet hatte, die Worte auszusprechen. Es musste die höchste Form von Liebe sein, den Menschen, den man liebte, ziehen zu lassen, ihn aufzugeben, weil es das Beste für ihn war.

Ich wäre dazu nicht in der Lage, erkannte sie. Ich will Maxim nicht aufgeben, ich will nicht, dass er geht.

Es ist auch nicht das Beste für ihn, begehrte es trotzig in ihr auf. Das Beste war die Zeit, als wir beide in unserem geheimen Haus von der Zukunft träumten. Damals war Maxim ganz er selbst. Er trank nicht und führte keine unflätigen Reden, und er war auch kein Schriftsteller, der nicht schrieb. Im Gegenteil. Er konnte gar nicht aufhören zu schreiben, er beschrieb das Leben, das wir uns gemeinsam erträumten, und die Worte fluteten nur so aus ihm heraus.

»Es wäre gut, wenn du ihm das sagen könntest«, sagte Ullrich zu Oda. »Ich bin sicher, es würde ihm viel bedeuten.«

»Sag du es ihm«, erwiderte Oda. »Sag ihm, er soll sich heute Abend ordentlich die Haare kämmen, die Finger vom Alkohol lassen und zu allen halbwegs nett sein, besonders zu Kasi. Dann kann er von mir aus ab morgen in die Wege leiten, was immer er vorhat. Dass er irgendein sinnloses Studium absolviert, das ihm nie einen Rubel einbringen wird, ist mir lieber, als dass er vor die Hunde geht.«

Sie wandte sich um und ging, wobei ihr Rock im blau-weißen Pepitamuster elegant um ihre Waden schwang.

Das darf nicht sein!, wollte Manon ihr hinterherrufen. Du darfst ihn nicht gehen lassen, er gehört hierher, zu mir!

Oda aber war bereits außer Hörweite, und Ullrich machte sich auf den Weg, um Maxim die ersehnte Nachricht zu überbringen. Manon war auf sich gestellt. Wenn sie ihn heute Abend nicht davon überzeugte, bei ihr zu bleiben, würde er gehen, und die Vorstellung vom Leben ohne ihn erstreckte sich wie eine leere Wüste vor ihr. Das Schlimmste aber war, dass sie nicht die geringste Ahnung hatte, wie sie ihn von seinen Plänen abhalten sollte.

17

MANON

Sie sind sehr schön, Mademoiselle Manon.« Feliks hatte den Kranz aus weißen und rosafarbenen Rispen fertig geflochten und setzte ihn ihr so behutsam aufs Haar, dass sie seine Berührung kaum spürte. »Ich finde Sie am schönsten, wenn Sie Ihr Haar so wie jetzt offen tragen.«

Manon musste lachen. »Du siehst mich doch gar nicht. Wie kannst du das wissen?«

»Ich stelle es mir vor«, sagte er. »Das ist Sehen ohne Augen.«

Sie waren allein. Als Manon gekommen war, hatte sie ein Liebespaar aufgeschreckt, das durch die Gänge des Labyrinths entflohen war, und hatte geglaubt, den Chefkoch Giovanni zu erkennen. Mit welchem Mädchen der feurige Italiener sich hier ein Stelldichein gegönnt hatte, wusste sie nicht, doch sie beneidete beide. Manon beneidete jedes Paar, das im Garten des Fauns seine Liebe feierte, weil sie ihr Leben lang angenommen hatte, dass hier, beim Plätschern des Brunnens, eines Tages sie und Maxim ihr Glück besiegeln würden.

Sie war durch die Hintertür in den Garten gelaufen, um Feliks um Hilfe zu bitten, wie sie es in den letzten zwei Jahren so oft getan hatte, wenn sie Maxims wegen am Boden zerstört war. Natürlich konnte er ihr nicht wirklich helfen, aber es tat ihr gut, neben ihm im Gras zu sitzen und mit ihm zu sprechen. Er war so nett, so sanft, verlangte nicht von ihr, dass sie kluge Dinge von sich gab, sondern war zufrieden, mit ihr zwischen den blühenden Sträuchern umherzustreifen und dem Plätschern des Brunnens zuzuhören. Er flocht ihr Gestecke und Kränze und ließ sie von ihrem

Kummer berichten, ohne sie zu verurteilen. Mit der Zeit, ohne dass Manon es bemerkt hatte, waren sie fast so etwas wie Freunde geworden. Sie hätte ihn gern aufgefordert, sie zu duzen und bei ihrem Vornamen zu nennen, wie sie es bei ihm tat, aber wie konnte sie als Mädchen so etwas zu einem jungen Mann sagen?

Es hätte einfach sein sollen in einem Staat, in dem alle gleich waren, aber seltsamerweise war es alles andere als das.

»Sehen ohne Augen gibt es nicht«, sagte sie zu Feliks. »Und du willst nur nett zu mir sein, weil Maxim es ganz und gar nicht ist.«

»Ich denke, Maxim will auch nett zu Ihnen sein«, sagte Feliks. »So, wie Sie es sich wünschen. Er kann es nur nicht.«

»Und warum nicht? Was ist daran denn schwer?«

»Ich weiß es nicht«, sagte er. »Wenn Sie es herausfinden, lässt es sich vielleicht ändern.«

Über den Garten mit seinen filigranen Blüten flatterten bräunliche Nierenfleckfalter und verrieten, wie weit der Sommer schon vorangeschritten war.

»Ach, Feliks.« Manon sah in sein hellbraunes Gesicht mit den hellbraunen Augen und war wieder einmal traurig darüber, dass er ihren Blick nur scheinbar erwidern konnte. »Du redest so, weil du der netteste Junge auf der Welt bist und dir nicht vorstellen kannst, dass jemand ganz anders ist. Aber Maxim *ist* ganz anders. Kompliziert. Undurchsichtig. Der ganze Kerl ist ein einziges Rätsel. Als wir beide jünger waren, fand ich es so einfach mit ihm, sogar einfacher als mit dir. Wir beide waren wie zwei Instrumente, die perfekt im Takt spielten. Was der eine dachte, sprach der andere aus, und oft sprachen wir gar nichts, sondern saßen nur beieinander, und trotzdem war es, als vertrauten wir einander sämtliche Geheimnisse an. Ich habe das immer geglaubt, weißt du? Dass ich vor Maxim keine Geheimnisse habe, und er hat keine vor mir. In Wahrheit scheint er aber für mich ein Geheimnis zu sein.«

»Das ist kein Wunder«, sagte Feliks.

»Warum?«

»Weil ein Mann – oder auch ein Junge –, wenn er ein schönes Mädchen liebt, ihr Held sein will. Ein Mann – und ein Junge genauso – tut aber nun einmal eine Menge Dinge, die ganz und gar nicht heldenhaft sind. Also hält er sie vor ihr geheim. Was soll er sonst tun? Sich eine Blöße geben, sich von einer schlechten Seite zeigen? Ich glaube, die schönen Mädchen sind nicht besonders gnädig mit den Blößen und schlechten Seiten von Männern, und mit Jungen geben sie sich gar nicht erst ab.«

Manon musste wieder lachen, obwohl ihr noch immer zum Weinen war. »Maxim ist nicht so, Feliks. Er hält all seine guten Seiten vor mir geheim und lässt mich nur die schlechten sehen. Wenn ich nicht wüsste, dass es unmöglich ist, wenn ich ihn nicht jahrelang anders erlebt hätte, müsste ich annehmen, er liebt mich nicht.«

»Davon auszugehen, kann von erheblichem Nutzen sein.« Der tiefe, raue Alt, den Onkel Bodo eine glockenreine Suffstimme nannte, ließ Manon herumfahren. Hinter ihr stand Maria Peters, bereits herausgeputzt für die Gala mit einem wie ein orientalischer Morgenmantel anmutenden Gewand in regenbogenfarbener Seide und dem merkwürdigen Tuff, den sie sich aus ihren rot gefärbten Haaren band. Wer sie nicht kannte, erschrak. Für den Kreis um das Grandhotel bedeutete ihr Anblick jedoch eine unschätzbare Art von Beruhigung. Maria Peters alias Lidija Petrowna war ein bisschen wie der sprudelnde Faun: Solange sie sich in Schale schmiss, um das Tanzbein zu schwingen, würde die Welt nicht untergehen.

Für die *Odessa*-Kinder war sie eine Art Großmutter gewesen, die nach schwarzem Tabak, armenischem Brandy und Salbeibonbons duftete und in den abwegigsten Lebenslagen Rat wusste.

»Eigentlich hatte ich nur jemanden vom Gartenpersonal gesucht«, erklärte sie und wandte ihren Blick Feliks zu. »Die Frau Direktorin lässt anfragen, ob es möglich ist, schnell noch zwei große Buketts in Rot und Gelb für das Siegerpodium zu arrangieren. Die Wimpeldekoration, die unsere jugendlichen Schwimmmeister dafür anfertigen wollten, ist leider misslungen, und wo ja nun der jüngste Sohn des Hauses den Hauptpreis davonträgt, wollen wir uns doch nicht lumpen lassen.« Sie wandte sich wieder Manon zu. »Aber dich hier zu treffen, ist eine zusätzliche Freude. Auch wenn dir wieder einmal nicht so freudig zumute ist, wie ich es dir wünschen würde.«

»Nein, eher nicht.« Manon umschlang ihre Beine und stützte das Kinn auf die Knie. »Ich bin eine Enttäuschung, fürchte ich. Dabei habe ich es so gut, werde verwöhnt, brauche keinen Finger zu rühren und sollte mich eigentlich unentwegt freuen.«

»Das ist Unsinn«, bekundete Maria Peters. »Außerdem sind Leute, die ständig vor Lebensfreude sprühen, unerträglich.«

Feliks stand auf und machte eine knappe Verbeugung. »Ich kümmere mich um die Buketts. Wenn es recht ist, würde ich zu Rosen und gefüllten Schwertlilien raten, die die letzten Tage in voller Blüte stehen. Sie fangen diese noch einmal alles aufbietende Pracht des Abschied nehmenden Sommers ein, und in ihrer Schwere liegt auch ein wenig von der Melancholie.«

»Erstaunlich«, sagte Maria Peters. »Wirklich erstaunlich. Machen Sie nur alles so, wie Sie es für richtig halten, Sie verstehen sich ganz offensichtlich auf Ihr Fach.«

Manon fiel auf, dass sie Feliks siezte, als wäre er Hauptgärtner wie Aghasi. Der Gehilfe verbeugte sich noch einmal und ging rasch und sicher den schmalen Kiesweg hinunter, der auf die dritte Terrasse mit ihrem von Lilien umwucherten Schwanenteich führte.

»Wirklich bemerkenswert.« Maria Peters sah ihm nach. »Der junge Mensch ist doch vollkommen blind, oder nicht?«

»Er sieht Licht«, antwortete Manon. »Ein Hindernis, dem er sich nähert, kann er ausmachen, weil es einen Schatten wirft. Auch dass das Licht wechselt, bemerkt er. Das Abendlicht, wie es jetzt ist, fühlt sich für ihn an wie eine schwere Decke, die im Niedersinken zur Welt sagt: Nun beruhige dich. Morgen ist ja auch noch ein Tag.«

»Sieh mal an«, bemerkte Maria Peters. »Ein Dichter.«

»Oh nein, bitte nicht noch einer«, entfuhr es Manon.

Sie sahen einander an und lachten beide.

»Woran er nun aber die Farben der Blumen erkennt, musst du mir trotzdem erklären«, sagte Maria Peters.

»Er kennt ihre Sorten«, antwortete Manon. »An ihrem Duft, ihrer Form und ihrer Textur macht er sie aus. Ich kann selbst oft nicht fassen, dass er nie einen Fehler macht. Anfangs hat Aghasi ihn herumgeschubst, und die anderen haben ihren Spott mit ihm getrieben, doch inzwischen wagt sich keiner mehr an ihn heran, und Aghasi lässt ihn schalten und walten, wie er will.«

»Ich verstehe«, sagte Maria Peters. »Du kommst ziemlich oft hier herunter, um ihm zuzusehen, habe ich recht?«

»Ja, so ist es wohl«, gab Manon zu. »Ich weiß gar nicht mehr, wie es angefangen hat, aber es ist so tröstlich, ihn bei seiner Arbeit zu erleben. Nein, tröstlich meine ich nicht, denn getröstet fühle ich mich gar nicht. Eher ist es so, als hätte ich hier bei ihm und seinen Blumen eine stille Ecke, in der sich niemand daran stört, dass ich traurig und nicht zu trösten bin.«

»Das hast du hübsch gesagt«, lobte Maria Peters und schob die zerdrückte Zigarette, die sie in ihre Spitze hatte stopfen und anzünden wollen, zurück in die noch hoffnungsloser zerdrückte Schachtel. »Die meisten Menschen, mich eingeschlossen, weigern sich, der Traurigkeit einen Platz einzuräumen, weil sie sich davor fürchten, mit ihr allein zu sein.«

»Sie fürchten sich vor der Traurigkeit?«, fragte Manon verwundert. Die Frau, die den Gräueln der ersten Revolution entronnen war und in den Katakomben Odessas die Wirren des Bürgerkriegs überlebt hatte, war ihr stets wie ein Sinnbild der Unerschrockenheit erschienen.

»Du nicht?«, fragte Maria Peters zurück.

Betrübt lachte Manon auf. »Ich fürchte, sie ist wie eine altvertraute Bekannte für mich.«

Zu ihrer Verblüffung ließ Maria Peters sich in ihrer farbenfrohen Robe zu Boden sinken, kreuzte auf abenteuerliche Weise die Beine und setzte sich zu ihr ins Gras. »Das Leben hat es dir bisher auch nicht gerade leicht gemacht, dich zu einem fröhlichen Springinsfeld zu entwickeln«, sagte sie. »Und der so heiß geliebte Herr Dichter ist ja auch keiner.«

»Nein, wirklich nicht.«

Woher die einstige Fürstin wusste, dass sie Maxim liebte, hatte Manon sich nie gefragt. Sie war das Urgestein des Hotels und wusste es eben, wie sie so manches wusste, das alle anderen für ein Geheimnis hielten.

»Das charismatische Fräulein von Arndt ist abgereist«, konstatierte sie jetzt. »Es hat schon etwas höchst Betrübliches, dass dieses Haus dazu verurteilt scheint, zum zweiten Mal mitzuerleben, wie sich zwei Herzensfreundinnen eines Mannes wegen entzweien. Im Augenblick aber kann die fesche Berlinerin der Grund nicht sein. Womit also hat der Schuft dir diesmal das Herz gebrochen?«

»Er will von hier weggehen!«, brach es aus Manon heraus. »Er will das alles, was uns verbunden hat, hinter sich lassen, es zählt nicht mehr für ihn, und Tante Oda gibt ihm das Geld dafür.« Dass sie noch einmal aufschluchzte wie vorhin, als sie hinunter zu Feliks gerannt war, ließ sich nicht verhindern, aber diesmal gelang es ihr, sich gleich wieder zu beherrschen. »Ich darf ihn nicht gehen lassen, ich muss irgendeinen Weg finden, ihn zurückzuhalten. Es ist gefährlich, sagt Ullrich. Und wenn er wirklich geht, dann ist doch alles vorbei!«

»Zum Thema Gefahr werde ich mich nicht äußern, zum einen, weil zu diesem Thema kein junger Mensch auf einen alten hört, und zum anderen, weil bereits in der Äußerung Gefahr liegen könnte. Aber warum sollte alles vorbei sein, wenn du deinen Dichter jetzt ziehen lässt? Vielleicht ist ja das Gegenteil der Fall? Wenn du dich unbekümmert gibst und ihm über die kalte Schulter eine gute Reise wünschst, könnte ihn das wachrütteln. Und wenn er dann in der Fremde sitzt, in den minus dreißig Grad eines Moskauer Winters und an einem Ofen, für den ihm das Öl fehlt, besinnt er sich vielleicht darauf, wie warm er es bei seiner Manon haben könnte – und wie sehr er sich danach sehnt.«

Manon sah zu, wie Maria Peters sich nun doch noch die Zigarette ansteckte und den Rauch in Kringeln ausblies. »Ich weiß nicht recht.«

»Die kalte Schulter gehört nicht zu deinen stärksten Nummern, was?«

»Ich fürchte nein.«

»Dann tu, was du für richtig hältst«, sagte Maria Peters und klopfte ihr die Hand. »Du siehst herzzerreißend hübsch aus mit deinem Blütenkranz im Haar. Du siehst so aus, wie du bist: ein rundherum schöner, liebenswerter, schuldloser Mensch, der sich vor niemandem zu verstecken oder zu verstellen braucht. Wenn ein Mann dich so nicht will, will er dich gar nicht, und du tust gut daran, ihn abzuschreiben. Du müsstest dich andernfalls dein Leben lang verstellen, oder er würde dich hassen, weil man ihm eine Mogelpackung angedreht hat.«

»Ich tauge dazu auch gar nicht«, sagte Manon. »Als wir Kinder waren, haben Clara und ich immer Geschichten nachgespielt, die sie sich ausgedacht hatte, und Clara hat sich totgelacht, weil ich, egal ob ich eine entlaufene Katze, eine Piratenkapitänin oder eine fliegende Wunderheldin sein sollte, immer nur mich selbst spielen konnte.«

»Ich fürchte, ich bin genauso«, sagte Maria Peters.

»Aber Sie sind nicht so langweilig!«

»Ach, das ist eine Frage der Gewohnheit«, erwiderte die andere gelassen. »Steck du mal den ganzen Tag in meiner uralten Haut, dann denkst du anders darüber. Du tust das Richtige, Manon. Du bist dir selbst treu, und du kommst hierher, um dir bei diesem bemerkenswerten Herrn Botaniker Kraft zu holen, wann immer du sie nötig hast. Das mit dem Trösten gelingt dir sicher irgendwann auch noch. Trösten kann man sich ja immer erst, wenn man bereit ist, sich zuzugestehen, dass man sich trösten *darf.*«

Manon sah Feliks vom Teich mit den Schwänen heraufkommen, als löse er sich aus dem Rot des Abendhimmels. Er hatte beide Arme voll blühender Lilien, und leichter Wind fuhr ihm ins Haar. »Ich fürchte, das habe ich nicht verstanden«, sagte sie.

»Das macht nichts«, erwiderte Maria Peters. »Du verstehst es, wenn es so weit ist. Nur nützt dir das natürlich jetzt nichts, was ich bedaure. Ich hätte dir gerne geholfen.«

»Oh, Sie haben mir geholfen!«, rief Manon. »Sie helfen mir immer.«

»Tatsächlich? Wie denn?«

»Sie sind so guter Dinge«, antwortete Manon. »Und dabei haben Sie Gräuel durchgemacht, die ich mir nicht einmal vorstellen kann. Das macht meine eigenen Sorgen, die mir himmelhoch vorkommen, immer ein bisschen kleiner, und ich denke mir: Vielleicht geht das Leben ja doch weiter.«

»Das tut es allerdings.« Maria Peters sprang auf die Füße wie ein Gummiball. »Es freut mich, dass ich dir also doch ein wenig geholfen habe, und wie ich dich kenne, willst du jetzt sicher auch mir helfen, habe ich recht? Eine wie ich begeht nämlich nie eine gute Tat, ohne eine Gegenleistung im Sinn zu haben.«

»Ich helfe Ihnen natürlich gerne«, sagte Manon. »Nur wüsste ich nicht, was ausgerechnet ich für Sie tun könnte.«

»Oh, keine Sorge. Ich weiß es.« Maria Peters strahlte. »Du könntest bei deiner Tante Oda ein Wort für meinen Jurij einlegen. Für Sebastien war dies endgültig die letzte Saison, und es kränkt Jurij zutiefst, dass die Direktorin in der halben Welt nach einem Nachfolger Ausschau hält, während sie den Kandidaten im eigenen Haus keines Blickes würdigt. Sag ihr einfach, du könntest dir keinen besseren Empfangschef als Jurij vorstellen, und der steife Arm, den er sich schließlich im Einsatz für das Hotel geholt hat, täte seiner Attraktivität keinen Abbruch.«

»Ich kann es versuchen«, sagte Manon. »Aber was das Hotel angeht, fragt Tante Oda doch höchstens Sie nach Ihrer Meinung und sonst keinen Menschen. Ich wüsste nicht, warum sie ausgerechnet auf mich hören sollte.«

»Weißt du das wirklich nicht?« Maria Peters klang ehrlich erstaunt. »Weil du ihr Schwachpunkt bist, meine Liebe, die weiche Stelle, an der bei Jung-Siegfried das Lindenblatt auflag und an der sie zu treffen ist. Wenn es überhaupt jemanden gibt, dem sie ein Anliegen nicht abschlagen kann, dann seid es ihr beide, du und Maxim. Und je länger ich darüber nachdenke, desto mehr fürchte ich, er weiß es ebenso wenig wie du.«

18

VLADIMIR
1935

»Von wem ist der Brief?«

Vladimir hatte seinen Vater nicht kommen hören. Der Vater selbst hatte getönt, Vladimir habe in seinem Zimmer das Recht auf Ruhe, die er für seine Arbeit für den *Komsomol* brauchte, und wer es betreten wollte, habe gefälligst anzuklopfen. Der Rest des Haushalts – seine Frau, die Zugehfrauen und sogar Anselm – hielt sich daran, nur der Vater selbst vergaß es ständig. Auch jetzt polterte er ohne Vorwarnung herein. Hastig ließ Vladimir den Briefbogen unter dem Tisch verschwinden und kam sich wie ein dummer Junge vor.

»Mussolinis Faschisten haben Abessinien den Krieg erklärt«, berichtete er, als wäre das eine Antwort. »Gestern Abend ist die Note übergeben worden, und heute Morgen sind die Armeen bereits einmarschiert. Wenn das kein Beweis für die imperialistische Aggression des Faschistenstaates ist, dann weiß ich auch nicht.«

»Ich habe dich nicht gefragt, was in der Zeitung steht«, unterbrach ihn sein Vater. »Lesen kann ich selbst, und falls du es vergessen haben solltest: Ich sitze dichter an der Quelle als du.«

Vladimirs Nackenmuskeln spannten sich. Er hasste es, wenn sein Vater so mit ihm sprach, und tat alles, um es zu vermeiden. Viel häufiger behielt sich der Vater diesen höhnischen, verächtlichen Tonfall für seine Frau und das Personal vor, während er über den Idioten Anselm hinwegging, als wäre der gar nicht da. Einer ihrer Nachbarn, Meschnikow, ein Stahlbau-Ingenieur, hatte am Gartenzaun gespottet, der Vater herrsche über sein Haus wie ein roter Zar, aber inzwischen war Meschnikow abgeholt worden und kam nicht wieder. Dass man mit dem Vater, wenn er in solcher Laune war, keine Scherze trieb, wussten die Leute, die mit ihm verkehrten, und wer es nicht wusste, dem brachte er es bei.

»Genosse Bogdan weiß es auch«, hatte er Vladimir erklärt.

Außer dem Vater kannte Vladimir keinen Menschen, der von dem Genossen Generalsekretär, dem mächtigsten Mann der Ukraine, als *Genosse Bogdan* sprach.

»Der Genosse Bogdan«, hatte der Vater weitererzählt, »ist natürlich ein verdienter Bolschewik. Ein Mann der ersten Stunde, der mit seinen Leuten in diese Stadt einmarschiert ist und die Besatzer zum Teufel geschickt hat. Das nimmt ihm niemand, dafür sprechen die Auszeichnungen auf seiner Brust, der jüngst verliehene Leninorden allen voran. Aber dem Genossen Bogdan ist ja selbst bewusst, dass er in mehr als nur einem Bereich den Anforderungen nicht gewachsen ist, wie er es in der laschen Handhabung der Kollektivierung erneut bewiesen hat. Solche groß angelegten Projekte überfordern ihn. Ich meine, wir dürfen nicht vergessen, dass sein Vater ein polnischer Wanderarbeiter war, nicht viel mehr als ein Vagabund. Bogdan selbst hatte kaum gelernt, seinen eigenen Namen zu schreiben, ehe er in die Partei eintrat.«

Gleich darauf erklärte der Vater Vladimir, er solle stolz darauf sein, in einem solchen Staat zu leben: »In einem Staat, in dem der ungelernte Sohn eines Wanderarbeiters zum mächtigsten Mann einer Sowjetrepublik aufsteigen kann und in dem wir weder auf Herkunft noch Vermögen schauen, sondern einzig und allein auf die Gesinnung, die in einem Menschen steckt.«

Vladimir war darauf stolz. Er war stolz darauf, es im Komsomol bereits mit vierzehn Jahren zum Führer einer Ortsgruppe gebracht zu haben. Noch stolzer war er, als er mit siebzehn als Regionalgruppenführer ausgesandt worden war, um in einer darbenden Region am Fluss Amur, die einst zum fernen China gehört hatte, eine neue Stadt aus dem Boden zu stampfen. Komsomolsk, das Hunderttausenden Heimat sein würde. Über Vladimirs Schreibtisch hingen die Bilder der ersten Fundamente, der kühnen Stahlkonstruktionen für Brücken und Geleise. Auf eine Stadt, die man mitbegründet hatte, durfte man wohl mit Fug und Recht stolz sein, und Vladimir hoffte, dass der Vater ebenfalls stolz auf ihn war.

Er sollte nicht mit ihm sprechen wie mit seiner Frau und den anderen, nicht mit ihm, seinem erstgeborenen Sohn. »Du bist mein Stammhalter«, hatte er mehr als einmal zu ihm gesagt. »Was immer ich tue, tue ich für dich, vergiss das nicht.«

Vladimir schlug dabei das Herz jetzt mit zwanzig noch immer so wild wie damals, als er nicht über des Vaters Schreibtisch hatte schauen können. Er wollte mit Freuden der Sohn sein, den der Vater sich wünschte, aber das war viel leichter gesagt als getan. Der Vater war streng und machte keinen Hehl daraus, was er von Vladimir erwartete: »Du bist die dritte Generation, du hast Voraussetzungen, wie sie keiner von uns hatte. Deine Pflicht ist es, zu vollenden, was dein Großvater und ich begonnen haben: Dafür zu sorgen, dass die Liebenthals verschwinden und die Fleißers bleiben, weil in Odessa kein Platz für beide ist. Du gehörst in die neue Welt, die wir geschaffen haben, während Oda Liebenthal und ihr Haufen nicht mehr sind als reaktionäre Überbleibsel einer zu Staub zerfallenen Zeit.«

Dass Vladimir eine Stadt gegründet hatte, war nicht genug. Dass er mittlerweile zum jüngsten Bezirksgruppenführer der gesamten Ukrainischen Sowjetrepublik befördert worden war, war auch nicht genug. Nichts, das Vladimir tat, würde je genug sein, ehe er nicht einen Schlussstrich unter die bald hundertjährige

Fehde zwischen den Familien gezogen hatte. Einen siegreichen Schlussstrich. Einen, der den Stern der Liebenthals von Odessas Himmel riss, während er dem der Fleißers zum Aufstieg verhalf.

Mit der Stiefelspitze trommelte sein Vater einen Rhythmus auf das Holz der Dielen. »Ich warte auf eine Antwort, Vladimir.«

»Ich weiß ja.« Fahrig tastete Vladimir auf dem Schreibtisch nach einem Papierstapel. »Ich habe diese Sache mit dem faschistischen Einmarsch in Abessinien erwähnt, weil ich gerade dabei bin, meinen Vortrag vor der Bezirksversammlung fertig zu schreiben. Falls du Zeit hast – würdest du ihn dir durchlesen? Deine Meinung dazu wäre sehr hilfreich für mich.«

»Mich interessiert nicht dein Vortrag vor irgendeinem *Komsomol*-Kaffeekränzchen, sondern der Brief, den du eben höchst ungeschickt vor mir versteckt hast. Solltest du vorhaben, dich um einen Posten beim NKWD zu bewerben, wirst du noch gehörig üben müssen.«

»Ich habe ihn nicht vor dir versteckt. Ich habe nur …« Vladimir brach ab.

»Von wem der ist, will ich wissen.«

»Von dem Genossen Wegemann«, brachte Vladimir rasch heraus. »Von der Komintern.«

»Wer ist der? Warum schreibt der dir Briefe?«

»Ein KP-Genosse aus Berlin«, murmelte Vladimir. »Von der Gestapo gesucht. Ist gerade erst mit einem gefälschten Schweizer Pass herübergekommen und wollte mir einen Überblick über die Situation der in Lagern inhaftierten deutschen Genossen geben.«

»Aha.« Sein Vater verschränkte die Arme vor der Brust. »Und wie ist die, die Situation der in Lagern inhaftierten deutschen Genossen?«

»Übel.« Vladimir starrte auf die Schrunden des Tisches. »Ins Konzentrationslager Sonnenburg beispielsweise sind besonders viele politische Gefangene verschleppt worden. Sie werden dort regelmäßig misshandelt, erhalten nicht ausreichend zu essen und leben unter erbärmlichen hygienischen Bedingungen. Es besteht der berechtigte Verdacht, dass man sie durch Injektionen mit Tuberkulose infiziert.«

»Das Konzentrationslager Sonnenburg ist im letzten Jahr geschlossen worden«, brummte sein Vater. »Wer war denn dermaßen lange unterwegs, dein Genosse mit dem Schweizer Pass oder sein ominöser Brief? Die Gefangenen aus Sonnenburg sind nach Esterwegen verlegt worden.«

»Das meinte ich«, rief Vladimir beflissen. »Das Konzentrationslager Esterwegen, wo auch Carl von Ossietzky einsitzt. Der Genosse Wegemann berichtet, dass Carl von Ossietzky unvergleichlicher Brutalität und täglichen Schikanen ausgesetzt ist. Wenn nichts zu seiner Rettung geschieht, wird er nicht mehr lange am Leben bleiben.«

»Aha«, machte sein Vater noch einmal. »Und seit wann wissen wir das?«

Vladimir setzte zu einer Antwort an, brach aber ab, weil es keine gab. Carl von Ossietzky war verhaftet worden, nachdem Hitler die Macht ergriffen hatte. Sein Fall beschäftigte das Internationale Rote Kreuz, die Meldungen gingen um die Welt. Wie hatte er so dumm sein und auf kein anderes Beispiel sinnen können?

»Gib dir keine Mühe.« Sein Vater vollführte eine wegwerfende Geste. »Dein Schweizer Genosse schreibt dir offenbar nichts als Schnee von gestern. Außerdem ist Carl von Ossietzky kein KP-Mitglied, weshalb wir mit ihm nichts zu schaffen haben. Weißt du, was sie mir damals, noch bei der GPU, eingetrichtert haben? Mit dem Lügen ist es wie mit dem Fallschirmspringen: Wenn du's nicht kannst, lass es bleiben, oder es kostet dich den Hals.«

»Ich lüge nicht.«

»Tatsächlich nicht? Nun, dann willst du mich den Brief des

wackeren Schweizers doch bestimmt gern lesen lassen. Ich bin überzeugt, er gibt eine reizvollere Lektüre ab als einer deiner einschläfernden Vorträge. Zum Thema Abessinien solltest du in deiner Position übrigens wissen, dass wir uns in die Angelegenheiten befreundeter Staaten nicht einmischen. Aber so geht es eben zu, wenn Vetternwirtschaft betrieben und ein grüner Bengel ohne Verdienste nur deshalb befördert wird, weil sein Vater ein hohes Tier im Parteivorstand ist.«

Der Hieb tat weh. Mehr als die Schläge mit dem Gürtel, die sein Vater ihm bis zu seinem achtzehnten Geburtstag verabreicht hatte, um dann lachend und Wodka trinkend zu verkünden, sein Sohn sei jetzt ein Mann und ein vollwertiger Genosse, er brauche keine Schläge mehr, sondern ein schärferes Rasiermesser.

Vladimir war stolz gewesen, stolzer als an dem Tag, an dem er seinen Spaten ins Uferland des Amur gesenkt hatte, um eine neue Stadt zu errichten.

»Na, wird's bald? Wo steckt denn nun der Brief? Traust du dich etwa nicht, ihn mir zu zeigen?«

Vladimirs Hand steckte in dem Fach unter dem Schreibtisch fest wie ein toter, nicht beweglicher Gegenstand.

»Weißt du, dass ich mich in letzter Zeit immer häufiger frage, ob nicht eine feige, hinterhältige Natur in dir steckt?«, fragte der Alte. »Eine, die zu einer verlogenen Hure passt, aber nicht zu einem Funktionär unserer Partei. Vielleicht hatten ja doch all die recht, die mich einen Narren geschimpft haben, weil ich mir dich in den Pelz gesetzt habe, ohne mich darum zu scheren, wer deine Mutter war.«

Vladimir stockte der Atem, und die steife Hand ballte sich um das Stück Papier. Warum tat er das, warum ließ er sich derart verletzen, um einer Person willen, die ihn nichts anging? Er sah gut aus, er war ein hoher Funktionär des Komsomol, ihm liefen die Mädchen in Scharen hinterher. Warum er noch nie eine von ihnen zur Freundin gehabt hatte, obwohl es ihn danach verlangte, verstand er nicht.

Vor seinen Kameraden gab er sich forsch, ja geradezu unverschämt mit Mädchen wie Clara Arndt, an die sich sonst niemand heranwagte. »Ich habe keine Zeit«, sagte er, wenn sie ihn fragten, warum man ihn dennoch nie mit einer beim Tanz oder im Kino sah. »Mir ist der Aufbau der sozialistischen Gesellschaft wichtiger.«

In Wahrheit flößten all diese Mädchen ihm Angst ein. Von ihrer Art zu tuscheln, zu kichern, ihn mit Blicken zu verfolgen, fühlte er sich verhöhnt, und was sie von ihm erwarteten, wusste er nicht.

Er würde versagen, wie er vor seinem Vater versagte. Sie würden erkennen, dass ihm die Stellung, die er innehatte, nicht gebührte, dass er nicht seinem Vater, dem stellvertretenden Generalsekretär, sondern seiner Mutter nachschlug, von der keiner aussprechen durfte, was sie gewesen war.

»Merkst du eigentlich noch, dass ich mit dir rede?«, fuhr der Vater ihn an. »Den Brief will ich sehen. Was glaubst du eigentlich, wie viel Zeit ich zu vergeuden habe?«

Vladimir versuchte, das in seiner Hand halb zerknüllte Papier aus dem Fach des Schreibtischs zu ziehen. Er würde es dem Vater geben und aufatmen. Der Vater würde wütend sein, weil Vladimir sein Verbot zum wiederholten Mal missachtet hatte, er würde ihm noch ein paar verbale Schläge versetzen, aber damit wäre die Angelegenheit erledigt. Es war der richtige Weg. Die Person ging ihn nichts an, die Person gehörte auf die feindliche Seite, und selbst wenn es anders gewesen wäre, hätte er der Person ja nicht helfen können.

Die Person war nicht einmal mehr ein Mädchen, sie war nicht einmal hübsch, und seine Freunde hätten ihn für verrückt erklärt.

»Nein«, hörte er sich sagen.

»Was soll das heißen: nein?«

»Der Brief ist an mich privat gerichtet. Er geht dich nichts an.«

Mit drei wuchtigen Schritten stob der Vater auf ihn zu und hob die Hand. Vladimir duckte sich instinktiv, wie er es jahrelang getan hatte, doch im selben Augenblick fiel ihm auf, dass der Vater kleiner war als er. Hatte er das wirklich vorher nie bemerkt? Der Vater war ein kleiner Mann, dessen Körper etwas Weichliches an sich hatte, er hatte gegen seinen hochgewachsenen, von ständiger Leibesertüchtigung gestählten Sohn keine Chance. Wenn er ihn ohrfeigte, hätte Vladimir zurückschlagen können, aber das war undenkbar. Den Brief hingegen hielt er fest in seiner Faust.

Der Vater ließ die Hand sinken. »Spiel mit mir keine Spiele, Vladimir«, sagte er. »Das Dümmste, was du tun kannst, ist, deinen Gegner zu unterschätzen oder dich in dem zu verrechnen, was er zu tun bereit ist. Ich habe dich aus dem Elend geholt, aus dem Dreck, durch den du knietief gewatet bist, weil du mein Fleisch und Blut bist. Ich habe meine Frau, die aus einer der feinen schwarzmeerdeutschen Familien stammt, in ihrer Ehre gekränkt, indem ich sie zwang, meinen Bastard unter ihrem Dach aufzunehmen, und ich habe dir die beste Erziehung angedeihen lassen, die dieses Land zu bieten hat. Ich habe Unannehmlichkeiten auf mich genommen, weil ich immer geglaubt habe, du bist es wert. Wenn ich das nicht mehr glaube – was, meinst du, bindet mich dann noch an dich? Ich bin nicht einmal verpflichtet, dir weiterhin die Verwendung meines Namens zu gestatten, geschweige denn, dir Obdach zu gewähren oder mich in der Partei für dich zu verwenden.«

Und wenn es Vladimir Anselmowitsch Fleißer nicht mehr gibt – gibt es dann noch mich?, hämmerte es in Vladimirs Schädel. Wenn ich meine Stellung beim Komsomol nicht mehr habe – was habe ich dann überhaupt? Sein Vater drehte sich um, um das

Zimmer zu verlassen. Vladimir hätte aufspringen und ihm hinterherlaufen, ihn am Arm packen und anbetteln wollen: Bitte nenn mich noch einmal deinen Sohn!

Ich habe eine Stadt gegründet für dich, eine gottverdammte, fast chinesische Stadt! Sie haben sie nach uns, ihren Erbauern, Komsomolsk genannt, aber ich hätte sie Fleißergrad nennen wollen, nach dir, nach dir, nach dir!

In der Tür blieb der Vater noch einmal stehen. »Überleg dir gut, ob es das wert ist«, sagte er. »Ich weiß nicht genau, was dich zu einer von den Liebenthal-Weibern hinzieht, und zum Teufel, ich will es auch nicht wissen. Nur sollst du dir darüber im Klaren sein, dass es kein Zurück gibt. Die Freunde meiner Feinde sind meine Feinde. Stalin hat einmal gesagt, er würde, wenn nötig, seinen eigenen Sohn ans Messer liefern, und ich stehe ihm darin nicht nach.«

Steh auf und gib ihm den Brief, beschwor sich Vladimir. Sag ihm, dass das Mädchen dir eben leidtut, dass du ihr helfen willst, dass dich sonst nichts an ihr schert.

Er würde mit seinem Vater Frieden schließen, und morgen würde er die Genossin Lubin, die hübsche Tatjana, fragen, ob er sie ins Kino einladen durfte. In den Film *Lustige Burschen* zog Odessas Jugend derzeit lachend und *Semechki* kauend in Scharen. Es sollte ein flacher Klamauk à la Hollywood sein, der Vladimir nicht interessierte, doch das würde keine Rolle spielen, wenn Tatjana mit den vollen Brüsten und den langen Beinen neben ihm saß.

»Der Brief?«, fragte sein Vater noch einmal.

»Nein«, sagte Vladimir und starrte an die Wand, auf die Bilder von der Gründung der Stadt Komsomolsk.

Sein Vater ging und knallte die Tür zu, dass das Mobiliar im Raum bebte. Vladimir blieb sitzen und hörte seinem eigenen Atem zu. Als dieser sich ein wenig beruhigt hatte, stand er auf und verließ das Haus.

19

VLADIMIR

Seine Beine hörten nicht auf zu zittern. Dessen ungeachtet ging Vladimir über den Hof zum Schuppen, um sein Fahrrad zu holen. Zwischen den Rädern hockte Anselm und kritzelte mit einem Zweig in den Staub. Als er Vladimir kommen sah, sprang er auf wie von der Tarantel gestochen und strahlte.

»Ich bin hier.«

Vladimir hatte diesen Burschen gehasst, solange er denken konnte. Er hatte sich geschämt, weil die Leute einen Idioten für seinen Bruder hielten, er hatte all die Wut, die ständig in ihm tobte, an ihm ausgelassen, doch vor allem hatte er ihn gehasst, weil er – der Idiot – die richtige Mutter hatte und er selbst die falsche. Einen Idioten konnte man nicht lieben, man musste ihn verstecken und das Schicksal verfluchen, weil man mit einem solchen Kind gestraft war. Und doch hatte Vladimir die Mutter beobachtet, wie sie, wenn der Vater nicht da war, den Idioten in ihre Arme schloss, sich mit ihm im Kreis drehte und lachte, als wäre an ihrer beider Leben irgendetwas schön.

»Ich bin hier.«

»Ich auch«, sagte Vladimir mit einer ihm fremden Stimme, zog sein Fahrrad aus dem Schuppen und schwang sich hinauf. Er drehte sich nicht um, doch er zweifelte nicht daran, dass Anselm ihm bis ans Hoftor hinterherhoppelte, dort strahlend stehen blieb und winkte. Bis in den Stadtkern von Odessa hatte er eine knappe halbe Stunde in die Pedale zu treten, sah nicht nach links und rechts und gab sich alle Mühe, an nichts zu denken.

Letzteres gelang ihm nicht. Er dachte an sie, an die strohblonde, pummelige Lehrerin, die ihm von den Kindern der Arbeitslosen erzählt hatte, von den Elendsquartieren mit den feuchten Wänden, in denen kleine Jungen stehlen lernten, ehe sie ihren Namen kannten, und im Gefängnis landeten, ehe sie wussten, wie man bis zehn zählte. Sie, die verrückte Lehrerin mit den am Kopf festgesteckten Zöpfen, hatte diese Kinder auf den Straßen eingesammelt und ihnen in der Wärmehalle Tee gekauft, hatte versucht, ihnen Lesen und Rechnen beizubringen, und mit ihnen die *Internationale* gesungen.

Singen konnte sie nicht. Aber das hielt sie nicht ab.

»Für all das hat mich niemand bezahlt, auch nicht die Partei, und nicht einmal die Räume in der Zentrale habe ich benutzen dürfen. Aber ist das nicht das Wichtigste, dass wir an der Basis anfangen und diesen kleinen Menschen, die ohne Chance in die Welt gestoßen worden sind, eine geben?«

Er hatte ihr etliche Male versichert, dass er Deutsch verstand, aber sie hatte darauf bestanden, mit ihm Russisch zu sprechen, das komische Russisch, das sie offenbar in Schulungen der KPD gelernt hatte und das bei all ihrem Eifer so gut wie unverständlich war. Er hatte lachen müssen. Das passierte ihm sonst nie.

»Lach mich ruhig aus«, hatte sie gesagt. »Das tun alle, auch meine Verwandten und die Genossen. Ich bin die komische Trude für sie, die besser Missionarin oder Pfadfinderin geworden wäre, aber ich lasse sie lachen und fahre fort, zu tun, was ich für richtig halte.«

Durch den beginnenden Regen fuhr Vladimir weiter. Vielleicht war es das, was ihm an ihr imponiert hatte: dass sie tat, was sie für richtig hielt, ohne darauf zu achten, was irgendwer von ihr dachte. Als Hitlers Nazis die Macht ergriffen hatten, hatte sie auch auf die nicht geachtet, sondern umso entschlossener weiter ihren Kampf geführt. Als sie nach ihrer Verhaftung und der mühsam erkämpften Entlassung nach Odessa gekommen war, hatte Vladimir sie kaum wiedererkannt. Sie war abgemagert und um Jahre gealtert, ihr Haar raspelkurz geschoren, die Kopfhaut abgeschürft. Er hatte es gewagt. Es war einfach aus ihm herausgesprudelt: »Ich will nicht, dass du zurückgehst. Bleib hier.«

Was sie daraufhin getan hatte, hatte sie wohl beide gleichermaßen überrumpelt. Danach war sie in den Waggon eingestiegen und ohne ein Wort davongefahren, ernst und unerschrocken ihrem Schicksal entgegen.

Vladimir bog auf den Platz mit dem Richelieu-Denkmal ein, der in der berühmten Treppe mündete. Nach Eisensteins Film um den heldenhaften Panzerkreuzer nannten die Leute sie jetzt Potemkinsche Treppe. Zu jeder Jahreszeit, selbst an einem verregneten Herbsttag wie heute, sah man hier Touristen, die ihre Reiseführer studierten oder sich gegenseitig vor der Treppe knipsten, lächelnd, mit ausgebreiteten Armen, als gehöre ihnen die Welt.

Vielleicht gehörte sie einem, wenn man reiste. Vladimir war nie zum Vergnügen gereist. Er konnte sich nicht vorstellen, dass Menschen in Hotels wie dem *Odessa,* das schneeweiß zu seiner Linken aufragte, übernachteten, in fremden Betten schliefen, die fremde Leute bezogen hatten, und den ganzen Tag nichts taten, als sich zu amüsieren. Die Balkons mit ihren Marmorbrüstungen, die aufs Meer hinausgingen, waren auch jetzt noch mit leuchtend roten Geranien geschmückt. Als kleiner Junge war es ihm vorgekommen, als beginne hinter dem Portal des Hotels, wo die blau-weißen Limousinen parkten, eine fremde, nicht wirkliche Welt.

Es kam ihm noch immer so vor.

Und sein Vater hatte recht: Das Hotel mit all seinem Drum und Dran war ein Überbleibsel aus einer zu Staub zerfallenen Zeit.

Der Mann, der davorstand, war ein Greis, der so alt aussah, als hielte ihn lediglich seine elegante Livree noch zusammen. Er hatte schon immer hier gestanden und war offenbar unsterblich. Vladimir lehnte sein Fahrrad an einen Laternenpfahl und wollte an dem Portier vorbeilaufen, doch der Mann hielt ihn auf. »Ich bedaure. Der Zutritt zum *Grandhotel Odessa* ist Ihnen nicht gestattet.«

Das war Vladimir nicht neu. Der livrierte Greis sagte es ihm nicht zum ersten Mal, auch wenn er damals, als Vladimir mit sieben, acht oder zehn Jahren versucht hatte, sich Einlass zu verschaffen, noch nicht ganz so greisenhaft gewesen war wie jetzt.

»Ich komme mit einer Nachricht für die Familie«, sagte er. »Es ist dringend. Ich muss Edvard Liebenthal sprechen.«

Wenigstens nicht dessen Mutter, durchfuhr es ihn. Sein Vater hatte ihm sein Leben lang eingetrichtert, dass kein Fleißer Grund hatte, sich von einem Liebenthal einschüchtern zu lassen, aber die Vorstellung, ausgerechnet Oda sein Anliegen vorzutragen, erfüllte ihn dennoch mit Unbehagen. Erst jetzt wurde ihm bewusst, dass er nicht die geringste Ahnung hatte, was er eigentlich wollte. Nur dass er etwas tun musste, dass er nicht tatenlos bleiben konnte, wusste er.

»Ich bedaure«, sagte der Greis noch einmal. »Ich muss Sie bitten zu gehen. Die Familie Liebenthal wünscht nicht, mit Ihnen zu sprechen.«

»Ich habe Ihnen doch gesagt, es ist dringend.« Er versuchte, sich an dem Greis vorbeizudrängen, doch der reagierte erstaunlich geistesgegenwärtig und machte jeden Schritt mit, den Vladimir zur Seite setzte. Er war trotz seines Alters und der Gebrechlichkeit noch immer groß und raumgreifend, wie geschaffen, um jemandem den Weg zu versperren. Vladimir hätte ihn über den Haufen rennen müssen, um in das Gebäude zu gelangen.

»Nehmen Sie doch Vernunft an, ich bitte Sie. Es geht um eine Verwandte, Herr Liebenthal wird meine Nachricht hören wollen.

Man wird Sie verantwortlich machen, wenn ich sie nicht überbringen kann.«

»Dafür bezahlt man mich«, erwiderte der Greis. »Dafür, dass ich verantwortlich bin und in dieses Haus nur hineinlasse, wer hineingehört.«

Ein Taxi bremste geradewegs vor dem Portal und ließ eine Woge Regenwasser aufspritzen. Mit einer schnellen Bewegung trat der Greis vor, öffnete einen Schirm und hielt ihn über das elegant gekleidete Paar, das dem Wagen entstieg, bis beide das schützende Vordach erreicht hatten. Vladimir versuchte, seine Chance zu nutzen und an ihm vorbei ins Hotel zu schlüpfen, doch im nächsten Augenblick fühlte er sich am Ärmel gepackt und zurückgezerrt.

»Ich bitte Sie, das zu unterlassen«, sagte der Greis. »Meine Pagen sind bereits aufmerksam geworden, und wenn Sie meiner Anordnung jetzt nicht freiwillig Folge leisten, sehe ich mich gezwungen, Sie entfernen zu lassen. Vermeiden wir bitte einen solchen Tumult, nicht nur im Interesse unserer Gäste. Es wäre unter Ihrer Würde, genauso wie unter meiner.«

»Jetzt nehmen Sie doch Vernunft an!«, rief Vladimir in wachsender Verzweiflung. »Ich habe keine Zeit, mit Ihnen zu debattieren, ich muss so schnell wie möglich Edvard Liebenthal sprechen.«

»Wenn Sie Ihr Anliegen schriftlich abfassen, bin ich bereit, das Billett Herrn Liebenthal zu übergeben«, sagte der Greis ein wenig milder.

Das Billett.

So hatten die privilegierten Klassen einer fernen Vorvergangenheit gesprochen, als Herren in Samtanzügen Bediensteten ihre Karten überreichten, um der Tochter des Hauses ihre Aufwartung zu machen. Überholte Gesten einer zum Aussterben verurteilten Klasse. Dieses ganze Hotel war ein Schandfleck. Es gehörte hier weg.

Vladimir sagte nichts mehr, sondern sprang zur Seite, doch

nicht minder schnell folgte der Greis. Er wollte zur anderen Seite springen, da ließ eine Stimme ihn innehalten.

»Lassen Sie nur, Milstein. Ich komme zurecht. Du willst zu mir, Vladimir?«

Edvard Liebenthal.

Erleichtert drehte Vladimir sich um und fand sich dem Sohn des Hauses gegenüber, der weder Jacke noch Mantel, sondern lediglich einen schmal geschnittenen Anzug mit dem Emblem des Hotels trug. Seine Haare trieften. Er war offenbar zu Fuß eingetroffen und musste bis auf die Haut durchnässt sein. Vladimir war mit ihm zur Schule gegangen, in eine Klasse mit seinem Bruder Hanno, der den gesamten Unterricht als einen einzigen großen Witz betrachtet hatte. Kein Wunder, wenn man einer märchenhaft vermögenden Hoteldynastie entstammte und in einer Art Palast zur Welt gekommen war. Aber die Tage der Paläste waren vorüber, und wenn sein Vater den schwächlichen Bogdan als Generalsekretär ablöste, würde er den Liebenthals die Führung des Hotels aus der Hand nehmen.

Mit Edvard dagegen hatte Vladimir nie viel zu tun gehabt. Er war der Ruhige der Liebenthal-Brüder, das unbeschriebene Blatt, über den niemand etwas Besonderes zu sagen hatte. Wie merkwürdig, dass er sich jetzt ihm gegenüberfand. Was sollte ausgerechnet Edvard, der farblose Buchhalter, in seiner Sache schon unternehmen?

»Ich habe eine Nachricht von einer deiner Verwandten«, sagte Vladimir. »Können wir irgendwohin gehen, wo wir ungestört sind?«

»Natürlich.« Edvard berührte den Greis am Arm. »Vielen Dank, Milstein. Ruhen Sie sich aus, tun Sie mir den Gefallen. Hier ist ja heute Abend nichts mehr los.«

Zu Vladimir sagte er nichts als: »Komm mit«, und ging ihm voran um den weißen Gebäudekomplex herum.

Es gab eine Möglichkeit, von hinten, über eine Seitenstraße, durch eine Tür in einer unscheinbaren Gartenmauer, auf das Gelände des Hotels zu gelangen. Edvard schloss die Tür auf und führte Vladimir durch den dichter werdenden Regen über zwei Höfe. Dahinter lag der weitläufige Küchengarten in völligem Dunkel, während die terrassenförmig angelegten Gärten für die Hotelgäste von schmiedeeisernen Laternen angestrahlt waren. Wie aus dem Boden gewachsen tauchte zwischen den Beeten eine Art Schuppen auf, dessen Tür Edvard mit einem Schlüssel öffnete.

Wer schloss auf seinem eigenen, ummauerten und bewachten Gelände einen Schuppen ab?

»Da wären wir.« Er betätigte einen Lichtschalter, und eine schirmlose, an der Decke befestigte Birne beleuchtete einen Raum, der größer war, als Vladimir angenommen hatte.

Ein Laut der Überraschung entfuhr ihm. Statt Gerümpel und Gartengeräten, die er hier vermutet hatte, fanden sich an die Wand gelehnte Feldbetten, zusammengeklappte Stühle und eine Wäschetruhe. Es gab einen altmodischen Waschtisch mit Kanne und Schüssel, und der ganze Raum war blitzsauber.

»Kein Grund zur Verwunderung«, sagte Edvard. »Wir nutzen diese Hütte zur Unterbringung von zusätzlichem Personal, wenn wir welches brauchen. Jetzt, außerhalb der Saison, brauchen wir keines. Warum setzt du dich nicht?«

Er klappte zwei Stühle auf und stellte sie mit einigem Abstand einander gegenüber. »Du sagst, du hast Nachricht von einer Verwandten? Aus Berlin, nehme ich an.«

Vladimir nickte und setzte sich.

»Wir sind mit der Familie von Arndt nicht wirklich verwandt«, sprach Edvard wie in Gedanken vor sich hin. »Im Gegensatz zu uns beiden. Mein Großvater und deiner waren, soweit ich weiß, Vettern ersten Grades.«

»Redest du deshalb mit mir?«, fragte Vladimir.

»Nein. Es fiel mir nur auf«, antwortete Edvard. »Ich rede mit dir so wenig wie mit irgendwem, wenn ich es vermeiden kann. Mir ist das ewige Gerede von Menschen zuwider, selbst das Geklapper von Mühlenrädern hat mehr Substanz. Ich wollte nur den armen Milstein sich nicht länger winden lassen. Er betrachtet sich als unser Burgwächter und würde diese Familie mit seinem Leben beschützen. Ich will nicht, dass er es irgendwann tun muss. Er ist fünfundsiebzig Jahre alt.«

»Warum stellt ihr keinen Jüngeren ein?«

»Weil er hierhergehört«, beschied Edvard ihn kurz und bündig. »Du hast zu ihm gesagt, du hast eine dringende Nachricht für mich. Wenn das nicht der Fall ist, betrachte ich diese Unterredung als beendet.«

Er schickte sich an, aufzustehen, da zog Vladimir den zu einer Kugel zusammengeknüllten Brief aus der Hosentasche. »Ich habe dies hier von einem Komintern-Genossen bekommen, der aus Nazi-Deutschland geflüchtet ist. Er ist vor ein paar Tagen hier angekommen. Moritz Wegemann. Ein verlässlicher Mann.«

Edvard Liebenthals Miene blieb unbewegt. Er war nur ein paar Jahre älter als Vladimir, dem es jedoch plötzlich vorkam, als liege eine ganze Generation zwischen ihnen.

»Es geht um Malwine von dem Knesebeck«, stieß er hervor und blickte zur Seite.

»Ich höre«, sagte Edvard nach ein paar Momenten des Schweigens.

»Malwine lebt im Untergrund, sie wird von der Gestapo gesucht. Es geht ihr elend. Moritz Wegemann ist der Ansicht, dass ihr im Fall einer Festnahme ein Todesurteil droht und dass der Zugriff unmittelbar bevorsteht. Er schreibt auch …«

»Was schreibt er auch?«

»Dass Malwine mich um Hilfe bittet. Und dass ich mich an

dich wenden soll, dass du unter gewissen Umständen in der Lage wärst, zu helfen.«

»Und warum wendet Herr Wegemann, der mir übrigens unbekannt ist, sich nicht selbst an mich, wenn er der Meinung ist, ich könnte behilflich sein?«, fragte Edvard mit ausdrucksloser Stimme. »Damit wir uns nicht falsch verstehen: Wir sprechen von einer geplanten illegalen Einreise von Emigranten in die Sowjetunion, sehe ich das richtig?«

Von seinem Ton wurde Vladimir kalt. Wie mit einem Keulenschlag wurde ihm klar, worauf er sich eingelassen hatte: Wenn Wegemanns Information falsch war, hatte er gerade einem Feind – einem Liebenthal – eröffnet, dass er vorhatte, eine Straftat zu begehen. Edvard würde keinen Augenblick zögern, ihn zu melden, und auch wenn sein Vater ihn vermutlich heraushauen konnte, wäre es mit der erträumten Parteilaufbahn vorbei.

Und sein Vater würde ihn ja gar nicht heraushauen! Er hatte ihm klar und deutlich zu verstehen gegeben, dass sein Feind war, wer sich mit seinen Feinden einließ, dass Stalin einen Sohn opfern würde und dass er ohne Wimpernzucken das Gleiche täte.

Umso mehr, wenn es nur um einen Sohn von der falschen Mutter ging.

»Soweit mir bekannt ist, müssen sämtliche Flüchtlinge auf einer von der Komintern geführten Liste registriert sein«, fuhr Edvard eisig fort. »Soweit mir weiterhin bekannt ist, müssen sie von ihren Heimatorganisationen entsandt werden und zusätzlich Bürgen benennen, um zu uns einreisen zu dürfen. Ich nehme nicht an, dass das bei Malwine der Fall ist, da sich die KPD ihrer aufgrund von Sicherheitsbedenken entledigt hat. Und soweit mir überdies bekannt ist, besteht ein Bestreben, aufgrund des Spionagerisikos und der Versorgungsengpässe die Zahl der Emigranten in die Sowjetunion drastisch zu senken, was auch der Komintern mitgeteilt worden ist. Das alles ist dir ebenfalls nicht neu, oder etwa doch?«

Vladimir spürte den kalten Schweiß, der ihm im Nacken ausbrach und über den Rücken rann. Wegemann musste einem Irrtum aufgesessen sein oder spielte selbst ein doppeltes Spiel, und er war in die Falle gegangen. Was für ein Entrinnen konnte es jetzt noch geben? Dass er ein katastrophaler Lügner war, hatte sein Vater ihm eben erst vor Augen gehalten.

»Ich weiß nicht, was du damit sagen willst«, stammelte er in einem lächerlichen Versuch, sich arglos zu geben. »Mir tat diese Cousine von dir oder was sie immer ist, einfach leid, mehr ist an der Sache nicht dran.«

Er stand auf, fühlte sich auf seinen Beinen nicht sicher. »Wenn dir nichts an ihr liegt, mache ich mich eben wieder auf den Weg. Ich habe nur helfen wollen. Betrachten wir die Angelegenheit als erledigt.«

»Augenblick.«

Edvards Stimme ließ ihn erstarren, und sein Blick traf ihn wie die Peilung eines Zielfernrohrs. Seine Augen waren schmal und dunkel, hellwach und so scharf, als entginge ihnen nichts. »Du möchtest wissen, was ich damit sagen will?«, fragte er und ließ die Finger auf der Armlehne spielen. Er hatte unglaublich elegante Hände, was Vladimir an dem unscheinbaren Mann nie zuvor aufgefallen war.

Vladimir zwang sich, mit Nachdruck zu nicken, sich Statur zu geben. »Ja, das möchte ich wissen. Deshalb frage ich.«

»Ich will gar nichts sagen«, erwiderte Edvard. »Ich versuche herauszufinden, ob das hier eine Falle ist und ob ich dir, indem ich diese Überlegung laut ausspreche, schon hineingetappt bin.«

20

CLARA
1936

Das ist doch wohl nicht dein Ernst!«

Clara packte die Mappe mit dem Hochglanzbild eines lorbeerbekränzten, muskelbepackten Athleten, die ihr Vater ihr gegeben hatte, mit beiden Händen und schleuderte sie auf den Tisch.

Den hatte der Vater gerade gedeckt, wie er es immer tat, wenn sie beide abends zu Hause waren. Er hatte das schöne Porzellan mit dem Pfauenmuster genommen, von dem nur noch zwei reichlich angeschlagene Gedecke übrig waren, hatte ihre hochstieligen Weingläser dazugestellt und einen Elsässer Riesling geöffnet. So war es in ihrer Familie immer gehalten worden: Andere Leute holten das gute Geschirr heraus, wenn Gäste kamen, doch die Gäste im Hause Schneider-Arndt waren stürmisch, wild und zahlreich, die waren mit Wassergläsern und Stullenbrettchen besser bedient.

»Aber wenn ich mit meinen beiden Traumfrauen allein bin, wird ordentlich aufgefahren«, hatte ihr Vater verkündet, hatte die blauen Pfauenteller aufgedeckt, die Kerzen im Messingleuchter angezündet und Clara in ihr Weinglas Kirschsaft eingeschenkt. Wann immer sie sich zu dritt zum Essen gesetzt hatten, hatten sie wie im Schlaraffenland getafelt. Weder ihr Vater noch ihre Mutter hatten über nennenswerte Kochkünste verfügt, von der Zeit dafür ganz zu schweigen, aber ihr Vater hatte selbst ein Käsebrot wie ein Gourmetmenü zelebriert und ein Fest daraus gemacht.

Seit ihre Mutter tot war, hatte er sich sogar noch mehr ins Zeug gelegt, um das Besondere dieser gemeinsamen Abendessen zu erhalten, und inzwischen hatten seine Fähigkeiten in der Küche ein erstaunliches Niveau erreicht. Die Zwiebelsuppe, die er in der Pfauenschüssel angerichtet hatte, schimmerte wie kastanienbraune Seide, und die goldgelbe Käsekruste, die darauf schwamm, verströmte einen Duft wie zur französischen Nacht im *Grandhotel Odessa*.

Clara liebte ihn dafür. Sie liebte ihn für seine Versuche, mit ihr allein noch immer eine Familie zu sein, sie, wenn sie aus der Hölle der Universität kam, in einem Asyl aus Geborgenheit zu empfangen und die Tür hinter ihr zu verschließen. Weil sie ihn so sehr liebte und weil sie seine Liebe zu ihr so sehr liebte, zwang sie sich, über vieles hinwegzugehen, das seit Langem wie ein eiterndes Geschwür in ihr rumorte, aber heute war er zu weit gegangen. Sie würde keine Zwiebelsuppe mit ihm essen, sie würde keinen Wein mit ihm trinken, und sie würde ganz bestimmt nicht das widerliche Geschenk annehmen, mit dem er ihr angeblich eine Freude hatte machen wollen.

Sie wollte Antworten. Sonst nichts.

»Sag mir, dass das der schlechteste Scherz ist, den du dir je geleistet hast. Dass du nicht von allen guten Geistern verlassen bist.«

»Jetzt sei kein Frosch, Clara«, sagte er, setzte sich auf seinen Platz und legte die Hand um die Weinflasche, als wolle er wie üblich deren Temperatur prüfen. »Für eine einzige Eintrittskarte zur Eröffnungsfeier würde halb Berlin dir die Füße küssen, und ich beschere dir ein ganzes Kontingent. Und damit nicht genug: Ich habe leise, still und heimlich dafür gesorgt, dass nicht nur dein Liebster aus Odessa, sondern mit ihm deine Herzensfreundin und der ganze Kladderadatsch, der schon viel zu lange nicht mehr hier war, zu dem Ereignis anreist. Ist das wirklich nicht das kleinste bisschen Freude wert?«

»Nein«, sagte Clara. »Und für meine Karte kannst du dir gern die Füße küssen lassen, denn ich gehe da nicht hin.«

Sie ekelte sich so sehr, dass sie sich schütteln musste. Wie konnte er glauben, sie werde sich in den größenwahnsinnigen Stadienbau der Nazis setzen, um mit ihnen ihre verlogenen Olympischen Spiele zu feiern?

All die Schilder mit der Aufschrift *Juden unerwünscht,* die an Parkbänken, vor Schwimmbädern, in Wartehallen, an Hotels und Restaurants geprangt hatten, waren über Nacht verschwunden, damit die Welt, die zu fröhlichen Sportfeiern anreiste, von der wachsenden Bedrängnis, in der jüdische Mitbürger in Berlin seit Jahren leben mussten, nicht gestört wurde. Sie waren verschwunden wie Claras jüdische Kommilitonen und Lehrkräfte, die eines Morgens einfach nicht mehr erschienen und aus den Registern gestrichen worden waren. Verschwunden wie die Mitglieder der Kommunistischen Partei, der Abgeordnete des Reichstags, den man eine Straße hatte entlanggehen sehen, und als man noch einmal hinsah, war er nicht mehr da. Die Kommunistische Partei war ebenfalls verschwunden, und mit ihr sämtliche andere Parteien, die Zeitung, für die Claras Mutter geschrieben hatte, das Lokal, in dem sie amerikanische Cocktails getrunken hatten, und die Musik, in der sie dort geschwelgt hatten.

It Don't Mean a Thing, if It Ain't Got That Swing.

Zu den Verschwundenen gehörte auch Claras Stiefcousine Malwine, die schrullige Malwine, die im entschlossenen Sturmschritt durch die Stadt gefegt war, den Zeigefinger erhoben und im Gefolge einen Schweif von aufgelesenen Straßenkindern wie eine Rattenfängerin von Hameln. Sie war zweimal verhaftet und verhört worden, hatte nach der zweiten Vernehmung zwei Zähne weniger und ein gebrochenes Nasenbein gehabt und gewimmert: »Ein drittes Mal überleb ich nicht.«

Klein beigegeben hatte sie dennoch nicht. Vermutlich konnte

sie einfach nicht anders, als jeden – gefragt oder ungefragt – ausführlich darüber zu unterrichten, was sie für falsch und was sie für richtig hielt.

Ein paar barmherzige Genossen hatten sie gerade noch rechtzeitig in den Untergrund gezerrt, und von dort war sie nicht wieder aufgetaucht. Der spärliche Kontakt, den sie anfangs noch gehalten hatte, war seit mehr als einem Jahr abgerissen, und die Bekannten, die man noch zu fragen wagte, zuckten die Schultern und fuhren sich mit der Geste des Kehle-Durchschneidens über den Hals.

Zu den Verschwundenen gehörte auch Erich Ohser, der Freund ihrer Mutter, der Claras Talent fürs Zeichnen entdeckt und jahrelang gefördert hatte. Kurz nach der Machtübernahme der Nazis war auch er verhaftet worden, obwohl er keiner Partei angehört und die Politik hatte Politik sein lassen, solange sie ihm nicht allzu viel Inspiration für seinen spitzen Bleistift gab. Seine Hitler-Karikaturen waren derart treffsicher geraten, dass sie ihm zum Verhängnis wurden. Zwar ließ man ihn nach Tagen, über die er nie ein Wort verlor, wieder gehen, doch die Aufnahme in die neu gegründete Reichspressekammer wurde ihm verweigert. Damit war es ihm verboten, seinen Beruf auszuüben. Der Familienvater, der so stolz auf seinen Sohn Christian war und ihm in der Welt alle Möglichkeiten hatte auftun wollen, stand vor dem Nichts.

Erich Ohser war ein tapferer Mann, der sein Bestes tat, um sich nicht unterkriegen zu lassen. Er zwang sich, zu lächeln und seinen Stolz zu schlucken, und zeichnete Bildergeschichten für seinen Jungen, während seine Frau mit ihren Illustrationen die Familie mühsam über Wasser hielt. Die Bildergeschichten, in denen er sich selbst und Christian durch die Abenteuer eines turbulenten Alltags turnen ließ, waren zu gut, um sie zu ignorieren, und Erich Ohser war bis ins Mark ein Mann der Presse. Er konnte die Finger von Druckerschwärze nicht lassen, und als die *Berliner Illustrirte Zeitung* jemanden suchte, der für sie einen regelmäßigen Comicstrip zeichnete, erlag er der Versuchung und bewarb sich.

Der Versuch war gewagt und hätte sich als Stich ins Wespennest entpuppen können. In der *Illustrirten Zeitung* war auch vieles verschwunden, allen voran die jüdische Familie, die sie gegründet hatte, und der forsche, fortschrittliche Geist. Die Wochenschrift war zu einem nationalsozialistischen Propagandablatt verkommen, doch in der gleichgeschalteten Redaktion schien jemand etwas von Comics zu verstehen. Ohser zeichnete auf die inzwischen verpönte amerikanische Art, die die Leute sehen wollten, seine *Vater und Sohn*-Geschichten hatten Biss und Witz, und die Leute erkannten sich darin wieder. Er erhielt den Auftrag. Jede Woche sollte er eine Geschichte zeichnen, doch seinen Namen durfte er dabei nicht nennen. Aus seinem Geburtsort und seinen Initialen bildete er das Pseudonym O. E. Plauen und fand sich damit ab, ein aus der Welt Verschwundener zu sein.

Für die Olympiade, für die die Nazis ihr gigantomanisches Stadion aus dem Boden gestampft hatten, verschwand noch viel mehr, das nicht ins Bild passte. In den Hauseingängen lungerten keine Bettler und Kriegskrüppel mehr herum, keine Hausierer aus dem fahrenden Volk klopften mehr an Türen, die Vagabunden, die Heimatlosen, die einst Berlins Nächte bevölkert hatten, waren wie weggefegt. Clara glaubte die zwangsgesäuberte Stadt brodeln zu hören, als gäre unter der glänzenden Oberfläche das Gift in Strömen. An die Wand des Hörsaals, in dem sie in der bizarren nationalsozialistischen Variante des Strafrechts unterwiesen wurde, hatte ein unbekannter Täter mit roter Farbe geschmiert:

Wir schlagen nach der Olympiade
Die Judenpest zu Marmelade.

Der krude Reim war nicht verschwunden. Niemand störte sich daran, denn ausländische Gäste, die zu Olympischen Spielen anreisten, besuchten schließlich keine Hörsäle.

Und bei alledem spielte ihr Vater mit. In den Schaufenstern der Reisebüros hingen knallbunte Plakate seiner geliebten Reichsbahn: *Olympia in Berlin! Sei dabei – mit der Reichsbahn und 60 Prozent Ermäßigung.* Der Vater schien nichts daran zu finden. Stattdessen nahm er die Vorteile, die ihm aus der Beteiligung der Bahn erwuchsen, gerne an und hatte sich diesen ganzen Stapel Eintrittskarten für die Eröffnungsfeier schenken lassen. Clara kam es vor, als würde er ihre Mutter verraten, alles, wofür sie gestanden, wofür sie gelebt hatte und gestorben war. Und als würde er sie, Clara, auffordern, die Mutter ebenfalls zu verraten, sie hinter sich zu lassen, wie die Nazis das vielschichtige, vielfarbige Leben hinter sich gelassen hatten, das einst in dieser Stadt geherrscht hatte.

Ihr Vater schenkte Wein in zwei Gläser. Die Zwiebelsuppe in der blauen Pfauenschüssel kühlte ab und zog eine Haut.

»Ich gehe da nicht hin«, sagte Clara so fest, wie sie konnte. »Mich widert das an.«

»Ach komm, Clara.« Er hielt ihr das Weinglas entgegen, aber sie wich zurück. »Es ist doch nur ein bisschen Sport und Trara. Gut für die Völkerverständigung. Dazu sind diese Spiele schließlich erfunden worden.«

»Hör mir damit auf! Aus der Völkerverständigung haben deine Nazis eine Farce gemacht, die zum Himmel schreit.«

»*Meine* Nazis?«

Als er ihr noch einmal das Glas reichen wollte, stieß sie ihn weg. Es gelang ihm gerade noch, nach dem Stiel des Glases zu greifen, doch der Wein schwappte auf den Boden. Wäre es Rotwein gewesen, hätten die Flecken womöglich wie Blut gewirkt. So sah es lediglich aus, als hätte jemand auf den weichen, mit blauen Sternenfluten gemusterten Teppich gepinkelt, den ihre Mutter von einer Reise durch Marokko mitgebracht hatte.

Ihr Vater stellte ihr Glas zurück auf den Tisch und trank aus seinem eigenen. »Sie führen irgendein Festspiel der Olympischen Jugend auf«, sagte er. »Georgchen ist dabei. Er platzt vor Stolz und freut sich wie verrückt, dass wir alle kommen.«

»Georgchen ist nicht mehr zehn, und er spielt nicht den Knecht Ruprecht in der Schulaufführung«, fuhr Clara ihn an. »Er ist ein sechzehnjähriger Rottenführer der HJ, der sich für Hitlers gigantisches Blendwerk einspannen lässt. Ich kann nicht fassen, dass ihr alle dabei mitspielt, dass ihr friedlich wie die Kälber zum Schlachter trottet und nicht einer von euch ausschert.«

»Was würde denn geschehen, wenn wir ausscheren?« Ihr Vater musterte sie, ohne zu blinzeln. »Nehmen wir mich als Beispiel. Hättest du gern, dass ich meine Arbeit hinwerfe? Kündige? Dem stellvertretenden Generaldirektor Kleinmann erkläre, mir passe es nicht, dass er die versierten, erfahrenen Eisenbahner, die wir hatten, durch Idioten ersetzt, bei denen zwar nicht der Verstand, dafür aber der Ariernachweis und das Parteibuch stimmen? Und was machen wir dann, liebste Tochter? Leben von Luft und Liebe? Machen es uns vor leeren Tellern gemütlich und warten, bis irgendwann im Morgengrauen die Gestapo klopft?«

Sein Blick ließ sie stocken. Die Antwort, die ihr auf der Zunge gelegen hatte, taugte nicht mehr, und eine neue ließ sich so einfach nicht finden. »Aber das kann doch nicht die Lösung sein!«, rief sie endlich. »Wie könnt ihr denn alle vor Angst den Schwanz einziehen und euch für die Verbrechen missbrauchen lassen, die diese Leute begehen? Mutter hatte nie Angst. Zumindest hat sie sich nie von Angst regieren lassen.«

»Ich weiß«, erwiderte ihr Vater trocken. »Ich wünsche mir seit sieben Jahren ein- bis dreimal täglich, sie hätte es getan.«

Sie schwiegen beide. Beinahe ohne sich dessen bewusst zu sein, griff Clara nach dem Glas Wein.

»Und was ist eigentlich mit dir?«, fragte ihr Vater irgendwann, nachdem er sich gesetzt, getrunken und sein Glas noch einmal nachgefüllt hatte. »Die Leute, bei denen du studierst, sind auch nicht koscherer als mein SA-Gruppenführer Kleinmann, oder etwa doch?«

Clara zuckte zusammen. Sie hatten das immer getan – jiddische Worte wie *koscher, meschugge* oder *Mischpoke* benutzt, weil es in dem bis in die Wurzeln jüdischen Odessa tief in den Sprachteppich verwoben war, und weil sie es auch unter den Künstlern und Journalisten, den bunten Vögeln ihres Berliner Freundeskreises ständig gehört hatten. Es war ihr nie aufgefallen. Jetzt war es ein Wort wie ein Warnsignal, auf das ein erschrockener Atemzug folgte.

Clara nahm sich zusammen. »Ich mache das Studium fertig, weil ich überzeugt bin, dass wir mehr denn je Juristen brauchen, die das Recht verteidigen«, sagte sie. »Sieh dir nur einmal dieses sogenannte Blutschutzgesetz an, das sie in Nürnberg erlassen haben: Ganz abgesehen davon, dass der komplette Gesetzestext mit der heißen Nadel gestrickt und kein bisschen durchdacht ist – er ist nicht haltbar! In keinem Detail! Wir bestrafen Menschen dafür, dass sie miteinander ins Bett gehen, wenn einer von beiden einen jüdischen Großvater hatte und der andere nicht? Wir bestrafen allerdings nur den Mann, nicht die Frau, als wären Frauen willenlose Gegenstände, Turngeräte, auf die man auf- und wieder absteigt. Um den Mann zu verurteilen, benötigen wir allerdings die Aussage der Frau, weshalb wir ihr das Zeugnisverweigerungsrecht entziehen? Was für ein Schauderwerk ist das denn? Wenn es keine jungen nachrückenden Juristen gibt, die dagegen anrennen – wie soll ein solches Monstrum von Gesetz dann je wieder verschwinden?«

Eine der drei Kerzen im Messingleuchter hatte ein Luftzug ausgeblasen. Claras Vater strich ein Streichholz an, doch statt den Docht damit zu entzünden, sah er der Flamme zu, die das dünne Holz verkohlte, bis sie ihm um ein Haar die Finger verbrannte. Im letzten Augenblick blies er sie aus. »Clara Schneider-Arndt«, sagte er. »Das bist du. Das vergisst du nie.«

»So habt ihr es mir beigebracht.«

»Ja, das haben wir. Und ich bin stolz darauf.«

»Wie kannst du dann von mir verlangen, dass ich zu dieser ekelhaften Eröffnungsfeier gehe?«, rief sie. »Diese Leute zerstören alles, wofür meine Mutter gekämpft hat. Sie verhaften unsere Freunde, lassen sie verschwinden – ich habe Angst, dass sie Malwine in eins ihrer Lager verschleppt haben oder dass sie gar nicht mehr lebt. Und dann soll ich mich auf ihre Tribüne setzen, den Arm hochreißen und mitjubeln, wenn sie ihr teuflisches Grinsen hinter Masken verstecken und sich als friedliche Menschenfreunde feiern?«

Er sah sie an, in seinen Augen eine Frage, von der sie nicht wusste, wie sie lautete, ja nicht einmal, ob er sie ihr oder sich selbst stellte.

»Malwine lebt«, sagte er schließlich. »Es geht ihr gut, sie ist in Sicherheit.«

»Wie kannst du das denn wissen?«, rief Clara.

»Ich weiß es eben«, antwortete er. »Und im Übrigen wäre ich dir dankbar, wenn wir diese Unterhaltung in gedämpfterem Ton fortführen könnten. Ich sage nicht, dass die Wände Ohren haben, aber man muss sie auch nicht herausfordern, sich welche anzuschaffen. Davon abgesehen bist du nicht die Einzige, die gegen etwas anzurennen versucht, das in keinem Detail haltbar ist. Nur bemühe ich mich – wohl meinem Alter und einer gewissen Erfahrung geschuldet – darum, die Gefahr für mich und die Meinen dabei zu minimieren. Ich bin ein hoher Reichsbahnbeamter ohne Parteiabzeichen, du bist eine Jurastudentin, die erlassene Gesetze kritisiert und sich weigert, der Arbeitsgemeinschaft Nationalsozialistischer Studentinnen beizutreten. Meinst du nicht, wir tun gut daran, nicht noch weiteres Aufsehen zu erregen, indem wir einen Stapel heiß begehrter Olympia-Eintrittskarten von uns weisen?«

Eine Welle von Scham erfasste Clara. Sie hatte aufbegehrt wie ein Kind, ohne die Konsequenzen ihres Handelns abzuwägen. Lagen Mut und Dummheit so nah beieinander, konnte niemand wirklich mutig sein, der seinen Verstand benutzte, um eine Handlung bis ins Letzte zu durchdenken?

War ihre Mutter dumm gewesen? Leichtsinnig? Hatte sie das Leid, das sie über ihre Familie bringen würde, schlicht nicht gekümmert?

»Ich glaube zu wissen, woran du denkst«, sagte ihr Vater. »Ich habe mir diese Fragen selbst wieder und wieder gestellt, und weißt du, zu welchem Schluss ich gekommen bin?«

»Nein.«

»Dass es in einer Lage, die dermaßen falsch ist, keine richtige Lösung geben kann. Es ist ein Verbrechen, Menschen in solch eine Lage zu bringen, Clara. Und die Verbrecher sind die anderen. Nicht wir.«

»Machen wir uns nicht zu Mitschuldigen, wenn wir nichts tun, um das Verbrechen zu verhindern?«

»Was sagt dazu die Juristin?«

Clara zögerte. »Unterlassene Hilfeleistung ist seit dem vergangenen Jahr nicht länger nur eine Straftat, sondern ein echtes Vergehen«, erklärte sie dann.

»Aber im Gesetzestext steht auch, dass man bei erheblicher Eigengefährdung von der Pflicht befreit ist, oder nicht? Das eben muss jeder Mensch allein mit seinem Gewissen aushandeln. Ich fühle mich nicht von der Pflicht befreit. Aber ich möchte die Gefahr für die, die mir lieb sind, gern so gering wie möglich halten.«

Er trank, und sie trank. Das längst kalte Essen rührte niemand an.

»Erzähl es mir.« Clara blickte in die blassgoldene Flüssigkeit in ihrem Glas. »Vielleicht kann ich das, was du von mir verlangst, leichter über mich bringen, wenn ich weiß, wofür wir es tun.«

»Schon möglich«, erwiderte er. »Ich aber kann das, was ich für richtig halte, leichter über mich bringen, wenn ich dabei so wenig Mitwisser wie möglich habe.« Er stand auf, trat zu ihr, legte ihr die Hand auf die Schulter. »Vor allem nicht ausgerechnet die Mitwisserin, deren Schutz mir über alles geht.«

Sie blieb unbewegt sitzen, sah ihn nicht an. »Es funktioniert so nicht«, brachte sie heraus. »Ich kann nicht um jeden Preis mein Leben schützen und dabei meine Selbstachtung, meine Integrität vor die Hunde gehen lassen. Mutter hätte das auch nicht gekonnt.«

»Nein.«

»Sag mir, was du tust.«

»Das, was ich immer getan habe«, antwortete ihr Vater. »Ich bin Eisenbahner. Ich habe mir schon als kleiner Junge praktisch Tag und Nacht darüber Gedanken gemacht, wie man Wagenreihungen optimieren und was man mit einem Streckennetz so alles anstellen kann.«

Er hatte nie damit aufgehört. In seinen Kindersommern in Odessa hatte er unermüdlich Kenntnisse über das Schienennetz des Russischen Reichs gehortet, und während des Krieges hatte er diese – inzwischen streng geheimen – Kenntnisse genutzt, um Lenin aus dem Exil zurück nach Russland zu schaffen, weil er hoffte, dies könne das bestialische Schlachten an der Ostfront verkürzen.

Er war ein Tausendsassa, der, wenn es nötig war, auf einer Dampflok die Hölle durchquerte.

Auf einen Schlag begriff sie. Wie hatte sie glauben können, dass er nichts tat, die Hände in den Schoß legte, den lieben Gott, von dem sie nicht wusste, ob er an ihn glaubte, einen guten Mann sein ließ?

Er war für die preußische Ostbahn zuständig, das Paradepferd, das die Reichsbahner untereinander ihre *Rennstrecke* nannten. Das durch den polnischen Korridor geführte Streckennetz umfasste weit mehr als zweitausend Kilometer, wie er ihr mehr als einmal stolz berichtet hatte, und was ihn lebenslang daran faszinierte, war die Verbindung zwischen der Normalspur der Europäer und der russischen Breitspur, die eine Umspurung der Züge erforderlich machte.

Seine Freizeit widmete er der spektakulären Modelleisenbahn, die er von klein auf zusammengesammelt und in einem Zimmer ihrer Wohnung aufgebaut hatte. Es war eine Welt für sich, das Paradies eines Kindmannes, in dem er ein solches Gleissystem zur Umspurung nachgestaltet hatte. An dem naturgetreuen Bahnhof, den er aus einem Bausatz zusammengeleimt hatte, prangte ein Schild mit der Aufschrift *Kybertai.*

Seine Bahnhöfe trugen alle Namen, die meisten zusammenfantasiert, so wie *Käsekuchenkate* oder *Weinbergsschneckenhausen.* Kybertai war erst in jüngerer Zeit dazugekommen. Warum sich ihr ausgerechnet dieser Name ins Gedächtnis geprägt hatte, hätte sie sich nicht erst jetzt fragen sollen.

»Du hast Malwine herausgeschafft, nicht wahr? In die Sowjetunion. Wo ist dieses Kybertai? An der litauischen Grenze? Du schaffst Leute, die von der Gestapo gesucht werden, in Güterwagen dort hinüber?«

»Nicht ich alleine. Wir hier auf unserer Seite können nicht mehr tun, als die Fahrt so gut wie möglich abzusichern. Das größte Risiko dabei trage nicht ich, der nur für die Organisation zuständig ist, sondern die Handvoll unglaublich couragierter Menschen, die sich bereitfinden, die Transporte zu begleiten. Und der Rest obliegt unseren Partnern drüben, die die Flüchtlinge auf sowjetisches Gebiet weitertransportieren und sie anschließend verstecken müssen, bis sie ihnen Papiere verschaffen können. Auch in die Sowjetunion darf nicht einfach jeder einreisen, wie er will. Wenn jemand nichts Politisches vorweisen kann, schon gar nicht.«

»Nichts Politisches?«

»Leute, denen es ziemlich gleichgültig wäre, was Hitler in der Reichskanzlei für Mätzchen vollführt, hätte er sich nicht auf die Fahne geschrieben, das Reich von ihresgleichen zu säubern. Solche, die gegen deine Blutschutzgesetze verstoßen haben, zum Beispiel. Oder sogenannte Sodomiten, Leute wie Flavia und Rossi, deren einziges Verbrechen darin bestand, zwischen Männlein und Weiblein keine ganz bierernste Grenze zu ziehen.« Die Blondine und der Rotgelockte aus dem *Tanner.* Clara war sich nie ganz sicher gewesen, welchem Geschlecht die beiden Kabarettisten tatsächlich angehörten. Das *Tanner* war geschlossen worden, sein Wirt nach Boston zurückgekehrt und das Paar von der Bar wie so viele andere verschwunden.

»Solche will niemand haben«, fuhr ihr Vater fort. »Auch nicht der Genosse Stalin in seinem blitzsauberen Arbeiter-und-Bauern-Staat.«

So viele Anzeichen und kleine Ungereimtheiten kamen Clara jetzt in den Sinn und purzelten wie Puzzleteile an ihren Platz. »Sie schaffen sie in die Ukraine, ja? Ins *Grandhotel Odessa?*«

Ihr Vater zuckte die Schultern. »Gerade Juden sind dort sicherer als irgendwo anders. Einen Juden in Odessa zu verstecken ist, als verstecke man einen Mörder unter Nationalsozialisten.«

Sie musste lächeln. Und weinen auch.

»Was ist los, *kid?*«

»Ich hatte Angst«, sagte sie. »Davor, dass Bodo von Arndt nicht mehr der stärkste kleine Vater der Welt sein könnte.«

»Er fühlt sich mit wachsender Häufigkeit wie der schwächste und machtloseste kleine Vater der Welt.«

»Das ergeht seiner Tochter nicht anders.« Sie stand auf und nahm den Riesling aus seinem Kühler. »Lassen wir fünfe gerade sein, machen wir die Flasche leer.« Sie verteilte die Neige bis auf den letzten Tropfen auf ihre Gläser.

»Recht hast du. Vielleicht irren sich ja all die, die behaupten, dem Alkohol zu verfallen wäre keine Lösung.«

»Das meinst du nicht ernst.«

»Wenn ich dich nicht hätte, würde ich es wohl ernst meinen«, erwiderte er. »Da ich aber ein Kind in die Welt gesetzt habe und mir mit jener innigen Verrücktheit, die Eltern eigen ist, wünsche, besagtes Kind möge wiederum Kinder in die Welt setzen, muss diese Welt noch ein bisschen halten.«

Clara holte Atem und fasste sich ein Herz. Das war eine gute Redensart, fand sie, weil es sich anfühlte, als nähme sie ihr Herz mit viel Entschlossenheit in beide Hände. »Ich gehe mit dir und den anderen zur Eröffnungsfeier«, sagte sie. »Ich kann dir nicht versprechen, dass ich jubeln werde, aber das wirst du mir wohl genauso wenig versprechen können, und zumindest gebe ich mein Bestes.«

»Danke«, sagte er. »Dein Hanno wird es dir auch danken. Er ist ein prächtiger Bursche, dessen Besuche in unserer bescheidenen Hütte mir zu echten Lichtblicken geworden sind, und er würde aus Liebe zu dir einen Drachen töten. Sagen will ich damit: Falls ihr beide vorhabt, mir demnächst eine Eröffnung zu machen, hätte ich ganz und gar nichts dagegen, diesen Pfundskerl künftig an deiner Seite zu wissen.«

»Ich auch nicht«, sagte Clara. »Wirklich nicht. Aber jetzt ist dafür nicht die richtige Zeit.«

»Für gar nichts, was dir etwas bedeutet, Clärchen? Nicht fürs Zeichnen, nicht für Jazz und für die Liebe auch nicht? Das ist hart. Als wir jung waren, kam der Krieg und machte uns alt, aber ein bisschen waren wir vorher schon jung gewesen.«

»Mir ist egal, ob wir jung oder alt sind, solange kein Krieg kommt, der uns umbringt«, sagte Clara und wunderte sich über sich selbst.

»Clara«, murmelte ihr Vater, »die Klare. Den Namen hat deine Mutter ausgesucht, ein Treffer ins Schwarze, wie bei Valerie Schneider nicht anders zu erwarten.«

Vor einer kleinen Ewigkeit hatte Erich Ohser dasselbe gesagt.

»Lass mich eine der Begleitpersonen sein«, sagte Clara.

»Was für Begleitpersonen?«

»Die, die mit den Flüchtlingen in Güterzügen über die litauische Grenze fahren. Ich gehe mit dir zur Eröffnung der Olympiade, und im Gegenzug ermöglichst du es mir, endlich etwas zu tun.«

»Das kommt nicht infrage.« Er war nie gut darin gewesen, ihr etwas zu verbieten, aber er sah aus, als wäre er erstmals entschlossen, es zu tun. »Es ist gefährlich, Clara. Nicht nur ein bisschen, sondern so, dass du noch erschossen werden könntest, wenn du längst glaubst, auf der sicheren Seite zu sein.«

Sie schüttelte sich, er zuckte zusammen und griff dann über den Tisch nach ihrer Hand. »Es tut mir leid. Ich drücke mich manchmal aus wie ein Idiot. Gemeint habe ich nicht das, was deiner Mutter passiert ist, sondern die polnischen Behörden, die bei keinem von uns lange fackeln würden, egal, wo er politisch steht.«

»Das weiß ich.« Clara ballte die Hände zu Fäusten, bis es wehtat. »Trotzdem brauchst du Leute, die durch ihre Mitreise sicherstellen, dass diese in Transportkisten gepferchten Menschen Wasser, Luft, Nahrung und so weit wie irgend möglich auch Trost und Zuspruch bekommen. Lass mich einer von diesen Begleitern sein. Ich spreche ziemlich ordentlich Russisch, ich bin nicht schlecht darin, mich in misslicher Lage zurechtzufinden, und ich denke, mit einer von euren feschen Uniformen gehe ich als Frachtbegleiterin durch.«

Ihr Vater zündete noch einmal ein Streichholz an und sah der Flamme zu, bis sie ihm die Haut versengte und er den Rest des Holzes fallen ließ. Im Verlöschen brannte das Feuer ein schwarzes Loch ins Weiß der Tischdecke.

»Ich kann dir das nicht erlauben«, sagte er. »Mir ist einmal das Schlimmste passiert, was ich mir hätte denken können, und hätte ich keine kleine Zeichnerin gehabt, die Honigmilch, Schulhefte, Hühnersuppen und allen Trost der Welt brauchte, hätte ich nicht überlebt. Was soll ich beim zweiten Mal tun, Clara? Aus dem Fenster springen?«

»Überleben allein reicht nicht«, sagte Clara. »Mutter hat das gewusst, und wir beide wissen es auch. Was für dich gilt, gilt für mich nicht weniger, also musst du dich entscheiden, mein starker kleiner Vater: Entweder du lässt mich mitmachen, oder du machst selbst nicht mehr mit. Entweder wir schließen beide die Augen und hoffen, dass der Untergang der Welt nicht allzu wehtut, oder wir geben beide, was immer wir aufbringen können, um sie über Wasser zu halten.«

21

CLARA

Ihr Versprechen, ihren Vater, Tante Belle und die Besucher aus Odessa ins Olympiastadion zu begleiten, konnte Clara nicht mehr zurücknehmen. Sie waren tatsächlich zu viert angereist: Tante Oda, Hanno, Manon und der noch immer liebenswerte Kasi, das odessitische Gegenstück zu Georgchen. Es fehlten Leo Ullrich, der bei Unternehmungen der Familie kaum je dabei war, Maxim, der seit einem Jahr in Moskau lebte, und Edvard, der laut Hanno verlautbaren ließ, für solche Kindereien habe er keine Zeit.

»Die Olympischen Spiele, die er vielleicht nur ein einziges Mal in seinem Leben zu sehen bekommt, nennt er Kinderei!« Hanno selbst steckte regelrecht im Olympiafieber, weshalb Clara nichts übrig blieb, als mitzugehen. Vermutlich würde sie von den bald hunderttausend zum Hitlergruß ausgestreckten Armen und dem wie mit einer Stimme grölenden Jubelchor noch als Großmutter Albträume haben.

Falls sie je eine Großmutter oder auch nur eine Mutter sein würde. Sie hatte sich über diesen Teil des Lebens noch nie Gedanken gemacht, hatte all ihre Kraft gebraucht, um mit der Tortur, die das Studium für sie darstellte, und der Entwicklung, die ihre Welt nahm, fertigzuwerden. Seit dem Abend, an dem sie mit ihrem Vater gesprochen hatte, und erst recht seit den Ereignissen der Eröffnungsfeier war ihr jedoch klar geworden, dass ihr die Entscheidung darüber aus der Hand genommen werden könnte. Und dass sie nicht bereit war, dies zu erlauben.

Sie wusste nicht, ob sie sich jemals ein Kind wünschen würde, aber sie wusste, dass sie selbst darüber bestimmen wollte. Sie wusste nicht, ob sie und Hanno, der neben ihr vor Begeisterung auf und ab hüpfte, je einen Sohn haben würden, aber sie wusste, dass sie gegen sämtliche Polizeiaufgebote der Welt anstürmen würde, wenn jemand diesem Sohn antun würde, was Georgchen angetan worden war.

Nicht nur auf dieser Eröffnungsfeier, sondern buchstäblich seit dem Schreckenstag, an dem Hitler die Macht ergriffen hatte.

Er war der netteste kleine Junge gewesen, den sie kannte. Freundlich, höflich. Auf dem Höhepunkt der Inflationskrise hatte Clara mit ihm und Tante Belle vor einem Milchladen angestanden, und als die Ware ausging und ein paar der verzweifelten Frauen mit den todmüden Beinen die Verkäuferin beschimpften, hatte dieses drei Jahre alte Soldatenkind gerufen: »Nicht doch, nicht doch. Ich mag das liebe Fräulein so gern.«

Dreizehn Jahre später hatten sie dasselbe zartfühlende Geschöpf in eine Uniform gesteckt, die mit ihrem kurzen Höschen und dem braunen Halstuch lächerlich wirkte und bei deren Anblick Clara dennoch das Lachen im Hals stecken blieb. Das musikalische Festival »Olympische Jugend«, zu dem Hunderte von Kindern im Schulalter aufgeboten wurden, präsentierte den gefüllten Rängen eine Warnung, die sie schaudern ließ: Täuscht euch nicht. Wir verfügen über die wichtigste Ressource in rauen Mengen. Menschenmaterial. Gestählt, gedrillt, auf Linie gebracht. Und wir sind keine, die mit der Wimper zucken, ehe sie eine Generation über die Klinge springen lassen.

Über die Klinge sprangen die Jungen aus Georgchens Einheit im wahrsten Sinn des Wortes. Er und ein Kamerad bildeten eines in einer Reihe von Paaren, die einander gegenüberstanden und ihre Holzschwerter vorstreckten, während ein weiterer Kamerad mit langen Beinen die Hindernisse aus Klingen übersprang. Alsdann schlossen sich auf einen schrillen Akkord der Musik hin jeweils zwei Paare zusammen. Die Kleineren stiegen den Größeren auf die Schultern, und der springende Kamerad setzte nun einen Stab ein, um über die Klingen hinwegzusetzen. Claras Vater und Tante Oda führten die ganze Zeit geflüsterte Gespräche, und Manon wirkte vollkommen geistesabwesend. Sie sorgte sich um Maxim, das hatte sie Clara am Vorabend erzählt. Gerüchte über willkürliche Verhaftungen unter Intellektuellen häuften sich.

»Sie sagen, Geheimdienstchef Jagoda kämpft um seinen Posten. Wenn er nicht mehr verhaftete Spione und Trotzkisten vorweist, ergeht es ihm wie den Bauern bei uns, die nicht genug Getreide abgeliefert haben.«

Kasi hingegen interessierte sich nicht für Geheimdienstchef Jagoda und den Rest der Weltgeschichte, sondern schnellte ein ums andere Mal hingerissen von seinem Sitz und applaudierte bei jedem Sprung.

»Georgchen! Das da ist Georgchen, mein Freund!«

Was wohl beeindrucken sollte, war die völlige Harmonie, in der die Bewegungen abliefen, das Unentwegte, das an ein Werk aus Zahnrädern erinnerte.

Bis Georgchen den reibungslosen Lauf unterbrach. Er war immer ein kleines, schmächtig gebautes Kind gewesen, sehr zur Verärgerung seines Vaters, der sich einen Kerl aus Kruppstahl gewünscht hatte. Georgchen wollte niemanden verärgern, am wenigsten seinen Vater, der doch ein Held des Großen Krieges war und eine Uniform voller Orden im Schrank hängen hatte. Wohl deshalb hatte er versucht, der gewünschte Kerl aus Kruppstahl zu werden, und darauf bestanden, den Kameraden auf die Schultern zu nehmen, obwohl der bald einen Kopf größer und bei Weitem kräftiger war. Dazu die Wärme und gewiss auch die Anspannung, in einem Stadionrund vor hunderttausend Augenpaaren aufzutreten. Georgchen klappte einfach zusammen, der

Kamerad plumpste von seinen Schultern zu Boden, und das Hindernis aus ihren Schwertern brach ein.

Unter dem anderen Jungen blieb Georgchen liegen. Er sah aus wie ein Maikäfer, der auf den Rücken gefallen war, nur dass er nicht mit den Beinen strampelte.

Tante Belle schrie auf. »Mein Junge, mein Kleiner! Ich muss zu ihm.«

Laut Claras Vater war sie einst »der flotteste Feger von Berlin« gewesen. Jetzt aber steckte sie in einem spießigen Kostüm aus grüner Popeline über einer bis zum Hals geschlossenen Kleinmädchenbluse. Den ganzen Festakt über hatte sie die Henkel ihrer Handtasche fest mit beiden Händen umklammert, als fürchte sie, man könne sie ihr stehlen. Als Hitler die Ehrenloge betrat und das orkanhafte Brausen der Heil-Rufer ertönte, hatte sie ihren Arm nicht hochgerissen, sondern weiter die Handtasche festgehalten.

Kurz darauf schwebte das riesenhafte Luftschiff *Hindenburg* über dem Stadion ein, verdrängte mit seinem schwarzen Schatten die Sonne und zog, als es wieder ausschwebte, die olympische Flagge hinter sich her. Die hunderttausend hatten die Köpfe in den Nacken geworfen und waren in »Oh«- und »Ah«-Rufe ausgebrochen. Tante Belle aber hatte nicht einmal den Blick gehoben. Mit der Handtasche in ihren verkrampften Händen stand sie da und starrte ins Leere, in Gedanken offenbar weit weg von Klamauk und Spektakel.

Wie gewohnt war sie meisterhaft, geradezu perfekt geschminkt. Clara kannte sie nicht anders und hatte sich als Kind an so manchem Sommertag gefragt, ob Tante Belle unter der dicken Schminke nicht schwitzte. Erst Jahre später hatte sie die dunklen Schatten um die Augen der Tante entdeckt, die die Schminke nur unzureichend verdeckte, die aufgeplatzten Lippen, die unter roter Farbe geschwollen wirkten, das über kahle Stellen frisierte und festgesteckte Haar. Noch später hatte Malwine ihr erzählt, dass dieser Kerl, den Clara Onkel Alfred nennen sollte, vor Zorn die Wände hochging, weil der Krieg vorbei war und kein Mensch mehr ihn brauchte. Er versuchte sich im Weingeschäft, scheiterte, machte Schulden, bis ihm die Möbel aus seiner Dahlemer Villa gepfändet wurden, und ließ den wachsenden Zorn an seiner Frau und seiner Tochter aus.

An seinem Sohn vielleicht auch, nur nicht in einer Weise, die man sah.

Claras Vater hatte sich einmal vergessen und Alfred von dem Knesebeck verprügelt, weil er nicht länger aushalten konnte, was der seiner Schwester antat. Anderntags hatte seine Schwester ihn gebeten, sich nicht noch einmal einzumischen.

»Ich bin diejenige, die es ausbaden muss, Bo. Es hat keinen Sinn. Gib mir lieber das Geld, um meinen Schmuck in der Pfandleihe auszulösen, und führ mich nächste Woche ins Theater aus. Oder noch lieber: Fahr Anfang Juli mit mir nach Odessa und verschaff mir ein paar Wochen Ferien von der Hölle.«

Ein schwarzblauer Schatten verunzierte Tante Belles gekonnt geschminktes Auge auch am Tag der Eröffnungsfeier. Sie hatte mit der Tasche in den Händen vor sich hingedämmert und vielleicht wirklich von der Feier nicht viel mitbekommen, sondern auch diese Stunden als eine Pause von ihrem Martyrium genutzt. In dem Augenblick, in dem Georgchen unter dem Gewicht des Kameraden zusammenbrach, schreckte sie jedoch auf und schoss hektisch durch die Sitzreihe. »Lassen Sie mich durch! Das da unten ist mein Sohn, ich muss zu ihm!«

»Du bleibst hier«, schnitt die Stimme ihres Mannes durch das Scharren von Füßen, als die anderen Zuschauer Belle Platz machen wollten. »Benimm dich nicht wie eine jüdische Glucke. Wenn dieses Muttersöhnchen, das du in die Welt gesetzt hast, keinen Mumm hat, wird es höchste Zeit, dass er sich welchen zulegt. Er hat uns vor allen Leuten blamiert, dafür wird er das bisschen Rückenzwicken wohl aushalten können.«

Belle achtete nicht auf ihn und wollte weitereilen. Ihr Mann aber brach wie ein Panzer durch die Reihen, stieß dabei Clara, Hanno und mehrere Fremde beiseite und packte sie am Arm. Er war nicht länger ein Niemand, den keiner brauchen konnte, ein abgehalfterter Offizier, ein gescheiterter Weinhändler, sondern einer der Herrenmenschen, die sich hier feiern ließen. Statt seiner Oberleutnantsuniform aus dem Kaiserreich trug er die eines Sturmbannführers der SA.

»Ich habe dir gesagt, du sollst hierbleiben!«

Clara glaubte, er werde sie ohrfeigen, doch die schon erhobene Hand ließ er sinken. Stattdessen verdrehte er ihr den Arm auf den Rücken, dass sie aufschrie.

Belle krümmte sich vor Schmerz vornüber, doch dem zum Trotz beharrte sie: »Ich muss zu Georgchen, Alfred. Er ist verletzt, ich muss zu meinem Jungen.«

»Du tust, was ich dir sage. Sonst nichts.« Alfred von dem Knesebeck hob das Bein und stemmte ihr das Knie in den unteren Rücken. Tante Belle stöhnte.

»Bitte beruhigen Sie sich, meine Dame«, sagte ein Mann mitfühlend, der eine der neuen Filmkameras für Amateure im Anschlag hielt. »Die Sanitäter sind ja schon mit der Bahre da, man kümmert sich sicher gut um Ihren Sohn.«

»Ich muss zu ihm«, insistierte Belle. »Er ist so zart. Sogar mein Mädchen, meine Manon, war kräftiger. Der andere Junge ist ihm ins Kreuz gefallen. Ich muss nachsehen, was mit ihm ist.«

»Du bleibst hier.« Ihr Mann stieß sein Knie vor, verbog ihr den Arm, und Belle schrie noch einmal auf.

»Ich bin seine Mutter! Ich war bei ihm, als er die Masern hatte und als seine Backenzähne durchbrachen, ich muss doch bei ihm sein, wenn er sich quält!«

»Ich gehe«, sagte Clara und berührte Tante Belle an der Wange. Es kostete sie all ihre Selbstbeherrschung, nicht auf Alfred von dem Knesebeck einzuschlagen oder ihn anzuspucken. »Mach dir keine Gedanken. Ich kümmere mich darum, dass er gut versorgt wird, und sage ihm, dass du an ihn denkst.«

»Ich komme mit.« Mit einem Satz war Hanno an ihrer Seite und folgte ihr durch die Reihe zur Treppe.

Clara wusste nicht einmal, wo sie sich hinwenden mussten. Sie rannte einfach die Stufen hinunter und dem Sportfeld entgegen und hörte Hannos Schritte wie ein Echo auf ihre eigenen hallen. Vermutlich würden sie für Georgchen nichts tun können, doch Tante Belle mochte es helfen zu wissen, dass jemand sich um ihren Sohn bemühte.

Ein Ordner vertrat ihnen den Weg, als sie unten vor der Aschenbahn in einen Tunnel, der vermutlich in den Garderobenbereich führte, eintauchen wollten. »He, Fräulein, wohin wollen Sie denn? Hier entlang dürfen Sie nur mit Sondererlaubnis.«

»Wir sind Verwandte des Jungen, der gestürzt ist«, sagte Clara. »Wir wollen sehen, wie es ihm geht und ob er Hilfe braucht.«

»Für den wird gesorgt«, erwiderte der Ordner mit der Hakenkreuzbinde. »Keine Sorge, Fräulein. Geh'n Sie mal ganz beruhigt zurück auf Ihren Platz und genießen Sie die Feier. Ist ja schließlich nicht jeden Tag Olympia, und Ihr Bruder, der Tollpatsch, wird schon nicht aus Zucker sein.«

Ihr kleiner Bruder, ja, das war es, was sie in Georgchen sah. Auf einmal wollte sie um jeden Preis zu ihm und kümmerte sich nicht länger um Hanno, der versuchte, sie zurückzuhalten. »Na komm, Liebes, gehen wir wieder nach oben. Georg ist doch ein Stehaufmännchen wie unser Kasi, und bestimmt ist ihm nichts weiter passiert.«

Zu ihrem Glück tauchte just in diesem Moment ein Mann aus dem Tunnel auf, der kaum jünger sein konnte als sie, der aber nicht in einem Aufzug für Erwachsene, sondern in den albernen Höschen der Hitlerjugend steckte.

War es das, was Hitler wollte? Ein Mannsvolk, das nicht erwachsen wurde, sondern in der Tiere quälenden, Schwächere traktierenden Grausamkeit der Jugend und in deren Gedankenlosigkeit auf immer feststeckte?

»Was ist Sache, Kalle, was für Sorgen hat denn die junge Dame?«, fragte der zu groß geratene Hitlerjunge in einem Ton, der vermutlich galant klingen sollte. Er hatte ein frisches, freundliches, von der Aufregung gerötetes Gesicht und zur Bürste geschnittenes weißblondes Haar. »Johannes Buhnemann, Kameradschaftsführer«, stellte er sich vor. »Kann ich Ihnen behilflich sein?«

»Ich will zu meinem Bruder«, behauptete Clara. »Georg von dem Knesebeck, der Hitlerjunge, der gestürzt ist.«

Er ist kein Hitlerjunge!, begehrte sie stumm auf. Er ist unser kleiner Freund, der keinem Menschen und keinem Tier etwas zuleide tut, der Sonnenschein unserer Familie und der netteste Junge der Welt.

»Ach, der Unglücksrabe, der die schöne Figur aus den *Nibelungen* zum Einsturz gebracht hat.« Der Junge lachte. »Da haben Sie Glück, dass das Brüderchen zu meinem Fähnlein gehört und mir gerade Meldung erstattet worden ist. Der wird schon wieder. Ist doch ein deutscher Junge. Um auf Nummer sicher zu gehen, schaffen sie ihn zur Untersuchung in die Charité, aber ich wette, heute Abend haben Sie ihn wieder. Munter wie eh und je.«

Er musterte sie, während Clara fieberhaft überlegte, wie sie am besten an ihm vorbeikam. »Sie sind gerade in dem Alter, in dem ein Mädel am besten selbst zum ersten Mal Mutter wird, was?«, fragte er mit schief gelegtem Kopf. »Kenn ich. Ist bei meiner Schwester genauso. Kann keinen kleinen Steppke sehen, der sich das Knie aufschlägt, ohne dass sie in Tränen ausbricht.«

Jemand muss mir helfen, dachte Clara. Jemand muss mich festhalten und mir etwas Starkes zur Beruhigung einflößen, ehe ich diesem kurz behosten Idioten, der an alledem gar keine Schuld hat, an die Gurgel gehe.

Jemand half ihr.

Ihr Hanno.

»Komm, Liebes«, sagte er und umschlang ihre Taille. »Du hast ja gehört, für Georgchen wird alles getan, aber bei dir sieht es anders aus. Ich glaube, ich sollte dir im nächstbesten Lokal einen Kaffee besorgen, ehe wir uns den Einmarsch der Nationen ansehen. Einen ordentlichen Kaffee, wie wir ihn in Odessa brühen.«

»Guten Bohnenkaffee erhalten Sie in der Personalkantine«, erbot sich der Hitlerjunge hilfsbereit. »Normalerweise haben Zuschauer keinen Zugang, aber für Sie mache ich eine Ausnahme. Kommen Sie.«

Ihnen voran tauchte er in den Tunnel und drehte sich nach ein paar Schritten um. »Mir ist Ihr Akzent aufgefallen, wenn Sie es mir nicht übel nehmen«, sagte er zu Hanno. »Darf ich raten? Schwarzmeerdeutscher?«

»Sie dürfen«, sagte Hanno und drückte Claras Arm. »Und ein Schlaumeier sind Sie noch obendrein. Meine Familie lebt in Odessa, aber meine Verlobte ist gebürtige Berlinerin.«

»Alle Achtung«, lobte der Hitlerjunge. »Das Leben da drüben bei den Bolschewisten ist für einen Volksdeutschen gewiss kein Zuckerschlecken. Aber allzu lange werden Sie nicht mehr zu leiden haben. Dass all das, was seinem Blut und seiner Kultur nach deutsch ist, dem deutschen Volkskörper wieder zugeführt wird, ist unserem Führer eine der ernstesten Pflichten.«

»Oh, bitte keine Umstände meinetwegen«, sagte Hanno und hob die freie Hand. »Wir sind die letzten zwei Jahrhunderte ohne den deutschen Volkskörper ausgekommen und schaffen das sicher auch noch etliche weitere.«

Seine Ironie war an den Burschen verschwendet. »Wir sind alle Teile derselben Volksgemeinschaft«, murmelte er verstört. »Da ist keiner mehr oder weniger wert, sondern jedes Rädchen im Getriebe zählt.«

Glücklicherweise kam der aus Bauteilen errichtete Pavillon in Sicht, in dem sich die versprochene Kantine befand. »Wenn ich bitten darf – ich sage rasch meinen Leuten Bescheid.«

»Unser Dank wird Ihnen ewig nachschleichen«, sagte Hanno. Nachdem der Junge mit dem Wachmann vor der Tür gesprochen hatte, klopfte Hanno ihm jedoch fast freundschaftlich auf den Arm. »He, warum sagen wir nicht Du, wir sind schließlich alles junge Leute. Du hast uns wirklich geholfen, und solltest du mal Lust auf Odessa haben, bist du in unserem Grandhotel an der Potemkinschen Treppe herzlich willkommen.«

So war ihr Hanno. Noch in den absurdesten Lebenslagen darauf bedacht, zu anderen freundlich zu sein. Er führte Clara an einen Tisch und hatte im Nullkommanichts zwei Tassen aus dickem Steingut organisiert, aus denen Dampf und Kaffeeduft aufstiegen. Kaffee war das Letzte, wonach Clara im Augenblick der Sinn stand, aber Hanno vor den Kopf stoßen wollte sie nicht.

»Ich würde doch gern zu Georgchen«, sagte sie nach einem Moment und holte tief Luft. »Ich habe es Tante Belle versprochen, und er ist erst sechzehn, ganz ohne erwachsene Begleitung sollte er dort im Krankenhaus nicht sein. Vielleicht kann ich ja ein Taxi in die Charité nehmen, während du zu den Plätzen zurückgehst und Bescheid gibst? Du willst doch den Einmarsch der Nationen sehen.«

»Du etwa nicht?«, fragte er. »Komm, Clara, wann bekommt man so etwas schon mal zu sehen? Die meisten Menschen haben ihr ganzes Leben lang kein solches Glück.«

»Mein kleiner Cousin ist verletzt.«

»Dein kleiner Cousin ist über einen Kumpel gestolpert, wie es

Jungen alle naselang passiert.« Er lächelte und warf ihr über den Tisch einen Kuss zu. »Was meinst du, wie oft ich mit meinem Stinkstiefel von Bruder zusammengerasselt bin? Einmal hat Rosa, unsere Kinderfrau, Sturzbäche geweint, weil sie sicher war, er hätte mir ein Auge ausgestochen, aber wie du siehst, ist alles noch am rechten Fleck.«

Clara hatte keine Kraft mehr, zu widersprechen. Vermutlich hatten alle anderen recht, und es gab Schlimmeres auf der Welt als einen Maikäfer, der auf dem Rücken lag und nicht mehr mit den Beinen strampelte.

»Warum hast du zu dem Hitlerjungen gesagt, ich bin deine Verlobte?«, fiel ihr noch ein.

»Weil du es für mich bist«, antwortete Hanno. »Weil ich endlich will, dass du es auch vor allen anderen bist. Wenn es dir lieber ist, als mit mir nach Odessa zu kommen und im Hotel ein Fest zu geben, können wir die Feier gern auch im Stillen allein mit deinem Vater begehen. Meiner Mutter liegt daran nichts, und sie hat auch wie immer irgendwelche anderen Sorgen. Meinen Vater interessiert sowieso nichts, was uns Kinder betrifft, und mir selbst ist nur wichtig, dass du endlich so sehr zu mir gehörst, wie ich es immer wollte. Das ewige Warten zermürbt mich, Clara. Ich habe dir das nie sagen und dich nicht unter Druck setzen wollen, aber selbst ich habe ein bisschen Stolz und mag mich nicht länger hinhalten lassen.«

»Wir sind doch noch jung«, murmelte Clara, obwohl es ihr oft nicht viel anders erging und sie an manchen Tagen, wenn sie sich nach den Kämpfen in der Uni völlig entkräftet fühlte, fürchtete, ihr Leben zu versäumen.

»Ja, das sind wir«, erwiderte er harscher, als sie es von ihm kannte. »Aber hast du deswegen etwa Zweifel? Ich habe keine. Ich fühle mich reif genug, um zu wissen, dass du die Frau bist, mit der ich leben will, und ich traue mir zu, dir ein guter Ehemann zu werden. In meiner Familie bist du aufs Herzlichste willkommen, und ich bilde mir ein, bei deinem Vater ebenfalls einen Stein im Brett zu haben. Weshalb also noch warten? Wenn du dir so sicher bist wie ich, dann lass es uns jetzt vor allen anderen besiegeln und heiraten, sobald du deinen Abschluss hast. Wenn du dir aber nicht sicher bist, dann musst du es mir jetzt ehrlich sagen, meine liebste Donna Clara, und darfst nicht länger ein Spiel mit mir treiben.«

Clara führte ihre Tasse an den Mund, ohne zu trinken. Von den Rängen des Stadions hallten Gegröle und Marschmusik bis in den stillen Raum. »Ich bin mir sicher«, rang sie sich endlich ab, als sie seinen Blick nicht mehr aushielt. »Ich weiß nur nicht, wie es möglich sein kann, Hanno, wie und wo wir leben sollen, jetzt, wo die Welt so in Aufruhr ist.«

»Ist sie das nicht immer?«, fragte er und nahm ihre Hand. »Und ist das nicht nebensächlich, wenn zwei sich so sehr lieben, wie du und ich es tun? Wir sind im Krieg zur Welt gekommen und haben es schon durch eine Revolution geschafft. Was soll uns denn passieren?«

»Nichts vermutlich.«

»Ich bin glücklich mit dir«, sagte er und küsste ihre Hand. »Wenn du es mit mir auch bist, habe ich auf der Welt keine Sorge, sondern bin vergnügt wie der Mops im Paletot.«

22

CLARA

Georgchen blieb bis auf Weiteres in der Charité. Er hatte einen instabilen Wirbelbruch erlitten, und über das, was mit ihm werden würde, wagte keiner der behandelnden Ärzte eine Prognose.

»Vielleicht ist er bald wieder auf den Beinen«, hatte der Oberarzt zu Tante Belle gesagt. »In solchen Fällen ist alles möglich. Aber versprechen kann ich Ihnen nichts.«

Georgchen, der Springinsfeld, der auf seinem Steckenpferd durchs Wohnzimmer galoppiert war und beim Ballspielen an Odessas Strand mit den größten Burschen mitgehalten hatte, lag bleich und in Gips gesperrt in einem Krankenhausbett.

»Hast du große Schmerzen?«, hatte Clara gefragt, als sie ihn mit Hanno besucht hatte.

Georgchen hatte den Kopf geschüttelt. »Ist schon gar nicht mehr schlimm. Heute schicken sie wohl schon jemanden, der mit mir übt, damit ich bald wieder gehen und nach Hause kann.«

Clara wünschte sich eine Welt, in der kein Mensch tapfer zu sein brauchte, schon gar nicht einer, der noch ein halbes Kind war. Zugleich sagte sie sich, dass es absurd war, für Georgs Missgeschick die Nazis verantwortlich zu machen. Dass Jugendliche leichtsinnige Turnereien vollführten und sich dabei verletzten, kam überall vor.

Die Olympischen Spiele wurden als glänzender Erfolg gefeiert.

»Und jetzt machen sie Ernst, fürchte ich«, hörte Clara ihren Vater zu Oda sagen, als die beiden am Abend vor der Abreise am Küchentisch saßen, ohne wahrzunehmen, dass Clara und Hanno heimgekommen waren. Rauchschwaden füllten den Raum. Ihr Vater rauchte sonst nie, und bei Oda hatte Clara es auch kaum je gesehen, aber wenn sie zusammen waren, genossen sie zuweilen miteinander eine Zigarette.

Wie auf ein Zeichen blieben Clara und Hanno vor der Türe stehen.

»Ich sage dir, wer noch Ernst macht«, erwiderte Oda mit Grabesstimme. »Mein gottverfluchter Faschist. Der Immerwährende.«

»Oje«, gab Claras Vater zurück. »Diesmal wirklich?«

Oda nickte. »Er sagt, er hat sich lange genug von mir zum Narren halten lassen. Zudem schäumt er, weil sein Abgott Mussolini nun doch nicht ihn zum Außenminister gemacht hat, sondern den Posten seinem Schwiegersohn zugeschanzt hat. Diese Rolle des Schwiegersohns, bildet Carmelo sich ein, hätte eigentlich seinem Sohn gebührt, und daran, dass es so nicht gekommen ist, bin ich schuld.«

»Das ist doch Blödsinn. Was kannst du dafür, dass sein Sohn in einem Bomber abgestürzt ist?«

»Das ist keine Frage, die ein Faschist sich stellt, Bodo«, gab Oda zurück. »Faschisten sind größenwahnsinnige Kinder, die in der Welt ein einziges gigantisches Spielzimmer sehen. Wenn ihnen ein Spielzeug zerbricht, stampfen sie so lange mit dem Fuß auf, bis sie das Spielzeug eines anderen erwischen. Was sie dabei zertrampeln, kümmert sie nicht.«

»Klingt geradezu prophetisch«, konstatierte Claras Vater. »Also wird dir nichts übrig bleiben, als Edvard reinen Wein einzuschenken.«

»Ich habe Angst davor, Bodo.«

»Das ist kein Wunder. Aber hast du nicht immer gesagt, Edvard wäre ein ziemlich kalter Fisch, an dem die Kümmernisse des Lebens abprallen?«

»Ja, das klingt, als hätte ich es gesagt. Aber ich tue ja auch so, als wäre es mir völlig gleichgültig, was die Leute von mir halten, und dennoch stockt mir der Atem bei dem Gedanken, mein eigener Sohn könnte Schlechtes von mir denken.«

»So ergeht es uns allen«, sagte Claras Vater. »Ich trauere auch den Tagen hinterher, in denen Clara Geschichten von mir als ihrem Superhelden gezeichnet hat, der zaubern, fliegen und überhaupt alles konnte. Aber unsere Kinder sind clever. Ehe sie zehn sind, haben sie entdeckt, dass auch wir nicht mehr als ein paar in der Suppe zappelnde Würstchen sind.«

»Du bist eine Bockwurst. Ich wünschte, du könntest mit mir kommen und mir helfen, mit Edvard zu reden.«

»Das wünschte ich auch. Aber ich kann Belle nicht ausgerechnet jetzt allein lassen.«

»Nein, das kannst du nicht. Belle, das zarte Rehlein, hat immer Vorrang vor Oda, dem Schlachtross.«

Sein Lachen klang nahezu zärtlich. »Was würde unsere gesamte Menagerie ohne unser Schlachtross anfangen?«

»Ohne unsere *beiden* Schlachtrösser«, verbesserte Oda. »Das Zweite sind Sie, Herr von Arndt.«

Wieder einmal fiel Clara auf, wie vertraut sie miteinander waren, so sehr, dass ihre Worte bis zum Rand mit Bedeutung angefüllt zu sein schienen, die anderen entging. Sie wünschte sich, sie hätte auch mit jemandem derart vertraut sein können. Einst hatte sie etwas Ähnliches mit Manon geteilt, aber jetzt, wo sie es am dringendsten gebraucht hätte, hatte Manon keinen Kopf dafür. Sie schlief schlecht und aß wie ein Spatz. Tag und Nacht beschäftigte sie die Sorge um Maxim.

Die Odessiten reisten ab, nachdem Clara und Hanno mit ihrem Vater und einer einzigen Halbliterflasche Champagner auf ihre Verlobung angestoßen hatten. Das Datum für die Hochzeit sollte festgesetzt werden, sobald Clara ihr Abschlussjahr beendet hatte. Darüber, dass ihr dann noch das Referendariat und das zweite Staatsexamen bevorstanden, wurde nicht debattiert.

Clara gab sich Mühe, sich auf die Vorbereitungen für das neue Studienjahr zu konzentrieren, an dessen Ende die Prüfungen stehen würden. Allmählich musste sie sich mit dem Gedanken vertraut machen, dass sie diesen Beruf auf irgendeine Weise ausüben würde, dass das, was sie ihrer Mutter versprochen hatte, nun in die Tat umzusetzen war. Wie sie sich das vorgestellt hatte, wusste sie nicht mehr. Hatte sie in einen Gerichtssaal marschieren und vollmundig fordern wollen, die beigelegte Untersuchung des Blutmai von 1929 müsse wieder aufgenommen werden, die Mörder aufgespürt und ihrer gerechten Strafe zugeführt?

Vermutlich hatte sie sich damals, mit siebzehn, überhaupt nichts vorgestellt, und vor allem hatte sie nicht geahnt, dass jegliche Rechtsbeugung von 1929 sich harmlos ausnahm gegen die von 1936.

Es ist womöglich nicht die richtige Zeit, das Unrecht an dir geradezurücken, erklärte sie ihrer Mutter in den Nächten. Ich gebe nicht auf, das verspreche ich dir, aber ich werde andere Wege finden müssen, und ich habe nicht die Spur einer Ahnung, wie die aussehen könnten.

Weshalb nannte man so etwas eigentlich *Zwiegespräch mit den Toten?* Es war kein Zwiegespräch, sondern eines, das Clara Nacht für Nacht allein führte. Die Mutter gab keine Antwort. Sie, die einst auf alles, was Clara beschäftigte, Antwort gewusst hatte, würde nie mehr eine geben. In der hallenden Stille der Dunkelheit fühlte sich Clara so einsam wie niemals zuvor.

Der Herbst kam mit Regen und schmutzigen Straßen, mit judenfeindlichen Schildern an den Türen und mit neuen Ausgaben des widerlichen *Stürmer* in Schaukästen, die den olympischen Sommer über leer geblieben waren. Clara schleppte sich zur Universität, um im Immatrikulationsbüro ihren Studentenausweis durch einen Stempel verlängern zu lassen. In zehn Tagen begann der Lehrbetrieb. Für die üblichen Fragen nach einer Mitgliedschaft in den infrage kommenden NS-Organisationen versuchte sie, sich zu wappnen.

Der Mann, der in dem Büro Dienst tat, hieß Kuno Rademacher und saß seit Jahr und Tag hinter demselben Schreibtisch, als wäre er damit verwachsen. Er war ein harmloser Mensch, ein Bürokrat, der strikt nach seinen Vorschriften vorging, sich jeglichen Werturteils enthielt und niemandem Angst einflößte. Er trug nicht einmal eine Hakenkreuzbinde oder ein sichtbar am Revers angebrachtes Parteiabzeichen. Das Hitlerbild, das direkt hinter ihm an der Wand hing, erweckte den Eindruck, als stünde Hitler auf Kuno Rademachers Kopf.

Dass sich Claras Magen zusammenzog, hatte nichts mit Rademacher und diesem Büro zu tun, sondern mit sämtlichen Assoziationen, die der Gebäudekomplex samt seinem Geruch nach Kreide und Bohnerwachs auf den Gängen weckte. Bald würde sie hier wieder tagtäglich gefangen sein und erleben müssen, wie Männer die Zerschlagung von Recht feierten, wie sie im Lichthof Feuer entzündeten, um Bücher hineinzuwerfen, wie sie die Arme reckten und Lieder grölten, in denen von zitternden Knochen und vom Messer spritzenden Judenblut die Rede war.

Wie sehr sie all das belastete, ließ sich den Sommer über verdrängen, aber jetzt kehrten die Übelkeit und das Druckgefühl im Kopf mit Macht zurück.

»Schneider-Arndt, Clara.« Kuno Rademacher mit Hitler auf dem Kopf musterte Claras Studentenausweis und begann, in seiner Kartei zu blättern. Für gewöhnlich fand er hinter der Karte mit dem jeweiligen Namen den gelben Zulassungsbescheid für das neue Studienjahr, woraufhin er den Stempeln auf dem Ausweis einen weiteren hinzufügte. Damit war die Prozedur ausgestanden, und sie würde für eine weitere Gnadenfrist von zehn Tagen nach Hause gehen können.

»Schneider-Arndt, Clara«, wiederholte Rademacher, blätterte weiter und zog dann ihre Karteikarte samt dem angeklammerten Papier heraus. »Ach, da haben wir's ja.« Er rückte sich die Brille zurecht und löste das Papier von der Karte. Es war rosa, nicht gelb. Clara erkannte lediglich, dass die Überschrift mit zwei Schreibmaschinenlinien dick unterstrichen war.

Kuno Rademacher studierte den Bogen mit den wenigen Textzeilen etwa drei Minuten lang, ehe er aufblickte. Sein Gesichtsausdruck war unverändert.

»Hat man Sie nicht benachrichtigt?«, fragte er.

»Wovon benachrichtigt?«

»Sie sind exmatrikuliert worden«, antwortete Rademacher. »Sie haben das Gelände der Universität zu verlassen, für Sie liegt nicht länger eine Zulassung zum Hochschulstudium vor.«

»Das ist ein Irrtum!«, rief Clara und wusste im selben Atemzug, dass es keiner war. Es erging ihr wie mit einer dieser Krankheiten, Schnupfen, Halsentzündung, Grippe, die alle möglichen Leute bekamen, während man selbst immer noch annahm, man werde verschont bleiben.

Was sollte sie sagen? Dass ihr Ariernachweis in Ordnung war, dass sie nie Mitglied einer Partei oder verbotenen Organisation gewesen war? Sie brachte es nicht über sich, weil es klang, als wäre es rechtens, Juden oder Kommunisten von ihren Studien auszuschließen. Wie hatte sie als Studentin der Rechte hier ein und aus gehen und widerstandslos hinnehmen können, wie unentwegt Unrecht geschah?

»Sie werden gebeten, Lehrmaterialien, die Ihnen seitens der Universität zur Verfügung gestellt wurden, umgehend zurückzuerstatten«, sagte Rademacher. »Von Ihnen verfertigte Arbeiten werden gegebenenfalls einbehalten.«

»Steht mir kein Einspruchsrecht zu?«, hörte Clara sich fragen.

Rademacher senkte den Blick auf das rosafarbene Papier. »Das ist nicht vorgesehen«, sagte er dann. »Von Ihnen vorgetragenes Gedankengut ist mit einem rechtswissenschaftlichen Studium im nationalsozialistischen Geist unvereinbar. Ich habe Sie aufzufordern, mir Ihren Studentenausweis auszuhändigen und das Gelände unverzüglich zu verlassen.«

»Meinen Ausweis haben Sie ja schon«, sagte Clara. »Und das Gelände verlasse ich natürlich. Es soll ja schließlich wieder Ordnung herrschen.«

Sie ging und fühlte sich weniger verzweifelt als lächerlich und leer. Drei Jahre ihres Lebens hatte sie dieser Tortur geopfert, um kurz vor dem Ende wie Wildwuchs abgesägt zu werden. Und was sollte nun werden, was sollte sie anfangen? Hanno heiraten, Kinder gebären, sich ins *Grandhotel Odessa* verkriechen wie in ein Wolkenkuckucksheim?

Ihr Vater war auch schon zu Hause, als sie eintraf. Im ersten Augenblick fürchtete sie ernsthaft, man hätte ihn ebenfalls gefeuert, doch das war nicht der Fall.

»Ich würde gern sagen, es tut mir leid«, erklärte er, nachdem sie ihm erzählt hatte, was ihr passiert war. »Dass man dir ein Ziel, das du dir gesetzt hast, verbaut, sollte mir immer leidtun, aber ich fürchte, dem ist nicht so. Es war mir eine Qual, dich dort zu wissen, Clara, und trotz allem bin ich froh, dass diese Qual vorüber ist.«

»Und was soll ich jetzt tun?«, fragte sie. »Die Hände in den Schoß legen, die Dinge geschehen lassen?«

»Dazu würde ich gerne Ja sagen und dich lieber heute als morgen zu deinem Hanno schicken«, antwortete er. »Zumal wir nicht sicher sein können, dass dieser Vorfall nichts nach sich zieht. Aber das kann ich ja nicht. Ich habe dir versprochen, es nicht zu tun.«

Um seine Augen lagen Schatten. Scharfe Kerben gruben sich

links und rechts um seinen Mund. Clara wartete. »Ich brauche jemanden, der eine Lieferung von Metallbauteilen nach Litauen begleitet«, sagte er und sah sie nicht an. »Zwölf Kisten im eigenen Güterwagen. Abfahrt am Montag. In Kybertai wird die Ware übernommen und der Wagen umgekoppelt.«

Sie stand auf und umarmte ihn. Was aus ihr werden, was weiter geschehen sollte, konnte sie später bedenken. Für den Augenblick genügte es, nicht vollkommen nutzlos zu sein.

»Ich habe Angst, Clara. Ich habe Angst wie noch nie in meinem Leben. Auch in Verdun nicht, als wir unter Granatendonner über den Grabenwall nach draußen mussten und ich sicher war, meine Kehle trocknet mir bis hinunter in die Gedärme ein. Das einzige Nasse an mir war meine Hose, die ich mir vor Angst bepinkelt habe. Damals hatte ich dich noch nie gesehen, und ich habe nichts anderes denken können als: Ich darf nicht sterben, bevor ich Clara gesehen habe, bevor Clara weiß, wie ihr Vater aussieht.«

Er schob sie ein Stück weit von sich und verzog das Gesicht. »Ich hoffe, es war keine allzu große Enttäuschung.«

»Nein, war es nicht.«

»Ich habe eine verdammte Scheißangst, Clara. Warum kann man sich als Erwachsener in seinem eigenen Wohnzimmer nicht die Hose nass pinkeln, warum geht das nur im Schützengraben?«

»Ich weiß nicht, Paps. Aber dass du der stärkste kleine Vater der Welt bist, weiß ich. Du schaffst das.«

»Ich will mit dir nach Amerika. New York, Boston, Los Angeles. Wage es ja nicht, dich – egal auf welcher Seite – schnappen zu lassen, ehe wir das gemacht haben, hörst du? Du ohne mich, das ginge. Dann könntest du *Lady Liberty* von mir die ehrerbietigsten Grüße bestellen und einen *Manhattan* in Manhattan für mich mittrinken. Aber ich ohne dich, das geht unter keinen Umständen. Hast du das verstanden?«

»Ein Schritt nach dem anderen«, sagte Clara, umarmte ihn wieder und entdeckte, während sie ihn auf den Kopf küsste, dass sein Scheitel grau wurde. »So hast du selbst es mir erklärt: Wenn wir zu weit vorausdenken, verlieren wir den Verstand.«

»Was nicht das Schlechteste wäre«, erwiderte er. »Was, meinst du, würde deine Mutter sagen, wenn sie wüsste, dass ich dich in diese Sache hineinziehe?«

Clara überlegte. Noch einmal flog im sich überschlagenden Zeitraffer ihr Leben als Familie vor ihrem inneren Auge vorbei, und zum ersten Mal verspürte sie tief in sich den Wunsch nach einem Kind. Oder besser: den Wunsch nach der Sorgfalt, dem Respekt, der tiefen, bedingungslosen Liebe, mit denen sie, die drei Schneider-Arndts, miteinander umgegangen waren.

Wir haben unser Zahnpulver dabei, uns kann gar nichts geschehen.

»Danke, würde sie sagen«, antwortete Clara. »Danke, dass du allein zu Ende führst, was wir zusammen begonnen haben. Danke, dass du unserer Tochter nicht das gibst, was du ihr geben willst, sondern das, was sie braucht.«

Er umfasste ihre Oberarme und blickte eine kleine, stille Weile lang zu ihr auf. Dann stemmte er sich aus dem Sessel. »Also kommen Sie, Fräulein Kneiding. Das ist dein Kampfname. Anya Lore Kneiding. Du bist Baltendeutsche aus Litauen, jetzt wohnhaft in Wilhelmsruh, ledig, tätig für die Firma Metallbau Seipold & Söhne in Potsdam. Kannst du dir das merken? Ein Dossier mit Einzelheiten habe ich auf dein Bett gelegt.«

»Ich spreche kein Litauisch«, sagte Clara.

»Die wenigsten Baltendeutschen sprechen mehr als die nötigsten Brocken für den Alltag«, erwiderte ihr Vater. »Um dir diese samt dem Dossier einzuprägen, hast du fünf Tage Zeit, was zugegeben mehr als sportlich ist. Aber Clara Schneider-Arndt kann alles, was sie will, habe ich recht?«

»Zumindest tut sie so.«

Anschließend briet ihr Vater Omeletts mit Zwiebeln und Pilzen. Nach dem Essen saßen sie schweigend im beginnenden Dämmerlicht beieinander, bis der Tag ganz verloschen war und der Neonglanz der Stadt zu ihnen heraufblinkte, als wäre die Welt noch die, die sie gekannt hatten.

23

CLARA

Wie viel Angst sie selbst hatte, wurde Clara erst bewusst, als sie auf dem Schlesischen Bahnhof den Zug bestieg. Zu viel war zu lernen, zu bedenken, zu packen, einzuüben, das bewahrte sie vor dem Nachdenken. Offiziell begleitete sie im Auftrag ihres Arbeitgebers eine Lieferung wertvoller Metallbauteile an dessen Stammkunden in Litauen, wo ein Repräsentant jener Firma sie in Empfang nehmen, die Umkopplung des Güterwagens überwachen und ihn zur angeblichen Verwendung bei einem Bauprojekt in der Sowjetunion weiterleiten würde. Es hätte weniger komplizierte Wege gegeben, aber dieser hatte den Vorteil, dass die Strecke wenig befahren und noch weniger überprüft wurde. Sie hatten den Wagen für sich allein, wurden während der Durchquerung des polnischen Korridors verplombt und mussten erst hinter der Grenze, in Ostpreußen, wieder mit Kontrollen rechnen.

Während der Fahrt durch einen ganzen Tag und eine ganze Nacht hatte sie nichts weiter zu tun, als auf einem Klappsitz vor sich hinzudämmern, zu lesen, zu schlafen, den mitgebrachten Proviant zu verzehren und dem Rattern der Räder auf den Schienen zu lauschen. Auf bestimmten Streckenabschnitten, zwischen Bahnhöfen, an denen der Zug nicht anhielt, musste sie sich vergewissern, dass sie tatsächlich allein im Wagen war. Ein Güterwagen war für ihren Zweck das perfekte Transportmittel, da sich bei der Fahrt niemand Zugang verschaffen konnte, ohne sich auf halsbrecherischen Irrsinn einzulassen. Zudem erregten die Personenwagen, vor allem die der unteren Klassen, weit mehr Verdacht und wurden ständig kontrolliert.

Wenn Clara sicher war, dass sich auf dem letzten Bahnhof niemand eingeschlichen hatte, sollte sie so schnell wie möglich darangehen, an zwei der sechs Kisten je ein Brett aus der Vernagelung zu lösen und eine Handbreit zur Seite zu schieben. Das musste genügen, um sich zu überzeugen, dass keiner der Flüchtlinge erstickt war, dass der knappe Wasservorrat ausreichte, dass die trockenen Kekse, die eingespeichelt und geschluckt, aber nicht gekaut werden sollten, den Hunger im Zaum hielten. Sprechen durfte sie nicht, da mit letzter Sicherheit nicht ausgeschlossen werden konnte, dass sich ein Agent mit spezieller Ausbildung zwischen den Wagons bewegte. Um die Menschen zu beruhigen, die zwischen Holzwolle und Schraubenkästen eng beieinanderkauerten, mussten ein Lächeln und ein paar Gesten genügen.

In der vorderen Kiste waren vier Frauen und zwei Männer untergebracht, die eine Kleinkunstbühne betrieben und sich wie Erich Ohser von der Politik fern, aber nicht fern genug gehalten hatten. Was diese Gruppe betraf, war mit wenig Problemen zu rechnen, hatte Claras Vater ihr erklärt. Sorgen bereitete ihm die zweite Kiste, in der drei Generationen einer jüdischen Familie steckten.

»Großmutter, Eltern, ein Onkel und zwei Kinder. Vier und fünf Jahre alt, das schlimmste Alter überhaupt. Was ein so kleines Kind tut, lässt sich nicht im Voraus berechnen, einem so kleinen Kind kann niemand erklären, dass es still wie eine Maus sein muss, wenn es überleben will. Zugleich sind diese Kinder aber schon zu groß, um sich einreden zu lassen, mucksmäuschenstill in einer Kiste zu hocken wäre ein geniales, neues Spiel. Nicht neunundzwanzig und eine halbe Stunde lang. Irgendwann erklärt dir selbst das langmütigste Kind, es habe dieses dumme Spiel satt, und wenn du nicht darauf eingehst, fängt es an zu heulen.«

»Ist so etwas schon einmal passiert?«, hatte Clara gefragt.

»Das willst du nicht wissen«, hatte ihr Vater erwidert.

»Doch. Also ja?«

»Ein Vater mit vier Kindern hat dem jüngsten, das zu schreien anfangen wollte, den Mund zugehalten. Wie lange du die Hand auf dem Mund lässt und ob du zu fest drückst, kannst du im Dunkeln schwer einschätzen. Nur dass du erst loslassen darfst, wenn kein Ton mehr kommt, weil du drei weitere Kinder und deine schwangere Frau zu schützen hast. Jener Vater hat sein Kind gestreichelt und mit ein paar geflüsterten Worten gelobt, weil es so schnell wieder still war. Daraufhin kam auch nichts, und kurz darauf hielt die Mutter dem Vater den Mund zu, damit der aufhörte zu schreien.«

»Das Kind – es war tot?«

»Ja, Clara, die vierjährige Tochter mit Grübchen in den Wangen war tot, und so etwas darf uns nie wieder passieren. Dass wir genauso viele, wie wir in Berlin in den Zug geladen haben, in Kybertai wieder lebend ausladen, ist alles, woran wir denken dürfen. Wie du das schaffst, kann ich dir nicht sagen, und ich habe nie behauptet, dass es nicht mörderisch ist. Aber schaffen musst du es. Wozu lassen wir uns sonst auf diesen Irrsinn ein?«

Clara war entschlossen, sich daran zu halten. Dass die Angst, die von ihr Besitz ergriff, sobald der Zug aus dem Lärm der Stadt hinaus in die Weite Brandenburgs brauste, Todesangst sein würde, hatte niemand ihr gesagt. Die Chance, erwischt zu werden, war gering, doch das nützte ihr nichts, denn selbst die kleinste Chance genügte. Wenn eine findige Gestapo-Einheit sie sich zunutze machte, bedeutete es das Ende von Clara Schneider-Arndt.

Es gab nichts Halbes, keinen Fluchtweg, kein Davonkommen mit einem blauen Auge. Die Kapsel, die der Vater ihr in ihr Medaillon geschoben hatte, enthielt Zyankali. »Das ist zweifellos das

Letzte, was ein Vater zu seinem Kind sagen will«, hatte er sich abgerungen. »Aber sagen muss ich es dir trotzdem: Ich hoffe, du weißt, wann du sie zu nehmen hast, und zögerst nicht.«

Clara auf ihrem Klappsitz versuchte, nicht an den Inhalt des Medaillons zu denken, das auf ihrer Brust lag. Sie musste die Kapsel schlucken, wenn sie kamen, um sie zu verhaften, sie durfte nicht riskieren, verhört zu werden und womöglich zu verraten, was sie wusste. Sooft ein einzelner Fluchthelfer geschnappt wurde, flog ein ganzer Ring auf, hatte der Vater ihr erklärt. Das durfte ihnen nicht geschehen. »Über die Verhörmethoden der Gestapo wissen wir mehr, als uns lieb ist. Und davon auszugehen, dass Jagodas NKWD zimperlicher vorgeht, wäre reines Wunschdenken.«

Jagoda war der Chef des sowjetischen Geheimdienstes. Journalisten nannten ihn »Stalins schärfsten Hund«.

Die Kapsel war also unumgänglich. Aber wie konnte man eine Kapsel schlucken, die das eigene Leben auslöschte, wenn man von diesem Leben gerade erst gekostet hatte? Walt Disney, dessen Werke in Deutschland nicht mehr gezeigt wurden, drehte den ersten spielfilmlangen Zeichentrickfilm der Weltgeschichte. Wie sollte sie die Kapsel schlucken und wissen, dass sie diesen Film nie zu sehen bekommen würde, dass sie überhaupt nie wieder einen Film sehen, geschweige denn jemals einen zeichnen würde?

Warum nur hatte sie mit dem Zeichnen aufgehört, warum nicht all ihre Kraft darauf geworfen, den tanzenden Gestalten aus ihrem Kopf aufs Papier und in die Welt zu helfen? Wenn sie die Kapsel schluckte, würden all die Figuren mit ihr sterben, ohne dass jemand Gelegenheit hatte, sie kennenzulernen. Sie würde nie erfahren, was aus ihr hätte werden können, sie würde wie ihre Mutter eine Frau sein, die vor ihrer Zeit verloschen war und über die bald niemand mehr sprach.

Sie würde nie New York sehen, Los Angeles, Boston.

Sie würde Odessa und Manon nie wiedersehen, ihre Hochzeit nicht miterleben, nie neben Manon am Strand sitzen, die Haut klebrig von Sonne, Sand und Salzwasser, und zuschauen, wie ihre Kinder im seichten Wasser mit Eimern und Schaufeln spielten. Zwei kleine Mädchen, die Freundinnen waren wie ihre Mütter. Wenn sie die Kapsel schluckte, starben auch die Kinder, die sie hätte haben können, und der Bogen der Freundschaft zwischen Odessa und Berlin brach ab.

Mit dem schrillen Kreischen von Metall auf Metall kam der Zug zum Stehen. Clara wurde gegen die Wand geschleudert und brauchte ein paar Minuten, um sich zu fangen. Scharfe Kommandos in fremder Sprache drangen durch die Wand des Waggons zu ihr in die Dunkelheit. Ihr Herz klopfte dumpf, jeder Schlag schien in ihrem Schädel widerzuhallen. Jäh wünschte sie sich, sie hätte vor ihrem Aufbruch Briefe geschrieben, an ihren Vater, an Manon und an Hanno, um sich zu entschuldigen, dass sie ihn so lange vergeblich hatte warten lassen.

Mit einem Knall wurde die Verriegelung geöffnet und die Tür des Wagens aufgeschoben. Clara erschrak bis ins Mark. Sie war sicher: Und wenn man ihr allen Reichtum der Welt dafür geboten hätte, sie hätte sich nicht rühren können.

Ein Mann mit einer Taschenlampe sprang auf das Trittbrett und leuchtete ihr ins Gesicht. In der fremden Sprache herrschte er sie an, stellte eine Frage, die sie nicht verstand. Polnisch, nahm sie an. Einzelne Worte konnte sie erkennen, weil sie dem Russischen ähnlich waren.

»Es tut mir leid, ich spreche kein Polnisch«, gab sie wie ein Automat die einstudierten Sätze wieder. »Mein Name ist Anya Kneiding von der Firma Seipold und Söhne in Potsdam, ich begleite eine Lieferung meines Unternehmens zur Firma Kazickas in Litauen.«

Der Mann ließ den Lichtkegel der Taschenlampe über ihr Gesicht gleiten. Clara wandte sich ab, doch das Licht folgte ihr. »Papier«, knurrte der Mann schließlich.

»Papiere?«, stammelte Clara. »Sie wollen die Speditionspapiere sehen?«

Die Dokumente lagen in einer ledernen Mappe auf einer der Kisten. Claras Vater hatte ihr erklärt, dass sich darin nicht nur die offiziell erforderlichen Papiere befanden, sondern zudem verschlüsselte Hinweise, die ihren Verbündeten auf dem Weg signalisierten, dass dies die Ladung war, deren vorderen Teil sie ungeprüft passieren lassen sollten. Mit stocksteifen Beinen stand Clara auf, nahm die Mappe und reichte sie dem Mann. War er einer der Verbündeten? War er lediglich ein polnischer Zoll- oder Grenzbeamter, der eine Prämie bekam, wenn er einen Schmuggler aufbrachte? Und was war, wenn einer der Verbündeten kalte Füße bekam und beschloss, sie an die eine oder die andere Seite auszuliefern?

Zwischen Polen und Nazi-Deutschland kam es immer wieder zu Animositäten, in denen es um Grenzverläufe, Nutzungsrechte und diesen Korridor ging. Der kleinste Regelverstoß führte zu einer Krise, in der Gerede von Kriegsgefahr aufkam, und mit einer Deutschen, die illegale Einwanderer durch polnisches Gebiet schmuggelte, wurde bestimmt nicht lange gefackelt.

Der Mann studierte die Papiere, blätterte einen Bogen nach dem anderen um und begann dann wieder von vorn. Claras Nägel bohrten sich in ihre Handballen.

»*W porządku*«, sagte der Mann endlich und stopfte die Papiere wieder in die Mappe. »In Ordnung.«

Statt ihr die Mappe allerdings zurückzugeben, den Wagen zu schließen und zu plombieren, wie Clara es sich sehnlichst wünschte, wandte er sich um, sprang vom Trittbrett und rief etwas über den Bahnhof. Ein weiterer Mann, ein hagerer Hüne in

Uniform und Käppi, eilte im Laufschritt herbei. Während des heftigen Wortaustauschs der beiden glaubte Clara, die Anspannung nicht länger zu ertragen. Und um wie viel schlimmer musste es den Leuten in den Kisten ergehen? War es möglich, vor Angst zu sterben? Würde sie in Kybertai die Kisten öffnen und nur noch übereinanderliegende Tote – Männer, Frauen, Kinder – vorfinden?

Der Mann mit der Taschenlampe trat beiseite, und der andere sprang mit einem Satz in den Waggon. Clara erschrak so sehr, dass sie bis ins Mark erstarrte. Wenn er von ihr verlangte, sich zu rühren, würde sie ihm nicht Folge leisten können. Der Mann aber verhielt sich vollkommen ruhig und beachtete sie nicht. Er setzte sich auf eine der Kisten, in der sich die unschätzbare Menschenfracht befand, und ließ den Gegenstand, den er in den Händen hielt, zwischen seinen langen Beinen baumeln.

Clara konnte nicht erkennen, worum es sich dabei handelte. Eine Stablampe, ein Schlagstock, eine Schusswaffe – es hätte alles sein können.

Von außen wurde donnernd die Tür des Waggons zugeschlagen. Kurz darauf ertönte ein Pfiff, und der Zug fuhr hinaus in die Nacht. Clara kauerte auf ihrem Klappsitz wie ein Tier in einer Falle. Lebendfalle nannte der Hausmeister ihres Schöneberger Wohnblocks die, die er in Kellern und Korridoren aufstellte, um Mäuse und Ratten zu fangen. »Ich kann keine Kreatur totmachen, auch die widerlichste nicht«, hatte er erklärt.

Also ließ er die Kreaturen in der Lebendfalle und sah zu, wie sie in verzweifelter Todesangst anderthalb Schritte vor und anderthalb Schritte zurück flohen, mit aufgerissenem Maul um ihr Leben quiekten und irgendwann an einem Herzschlag starben.

Der Hausmeister nannte sich jetzt Blockwart. Er trug die Hakenkreuzbinde am Arm und meldete Nachbarn, die an Hitlers Geburtstag ihre Fenster nicht beflaggten, keine Spende zum Eintopfsonntag abgaben und ihre jüdischen Freunde weiterhin in ihren Wohnungen empfingen.

Clara hatte den Mann, der auf der Kiste mit der sechsköpfigen Flüchtlingsfamilie saß, nur kurz gesehen, aber ihr schien, dass er Ähnlichkeit mit Blockwart Rüster hatte. Er hatte Clara Schneider-Arndt in seiner Lebendfalle gefangen und würde sich nun zurücklehnen, um zuzusehen, wie sie langsam starb.

Die Nacht im Eisenbahnwaggon war schwarz und still bis auf das Rattern der Räder, das den Boden holpern ließ. Nie hatte Clara sich vorstellen können, dass eine Nacht so tödlich schweigend und das Universum so leer und antwortlos sein konnte. Wie erging es den Menschen in den Kisten, die doppelt gefangen waren und nicht einmal ahnten, was um sie herum geschah? Eine Lebendfalle in einer Lebendfalle. Jeder Laut – Niesen, Husten, Weinen, Stöhnen – konnte sie zum Tod verurteilen.

Und wenn sie nicht niesten, weinten, husteten, ihrem Herzen Luft machten?

Würden sie dann etwa überleben?

Eine Lebendfalle hieß nur so, weil das Tier lebendig hineinging, nicht weil es so auch wieder herauskam.

Was würde geschehen, wenn sie in Kybertai ankamen? Würde der Mann selbst mit der Brechstange, die er möglicherweise zwischen seinen Beinen baumeln ließ, die Kisten öffnen und Leiche um Leiche hinaus auf den Bahnsteig werfen – den kleinen Herrn mit dem hohen Hut, den er hatte zurücklassen müssen, die Großmutter mit dem fedrigen Haarschopf, die junge Frau und ihre an sie geschmiegten Kinder, einen dunkeläugigen Jungen und ein Mädchen mit Zopfschleifen? Würde der Mann Clara zwingen, dabei zuzusehen, oder würde er von ihr verlangen, dass sie die Entsorgung der Leichen mit eigenen Händen erledigte?

Und starb man daran? Oder würde sie noch immer die Kapsel schlucken müssen, wenn sie die Qual nicht länger ertrug?

Der Zug hielt nicht mehr. Er fuhr weiter und weiter und würde vielleicht niemals mehr anhalten. Daheim in ihrer hellen Wohnung hatte Clara ihren Vater gefragt, wie man seine Notdurft verrichtete, während man neunundzwanzig Stunden in einer Kiste verbrachte, und ihr Vater hatte sie gebeten, auf die Antwort zu verzichten. »Dass wir darüber kein Wort verlieren, auch nicht, wenn wir die Kisten öffnen, sind wir den Leuten schuldig. Um einen Rest ihrer Würde kämpfen sie schon hart genug.«

Jetzt betraf es sie selbst, und sie konnte nicht glauben, dass sie mit dem Tod vor Augen nichts anderes dachte als: Ich muss verdammt noch mal pinkeln. Hinter ihr, im Winkel neben den Kisten, stand zu diesem Zweck ein Eimer mit Deckel, doch jetzt, wo der Mann da war, stand es außer Frage, ihn zu benutzen. Was aber blieb ihr sonst übrig? Ihre Blase war voll bis zum Platzen.

Daran starb aber kein Mensch, oder doch?

Die Zeit verging.

Irgendwann wünschte sie sich zu sterben, ob aus Angst, aus Verzweiflung oder an Blasenschmerzen, war ihr gleichgültig.

War sie noch wach?

War sie noch am Leben?

An ihren Beinen strömte Flüssigkeit herab, und trotz allem, was so viel schlimmer war, verspürte sie den Drang, wie ein Kind zu weinen. Sie hatte sich in die Hosen gemacht! Klamm klebten die Strümpfe an ihren Schenkeln, sammelte sich Nässe in ihren Schuhen. Clara fror, doch nach der Decke, die neben dem Eimer lag, konnte sie nicht greifen. Als der Zug ohne Vorwarnung anhielt und sie aus den Wirren von Halbschlaf und Albträumen aufschreckte, dachte sie: Ich habe es verpatzt. Ich kann nicht wie du sein, *mum,* ich habe niemandem geholfen, ich bin zur Heldin nicht gemacht. Alles, was ich noch will, ist, dass es schnell geht, und dass ich sterbe, ohne die anderen Toten sehen zu müssen.

Sie tastete nach der Kapsel und wünschte, sie hätte ihren Vater gefragt, wie es war, an Zyankalivergiftung zu sterben. Aber vielleicht wusste der Vater das selbst nicht. Wenn sie in den ersten Sommertagen in Odessa in die Meeresbrandung gelaufen war, hatte sie nie wie die anderen erst vorsichtig ertastet, wie kalt das Wasser war, sondern war gelaufen, gelaufen, gelaufen.

War Sterben wie Leben?

Musste man es einfach ausprobieren?

Die Tür des Wagens wurde aufgeschoben, und grelles Tageslicht strömte ins Innere. Jäh roch Clara ihren eigenen Gestank, die Schärfe des Urins und den sauren Angstschweiß. Sie konnte sich nicht länger auf dem Klappsitz halten, sondern kippte einfach vornüber, und sie konnte auch das tödliche Schweigen nicht länger aushalten, sondern ließ den heiseren Schrei aus ihrer Kehle entweichen.

Zwei Männer in Uniform, die sich an den Haltegriffen hinauf in den Wagen zogen, das war alles, was sie sah. Ihre Körper zerflossen zu Umrissen. Einer ging zur Seite und begann ein heftiges Gespräch mit dem hageren Hünen, der sich von der Kiste erhob.

Ich bin eine Versagerin, gellte es durch Claras Kopf. Ich habe zwölf Menschenleben nicht geschützt, und das dreizehnte ist mein eigenes.

Sie füllte sich aufprallen. Hüfte, Schulter, Stirn.

»Clara!«

Zwei Hände packten sie unter den Achseln, stemmten sie in die Höhe und hievten sie aus dem Wagen ins Freie, wo sie wieder atmen konnte. Frische, herbe Luft strömte in ihre Lunge, als hätte man eine Todkranke an eines der modernen Beatmungsgeräte angeschlossen, um sie ins Leben zurückzuholen. Der Bahnhof, auf dem sie sich befand, erschien ihr blank und sauber. Er war fast menschenleer, nur ein paar Arbeiter waren auf einem Nebengleis beschäftigt.

»Es ist gut«, sagte der Mann, der sie festhielt. »Du hast es geschafft. Um die Sicherung und den Weitertransport kümmern wir uns.«

Kurz ließ er sie los, doch da er wohl spürte, dass sie sich nicht auf den Beinen halten konnte, fasste er nach, schlang schließlich seine Arme um sie und zog sie an seine Brust.

»Beim ersten Mal ist es schlimm«, sagte er leise. »Und bei den Malen, die danach kommen, wird es nicht viel besser.«

Ungläubig legte Clara den Kopf in den Nacken und blickte auf. »Edvard? Du?«

Zu nicken brauchte er nicht. Dass er es war, ließ sich schließlich nicht übersehen, wenn man sich ein Leben lang kannte. Die Uniform eines litauischen Bahnbeamten wirkte kaum anders an ihm als seine ewigen Maßanzüge mit Hotel-Emblem.

»Ja, ich.«

Auf einmal war nichts Erstaunliches mehr daran, es war, als hätte sie es schon ihr Leben lang wissen müssen. Er war Edvard, der Stoffel, der Griesgram, der Pedant. Edvard, über den sie als Kinder ihre Witze gerissen hatten. Edvard, der nicht ertrug, wenn jemandem Unrecht geschah. Plötzlich war sie geradezu lächerlich froh, dass er es war.

Sie klammerte sich an seinen sehnigen Schultern fest.

»Habe ich alles falsch gemacht, Edvard?«

»Nein, nein.« Unbeholfen berührte er ihr Haar, dann packte er sie fester, legte sein Gesicht auf ihren Kopf und sagte noch einmal: »Nein, nein.«

»Sind sie tot?« Sie spürte ihre Zähne klappern. »Die Kinder, die alte Dame?«

»Sie leben«, sagte Edvard. »Was sie an Strecke noch vor sich haben, ist kein Zuckerschlecken, aber das Härteste haben sie überstanden.«

Sie ließ sich gegen ihn sinken. Die Wucht der Erleichterung ertrug sie kaum. »Bitte werft mich nicht raus«, sagte sie. »Auch wenn ich mich wie eine Idiotin angestellt habe. Ich werde lernen. Ich bin das nächste Mal besser, versprochen. Irgendetwas muss ich tun, um gegen diese Verbrecher zu kämpfen, oder ich werde verrückt.«

Er hielt inne, nahm ihr Gesicht in seine schlanken, festen Hände und zwang sie, ihn anzusehen. »Warum, Clara?«

»Meine Mutter.« Sie schluckte. Ehe sie sich bremsen konnte, strömten die zu lange eingeschlossenen Worte aus ihr heraus: »Meine Mutter war mit Leib und Seele Journalistin. Sie war der festen Überzeugung, wenn nur über alles mit der größten Aufrichtigkeit berichtet wird und ein jeder Zugang dazu hat, wenn jeder Missstand angeprangert und bekämpft werden kann, ist die Demokratie ein Selbstläufer, weil sich der Mensch letzten Endes immer für das Gute entscheidet.«

Hart lachte Edvard auf.

Durch Claras Körper lief ein Zittern. »Am 1. Mai 1929 wollte sie über eine Demonstration im Berliner Bezirk Wedding berichten, die von der Regierung verboten worden war. Die KPD hatte sich diese Demonstration als Tradition der Arbeiter nicht verbieten lassen, und viele, die mitliefen, hatten von dem Verbot vermutlich gar nichts gewusst. Die Polizei ging mit Schlagstöcken und Wasserschläuchen gegen die Demonstranten vor. Es kam zu Krawallen und Straßenschlachten. Ab Mittag wurde vereinzelt auch geschossen.«

Edvard schloss eine Hand um ihren Hinterkopf.

»Meine Mutter machte immer ihre eigenen Fotos«, sagte Clara. »Sie war gut darin, hatte sich im Bürgerkrieg in Odessa beigebracht, mit dem Auge eines Fotografen hinzusehen. Mehr wollte sie nicht: ein paar Bilder machen und darüber berichten, dass die Polizei einer sozialdemokratischen Regierung gegen ihre Genossen, die zum Tag der Arbeit demonstrierten, Schusswaffen einsetzte. Damit die Leser sich selbst ein Urteil bilden konnten, weil anders Demokratie nicht funktioniert. Sie war mutig. Aber nicht leichtsinnig. ›Ich muss an meine Familie denken‹, pflegte sie zu sagen, und als ein Beamter sie durch ein Megafon anbrüllte, die Straße, auf der sich Polizei und Demonstranten einen Kampf lieferten, zu verlassen, beugte sie sich der Gewalt. Sie hatte ein kleines Stativ aufgebaut, das häufig klemmte, das versuchte sie einzupacken, um auf den Gehsteig zurückzukehren.«

Edvards Finger strichen ihr über den Kopf. Eine Glocke klingelte, ein Mann mit einem Koffer tauchte auf, sah sich suchend um und verschwand wieder. Ein Zug fuhr weiter. Die fahle Sonne stieg.

»Wir nehmen an, dass dieses Stativ sich wieder einmal verklemmt haben muss«, sagte Clara. »Als meine Mutter es schließlich geschafft hatte, verließ sie wie angeordnet die Straße, aber für den Polizisten, der sie angebrüllt hatte, war sie nicht schnell genug. Sein Schuss traf sie in den Rücken, gerade als sie einen Fuß auf den Gehsteig gesetzt hatte. Vor der Untersuchungskommission ist er nicht erschienen, mein Vater und ich wissen nicht einmal, wie er aussieht. Zu seinen Gunsten hat ein Zeuge ausgesagt, er habe sich durch die Befehlsverweigerung der Toten bedroht gefühlt, und das genügte. Die ganze Anhörung war in weniger als einer halben Stunde zu Ende.«

Edvard bettete ihren Kopf an seine Brust. Clara schloss die Augen und lauschte ihren Worten nach. Sie hatte es weder sich noch ihren Vater je zuvor in einem Stück erzählen hören.

»Komm«, sagte er. »Du hast zwei Stunden Zeit, ehe wir dich in einen Zug zurück nach Hause setzen. Die solltest du nutzen, um einen Kaffee zu trinken und ein bisschen zu schlafen.«

Er nahm sie am Arm und führte sie zu einem niedrigen, baufälligen Vorbau, aus dessen trübem Fenster Licht schien.

Clara sprach einfach weiter. »›Wer Recht beugt, muss sich nicht wundern, wenn es bricht‹, hat meine Mutter gesagt. Ich habe ihr versprochen, Jura zu studieren und zu verhindern, dass es bis zum Brechen gebeugt wird, aber ich habe auf ganzer Linie versagt. Mit dem Studium bin ich kaum zurechtgekommen, und jetzt haben sie mich ausgeschlossen.«

»Das spricht nicht gegen dich.«

»Wohl nicht. Aber ich komme mir vor, als hätte ich meine Mutter verraten. Darf ich bei euch bleiben? Weiter für euch Transporte begleiten?«

»Du bist die Verlobte meines Bruders und solltest das wohl mit ihm besprechen«, sagte Edvard. »Aber das darfst du nicht. Hanno ist ein Mensch, der sich um nichts und niemanden Sorgen macht, und für uns stellt er ein Risiko dar. Wenn dir das recht ist, wenn du es mit dir allein abmachen kannst, bist du uns willkommen. Frauen erregen weniger Verdacht als Männer, und wir brauchen jeden, den wir bekommen können.«

Er schob die Tür des Vorbaus auf. Außer dem Geruch nach Petroleum schlug ihnen eine verlockende Wärme entgegen, doch im selben Augenblick spürte Clara wieder die Nässe an den Beinen. »Ich kann da nicht rein.«

»Warum nicht?«

»Ich habe mir …« Sie sah zu Boden. »Ich habe mich nass gemacht.«

»Drinnen gibt es einen Waschraum«, sagte er gleichmütig. »Nichts Luxuriöses, aber fürs Nötigste wird's reichen.«

In dem kleinen Raum standen ein Tisch mit einer Wachstuchdecke und in der Ecke ein Herd, auf dem eine uniformierte Frau in einer Metallkanne Kaffee brühte. Edvard zeigte Clara die Seitentür, die in eine Nasszelle mit Toilette und Waschtisch führte. Die Toilette stank. In der Waschschüssel schwamm ein wenig Seifenlauge, die dem Aussehen nach bereits mehrmals benutzt worden war. Es war Clara egal. Sie zog ihre Strümpfe aus und verwendete sie, um sich die Beine abzuseifen. Dann stopfte sie sie in den überquellenden Abfalleimer und kehrte zurück in den Raum.

Edvard saß an dem Tisch mit der Wachstuchdecke, auf dem zwei dampfende Tassen und ein Teller mit in Würfeln geschnittenem Brot und Wurst standen. Clara setzte sich ihm gegenüber und schloss die Hände um ihre Tasse.

»Und du?«, fragte sie. »Warum tust du es?«

Er blickte auf, und ihre Blicke trafen sich. Er hatte ein schmales Gesicht, und sie erinnerte sich, dass ihn die Jungen am Strand in ihrer Kindheit *Orel,* den Adler gerufen hatten. Dass seine Augen braun waren, bemerkte sie zum ersten Mal.

»Das habe ich mich nie gefragt«, sagte er, die Stimme bitter und hart. »Mich hat ein jüdischer Stammgast um Hilfe gebeten, und ich habe eben getan, was ich für richtig hielt. Dein Vater erschien mir vertrauenswürdig, Angst hatte ich dennoch, aber er steckte schon so gut wie drin, als ich dazukam. Seit Neuestem frage ich mich allerdings, ob ich es wie du tue, um etwas gutzumachen. Auch wenn ich von der falschen Seite komme und sich in meinem Fall nichts gutmachen lässt.«

»Warum denn das? Du hast doch nichts getan.«

Er machte die Augen schmal. »Geht es je um das, was wir tun, oder um das, was unsere Väter und Mütter getan haben?«, fragte er. Ohne ihrem Blick auszuweichen, fuhr er fort: »Mein Vater ist ein Faschist.«

»Dein Vater?«, rief Clara ungläubig, »Leo Ullrich?«

Der Schriftsteller, der durch einen einzigen Roman vor mehr als dreißig Jahren einen Skandal ausgelöst, europaweiten Ruhm erlangt und dann nie wieder mehr als belanglose Artikel geschrieben hatte, war ihr immer wie ein Mann vorgekommen, der sich aus unerfindlichen Gründen aus den Wildwassern der Weltgeschichte zurückgezogen hatte, der aber entschieden auf der Seite von Freiheit und Demokratie stand, wofür seine Freundschaft mit den Mandelstams sprach.

Leo Ullrich ein Faschist? Die Idee schien absurd. Von der politischen Haltung abgesehen, fehlten ihm dazu der Größenwahn und die Energie.

»Ullrich ist nicht mein Vater«, sagte Edvard. »Meine illustre Mutter hielt es nicht für nötig, mich davon in Kenntnis zu setzen, aber der Mensch, der mich gezeugt hat, war der Ansicht, ich müsse es wissen. Schließlich bin ich nicht irgendwer, sondern der einzige lebende Spross eines piemontesischen Grafen, der mit Feuer, Schwert und Schaum vorm Mund an Mussolinis Flanke steht. Dementsprechend soll ich nun so rasch wie möglich meine Umsiedlung vorbereiten, um mein Erbe als gräflicher Faschistenführer anzutreten. Ciano ist unfähig. Ich dagegen müsste als Sohn von Carmelo de Cadorna mindestens das Zeug zum Außenminister haben.«

»Oh, Edvard.« Über die Distanz hinweg spürte sie seine Verwundung, weil sie der ihren glich. Seine Geschichte war eine andere, doch die Machtlosigkeit, das Gefühl, gegen eine Wand aus Zorn und Trauer anzurennen, waren gleich. Sie ließ die Tasse los und nahm seine Hand. Durch seine zusammengekniffenen Augen glaubte sie in ihm lesen zu können wie in einem offenen Buch. Seine ganze penible Sorgfalt, seine Überkorrektheit, über die sie sich als Kinder lustig gemacht hatten, war in Wirklichkeit schlicht der Wunsch, das Richtige zu tun.

»Sag nicht, es habe nichts mit mir zu tun«, sagte er.

»Das sage ich nicht«, erwiderte Clara. »Ich würde genauso empfinden wie du.«

»Und würdest du auch deine Mutter dafür hassen?«

»Vermutlich. Zumindest für lange Zeit.«

»Ich habe nicht vor, mit ihr noch einmal ein Wort zu wechseln«, sagte Edvard. »Ausgerechnet ich, dem solche kindischen Trotzreaktionen immer zuwider waren.«

»Du bist nicht kindisch«, sagte Clara. »Und du bist auch nicht trotzig. Du bist verletzt und durcheinander und brauchst jemanden, der dir sagt, wer du bist, weil du es selbst nicht mehr weißt. Lass mich das sein: Du bist Edvard Liebenthal, den ich mein Leben lang kenne und der jetzt trotzdem ein anderer ist. Nicht weil ein größenwahnsinniger Faschist meint, man könne sich Menschen unter den Nagel reißen wie Länder. Sondern weil du dich in Gefahr begibst, um Leben zu retten, einfach weil es das Richtige ist. Du bist ein verdammt feiner Mann, Edvard. Kein Wunder, dass der Faschist dich zum Sohn haben will, nur hat er keine Chance, einen wie dich zu bekommen.«

Der Laut, der aus seiner Kehle kam, klang beinahe wie ein Lachen.

Clara öffnete den Mund.

»Nein, nicht.« Edvard hob die freie Hand, und seine Augen wurden wieder weit. »Keine Komplimente mehr. In größerer Dosis vertrage ich die nicht.«

»Ich wollte dir keines machen.« Claras Stimme klang heiser.

»Was dann?«

»Ich wollte dir sagen, dass ich nicht mehr Hannos Verlobte sein kann«, antwortete Clara. »Und dass ich mit dir nach Odessa kommen muss, um es ihm selbst zu sagen.«

Sie hatte es gerade eben bemerkt.

1938–39

ODESSA UND BERLIN

ABSCHIEDE VOR ZIMMERTÜREN

»Wir Lebenden spüren den Boden nicht mehr.
Wir reden, dass uns auf zehn Schritte keiner hört.«

Ossip Mandelstam

24

ODA

Sie kannte das aus dem Krieg: Es gab Zeiten, in denen man Träume hatte und Wünsche hegte, sich ausmalte, wie sich dieses und jenes erreichen ließe, und sich auf jedem Heimweg beeilte, weil schließlich etwas sich in der Zwischenzeit ereignet haben mochte, etwas Wunderbares, das eines der Traumziele in greifbare Nähe rückte.

Dann aber kam eine Zeit, die über Träume und hochfliegende Hoffnungen hinwegwalzte und nur eines übrig ließ: den Wunsch, daheim keine weitere Katastrophe vorzufinden, nicht noch mehr zu verlieren, sondern so weiterleben zu dürfen wie bisher.

Der Januarabend war schwarz und zornig. Der Sturm riss ganze Äste von den Akazien, unter denen die Passanten nach Hause eilten. Oda, die von einer Sitzung mit Vertretern von Intourist kam, wäre gern im Schritttempo gefahren, um den Augenblick hinauszuzögern, in dem sie erfuhr, was während ihrer Abwesenheit im Hotel geschehen war. Die Hoffnung, es könne ein ruhiger Tag gewesen sein, hegte sie kaum mehr. Für Katastrophen entwickelte man mit der Zeit eine Vorahnung, die nichts mit Aberglauben oder Hellseherei zu tun hatte.

Sie hatte eine solche Vorahnung gehabt, als im September 1936, nach der Atempause bei Bodo in Berlin, der scharfe Hund Genrich Jagoda durch das unbeschriebene Blatt Nikolai Jeschow ersetzt worden war. Am selben Tag war Kasi mit hängendem Kopf von der Schule nach Hause getrottet und hatte berichtet, er dürfe künftig nicht mehr auf Deutsch unterrichtet werden. In der Schule der lutherischen Gemeinde, auf die bereits Odas Vater gegangen war, waren die Kinder der Schwarzmeerdeutschen von jeher auf Deutsch und auf Russisch gleichermaßen unterrichtet worden, und nicht wenige Protestanten anderer Herkunft hatten ihre Kinder ebenfalls dorthin geschickt, weil die Schule einen ausgezeichneten Ruf genoss.

»Auf dem Pausenhof sollen wir auch nicht mehr Deutsch sprechen«, hatte der hoch aufgeschossene Kasi, der immer ihr Kleinster bleiben würde, sich beklagt. »Ich denke, ich werde überhaupt nicht weiter in die Schule gehen. Ich bin schließlich sechzehn. Ich lerne da sowieso nichts mehr.«

»Das ist grober Unfug, den du da von dir gibst, und es zeigt, was für ein dummer kleiner Junge du in Wahrheit noch bist«, hatte Malwine, die zu der Zeit noch bei ihnen im Hotel wohnte, ihn belehrt. »Bildung ist für Arbeiterkinder das kostbarste Gut. Um uns den Zugang zu Bildung zu erkämpfen, sind unsere tapferen Genossen gestorben.«

»Ich bin aber kein Arbeiterkind«, sagte Kasi. »Ich bin überhaupt kein Kind mehr, und die Bildung und die tapferen Genossen können mir gestohlen bleiben.«

»Wirst du wohl still sein, du weißt ja nicht, was du sagst!«, fuhr Malwine ihn an, ehe Oda ihr ihrerseits über den Mund fuhr.

»Die, die gefälligst still ist, bist du«, hatte sie gesagt. »Das hier ist mein Haus, hier dürfen meine Kinder sagen, was ihnen in den Sinn kommt, und wenn Kasi nicht mehr zur Schule gehen will, dann wird er eben nicht mehr gehen. Das macht keinen Dummkopf aus ihm, und andersherum hat auch nicht jeder gebildete Mensch ein Hirn, das zum Denken taugt.«

Das war harscher als nötig gewesen, aber Kasi hatte ihr leidgetan. Dass er kein Deutsch mehr sprechen durfte, war eine der vielen kleinen Schikanen gegen Deutschstämmige, die neuerdings um sich griffen, ohne dass sich dafür ein Grund erkennen ließ. Vor allem aber wusste sie, dass Kasi unter dem Schicksal seines Kameraden litt. Ganz still und verstört war er aus Berlin gekommen und hatte in den ersten Tagen nach Georgchen kaum zu fragen gewagt. Als er schließlich erfuhr, dass der Freund noch immer in der Klinik lag, dass er seine Beine nicht bewegen konnte und die Ärzte sich keinen Rat mehr wussten, hatte er seinen Koffer packen und auf der Stelle zurückreisen wollen.

Außerdem fragte Oda sich zuweilen ernsthaft, ob die Reihe der Katastrophen nicht bereits ein Jahr zuvor mit Malwines Ankunft begonnen hatte. Sie hatte aus Deutschland herausgeschmuggelt werden müssen, und wie bei jedem Familienmitglied war es für Oda selbstverständlich gewesen, dass sie im *Odessa* Unterschlupf fand. Belles Stieftochter war ihr lästig, doch sie hatte ihr nie etwas zuleide getan, und Lidija fand sie urkomisch und ließ sich von ihr die Quintessenz des Kommunismus erklären.

Odas Wohlwollen fand jedoch ein abruptes Ende, als herauskam, dass Malwine sich mit Vladimir Fleißer traf. Dass dieser sich angeblich mit seinem Vater überworfen hatte und nicht mehr unter dessen Dach wohnte, interessierte sie nicht. Anselm Fleißer war alles zuzutrauen. Auch dass er seinen vergötterten Flegel zum Schein verstieß, um ihn als Spion ins *Odessa* einzuschleusen.

»Dieser Mensch ist ein Feind meiner Familie, Malwine. Du wirst dich entscheiden müssen, und zwar noch heute: Wer mit den Fleißers verkehrt, der hat in meinem Haus nichts verloren.«

»Findest du nicht, du bist ein bisschen herzlos?«, hatte Lidija gefragt.

»Du weißt selbst, dass du nicht die Erste bist, die mir das vorwirft«, hatte Oda kaltschnäuzig erwidert.

»Ich werde auch nicht die Letzte sein, aber ich habe dir auch schon erklärt, dass ich dein Herz keineswegs für nicht existent, sondern nur für lichtscheu halte. Die arme Malwine könntest du trotzdem ein bisschen verständnisvoller anfassen. Ich bezweifle, dass sie sich je erlaubt hat, zu bemerken, dass es zweierlei Menschlein auf der Welt gibt, und damit meine ich, mit Verlaub, nicht Genossen und Klassenfeinde, sondern Mann und Weib. Wenn aber doch, dann wird ihr klar gewesen sein, dass sie in diesem Spiel extrem miese Karten zugeteilt bekommen hat. Und nun kommt plötzlich dieser Vladimir um die Ecke, gerade gewachsen wie eine Tanne, mit Augen, so tief und schmutzig wie die Wolga, und der will ausgerechnet etwas von Malwine Knesebeckski. Was soll sie da machen? Sie schmilzt dahin, Oda. Sag bloß, du und ich wären an ihrer Stelle nicht auch dahingeschmolzen?«

Oda fühlte sich ein wenig ertappt, weil sie vor einem knappen Vierteljahrhundert aus nicht unähnlichen Gründen für Carmelo de Cadorna dahingeschmolzen war. Für diese Dummheit hatte sie teuer bezahlt, hatte ein Kind bekommen, das sie nicht wollte, und es schließlich verloren, so verzweifelt sie es inzwischen wiederhaben wollte. Trotz alledem ließ sich ihr Fall mit dem Malwines nicht vergleichen, denn sie hatte nur sich selbst, nicht der gesamten Familie geschadet.

»Und wie weit soll ihre Schmelzerei uns führen, Lidija? Der Kerl, mit dem sie da Ringelreihen spielt, ist ein Fleißer. Der halst sich keine unansehnliche, öde Vorträge haltende deutsche Jungfer auf, weil er täglich eine gute Tat zu begehen gedenkt, sondern weil er sich wie eine Riesenspinne in dieses Haus setzen und darauf lauern will, dass wir Fliegen ihm ins Netz gehen.«

Oda schlug Lidija selten einen Wunsch ab, und dass sie es bei der Ernennung des neuen Empfangschefs getan und sich gegen Jurij entschieden hatte, hatte einen Keil zwischen sie getrieben. In der Malwine-Frage gab es jedoch keine andere Möglichkeit. Oda hielt ihr Ultimatum aufrecht, und eine weinende Malwine packte ihre Sachen. Ein paar Wochen später verschwanden sowohl sie als auch Vladimir aus Odessa. Es hieß, sie hausten in einem Zimmer in Moskau, hatten ein Kind, lebten von Luft, Liebe und Verrat.

Oda konnte es sich dennoch nicht verkneifen, bei jeder Kleinigkeit, die auf undurchschaubaren Wegen aus den Wänden des *Odessa* nach draußen gelangte, die beiden zu verdächtigen. Wer wollte mit Sicherheit sagen, wen sie im Hotel bestochen, überredet, eingeschleust hatten? Es war, als wisse man um einen Wurm in seinem Apfel und fürchte bei jedem Bissen, ihn zu verschlucken.

Am unangenehmsten aber war ihr, den Wurm Vladimir Fleißer in der Nähe von Maxim zu wissen, um den sie sich ohnehin unablässig sorgte. Dass Moskau eine Millionenstadt war, half ihr dabei nicht. In ihren Albträumen kauerte Vladimir in einem doppelten Boden unter Maxims Zimmer und hörte jedes Wort ab, das der sprach.

Nikolai Jeschow, der beweisen musste, dass er kein unbeschriebenes Blatt war, und Genrich Jagoda zum zahnlosen Schoßhund degradierte, brauchte viele solcher Würmer. »Sozial schädliche, deklassierte Elemente« sollten wie Krebsgeschwüre aus dem Leib der Sowjetunion herausgeschnitten und die Partei von jedem Unrat, jedem Dunkelmann gesäubert werden, bis sie blitzte. Die Zeit des Verschwindens begann. Als wäre Odessa eine Lochkarte, in die Nacht für Nacht neue Löcher gestanzt wurden. Wollte man in ein Geschäft gehen, in dem man seit Jahren Stammkunde war, fand man Tür und Schaufenster auf einmal vernagelt vor. Fragte man nach einem Nachbarn, der allmorgendlich den Hut zog, wenn man an ihm vorbeiging, so erhielt man als Antwort nur ein Schulterzucken, ehe der Befragte wortlos weitereilte.

»Sie können froh sein, dass es Sie nicht erwischt hat«, hatte Anatol Iwanowitsch Drenka, der das *Krasnaja* leitete, auf einer dieser unsäglichen Intourist-Schulungen zu Oda gesagt. »Uns haben sie sämtliche fähigen Leute aus Service und Verwaltung weggeholt, und auf die Frage, wie ich die Hauptsaison bestreiten soll, habe ich zur Antwort bekommen, ich solle besser auf meine Wortwahl achten, wenn ich zur Hauptsaison noch auf meinem Posten sein will.«

Ja, auch das hatte Oda im Krieg gelernt: In solchen Zeiten war man über nichts froher als darüber, dass es die anderen und nicht einen selbst erwischt hatte. Anatol Drenka war zur Hauptsaison nicht mehr auf seinem Posten. Sein Sohn behauptete, man habe ihn und seine Frau bei Nacht und Nebel verurteilt und nach Kasachstan verbannt. »Besser als Sibirien«, lautete Lidijas Kommentar dazu. Der GULAG, das Netz aus Lagern, das Nikolai Jeschow systematisch ausbaute, umspannte Orte, die man für Fantasiegespinste aus Gruselgeschichten gehalten hatte. Drei Wochen später war auch Drenkas Sohn nicht mehr da. Das *Krasnaja* wurde einem Direktor aus Kiew übergeben, der bisher einen Molkereibetrieb geleitet hatte.

Wir haben Bogdan, versuchte Oda sich zu beruhigen. Zur größten Not hält Bogdan die Hand über uns. Der folgenden Saison sah sie nicht ohne Bedenken entgegen, weil erstmals selbst im hohen Sommer Zimmer leer bleiben würden. Hotels wie das *Krasnaja* waren jedoch bei Weitem schlimmer dran, und wenn es ihr gelang, ein paar zusätzliche Tagesgäste anzulocken, würden sie über die Runden kommen.

Ihre weit größere und stetig wachsende Sorge galt wie immer Maxim. In Moskau konnte Bogdan nichts bewirken, ohne sich selbst zu gefährden, und Maxims Leichtsinn erschien geradezu selbstmörderisch. Was er in der Hauptstadt eigentlich tat, war nicht leicht herauszubringen, denn den monatlichen Brief, den sie ihm im Austausch für seinen Wechsel abverlangt hatte, schrieb er so gut wie nie. Er besuchte wohl Vorlesungen in Literaturgeschichte, machte aber keine Abschlüsse, schrieb ab und zu etwas, veröffentlichte jedoch nur in inoffiziellen, halb legalen Druckerzeugnissen, die vonseiten der Regierung mit Argwohn beäugt wurden. Zweifellos trank er zu viel und war, wenn er sich überhaupt zu Hause blicken ließ, übernächtigt, graugesichtig und fadendünn. Vor allem aber trieb er sich auch weiterhin mit den Mandelstams und Anna Achmatowa herum, von denen jeder schon vor Nikolai Jeschows Ernennung gewusst hatte, dass sie auf jeder nur erdenklichen schwarzen Liste standen.

Mandelstam war in gewisser Weise wie Maxim selbst: Er schien erfüllt von unbezähmbarer Sehnsucht, sein Leben zu gefährden, als könne man erst dann wahrhaft zum Dichter werden, wenn man dafür seinen Hals riskierte. Statt des Gedichts, das er über Stalin geschrieben und veröffentlicht hatte, hätte er sein eigenes Todesurteil abfassen können:

»Wir Lebenden spüren den Boden nicht mehr.
Wir reden, dass uns auf zehn Schritte keiner hört.
Doch wo wir noch Sprechen vernehmen,
Betrifft's den Bergmenschen im Kreml.«

Stalin stammte aus den Bergen Georgiens. Das Gedicht tarnte sich nicht und ließ dem Chef des NKWD – damals noch Jagoda – keine Wahl, als Mandelstam zu verhaften, selbst wenn er den Aufruhr vielleicht lieber vermieden hätte. Mandelstam versuchte, sich in seiner Zelle zu erhängen, wurde jedoch von einem Wärter abgeschnitten und ins Leben zurückgezwungen. Wie ein atemloser Geist tauchte Anna Achmatowa im *Odessa* auf und übergab Ullrich einen dünnen Blätterstapel mit Gedichten. »Ossip geht ja immer im Zimmer auf und ab und murmelt die Zeilen vor sich hin, wenn er dichtet, und Nadeshda prägt sich alles ein und schreibt es später auf. Sie müssen dies hier wie

Ihren Augapfel hüten, Leo. Wer weiß, wo wir alle enden und ob noch einer von uns eine Zeile schreiben kann, selbst wenn er überlebt.«

Sie lebte in permanenter Angst um Lew, ihren einzigen Sohn, der seit Jahren in Haft saß, ständig verlegt wurde und über dem ein rechtskräftiges Todesurteil schwebte. »Ich habe vor mehr Gefängnistoren Schlange gestanden als Moskauer Bürgerinnen vor Gemüseläden«, berichtete sie. »In den Schlangen waren ausschließlich Frauen, und ich habe jede von ihnen beneidet, weil sie zumindest sicher sein konnte, dass ihr Sohn oder Vater oder Ehemann hinter diesen Mauern einsaß und dass er nicht im Morgengrauen an die Wand gestellt worden war.«

Obwohl Oda keine besondere Sympathie für die Achmatowa hegte und sie insgeheim einst beschuldigt hatte, Manon und Maxim auseinanderzutreiben, fühlte sie sich ihr durch die Unerträglichkeit dieser Sorge verwandt. »Als sie meinen ersten Mann erschossen hatten, übergaben sie mir, obgleich ich schon von ihm geschieden war, eine Pappkiste mit seinen persönlichen Sachen, obenauf ein blaues Halstuch mit einem verkrusteten Fleck, von dem ich nie wissen werde, ob es Blut war. Ich schrecke jede Nacht aus dem Schlaf, weil ich vor mir sehe, wie sie mir an einem Gefängnistor eine Kiste übergeben, und obenauf liegt Lews Halstuch mit den feinen Streifen, das ich ihm umsäumt habe, als er auf die höhere Schule kam. Er hat nie aufgehört, es zu tragen. Auf dem hellen Stoff ließe sich Blut wohl leicht erkennen.«

Oda verstand. Sie sah im Traum blutbefleckt und zertrümmert den hölzernen Eisenbahnwagen, den Maxim von Bodo bekommen hatte, als er ihr stummes Findelkind von sechs Jahren gewesen war. Eisenbahn war das erste Wort gewesen, das er gesprochen, und der kleine Wagen das erste Spielzeug, das er besessen hatte. Die Angst der Achmatowa war auch ihre. Außerdem wusste sie es zu schätzen, dass die Dichterin sie und Ullrich gemeinsam um die Aufbewahrung von Mandelstams Texten bat und somit ihr als Ehefrau ein Recht zum Einspruch zugestand.

Oda hatte sich damit einverstanden erklärt, dass Ullrich die Papiere im *Odessa* behielt. Sie stellten keine allzu große Gefahr dar, waren leicht zu verstecken und im Fall einer Durchsuchung ebenso leicht zu vernichten. Ullrich bedankte sich später dafür und beschämte sie damit. Auf das, was ihm als Ehemann zustand, pochte er nie, und sie gab es ihm nicht, weil sie sich ohnehin von allem, was sie geben musste, restlos ausgelaugt fühlte. Die Bitte, die sie ihm erfüllte, war nicht mehr als der kleinste Freundschaftsdienst.

Ossip Mandelstam wurde vor Gericht gestellt, doch Bucharin, der sein Werk verehrte und ihm beinahe so etwas wie ein Freund war, legte ein Wort für ihn ein. Er erreichte ein mildes Urteil: zwei Jahre Verbannung in Woronesch, nicht allzu weit von Moskau entfernt und unter erträglichen Bedingungen. Seine Frau begleitete ihn. »Nadeshda Mandelstam würde ihren Mann auch noch in die Hölle begleiten«, sagte Ullrich. »Das ist ihr Kompass im Leben: Wohin er geht, geht auch sie.«

»Hättest du dir das auch gewünscht?«, rutschte es Oda heraus. »Vielleicht hättest du ja schreiben können, wenn du eine Frau geheiratet hättest, die dich derart unterstützt.«

»Es ist umgekehrt«, hatte Ullrich geantwortet. »Nadeshda begleitet Ossip, weil sie es als ihre Lebensaufgabe betrachtet, jede Zeile, die ihm aus dem Mund fällt, aufzufangen. Bei mir fällt da nichts, und du hättest nichts aufzufangen, an mich wäre eine so formidable Frau wie du verschwendet.« Er nahm ihre Hände und küsste sie, eine Geste der Zuneigung, wie sie kaum je zwischen ihnen stattfand. »Ich bin dir dankbar, dass ich einst bei dir Schutz suchen durfte und noch immer bleiben darf.«

Wovor er damals, vor dem Krieg, hatte Schutz suchen müssen,

fragte sie ihn nicht. Ihr selbst kam die längst vergangene Zeit in der Erinnerung geradezu idyllisch vor.

Wie eine Bombe schlug ein halbes Jahr darauf die Nachricht von der Verhaftung Bucharins ein. Dem Funktionär, der einst als Stalins liebster Gefährte gegolten hatte, wurden Spionage und trotzkistische Unterwanderung vorgeworfen, und er war seither – seit bald einem Jahr – aus der Haft nicht mehr aufgetaucht. Die Mandelstams, die aus ihrer Verbannung nach Moskau zurückkehrten, würde er im Notfall nicht noch einmal schützen können, sondern hätte selbst Schutz gebraucht – den es nicht gab. Die beiden wurden in einem winzigen Zimmer im Schriftstellerwohnheim untergebracht, und in dem wenigen, was Maxim ihr schrieb, machte er keinen Hehl daraus, dass er dort ein und aus ging.

Oda war wahrlich froh gewesen, dass die Welle der Verhaftungen das *Krasnaja,* das *London,* aber nicht ihr *Odessa* erwischt hatte, denn bei all der Angst um Maxim konnte sie sich um das Hotel nicht auch noch sorgen.

Bis Fjodor verschwand. Der neue Empfangschef, den Oda eingestellt hatte, weil er als junger Page, noch vor der Revolution, im Moskauer *Metropol* angelernt worden war. Vor dem Portal stand Eduard Milstein – das Urgestein, das eher dort seinen Geist aushauchen würde, als seinen Platz zu verlassen, in tadelloser Haltung, während Schweiß und Tränen über sein Gesicht strömten. »Sie sind in unser Hotel eingedrungen und haben den Empfangschef verhaftet«, stieß er heraus. »In unserem Hotel, direkt vor der Rezeption, dort, wo die Gäste umhergehen. Unter Monsieur Sebastien wäre so etwas undenkbar gewesen.«

»Gegen die wilden Horden der Revolution wäre auch der heilige Sebastien machtlos«, beschied ihm Lidija. »Um über die Runden zu kommen, würde sich Jurij bereit erklären, den Empfang zu übernehmen, auch wenn er bisher ja nicht gut genug war, was ihn noch immer schmerzt.«

Eduard Milstein straffte sich. »Ich bitte Sie, Fürstin. Bei allem Respekt für Jurij Nikolaiewitsch und seine heldenhafte Tat zur Verteidigung dieses Hotels – ein Empfangschef bleibt aber nun einmal ein Empfangschef, und um zu empfangen, muss er als einer geboren worden sein, den man empfängt.«

»So viel zum Umerziehungswerk unserer glorreichen sozialistischen Revolution«, bemerkte Lidija sarkastisch. »Und da wir gerade dabei sind, wäre ich Ihnen dankbar, wenn Sie mich nicht ständig Fürstin nennen. Ich lege keinen gesteigerten Wert darauf, drei Jahrzehnte nach meiner Flucht doch noch als die enttarnt zu werden, die ich schon bald mein halbes Leben nicht mehr bin.«

Oda ließ sie ihren Strauß allein ausfechten und fuhr zu Bogdan, der sich glücklicherweise nicht in der Duma in Kiew, sondern in seinem geliebten Stadthaus in Odessa aufhielt. »Du kannst mir nicht zehn Tage vor Beginn der Saison den Empfangschef wegholen«, fuhr sie ihn an. »Mir ist egal, ob er zu irgendeinem deiner eingeschleusten Spione gesagt hat, dass ihm Stalins Schnurrbart nicht gefällt. Er sieht gut aus und gibt meinen Gästen das Gefühl, dass sie dem Irrenhaus der Welt für ein paar Wochen entgangen sind. Das ist alles, was für mich zählt. Beschaff ihn mir wieder, Bogdan. Ich komme ohne ihn nicht aus.«

»Du hast deinen wunderbaren Sohn, der als Mann an deiner Seite alles meisterhaft dirigiert«, hatte Bogdan eingewandt. »Du weißt nicht, wie glücklich du dich schätzen kannst, Oda. Du hast drei wunderbare Söhne.«

Vier, hätte Oda ihn gern verbessert. Einen, der mich vor Sorge krank und meine Haare so grau macht, dass ich sie kaum noch gefärbt bekomme, einen, der in der Tat als der Mann an meiner Seite alles meisterhaft dirigiert, aber kein Wort mehr mit mir spricht, und einen, der seit dem Verlust seines Mädchens nur noch ein Schatten seiner selbst ist. Und Kasi natürlich. Der Nachgeborene, das kleine Glückskind Kasi, das ich so wenig wollte wie seinen ältesten Bruder, das aber dann, als es da war, einfach Leben und Neuanfang bedeutete nach dem Übermaß an Tod, Verlust und Ende.

»Elternschaft ist kein so reines Glück, wie du glaubst«, sagte sie zu Bogdan. »Meine Pflicht ist es, dafür zu sorgen, dass sie alle bekommen, was sie brauchen, und ein Kind, in dem etwas steckt, braucht mehr als Brot und eine Schüssel Borschtsch. Ich weiß, ich bin alles andere als das Ideal einer Mutter, und gewiss hätte Mascha ihre Sache besser gemacht. Aber ich habe mich immer bemüht, ihnen zu geben, wonach es sie verlangte, dem, der ein Dichter werden wollte, so sehr wie dem, der von früh bis spät schwamm. Ich habe so gut, wie ich konnte, dafür gesorgt, dass sie in sicherer Obhut waren, was immer auch geschehen würde. Aber ich kann das nicht länger, wenn du mir Knüppel zwischen die Beine wirfst, wenn du mir die Leute wegnimmst, die ich mühsam rekrutiert habe, damit mein Hotel seinen Ruf behält. Was liegt gegen meinen Empfangschef überhaupt vor?«

Bogdan hatte Augen wie der wollige Hütehund, der in ihm steckte und der keinem Menschen etwas zuleide tat. »Du bist die beste Mutter, die ich mir denken kann, Oda. Du hast deinen Kindern Kraft und Rückgrat mitgegeben, und ich werde nie aufhören können, dir für den Sohn zu danken, den du mir geschenkt hast. Ich bitte dich nur um eines: Lass ihn mich sehen. Du magst annehmen, ein Mann könne sein Kind nicht lieben, wenn er es gar nicht kennt, aber ich beschwöre dich, mir zu glauben: Mit jedem Tag, der in diesem Jammertal verstreicht, liebe ich Kasimir mehr, wird Kasimir zu dem Einzigen, was mir in diesem Leben Sinn schenkt. Lass ihn mich sehen, lass ihn mich in diesem Sommer auf mein Boot mitnehmen und mit ihm den Tag verbringen. Mein Vater hatte nie ein Boot. Ich habe meines gekauft, weil ich mir einen Tag zwischen Vater und Sohn dabei vorgestellt habe, zwischen Himmel und Meer und mit Worten, die nicht ausgesprochen werden müssen.«

Es ließ Oda nicht kalt, dass dieser mächtige Mann sich vor ihr zum Bettler machte. Er tat es nicht zum ersten Mal, aber er hatte nie zuvor so müde, so alt, so bedürftig gewirkt. »Es würde ihn verwirren, Bogdan«, wandte sie schließlich ein.

»Ich verspreche dir, ich sage kein Wort, das ihn verwirrt«, flehte Bogdan ihn an. »Er kennt mich in meiner Funktion, ich werde ihm sagen, dass ich als Verantwortlicher seine Schwimmkünste begutachten will, ehe ich das Sondertraining für ihn bewillige.«

»Und das, meinst du, ist glaubhaft?«

»Ich werde es glaubhaft machen, du hast mein Wort darauf.«

»Was ist mit meinem Empfangschef?«, fragte Oda. »Weshalb habt ihr ihn festgenommen?«

»Fjodor Andrejewitsch Lankow«, murmelte Bogdan, »Verbindungen zu trotzkistischen Kreisen, zwei andere Verhaftete haben gegen ihn ausgesagt. Er äußert sich antisowjetisch in der Öffentlichkeit. Du weißt, es wird jetzt härter durchgegriffen, Oda. Wir haben unser Soll an Überführten abzuliefern wie ein georgischer Bauer seine Gallonen von Wein.«

»Ich brauche den Mann. Ich habe ein Auge auf ihn, wenn das hilft.«

»Musst du wirklich darauf bestehen?«

»Eine Hand wäscht die andere, Bogdan. Du willst mit meinem Sohn auf dein Boot.«

Bogdan seufzte und verdrehte die Augen, was Oda signalisierte, dass sie gewonnen hatte. »Also schön. Ich werde sehen, was ich tun kann.«

Drei Tage später stand Fjodor wieder auf seinem Posten im Empfang des *Odessa,* und in diesem Sommer fuhr Kasi mit Bogdan auf dem Motorboot aus der Bucht hinaus, um im offenen Meer zu schwimmen. Wenn Oda ihn nach dem Verlauf dieser

Ausflüge fragte, gab er einsilbige Antworten. Er war jetzt kein Kind mehr, sondern stand auf der Schwelle zum Mann, einhergehend mit der stummen Widerborstigkeit, die junge Männer an dieser Schwelle offenbar brauchten.

Dass sie das anschmiegsame Kind vermisste, das sie seine allerliebste Maminka genannt hatte, hätte Oda nicht von sich erwartet.

Nur ein einziges Mal erzählte Kasi freiwillig etwas von seinem Tag mit Bogdan: »Wir hatten Anselm dabei. Er ist am Strand herumgehüpft und hat gerufen: ›Ich bin hier‹, und ich musste an Georgchen denken, der immer so nett zu ihm war. Also habe ich den Genossen Generalsekretär gefragt, ob wir ihn nicht mitnehmen könnten, und Anselm hat sich so sehr gefreut.«

Das Ganze bereitete Oda zusätzliche Sorgen, doch zugleich gab es einen Teil in ihr, der es Bogdan gönnte. Er war kein schlechter Kerl, alles andere als das. Was mit den Bauern geschehen war, lastete auf ihm wie ein Bleigewicht, und die unheilbare Schwermut des Mädchens, das unter seinem Dach zur alten, gebeugten Frau geworden war, machte es nicht besser. Es war nur gerecht, dass er an der Freude, die der liebevolle, vor Lebenskraft strotzende Kasi ihr all die Jahre bereitet hatte, einen kleinen Anteil erhielt.

Und Bogdan war nicht Carmelo de Cadorna. Er würde nicht alles daransetzen, ihren Sohn von ihr zu trennen, weil er diesen Sohn tatsächlich innig liebte und wusste, dass er unter ihrem Dach gut aufgehoben war.

All das sagte sie sich wieder und wieder, als der Sommer vorüber war und Kasi noch immer gelegentlich ins Haus der Bogdans ging, um dort zu Abend zu essen und anschließend eine Partie Schach zu spielen. Wenn es spät wurde, und das wurde es meistens, ließ Bogdan seinen Sohn fürsorglich von seinem Fahrer nach Hause bringen. An einem Herbstabend, kurz nach den Feiern zur Oktoberrevolution, kam Oda zur selben Zeit von einem Termin zurück und sah noch, wie Kasi aus dem Wagen stieg. Es war jedoch nicht Bogdans Wagen, mit dem er sonst immer kam, und der Fahrer, der ihm durchs Fenster nachwinkte, war nicht Bogdans Fahrer.

Oda wies einen der Pagen an, sich um ihren eigenen Wagen zu kümmern, und eilte ihrem Sohn hinterher in die Halle.

»Wer war das, Kasi? Der Mann, mit dem du gekommen bist?«

»Der?« Kasi zuckte die Schultern. »Das war Ignatij, der Fahrer des Genossen Stellvertreter. Der Fahrer des Genossen Generalsekretär ist verhaftet worden, er war mit Leuten bekannt, die in Leningrad ein Attentat geplant haben.«

»Welches Genossen Stellvertreter?«, fuhr Oda auf und vergaß einen Moment lang, dass sie vor ihrem Hotel stand und das polnische Ehepaar, das von einem Besuch des Stadttheaters zurückkehrte, sie hören konnte.

Kasi sah sie an, als zweifle er an ihrem Verstand. Er hat Bogdans Hütehundaugen, bemerkte Oda verblüfft, aber anders als bei Bogdan war der Ausdruck in seinen nicht traurig und müde, sondern hellwach. »Stellvertreter Fleißer, der Vater von Anselm und Vladimir. Den wirst du ja wohl kennen.«

War Bogdan von allen guten Geistern verlassen? Wie konnte er ihr Kind einem von Anselms Spionen ausliefern?

»Hat dieser Mensch dich etwas gefragt?«

Ihr Sohn zuckte die Schultern.

»Kasi! Ich will wissen, was er dich gefragt hat.«

»Was eben Erwachsene immer fragen«, erwiderte Kasi. »Wie's mit dem Schwimmen läuft und was ich mal werden will und so. Nichts Besonderes.«

»Du gehst da nicht mehr hin«, bestimmte Oda. »Es war das letzte Mal.«

»Ich gehe, wohin ich will«, sagte Kasi und trollte sich, meinte es aber wohl weniger unumstößlich ernst als Maxim in seinem Alter. Oda sorgte fortan dafür, dass Kasi an den Abenden, an denen Bogdan ihn sehen wollte, mit Kameraden beschäftigt war, was er eindeutig vorzog. Bogdan verlegte sich im Folgenden darauf, Kasi große und teure Geschenke zu senden, und Oda brachte es nicht über sich, ihrem Sohn diese vorzuenthalten.

Etwas macht mich zu weich, stellte sie fest, und auch das gehörte zu einer Zeit, die einem ständig vor Augen hielt, dass man das, was man liebte, nicht für die Ewigkeit besaß.

25

ODA

Von Erinnerungen gehetzt, fuhr Oda weiter durch den Sturm des Januarabends und umklammerte das Steuerrad mit ihren behandschuhten Händen. Die letzte Katastrophe war kaum einen Monat her. Irgendein Aberglaube lehrte wohl, dass ein Blitz nicht zweimal hintereinander ins selbe Dach einschlug, aber Odas höchst abergläubische Mutter hatte das als trügerische Hoffnung abgetan: »Hat so ein Blitz erst einmal erkannt, wo er einen Spalt hineintreiben kann, wird er sich dieselbe Kerbe immer wieder suchen.«

Zwei Wochen vor Weihnachten hatte Oda im Hotel eine abendliche Adventsfeier für Bewohner und Gäste gegeben. Sie ließ den Wellensaal mit Zweigen von Blautanne schmücken, die elektrische Beleuchtung durch eine Vielzahl von Kerzen ersetzen und Schalen mit deutschem Gebäck zu heißem, starkem Punsch servieren. Der Abend hatte Tradition und zog Besucherscharen aus ganz Odessa an, aber in diesem Jahr hatte Oda eine leisere, weniger eindeutig ausgerichtete Veranstaltung geplant. Auf Nummer sicher zu gehen, war ratsam. Es waren Geistliche jeder Glaubensrichtung verhaftet worden, und obgleich es niemandem direkt verboten war, Weihnachten zu feiern, blieben die öffentlichen Plätze und Gebäude ungeschmückt, und die einstigen Feiertage fanden keine Erwähnung.

Selbst der Sonntag war abgeschafft und durch einen schlichten *freien Tag* ersetzt worden.

Die religiösen Symbole, die noch Odas Vater angeschafft hatte, blieben – von der Engelspyramide bis zu den Krippenfiguren – in ihren Kisten. Statt Schallplatten mit getragener deutscher Weihnachtsmusik zu spielen, intonierte ein Trio flotte sowjetische Estraden, zu denen man tanzen konnte. Das Büfett enthielt ein Potpourri internationaler Gerichte, und kein Nikolaus trat auf, um aus seinem Sack Geschenke zu verteilen. Stattdessen lagen an den im Voraus gebuchten Plätzen der Kinder in neutrales Papier gewickelte Päckchen.

Zwischen Deutschland und der Sowjetunion bestanden keine offiziellen Feindseligkeiten. In das beständige Grenzgezänk mit Polen mischten die Sowjets sich nicht ein, und nach wie vor gab es eine deutsche Botschaft in Moskau ebenso wie ein deutsches Konsulat in Kiew. Nach dem Verbot der deutschen Sprache in den Schulen und den Durchsuchungen deutscher Geschäfte und Institutionen war Oda jedoch auch in dieser Hinsicht lieber vorsichtig. Ihr Adventsabend sollte ein friedvolles Ereignis bleiben, von dem die Gäste beseelt durch sachten Schneefall nach Hause schlenderten, keine Provokation, die einen Rattenschwanz von Ärger nach sich zog.

Frühmorgens fuhr sie auf den Privoz-Markt, um eine fehlgeleitete Lieferung Trockenfrüchte abzuholen, und als sie mit den Kisten auf dem Rücksitz zurückkam, fand sie ihre Küche in heller Auflösung vor. Auf dem Boden vor dem großen Herd kniete Giovanni, der die Aufsicht über knetende, rührende, verzierende Hände in einem nach Vanille und Zimt duftenden Schlaraffenland hätte führen sollen, riss die Arme über den Kopf und heulte wieder und wieder auf wie ein Wolf: »*Santa Madonna in cielo, mio bello Mitja, mio piccoluccio, Madonna, madre del Dio!*«

Nie zuvor hatte Oda ihren Küchenchef, der seinen Atheismus wie einen Schild vor sich hertrug, die Madonna anrufen hören, und noch weniger hatte sie je mitbekommen, wie er weinte.

Die Übrigen, von den Souschefs bis zu den Küchenmädchen,

bildeten einen Ring um ihn und versuchten vergeblich in allen Sprachen Odessas, ihn zu trösten.

»Zur Hölle, was ist denn passiert?«, rief Oda laut genug, um das Getöse der Stimmen zu durchbrechen.

Andreja, ihre Kaltmamsell, die zu den Dienstältesten gehörte, drehte sich zu ihr um. »Mitja ist verhaftet worden. Vor einer Stunde. Sie haben ihn ohne Mantel, nur in seiner Schürze aus der Küche geschleift und Giovanni zu Boden geworfen, als er ihn festhalten wollte.«

Oda schob mehrere ihrer Küchenangestellten beiseite und kniete sich zu dem verzweifelten Mann auf den Boden. Immer wieder griff er sich mit beiden Händen an den Kopf, und als Oda genauer hinsah, erkannte sie, dass er sich tatsächlich in Büscheln das Haar ausriss.

»Giovanni!«, rief sie und schlug ihm die Hände weg, die wieder in den angegrauten Schopf greifen wollten. »Sie spielen verrückt, merken Sie das nicht? Erklären Sie mir, was los ist, was Mitja sich hat zuschulden kommen lassen, dann sehe ich zu, wie ich ihm helfen kann. Soweit ich weiß, ist er doch gar kein KP-Mitglied, also kann er von den Parteisäuberungen ja kaum betroffen sein, und es handelt sich mit größter Wahrscheinlichkeit um einen Irrtum. Wenn Sie mir aber nichts sagen, sondern weiter wie eine Betschwester heulen, kann ich nichts für ihn tun.«

Im Geiste begann sie bereits zu überschlagen, wer wessen Aufgabe übernehmen konnte, um den Abend, für den sämtliche Tische reserviert waren, zu retten. Glücklicherweise waren es Emil, der Pâtissier, und die patente Andreja, auf die es heute vor allem ankam. Mitja als Rôtisseur hatte kaum etwas zu tun. Die zarten kalten Braten für das Büfett brauchten nur noch tranchiert zu werden, und die wichtigsten Elemente, die Früchtebrote und Pfefferkuchen, ruhten bereits seit Tagen in ihren Blechdosen, um die weit gefächerten Nuancen ihres Aromas zu entfalten.

Ein Küchenstab wie der des *Odessa* war wie ein Orchester, und wenn sie Giovanni tatsächlich nicht auf die Beine bekam, würde der Dirigent ausfallen. Aber ein gutes Orchester spielte ein Repertoirestück wie dieses auch ohne Maestro. Womöglich nicht mit aller Finesse, aber die Gäste, die aus dem sich verschärfenden Alltagskampf in den von Kerzen erleuchteten Wellensaal eintauchten, würden davon nichts bemerken.

»Giovanni, zum Kuckuck, was soll ich denn machen, wenn du nicht mit mir sprichst?«

Der Italiener bäumte sich auf wie unter körperlichen Schmerzen. Er schien sich sammeln und etwas sagen zu wollen, scheiterte aber und brach wieder in Schluchzen aus. Er war nicht der erste Mann, der in ihren Armen wie ein kleiner Junge weinte, aber womöglich der schwerste. Jäh wünschte sie sich, sie hätte die Kraft besessen, ihn irgendwo hinzuschaffen, in ein geheimes Versteck, wo kein Fremder ihn fand. Durch den Gang, der vom Hotel hierher in den Küchentrakt führte, hörte sie Schritte wie Gewitterdonner hallen.

Sie kamen zu sechst, die Schusswaffen unberührt an den Koppeln, jedoch die Schlagstöcke über die Köpfe erhoben.

Damals waren es Peitschen gewesen.

Damals, damals, damals.

Mehr als ein Vierteljahrhundert war es her, als sie hatte zusehen müssen, wie eine Polizeieinheit auf den Mann, den sie liebte, einprügelte und über ihn ein Urteil fällte, das ihm sein Leben lang als Stigma anhing. Hätte es dieses Urteil nicht gegeben, wäre er womöglich am Leben geblieben, und hätte nicht Belle, sondern sie ihn vor dem Schlimmsten bewahrt, wäre vielleicht sie und nicht Belle seine Witwe, und Manon wäre ihr leibliches Kind.

All dies schoss ihr so schnell, wie ein Herzschlag verklingt, durch den Kopf. Sie wollte Giovanni, ihren Küchenchef, retten, weil sie Karol, ihren Liebsten, nicht hatte retten können.

»Giovanni Agostini«, blaffte einer der Männer und baute sich vor Oda und Giovanni auf. »Sie sind vorläufig festgenommen. Jeder Widerstand gegen Ihre Verhaftung kann Ihnen zum Schaden gereichen.«

Zwei weitere Männer packten Giovanni links und rechts an den Oberarmen, aber Oda richtete sich über ihm auf. Ein Schlag mit dem Knüppel traf sie an der Schulter. Sie hatte das Gefühl, durch den Raum geschleudert zu werden und vor Schmerz das Bewusstsein zu verlieren. Wie ein Sack prallte sie zu Boden, und vernahm in der Schwärze, die sie kurz umgab, und im Wirrwarr der Geräusche Ullrichs Stimme.

»Ich muss doch bitten, meine Herren. Meine Frau hat mit der Sache nichts zu schaffen. Sie versucht lediglich, unseren Küchenchef zu verteidigen, ohne den wir heute Abend nicht servieren können.«

Ein Wortwechsel folgte. Oda rang nach Atem. Während sie mühsam zu sich kam, wurde Giovanni davongeschleift, und Ullrich kniete neben ihr nieder. »Verhalte dich ruhig«, raunte er. »Was immer du tun könntest, verschlimmert nur die Lage.«

Oda begriff das längst selbst. Wie so oft wurde sie zu dem Automaten, der sich mechanisch, ohne nachzudenken, um die Belange des Hotels kümmerte. Sie richtete sich auf, kämpfte den mörderischen Schmerz in ihrer Schulter nieder und besprach mit Andreja und Emil, wie die fehlenden Speisen für den Abend zubereitet oder ersetzt werden konnten. Erst als alles geregelt war, ließ sie sich von Ullrich, ohne den Lift zu benutzen, hinauf in sein Zimmer führen.

Der Raum war ihr fremd, war es immer gewesen. Dies hier war Ullrichs Welt, das Buch mit sieben Siegeln, von dem er behauptete, dass es kaum mehr als leere Seiten enthielt. Er half ihr, sich auf die altmodische Chaiselongue mit Chintzbezug zu setzen, und gab ihr einen großen armenischen Brandy. Sein Lieblingsgetränk ebenso wie das von Lidija. »Zum Tee« nannten es die beiden, wenn sie sich an Nachmittagen trafen, ein Überbleibsel aus verflossener Zeit wie die Chaiselongue, die nicht wie das Mobiliar in den meisten übrigen Zimmern wegmodernisiert worden war.

Dieser Brandy hatte schon in so vielen Lebenslagen als Medizin zur ersten Hilfe gedient, und er gab Oda auch jetzt einen Teil ihrer Lebensgeister zurück.

»Ich fahre zu Bogdan«, sagte sie. »Wenn er nicht in Odessa ist, fahre ich nach Kiew. Ich muss nur herausfinden, was ausgerechnet gegen meinen Chefkoch und seinen Rôtisseur vorliegt. Weißt du etwas darüber?«

Ullrich lehnte sich gegen den Schreibtisch. »Sie lieben sich.«

»Sie tun *was?*«

»Sie sind ein Liebespaar, das durch deinen Faunengarten streift wie ungezählte andere, Oda. Nur passt bei ihnen etwas nicht in die Ordnung, die wir gerne als allgemeingültig betrachten würden. Weil wir uns in ihr zurechtzufinden glauben. Weil bereits diese enge, kleine Spielzeugschachtelordnung unser Fassungsvermögen an seine Grenzen bringt.«

»Kannst du nicht ein einziges Mal etwas so erklären, dass ich nicht etliche Male nachfragen muss?«, blaffte Oda. »Ich bin müde. Ich werde mich heute noch mit bloßen Händen gegen eine Lawine stemmen müssen und wüsste zuvor zumindest gern ungefähr, wie sie aussieht.«

»Du weißt, wie die Liebe aussieht, oder?«, fragte Ullrich. »Du hast Karol mit einer solchen amazonenhaften Ausschließlichkeit geliebt, dass ich mir manchmal gewünscht habe, ich hätte das Zeug, die Liebe zu besingen. Die, die so aussieht, wie wir alle sie wollen. Die nicht auf das falsche Objekt gerichtet ist. Diese Liebe, die jeder, der in sich die Kraft dazu hat, besingen möchte. Ich meine, auch der göttliche Mandelstam ist sich dazu nicht zu fein, und seine zärtlichen Weisen an die zum Sterben schöne Marina Zwetajewa taugen bedeutend mehr als seine Hasstiraden gegen Stalin. Aber die Liebe zum Falschen, zum Dunklen, zum Abartigen? Wer möchte die schon besingen? Von der hätten wir gern, dass sie aus der Welt verschwindet, doch so einfach ist es leider nicht.«

»Wir reden von keinem Gedicht, sondern von Giovanni und Mitja.« Odas Stimme war nur ein Krächzen. »Willst du mir erzählen, die beiden sind – Päderasten?«

»Ich nehme an, das trifft mehr oder weniger zu«, sagte Ullrich. »In der klassischen Antike bezeichnete man mit diesem Begriff einen Mann reifen Alters, der sich der Liebe zu einem schönen Jüngling hingab, und immerhin könnten Giovanni und Mitja dem Alter nach Vater und Sohn sein. Da sie aber beide erwachsen sind, brauchst du nicht gar so angewidert das Gesicht zu verziehen. Liebe fällt nicht nur dorthin, wo alle sie beklatschen und ihr Brautkleider im Weiß der Unschuld weben. Das bedeutet nicht zwangsläufig, dass wir es mit einem geifernden Lustgreis zu tun haben, der sich an einem ahnungslosen Kind vergreift.«

Oda sprang auf und ignorierte den Schmerz in ihrer Schulter. »Mich widert nicht an, was Giovanni und Mitja in ihrer freien Zeit treiben, solange sie es nicht vor den Augen der Gäste tun«, warf sie ihm hin. »Mich widert an, dass man mir wegen einer solchen Lappalie zwei meiner wichtigsten Leute raubt, wenige Stunden vor einer Veranstaltung, mit der ich nach der miesen Saison meine Bilanz aufbessern wollte. Allmählich frage ich mich, was für ein sozialistischer Staat das hier eigentlich sein soll? Im letzten Jahr war ich mit Kasi und seinen Kameraden im Lichtspielhaus auf der Deribasowskaya. Wir haben uns diesen

Film *Zirkus* angesehen, und in dem Lied daraus, das jetzt in aller Munde ist, heißt es, in keinem anderen Land schlüge das Herz dem Menschen so frei in der Brust wie in unserem. Also bitte. Machen wir aus dieser Freiheit keine Farce. Ob ich zwei Männer, die sich im dunklen Garten küssen, in meinem Haus beschäftigen möchte, ist meine Sache. Strafbar ist es nicht.«

»Ich wünschte mir manchmal …«, begann Ullrich und brach ab.

»Was wünschst du dir manchmal?«

»Dass es sich für unsere Art von Beziehung ziemen würde, dir zu sagen: Ich liebe dich. Aber das tut es nicht, und es ist hier ohne Belang. Du hast leider nicht länger recht, meine kühne Amazone. Tatsächlich ist gleich nach der Revolution das Gesetz, das die gleichgeschlechtliche Liebe unter Strafe stellte, für ungültig erklärt worden, doch seit 1934 ist es wieder in Kraft. Jemand hat Stalin offenbar eingeredet, es sei faschistisch, etwas anderes als eine Frau zu lieben, und wenn wir nur all die Sodomiten zerquetschen, die Hitler uns übrig gelassen hat, zerquetschen wir den Faschismus gleich mit.«

»Das meinst du nicht ernst.«

»Ich nicht. Stalin schon.«

Oda trank den Brandy aus, der als Schmerzmittel genügen musste, und stemmte sich in die Höhe. »Ich gehe zu Bogdan.«

»Ich liebe dich«, sagte Ullrich leise, als sie schon in der Tür stand. »Die unverdrossene Tapferkeit, mit der du inmitten jedes Fiaskos erklärst: ›Ich gehe zu Bogdan‹, liebe ich besonders, aber leider haftet meiner Art von Liebe grundsätzlich etwas Tragisches an.«

Ein Echo seiner Worte hallte Oda noch immer durch den Kopf, als sie in die Straße oberhalb der Uferpromenade einbog, die sie geradewegs auf den Platz mit dem Denkmal führte. Dort stand ihr Zuhause. Ihr weithin sichtbar erleuchtetes Hotel. Vor vier Wochen, am Tag der Adventsfeier, war sie von dort aufgebrochen, hatte Mühe gehabt, ihren Zorn zu zügeln, war zugleich aber sicher gewesen, die Sache mit Bogdans Hilfe in Ordnung bringen zu können. In seinem Haus hatte sie ihn nicht angetroffen, nur ihre Cousine Mascha, die ihr den Eintritt verwehrte.

»Was willst du schon wieder? Was willst du noch und noch und noch von meinem Mann? Er war verrückt nach dir, du hast dich ihm für ein paar wilde Nächte wie eine Hure verkauft, und deshalb ist er dir bis an sein Lebensende immer wieder neue Gefälligkeiten schuldig? Warum? Weil du mit deinem lächerlichen Rühr-mich-nicht-an-Spiel noch immer unwiderstehlich auf ihn wirkst? Das glaubst du doch wohl selbst nicht!«

Ihr Lachen war rau und hässlich. Einst, als Mädchen von siebzehn Jahren, hatte sie vor den Gästen des Hotels *Roses of Picardie* gesungen und ganze Säle voller kriegserprobter Männer zu Tränen gerührt.

»Er hat mich aus Liebe geheiratet«, sagte sie. »Aus richtiger Liebe, nicht aus kranker Lust wie bei dir. Du hast dir seine Dienstbarkeit sichern wollen, indem du ihn an mich verscherbelt hast, aber er war aufrichtig in mich verliebt, und wir haben beide aus unserer Ehe etwas machen wollen. Hätte ich und nicht du sein Kind aufziehen dürfen, hätten wir es geschafft. Hättest du so viel Menschlichkeit besessen, uns seinen Sohn, der doch dir sowieso nur eine Last war, zu überlassen, hätten wir miteinander ein gutes Leben haben können, und Nikolai wäre jetzt nicht in Not.«

Eine Limousine hielt am Rand des Gehsteigs, ein Fahrer stieg aus und öffnete den Schlag. Nicht anders als zu Zeiten des Zarenregimes. Oda erkannte Ignatij und wollte kein Wort mehr sagen, doch die Worte hatten sich längst den Weg aus ihrem Mund gebahnt: »In welcher Not ist Bogdan, Mascha?«

»Gib uns Kasimir«, sagte Mascha, ohne die Frage zu beachten.

»Wir würden uns von allem zurückziehen und mit ihm aufs Land gehen, auf die Krim, wo er frei, fernab der vergifteten Luft der Städte leben und von Mai bis Oktober schwimmen kann. Ich habe mir so sehr gewünscht, einem Menschen eine Kindheit zu schenken, es war mir nicht vergönnt, aber ich will, dass es Nikolai vergönnt ist, diese letzten verbleibenden Jahre mit seinem Sohn zu verbringen. Er liebt ihn abgöttisch, Oda.« Unvermittelt packte Mascha, die Oda achtzehn Jahre lang nicht berührt hatte, ihren Arm und rüttelte ihn. »Ich will, dass er von hier weggeht, ehe es zu spät ist. Gib ihm Kasimir. Um Kasimirs willen würde er es tun.«

Und ich will von jedem Menschen auf der Welt eher, dass er um diese Dinge weiß, als von Anselm Fleißers Fahrer, schoss es Oda durch den Kopf. Sie sah den Mann die Tür weit aufhalten und ungestört seine Ohren spitzen, während Bogdan umständlich ausstieg und einen Aktenkoffer aus dem Wagen hievte.

»Ich kann mein Kind doch nicht wegschenken«, sagte sie so leise wie möglich zu Mascha.

»Um warum nicht?«, rief sie, dass es die ganze Straße hören konnte. »Dir liegt doch nichts an Kindern. Hast du überhaupt keinen Sinn für Gerechtigkeit?«

Bogdan wurde auf die Szene aufmerksam und eilte die Stufen hinauf. »Was ist denn los, mein liebstes Herz?« Er küsste Mascha auf die Stirn wie ein Vater seine Tochter. »Und Oda – ist etwas nicht in Ordnung? Geht es Kasi gut?«

»Ich muss dich allein sprechen«, murmelte Oda.

»Nein«, bestimmte Mascha, und Oda entschied, dass sie auf diese Schlacht besser keine Energie vergeudete.

»Dann lass uns wenigstens ins Haus gehen«, sagte sie. »Ich traue dem Menschen da unten keinen halben Schritt weit über den Weg. Weshalb fährt er dich?«

»Weil mein Fahrer verhaftet und Ignatij mir zugewiesen wurde«, antwortete Bogdan und drängte seine Frau und seine Besucherin in den sich hoch öffnenden, typisch odessitischen Vorraum seines Hauses. Er hatte es von einem Generalleutnant der Weißen Armee übernommen, der nach dem Bürgerkrieg mit seiner Familie hatte fliehen müssen. »Ich bin kein russischer Großfürst, der sich einen Stab von Untergebenen wählen kann, sondern ein sozialistischer Funktionär, der im Dienste der Werktätigen steht, auch wenn ich dir das vermutlich im Leben nicht mehr beibringen werde.«

Resolut zog Oda die Tür hinter sich ins Schloss. »Zwei meiner wichtigsten Leute sind heute verhaftet worden, Bogdan. Mein Chefkoch und sein Rôtisseur. Dass ihr eure Partei säubern müsst, indem ihr Küchenpersonal schnappt, das der Partei gar nicht angehört, kannst du deiner Großmutter erzählen. Solche Männer sind schwerer zu finden als die Stecknadel im Heuhaufen, und es dauert Jahre, sie einzuarbeiten. Wie dir vielleicht bekannt ist, geben wir heute eine Abendgesellschaft, und nächste Woche hat die Direktion der Kiewer Stahlwerke den gesamten Restaurantbetrieb für eine Jubiläumsfeier gebucht. Du wirst mir nicht in solchen Zeiten meinen Küchenstab dezimieren wollen, schon gar nicht wegen einer derartigen Lappalie.«

»Oda, ich bitte dich«, sagte Bogdan mit Blick auf Mascha.

»Was für eine Lappalie?«, fragte die.

»Die beiden sind schwul«, platzte Oda heraus. »Es tut mir leid, wenn das für deine zarten Ohren verletzend ist, Mascha, aber du warst es, die darauf bestanden hat, bei diesem Gespräch anwesend zu sein.«

»Du bist widerlich«, sagte Mascha.

Dann waren sie alle einen Augenblick lang so still, dass Oda glaubte, die Wände des Hauses knacken zu hören.

Sie hörte es noch heute, vier Wochen später, während der Sturm auf das Dach ihres Wagens peitschte und sie durch die vom Regen überflutete Scheibe hinausstarrte. Pfützenwasser spritzte auf, und die Reifen schlitterten über das durchnässte Laub, das auf dem Pflaster klebte, ehe Oda das Gefährt vor dem Portal des Hotels zum Stehen brachte. Sie hörte noch immer das Schweigen, das Knacken in den Wänden und dann die zwei Sätze, die Bogdan ausgesprochen hatte wie ein Gottesurteil: »Es tut mir leid, Oda. Ich kann dir nicht helfen.«

»Du kannst mir nicht helfen? Weil irgendein Idiot verbreitet, zwei Männer, die zueinander ins Bett steigen, beschwören den Untergang der Zivilisation herauf, lässt du mich hängen und hilfst mir nicht?«

»Es tut mir leid«, hatte er mit bleischwerer Stimme wiederholt und den Kopf gesenkt. »Ich kann dir überhaupt nicht mehr helfen. Sie sägen an meinem Stuhl.«

»Wer sägt an deinem Stuhl?«

»Anselm Fleißer. Bitte grüß Kasi von mir, pass auf ihn auf, so gut du irgend kannst.«

Das Licht, das ihr durch die Fenster und die gläserne Drehtür ihres Hotels entgegenschimmerte, hatte ihr Leben lang wohltuend auf sie gewirkt, doch jetzt versagte es seine Wirkung. Die Vorahnung der Katastrophe besaß zu viel Macht, und sie bewahrheitete sich in dem Augenblick, als sie den Wagenschlag aufstieß. Das Entsetzen, das sie vor vier Wochen in Bogdans Diele befallen hatte, war im Vergleich dazu nichts als ein Auftakt, ein Geplänkel gewesen. Durch die Regenwand kam ihr Eduard Milstein entgegengelaufen und hatte seinen berühmten Schirm, unter dem jeder Gast des *Odessa* schon einmal vor Unwettern Schutz gefunden hatte, nicht einmal aufgespannt.

»*Madame!*«

Dass er sie schlicht Frau Liebenthal oder noch besser Oda Philippowna nennen sollte, war ihm nicht beizubringen. Er hielt seinen Zylinder in der Hand, und aus dem eisgrauen Haar, das ihm am Schädel klebte, strömte Wasser über sein Gesicht. Oda sah an ihm vorbei und erkannte Lidija, die in der Halle gleich hinter der Drehtür stand, an ihrer Seite Hanno, Clara, Manon und sogar Ullrich.

Ihre Familie.

Das hier war schlimmer als die Verhaftung eines Küchenchefs, den sie nicht würde ersetzen können. Es war die Katastrophe, die ihr die Kehle zugeschnürt hatte, sobald ihre Gedanken sie auch nur gestreift hatten.

Maxim.

Innerhalb eines Atemzugs flog ihr Leben mit ihm an ihr vorbei: Die Nacht in der Finsternis der Katakomben, wo sie ihn bis auf die Knochen abgemagert neben seiner toten Mutter gefunden hatten. Damals hatte sie geschworen, sie würde an ihm gutmachen, was sie seiner Mutter und Großmutter schuldig geblieben waren.

Sie und ihre Familie hatten nicht verhindert, dass jemand sich an dem vierzehnjährigen Küchenmädchen, der Tochter der Kaltmamsell Katjuša, vergriffen und sie bis in die Schwärze der Katakomben gehetzt hatte, wo sie unter unsäglichen Leiden ihr Kind geboren und aufgezogen haben musste. Der Mann, den Oda geliebt und Belle geheiratet hatte, war der Tat bezichtigt worden, und obwohl Oda immer gewusst hatte, dass er das Verbrechen auf keinen Fall begangen hatte, konnte sie nicht aufhören, sich schuldig zu fühlen.

Sie nahm Maxim in ihrem Haus auf und leistete Sühne, indem sie ihn mit aller Liebe umsorgte, die sie aufbringen konnte. Stellvertretend für ihre ganze Familie, die sich weltvergessen ihrem Tanz, ihrem Glamour und ihren Liebesaffären hingegeben hatte, ohne zu ahnen, was sich unter dem gebohnerten Parkett und den Orientteppichen, über die sie schwebten, für Tragödien abgespielt hatten.

Ausgerechnet an dem Tag, an dem Rotarmisten ihr Hotel gestürmt hatten, war der kleine Maxim mit Bodo vom Hamstern zurückgekommen, hatte ihr auf der verschwitzten Handfläche einen hölzernen Waggon hingehalten und zu dem Wort Eisenbahn zum ersten Mal gelächelt. Es war ihr Augenblick der Hoffnung gewesen. Sie hatte in das strahlende kleine Gesicht gesehen und gespürt, wie Kraft und Zuversicht zurückkehrten. Sie würde es schaffen. Sie würde ihr Hotel und ihre Familie durch Sturm und Weltenbrand bringen und dafür sorgen, dass dieses vom Schicksal misshandelte Kind zu einem lebensfrohen, gesunden Mann heranwuchs.

Trotz aller Sorgen waren dies ihre leuchtenden Jahre gewesen – die Winter der Schlittenfahrten und der heißen Schokolade und die Sommer, in denen sie wie eine Entenmutter mit fünf Küken im Schlepptau an den Strand gezogen war. Man brauchte nicht zur Elternschaft geboren, keine Mutter aus Leidenschaft zu sein, um eines Tages ein tiefes Glück darin zu entdecken, ein Glied in einer Kette von Generationen zu sein.

Jetzt stand sie hier, während der Himmel in einer Sintflut barst, und hielt die Scherben ihrer Kette in den Händen.

Was war Maxim geschehen? Hatte man ihn verhaftet, in das berüchtigte Lubjanka-Gefängnis geschafft, weil sein Drang zur Selbstzerstörung geradezu danach schrie? War das Dunkel seiner Vergangenheit derart übermächtig geworden, dass er keinen Ausweg mehr gesehen hatte, als sein Leben zu beenden?

Ich hätte mit ihm darüber sprechen müssen, schrie es in ihr auf. Eine Zukunft war alles, was ich für ihn wollte, aber wie hätte er die für sich erkennen sollen, solange er in seiner Vergangenheit gefangen war? Eine Vergangenheit, über die nie jemand ein Wort verlor. Wie hätte er seine Dämonen vertreiben sollen, wenn alle Welt so tat, als hätte es sie nie gegeben?

»*Madame.*« Beinahe scheu nahm Eduard ihren Arm. »Sie müssen ins Haus kommen. Sie holen sich sonst den Tod.«

Wie leichthin man das sagte. Einzig Bodo sagte es nie. Er hatte erzählt, er habe es sich im Schützengraben abgewöhnt, »weil wir uns die Mühe, uns den Tod zu holen, ja sparen können. Er holt sich uns«.

Mit zitternden Knien ließ sich Oda durch die Drehtür führen, sie und Eduard im selben Abteil. So nah war sie ihrem Portier nie gewesen. Er roch nach nassem Stoff, nach Alter, und sein Atem ging schwer. Sie musste ihn ersetzen, aber wie sollte sie ohne ihn zurechtkommen? Wenn das Hotel in sich zusammenstürzte und nur das Plätschern des Faunenbrunnens übrig blieb, würde Eduard Milstein noch vor dem Portal stehen, bis eine neue Generation es wieder aufbaute.

»Sagen Sie es mir, Eduard. Was ist meinem Jungen geschehen?«

»Wir wissen es nicht, *Madame*. So leid es uns tut. Der Herr Edvard ist jedoch unterwegs und wird alles tun, um etwas in Erfahrung zu bringen.«

Die Drehtür öffnete sich nach der anderen Seite und entließ sie in die warme, lichtdurchflutete Empfangshalle. Das überlebensgroße Stalin-Porträt, das ihr aufgezwungen und stets wie ein Fremdkörper vorgekommen war, schien jetzt den Raum zu beherrschen und höhnisch über sie hinwegzugrinsen.

»Mutter!« Hanno eilte ihr entgegen und sah aus, als hätte er geweint.

»Was ist mit Maxim?«, rief sie und vergaß dieses eine Mal die Gäste, die in einem dünnen Strom hinüber ins Restaurant schlenderten, um ihre Plätze zum Abendessen einzunehmen.

»Maxim?«

Manon weinte auf, Clara schlang beide Arme um sie, und Ullrich trat vor, um zu sprechen. Lidija aber zog ihn zurück und schob sich selbst an ihm vorbei. »Lassen Sie mich, mein Lieber. Manches redet sich leichter von Frau zu Frau.«

Oda war froh darüber. Der Streit um einen Liebhaber, dem Charme und Weltgewandtheit eines Empfangschefs fehlten, schien ausgelöscht, und übrig blieben die furchtbarsten Nächte ihres Lebens, die sie und Lidija zusammen durchgestanden hatten. Übrig blieb ihr verschworenes Lachen, das alles überlebt hatte. Es würde dies hier nicht überleben, aber Lidija würde bei ihr sein.

»Oda, es geht nicht um Maxim«, sagte sie. »Es geht um Kasimir. Heute Nachmittag war eine Abordnung von NKWD-Polizisten hier, um ihn abzuholen.«

»Kasi abzuholen?« Beinahe wäre Oda ein Lachen entfahren, so absurd war der Gedanke. »Aber Kasi ist ein Kind, das schwimmt, er soll in die sowjetische Nationalmannschaft, er hat mit Politik nichts am Hut!«

»Wir haben versucht, das alles den Herren zu erklären, aber sie beharrten darauf, sie hätten Anweisung von höchster Stelle, Kasimir Leowitsch Ullrich mitzunehmen. Er ist nicht verhaftet worden, Oda, so viel haben wir immerhin aus ihnen herausbekommen. Er wird nur zu einer Vernehmung gebracht, und sobald er seine Aussage gemacht hat, ist die Sache erledigt.«

»Er ist minderjährig!«, rief Oda und fühlte sich trotz allem erleichtert, weil es sich um eine behebbare, keine endgültige Katastrophe handelte. »Wenn eine Aussage von ihm benötigt wird, kann ich ihn morgen früh auf das zuständige Amt begleiten. Dazu braucht man kein Kind spätabends aus seinem Zuhause zu reißen, und abgesehen davon frage ich mich, wozu ausgerechnet Kasi etwas aussagen soll. Freistil-Schwimmen? Schmetterlings-Stil?«

»Das Gleiche hat Edvard den Herren auch schon zu erklären versucht«, erwiderte Lidija. »Aber sie bestanden darauf, sie müssten ihn mitnehmen und vorerst in Gewahrsam behalten.«

Oda überlegte. »Bogdan«, brach es dann aus ihr heraus. »Ich

fahre zu Bogdan und hole Kasi nach Hause.« Bogdan, der Bullterrier, der in Wahrheit weich wie ein Hütehund war, hatte sich vermutlich von Mascha dazu überreden lassen, sich seines Sohnes zu bemächtigen. Glaubte er wirklich, damit davonzukommen? Er hatte die Rechnung ohne den Wirt gemacht.

Ohne die *Wirtin.*

Was immer diese Männer, Bogdan so sehr wie Carmelo, glaubten, zur Existenz ihrer Söhne beigesteuert zu haben, es war *sie,* die sie aufgezogen, *sie,* die sie genährt und beschützt und sich um sie gesorgt hatte. Es war diese Familie, in deren Schoß sie herangewachsen waren, und dieses Hotel, in dem sie zu Hause waren.

Sie konnten ihr nehmen, was sie wollten, aber nicht ihre Kinder. Selbst Edvard war hiergeblieben, wo er hingehörte, und war jetzt bereits unterwegs, um seinen kleinen Bruder zurück nach Hause zu bringen.

Oda drehte sich um und wollte von Neuem hinaus in den Regen laufen, doch Lidijas Hand schloss sich fest um ihren Arm.

»Zu Bogdan kannst du nicht, Oda.«

»Warum nicht?«

»Weil es Nikolai Bogdan ist, gegen den Kasimir aussagen soll. Er ist heute Vormittag all seiner Ämter enthoben und verhaftet worden.«

»Bogdan? Aber das ist doch Unsinn. Er ist der Generalsekretär der Partei, der mächtigste Mann der Ukraine.«

»Seit heute nicht mehr.« Ullrich trat zu ihr und nahm ihren anderen Arm, als bedürfe sie der Stütze. »Wir nehmen an, sie haben ihn und wohl auch Kasimir ins NKWD-Hauptquartier am Alexandrowsky-Park gebracht. Kommissarischer Sekretär ist bis auf Weiteres Anselm Fleißer.«

26

CLARA

Sie lag in dem lachhaft luxuriösen, stets knisternd sauber bezogenen Bett wach und wartete darauf, dass er heimkam. Edvard, der so karg und schlicht, ja geradezu mönchisch wirkte, legte im Geheimen eine verblüffende Freude am Luxus an den Tag. Niemand hätte ihn als einen Genussmenschen beschrieben, und doch war er in seiner Stille zu Genuss fähig, wie Clara es selten erlebt hatte, und eröffnete auch ihr eine ganz neue Welt des Genusses.

Sie eröffneten sie einander, und dass das in einer Zeit, die vor Gefahr und Gewalt widerhallte, möglich war, erschien jeden Tag aufs Neue erstaunlich. Vielleicht lag etwas von dem Zauber darin, dass sie auf jeder ihrer Transportfahrten ihr Leben riskierten und in jeder ihrer Nächte in dem duftenden Bett wussten, dass es das letzte Mal sein konnte. Sie gaben einander, was sie zu geben hatten, weil das, was sie zurückhielten, auf immer vergeudet sein mochte. Das Risiko war auf seiner Seite inzwischen nicht geringer als auf ihrer. Seit mit immer blindwütigerem Eifer die sogenannten Säuberungen von Partei und Gesellschaft vorangetrieben wurden, musste jemand, der einen Spion ins Land schmuggelte, damit rechnen, von einer Troika – drei Angehörigen des NKWD, die keinerlei juristische Befugnis besaßen – innerhalb von Tagen zum Tode verurteilt und exekutiert zu werden.

Und als Spion galt mittlerweile jeder, der keine Einreiseerlaubnis der Abteilung für Visa und Registratur vorweisen konnte.

Sie transportierten fast nur noch Juden. In dem Maß, in dem die Schikanen zunahmen, wurden die Schlangen derer, die verzweifelt auf ein Visum zur Ausreise hofften, vor den Botschaften und Konsulaten länger. Seit Beginn des Jahres durfte kein Jude mehr ein Einzelhandelsgeschäft betreiben, als Kassenarzt praktizieren oder selbstständig ein Handwerk ausüben. Unzählige Menschen versuchten, ins westliche Ausland, vorzugsweise in die USA oder nach Großbritannien, zu fliehen, um ihren Familien wieder ein menschenwürdiges Leben zu bieten, doch ohne Geld und Beziehungen war es praktisch unmöglich, ein Visum zu erhalten. Gerüchte kreisten, es werde alles noch schlimmer, Reisepässe würden eingezogen und Vermögenswerte müssten gemeldet und dürften nicht länger frei verwaltet werden.

Wie viel davon Panikmache war und wie viel verlässlichen Quellen entstammte, ließ sich unmöglich mit Sicherheit sagen. Bisher aber hatte die Wirklichkeit noch jede übertrieben scheinende Panikstimmung an Grauen übertroffen. Wer die Möglichkeit hatte, schloss sich dem Ringen um die begehrten Visa an. Wem jedoch die Mittel dazu fehlten, der setzte nicht selten seine Hoffnung auf die Sowjetunion.

Diese aber riss sich genauso wenig wie irgendein anderes Land darum, die in Not geratenen Menschen aufzunehmen. Selbst in Palästina, wo der Balfour-Deklaration zufolge eine nationale Heimstätte für das jüdische Volk errichtet werden sollte, war die Aufnahme seit dem vergangenen Herbst radikal begrenzt worden.

Etwas anderes als die illegalen Fluchtwege stand vielen nicht mehr offen. Nach wie vor gehörte Odessa zu den wenigen Orten, die eine Perspektive boten, eine echte Hoffnung auf einen Neubeginn, weil es in so weiten Teilen eine jüdische Stadt war. Edvard und die Handvoll Leute, die ihm halfen, hatten ein regelrechtes Netzwerk von Betrieben und Privatleuten aufgebaut, die bereit waren, flüchtigen Glaubensgenossen in der ersten Zeit Arbeit, Wohnung und Schutz zu gewähren. Waren diese erst einmal tief genug ins Gewebe des odessitischen Lebens eingedrungen, konnten sie auf Papiere hoffen und sich allein weiter durchschlagen.

»Zum Vorteil gereicht uns, dass Odessa schon immer etwas anders war«, hatte Edvard erklärt. »Ein bisschen verdreht und unordentlich, sodass kein allzu strenger Ordnungshüter sich hierher versetzen lassen möchte. Das NKWD ist froh, wenn bei uns alles halbwegs ruhig bleibt und unser größtes Vergehen darin besteht, eine Kirchenglocke zu vergraben, statt sie wie vorgeschrieben einzuschmelzen. Zudem ist mit der Kontrolle über dieses Riesenreich selbst Stalins Apparat überfordert. Die, die wir herschaffen, haben eine Chance, durch die Maschen zu schlüpfen, und diese Chance müssen wir nutzen, so gut es eben geht.«

Mehr als eine Handvoll konnten sie nicht retten, und es gab Tage, an denen sie vor Erschöpfung gekrümmt gingen wie uralte Leute. Die Welt, in die sie geboren waren, schien eine Sintflut der Gewalt davonzureißen, und an den Tagen der Erschöpfung kam es ihnen vor, als schlügen die Wogen von beiden Seiten über ihren Köpfen zusammen. In solchen Momenten erschien ihnen das, was sie taten, von geringerem Wert als ein Tropfen auf den heißen Stein.

Aber ein jeder solcher Tropfen stand für ein Menschenleben, einen Vater, eine Tochter, einen kleinen Bruder, eine Liebste. Jeder Einzelne von ihnen bedeutete einem anderen die Welt. In den stillen, viel zu kurzen Nächten, in denen sie in ihrem lavendelduftenden Himmelbett beieinanderlagen, gelang es ihnen, sich darauf zu besinnen und Kraft zu schöpfen, um weiterzumachen.

Clara lauschte in die Stille. Edvards ganzes Dasein war leise, störte niemanden auf, und dennoch glaubte sie, sie müsse seinen Schritt auf dem Gang erkennen. War etwas Irrationales,

Unbelehrbares in jedem Liebenden überzeugt, es könne den Geliebten herbeisehnen? Clara war noch immer recht gut darin, das stärkste kleine Mädchen der Welt zu spielen, doch in letzter Zeit hatte sie sich merkwürdig zerbrechlich und dünnhäutig gefühlt, so als brauche sie Edvard, der ihr doch selbst so zart und kostbar und verletzlich vorkam, zu ihrem Schutz. Gerade heute hatte sie die gemeinsame Nacht so nötig wie nie zuvor gehabt, hatte dafür gesorgt, dass sie ein Abendessen und Wein mit auf ihr Zimmer nehmen und so lange wie möglich allein sein konnten.

Dann aber war Kasi verschwunden, und Edvard hatte aufbrechen müssen, um ihn zu suchen und nach Hause zu bringen. Das Abendessen war nicht angerührt worden, und Clara war schließlich ins Bett gegangen, um dort, wo sie sich am geborgensten fühlte, auf seine Rückkehr zu warten. Sie waren alle in heller Aufregung gewesen und waren es noch jetzt. Wie konnten die Männer vom NKWD ein Kind, das nichts verbrochen hatte, in einer so abscheulichen Nacht von seiner Familie trennen?

Streng genommen war Kasi natürlich kein Kind mehr, so wenig wie Georgchen, der wie ein Kind versorgt werden musste, und Anselm der Dritte, der immer eines bleiben würde. Aber er war eben der Kleinste von ihnen, der Nachgeborene, mit dem sie und Manon gespielt hatten wie andere Mädchen mit Puppen. Sooft sie nach Odessa kam, strich ihm Clara auch jetzt noch durch den struppigen Schopf, auch wenn sie sich inzwischen dazu auf die Zehenspitzen recken musste.

Unschuldig und sorglos war er. Einer, der wusste, wohin er gehörte, wo man ihn liebte und annahm, wie er war. Ein gefeierter Meister im Schwimmen wollte er werden, rund um den Globus für sein Land im Wettkampf antreten. Einmal hatte Malwine ihn gefragt, was das denn sei, *sein Land*, wo er doch Deutsch sprach wie Russisch und Odessitisch, in der Ukraine geboren war und einen Balten zum Vater hatte.

»Ich schwimme ja nur, ich schreib nicht für Zeitungen«, hatte Kasi in seiner lässigen Art zur Antwort gegeben. »Und wenn du einmal da oben stehst, auf dem Siegertreppchen, und sie spielen die Nationalhymne für dich, dann ist dir das egal.«

Malwine hatte das töricht, Clara hingegen amüsant gefunden. Tatsächlich besaß ja die Sowjetunion gar keine Nationalhymne, sondern hatte als ihr Lied die *Internationale* gewählt, zum Zeichen, dass der weltweite Zusammenschluss der Arbeiter keine Grenzen und Nationen kannte.

Neulich hatte Clara in der Straßenbahn einer Gruppe von Arbeiterinnen zugehört, die sich darin einig waren, ihr Land müsse doch wie alle übrigen eine Hymne haben, und diese solle wie keine andere das *Lied vom Vaterland* aus dem Film *Zirkus* sein.

Das Drehbuch war unter Mitwirkung von Isaak Babel verfasst worden, der aus Odessas Moldawanka stammte und über das Leben dort ebenso geschrieben hatte wie über seine Zeit in der Reiterarmee des allseits verehrten Marschalls Budjonny. Deshalb hatte Edvard, der sonst kein Kinogänger war, den Film sehen wollen, doch er hatte weder ihm noch Clara gefallen. Ljubow Orlowa, der Star, den die Filmbegeisterten schwärmerisch »die Marlene Dietrich der Sowjetunion« nannten, spielte eine amerikanische Artistin, die ein schwarzes Kind zur Welt bringt und in den Vereinigten Staaten rassistischen Angriffen ausgesetzt ist. In der Sowjetunion hingegen werden sie und ihr kleiner Sohn warmherzig willkommen geheißen, und zum guten Schluss findet sie auch noch die Liebe.

»Wenn wir uns sicher sind, auf dem richtigen Weg zu sein, sollten wir etwas so Plattes, Propagandistisches nicht nötig haben«, hatte Edvards Kommentar gelautet, und damit war alles gesagt. »Wir wollen den Leuten das Denken beibringen, oder nicht? Die Leute lernen aber lieber im Kino als auf der Schulbank, und wie sollen sie gegen die Missstände in ihrem Land angehen, wenn wir sie lehren, dass es gar keine gibt?«

Seine Worte gingen Clara durch den Kopf, wann immer sie das *Lied vom Vaterland* hörte, das buchstäblich die Spatzen von den Dächern pfiffen:

»Vaterland, kein Feind soll dich gefährden.
Teures Land, das uns're Liebe trägt.
Denn es gibt kein and'res Land auf Erden,
Wo so frei das Herz dem Menschen schlägt.«

Edvard hatte recht. Wer sich sicher war, dass in seinem Land Menschenherzen frei schlugen, der brauchte dergleichen nicht in kruden Knüttelversen zu behaupten. Wer wusste, dass sein Land von Liebe getragen wurde, der brauchte keine achtzehnjährigen künftigen Schwimmweltmeister des Nachts von ihren Familien wegzuzerren, sondern konnte sie in ihren warmen Betten schlafen lassen, bis sie am Morgen hellwach und guten Willens ihre Aussage machten.

Clara hob den Kopf.

Edvards Schritt auf dem Gang hatte sie nicht gehört, bis er die Klinke der Zimmertür sacht herunterdrückte. Er machte kein Licht. »Schläfst du?«, raunte er.

»Nein«, raunte Clara zurück.

»Gott sei Dank.«

»Was ist mit Kasi?«

»Warte«, sagte er nur wenig lauter. »Ich komme erst zu dir, ja?«

»Ja, komm zu mir. Willst du noch essen?«

»Nein. Mein Magen kommt mir vor wie ein Klumpen.«

»Ginge Wein?«, fragte Clara. Er trank ganz selten mehr als ein halbes Glas.

»Wein und du«, sagte er.

Sie schlug die Decke zurück, und er ließ seine Kleider, mit denen er sonst so sorgsam umging, neben dem Bett einfach fallen. Nackt schlüpfte er zu ihr, und sie schlang die Arme um seinen schmalen, mageren Körper. Seine Haut war eiskalt. Sie rieb ihm über Schultern, Brust und Arme, ertastete die klopfende Vene an seinem Hals. Er zog wie eine Schildkröte den Kopf unter die Bettdecke und vergrub ihn zwischen ihren Brüsten. Sie streichelte sein Haar und seinen Nacken, ließ ihre Hand auf dem obersten Wirbel ruhen.

»Erzähl's mir.«

»Ich würde gern erst Wein trinken«, sagte er. »Aber ich glaube, ich kann aus dieser Höhle, in die ich mich hier verkrochen habe, nicht auftauchen. Dies hier ist genau der Teil, den ich von der Welt heute Nacht noch ertrage.« Seine schlanken Hände öffneten die Kordel am Ausschnitt ihres Nachthemds, schoben sich unter den Stoff und schlossen sich um ihre Brüste.

Ich auch, dachte sie. Das hier ist auch der Teil, den ich heute Nacht von der Welt noch ertrage, und dafür, dass das mein Teil von der Welt ist, bin ich dankbar ohne Ende. Sie hatte die Liebe mit Hanno genossen, und hatte es hier und da mit einem anderen getan, um es auszuprobieren und weil sie an die freie Liebe glaubte. Mit Edvard wollte sie frei sein, um nur noch ihn zu lieben, Nacht für Nacht, bis sie beim Einschlafen das Grauen vergaßen, und dann noch einmal am Morgen, um trotz allem beschwingt in den Tag zu gehen.

It Don't Mean a Thing, if It Ain't Got That Swing.

Er war für sie gemacht und sie für ihn: Er wendig und dünn, sie kräftig und rundlich, sie passten ineinander wie zwei Puzzleteile. Sie laut und er leise, er wie ein Verhungernder, den sie an eine überreich gedeckte Tafel gesetzt hatte, und sie, der Bankette überdrüssig, die sich mit ausgesuchten Bissen füttern ließ. Seine

Lippen waren fest und ließen sie an einen Pfirsich denken, in den sie hier, in Odessa, zum ersten Mal gebissen hatte, und er küsste, als hätte er nie etwas anderes getan.

Sie versteckte ihre Zärtlichkeit hinter Gier, er versteckte seine Gier hinter Zärtlichkeit. Sie musste bei der Liebe oft lachen, und als sie ihn das erste Mal liebte, hatte sie geweint. Sie gehörte zu einer Generation von frei aufgewachsenen jungen Frauen, die über ihre Abenteuer, ihre Triumphe und Schlappen bei der Liebe mit ihren Freundinnen schwatzten, aber die Liebe zwischen Edvard und ihr war ein gehütetes Geheimnis. Sie war ein Tor, vor dem man Zauberformeln murmeln musste, damit es sich öffnete, erst seine Schenkel, dann ihre, und sein Glied war der einzige Schlüssel zu der Kammer in ihr, die sie selbst nicht kannte.

Seine Augen wurden schmal, wenn er verzweifelte oder in Zorn geriet, wenn sein Leben mehr von ihm verlangte, als er, der alles gab, geben konnte. Wenn er sie jedoch liebte, blieben sie weit geöffnet und ließen sich nichts von ihren Atemzügen, ihren Regungen, ihrem Mienenspiel entgehen. So, wie er sie liebte und wie sie ihn liebte, wie sie sich festhielten und wieder losließen, sich bestaunten und sich vertraut waren, half die Liebe gegen den Betrug seiner Mutter und den Tod der ihren, gegen den Irrsinn, dem ihre Welt verfallen war, und die Machtlosigkeit, mit der sie dagegen kämpften.

Dass sie sich liebten, nahm von alledem nichts weg, es verlieh ihnen nur die Entschlossenheit, sich davon nicht zerbrechen zu lassen. Häufig fuhren sie, kaum dass sie auseinanderglitten, fort, über all das, was sie quälte, zu reden, und das Reden war Teil ihres Liebens. Es war hart gewesen, Hanno – ihrem liebsten Kinderfreund Hanno – zu erklären, was ihr geschehen war, und natürlich wusste Clara, dass sie nicht das, was zwischen ihr und Edvard möglich war, ins Feld führen durfte. Ein Teil von ihr aber hätte es gern getan, weil es der einzige Grund war.

Zwischen dem, was ich für meine Mutter tun wollte, und dem, was ich glaubte, meinem Vater schuldig zu sein, hatte ich keine Ahnung, wer ich selbst bin, hätte sie ihm erklären wollen. Ich glaube, so ergeht es den meisten Menschen, und die meisten Menschen kommen ganz zufrieden ans Ende ihres Lebens, ohne es zu erfahren. Mit Edvard aber kann ich das nicht. Wenn ich bei Edvard bin, kann ich nur ich selbst sein, und das ist so aufregend, dass es mich süchtig gemacht hat.

Sie hatte es jedoch nicht erklärt, und der Schmerz, den sie Hanno zugefügt hatte, war größer geworden, weil er es nicht verstand. »Du und Edvard?«, hatte er fassungslos gefragt. »Er ist mein Bruder, er war mein Held, als wir Kinder waren, aber er ist doch kein Mann für dich! Er tanzt wie ein Besenstiel, und ein Stockfisch ist neben ihm geradezu ein Charmeur, er kratzt sich am Kopf, wenn andere vor Lachen vom Stuhl rutschen, weil er den Witz nicht versteht, und ich glaube, er war das letzte Mal schwimmen, als wir in die Volksschule gingen. Ich wünsche ihm von Herzen, dass er eines Tages eine brave Frau findet, aber wie er einen Temperamentsbolzen wie dich in seinen Karteikasten einordnen soll, weiß er doch im Leben nicht.«

Ich habe keinen Bruder, hätte sie ihm antworten wollen. Also kann ich nicht wissen, ob man seine Brüder grundsätzlich nicht kennt, weil man an dem Kinderbild festhält, das man von ihnen lieb gewonnen hat. Dein Bruder ist ein Vulkan. Dass du nie erlebt hast, wie er ausbricht, liegt allein daran, dass er zu viel Angst hat, auch nur ein Leben dabei zu zerstören.

Sie streichelte Edvards Flanken, die die Liebe erhitzt hatte, seine Lenden, in denen das Blut wie Lava pulsierte. Mit der anderen Hand – der linken, ungeschickten – hangelte sie nach der Weinflasche auf dem Nachttisch und bemühte sich, ihnen eins der Gläser vollzuschenken. Ein paar dunkle Tropfen fielen auf die weiße Bettdecke.

»Wenn es Krieg gibt«, sagte Edvard, der still lag und ihr mit den Augen folgte, »wenn es wieder Krieg gibt und wenn sie dieses Mal auch Frauen verheizen müssen – bitte lass dich ausmustern, Clara, finde irgendeinen Grund. Falls du so mit einem Gewehr zielst, hast du deinen eigenen Kommandanten erschossen, ehe es dich selbst durchsiebt.«

Sie schreckte auf, nahm das Glas, an dem der Wein herunterrann, und hielt es ihm an den Mund. »Kannst du das, Ed? Zielen und schießen?«

»Natürlich«, sagte er. »Ich habe ja meinen Wehrdienst in der Roten Arbeiter- und Bauernarmee abgeleistet wie jedes brave männliche Kind der Sowjetunion. Zwar durften streng genommen nur Arbeiter- und Bauernsöhne Waffen tragen, wie es jahrelang ein Privileg der besitzenden Klassen gewesen war, aber ich hatte Glück. Ich hätte Graben schaufeln und Rucksäcke schleppen sollen wie die übrigen Bürgersöhne, aber einen Hänfling wie mich konnte der Major nicht brauchen. Stattdessen ließ er mich ein Gewehr ausprobieren, und weil ich mich damit nicht ganz dumm anstellte, beschloss er kurzerhand, meinen angeblichen Vater, der schließlich nichts mehr schrieb, zum Arbeiter zu erklären. Glücklicherweise wusste er nichts von meinem tatsächlichen Vater, dem faschistischen Grafen, sonst hätte er mich Latrinen schrubben lassen.«

Er würde vielleicht nie an ein Ereignis aus seiner Vergangenheit rühren können, ohne es mit seiner Herkunft in Zusammenhang zu bringen. So wie sie an kein Ereignis aus ihrer Vergangenheit rühren konnte, ohne es auf den Tod ihrer Mutter zu beziehen. Das war Teil des Gewebes, aus dem sie beide gemacht waren. Sie sah, dass er so, wie sie ihm das Glas hinhielt, unmöglich trinken konnte, versuchte, es anzuwinkeln, und verschüttete noch mehr Wein, der über seinen flachen Bauch hinunter bis auf seinen Schenkel lief.

»Lass gut sein, Clara.« Er spitzte die Lippen über den Glasrand und schlürfte ein paar Tropfen, als trinke er durch einen Strohhalm einen Cocktail.

Schließlich überließ sie ihm das Glas und küsste den Wein von seiner Haut. »Hast du das wirklich gekonnt, Ed? Schießen?«

»Ja«, sagte er. »Ich war der Beste in meiner Kompanie.«

»Wenn es Krieg gibt«, sagte sie, »lass dich ausmustern, finde irgendeinen Grund.«

»Das kann ich nicht, oder? Wenn wir kämpfen, um dem Faschismus ein Ende zu machen, wenn wir ihn anders nicht wieder aus der Welt bekommen?«

Ihre Blicke hielten einander fest. Sie trank noch einmal, fühlte sich zerbrechlich und dünnhäutig und gab ihm das Glas zurück.

Nein, dachte sie, das kannst du nicht. Aber ich werde dich nicht hergeben wollen.

Zu ihm sagte sie: »Und dabei hält ganz Odessa dich für einen Schreibstubenhengst. Ich wünschte, du wärst einer.«

»Oh, ich bin einer. Mach dir keine Hoffnung. Der, der ich gern wäre, ist langweilig bis auf die Knochen, hockt den ganzen Tag vor seinem Reservierungsbuch und trägt in Schönschrift ein, dass der Gast Hermann Krause um zwölf Uhr dreißig in Holovna eintrifft und in Zimmer zweihundertzwanzig schläft.«

»Wie aufregend.«

»Ich habe dich gewarnt. Wenn du einen strahlenden Helden wolltest …«

Sie küsste seine Schlüsselbeine, die wie zwei Kleiderbügel herausragten. In der Dunkelheit war seine Haut schneeweiß.

»Ich wollte einen herrlichen Mann, und den habe ich bekommen. Einen Helden wollte ich nicht, aber bekommen habe ich auch den.«

»Es lebe die Macht der Suggestion.«

Sie küsste ihn.

»Was ist mit Kasi?«

»Sie haben ihn mir nicht herausgegeben.« Er stellte das Glas auf den Nachttisch, legte sich auf den Rücken und starrte mit im Nacken verschränkten Armen an die Decke. »Er ist in diesem fürchterlichen Gebäude in der Marazlijewskaja-Straße, am Alexandrovsky-Park, das die Leute *Café Komm-nicht-wieder* nennen. Ich habe mir den Mund fusselig geredet und stand kurz davor, einen NKWD-Beamten zu bestechen, aber ich habe mir vergeblich den Schädel eingerannt. Sie haben mir nicht einmal erlaubt, ihn zu sehen oder ihm ein paar Sachen zu bringen.«

»Aber was wollen sie denn mit ihm? Wie kann ihnen ein Junge, der an nichts als Schwimmen denkt, gegen den Generalsekretär helfen? Kasi hat ihn ein paarmal besucht, oder? Drehen sie ihm einen Strick daraus, dass er mit Bogdans Frau verwandt ist?«

»Ich habe sie all das auch gefragt, aber die Antwort, die ich darauf bekommen habe, blieb immer gleich: ›In diesem Haus sind wir es, die die Fragen stellen, Bürger.‹ Ich hatte Angst, ich schlage zu und breche jemandem das Nasenbein.«

Wider Willen musste sie lachen. »Wirklich? Du?«

Er nickte. »Die Angst habe ich jedes Mal, wenn ein Mensch sich nicht wie ein Mensch, sondern wie ein Dreckschwein verhält.«

»Aber wie kommst du denn darauf? Ich kann mir so gut wie alles von dir vorstellen, aber keine Gewalt.«

»Ich brauche es mir nicht vorzustellen«, sagte Edvard. »Ich habe es mehr als einmal getan.«

»Das ist nicht dein Ernst.« Über ihn hinweg griff sie nach dem Wein.

»Leider doch. In der Volksschule sah ich mich ständig bemüßigt, mich vor irgendwem aufzuplustern, weil ich fand, er habe meine Brüder scheel angesehen. Hanno oder Maxim. Kasi gab es da noch nicht, und ich wusste auch noch nicht, dass sie alle nicht meine Brüder sind.«

»Sind sie doch.« Obwohl sie diesmal direkt aus der Flasche trank, gelang es Clara, Wein auf seinen Bauch zu tropfen, auf die dichte Haarlinie, die ihm von der Scham hinauf zum Nabel wuchs. Plötzlich erwachte in ihr eine wilde Lust, ihn zu zeichnen. So, wie er jetzt war. Der Schwanz, der liebessatt auf seinem Schenkel ruhte, und die Nässe über dem Schamhaar. In Schwarz-Weiß, die Schatten, die ihm wie nächtliche Geister auf der Haut tanzten, schraffiert.

»Was wird jetzt mit Kasi?«, fragte sie. »Was immer sie von ihm wollen, kann ja so lange nicht dauern.«

»Meine Mutter will morgen früh all ihre Hebel in Bewegung setzen«, sagte Edvard. »Ob das nützt oder schadet, sei dahingestellt. Lidija und Ullrich sind der Meinung, es könnte klüger sein, abzuwarten, aber davon will sie nichts wissen.«

»Das kann sie doch nicht, Ed. Er ist ihr Kind.«

Sie sahen sich an und waren beide überrascht. Im Grunde konnte keiner von ihnen wissen, wie es sich anfühlte, Angst um sein Kind zu haben, und doch glaubte Clara, es am eigenen Leib zu spüren.

»Was denkst du?«, fragte sie. »Meinst du, wenn wir die Ruhe bewahren, schicken sie uns Kasi in ein oder zwei Tagen zurück?«

Er atmete tief ein. »Ich wünschte, ich wüsste das. Ich versuche, es mir einzureden, ich bin ein Bürokrat, der Vertrauen in seinen Staat haben will, aber aus Gott weiß was für Gründen gelingt es mir nicht.«

Clara entfuhr ein Stöhnen. »Ich fahre morgen nach Hause. Ausgerechnet. Ich wünschte, ich könnte bleiben, bis Kasi wieder da ist.«

Sein Blick suchte ihren. »Bleib.«

Sie erschrak vor der einen Silbe, weil er das noch nie zu ihr gesagt hatte. Es war ein ungeschriebenes, unangetastetes Gesetz zwischen ihnen, dass sie die Wege, die sie gehen musste, kannte wie er die seinen, und dass der eine dem anderen nicht hineinredete.

»Das kann ich doch nicht«, sagte sie. »Ich habe meinen Vater seit Wochen nicht gesehen, und ich habe ab Montag drei Einsätze hintereinander.«

»Du hast ununterbrochen Einsätze begleitet«, sagte Edvard. »Du hast das Recht auf eine Pause, jemand anders kann deine Fahrten übernehmen.«

»Du weißt, wie schwierig es ist«, sagte Clara. »Wir bekommen kaum noch Leute, und die Listen derer, die dringend rausmüssen, werden immer länger.«

Unverwandt ruhte sein Blick auf ihr. »Es ist deine Entscheidung, Clara. Ich werde nichts mehr dazu sagen.«

»Aber du willst, dass ich bleibe?«

»Wenn es um meine Entscheidung ginge, würde ich sie auch allein fällen«, erwiderte er. »Also habe ich kein Recht, mich in deine zu mischen.«

Sie stellte den Wein weg und legte sich zu ihm, schob sich wieder so in seine Arme, dass sie wie Puzzleteile ineinanderpassten. Es war ihr Teil der Welt, der, den sie immer ertrug, aber einschlafen konnte sie in dieser Nacht trotzdem nicht.

27

CLARA

Anderntags brach Clara allein auf, ging zu Fuß mit ihrem kleinen Koffer zum Bahnhof Holovna und stieg in den Zug nach Lemberg, das auch so eine Stadt war, von der niemand genau sagen konnte, welcher Nation sie tatsächlich angehörte. Nach einem Rattenschwanz blutiger Konflikte, die der Krieg nach sich gezogen hatte, war Lemberg Polen zugeschlagen worden, doch das hatte an dem bunten Mischmasch der Bevölkerung nichts geändert. Sooft Clara dorthin fuhr, gab es im Abteil lautes Geschnatter in Polnisch, Ukrainisch, Russisch, Jiddisch und Deutsch. Auch jetzt drängten sich auf den gegenüberliegenden Bänken Frauen mit Einkaufstaschen, die über die nahe Grenze fuhren, um sich zu besorgen, was sie auf ihrer Seite nicht bekamen, oder um Verwandten zu bringen, was diese sich von der anderen Seite wünschten.

Ein Gebiet, in dem Menschen so lange zusammengelebt hatten, ließ sich nicht ordentlich in Stücke zerschneiden wie eine Sahnetorte. Die Leute ließen es sich nicht nehmen, von hüben nach drüben zu fahren, wie es ihnen passte, und eine Grenze war letztlich weder ein Gebirge noch ein reißender Fluss, sondern nicht mehr als eine Linie, die Menschen gezogen und schon hundert Mal verändert hatten.

Clara wollte in Lemberg in einen Zug nach Breslau umsteigen, wo sie in der schlecht beheizten Wartehalle auf den Nachtzug nach Berlin warten würde. Viele empfanden die lange Fahrt als strapaziös, ihre Tante Belle klagte jedes Mal, aber Clara war wie ihr Vater: Sie fuhr gern mit dem Zug und entdeckte unterwegs stets eine Vielzahl Gesichter, die sie zum Zeichnen reizten.

Heute war es anders. Zwar hatte sie ihren Skizzenblock auf den Knien liegen, konnte sich jedoch nicht entscheiden und brach jeden Versuch nach ein paar Strichen ab. Sie war übernächtigt, fühlte sich dünnhäutig und konnte nicht aufhören, an die vergangene Nacht zu denken.

Natürlich machte sie sich Sorgen um Kasi, aber das war nicht alles. Etwas hatte sich zwischen ihr und Edvard verändert. Zum ersten Mal hatte er sie gebeten, zu bleiben, ihr gemeinsames Anliegen hinter ihre Liebe zurückzustellen, hatte ihr gestanden, dass er sie brauchte und sie in der Notlage seiner Familie bei sich haben wollte.

Sie gehörte dazu.

Gehörte zu ihm.

Ihr gegenüber, zwischen zwei Frauen mit Körben auf dem Schoß, die gewiss siebzig Jahre alt sein mussten, saß eine Frau, die ihr jünger erschien als sie selbst. Sie hielt ein schlafendes Kind in den Armen, und als es aufwachte, legte sie ihr Kopftuch um sich und das Kleine, und die zwei Großmütter schützten sie vor Blicken, während sie es stillte.

Clara verspürte keine Aufregung, als sie begriff, was das Gefühl der Verletzlichkeit in den letzten Wochen zu bedeuten hatte. Sie nahm Block und Stift auf und begann endlich zu zeichnen. Keine Skizze von einem Mitreisenden, sondern eine neue Geschichte, keine von Sidonie, der Spinne, sondern eine von Clarabella, dem langschnäuzigen Seepferdchen, das aus dem Schwarzen Meer einen Fluss hinaufschwamm, um ins ferne Deutschland zu gelangen. Auf dem Weg wurde Clarabellas Bauch jedoch immer größer und schwerer, bis sie schließlich beschloss, wieder umzukehren, damit Eduardo, das langschnäuzigste aller langschnäuzigen Seepferdchen, ihr half, ihre Last zu tragen.

Clara stieg in Lemberg aus, ging durch die Unterführung zum gegenüberliegenden Gleis und wartete dreieinhalb Stunden lang in bitterer Kälte auf den Zug, der nach Odessa zurückfuhr. Sobald sie im Hotel war, würde sie ihren Vater anrufen. Sie würde die verschlüsselten Sätze benutzen müssen, die ihm zu verstehen gaben, dass sie für die geplanten Transporte ausfiel, und hoffen, dass er Ersatz fand und sich nicht allzu viele Sorgen machte. Es tat ihr leid, ihm diese zusätzliche Komplikation aufzubürden, und die Menschen, die sich selbst nicht helfen konnten, im Stich zu lassen, doch sie wusste auch, dass sie die richtige Entscheidung traf. Sie würde wiederkommen, würde nicht aufhören zu kämpfen, bis ihre Welt wieder menschlich war und Swing tanzen durfte, doch auch das, was jetzt vor ihr lag, war Teil ihres Kampfes.

Sie war bereit dafür. Bereit, sich eine Zeit lang in ihre Höhle zurückzuziehen und schützen zu lassen, ehe sie mit neuer Kraft daraus hervortauchte, um selbst zu schützen.

In Holovna fand sie kein Taxi, und es schüttete schon wieder, als wäre der Himmel geplatzt. Bis auf die Knochen durchnässt und verfroren erreichte sie das *Odessa* in dem Augenblick, als Edvard vor dem Portal aus seinem Wagen stieg.

»Ist das ein Zufall?«, fragte er, gab Milstein durch ein Zeichen zu verstehen, dass er nicht mit seinem Schirm herbeizueilen brauchte, und zog sie unter das Vordach.

»Ich glaub nicht«, sagte sie.

»Ich bin froh, Clara.«

»Ich auch. Gibt es etwas Neues von Kasi?«

»Nicht viel.« Die Schatten um seine Augen ließen ihn älter wirken, als er war, doch die eingefallenen Wangen machten ihn auch jünger und verwundbarer. »Wir dürfen ihm morgen eine Tasche mit ein paar Sachen bringen, das ist das einzige Zugeständnis, das Kropotkin macht.«

»Wer ist Kropotkin?«

»Stepan Alexejewitsch«, antwortete Edvard müde. »Der örtliche NKWD-Leiter und jetzt auch der Vorsitzende der eingesetzten Troika.«

Clara fror zum Gotterbarmen, doch sie hielt ihn noch hier draußen fest, weil sie wusste, dass drinnen alle über ihn herfallen und ihn mit ihren Fragen bombardieren würden. Natürlich war es ihr Recht, aber einen Augenblick brauchten sie beide noch für sich allein.

»Eine Tasche mit seinen eigenen Sachen wird Kasi helfen«, sagte sie. »Ich habe eine Geschichte gezeichnet, die können wir ihm hineinlegen. Sie handelt von schwimmenden Tieren, das wird ihm gefallen. Kasi liebt Comics.«

»Tatsächlich?«

Clara nickte. »Ich habe vor Jahren einmal einen aus Belgien mitgebracht – *Tim und Struppi im Lande der Sowjets,* seitdem hat er sich immer wieder welche gewünscht.«

»Und ich wusste bis vor Kurzem nicht einmal richtig, was Comics sind, fürchte ich«, sagte er.

Clara lächelte mit klappernden Zähnen. »Vor allem weißt du noch immer nicht, wozu Comics in der Lage sind. Sie erzählen das, was wir nicht in Worte fassen können, wollen oder dürfen. Damit du es begreifst, musst du dir meine Seepferdchen-Geschichte anschauen.« Sie zog die zusammengerollten Blätter unter ihrem Mantel hervor und schob sie ihm in die Hand. Sie waren ein wenig angeweicht, und ein paar Striche waren verwischt, doch die Zeichnungen waren perfekt erkennbar.

Edvard blätterte durch die Seiten und betrachtete Bild für Bild. Als er aufblickte, schien sich das Licht aus der Halle des *Odessa* in seinen Augen zu spiegeln. »Bei den Seepferdchen tragen die Väter die Kinder aus«, sagte er.

»Ja, deshalb bin ich zurückgekommen«, erwiderte Clara. »Weil ich mir dachte, dass sich mit dir darüber reden ließe.«

Sein Blick glitt an ihr herunter. Sein Mund öffnete sich und klappte wieder zu, dann noch einmal auf und wieder zu, ohne dass ein Wort herauskam.

»So ging es mir auch«, sagte Clara. »Ich hatte dafür einfach keine Worte, und siehst du – dazu sind Comics gut. Jetzt lass uns reingehen, ehe ich hier draußen zur Eisheiligen werde, und dann packen wir für Kasi eine Tasche und stecken die Geschichte hinein. Er muss schließlich erfahren, dass er im nächsten Sommer Onkel wird.«

28

ANSELM

Stepan Kropotkin war einer dieser NKWD-Leute, die sich betrugen, als hätten sie die Revolution allein ausgefochten und als wüssten auch nur sie allein, wie man in einer der entlegenen Sowjetrepubliken die Zügel führte. Aus Moskau natürlich. Immer schickten sie hierher die Ehrgeizlinge aus Moskau, die keine Ahnung davon hatten, wie dieser verrückten Stadt der Puls schlug und wie man sie an die Kandare bekam.

»Wenn Sie in Odessa aus einem Mann etwas herausholen wollen, müssen Sie ihm nicht zwischen die Beine greifen, sondern an seine Seele, Genosse General«, hatte Anselm dem Mann erklärt, der ihn behandelte wie seinen Untergebenen. »Seinen Schwanz lässt er sich notfalls von einem BT2-Panzer überrollen, schließlich spielt es für einen Trotzkisten ja keine Rolle, ob er ein Kastrat ist. In seiner Seele aber ist so ein Mann aus Odessa nackt. Da kann er sich nicht wehren.«

»Bogdan ist nicht aus Odessa«, knurrte Kropotkin, ohne wenigstens über den Witz mit dem Kastraten zu lachen.

»Aber er liebt dieses unsägliche Sodom unter den sowjetischen Städten!«, rief Anselm. »Er war ja kaum je in Kiew, und Moskau mied er wie der Teufel das Weihwasser.«

»Ihre Vergleiche sind unpassend«, rügte Kropotkin. »Hören Sie, Genosse, wenn Sie der Meinung sind, Sie wissen, wie wir bei dem Mann zum Ziel kommen, dann beeilen Sie sich besser. Moskau will ihn spätestens Ende der Woche haben, und ich hatte die Überführung schon anordnen lassen, da ich der Ansicht war, dass wir hier ja doch zu keinem Ergebnis kommen.«

Anselm wusste, dass dies sein Moment war. Jetzt oder nie. Kropotkins Leute hatten Bogdan bereits achtundvierzig Stunden lang nach den üblichen Methoden vernommen, ohne dass dieser ein Geständnis abgelegt hatte. Anselm kannte Bogdan. Er hatte schließlich achtzehn Jahre, die die besten seines Lebens hätten sein können, im Schatten dieses Mannes vergeudet. Bogdan war nach außen hin ein harter Zahn, und er verfügte über eine Leidensfähigkeit, die selbst für einen Russen erstaunlich war. Bohrte man sich jedoch durch die gepanzerte Schale nach innen, so stieß man auf einen Kern, der weicher als eine verfaulte Birne war.

An diesen Stellen bedurfte es keines Kraftaufwandes mehr, sondern nur noch eines kurzen gezielten Drucks, und Bogdan würde winseln und sich am Boden wälzen wie ein verschnittener Hund. Er würde nicht nur gestehen, die Kommunistische Partei der Ukraine mit seinem zersetzenden trotzkistischen Gedankengut unterwandert zu haben, sondern Trotzki persönlich zu sein, wenn man es von ihm verlangte.

Und genau das war es, was Moskau wollte, und was er, Anselm Fleißer der Zweite, zu liefern gedachte: ein umfassendes Geständnis, aufgrund dessen ein sofortiges Todesurteil gefällt und vollstreckt werden konnte. Jahrelang hatte er geduldig darauf gewartet, den Mann endlich von seinem Posten zu verdrängen und selbst das Ruder in die Hand zu nehmen. Jetzt war es so weit. Wenn er derjenige war, der die harte Nuss Bogdan knackte, würde man ihm das Amt des Generalsekretärs auf dem silbernen Tablett servieren. Im Grunde füllte er es ja bereits aus, seit sich Bogdan während der Entkulakisierung als ein solcher Weichling erwiesen hatte. Es war höchste Zeit, dass man ihm nicht nur die Mühen auflud, die der Posten mit sich brachte, sondern endlich auch die dazugehörigen Ehren erwies.

Dass Bogdan unfähig war, hatte Anselm spätestens da begriffen, als er den Mann wie ein Wickelkind hatte heulen sehen. *Holodomor,* Mord durch Hunger, nannten die Bauern die zwei Jahre, in denen die Kollektivierung der Landwirtschaft erzwungen worden war, nachdem alle sanfteren Methoden nichts gefruchtet hatten. Das Wort war verboten worden, aber Bogdan benutzte es selbst. Geheult hatte er, weil er miterlebt hatte, wie sich ein Bauer an der Leiche seines Sohnes verging, weil ihm der Hunger den Verstand geraubt hatte.

Anselm würde nie verstehen, wie sich ein hoher Parteifunktionär derart gehen lassen konnte. Sie hatten schließlich gewusst, worauf sie sich einließen, als sie sich bereit erklärten, die Durchführung der Maßnahmen zu übernehmen. Wo gehobelt wurde, fielen Späne, und gewisse Dinge waren nun einmal vonnöten, wenn die Menschheit nicht in ihrem eigenen Unrat stecken bleiben wollte. Vonnöten war es auch, das gemeine Volk mit solchem Wissen, solchen Anblicken zu verschonen, damit es nicht im Innern verrohte. Aus diesem Grunde war es unumgänglich, dass Männer wie er selbst solche Vorfälle, die natürlich einem fühlenden Menschen Qualen bereiteten, auf sich nahmen und darüber für alle Zeit schwiegen. Ein Wegbereiter des Sozialismus hatte nicht zu jammern wie Bogdan, sondern das, was er durchgemacht hatte, in seinem Herzen zu vergraben.

Er, Anselm, hatte das ohne ein Wimpernzucken für seinen Staat getan. Er hatte noch weit mehr getan, und er konnte den Tag, an dem er dafür den verdienten Lohn erhielt, kaum erwarten – die Ernennung zum Generalsekretär der Partei. Er würde einen Empfang geben, wie diese verfluchte Stadt ihn noch nicht gesehen hatte. Nicht im *Odessa* natürlich, das *Odessa* war Schnee von gestern. Im *Krasnaja.* Krimsekt in Strömen und die schönsten Frauen, die sich heranschaffen ließen. Diese eine Nacht lang würde er prassen, dass sich seine Feinde vor Neid in ihre fetten Hintern bissen. Im Morgengrauen dann würde er mit zwei, drei

Federstrichen ein paar Existenzen vernichten, darunter die, die ihm auf der Welt die verhassteste war, und dann würde er Odessa, seinem Fluch, der ihm nicht länger am Hals hing, den Rücken kehren.

Nach Häusern in Kiew hatte er sich bereits umgesehen. Eines am westlichen Ufer des Dnjepr hatte es ihm angetan, ein luftiges, modern gebautes Haus mit Blick auf die lieblichen Hügel des Hochlandes, das mit dem verstaubten Pomp von Odessa nichts gemein hatte, nichts vom Gewirr der Höfe, den Winkeln, Giebeln und Alkoven, den unlesbaren Inschriften und verblichenen Ikonen.

Odessa war eine Stadt, die sich weigerte zu sterben, und er war ein Mann, der ihren Leichengeruch nicht länger ertrug.

Nicht nur die Stadt würde er hinter sich lassen, sondern alles, was daran hing: Das verhasste Haus, in dem er geboren war, das sein Vater gekauft hatte, weil er sich Anna Geibel als Braut gesichert und geglaubt hatte, nun endlich jemand zu sein. Den verhassten Schuppen, in dem seine Mutter sich erhängt hatte, als ihr Sohn nicht einmal alt genug gewesen war, um sich an ihr Gesicht zu erinnern. Die verhassten Cafés, Restaurants und Tanzdielen, in die er voll gutem Willen eingetreten war, um auf freundliche Worte nichts zu ernten als höhnische Blicke und Verachtung.

Die Verachtung der schwarzmeerdeutschen Crème de la Crème, angeführt von der Sippe der Liebenthals, die auf ihrem Hochmut einherritt wie Marschall Budjonny, der größte Führer der Roten Armee, auf seinem Schlachtross. Sie hatten Anselms Vater aus ihren Kreisen ausgeschlossen und seine Familie zum Unglück verdammt. Anselm hatte seinen Vater über alles geliebt, obwohl dieser ihm außer Kränkungen nicht viel mitgegeben und sich in einen frühen Tod gesoffen hatte. Er hatte ihn geliebt, weil er bei alledem den größten, ja einzigen Wunsch des

Vaters gespürt hatte, sein Sohn möge schaffen, woran er gescheitert war: in den Liebenthal-Zirkel aufgenommen zu werden, nicht länger am Rand zu stehen, nicht verachtet und ausgeschlossen zu sein.

Der Wunsch war ihm versagt geblieben. Sosehr Anselm sich auch darum bemüht hatte, hatte er ihn dem Vater nicht erfüllen können. Eine Nacht lang hatte Oda Liebenthal, die ungekrönte Königin Odessas, in seinem Bett gelegen und mit erbärmlich schlechter Schauspielerei versucht, ihm ein Kind unterzuschieben. Er hatte geglaubt, alle Trümpfe gegen sie in der Hand zu haben, doch ehe er dazu gekommen war, seine Karten auszuspielen, hatte Leo Ullrich, der mit seinem schweinischen Schundroman steinreich geworden war, ihr den Hals gerettet.

Solche Leute, die selbst ernannten Reichen und Schönen, retteten einander die gesamte Weltgeschichte hindurch den Hals, während solche wie er im Regen stehen blieben. Es war nur recht und billig, dass die Revolution solchen Leuten ein Ende machte, dass sie kein Pardon kannte, sondern ihnen die Seilschaften und mit demselben Beil die Kehlen durchschnitt. Warum die Liebenthal-Sippe jedoch auch dieses Mal wieder davongekommen war, würde Anselm ein Rätsel bleiben.

Immerhin, sie waren nicht länger reich. Sie besaßen im Grunde an ihrem verdammten Hotel kein popeliges Toilettenbecken mehr, sondern lebten von Bogdans Gnaden, der seine Schwäche für Oda jahrelang an der Partei vorbeilaviert hatte. Dass sie aber immer noch all das waren, was er selbst nie hatte sein dürfen, schmerzte Anselm bis zur Besinnungslosigkeit: Fröhlich. Zärtlich. Beliebt. Wenn sie mit ihren unzähligen Kindern und den ewigen Besuchern aus Berlin an ihren Strand zogen, gebärdeten sie sich, als wäre das Leben ein köstliches Vergnügen, und waren aus unerfindlichen Gründen noch immer ineinander verliebt. Sie trugen geflickte Hauskleider wie Pariser *Haute Couture,* tanzten

Modetänze und lachten unter dem nächtlichen Himmel, als hätten sie höchstpersönlich die Sterne daran aufgehängt.

Warum nur?

Was verlieh diesen Menschen das Recht, ein Leben wie ein ewiges Fest zu führen, auf das andere, die am Zaun standen, mit einem Neid blickten, der das Herz zerfraß?

Warum besaßen ihre Frauen einen Liebreiz, der selbst in Krankheit und Tod nicht verblühte, warum war dem Sarg von Tessa Pertsowa-Liebenthal die halbe Stadt unter Tränen gefolgt?

Warum hatten ihre Männer – von Philipp Liebenthal über Karol Albus bis zu Maxim – selbst dann noch etwas von tragischen Helden, wenn sie sich lächerlich machten und gedemütigt im Dreck lagen?

Warum sangen ihre Töchter wie Nachtigallen, warum hätten ihre Söhne für Olympia schwimmen können? Warum haftete all diesen Leuten, selbst einem traurigen Versager wie dem vom eigenen Bruder gehörnten Hanno noch etwas Besonderes an, ein Reiz, der sich nicht in Worte fassen ließ?

Und warum standen sie wieder und wieder auf dem Bahnhof von Holovna und fielen sich in die Arme, als wäre die Welt erträglich, solange sie nur vereint waren?

Er, Anselm, hatte das Gleiche gewollt. Ein Haus, dessen Licht hinaus auf die Straße schien und die, die draußen standen, vor Neid erblassen ließ. Anders als sein Vater hatte er sich in die beste denkbare Ausgangsposition manövriert, ehe er Katrein Seibman heiratete, die eine begehrte Partie war und keinen Grund hatte, ihn nicht zu lieben. Er war ein mächtiger Mann, und er ließ sie ihre Rolle an der Seite eines mächtigen Mannes genießen. Wenn Kinder kamen, ein Sohn, der wiederum Anselm heißen sollte, würde dieser dritte Anselm endlich erreichen, was den beiden vor ihm verwehrt geblieben war.

Er würde glücklich sein.

In seinen Träumen hatte Anselm Katrein blond und proper unter dem Säulendach seines Hauses stehen und die Arme öffnen sehen, wenn ihr prächtiger Sohn von einem Tag am Strand nach Hause kam. Sie hätte ihn in ihren Armen aufgefangen und um ihre Achse gewirbelt, wie die Liebenthals es taten, und die Passanten auf der Straße hätten sie weithin lachen hören. Er selbst stieg in diesen Träumen aus einem glänzenden Dienstwagen, blieb ein paar Atemzüge lang im Schutz einer Akazie stehen und genoss den Stolz auf seine Familie, ehe er sich dem Glück, das sie ihm verdankte, anschloss.

Stattdessen hatte Katrein ihm ein Kind geboren, das seinen mit so viel Hoffnung angefüllten Namen zu einem Symbol der Scham machte. Aus der missgestalteten Fratze des Kindes schien Anselm der Hohn der Liebenthals entgegenzugrinsen, als hätte sich das Schicksal selbst mit seinen Feinden verbündet. Monatelang hatte er sich an der Hoffnung festgeklammert, aus dem Idioten unter seinem Dach könne doch noch der erträumte Sohn werden. Als diese erlosch, hoffte er stattdessen, der Idiot ließe sich ungeschehen machen und Katrein könne ihm neue Kinder gebären.

Solche wie der Idiot waren in von der Sowjetregierung eigens geschaffenen Heimen ohnehin besser aufgehoben, wie auch die Affen im Zoo von Kiew gut aufgehoben waren. Anselm schlief mit Katrein, obwohl es ihm schwerfiel, seit aus seiner Verbindung mit ihr der Idiot entstanden war. Manchmal kam es ihm vor, als hätte sie seinen Samen willentlich in ihrem Körper vergiftet, als wäre auch sie eine Verbündete der Liebenthals.

Denn dass sein Samen in der Lage war, schöne, gesunde, sich kraftvoll ins Leben krähende Kinder zu zeugen, wusste er schließlich. Immer öfter, wenn er über Katreins schlaffem Leib darum kämpfen musste, seinen Schwanz hochzukriegen, ertappte er sich bei dem Gedanken an Olga.

Olga war alles andere als schlaff gewesen, wenn Anselm zu ihr ins Bett gestiegen war. Ein Ausbund an Lust war diese Olga gewesen, hatte sich auf ihn gestürzt, und er hatte nicht die geringste Mühe gehabt, sie dreimal, viermal, fünfmal in der Nacht zu lieben. Sie hatte gelacht, ihr langes schwarzes Haar um seinen Schwanz gewickelt und ihn ihren »roten Kaiser« genannt. Ehe sie aus dem Ort schließlich abgezogen wurden, hatte ihm Olga einen Sohn geboren. Seine ganze Einheit hatte ihn gefeiert, weil schon ein echter Kerl von einem Rotarmisten daherkommen musste, um einen so strammen Burschen zustande zu bringen.

Damals hatte er nichts anderes gedacht, als dass er den Sohn eben zurücklassen musste, wie Soldaten überall auf der Welt die Kinder, die sie während ihrer Stationierung zeugten, zurückließen. Je länger er aber mit dem Idioten unter einem Dach lebte und vergeblich darauf wartete, dass Katrein wieder schwanger wurde, desto häufiger musste er an den Morgen denken, an dem Olga ihm den Jungen gezeigt hatte.

Er war kein gefühlsduseliger Mann, und dennoch hatte er sich einer kurzen Ergriffenheit kaum erwehren können. Das kleine Bündel, das da vor ihm in den Armen seiner Mutter lag und aus Leibeskräften brüllte, war sein erstgeborener Sohn! Das vom Schreien verzerrte Gesichtchen mit der gesunden Farbe und dem dichten, pechschwarzen Haarschopf darüber trug in seinen Zügen das Erbe von Generationen von Fleißers, die dem Ruf Katharinas der Großen gefolgt waren und sich dieses Land zu eigen gemacht hatten.

»Du bist sein Vater, du musst ihm seinen Namen geben«, hatte Olga, die vor Stolz schier platzte, gesagt.

Anselm, wäre es ihm um ein Haar herausgerutscht, doch er hatte sich gerade noch besonnen. »Nenn ihn Vladimir«, hatte er stattdessen entschieden. »Zu Ehren Lenins.«

An den kleinen Vladimir musste er denken, wenn Katrein

wie leblos unter ihm lag und damit auch in ihm alles Leben erstickte. Irgendwo, meilenweit entfernt von diesem Haus, diesem Bett, in dem ihm jede Nacht zur Qual wurde, lebte ein Kind von ihm, ein kleiner Junge, um den ihn einst eine ganze Einheit beneidet hatte.

Der Idiot muss weg, entschied er und sagte es Katrein. In der Vorstadt, im Peressyp, gab es eine Anstalt für solche wie ihn, in der es ihm an nichts fehlen würde. Katrein aber, die sonst nie etwas anderes tat, als stillzuhalten, widersetzte sich.

»Wenn du mein Kind aus dem Haus gibst, gehe ich mit ihm«, sagte sie.

»Zum Teufel, dein Kind ist ein Schwachsinniger, der sich nie selbst versorgen, nie einen verständlichen, menschlichen Satz herausbringen und nie etwas Nützliches für die Gesellschaft leisten wird.«

»Er ist mein Sohn. Und er ist hier.«

Sie blieb dabei. Zog mit dem Idioten durch die Straßen und setzte Anselm von Neuem dem Gespött der Liebenthal-Sippe aus. Was sie untereinander tuschelten, konnte er sich lebhaft vorstellen. Es verfolgte ihn bis in seine finstersten Albträume: Seht euch den armen Anselm Fleißer an – wir bekommen Kinder wie die Karnickel, und das Einzige, was er zustande bringt, hat weniger Hirn als ein Affe im Zoo.

Aber der Idiot war nicht das einzige Kind, das Anselm Fleißer zustande brachte. Während sein Hass auf Katrein mit jedem Tag wuchs, reifte in ihm ein Entschluss: Wenn sie ihn zwang, ihr Kind unter seinem Dach zu dulden, würde er sie zwingen, dasselbe mit seinem zu tun. Er würde in das Dorf an der Wolga fahren und sich seinen Sohn holen.

Als er sich schließlich dazu durchgerungen hatte, fragte er sich, warum er es nicht schon viel eher getan hatte. Olga machte ein Geschrei, doch das ließ sich mit einem Gemisch aus ein paar

Drohungen und ein paar Rubelscheinen erledigen, und Vladimir war alles, was er sich von einem Sohn gewünscht hatte: Er war stark, gesund und schön, er war folgsam und betete seinen Vater förmlich an, ließ sich jedoch außerhalb des Hauses nicht die Butter vom Brot nehmen, sondern bot jedem, selbst den Liebenthals, die Stirn. Wenn Klagen kamen, weil er so oft in Prügeleien geriet, bestrafte Anselm ihn nicht, wie andere Väter es getan hätten, sondern zeigte ihm seinen Stolz. Sein Sohn war kein Duckmäuser. Er war einer von denen, die treten, nicht getreten werden.

Bestrafen musste er ihn ohnehin nur selten, und wenn, dann war nach einer tüchtigen Tracht Prügel, wie sie jedem Jungen guttat, die Luft wieder rein. Er und Vladimir waren eine Einheit, Vater und Sohn, die Hand in Hand ihre Welt eroberten, und wenn er sich bei seiner Arbeit krummlegte, wenn er Unaussprechliches beging, um voranzukommen, dann wusste er, für wen er es tat. Als Anselm jetzt, im Hauptquartier des NKWD von Odessa, in Stepan Kropotkins Büro, an diese Jahre zurückdachte, erkannte er, dass sie seine glücklichsten gewesen waren. In dieser kurzen Zeitspanne war er einem Menschen nah und mit sich selbst im Reinen gewesen, und er hätte mit niemandem tauschen wollen, auch nicht mit einem der Liebenthals.

Seine Ehe war daran zerbrochen, sein Haus von einem Schweigen erfüllt, in dem lediglich der Idiot sein unsägliches: »Ich bin hier«, lallte, das er verrückterweise in zwei Sprachen von sich zu geben vermochte. Aber was kümmerte ihn das, solange er seinen Sohn hatte? Seinen Sohn, der von allem, was er errungen hatte, profitieren und ihn eines Tages sogar überflügeln würde, sein Sohn, der neben ihm stehen würde, wenn er Oda Liebenthal das Hotel wegnahm.

Dass mit den Papieren etwas nicht stimmte, hatte der Mann, den er in ihrem Stab positioniert hatte, längst herausgebracht.

Aber das würde Anselm schon richten, wenn erst der große Tag da war und er Bogdan, den Waschlappen, beiseitefegte. Mit seinem Sohn hatte er feiern wollen, den Champagner, der in den Kellern des *Odessa* versteckt lag, auf den Gängen verschütten, das Porzellan an die Wände schleudern und auf den Scherben tanzen wollen.

Jetzt war der große Tag gekommen.

Aber sein Sohn war nicht mehr da.

Ob er in der Lage gewesen wäre, Oda Liebenthal und ihrer Sippe zu vergeben, hatte er sich niemals gefragt. Sein Hass war seine Antriebsfeder gewesen, doch vielleicht hätte er sie irgendwann nicht mehr gebraucht, weil er eine neue hatte: die Liebe zu seinem Sohn. Vielleicht wäre es tatsächlich möglich gewesen, die Fehde beizulegen und künftig getrennte Wege zu gehen, hätten seine Feinde ihn je um Vergebung gebeten. Stattdessen hatten sie den Gedanken, er könne sie nicht mehr brauchen, nicht ertragen und ihm das Liebste genommen, was er je besessen hatte.

Seinen Sohn gab es nicht mehr.

Der Verräter, der sich irgendwo mit der Hässlichsten aller Liebenthals im Lotterbett wälzte und von der Hand in den Mund lebte, war der Sohn der Soldatenhure, nicht der seine. So vielversprechend er als Kind auch dahergekommen war, hatte er letzten Endes sein Erbe nicht verleugnen können.

Jetzt gab es keinen Weg der Vergebung mehr, und Anselm würde nicht ruhen, ehe er alles, was die Liebenthals ausmachte, mit Stumpf und Stiel ausgemerzt hatte.

So wie Hitler seine Juden, wie Stalin seine Kulaken.

Etwas von der Radikalität der beiden Männer, die kein Mitleid und keine Schwäche kannten, spürte er auch in sich. Er würde in seinem luftigen Haus am westlichen Dnjepr-Ufer sitzen und in aller Ruhe an den Knöpfen drehen, die seine Feinde vernichteten.

Den ersten Schuss würde er ihnen heute vor den Bug setzen, eine Verletzung, von der zumindest Oda Liebenthal sich nicht mehr erholen würde. Und wenn sie, die das Rückgrat der Sippe bildete, erst einmal angeschlagen war, lagen die anderen schon so gut wie auf dem Rücken und boten ihm ihren weichen Bauch dar. Er würde Oda antun, was sie ihm angetan hatte und was ein Mensch nicht verschmerzte: Er würde ihr ihren Sohn nehmen.

Erst einen, dann alle.

Und weil sie leiden sollte, wie er litt, würde er mit ihrem Sohn das tun, was sie mit seinem getan hatte: Statt ihn völlig zu vernichten, würde er eine entleerte Hülle übrig lassen, die nicht mehr ihr Sohn war.

»Ich warte auf Ihre Vorschläge, Genosse«, sagte Stepan Kropotkin und klopfte mit einem merkwürdigen metallenen Stift auf die Schreibtischkante. Wozu er den verwendete, wusste Anselm: Er stieß ihn, wenn er im Verhör die Geduld verlor, einem Delinquenten ins Auge. »Ewig Zeit habe ich nicht. Wenn Sie nichts weiter vorzubringen haben, lasse ich Bogdan jetzt noch einmal vorführen, und falls das auch nichts bringt, sollen die in Moskau sich an dem Dickschädel versuchen. Vielleicht ist er ja einer von den ganz Verstockten, die eher krepieren, als zu gestehen.«

»Dessen bin ich sicher, wenn Sie auf den althergebrachten Methoden bestehen«, sagte Anselm. Er hatte Bogdans Verhören beigewohnt. Sie hatten ihm Zähne aus dem Kiefer und Nägel aus dem Nagelbett gerissen, hatten ihn mit Gummischläuchen über den Kopf geschlagen, bis das kahlköpfige Bullengesicht zu einer blutigen Masse zerplatzt war, die nicht einmal seine Frau – die einst so süße Nachtigall Mascha – erkannt hätte. Der Folterknecht, den sich Kropotkin für spezielle Fälle wie ihn reservierte, hieß bei allen nur *der Fleischer*, weil er bei der Arbeit eine lederne Metzgerschürze trug. Außerdem sah er aus, als drehe er einen toten Batzen Schweinelende durch den Fleischwolf, wenn er sich einen Delinquenten vornahm: fachmännisch, routiniert und ohne jede Gefühlsregung.

Für gewöhnlich brauchte der Fleischer keine Viertelstunde, dann sangen sie alle, verrieten ihre Kampfgenossen, Nachbarn, Brüder, Großmütter und winselten um Gnade. Bogdan nicht. Er mochte schreien, stöhnen und kotzen, aber er gab kein einziges Wort, keinen Namen preis.

»Der Kerl ist aus Eisen, er hat überhaupt keine Schwachstellen«, hatte Anselm einen von Kropotkins Leuten zu einem anderen sagen hören. »Den kriegt auch der Fleischer nicht klein, der hat sich schon eine seiner Zangen an dem Eisenmann kaputt gemacht.«

Zu dieser Überzeugung konnte man bei Bogdan leicht kommen. Allerdings nur, wenn man nicht wusste, dass der eiserne Bogdan im Innern eine verfaulte Pflaume war.

»Ich habe es Ihnen gesagt: Sie müssen an seine Seele«, wiederholte Anselm.

»Und ich habe Ihnen gesagt, dass ich für solche Sperenzchen keine Zeit habe«, parierte Kropotkin. »Entweder Sie erklären mir, was Sie mit dem Herumgerede meinen, oder Sie halten den Mund.«

»Stellen Sie sich ein paar Fragen«, sagte Anselm. »Fragen Sie sich, was ein Mann in seiner Seele, seinem Herzen birgt, das eine Heiligtum, das keiner sich schänden lassen will.«

»Ich habe Sie vorhin schon darauf hingewiesen, dass Ihre Vergleiche unpassend sind«, erwiderte Kropotkin. »Allmählich frage ich mich, ob Ihre Gesinnung tatsächlich dem religiösen Aberglauben gegenüber so ablehnend ist, wie Sie behaupten.«

Da kannst du dich lange fragen, dachte Anselm. Wenn man als Anselm Fleißer geboren wird, glaubt man an keinen Gott, der sich um einen schert, und erst recht an keinen, der die, die Unrecht tun, bestraft. Laut sagte er: »Wissen Sie, wie solche Fälle früher bei der Ochrana gehandhabt wurden? Wenn einer nach drei Tagen Knochenbrechen noch lebte, verlor die Ochrana die Geduld. Dann haben sie sich die Mädchen geholt. *Methode Todsicher* haben sie das genannt. Ein Mann, der schweigt, während man ihm die Beckenknochen zerschlägt, mag sich wie ein Held fühlen. Aber ein Mann, der zusieht, wie sich ein kräftig gebauter Kosake über seine minderjährige Tochter hermacht und es ihr besorgt?«

Er ließ die Worte wirken, sah zu, wie sie hinter Kropotkins glatter Säuglingsstirn ihre Arbeit taten.

»Bogdan hat keine Tochter«, sagte der NKWD-Mann schließlich. »Die Ehe ist kinderlos.«

»Ein Mann ist ein Mann«, bemerkte Anselm so unschuldig, als pfiffe er ein Lied. »Er kann hundert Kinder haben wie Dschingis Khan, dazu braucht er seine Ehe nicht. Als Bogdans Stellvertreter, dem seit Langem die Umtriebe des Genossen nicht mehr ganz rechtens erschienen, sah ich es als meine Aufgabe an, in Erfahrung zu bringen, was er in seinem Keller für Leichen verbirgt. Und ich bin fündig geworden. Bogdan hat in der Tat ein Kind, an dem er mit geradezu hündischer Liebe hängt. Keine Tochter zwar, aber einen Sohn.«

»Ein Sohn nützt uns nichts«, sagte Kropotkin, über dessen Stirn jetzt ein dünnes Rinnsal Schweiß lief.

»Warum sollte uns ein Sohn denn nichts nützen?«, fragte Anselm wiederum im Tonfall des unschuldigen Pfeifers. »Ich würde sogar behaupten, dass der Sohn uns noch mehr nützt, denn im Sohn sieht ein Mann doch eine Verlängerung seiner selbst. Der soll ihn überleben, soll sein Erbe weitertragen, und den lässt er unter keinen Umständen zuschanden gehen.«

»Verdammt noch mal, war Ihre Mutter ein Waschweib, dass Sie nicht aufhören können zu schwatzen?«, fuhr Kropotkin ihm ins Wort. »Was immer Sie da auch vor sich hin faseln, diesen ominösen Sohn können wir ja wohl kaum in den Verhörraum schleifen und vor Bogdans Augen vergewaltigen lassen.«

»Ich wüsste nicht, warum wir das nicht können sollten«, erwiderte Anselm. »Der Sohn ist auch nicht ominös, sondern befindet sich bereits im Haus. Es handelt sich um den Kasimir Leowitsch Ullrich, den ich empfahl, als Zeugen mit Fluchtgefahr festzusetzen, und nun, mein Lieber, wissen Sie auch, warum ich diese Empfehlung aussprach.«

»Ich bin nicht Ihr Lieber.«

»Natürlich nicht. Darf ich Ihnen trotzdem noch etwas empfehlen, Genosse? Im Neuen Gefängnis hockt ein bisschen sodomitisches Gesocks, das ich vor einer Weile habe einbuchten lassen. Gegen Bogdans Willen übrigens, der hatte ja eine Schwäche für dekadentes Pack. Ich denke, die Herrschaften wären gegen ein paar Hafterleichterungen nur allzu bereit, uns, was den Jungen Kasimir betrifft, aus der Verlegenheit zu helfen. Wenn Sie möchten, kümmere ich mich darum.«

Aus seinen runden, rosinenfarbenen Augen starrte Kropotkin ihn an. »Ich hätte nicht gedacht, dass es eine Art von Rohheit geben könnte, vor der es selbst mich ekelt«, sagte er. »Also schön. Kümmern Sie sich darum, und machen Sie schnell, damit wir es hinter uns haben.«

»Aber gern doch, Genosse.« Am liebsten hätte sich Anselm verbeugt und beim Verlassen des Zimmers tatsächlich ein Lied gepfiffen.

Mit den beiden Päderasten, einem Italiener und einem schmächtigen ukrainischen Jüngelchen, die er in Odas Hotelküche hatte ausheben lassen, hatte er kein Glück. Beide plärrten, sie würden gern helfen, könnten aber so etwas nicht über sich bringen. Anselm ließ es gut sein und riet der Troika, die beiden erschießen zu lassen.

Einen Mann, wie er ihn brauchte, fand er trotzdem problemlos, denn Kontakte in Odessas verkommenem Unterleib besaß er mehr als genug. Und er behielt recht. Der Kerl war keine zwei Minuten mit Kasimir Ullrich zugange, da heulte Bogdan auf wie ein waidwunder Wolf, warf sich samt dem Stuhl, an den er gefesselt war, auf den Boden und gestand weit mehr, als sie von ihm verlangt hatten.

Damit hatte Anselm den Gipfel erklommen, den er seit zwanzig Jahren im Blick hatte. Er würde der mächtigste Mann der Ukraine sein, und mit dem nächsten Griff nähme er sich Odas Hotel.

»Den Jungen Ullrich brauchen wir dann nicht mehr«, sagte er zu Kropotkin. »Den können Sie seiner Mutter zurückschicken.«

29

BELLE

Ich muss noch einmal weg.«

Mit diesen Worten setzte sich Alfred zu Tisch, ohne den langen Uniformmantel auszuziehen. Seine Frau zu begrüßen, hielt er an den meisten Tagen nicht für nötig, und Belle vermisste es nicht. Auch dass er gleich wieder wegmusste, war ihr recht, solange die Zeit, in der er Suppe, Braten und Nachspeise herunterschlang, genügte, um zu besprechen, was sie ihrem Sohn versprochen hatte.

»Der Vati bringt das in Ordnung«, hatte sie gesagt. »Du weißt doch, der Vati kennt Leute in wichtigen Positionen, die kümmern sich darum.«

»Sie helfen Ihrem Sohn nicht, wenn Sie mit ihm reden und ihn behandeln wie einen kleinen Jungen«, hatte Johannes Buhnemann, der Oberscharführer, der vor praller Gesundheit fast aus der Uniform mit der kurzen Hose zu platzen schien, sich eingemischt. »Der Georg ist ein deutscher Mann, auch wenn er durch großes Pech nicht wie einer wird leben können. Das kann jedem von uns passieren. Wenn es einen bei der Erfüllung seiner vaterländischen Pflicht erwischt, bleibt einem nichts übrig, als sich dem Schicksal als deutscher Mann zu stellen und es hinzunehmen.«

Wer hat dich Trottel eigentlich um deine Meinung gebeten?, dachte Belle, doch sie sagte nichts, weil sie wusste, dass Georg diesen Hohlkopf tief verehrte. Zu ihrem Glück war der wichtige Herr Buhnemann wie meist furchtbar beschäftigt, konnte sich nicht länger um sie kümmern, sondern musste noch irgendwohin. Vermutlich zu einer Altmetallsammlung, wo die Kurzbehosten sich als Zahnpastatuben oder Blechdosen verkleidet an den Straßenrand stellten, weil eine Spende solcher Gegenstände angeblich Deutschland auf seinem schweren Weg in die Unabhängigkeit half.

Unabhängigkeit wovon? Belle hatte es aufgegeben, sich nach derlei Ungereimtheiten überhaupt zu fragen. Sie überließ Buhnemann seiner hochwichtigen Tätigkeit und ging mit Georg nach Hause.

Ich soll meinen Sohn nicht wie einen kleinen Jungen behandeln, dachte sie. Aber ihr mit eurem Hitler-Gehampel habt einen kleinen Jungen aus ihm gemacht. Als kleinen Jungen habe ich ihn in einem Kinderwagen durch den Novemberregen geschoben, und jetzt schiebe ich ihn in einem Rollstuhl. Als kleinen Jungen habe ich ihn allein die Treppe zur Tür der Knesebeck-Villa hochgetragen, jetzt kommt mir Bertram, der Hausdiener, entgegen, weil mein Kind für mich zu schwer geworden ist und weil wir uns jetzt Personal leisten können.

Als kleiner Junge hat mein Georg selten geweint. Er war unter all den Kindern, die auf der Straße spielten, das fröhlichste, obwohl sein Vater Schulden hatte und ihm keinen Roller, keinen Lederball, keine vollständige Karl-May-Ausgabe kaufen konnte. Wenn er aber doch einmal weinte, dann weil jemandem Unrecht zugefügt wurde, ein Tier gequält oder ein Kind vom Spielen ausgeschlossen. Geweint hat er fast geräuschlos, nur mit Tränen, die seine Augen vollständig zu füllen schienen, ehe sie ihm die Wangen hinunterliefen. So wie heute. Nur ist der Ausgeschlossene, Gequälte, Unrecht Erleidende diesmal er selbst.

Ich soll meinen Sohn nicht wie einen kleinen Jungen behandeln. Aber mein Sohn wird ein kleiner Junge bleiben, solange er lebt. Aus eurem Verein für Krieg spielende kleine Jungen mag er zwar herausgewachsen sein, aber in den Verein für Krieg spielende große Jungen nehmt ihr ihn nicht mit. Stattdessen schickt ihr ihn mir nach Hause, wo ich meinem kleinen Jungen die Tränen trocknen und seinen Vati bitten muss, ihm die Welt wieder geradezurücken.

Die Zeit in der Hitlerjugend war zu Ende wie die Schule, wenn ein Junge achtzehn Jahre alt war. Sie hatten Georgchen zwei Jahre lang mitgeschleift, obwohl sie im Grunde keine Verwendung für ihn hatten. Als er nach Monaten in der Klinik schließlich zurückgekommen war, hatte Buhnemann, damals noch Kameradschaftsführer, eine feurige Rede auf ihn gehalten, hatte erklärt, der Kamerad Georg von dem Knesebeck sei keineswegs in einen Topf zu werfen mit Erbkranken und Minderwertigen, die den Staatshaushalt belasteten, sondern bleibe ein wertvolles Mitglied der Volksgemeinschaft. Er habe sich seine Verletzung im Dienst für sein Vaterland zugezogen und sei selbstverständlich auch weiterhin ein Teil der Hitlerjugend.

Nur bedeutete die Hitlerjugend rennen, klettern, springen, schwimmen, als Zahnpastatube verkleidet am Straßenrand stehen und in der Wehrübung aus Schützengraben robben. All das konnte Georgchen nicht mehr, und so richtig wusste niemand etwas mit ihm anzufangen. Er beklagte sich nicht. Er wollte nur dabei sein. Es gab einen Bann für Blinde, die ebenfalls nicht von Geburt an behindert waren, und eine Gruppe, die eine Art Zeitung erstellte. In beide schickten sie ihn gelegentlich, damit er an dieser oder jener Unternehmung teilnehmen konnte, doch die meiste Zeit saß er im Kameradschaftshaus, wartete darauf, dass sie von ihren Abenteuern wiederkamen, und freute sich mit ihnen.

Er hätte sich weiter gefreut, wenn sie ihn dort in seinem Stuhl hätten sitzen lassen, er hätte nach mehr nicht verlangt. Aber das konnten sie nicht. Er war achtzehn, und ein Achtzehnjähriger konnte in der schönen neuen Ordnung des Reiches nun einmal kein Hitlerjunge mehr sein. Wohin die Unordnung der Systemzeit geführt hatte, hatte man schließlich gesehen. Die anderen Achtzehnjährigen wurden von Hitlerjungen zu Hitlermännern und wechselten zum Reichsarbeitsdienst, und Georg von dem Knesebeck wurde vom Hitlerjungen zu nichts. Belle schob ihn weiter. Es regnete. Am Morgen hatte Reginald, Alfreds Fahrer, gefragt, ob er »die gnädige Frau irgendwo abholen« könne, aber Belle hatte dankend abgelehnt.

Sie ging ganz gern mit Georg durch den Regen, zog ihm die Ölhaut höher über die Beine, wie sie es in seiner Kindheit getan hatte, nur hätte er es damals selbst tun können und wurde heute ohne ihre Hilfe nass. Mit ihm zu gehen erinnerte sie seltsamerweise an die Kriegsjahre in Odessa, als sie mit Manon allein gewesen und im Morgengrauen durch die Gassen der Moldawanka gepilgert war, um sich in einer der endlosen Schlangen anzustellen und für ein paar Kopeken Brot zu kaufen.

Wie durch ein geheimes Gesetz schien das der Lauf der Welt.

Frauen endeten immer irgendwo allein mit Kindern, selbst solche, die gar keine Kinder gewollt und von Männern dazu überredet oder vom Leben überrumpelt worden waren.

Vielleicht lag es daran, dass eine Frau, die ihr Kind nicht gewollt hatte, deswegen noch lange nicht verhindern konnte, es zu lieben. In diesen furchtbaren Kriegsjahren, in der Armut, dem Elend, der ständigen Angst um Karol, hatte Belle überlebt, weil sie Manon geliebt hatte. Ihr war klar, dass Oda nicht verstand, wie sie Manon – Karols einziges, süßes, kostbares Kind – hatte verlassen können, und dass ihre Freundschaft auch daran zerbrochen war. Sie aber fand, sie hätte eine andere Wahl nicht gehabt: Sie war noch immer die phlegmatische, vergnügungssüchtige Belle gewesen, die an der Seite des schneidigen Offiziers von dem Knesebeck auf ein neues Leben gehofft hatte, und zugleich war sie Belle, die Mutter, gewesen, die ihre Tochter liebte und sie deshalb nicht aus ihrem Zuhause reißen konnte.

In der ersten Zeit hatte sie geglaubt, sie müsse an der Sehnsucht nach Manon ersticken. Die Anwesenheit von Malwine, der so ganz anderen Stieftochter, hatte die Wunde täglich neu aufgestochert, und dennoch hatte sich Belle an Malwine festgehalten. Jemand musste sich um das Mädchen ja kümmern, und für Alfred war es offenbar ein Leichtes, sich ganz seinem Leid um Deutschlands verlorenen Krieg, seinen verlorenen Rang, den verlorenen Sinn seines Lebens und die ewig verlorenen Rennen, auf die er in Hoppegarten wettete, hinzugeben, während die Gedanken an sein Kind Belle überlassen blieben.

Der Schmerz, der seit der Trennung von Manon in ihr wütete, war erst milder geworden, als Georgchen auf die Welt gekommen war. Sie hatte auch dieses Kind nicht gewollt, war inzwischen gut darin, einen Mann hinauszuwerfen, ehe er sie schwängerte, aber Alfred hatte es ihr abverlangt: »Ein Mann braucht einen Sohn, Belle. Wozu soll er sonst heiraten, wozu läuft ein Mann sonst überhaupt noch auf dieser ganzen verdammten, kastrierten, von Demokratie verseuchten Welt herum?«

Also hatte sie wieder ein kleines Geschöpf mit sich herumschleppen müssen, hatte wieder geflucht, weil sie in die paar eleganten Kleider, die ihr geblieben waren, nicht mehr passte, und hatte beim Windelwechsel davon geträumt, stattdessen einem Mann, der so schlanke Hüften wie Karol hatte, in einer sündigen Nacht das Hinterteil zu streicheln. Und dennoch hatte sie die furchtbaren Jahre ihrer zweiten Ehe, die Schläge, die Demütigungen, die Angst vor jedem kommenden Abend überlebt, weil sie Georgchen geliebt hatte. Frauen endeten allein mit Kindern, selbst wenn sie nie welche gewollt hatten. Frauen standen mit todmüden Töchtern auf dem Arm um Brot an oder schoben lautlos weinende Söhne in Rollstühlen nach Hause, und niemand fragte, warum.

Ich weiß es auch nicht, dachte Belle. Ich habe meine beste

Freundin verraten, um mir den Mann, den sie liebte, zu schnappen, aber ich könnte für nichts in der Welt dieses Häuflein Mensch verraten, das da unter der Regenhaut in seinem Rollstuhl kauert. Wenn ich noch lange darüber nachdenke, werde ich glauben, dass Frauen die besseren Menschen sind, bemerkte sie und ließ das Denken sein. Ohnehin hatten sie in diesem Moment das Gartentor ihres Hauses erreicht, und Hausdiener Bertram kam die Treppe heruntergelaufen, um ihr beim Tragen zu helfen.

Georgchen mochte auf immer ein kleiner Junge bleiben, aber er war der tapferste kleine Junge der Welt. Als sie oben im Salon der Knesebeck-Villa angekommen waren und das Hausmädchen Annerose mit einem Armvoll Handtücher heraneilte, um ihn trocken zu reiben, winkte er ab. »So schlimm ist es nicht.« Sobald Annerose und Bertram gegangen waren, wischte er über sein nasses Gesicht und sagte zu Belle: »Das ist nur vom Regen, Mutti. Ich weine nicht mehr. Dass sie mich beim Reichsarbeitsdienst nicht brauchen können, ist eben so, und du brauchst Vati deswegen nicht zu belästigen.«

Sie hatte Annerose gebeten, ihm sein Abendessen aufzutragen, und hatte ihn dann in sein Zimmer gebracht, wo er sich hinlegen und lesen wollte. Wie sie selbst war er nie ein Kind gewesen, das gern gelesen hatte, aber was blieb ihm jetzt noch anderes übrig?

»Gute Nacht, mein Junge. Ruf mich, wenn du etwas brauchst.«

»Gute Nacht, Mutti. Ich brauche ja nichts, und wenn doch, hilft mir Bertram. Ich hab dich lieb.«

»Ich hab dich auch lieb, Georgchen. Nein – Georg, natürlich. Ich hab dich so sehr lieb.«

Mit seinem Vater zu sprechen war sie dennoch entschlossen. Alfred war ständig im Dienst dieser Partei unterwegs, er gebärdete sich, als gehöre er längst der obersten Spitze an, also würde er sich dieses eine Mal wohl für seinen Sohn verwenden können. Georg wäre mit allem zufrieden, mit dem Kameradschaftshaus der Hitlerjugend oder mit irgendeiner noch so kleinen Aufgabe im Reichsarbeitsdienst. Bei den Funkern zum Beispiel. Zum Funken brauchte man keine Beine, und in der Gruppe mit den Blinden hatte Georg an Funkgeräten schon ein wenig Erfahrung gesammelt. Das wollte sie Alfred sagen. Dass es keinen Grund gab, sich für Georg zu schämen, sondern dass er ein feiner Kerl war, der auch jetzt noch seinen Weg machen konnte.

Warum nicht als Funker?

Hatte Alfred nicht Verbindungen zu Dienststellen, in denen junge Funker gebraucht wurden?

»Ich muss noch mal weg.«

Annerose trug die Suppe auf, und Belle ließ ihn eine Weile löffeln, ehe sie das Wort an ihn richtete. »Bevor du gehst, hätte ich gern mit dir über Georg gesprochen. Er bräuchte deine Hilfe. Es ging ihm heute gar nicht gut.«

»Natürlich geht es ihm nicht gut.« Alfred nahm Brot und wischte die Reste der Suppe aus seinem Teller. »Es wird ihm nie wieder gut gehen, dem armen Teufel, und ja, ich mache mir darüber auch Gedanken. So kann's ja nicht weitergehen.«

»Wie?« Belle war überrascht.

»Na, mit dem kranken Jungen hier im Haus und all das.« Er fuhr mit der Hand durch die Luft, was Annerose als ein Zeichen verstand, den Braten zu servieren. Drei Gänge täglich verlangte der Herr des Hauses, seit er Aufnahme in die SA gefunden hatte und »wieder jemand war«. Dass seine Führung, der er geradezu hündisch ergeben war, ihn in diesem Jahr aus Altersgründen zur Reserve versetzt hatte, war ein Schlag in den Magen für ihn gewesen, den er an seine Familie weitergab. An Belle mit Gewalt, an Georg mit Nichtachtung. Umso verwunderter war sie darüber, dass ihn das Schicksal seines Sohnes offenbar doch beschäftigte.

»Unser Standartenführer hat einen Bruder, der Oberarzt im Oskar-Helene-Heim ist«, sagte Alfred, während er sich mit Messer und Gabel die Bratenscheiben in winzige Kinderstücke zerschnitt. »Die gesamte Krüppel-Fürsorge ist da jetzt in eine hochmoderne Schulungsanstalt umgewandelt worden. Ohne Beziehungen bekommt man auf Jahre hinaus keinen Platz, aber dieser Bruder von Standartenführer Ochs hat für Georg etwas einrichten können. Ich hätte darüber sowieso mit dir sprechen wollen. Wir können ihn am Freitag schon bringen.«

»Wen können wir am Freitag schon bringen?« Heute war Mittwoch, bis zum Freitag nur noch ein Tag Zeit.

»Georg natürlich. Von dem reden wir ja.« Alfred spießte eins der winzigen Bratenstücke auf die Gabel und wischte Senfsoße auf. »Reginald kümmert sich um den Transport, aber du solltest für den Jungen ein paar Sachen packen. Schlafanzüge, Hauskleidung, ein kleiner Koffer genügt. Allzu viel wird er dort ja nicht brauchen.«

Belle brauchte mehrere tiefe Atemzüge, ehe sie begriff, was der Mann, den sie geheiratet hatte, ihr gerade mitgeteilt hatte. Noch immer fassungslos, sah sie zu, wie er die Petersilienkartoffeln mit der Gabel zu Brei zerdrückte, sich diesen in den Mund lud und ihn zusätzlich mit den Zähnen zermahlte. Dieser Mann bewohnte eine Villa mit zwölf Zimmern, aus der er seine Tochter hinausgeworfen hatte, ohne je zu fragen, wohin sie geraten war. Dieser Mann, dessen Nutzen für die Welt im Herumstolzieren in einer Uniform bestand, plante, seinen Sohn in ein Heim für Krüppel abzuschieben? Seinen Sohn, den er unbedingt gewollt, den er als den Sinn seines Daseins bezeichnet und dem er, sobald er wieder flüssig gewesen war, Kriegsspielzeug gekauft hatte, bis Belle die Kiste nicht mehr zubekam.

»Das ist nicht dein Ernst«, war alles, was sie sich abringen konnte.

»Natürlich ist es mein Ernst.« Alfred zerteilte ein Röschen vom Rosenkohl mit dem Messer in vier Viertel. »Es war ja abzusehen, dass etwas geschehen musste, und eine solche Gelegenheit wie jetzt mit dem Bruder vom Ochs ergibt sich nicht wieder.«

»Nein«, sagte Belle.

»Was heißt nein?«

»Nein, ich gebe Georg nicht aus dem Haus«, sagte Belle. »Warum sollte ich? Er belästigt dich doch nicht, du bekommst ihn kaum je zu Gesicht.«

»Sei nicht albern«, verwies sie Alfred. »Sagen wir, man hat es mir nahegelegt, und ich werde mich nicht sperren.«

»Ach, stört der Anblick deines verkrüppelten Sohnes dich und deine Kumpane dabei, euch unbesiegbar zu fühlen?« Belle konnte sich nicht erinnern, ihn je zuvor angeschrien zu haben. Sie erschrak selbst, doch jetzt, wo sie angefangen hatte, konnte sie nicht mehr aufhören: »Ausgerechnet ihr stört euch an einem Jungen, der noch vor zwei Jahren das perfekte Beispiel für euren nationalsozialistischen Elitenachwuchs war? Weil er nicht mehr laufen kann? Im Rollstuhl sitzt? Weil er von seinen gebrochenen Wirbeln einen steifen Hals hat und ihm vom gequetschten Rückenmark die Hände krampfen? Wer hat ihn denn zu alledem gemacht, wenn nicht ihr? Wem war es gleichgültig, ob vor seinen Augen ein Kind zerbricht, solange nur die ganze Welt euren Größenwahn beklatschte?«

»Hast du den Verstand verloren? Halt doch deine Klappe, du dämliche Schlampe.« Alfred wischte sich mit der Serviette den Mund ab, ehe er aufsprang und Belle mit dem Handrücken übers Gesicht schlug. »In diesem Haus wird noch immer gemacht, was ich sage, verstanden?«

Belle schrie auf. Sie hatte sich an den Schmerz nie gewöhnen können, an den Schrecken, wenn ihr wieder die Lippe oder ein Augenlid aufplatzte und sie spürte, wie ihr Blut floss. Ihr Inneres aber, das einst ein ebenso blutiges Häufchen Elend wie ihr Gesicht gewesen war, erreichte er mit seinen Schlägen nicht mehr.

Ihr Inneres war unverwundbar geworden und setzte sich zur Wehr.

»Dämlich bin nicht ich, sondern du«, schrie sie ihn an. »Der Sohn, den du loswerden willst wie ein zerbrochenes Spielzeug, ist ein wunderbarer Mensch, der dich noch geliebt hätte, wenn deine SA und wie der ganze Kram heißt, dich längst bis dorthinaus satthat und nicht mehr gebrauchen kann. Das Beste, was du je besessen hast, nimmst du dir selbst weg, aber du bist zu blöd, es zu bemerken.«

Alfred holte aus und schlug ihr mit der Faust zweimal ins Gesicht, dass ihr der Kopf hin und her flog. Flüchtig sah sie nur noch Schwärze, in der Funken tanzten, ging in die Knie, fing sich jedoch und zog sich an der Tischkante hoch. Verschwommen tauchten seine verhassten Züge wieder vor ihr auf. »Du und dein sabbernder Führer, euer ganzer Heil schreiender Haufen, ihr seid doch alle zu blöd!«

»Du passt besser auf, was du sagst, du Dreckstück. Glaube nicht, ich hätte Hemmungen, dich in ein KZ wandern zu sehen, wenn ich so etwas unter meinem Dach noch einmal höre.«

Sein nächster Schlag streckte sie zu Boden, und mit einem Tritt beförderte er sie unter den Tisch. »Annerose. Abräumen«, rief er. »Mir ist der Appetit vergangen.«

Unter seinen Schritten knirschten die Dielen, während die des Hausmädchens wie ein Trippeln klangen. Jahrelang war dies für Belle das Schlimmste gewesen: dass die Dienstboten ihre Entwürdigung mitbekamen, um sie herumräumten und -wirbelten, während sie zwischen ihnen lag und Blut spuckte. Inzwischen waren ihr die Dienstboten gleichgültig. Ihr war alles gleichgültig, was mit diesem Haus zu tun hatte, solange sie nur schnell genug mit ihrem Jungen daraus fortkam.

Bodo. Das war alles, was sie denken konnte. Bodo und Odessa. War es das nicht ihr Leben lang gewesen? Sie musste Bodo anrufen, würde hier nur kurz liegen bleiben, bis der heftigste Schmerz verebbte, bis sie wieder klar sehen und sicher sein konnte, dass Alfred zu seinem wichtigen Einsatz aufgebrochen war. Was würde er dort wohl treiben? Sich als riesige Sammelbüchse verkleidet an den Straßenrand stellen, damit all die Zahnpastatuben und Blechdosen in ihn hineinwandern konnten?

Belle spuckte auf den Boden, obwohl sie kein Blut im Mund spürte. Sie würde Bodo anrufen, Bodo würde einen Weg finden, sie und Georg nach Odessa zu schaffen. Dort würde sie sich ausruhen, wie sie es ihr Leben lang getan hatte, auch wenn sie nie zuvor so erschöpft gewesen war.

30

BODO

Er stand am Fenster, starrte, jeglicher Fassung beraubt, hinunter auf die Straße, als das Telefon klingelte.

Sein erster Gedanke war: Ich kann hier nicht weg.

Sein zweiter: Ganz sicher ist es wichtig.

Bodo war nicht als Eisenbahningenieur, sondern als inzwischen obsoleter preußischer Offizier ausgebildet worden, doch als Autodidakt und mithilfe einer ausufernden Modelleisenbahnanlage hatte er sich, was die Verlegung von Gleisen betraf, alles Notwendige beigebracht. Das Wichtigste dabei war ohnehin: Eruiere das Terrain, sieh dir die Lage gründlich an, dann wirst du auch wissen, wohin die Schienen gehören.

Das Gleiche tat er jetzt. Er sah sich in dem Zimmer um, das früher Herrenzimmer geheißen hatte und dann jahrelang Valeries Arbeitszimmer gewesen war, prüfte mit schnellen Blicken die Länge der Kabel und stellte dann kurzerhand die Zimmerpalme auf den Schreibtisch und das Telefon auf das Tischchen für die Zimmerpalme, ehe er dieses so weit wie möglich in Richtung Fenster rückte. Er nahm den Hörer ab und zog die Schnur bis zum Äußersten in die Länge, sodass er an seinen Platz vor dem Fenster zurückkehren und das Geschehen auf der Straße im Blick behalten konnte. Was er sah, verschlug ihm von Neuem den Atem. Seine Stimme krächzte, als er sein »Schneider-Arndt« von sich gab.

In der Leitung knackte es mehrmals, bis aus der Muschel ein schwaches »Bodo?« ertönte, das er sofort erkannte.

»Belle!«, rief er. »Seid ihr in Ordnung, bist du mit Georg zu Hause?«

Erst danach fiel ihm auf, wie sinnlos die zweite Frage war, da sie ihn, wäre sie nicht zu Hause gewesen, ja wohl kaum hätte anrufen können.

»Bodo, du musst uns helfen.«

Das musste er nicht zum ersten Mal. Warum sie den Menschen, den er seinen Schwager zu nennen gezwungen war, nicht verließ, würde er in hundert Jahren nicht begreifen. Stattdessen hörte er im Geist die Stimme seiner verstorbenen Frau: »Das begreifst du nicht, weil du keine Frau bist, mein Herzallerliebster. Weil niemand dir beigebracht hat, dass du zu dulden und dich zu ducken hast, da du da draußen in der Welt ohne Mann ja sowieso nicht zurechtkommst. Weil niemand dich jemals entmutigt und dir verboten hat, stark zu sein.«

Ach Valerie, durchfuhr es ihn wie so oft. Warum kommst du nicht wieder, bist stark und erklärst mir die Welt? Warum sagst du mir nicht, weshalb alles, was wir wollten, vor unserem Fenster in Flammen aufgeht und weshalb wir denkenden Menschen überall in diesem Land nicht in Scharen aufstehen, um die Katastrophe aufzuhalten?

»Bodo? Bodo, hörst du mich? Sind wir unterbrochen worden?«

»Nein, nein«, sagte Bodo und starrte in die hochschießenden Flammen, bis ihm die Augen tränten. »Ich bin noch hier. Ich weiß nur nicht, wie lange noch.«

»Ist dir nicht gut?«

»Nein, aber das macht nichts. Was ist los, Belle?«

»Du musst uns hier wegholen, Bodo. Mich und Georg. Heute Abend noch. Alfred ist noch einmal ausgegangen, er hat irgendetwas Wichtiges zu erledigen, und ich weiß nicht, wann er zurückkommt. Bis dahin müssen wir hier weg sein.«

»Was er Wichtiges zu erledigen hat, sehe ich«, sagte Bodo. Vor dem Geschäft für Damenmoden, bei dem sie die Schaufenster eingeschlagen hatten, stand ein Mann in SA-Uniform, wie sein

Schwager sie trug. Er stand dort aufgebaut wie ein Wächter, aber er hatte nichts bewacht und nichts unternommen, als eines der grünen Bürschlein, die noch im November kurze Hosen trugen, seine brennende Fackel in den Ladenraum warf.

In dem Schaufenster hatten bekleidete Puppen gestanden, weiter hinten im Laden lagerten Stoffballen, die im Handumdrehen wie Zunder brannten. Waren Menschen in den Räumen? Der kleine Laden wurde von einem Mutter-Tochter-Gespann betrieben, die beide ältlich wirkten, auf eine längst überholte Weise höflich waren und ihre Modelle selbst entwarfen. Valerie hatte die beiden rührend gefunden und ihnen manchmal etwas abgekauft, hatte es aber auf der Stelle in die Kleiderspende gegeben, weil sie in der biederen, altjüngferlichen Mode nicht herumlaufen mochte.

Nur ein Kleid mit Schleife am Kragen und blauen Punkten hatte sie behalten. »Das hebe ich mir für meinen hundertsten Geburtstag auf.« Es hing bis heute in ihrem Schrank.

Ich bin nicht besser als der SA-Mann, dachte Bodo, während die Stimme und die gehetzten Atemzüge seiner Schwester unaufhörlich aus der Muschel drangen. Unter meinem Fenster brennt ein Geschäft, in dem sich möglicherweise zwei Frauen befinden, unter meinem Fenster gleicht meine Stadt einem Christbaum, an dem eine Kerze nach der anderen aufflammt, und ich stehe hier wie ein Ölgötze und presse mir den Telefonhörer ans Ohr.

Er musste das Gespräch beenden, musste nach unten laufen, dafür sorgen, dass wenigstens ein Löschzug kam.

Aber wie?

Und wohin sollte der Löschzug zuerst fahren, wenn die gesamte Stadt brannte? Über die Dächer, gegen das Schwarzblau des Himmels stiegen wie Pilze bleigraue Rauchwolken auf. Er musste etwas tun, konnte nicht tatenlos hier stehen bleiben – aber Belle brauchte ebenfalls seine Hilfe, sie hatte niemanden als ihn.

Sie hatte ihren Bericht beendet. »Wenn du uns nicht gleich holst, kommt Alfred nach Hause und lässt uns nicht mehr weg. Er will, dass Georg in dieses Heim geht, er ist von höchster Stelle dazu aufgefordert worden. Ich habe solche Angst, Bodo, ich glaube, ich habe noch nie solche Angst gehabt.«

Ich glaube, ich auch nicht, dachte Bodo, versuchte, den Wall der Schützengräben und die Granaten, die die Luft in Stücke rissen, heraufzubeschwören, aber da war nichts mehr, kein einziges Bild. Die hoch lodernden Flammen, die den Rest von Hoffnung auf einen guten Ausgang verschlangen, hatten alles ausgelöscht. Mit einem Krachen brach die Decke des Geschäfts für Damenmode ein. An das Fenster des Zeitungskiosks schmierten Hitlerjungen mit roter Farbe einen Davidstern.

»Du kommst jetzt gleich, nicht wahr, Bodo?« Seine Schwester weinte. »Bitte komm uns holen, ich halte es hier nicht mehr aus.«

Seine Schwester wohnte in Dahlem, in der ländlichen Villenidylle, in die vermutlich von alledem hier nichts drang. Mit dem Auto wäre er an gewöhnlichen Tagen keine halbe Stunde unterwegs, und irgendwie würden sie auch Georgchens Rollstuhl in seinen Wagen gequetscht bekommen.

Aus einer der Seitenstraßen strömte eine Menschenhorde, die weder SA- noch Hitlerjugend-Uniformen trug, sondern solide Wintermäntel, Wetterjacken, Hüte, Schals und Mützen. Sie schleiften einen Mann an Armen und Beinen zwischen sich, der lediglich Hemd, Krawatte und Hosen am Leib trug, schwenkten ihn hin und her wie einen Sack. Der Mann hatte sein schwarzes Haar am Morgen offenbar sorgsam mit Pomade gescheitelt und über eine kahle Stelle drapiert. Jetzt aber war ihm die ganze Frisur verrutscht und gab den nackten Flecken Kopfhaut frei.

»Jetzt geht's dir an den Kragen, Saujude!«, brüllte einer der Männer im Wintermantel, der den Schwarzhaarigen an einem Arm hielt. Er holte mit dem Fuß aus, trat dem Mann in die Seite, dass sein Körper über der Straße schaukelte. Jemand lachte. Aus dem Zeitungskiosk flog ein Glas mit Brausepulver auf die Straße und zerschellte.

»Ich kann dich nicht holen, Belle«, hörte Bodo sich ohne jeden Ausdruck sagen. »Nicht heute Nacht. Die Stadt ist verrückt geworden. Oder vielleicht das ganze Land.«

»Du musst mir doch helfen!« Belle weinte auf. »Ich habe doch nur dich, wie soll ich denn Georgchen in Sicherheit bringen, wie soll ich mit ihm nach Odessa kommen, wenn du mir nicht hilfst?«

Mit mir kannst du nicht nach Odessa kommen, dachte Bodo. Wenn es überhaupt noch möglich ist, dorthin zu fahren, werde ich sämtliche jüdischen Bewohner Berlins, die diese Höllennacht am Leben lässt, in Kisten vernageln und über drei Grenzen schaffen müssen, damit am Ende noch eine Handvoll von ihnen übrig ist.

Am Ende.

So fühlte er sich tatsächlich. Als wäre er Zeuge, wie inmitten von Flammen und Geschrei das Menschenleben auf der Welt zu Ende ging.

Dabei hatte er vor zwei Tagen seinen Urlaub eingereicht und gehofft, über Weihnachten ganz privat nach Odessa zu fahren, um sein Enkelkind kennenzulernen.

Fridolin Ullrich-Liebenthal.

Der Vorname hatte Clara und Edvard gefallen, weil er fröhlich klang. Dass er *der Friedensreiche* bedeutete, hatten sie Clara zufolge überhaupt nicht gewusst.

»Edvard hat seinen Namen nach dem Maler Edvard Munch bekommen, den Leo Ullrich einst in Berlin gekannt und seinen einzigen echten Freund genannt hat«, hatte Clara berichtet. »Es hat ihn zeitlebens belastet, er fühlt sich wie eine Enttäuschung, weil er kein bisschen künstlerisch veranlagt ist und nicht einmal die Vater-Mutter-Kind-Bilder malen konnte, die der Lehrer in der Volksschule verlangte. So etwas wollten wir nicht für unseren Sohn. Wenn er uns eines Tages fragt, warum er Fridolin heißt, werden wir ihm sagen: Weil es nach einem kleinen Jungen klingt, der gern in Pfützen springt.«

Gott im Himmel, er vermisste seine Tochter so sehr. Mit einer Kraft, die ihn selbst erschreckte, wünschte er sich weit fort von hier, fort von einer Stadt voller wahnsinniger Massenmörder und fort von seiner Schwester und seinem Neffen, die um jeden Preis seine Hilfe brauchten. In Odessa wollte er sein, in Odas Hotelhalle, in der gedämpfte Klaviermusik spielte, begleitet vom Plätschern des Faunenbrunnens, das durch ein geöffnetes Fenster drang. Er wollte Oda über einem Glas Krimsekt zugrinsen, weil sie nun, nach allem, was sie miteinander *nicht* hatten sein können, tatsächlich miteinander Großeltern geworden waren. Den kleinen Fridolin in den Armen halten und sehen, ob er in seinen Zügen Valerie, Clara, Oda oder den klugen, starken Edvard erkannte. Dem Enkel versprechen, dass sein Opa ein total kindischer Kerl war, der mit ihm zusammen in Pfützen springen würde.

Er war auch mit Georgchen in Pfützen gesprungen. Er hatte Georgchen auf eine ausgemusterte Dampflok gehoben, hatte ihm beigebracht, wie ein Bahnwärter zu pfeifen hatte, und mit ihm auf dem Boden gelegen und Brücken, Bäume und Tunnel zwischen die Schienen seiner Anlage geklebt. Wie hätte er Georgchen im Stich lassen können und sich an Fridolin erfreuen, als ließe sich ein Mensch durch einen anderen ersetzen?

Jeder Mensch war einzigartig. Jeder, der da draußen in Flammen aufging oder totgeprügelt wurde, war unwiederbringlich verloren.

»Ich komme euch holen«, sagte er zu Belle. »Aber nicht heute Nacht. Es ist gefährlich, ich weiß nicht, ob man überhaupt durchkommt, und ich muss sehen, ob meine Nachbarn Hilfe brauchen.

Geh mit Georgchen in sein Zimmer, legt euch schlafen, verhaltet euch ruhig. Morgen früh tust du so, als würdest du Georgchens Sachen für das Heim zusammenpacken, und packst noch etwas für dich dazu. Sobald dein Mann aus dem Haus ist, rufst du mich noch einmal an. Dann komme ich dich holen oder sende dir ein Taxi. Versuch, keine Angst zu haben, Belle. Wir kommen durch, wir sind immer durchgekommen. Bis Weihnachten seid ihr bei Oda in Odessa.«

Er wusste zwar noch nicht, wie er das bewerkstelligen sollte, aber wenn er ehrlich war, hatte er das in den meisten heiklen Situationen seines Lebens nicht gewusst. Und wenn er in das Inferno vor seinem Fenster blickte, war ihm klar, dass seine Aufgabe ein Kinderspiel war, verglichen mit dem, was anderen Menschen bevorstand.

31

MANON
1939

Das Weihnachtsfest war schmerzlich und schön gewesen. Schmerzlich, weil Maxim nicht gekommen war und Kasis Zustand sich nicht gebessert hatte, und dennoch so schön wie lange nicht mehr. Zwei Tage zuvor war Onkel Bodo mit Manons Mutter und dem armen Georgchen eingetroffen, und auch wenn sie in der Empfangshalle und dem Wellensaal keine meterhohe geschmückte Tanne mehr aufstellen durften, war es ein Weihnachtsfest wie aus alter Zeit. Sie schmückten im kleinen Salon ein Bäumchen mit strahlenden Lichtern, und dass sie beisammen waren, machte aus dem Abend ein Fest.

Clara war da und würde für immer bleiben. Der klaffende Riss in ihrer Freundschaft war geheilt, seit sie und Edvard ein Paar waren, und die Flamme der Eifersucht, die Manon beinahe um den Verstand gebracht hatte, war erloschen, als hätte es sie nie gegeben.

Hanno tat ihr von Herzen leid, doch kaum hatten Clara und Edvard ihr Geheimnis gelüftet, hatte Manon begriffen, warum sie geglaubt hatte, Clara liebe in Wahrheit Maxim, während sie jetzt vollkommen beruhigt war: Clara hatte mit Hanno einfach nicht gewirkt wie eine verliebte junge Frau. Manon hatte es sich damit erklärt, dass Clara eben ein Vamp war, ein *Flapper*, ein modernes Berliner Mädchen, das sich nicht mit Haut und Haar auf einen Mann einließ. Wenn sie die Freundin aber jetzt mit Edvard sah, wusste sie, dass sie ihn genauso ohne jedes Wenn und Aber liebte wie sie selbst ihren Maxim.

Sie war immer noch der Vamp, der *Flapper*, das moderne Mädchen, aber ihre Ausstrahlung hatte etwas Reifes, Erwachsenes bekommen, das ihren Zauber noch vergrößerte. Es war amüsant und überraschend, dass der allseits begehrte Schmetterling Clara sich ausgerechnet den menschenscheuen Edvard ausgesucht hatte, den das Personal unter sich »den Buchhalter« nannte und dem Charme und Weltgewandtheit fehlten. Manon aber liebte sie dafür umso mehr. Es zeigte, dass Clara kein oberflächlicher Mensch war, sondern in Edvard erkannt hatte, was tatsächlich in ihm steckte, und es zum Vorschein brachte. Manon fand ihn männlicher und beeindruckender, als sie ihn je gekannt hatte, sie sah, dass in seinem stillen Wesen Kraft lag, und dass sich hinter seiner Verschlossenheit ein außergewöhnlicher Mut verbarg.

Zu diesem Mut passte es auch, dass Edvard und Clara miteinander einen neuen kleinen Menschen in die Welt gesetzt hatten, gerade jetzt, wo überall Angst vor der Zukunft herrschte und die Leute klagten, sie könnten ihren Kindern kein Leben bieten. Schikanen gegen die Deutschen hatten das Jahr über stetig zugenommen. Sämtliche von Deutschen gegründeten Schulen hatten schließen müssen, die deutschen Kirchen durften keine Gottesdienste mehr halten, und Geistliche wie Alexander Frison, der Bischof der Römisch-Katholischen Gemeinde, waren nach Moskau verschleppt und dort als Spione erschossen worden.

Tante Oda merkte die Feindseligkeiten nicht nur an ihren Reservierungsbüchern, in denen die russischen Stammgäste auf einmal fehlten. So leer wie im vergangenen Sommer war das *Odessa* zur Hochsaison noch nie gewesen, und die Tatsache, dass das Hotel ohne Chefkoch und Rôtisseur auskommen musste, erwies sich als Segen, weil wenigstens diese beiden hohen Gehälter wegfielen. Über Nacht schmierten Täter, die nie gefasst, ja von der Polizei nicht einmal gesucht wurden, *Deutsche raus!* an eines der Terrassenfenster, und keine Woche später lag frühmorgens die äußere Rosenhecke des Labyrinths verwüstet auf den Gartenwegen.

Diese Hecke mit den zarten, rosa Blüten hatte noch Tante Odas Vater angelegt, und sie war zusammen mit dem Faunenbrunnen ein Symbol für den Bestand des Hotels gewesen. Manon kannte Tante Oda als Frau, die sich keine Schmerzen anmerken ließ, doch seit Kasi aus dem Hauptquartier am Alexandrovsky-Park heimgekommen war, war Tante Oda nicht mehr dieselbe.

Kasi hatte selbst etwas von diesen Rosen, die jetzt zertrampelt am Boden lagen. Er war im Innern zerbrochen, und Tante Oda war es mit ihm. Wie die Täter in den Hotelgarten eingedrungen waren, blieb ein Rätsel. Die Polizei untersuchte auch diesen Fall nicht, obwohl Tante Oda mehrmals auf die Wache lief und auf Vladimir Fleißer hinwies, der in ihrem Haus spioniert und womöglich auch Hausschlüssel gestohlen und an die Männer seines Vaters weitergegeben habe.

»Sie haben mich behandelt wie eine komische Alte, die nicht mehr richtig im Kopf ist«, hatte sie Maria Peters erzählt, als sie zurückkam. »Und zuletzt hat dieser unverschämte Bengel, der so jung war, dass ich ihn hätte übers Knie legen wollen, zu mir gesagt: ›Wäre ich Sie, dann würde ich mich um das zertrampelte Grünzeug nicht scheren, sondern machen, dass ich hier wegkomme. Eure Nazis wollen Krieg, und wenn sie den anfangen, behalten wir euch Deutsche, die ihr schließlich alle Spione sein könntet, wohl kaum hier im Land.‹«

Wie schon einmal in ihrem Leben ließen die Ereignisse Manon ratlos zurück. Wie konnten sie Deutsche sein, wenn ihre Familien seit Jahrhunderten in einer ukrainischen Stadt lebten, ja wenn manche von ihnen Deutschland nie gesehen hatten? Wie konnte man ihnen »Geht nach Hause!« hinterherrufen, wenn sie doch hier und nirgendwo sonst zu Hause waren?

»Zerbrich dir nicht allzu sehr den Kopf«, hatte Maria Peters, mit der Manon noch immer gern das Gespräch suchte, gesagt. »Du hast um deinen Maxim ja schon Sorgen genug, wo sie im Mai seinen Freund Mandelstam verhaftet und nach Sibirien geschickt haben. Deine Tante Oda ist eine starke Frau, die stärkste, die ich kenne. Sie leidet, weil es eine Frau im Innersten zerstört, wenn man ihr das Kind zerbricht, aber das wird sie nicht hindern, dieses Hotel und alle, die darin leben, durch den neuen Sturm zu steuern.«

»Sind Sie dessen sicher, Maria?«, hatte Manon gefragt.

»Ganz sicher.«

»Warum?«

»Weil sie sonst sterben würde oder gehen. Für welches von beiden sie sich entschiede, kann ich dir nicht sagen, aber solange sie lebt und hierbleibt, weiß ich, dass es gar so schlimm schon nicht kommen wird.«

Manon versuchte ihr Bestes, um daran zu glauben. Der, der ihr dabei half, war wie so oft schon Feliks. Aghasi hatte das *Odessa* ohne Vorwarnung verlassen, hatte Tante Oda seine Gärtnerschürze hingeworfen und verächtlich erklärt, er habe es nicht länger nötig, für Deutsche zu arbeiten. Feliks aber hob die zerbrochenen, zerfetzten Rosenranken auf und prüfte sie in seinen Händen. »Wir können eine ganze Menge Stecklinge aus ihnen ziehen«, sagte er. »Diese Sorte wirkt zart, aber sie ist unglaublich zäh. Wenn sie durch Stürme oder Schädlinge beschädigt wird, verlegt sie sich auf stärkeres Wachstum. Im nächsten Frühsommer wird wohl der äußere Ring um das Labyrinth noch ein wenig karg und zerrupft aussehen, doch im Jahr darauf dürfte kein Unterschied mehr zu erkennen sein.«

Manon war unendlich froh, dass Feliks da war, dass er Tante Oda, die nun auch keinen Hauptgärtner mehr hatte, unterstützte und still und heimlich die Aufsicht über die Gärten übernahm.

Es tat so gut, ihm Gesellschaft zu leisten, und weil es ihr zusetzte, völlig nutzlos zu sein, und sie ihn darum bat, lernte er sie in der Gartenarbeit an. Als die letzte Blüte des Herbstes vergangen war, zogen sie in das Palmenhaus um, das aus Glas und Eisen gefertigt war und sich seit Feliks' Ankunft zu einem exotischen Paradiesgarten ausgewachsen hatte. Er experimentierte mit der Erwärmung des Bodens und dem Anbau tropischer Früchte, sodass dem Hotel solche Delikatessen selbst während der Wintermonate zur Verfügung standen.

Einmal sagte Manon zu ihm: »Du bringst all das zustande, obwohl du blind bist – ich kann nicht anders, als mich zu fragen, was du wohl schaffen würdest, wenn du sehen könntest.«

Er lächelte. »Womöglich weniger, weil es mir so fremd wäre. Aber wer weiß. Vielleicht wirst du es ja eines Tages erfahren.«

»Wie meinst du das? Glaubst du, es gibt irgendwann gegen deine Blindheit ein Heilmittel?«

»Das bezweifle ich«, antwortete Feliks. »Da meine Blindheit ja keine Krankheit ist, kann wohl auch kein Mittel sie heilen. Je länger ich aber darüber nachdenke, desto sicherer bin ich mir, dass ich blind bin, weil ich es so sehr wollte.«

»Wie bitte?«, fuhr Manon auf. »Du wolltest blind sein? Wie verrückt ist das denn?«

»Ist es wirklich verrückt?«, fragte er zurück. »Ich habe mir so sehr gewünscht, etwas nicht sehen zu müssen, dass ich es am Ende tatsächlich nicht mehr sah. Kannst du dir so etwas nicht vorstellen? Wenn du gezwungen wärst, das Furchtbarste in deinem Leben mit anzusehen – würdest du nicht auch dein Augenlicht verfluchen?«

Manon war zuerst verwirrt, aber dann fiel ihr plötzlich etwas ein, und wie im Reflex kniff sie die Augen zu. »Maxim«, murmelte sie. »Maxim ist in den Katakomben geboren, und seine Mutter war erst vierzehn oder fünfzehn Jahre alt. Sie ist dort hinuntergeflohen, weil ein Mann ihr Gewalt angetan hatte, und das Ergebnis dieser Untat ist Maxim. Ich glaube, wenn ich das hätte mit ansehen müssen – einen Mann, der einem so jungen Mädchen etwas Unaussprechliches antut, das Mädchen, das ins Dunkel flieht und mutterseelenallein ein Kind bekommen muss, dann hätte ich mir auch mein Augenlicht weggewünscht.«

Sie überlegte. »Vielleicht ist es das, was Maxim tut«, sagte sie. »Er wünscht sich sein Augenlicht weg, um auszulöschen, was er gesehen hat, und weil er damit keinen Erfolg hat, muss er von hier und von uns allen, die ihn lieben, fort.«

Feliks lächelte. »Du bist eine einzigartige Liebende«, sagte er. »Ich habe dich nach etwas von dir selbst gefragt – aber alles, woran du denkst, ist Maxim. Maxim kann aber das, was seiner Mutter angetan worden ist, doch nicht gesehen haben, denn er war damals ja noch nicht auf der Welt.«

Manon war sicher, dass sie knallrot wurde. Warum war sie so töricht, warum dachte sie nicht nach, warum sagte sie ständig so dumme Dinge? Sie senkte den Kopf. »Mein Vater ist beschuldigt worden, diese Untat begangen zu haben«, hörte sie sich zu ihrem eigenen Erstaunen sagen. »Er war Balletttänzer. Ein Genie. Der Star der Stadt. Man hat ihm nichts nachweisen können, doch die Leute haben ihn auf der Straße angespuckt, und weil niemand mehr kam, wenn er auftrat, hat das Stadttheater ihn verstoßen. Er hat mit meiner Mutter in Armut gelebt und nie wieder getanzt.«

Feliks schwieg, und Manon schwieg auch. Sie hatte noch nie jemandem davon erzählt und auch nicht angenommen, dass sie dazu in der Lage wäre. »Bitte entschuldige«, sagte sie schließlich. »Wir haben über dein Augenlicht gesprochen, und ich rede irgendwelches Zeug über Maxim und meinen Vater, das dich gar nicht betrifft.«

Feliks stand auf, schnitt eine Ranke voller weißer, duftender

Orangenblüten von einem Baum und legte sie ihr in die Hände. »Dein Vater tut mir sehr leid, Manon«, sagte er. »Und du auch. Wenn du dich an ihn zu erinnern versuchst, an das Schöne, das du mit ihm erlebt hast – musst du dann stattdessen an das Abscheuliche denken, das die Leute ihm nachgesagt haben?«

Manon nickte, ehe ihr einfiel, dass er das nicht sehen konnte. Das Sprechen fiel ihr schwer. »Ich würde so gern daran denken, wie er gelacht, meine Mutter und mich in den Armen gehalten und mit Fleischstücken von seinem Schaschlik gefüttert hat. Aber wenn ich es versuche, denke ich daran, dass die Leute uns *Kinderschänder* hinterhergerufen haben, und dann denke ich lieber gar nichts mehr.«

Er setzte sich wieder zu ihr und berührte ihre Hand. »Siehst du – es betrifft mich doch«, sagte er und strich ihr über die Handfläche, in der die Blütenranke lag. »So ähnlich ist es mit meinem Sehvermögen – ehe ich etwas so Schreckliches sehen muss, sehe ich lieber gar nichts mehr, habe ich mir gedacht. Aber vielleicht wünschst du dir eines Tages so sehr, an deinen Vater mit den Schaschliks zu denken, dass das Schreckliche seine Kraft verliert. Und ich wünsche mir so sehr, dich mit den Orangenblüten in den Händen zu sehen, dass mein Augenlicht zurückkehrt.«

Sie horchte auf. »Glaubst du, das ist möglich, Feliks?«

Er nickte und strich noch einmal über ihre Hand, die den zarten Blütenzweig hielt. »Ich habe in letzter Zeit bemerkt, wie der Druck auf meinen Augen nachlässt, als würden meine Lider leichter und ließen mehr Licht herein.«

Seit er das zu ihr gesagt hatte, war es Manon vorgekommen, als ließe ihr ganzes Leben auf einmal mehr Licht herein, obwohl das Unsinn war, mit seinen Augen nichts zu tun hatte und ihre eigenen scharf wie ein Paar Adleraugen sahen.

Er half ihr, zur Taufe von Claras kleinem Sohn, die sie fern der

Kirche und in aller Stille feiern mussten, ein Gesteck zu flechten, das sie Clara überreichte. Die Freundin war eine strahlende junge Mutter, und als sie Manon ihren Fridolin in die Arme legte, vergaß diese vor Glück ihren Kummer darüber, dass sie selbst wohl nie ein Kind haben würde.

Maxim wollte keines. Nicht in dem Aufruhr, in dem sich die Welt befand, nicht als ein Vater, der seine eigenen Eltern nicht kannte, und vor allem nicht mit ihr.

Den kleinen Fridolin aber würde sie aufwachsen sehen, und sie war entschlossen, ihn mit all ihrer Mutterliebe, die sonst niemand brauchte, zu überschütten.

»Fridolin ist so ein Süßling«, sagte sie und küsste ihren Patensohn auf den duftenden Flaum. »Der reicht für uns beide, den kannst du ruhig mit mir teilen.«

Clara lachte. »Mir war ja das mit der Taufe nicht wichtig, und Edvard hätte anfangs auch darauf verzichten können«, sagte sie. »Du weißt ja, er hasst jegliches Aufsehen. Dann aber hat er sich auf einmal regelrecht zum Familienoberhaupt aufgeschwungen, hat erklärt, seit Fridolins Geburt denke er in Generationen, und vielleicht habe es ja doch seinen Sinn, durch ein traditionsreiches Fest ein neues Mitglied in einer Familie willkommen zu heißen.«

Sie lachten beide. »Edvard *ist* ein Familienoberhaupt«, sagte Manon und küsste den entzückenden kleinen Burschen noch einmal. »Und du selbst, Clarinka? Warst du mit der Taufe gleich einverstanden?«

Claras Mutter war Atheistin gewesen und sie selbst nie getauft worden.

»Ein bisschen graut es mir ja vor diesen komischen Ritualen«, gab Clara zu. »Aber mir war alles recht, sobald mir klar wurde, dass unser Seepferdchen dann meine liebste kleinrussische Steppenziege als Patin bekommen kann. Und Kasi als Paten. Falls das

Seepferdchen Schwimmmeister werden will, hat es schon einmal den besten Lehrer aller Zeiten.«

Die Geste war liebevoll gemeint, aber Kasi sah nicht aus, als würde sie ihm Trost schenken. Er blieb teilnahmslos, stumm. Manon musste an Feliks denken. Wäre es für Kasi auch besser gewesen, sich Blindheit zu wünschen, hatte er etwas Unerträgliches gesehen und statt des Augenlichts die Sprache und den Lebensmut verloren? Manon hatte nicht gewagt, Feliks zu fragen, was er damals nicht hatte sehen wollen, doch jetzt wünschte sie, sie hätte es getan.

Die Männer des NKWD mochten Kasi gezwungen haben, mit anzusehen, wie Generalsekretär Bogdan, der wie ein väterlicher Freund für ihn gewesen war, gefoltert wurde. Ullrich und Oda hatten etwas in der Art angedeutet, und auch wenn Manon nicht glauben wollte, dass in ihrem Staat Menschen gequält wurden, war es wohl doch nicht auszuschließen.

»Frag dich nicht«, sagte Maria Peters. »Manches ist schlimmer, als wir es uns vorstellen wollen, und Kasimir hilfst du nicht, indem du ihn bedrängst. Lass die Zeit wirken. Die kann zwar nicht unbedingt heilen, aber sie lässt Hornhaut wachsen.«

Manon beschloss, den Rat zu befolgen. Die Geschehnisse lagen noch nicht einmal ein Jahr zurück, und im März hatte Kasi obendrein erfahren müssen, dass sein Freund Bogdan in Moskau erschossen worden war. Vielleicht ging es ihm allmählich besser, wenn die Trauer nicht mehr so frisch, der Schmerz nicht mehr ganz so roh war.

Bogdans Tod hatte in ihrer ganzen Familie wie eine Bombe eingeschlagen. Er würde Tante Oda und dem Hotel künftig nicht mehr helfen können, so wie Bucharin dem erneut verhafteten Ossip Mandelstam nicht mehr helfen konnte. Dieser – einst Stalins engster Freund – war zusammen mit Bogdan und dem früheren NKWD-Chef Jagoda hingerichtet worden. Manon gab es auf, darüber nachzudenken, sie wollte von alledem nichts mehr hören. In der Schule hatte sie gelernt, die Revolution habe den Menschen Frieden gebracht und den Schrecken des Zarenregimes ein Ende bereitet. Warum das nur möglich war, indem man neue Schrecken verbreitete, mochten klügere Leute verstehen als sie.

Monatelang hatten sie alle in Angst gelebt, nun Anselm Fleißer als Bogdans Nachfolger wehrlos ausgeliefert zu sein. Dann aber waren auf einmal in der ganzen Stadt Plakate zu sehen, und auf den Titelseiten der Zeitungen prangte das Bild eines kahlköpfigen Mannes. Der Kahlkopf hieß Nikita Sergejewitsch Chruschtschow und war zum neuen Generalsekretär der Ukrainischen Partei ernannt worden.

Witze kreisten, Anselm Fleißer hätte sich den Schädel kahl scheren müssen, da offenbar nur Glatzköpfe in der ukrainischen KP zu höchsten Ehren kommen konnten. Der wahre Grund für sein Scheitern war jedoch allgemein bekannt, auch wenn er unausgesprochen blieb: Anselm Fleißer galt als Deutscher wie sie alle. Er mochte während der Revolution Verdienste erworben und sich jahrelang hochgedient haben, doch letzten Endes traute man einem, der einen deutschen Namen trug, nicht über den Weg.

Noch eine weitere Karriere fand in diesen Tagen ihr Ende: Nikolai Jeschow, der Chef des NKWD, den die Leute hinter vorgehaltener Hand den »Vater des großen Terrors« nannten, wurde von einem Tag auf den andern abgesetzt und durch einen bebrillten, besonnen wirkenden Mann namens Lawrentij Berija ersetzt. Mit ihm verbanden Leute, die sich auskannten, die Hoffnung, dass die Zeit der Verhaftungen und des Verschwindens ein Ende nehmen würde und dass Männer wie Ossip Mandelstam, die nichts verbrochen hatten, als Gedichte zu schreiben, aus der Verbannung zurückkehren durften.

Durch die Familie des *Grandhotel Odessa* und womöglich durch die ganze Stadt ging ein Aufatmen. Weihnachten kam, die Gäste aus Berlin trafen ein, und Tante Oda holte Mascha Vitalyewna, Bogdans Witwe, zu ihnen.

»Sie werden kein Wort miteinander sprechen«, mutmaßte Maria Peters. »Aber der arme kleine Singvogel ist in Sicherheit. Oda hat ihrer Tante Tessa versprochen, dass sie in der Not für ihre Tochter sorgen wird, und Mascha hat wohl auch begriffen, dass dies hier das Zuhause ist, das ihr immer bleibt.«

Somit war der Weihnachtsabend ein wirkliches Familienfest geworden. Das *Odessa* hieß eine neue Generation unter seinem Dach willkommen, und Onkel Bodo betrug sich dermaßen närrisch mit dem Kleinen, dass Anflüge von Schwermut und Trübsinn sich nicht lange halten konnten.

Manon wünschte sich innig, Maxim wäre dabei gewesen. Nicht einmal in erster Linie, weil sie ihn so sehr vermisste, sondern weil sie ihm den Trost und die Wärme gewünscht hätte, den sie alle an diesem Abend im Kreis der Familie erfuhren. Er war so zerrissen, so verzweifelt, erschien bei jedem der seltenen Besuche, die er Odessa überhaupt noch abstattete, dünner und bleicher. Wenn man einen Menschen so heftig liebte, wie sie Maxim liebte, musste man dann nicht in der Lage sein, ihn zu retten?

Und ich weiß nicht einmal ganz sicher, wovor ich ihn zu retten hätte, dachte Manon missmutig und ging am letzten Tag des Jahres wieder zu Feliks, um ihm zu helfen, die Dekoration für den Silvesterabend zusammenzustellen. Wie in jedem Jahr würde die Familie das neue Jahr um Mitternacht mit den Hotelgästen gemeinsam begrüßen.

»Besteht denn die Möglichkeit, dass Maxim heute kommt?«, fragte Feliks.

»Bei Maxim weiß man das nicht so genau, denn er kündigt

sich nicht an«, sagte Manon. »Aber wenn ich ehrlich sein soll, mache ich mir keine Hoffnung. Ach, Feliks. Wie soll ich ihm denn nur helfen, wenn er mich nicht lässt?«

Sie waren längst Freunde geworden, die einander duzten, und es gab keinen Aspekt ihrer Liebe zu Maxim, den sie Feliks nicht vorbehaltlos anvertraut hätte.

»Ich weiß nicht«, sagte er. »Vielleicht ist er zu stolz und würde lieber dir helfen als umgekehrt.«

Manon seufzte. »Um mir zu helfen, bräuchte er nicht mehr zu tun, als bei mir zu sein. Und manchmal ein paar *Deruny* mit viel Rahm zu essen, damit er mir nicht vom Fleisch fällt. Aber im Ernst, Feliks – du bist doch auch ein Mann. Würde es dir so ergehen, wärst du zu stolz, dir von mir helfen zu lassen, auch wenn du wüsstest, wie sehr ich dich liebe?«

»Ich bin ja kein richtiger Mann«, sagte Feliks. »Nur der Gärtnergehilfe. Ein Blinder. Das zählt nicht.«

»Red keinen Unsinn. Einen Gärtner gibt es ja nicht mehr, also kannst du auch niemandes Gehilfe sein, und diese ganze Gartenanlage hältst du allein in Schuss. Im Grunde solltest du das Gehalt eines Gärtners bekommen, und weißt du was? Es ist höchste Zeit, dass ich mit Tante Oda darüber spreche.«

»Nein, tu das nicht«, sagte er und hob abwehrend die Hand.

»Warum denn nicht? Du tust doch all die Arbeit und hast das Geld dafür mehr als redlich verdient. Tante Oda hat nur keine Zeit, sich um den Garten auch noch zu scheren, sie ist sicher dankbar, wenn ich mit ihr darüber spreche.«

»Aber ich nicht«, sagte Feliks.

»Wie kann man so störrisch sein?«, rief Manon. »Brauchst du etwa kein Geld?«

»Doch«, sagte Feliks, »Geld könnte ich gut gebrauchen. Ich würde es meinen Verwandten in der Slobodka bringen, für meinen jüngsten Bruder Efraim, der so gern ein Rennrad oder wenigstens die Montur dazu hätte, und für meinen Neffen Reuben, in dem ein richtiger kleiner Gelehrter steckt. Ich würde es sparen, damit er einmal studieren kann, und ich würde meinem Schwager bei seiner Bäckerei aushelfen, damit meine Schwester nicht so viel arbeiten muss.«

»Du hast Verwandte in der Slobodka?«, platzte Manon heraus. Wie dumm war sie eigentlich? Er hatte ihr viele Male von seinem Bruder Efraim, der ihm als Kind die Augen ersetzt hatte, erzählt, von seiner Schwester Rebekkah, die den ganzen Tag in der Bäckerei stand und obendrein ihre Kinder erzog, und von dem klugen Reuben, dessen Name *Sehet her, ein Sohn* bedeutete. Sie aber hatte sich nie gefragt, wo diese Leute eigentlich steckten, ob er zu ihnen ging, wenn er das Hotel an den Feiertagen verließ, und ob er lieber bei ihnen gelebt hätte als hier.

Absurderweise tat es ihr weh, dass andere Menschen zu ihm gehörten als sie und ihre Familie, dass er auch noch ein anderes Leben führte als dieses hier, bei ihr.

»Meine Schwester ist verheiratet mit Samuil Schajnfinkel, dem besten Bäcker der Slobodka«, sagte er mit einem seltsamen Glanz in den Augen, den sie noch nie an ihm gesehen hatte. »Sie hat Efraim in ihr Haus genommen, als meine Eltern Odessa verließen, und nun ist er ihr viertes Kind – mit seinen fünfzehn Jahren das älteste zwar, doch andererseits auch das jüngste. Sie hat ihn maßlos verwöhnt, weil er untröstlich war, als die Eltern ihn zurückließen, wir haben ihn alle ganz schrecklich verwöhnt. Aber er ist ein guter Kerl, er bringt dem kleinen Reuben bei, was immer er kann, damit dieser wache Geist Futter bekommt. Und natürlich tun meine Schwester und mein Schwager ihr Möglichstes, doch die Zeiten sind schwierig für kleine Bäckereien.«

»Können nicht alle klugen Kinder studieren?«, fragte Manon. »Auch die armen? Ist dazu der Sozialismus nicht da?«

»Alle Kinder vielleicht«, sagte Feliks. »Aber nicht alle Judenkinder. Als Jude brauchst du Geld. Im Sozialismus genauso wie überall sonst.«

Es gab so viel, über das Manon nachdenken musste, dass sie es auf später verschob, wenn sie allein war. Zwei Dinge aber wollte sie jetzt sofort wissen: »Kann ich sie kennenlernen?«, fragte sie ihn. »Du kennst meine Familie, aber ich deine nicht. Und wenn du für deine Familie Geld brauchst – warum lässt du mich dann nicht mit Tante Oda sprechen, damit sie dir das Gehalt zahlt, das dir zusteht?«

Die ganze Zeit hatte er weiter an den Gestecken für die Feier gearbeitet, an einem Arrangement aus weißen Gewächshausblumen und kräftigen, grünen Zweigen, die den Schriftzug *1939* ergaben. Jetzt aber hob er den Kopf und wandte sich ihr zu, als könne er sie sehen. »Nein«, sagte er, »das geht wohl nicht.«

»Und warum nicht?«

»Ja, warum wohl nicht?«, fragte er zurück. »Weil sie denken würden, du wärst mein Mädchen, und weil das eben nicht sein darf, weil ein jüdisches Kind eine jüdische Mutter haben muss oder unserer Gemeinschaft verloren geht. Lassen wir es dabei. Ich kann auch nicht nach oben, in eure Hotelhalle kommen und mit euch euer Neujahr feiern, oder doch?«

Manon senkte den Kopf und schämte sich. »Ich wünschte, du könntest es.«

»Es ist in Ordnung, so wie es ist«, sagte er, nahm ihre Hand, strich an ihrer Lebenslinie entlang, dass es kitzelte, und ließ sie gleich wieder los. »Und was das Geld betrifft – ich will nicht, dass du mit deiner Tante sprichst, weil ich zu stolz bin. Lassen wir auch das, wie es ist, darum bitte ich dich.«

Manon fand sich ab und ging, weil es schon spät war und sie das violette Kleid anziehen wollte, für den Fall, dass Maxim doch noch kam. Er kam aber nicht. Das neue Jahr fing mit derselben Sehnsucht an, mit der das alte geendet hatte. Im Januar fiel

Schnee, der lange blieb. Manon ging seltener hinunter zu Feliks ins Palmenhaus und schob es auf die Jahreszeit, doch in Wahrheit lastete ihr letztes Gespräch auf ihr, und sie wusste nicht, warum.

Anfang Februar gab es im italienischen Konsulat einen Empfang für Außenminister Ciano, zu dem sie alle gingen und auf dem sich Manon aus unerfindlichen Gründen nicht wohlfühlte. Sie gab ihr Möglichstes, um das übliche Programm zu absolvieren, die wichtigen Leute anzulächeln und niemanden zu brüskieren, aber Tante Oda mit ihrem siebten Sinn bemerkte, dass etwas nicht stimmte.

»Was ist los, Manon? Dass du keine Lust zum Tanzen hast, merkt man dir meilenweit an.«

»Das Frauenübel«, murmelte Manon, obwohl sie das seit einer Woche hinter sich hatte. »Ich weiß, darüber jammert man nicht, aber mir geht es elend.«

»Ist schon gut.« Tante Oda legte ihr die Hand an die Wange, und einen Herzschlag lang schienen ihre Traurigkeit und die der Tante sich zu berühren. »Manchmal muss man das alles einfach hinter sich lassen, und der einzige Ort, an den man gehört, ist das Bett. Ich besorge dir jemanden, der dich nach Hause fährt.«

Manon war ihr dankbar. Als der Wagen, den ein Chauffeur des Konsuls fuhr, vor dem *Odessa* anhielt, glaubte sie im ersten Augenblick, Eduard Milstein vor der Drehtür stehen zu sehen, doch selbst für ihn, den Immerwährenden, war es zu spät. Der Chauffeur öffnete den Wagen, und Manon stieg aus.

Die lange Gestalt vor dem Portal, die sie sich eingebildet zu haben glaubte, rannte auf sie zu.

»Manon!«

Ehe sie begriffen hatte, dass es wirklich Maxim war, hatte er sie in seine Arme gerissen.

»Manon, Manon, Manon. Ich dachte schon, du kommst nie zurück.«

Sie konnte nichts tun, als sich an ihn zu pressen, eine Hand auf sein Herz zu legen, das rasend schlug. Er roch nach nassen, ungewaschenen Kleidern, nach Schweiß, nach Erschöpfung und Angst.

»Ich bin ja da, Maxim, mein Liebster. Ich bin ja da.«

»Bitte hilf mir.«

Sie blickte auf und sah in seinen Augen das blanke Entsetzen.

»Hilf mir, Manon. Ossip Mandelstam ist tot.«

1941–44

ODESSA UND BERLIN

LABYRINTH DES FAUNS

»Weißt du noch, wie gut das Brot war,
wenn es wie ein Wunder vor uns lag und wir es zu zweit aßen?
Und dann der letzte Winter in Woronesch.
Unsere glückliche Armut und die Gedichte.«

Nadeshda Mandelstam in ihrem letzten Brief
an ihren Mann Ossip, Oktober 1938

32

ODA

Das Leben kam südlich daher in Odessa – gleichermaßen federleicht und schwer wie alter Wein. Zudem war die Stadt Odessa von jeher eine Meisterin darin, selbst die schwierigsten Zeiten zu ignorieren, und einst hatte Oda sie gerade dafür geliebt.

Jetzt war sie sich dessen nicht mehr so sicher. Sie stand am offenen Fenster ihres Zimmers, das sie schon so viele Jahre lang allein bewohnte, sah hinaus auf die glitzernde Fläche des Meeres, die die vollkommene Makellosigkeit des Himmels spiegelte, und hätte das Fenster am liebsten wieder zugeklappt.

Manchmal habe ich es einfach satt, deine ewige Sommerseligkeit mitmachen zu müssen, Odessa, dachte sie. Warum ist schon wieder Mai, warum steht schon wieder eine neue Saison bevor, warum muss ich mich krummlegen, um die Zimmer zu füllen, und grinsen wie ein Automat, damit meine Gäste glauben, es wäre der Gipfel der Seligkeit für mich, sie samt all ihrer Marotten und Unverschämtheiten zu beherbergen?

Der Krieg in Europa hatte das Reisen gerade in dem Augenblick unmöglich gemacht, in dem praktisch der gesamte Kontinent es für sich entdeckt hatte. Zum Glück für das Hotel hatte jedoch der sowjetische Außenminister Molotow im allerletzten Augenblick einen völlig überraschenden Freundschaftsvertrag mit seinem deutschen Amtskollegen Ribbentrop unterzeichnet, der die Sowjetunion aus Nazi-Deutschlands Krieg heraushielt. Stattdessen waren sie beide in Polen einmarschiert, die Nazis im Westen und die Sowjets im Osten. Das Land existierte nicht mehr, sie hatten es wie eine Torte zwischen sich aufgeteilt.

Vielleicht würden sie es ja so mit der gesamten Welt halten – sie zerschneiden und zwischen sich aufteilen, eine Seite braun, die andere rot. Die Braunen hatten bereits ihre Hälfte Polens sowie Belgien und Frankreich überrannt, die Roten hatten sich gerade Litauen einverleibt. Da der Krieg und die Besetzung die weitesten Teile des Reiches jedoch kaum berührten, konnten Sowjetbürger weiter am Schwarzen Meer Urlaub machen. Und da mit dem Nichtangriffspakt die Feindseligkeiten gegen Deutsche abebbten, konnte jeder, der es wollte, das im *Grandhotel Odessa* tun.

Von Saison zu Saison wurde es schwieriger, zumindest so viele Zimmer zu füllen, dass das Hotel sich über Wasser halten konnte, und der schwelgerische Luxus von einst war nur noch eine vage Erinnerung. Oda bemühte sich mit all ihren Kräften, bewarb sich um Reisegruppen aus Betrieben, Gremien und Vereinigungen, lockte Stammgäste mit Sonderpreisen und bettelte Intourist geradezu an, ihr die wenigen verbleibenden ausländischen Touristen zu schicken. Zudem tat sie, was sie konnte, um vom Flair des *Odessa* etwas zu erhalten, auch wenn sie sich weder einen neuen Küchenchef noch ein Tanzorchester oder einen Keller voller italienischer Jahrgangsweine leisten konnte.

Es gab keine glanzvollen Galas und keine vor Schüsseln und Platten überquellenden Büfetts mehr, aber es gab noch immer Badekarren mit kleinen Eseln und Ponys, die die Gäste zum Strand kutschierten, einen Portier, der wie seit Jahr und Tag mit Zylinder und Schirm vor dem Portal stand, und das beste, wenn auch nicht länger das vornehmste Essen der Stadt. Es gab noch immer prachtvoll blühende Gärten, in denen die Gäste wie in einer Märchenwelt flanieren, Kinder Verstecken spielen und Liebespaare hinter dem Laubwerk in ihrem Glück versinken konnten. Die Rosenhecke des Labyrinths war dichter denn je nachgewachsen, und der Brunnen des Fauns sprudelte ohne Unterlass. In der Halle spielte gedämpfte Klaviermusik, und wenn Oda Liebenthal, die Direktorin, morgens durch sämtliche Salons und Aufenthaltsräume ging, hatte sie für jeden Gast ein Lächeln, auch wenn er nicht wie früher ein Vermögen für eine Suite, sondern nur ein paar Rubel für einen Schlafplatz im Vierbettzimmer zahlte.

Warum?, fragte sich Oda und konnte sich nicht entschließen, mit ihren Turnübungen zu beginnen. Warum wrang sie sich noch immer selbst aus wie einen Schwamm, um ihren Gästen nicht nur ein paar erholsame Tage, sondern einen Hauch vom Paradies zu bereiten? Die Aufsichtsbehörde, die ihr vierteljährlich einen Revisor zur Überprüfung der Bücher schickte, kümmerte sich nicht darum, ob ihre Gäste von märchenhaften Ferien schwärmten, sondern nur darum, dass sie zum Aufbau der Sowjetwirtschaft ihren Teil beitrug.

Wozu quälte sie ihren Körper, der sich nach einer weiteren viel zu kurzen Nacht lieber im Bett auf die andere Seite gedreht hätte, statt sich vor dem Fenster zu verrenken? Warum kämpfte sie verbissen darum, seine Spannkraft zu erhalten, damit er im Kostüm in den Hotelfarben noch immer elegant aussah? Ihr fünfzigster Geburtstag lag hinter ihr, und sie fühlte sich zu Tode erschöpft. Seit sie ihr jüngstes Kind nicht hatte beschützen können, seit sie für ihr ältestes Kind tagtäglich aufs Neue das Schlimmste befürchten musste, zitterten ihr manchmal bei der Arbeit die Hände, dem Anschein nach ohne jeden Grund.

Warum also?

Weil sie es ihrem Vater schuldig war, erkannte sie. Ihrem Vater und Tessa, die das Hotel aus dem Boden gestampft hatten, und der Tradition ihrer Familie, die sie für ihre Kinder und nun auch für die Enkel erhalten wollte.

Zudem war es das, was sie immer getan hatte: Gäste bewirtet und Gäste glücklich gemacht. Durch glanzvolle Zeiten und magere Jahre, durch Höhenflüge und Lebenskrisen, durch Revolution und Krieg und Hungersnot. Es war ihr Lebenszweck. Ihr Halteseil. Wenn sie das aus den zitternden Händen gleiten ließ, war es denkbar, dass sie unter der Last, die ihr Leben ihr sonst noch auflud, zerbrach.

Kasi war stumm, er hatte die Sprache, die er einst fröhlich plappernd an ihrer Hand erlernt hatte, verloren. Seit Georgchen da war, ließ er sich immerhin auf Anweisung zu dessen Versorgung einspannen und blieb auch bei ihm sitzen, wenn Georgchen ihm etwas erzählte. Den größten Teil der Zeit hockte er jedoch teilnahmslos in seinem Zimmer auf dem Stuhl oder dem Bett und starrte vor sich hin. Er war immer ein gehorsames Kind gewesen und gehorchte auch jetzt, wenn man ihm sagte, er solle essen, trinken und sich sauber halten, doch von allein hätte er womöglich nichts von alledem getan.

Wenn man ihm sagte, er solle doch an einem schönen Sommertag mit den anderen zum Schwimmen gehen, gehorchte er nicht. Einmal hatte Oda mit Hannos und Belles Hilfe versucht, ihn zu zwingen, hatte ihn einfach zum Strand mitgezerrt, um ihn dort wie einen Dreijährigen auszukleiden und ins Wasser zu befördern. Kasi aber hatte sich auf den Boden geworfen und wie ein Dreijähriger um sich geschlagen, stumm zwar, doch mit verzweifelter Kraft.

Edvard, der seine Mutter noch immer schnitt, wenn auch auf die ihm eigene unauffällige Weise, war vom Tor zum Strand hinuntergerannt wie ein wütender Stier und hatte seinen Bruder befreit.

»Seid ihr nicht bei Trost? Er ist ein Mensch, kein Gegenstand, auch wenn er nicht mehr spricht.«

»Er ist doch immer so gerne geschwommen«, hatte Belle arglos ihre Absicht verteidigt. »Wir haben gedacht, wenn er erst einmal im Wasser ist, fängt er vielleicht wieder damit an und wird davon gesund.«

»Wenn man nicht singen kann, lässt man das Singen besser bleiben«, verwies Edvard sie kalt. »Nicht anders verhält es sich mit dem Denken.« Dann hatte er den Arm um Kasi gelegt und ihn so langsam, wie Kasi seit dem Unglück eben vor sich hin trottete, nach Hause geführt.

Er hatte recht. Warum nur hatte dieser Kerl, der so gerade wie eine moralische Kompassnadel durch sein Leben ging, immer und überall recht?

Das hatte er natürlich nicht, und auch wenn er sie nicht mehr an sich heranließ, wusste Oda, dass er in seinem Innern Kämpfe ausfocht. An seinen Staat, an den Aufbau des Sozialismus und daran, dass er auf der richtigen Seite stand, hatte Edvard trotz allem geglaubt, und jedes Verbrechen, das dieser Staat beging, erschütterte ihn. Was mit Kasi geschehen war, schob er auf Anselm Fleißer, und in Maxims Fall vermutete er eine Privatfehde unter Dichtern, in die der Bruder versehentlich geraten war.

Alles andere versuchte er sich damit zu erklären, dass die Sowjetunion in der kapitalistischen Welt isoliert dastand, dass der Faschismus sie zu überrollen drohte und dass Stalins Regierung in ihrer Panik überreagierte. Als jedoch Stalin mit ebendiesen Faschisten, in denen Edvard das Böse schlechthin sah, einen Pakt schloss, kam er mit seiner Erklärung nicht mehr weiter. Er blieb nach außen hin ruhig, wie er es immer tat, doch ausgerechnet er – der sparsame, asketische Edvard – hatte sich das Rauchen angewöhnt. Oda entging nicht, dass es in ihm brodelte.

Zu Odas Erleichterung nahm man ihn ihr wenigstens nicht weg. Er war ihr bei der Führung des Hotels längst unentbehrlich geworden, und als Odessas junge Männer für den Krieg in Polen eingezogen wurden, erhielt er den begehrten Stempel *Unabkömmlich*. Der stumme Kasi wurde ausgemustert, und Maxims Einsatz stand nicht zur Debatte. Hanno aber erhielt seinen Einberufungsbefehl.

»Vielleicht ist es ganz gut«, sagte er, als er Oda zum Abschied umarmte, der Einzige ihrer Söhne, der das auch jetzt noch regelmäßig tat. »Auf irgendeine Weise muss ich mein gebrochenes Herz endlich flicken und mich selbst wiederfinden, und es heißt, der Krieg sei dazu nicht der schlechteste Weg.«

Aber der Krieg ist für dich kein geeigneter Weg, dachte Oda. Du glaubst noch immer, alles im Leben geht leichter, wenn man einen Witz darüber macht, aber der Krieg hat keinen Humor, er rächt sich, wenn du es versuchst. Sie wusste, sie würde ihn vermissen, weil er in ihrem gesamten Umfeld womöglich der einzige Mensch war, der nicht kompliziert war.

Nein, Bodo auch, fiel ihr ein. Aber ihr Verhältnis zu Bodo war kompliziert, also zählte das nicht, und außerdem steckte Bodo als Offizier und Eisenbahner in der deutschen Kriegsmaschinerie fest, und es war fraglich, wann sie ihn wiedersehen würde.

Hanno war mittlerweile schon das zweite Jahr im besetzten Teil Polens stationiert, er schien sich dort zurechtzufinden, und die Angst um ihn flaute etwas ab. Wenn er auf Urlaub kam, war er freundlich und fröhlich wie immer und brachte seinen Neffen lustige Geschenke mit, aber er blieb nie länger als drei Tage, und es war nicht zu übersehen, dass er jetzt in einer anderen Welt lebte.

Ich sollte wohl nicht klagen, dachte Oda bitter, wie immer gibt es Leute, die es schlimmer erwischt hat. Ich habe zwei von vier Söhnen noch bei mir, der dritte lebt in relativ geringer Gefahr, und hier im Hotel haben sie mir genug Männer gelassen, um mit

Anstand durch die Saison zu kommen. Jurij war seines Armes wegen natürlich ausgemustert, Feliks kam als Blinder noch weniger infrage, und zu Odas Überraschung kehrte auch Fjodor unbehelligt und in Zivil von der Musterung zurück.

»Ich habe etwas am Rücken«, erklärte er. »Angeboren. Glücklicherweise merkt man es mir nicht an.«

Das tat man allerdings nicht. Fjodors schnurgerade Haltung, an der sich auch durch seine kurze Haft beim NKWD nichts geändert hatte, war einer der Gründe gewesen, warum sich Oda seinerzeit für ihn entschieden hatte. Jetzt jedoch war sie über den unsichtbaren Geburtsfehler froh, denn mit Fjodor am Empfang und dem Urgestein Eduard vor dem Portal behielt das Hotel etwas Vertrautes, das den Gästen guttat.

In Zeiten, in denen kein Stein auf dem anderen blieb, besaß ein Ort, in dem die Uhren scheinbar stehen geblieben waren, einen schier unwiderstehlichen Zauber.

Jäh erinnerte sie sich an den Tag, an dem der erste – der große – Krieg begonnen hatte, an ihr Entsetzen darüber, dass Caspar, der Liftboy, eingezogen worden war, und an ihre Ratlosigkeit vor der Frage, wer künftig die Gäste des *Odessa* im Miniatur-Spiegelsaal hinauf- und hinunterfahren sollte. Nun, zumindest diese Sorge gab es nicht mehr. Inzwischen wussten sämtliche Gäste den Lift selbst zu bedienen, und die wenigsten waren sich zu fein, im Notfall die Treppe zu benutzen.

Caspar, der Liftboy, aber war nie wiedergekommen.

Wem nützt die Weltuntergangsstimmung?, schalt sie sich selbst. Die steht einem hübschen Mädchen mit Zeit zum Müßiggang, aber keiner alten Frau mit mehr Pflichten als Haaren auf dem Kopf. Was ist eigentlich so schlimm, was ist so, dass es nicht auch wieder besser werden könnte?

Maxim, gab sie sich prompt selbst die Antwort, die ewig und drei Tage dieselbe war: Maxim, Maxim, Maxim.

Nadeshda Mandelstam hatte vom Tod ihres Mannes erst zwei Monate später erfahren, als ein Päckchen mit warmer Kleidung, das sie ihm geschickt hatte, mit dem Stempel *Empfänger verstorben* zurückgesandt worden war.

Oda schickte unentwegt Päckchen mit warmer Kleidung und allem, was ihr einfiel. Karamellbonbons, Hustensirup, kleine Notizbücher mit angeklemmten Bleistiften. Sobald das eine versandt war, machte sie sich daran, das nächste zu packen, und wenn morgens die Post eintraf, suchte sie in wilder Panik nach zurückgeschickten Päckchen. Nachts träumte sie davon. Von einem ganzen Sack, der vor ihr ausgeleert wurde, während Nadeshda Mandelstam wie ein Automat Gedichte aufsagte.

Sie wollte sich gerade zwingen, das Grübeln zu lassen und endlich mit der ersten Turnübung zu beginnen, da klopfte es an der Tür.

»Herein«, rief Oda, hoffte dass es Lidija war, deren tröstlichen Pragmatismus sie jetzt gut hätte gebrauchen können, und schnappte sich ihren Morgenrock vom Bett und zog ihn rasch über. Sie schloss den Gürtel, als die Tür sich öffnete. Edvard und Kasi traten ein.

Edvard trug seinen Anzug mit dem Hotel-Emblem und ging wie immer so gerade, als hätte er einen Stock verschluckt. Kasi ließ, ebenfalls wie immer, den Kopf hängen und trottete hinter seinem Bruder her. Seine Kleidung aber war ganz und gar nicht wie immer, nicht das Hemd und nicht die Hose, die Oda ihm täglich heraushängte, weil er sonst vergessen hätte, sie zu wechseln.

Stattdessen trug ihr jüngster Sohn schwere Armeestiefel, die viel zu groß für ihn wirkten, und eine graugrüne Uniform mit Kappe, Koppel und Armbinde.

Eine Uniform der Roten Armee.

»Was ist denn jetzt los?«, fuhr Oda auf.

»Kasimir ist gekommen, um sich von dir zu verabschieden«, sagte Edvard. Es war der erste Satz, den er seit Carmelos Eröffnung an sie richtete.

»Wo geht Kasi denn hin?«, fragte Oda und hatte das Gefühl, nie eine dümmere Frage gestellt zu haben.

»Er hat sich freiwillig gemeldet«, antwortete Edvard.

Kasi hob den Kopf und sah Oda aus Bogdans Augen an. Er war das zärtlichste ihrer Kinder gewesen, der Kleine eben, den alle mit ihrer Liebe verhätschelten, doch jetzt rührte er keinen Menschen mehr an. Auch seine Mutter nicht. Der Blick aber, den er ihr nach drei Jahren stumpfen Vor-sich-hin-Starrens schenkte, fühlte sich wie eine Liebkosung an.

»Aber er ist doch ausgemustert!«, rief Oda. Dann hielt sie inne und verbesserte sich: »Du bist ausgemustert, Kasi. Du kannst nicht sprechen, und wer nicht sprechen kann, muss nicht zum Militär.«

»Er muss ja nicht«, sagte Edvard. »Er will es. Und um zu schießen, braucht man nicht sprechen zu können.«

»Aber er kann denen auf dem Musterungsamt doch nicht mal sagen, was er will«, wehrte Oda sich verzweifelt.

»Ich habe es ihnen gesagt«, entgegnete Edvard.

»Warum?«, schrie sie ihn an. »Um dich an mir zu rächen?«

»Nein«, erwiderte Edvard mit seiner Buchhalter-Stimme. »Mit dir hat es ausnahmsweise nicht das Geringste zu tun. Ich habe es ihnen gesagt, weil Kasimir ein Mensch ist, der denken kann und ein Recht auf seine eigenen Entscheidungen hat. Fjodor hatte sich erboten, mit ihm zu gehen, aber ich fand, ich als sein Bruder sollte es tun.«

Kasi hörte nicht auf, Oda anzusehen, und nickte.

»Aber sie werden ihn doch gar nicht brauchen können«, stammelte Oda, die spürte, wie die viel gepriesene Spannkraft ihres Körpers in sich zusammenbrach. »In den polnischen Gebieten gibt es ja keinen Widerstand mehr, schreibt Hanno, da werden sie kaum neue Truppen hinschicken.«

»Sie schicken Truppen an die rumänische Grenze«, sagte Edvard.

»An die rumänische? Warum denn das?«

»Ich bin kein Hellseher«, antwortete Edvard, wandte sich zum Gehen und ließ Oda mit Kasi allein.

33

CLARA

»Meinst du, dass sie Freunde werden?« Manon setzte den kleinen Jungen mit dem feuerroten Haar neben Fridolin in den Sand und drehte sich mit fragendem Blick nach Clara um.

»Und ob«, erwiderte Clara. »Wir lassen ihnen gar keine andere Möglichkeit.«

Fridolin, der fast drei Jahre alt war, begann selbstvergessen mit seiner roten Schaufel im Sand zu graben. Um den kleinen Gesellen an seiner Seite scherte er sich nicht und erinnerte Clara damit so frappierend an seinen Vater, dass sie lachen musste. Edvard verfügte über die erstaunliche Fähigkeit, die gesamte Welt um sich herum zu ignorieren, wenn er mit etwas beschäftigt war, und er widmete sich jeder Beschäftigung, auch der banalsten, mit ganzer Konzentration. Noch immer verblüffte es Clara, was für ein Ozean von Gefühlen damit einherging, das eigene Kind zu betrachten. Und noch immer musste sie darüber lachen, welche wilde Liebe zum Vater des Kindes sie überfiel, wenn sie ihn in Fridolin entdeckte.

Dass zwei Menschen, die sich liebten, aus sich einen dritten machten, war das Normalste auf der Welt, und doch schien es für Clara kein größeres Wunder zu geben als den selbstbewussten kleinen Menschen, in dem sie ihre Mutter und Edvards Mutter, ihren Vater, sich selbst, Hanno, Kasimir und sogar ihre Oma aus Lübben erkannte. Und der trotzdem ganz und gar er selbst war.

»Ich habe mir immer ausgemalt, dass wir zwei Mädchen haben würden, die unsere Freundschaft fortsetzen«, sagte Manon.

»Aber seltsam – seit Dawid auf der Welt ist, kann ich mir überhaupt nichts anderes mehr vorstellen.«

»Ich auch nicht«, sagte Clara. »Die zwei sind perfekt. Mir hat einmal jemand – Marigard Ohser, eine unglaublich nette Bekannte – erzählt, jede Mutter halte ihr eigenes Baby für das hübscheste. Ich war überzeugt, das sei Blödsinn, da ich zu der Zeit die meisten Babys ziemlich hässlich fand und sicher war, dies auch an einem eigenen erkennen zu können. Aber sie hatte völlig recht. In dem Augenblick, in dem Fridolin aus mir herauskam, hätte ich Stein und Bein geschworen, dass ein schöneres Baby nie zuvor geboren worden ist.«

»So war es ja auch«, sagte Manon. »Dawid ist schließlich erst anderthalb Jahre später geboren.«

Sie lachten. Manon gab ihrem Sohn, der nach Fridolins Schaufel langte, seine eigene, grüne. Fridolin häufte mit stillem Eifer einen Berg auf, und Dawid, voller Bewunderung für den Größeren, versuchte, es ihm nachzutun, doch der Sand rutschte ihm immer wieder von der Schippe.

Es war erst Juni und das Wetter seit Tagen schlecht, der Himmel war bedeckt mit eisengrauen Wolken. Am Hotelstrand würde sich trotzdem eine Anzahl Badegäste tummeln – die Abgehärteten, die sich von keinem Wetter abschrecken ließen, im Meer zu schwimmen, und die modebewussten Damen, die sich dem neuesten Trend folgend bräunen lassen wollten und dabei nach jedem kleinsten Sonnenstrahl haschten. Hier aber, am Strand von Bolschoi Fontan, an den sie mit ihren Rädern, die Kinder in kleinen Körben auf den Gepäckträgern sitzend, gefahren waren, war außer ihnen kein Mensch.

Manon hatte den Ausflug vorgeschlagen. Clara hatte erst Zweifel gehabt, weil Fridolin den Sand liebte und es an dem steinigen Strand nur ein paar kleine sandige Stellen gab. Außerdem fiel das Wasser hier nicht seicht ab, sodass die Jungen mit den Füßen hätten planschen können. Der Weg war weit, und sie liebte das Bunte, Fröhliche der Uferpromenade, das sie für einen kurzen Augenblick den Irrsinn vergessen ließ, in dem sich ihr Kontinent zerriss.

Es war wichtig für Fridolin, fand sie: Eis essen, einen Luftballon kaufen, mit anderen Kindern laut lachend Fangen spielen. Sie selbst war im Krieg geboren, und ihre Mutter hatte es ebenfalls wichtig gefunden. »Ich werde dir nicht verschweigen, wie grausam die Welt ist«, hatte sie zu Clara gesagt. »Aber ich werde dir auch nicht verschweigen, wie bunt und zärtlich und liebenswert sie ist.«

Deshalb ging sie gern mit Fridolin zu den vergnügten Badegästen an den Hotelstrand, und sie hätte sich nichts Schöneres vorstellen können, als mit ihm einen Film von Walt Disney zu sehen. Sie wusste ebenso wie Edvard, dass sie in die politische Arbeit zurückkehren musste, das Übel, mit dem Hitler die Zärtlichkeit der Welt vergiftete, mit aller Kraft bekämpfen, dass sie es nicht länger nur ihrer Mutter, sondern auch ihrem Sohn schuldig war.

Aber ein Kind zu haben, machte verletzlich, und sie fühlte sich noch nicht bereit. Fridolin sollte stark sein und alt genug, sich an sie beide zu erinnern, ehe seine Eltern ihn für Wochen in der Obhut der Familie zurückließen, um ihr Leben in Gefahr zu bringen.

»Du weißt, wenn unsere Regierung endlich zur Besinnung kommt, diesen Pakt mit dem Teufel aufkündigt, um gegen den Faschismus ins Feld zu ziehen, muss ich mich melden«, hatte Edvard gesagt.

»Ja«, hatte Clara zur Antwort gegeben, verwundert, dass es so hart sein konnte, ein so kleines Wort auszusprechen. Er würde sich melden müssen, er war der Beste seiner Kompanie gewesen, und sie liebten sich dafür, dass sie einander nicht den Weg verstellten. Gegen die Angst half das aber nicht, und umso dankbarer war Clara, dass ihnen diese kleine Zeitspanne vergönnt war, als hielte die Welt noch einmal kurz den Atem an, dass sie in ihrem Odessa sitzen durften wie in einem Kokon und ihrem Kind Erinnerungen schenken.

Dieser sanfte, graue Tag gehörte auch dazu. Sie war jetzt froh, dass sie Manon ihren Wunsch erfüllt hatte und hergekommen war. Hier allein zu sein, hatte etwas von den Regentagen ihrer Jugend, wenn sie in Manons Zimmer am Fenster gesessen und sich die Welt zurechtgeträumt hatten. Tatsächlich begann es ganz sachte zu regnen. Verwundert drehte Dawid sein Gesicht dem Himmel zu, während Fridolin fasziniert zusah, wie die Tropfen auf den Sand fielen und sein Weiß verdunkelten.

»Ich bin so glücklich, dass du hier bist«, sagte Manon. »Dass wir beide hier sind und unsere Kinder zusammen aufwachsen können. Es gibt ja Menschen, die es in die ganze Welt hinauszieht, aber ich habe immer nur in Odessa leben wollen, wo meine Wurzeln sind, meine Anfänge, wo ich noch weiß, wo mir mein Vater ein Schaschlik gekauft hat und dass du mir auf der Himmelsleiter gesagt hast, du willst meine Freundin sein. Wenn ich von hier wegmüsste und das alles nicht mehr hätte, die Himmelsleiter, diesen Strand, die Promenade mit den Schaschlikverkäufern, ich glaube, dann wäre ein Teil von mir einfach nicht mehr da.«

»Ich bin auch glücklich, hier zu sein«, sagte Clara. »Aber ich fürchte, ich gehöre zu denen, die es in die Welt zieht. Ich will so gern Hollywood sehen, New York, Boston, und meine Wurzeln sind ja in Berlin so sehr wie hier. Ich glaube, ich bin eher bei Menschen zu Hause als an einem Ort. Ich bin zu Hause, wo Edvard ist, wo du bist, natürlich, wo Fridolin ist, und ich weiß nicht, ob wir immer hier wohnen werden oder anderswo. Ich denke aber, dass ich Odessa überallhin mitnehmen werde. In New York oder Honolulu werde ich nach jemandem Ausschau halten, der Bandura spielen oder *Krucheniki* kochen kann, und wo immer ich bin, wird ein bisschen Odessa sein.«

»Ach, Clara.« Manon schlang ihr die Arme um den Hals, zog sie an sich, und minutenlang hielten sie einander fest. »Ich hab dich so lieb, weißt du das?«

»Ja, meine kleinrussische Steppenziege. Weil ich dich auch so lieb hab.«

Ganz plötzlich wurde der Regen heftiger und verdichtete sich im Nu so stark, dass die Kinder zu weinen begannen.

»Um Gottes willen!«, rief Clara. »Es wird uns nichts anderes übrig bleiben, als durch diesen Wolkenbruch mit den armen kleinen Kerlen nach Hause zu radeln. Ein Lokal gibt es, glaube ich, hier weit und breit nicht.«

»Kein Lokal«, sagte Manon, die schon ihre paar Sachen zusammengepackt und sich Dawid auf die Hüfte geladen hatte. »Aber wohin wir gehen können, weiß ich trotzdem. Komm!«

Sie liefen den Strand hinauf, ließen die Räder an der Akazie stehen, wo sie sie abgestellt hatten, und Manon schritt zielstrebig voran in eine Straße, die wie von aller Welt verlassen wirkte. Hier pflegte niemand die Bäume und Sträucher, die Zäune um die Gärten verfielen, und in den kleinen, von wildem Wein überwucherten Häusern schien kein Mensch mehr zu wohnen.

»Sommerhäuser«, erklärte Manon und zog ihre Jacke über den Kopf ihres Kindes. »Bolschoi Fontan war irgendwann vor dem großen Krieg und sogar noch vor der Jahrhundertwende ganz groß in Mode, und wer es sich leisten konnte, der schaffte sich hier ein Sommerhaus an. Damals blühte das alles, es war Odessas große Zeit, und in den Tanzdielen und Cafés amüsierten sich die jungen Leute.«

Sie wies auf ein Lokal am Straßenrand, durch dessen trübe, zerschlagene Scheiben man ins Innere spähen konnte. Clara sah

Reste von zerbrochenen Tischen und Stühlen und einen regelrecht halbierten Kronleuchter aus kristallenen Tropfen, der schief an einem dünnen Faden hing. Was für ein herrlicher Ort, was für eine Schatztruhe voller Geschichten! Sie konnte die Söhne und Töchter der Sommerhausbesitzer förmlich dort sitzen, Pharisäer trinken und dann aufstehen und ein wenig enger als gestattet tanzen sehen. Sie spürte die Aufregung, die diese jungen Leute eines vergangenen Jahrhunderts erfüllt haben musste, weil sie ausgehen, unter sich sein durften, weil das alles ganz neu war und ihnen gehörte, einerlei, was ihre Eltern für Mahnungen, Ratschläge und Verbote aussprachen.

Wie selten zuvor juckte es sie in den Fingern, und sie wünschte sich Stift und Block her, um zu zeichnen.

Manon ging weiter und wies auf das Haus, das ganz am Ende der Straße hinter dicht belaubten Kastanien aufragte. Es war viel größer als alle anderen und musste unter all den Ranken, die es umfingen, einmal weiß verputzt gewesen sein. Ein verwunschenes Märchenschloss. Die hölzernen Fensterläden verwitterten, der Putz blätterte, die Türen hingen schief in den Angeln, aber es war alles noch da, was den Glanz vergangener Zeiten zurückrief: Die Säulen, Erker und Balkone, die emaillierten Kacheln der Veranda, die Rosetten aus Stuck, und als sie eintraten, bewunderten sie das abgeschabte Parkett in der Halle und den Kronleuchter, umkränzt von filigranen Spinnweben und ohne sein goldenes Licht.

Die Kinder hatten aufgehört, wegen des Regens zu weinen, und warfen staunende Blicke um sich. Manon setzte Dawid zu Boden, und Clara tat mit Fridolin das Gleiche.

»Gefällt es dir?«

»Es ist fantastisch!«, rief Clara. »Man sollte hier einen Film drehen! *Die Schöne und das Biest* zum Beispiel, ein Märchen aus Frankreich, das ich mal mit Erich Ohser zu zeichnen angefangen habe. Darin muss es einen so verrückt prunkvollen, uralten Saal geben, in dem die Hauptfiguren tanzen und tanzen, bis ihnen schwindlig wird.«

»Die Schöne und das Biest?« Manon lächelte, doch aller Frohsinn war aus ihrer Miene verschwunden. »Nein, das kenne ich nicht. Aber ich habe hier auch mit meinem Biest getanzt und getanzt, bis uns schwindlig wurde. Die Kälte haben wir uns aus den Leibern getanzt und die dunklen Träume aus den Köpfen. Ohne Musik. Maxim konnte schon als Kind tanzen wie kein anderer.«

»Ach, meine Manon«, entfuhr es Clara. »Es tut mir so leid.«

»Das muss es nicht«, sagte Manon. »Ich bin dir dankbar, dass du mit mir hierhergekommen bist. Ich habe es unbedingt einmal jemandem zeigen müssen, und wem sonst, wenn nicht dir?«

Die Kinder hatten sich bei den Händen gefasst, um auf Entdeckungsreise zu gehen, und Manon und Clara folgten ihnen in einigem Abstand von Raum zu Raum. Manon streichelte über jeden Gegenstand, der zurückgeblieben war – jeden zerbrochenen Waschkrug, jeden zerschlissenen, vom Wind gebauschten Vorhang. »Maxim hat gesagt, eines Tages kauft er das Haus und richtet es wieder her«, erzählte sie. »Es sollte unsere Zuflucht sein. Ein Ort nur für ihn und mich. Wir haben uns hier ewige Liebe geschworen. Damals wusste ich noch nicht, was für ein Haus es ist.«

»Was für eines ist es denn?«

»Das Geibel-Haus«, sagte Manon. »Die Geibels gehörten damals zu den reichsten Familien in Odessa und vielleicht auch zu den glücklichsten. Adalbert Geibel hat sich dieses Haus bauen lassen, um hier mit seiner Frau und seinen Kindern glückliche Sommer zu verbringen. Picknicks im Garten, Tanztees, nächtliche Bootspartien auf dem Meer. Es gibt Bilder davon, auf denen sie alle strahlen, aber eines Tages war das Glück zu Ende.«

»Was ist passiert?«

»Es gab einen Skandal«, sagte Manon. »Tante Odas Vater hatte sich mit einem gefälschten Dokument von Geibels Privatbank eine große Geldsumme geliehen, mit der er das Hotel bauen wollte. Die Sache flog auf, und sämtliche Kunden zogen empört ihr Geld aus der Bank. Tante Odas Vater kam ins Gefängnis, und sein Freund Christoph, der Sohn der Geibels, der ihn gedeckt hatte, brachte sich um. Anna, die Tochter, glaubte, ihren Vater vor dem Bankrott bewahren zu können, indem sie Anselm Fleißer – den ersten, den Vater des jetzigen – heiratete. Ein paar Jahre später hat auch sie sich umgebracht.«

»Wie schrecklich!«, entfuhr es Clara. Die beiden kleinen Jungen tollten zwischen den uralten Möbeln herum, zeigten sich gegenseitig glitzernde Spinnweben und gaben kleine glückliche Laute von sich, was der grausigen Geschichte etwas Surreales verlieh.

»Es ist ein Unglückshaus«, sagte Manon. »Wäre ich mit Maxim nie hier gewesen, wäre vielleicht alles anders gekommen.«

»Unsinn«, sagte Clara, »es gibt keine Unglückshäuser, nur Unglück, das Menschen fabrizieren, und du und Maxim, ihr hattet es als Kinder bestimmt wunderschön hier. Ich kann mir euch beide richtig vorstellen – es passt zu euch, und das geht davon, dass es vorbei ist, ja nicht weg.«

»Du hast recht.« Manon sah durch eine zerbrochene Scheibe hinaus in den Regen. »Aber ich kann nicht aufhören, deswegen traurig zu sein.«

Clara trat hinter sie, lehnte ihr Gesicht an ihres, und so standen sie beide eine Weile lang still.

»Wie ist es eigentlich mit Tante Odas Vater weitergegangen?«, fragte sie schließlich. »Wenn er im Gefängnis saß – wie hat er dann doch noch das Hotel bauen können?«

»Tante Tessa und Tante Lene, die er nachher geheiratet hat, haben es nach seinen Plänen für ihn fertig bauen lassen«, sagte

Manon. »Seine große Liebe, Sigrid von Arndt, die meine Großmutter war, hat ihn fallen lassen, aber die beiden haben zu ihm gehalten. Als er aus dem Gefängnis kam, war es so gut wie bereit zur Eröffnung.«

»Woher hatten die beiden denn das Geld?«

»Das ist das große Geheimnis.« Manon zog mit einem Finger einen Kringel über die beschlagene Scheibe, und Clara konnte nicht anders, sie musste daraus ein Gesicht machen, einen Adalbert Geibel, wie er in einer Geschichte über das Haus hätte auftreten können. »Es gab noch eine Frau, die ihn verehrt hat – ein Mädchen, von dem niemand recht wusste, wer sie war und woher sie stammte. Die hat ihnen das Geld gebracht. Katjuša. Offenbar war sie von einer der großen Verbrecherbanden, die früher in den Katakomben gehaust haben, aufgezogen worden, und wer weiß, vielleicht hat sie die ja alle umgebracht, um an das Geld zu kommen.«

»Das ist nicht dein Ernst.«

Manon zuckte die Schultern. »Ich weiß es nicht. Nur dass es über diese Katakomben, vor denen mir sowieso graut, immer solche Gerüchte gab, und dass diese Katjuša nie etwas anderes als Gegenleistung für all das Geld verlangt hat, als im Hotel bleiben zu dürfen. Als Kaltmamsell. Sie war darin wohl eine Art Naturtalent.«

Den Namen Katjuša hatte Clara schon gehört. Es war einer von denen, nach dem sich einer, der ihn ausgesprochen hatte, auf den Mund schlug und nicht weitersprach. Alles andere aber war ihr vollkommen neu, und es erstaunte sie, es ausgerechnet von Manon zu erfahren, die sanft und taktvoll war und niemanden mit Fragen bedrängte.

»Erzählst du mir, woher du all das weißt?«, fragte sie.

Manon drehte sich um und sah sie an wie ein ertapptes Kind. »Ich habe mir gedacht, dass du mich das fragen würdest, und ich schäme mich ganz schrecklich. Aber in der Zeit, nachdem Maxim nach Moskau gegangen war, war ich so furchtbar verzweifelt. Ich dachte, wenn ich irgendwie herausfinde, was ihn so quält, diese Frage, wer sein Vater ist, dann kann ich ihm vielleicht helfen. Also habe ich angefangen, nachzuforschen. Ich habe mich dumm angestellt, du kennst mich ja, aber irgendwann habe ich von Andreja in der Küche erfahren, dass Leo Ullrich einst hierherkam, weil er ein Buch über die Entstehung des Hotels schreiben wollte.«

»Leo Ullrich?« Clara hatte sein erstes Buch gelesen. Es handelte von einer Gruppe von Künstlern und Schwärmern, die vor der Jahrhundertwende, wohl etwa zur Glanzzeit dieses Sommerhauses, in der Berliner Kneipe *Zum Schwarzen Ferkel* verkehrt und die Freiheit erprobt hatten, die ihnen im Kaiserreich verboten war. Clara war die Kneipe vertraut. Ihr Vater und ihre Mutter hatten sich dort kennengelernt, und zu dem Buch von Leo Ullrich hatte ihr Vater ihr erklärt: »Freiheit ist etwas, das Übung erfordert. Deshalb ist es so hirnrissig, sie zu verbieten. Die Gier nach ihr sprengt irgendwann das Verbot, und dann fallen all diese Freiheitssüchtigen, die niemals üben durften, über uns her. Das ist ungefähr so, als wenn man Leute, die nie einen Führerschein besessen haben, in Autos setzen und auf die Straßen loslassen würde. Dass das in Mord und Totschlag endet, braucht niemanden zu wundern.«

Ihre Mutter hatte ihr außerdem erklärt, dass Ullrichs Roman, der als Skandalbuch berühmt geworden war, in Wahrheit eine Kritik an der prüden, erdrückenden Gesellschaft des Kaiserreichs war. In dem Buch endete die missglückte Übung der Freiheit mit dem Mord an einer jungen Frau, die Edvard Munchs Geliebte gewesen war.

Dass Leo Ullrich diese Geschichte, von der Manon erzählt hatte, interessierte, fand Clara nicht verwunderlich: Auch in ihr schien es von unterdrückter Sinnlichkeit und Leidenschaft, Gier nach verbotener Freiheit und jungen Menschen, die damit allein gelassen wurden, nur so zu wimmeln.

»Er hat das Buch nicht geschrieben«, sagte Manon, als folge sie Claras Gedanken. »Aber seit ich wusste, dass er es hat schreiben wollen, war ich wie besessen von der Idee, in seinem Zimmer nach Hinweisen zu suchen. Ich wusste doch, dass diese Katjuša Maxims Großmutter war, und ich habe so sehr gehofft, in Ullrichs Aufzeichnungen darauf zu stoßen, wer sein Vater sein könnte.«

»Du hast sein Zimmer durchsucht?« Carla war eher gefesselt als schockiert. »Und hast du etwas gefunden?«

Manon schüttelte den Kopf. »Nur das, was ich dir gerade erzählt habe. Eine Kiste voll Material, seitenweise Notizen, die er über die Ereignisse gesammelt haben muss. Aber nicht die kleinste Erwähnung von Maxims Vater.«

Clara lehnte noch einmal ihre Wange an die von Manon. »Es hat mir für euch beide immer furchtbar leidgetan«, sagte sie. »Aber es ist vorbei, Manon. Ihr habt eure Wege gewählt, um damit zu leben, und es hilft keinem von euch, sich immer wieder dorthin zurückzuwenden.«

»Nein.« Manon hakte sich bei ihr ein und ging mit ihr zurück in den Erker, wo die Kinder gespielt hatten. Mit all ihrer Neugier und unbändigen Energie hatten sie das Haus erobert, hatten Entdecker und Abenteurer gespielt, doch die Aufregung hatte sie erschöpft. Der kleine Dawid war vermutlich als Erster auf die mit verschlissenem Samt bezogene Sofabank gekrabbelt, hatte sich zusammengerollt und war eingeschlafen. Fridolin musste ihm gefolgt sein, hatte sich um ihn herum gekrümmt und schlief nun ebenfalls. Links und rechts von den beiden verschlungenen Seepferdchen war gerade noch Platz für ihre Mütter.

»Meinst du, dass es rechtens ist, was ich tue?«, fragte Manon, nachdem sie sich gesetzt hatten. »Darf ich meinem Kind vorenthalten, wer sein Vater ist?«

»Warum solltest du es nicht dürfen?«, antwortete Clara. »Die Juristin, die ich ja fast geworden wäre, weiß ohnehin, dass sich so etwas nicht in Gesetze fassen lässt, und Frauen wie Tante Oda, die einen solchen Entschluss eben fassen, haben aus meiner Sicht jedes Recht dazu. Mich macht höchstens wütend, dass es für Männer so einfach ist: Wenn sie kein Kind wollen, haben sie keines, und wenn sie aus irgendwelchen Gründen eines brauchen, erinnern sie sich auf einmal daran, dass sie doch irgendwo noch eines haben müssten. Wie einen vergessenen Mantel im Schrank.«

»Ja«, sagte Manon, strich über das feine Haar ihres Sohnes und wickelte sich eine der fedrigen Locken um den Finger. »Damit hast du wohl recht. Ich denke aber, dass ich Dawid, wenn er erwachsen ist, die Wahrheit sagen werde. Darf ich dir noch etwas erzählen, ehe die Kleinen wach werden und wir zurück in die Stadt müssen? Das von Maxim, Feliks und mir?«

»Oh ja, bitte!«, rief Clara. »Ich bin doch so neugierig, das weißt du, und ich habe mich nur nicht getraut, dich danach zu fragen.«

»Ich habe mich auch nicht getraut, es zu erzählen«, sagte Manon. »Aber hier geht es, hier drängt es mich geradezu. Es mag ein Unglückshaus sein, aber es ist noch immer das Haus, das Maxim für mich kaufen wollte, und das, was noch zu Maxim gehört, soll hier erzählt werden.«

34

MANON

Das alles gärte in ihr und musste einmal heraus. Manon wusste nicht, wem sie es schuldete – Maxim, Dawid oder sich selbst, sie hoffte nur, dass sie hinterher damit abschließen konnte. Sie würde es hierlassen, in ihrem Haus, das sie danach nie wieder betreten würde, und bei ihrer Freundin, die es für sie bewahren würde, einerlei, zu welchem Zweck.

»Es war in der Nacht nach dem Empfang von Graf Ciano«, begann sie und erzählte dann, ohne innezuhalten, ihre Geschichte, eine Hand im Haar ihres schlafenden Kindes, die andere zur Faust verkrampft in ihrem Schoß.

»Maxim war auf den verrücktesten Wegen nach Odessa gekommen. Er war einfach in den nächsten Zug gesprungen, ohne Geld, ohne Fahrkarte, war ausgestiegen, sobald er einen Kontrolleur kommen sah, und mit dem nächsten Zug weitergefahren. Er war drei Tage und Nächte unterwegs, vollkommen ausgehungert, verdreckt, bis auf die Knochen erschöpft. Ich bin mit ihm nicht in mein Zimmer gegangen, sondern in die Royal Suite ganz oben im Turm, die schon seit Jahren mehr oder weniger leer steht, es sei denn, einer der hohen Funktionäre aus Moskau oder ein Diplomat kommt zu Besuch. Ich dachte, wir sind dort so weit wie nur irgend möglich von allen anderen entfernt.

Vergessen werde ich diese Nacht nie. Ich habe ihn wie ein Kind aus seinen Kleidern geschält, und er hat wie ein Kind gezittert und geweint. Er war nur noch Haut und Knochen, hatte all sein Geld hergegeben, um Nadeshda Mandelstam zu unterstützen. Sie sind monatelang von einem Anwalt zum nächsten gerannt, haben auf einer Behörde nach der anderen um Gnade gebettelt, haben alles, was an wollener Kleidung zu bekommen war, in Pakete gestopft und nach Wladiwostok geschickt.

Wladiwostok. Sibirien. Gulag. Dorthin war Ossip Mandelstam verbannt worden, und Maxim hat gesagt, er war nur noch ein Schatten seiner selbst. Aber Maxim war ja selbst ein Wrack, hatte Mühe, sich auf den Beinen zu halten. Ich habe ihm ein heißes Bad eingelassen, seinen armen, ausgelaugten Körper in der Wanne geseift und gestreichelt, und ich schwöre, mir ist anfangs nicht einmal der Gedanke gekommen, dass ich ihn ja nie zuvor nackt gesehen habe. Ich wollte nur, dass es ihm nicht mehr so elend geht, dass er nicht mehr so zittert und friert, sich nicht mehr so mutterseelenallein fühlt. Ich bin die fünfeinhalb Stockwerke wie von Furien gejagt hinuntergerast und habe zu Andreja gesagt, wir haben einen späten Gast, ich brauche *Deruny*, Rahm und heißen Tee.

Maxim hat dann kaum etwas essen können, aber er hat den Tee getrunken, mit einem Schuss Brandy aus der Hausbar der Suite. Wir haben uns in das große Bett gelegt, ich habe ihn in sämtliche Decken gewickelt, und er hat von Ossip Mandelstam erzählt. Davon, wie er hustend und nach Luft ringend in den Stolypin-Waggon gestoßen worden ist, der schon bis zum Bersten mit Menschen vollgestopft war. Er hat noch einmal versucht, sich umzudrehen, aber einer der Milizen hat ihm den Kopf zur Seite geschlagen. Nadeshda hat ihn festhalten wollen, sie hat seinen Namen geschrien, dass es über den ganzen Bahnhof gellte, und sooft ich an diese arme Frau denke, die ich nicht einmal mochte, bricht mir das Herz. Sie weiß nicht einmal mit Sicherheit, wie ihr Mann gestorben ist, sie muss es sich aus albtraumhaften Fetzen zusammenreimen. Sie weiß nicht einmal, ob er ein einziges ihrer vielen Päckchen und Briefe bekommen hat oder ob er im Sterben geglaubt hat, er wäre von allen vergessen und allein.

Die Freunde haben sie zurückreißen müssen, damit die Milizen sie nicht auch schlagen. Maxim hat erzählt, den ganzen Weg zurück zu ihrer elenden Kammer im Schriftstellerwohnheim hat sie unentwegt die Gedichte ihres Mannes aufgesagt.

Das tut sie auch jetzt noch. Es ist alles, was sie tut. All die verbrannten, zerrissenen, gestohlenen Gedichte, die sie auswendig gelernt hat, sagt sie sich auf und schreibt sie nieder, damit von ihrem Ossja etwas übrig bleibt, damit sie es nicht schaffen, ihn auszulöschen, wie sie seinen Körper ausgelöscht haben, damit es nicht so ist, als hätte er nie gelebt.

Ich habe nicht fassen können, dass unser Staat so grausam sein kann, Clara. Ich weiß, viele sagen, er habe so grausam sein müssen, damit er nicht von Faschisten und ihren Verbündeten von innen ausgehöhlt wird, aber ich habe mich gefragt: Wenn wir, um die Faschisten zu bekämpfen, uns selbst wie Faschisten betragen, wozu bekämpfen wir sie dann noch? Ich weiß natürlich, dass ich von alledem nichts verstehe, dass es auf die Gesinnung ankommt, die dahintersteht, und im Grunde interessierte mich an dem allen ja auch nur Maxim.

Ihn habe ich gehalten, während er all das aus sich herausgeweint hat, und weil er noch immer so sehr zitterte und seine Haut so eisig kalt war, habe ich versucht, ihn warm zu reiben. Wann es anders geworden ist, wann wir aufgehört haben, von Ossip Mandelstam zu reden, und uns nicht mehr gestreichelt haben, um uns zu wärmen und zu trösten, sondern weil wir uns liebten, weiß ich nicht. Nur dass wir uns in dieser Nacht geliebt haben, Clara, das weiß ich ganz sicher, und ich werde es eines Tages Dawid erzählen. Jahrelang hat Maxim sich benommen, als wäre unsere Liebe gestorben, aber in dieser Nacht hat er mich in den Armen gehalten, als müsse er ohne mich ertrinken, und hat es mir wieder und wieder gesagt: ›Manon, ich liebe dich, ich liebe dich so sehr.‹

Ich war eine Jungfrau in dieser Nacht, eine alte Jungfer, die von der Liebe keine Ahnung hatte, und ich glaube, Maxim war nicht viel klüger, all seinem Gerede zum Trotz. Glücklich waren wir trotzdem. Es war das, was wir uns hier in diesem Haus versprochen, auf das wir all die Jahre hindurch gewartet hatten, und als es endlich so weit war, ließ es jeden Traum dagegen winzig klein erscheinen. Das ist alles, was ich dir darüber erzählen werde, denn der Rest gehört uns allein. Ich will nur, dass du weißt und dass später einmal auch Dawid weiß: In dieser Nacht im Februar 1939 haben Maxim und ich uns geliebt. Wir haben uns geliebt, solange wir uns kennen, und daran, dass er mich in dieser Nacht geliebt hat, besteht überhaupt kein Zweifel.

Als ich am Morgen erwachte, lag Maxim noch neben mir in unruhigem Schlaf, und sein Körper glühte vor Fieber. Ich hätte natürlich Tante Oda und den anderen Bescheid geben müssen, dass er da ist, aber etwas hielt mich zurück, ich wollte ihn wohl noch eine kleine Weile für mich allein. Stattdessen beschloss ich, mit der Straßenbahn zu Dr. Wajsberg zu fahren und mir eine Arznei gegen Verkühlung für ihn geben zu lassen. Ich bin durch den Garten gegangen, es hat geschneit, und auf einmal verspürte ich den dringenden Wunsch, meinem Freund Feliks, der mich die ganze Zeit getröstet hat, zu sagen, dass er mich nie mehr trösten muss, weil ich jetzt glücklich bin.

Ich bin ins Palmenhaus gegangen, wo Feliks damit beschäftigt war, Zweige von seinen Zitrusbäumen hochzubinden, und habe ihm gesagt, dass Maxim bei mir ist. Er hat sich mit mir gefreut, und als ich ihm erzählt habe, dass Maxim sich verkühlt hat, hat er mir von seinem Baum zwei Zitronen gepflückt, die ich ausdrücken und ihm mit heißem Wasser und Honig zu trinken geben sollte. Ich bin zu Dr. Wajsberg gefahren, habe eine Salbe mit Ziegenfett für Brustwickel bekommen, und weil die Straßenbahn ausfiel, bin ich den ganzen Weg zurück zum *Odessa* gerannt.

Als ich dort ankam, war Maxim nicht mehr da. Er hatte Tante

Oda in der Halle getroffen, hat erzählt, er sei nur gekommen, um etwas zu holen, und müsse sofort nach Moskau zurück. Mich hat er mit keinem Wort erwähnt, er hat keine Nachricht für mich hinterlassen, und er rief mich nicht an. In den ersten Tagen war ich sicher, es müsse etwas passiert sein, er habe eine schlimme Nachricht von Nadeshda Mandelstam erhalten oder etwas anderes erfahren, das ihn kopflos aufbrechen ließ. Danach habe ich gedacht, er müsse krank sein, liege fiebernd in einem einsamen Zimmer und ringe mit dem Tod. Was ich getan habe, weißt du: Ich wollte unbedingt zu ihm nach Moskau fahren, aber Tante Oda hat mich nicht aus dem Haus gelassen. Ich habe alles getan, um ihn zu erreichen, habe Telegramme aufgegeben und ihm täglich Briefe geschrieben, doch von ihm kam kein Wort.

Es gab Tage, da war ich überzeugt, er sei tot, und ich wollte selbst nicht mehr leben.

Schließlich hat Ullrich das Elend nicht mehr mit ansehen können und hat mir die Wahrheit gesagt: Maxim war gesund, er lebte sein Leben in Moskau wie eh und je und hatte gerade ein zorniges Gedicht in der *Iswestja* veröffentlicht, dessentwegen Oda und die anderen sich Sorgen machten. Er meldete sich nicht bei mir, weil er sich nicht melden wollte. Aus keinem anderen Grund. Ich habe es nicht begriffen, Clara, und ich kann es bis heute nicht begreifen.

Wie ich in den Wochen, die folgten, gelebt habe, weiß ich nicht mehr. Ich hätte sterben wollen, doch zu meinem Entsetzen spürte ich in mir, dass ich das nicht durfte. Ich war so verzweifelt, dass ich bei niemandem Hilfe suchen, mit niemandem sprechen konnte, auch nicht mit dir. Es gibt keinen Ausweg, dachte ich. Da kam mein Freund Feliks zu mir. Es war das erste Mal, dass ich sah, wie er das Hotel betrat. Er ließ an der Rezeption ausrichten, er müsse in einer dringenden Angelegenheit mit mir sprechen, und ging dann mit mir ins Palmenhaus.

Er ist blind. Aber er war der Einzige, der gesehen hat, was mit mir los war. Inzwischen glaube ich, er sieht diese Dinge, eben weil er blind ist und auf das andere, das, was nicht sichtbar ist, achten muss. Und weil er mich liebt. Das hat er mir an jenem Frühlingsmorgen im Gewächshaus gesagt: dass er mich liebt und dass er mir helfen will, was immer das erfordert. Ich habe ihm gesagt, er könne mir ja nicht helfen, denn dazu müsse jemand mich heiraten, und er hat gesagt: ›In Ordnung, dann werde ich das tun.‹

›Aber das geht doch nicht, Feliks!‹, habe ich gerufen.

Er ist aufgestanden und hat sich Hemd und Jacke zurechtgezogen. ›Ich bin ein Bürger der Sowjetunion, in der alle Menschen gleich sind‹, hat er gesagt. ›Ich bin ein vollwertiger Gärtner und werde Frau Liebenthal bitten, mich künftig auch wie einen zu bezahlen. Warum sollte ich dich also nicht heiraten können? Es gibt wohl Bessere, aber auch Schlechtere als mich.‹

›Weil du Jude bist‹, habe ich ihn beschworen, ›weil du gesagt hast, du darfst nur eine Jüdin heiraten, oder deine Kinder gehen der Gemeinschaft verloren.‹

Ich wusste ja, wie sehr er seine Familie in der Slobodka liebt, und ich wusste, er würde sie verlieren, wenn er diesen gewaltigen Schritt um meinetwillen ginge.

›Ich darf es dir nicht erlauben.‹

›Und ich bitte dich, es zu tun.‹

›Deine Familie wird dich verstoßen.‹

›Darüber werde ich sehr traurig sein, aber es ändert nichts an meinem Entschluss. Ich werde hoffen, dass du meine Familie sein wirst.‹

Ich habe noch eine ganze Weile dagegen angeredet, weil ich den Gedanken nicht ertragen konnte, dass ein Mensch, der mir nie etwas Böses, sondern immer nur Gutes getan hat, für mich ein solches Opfer bringen muss. Ich habe ihm gesagt, dass es

Frauen wie dich gibt, die mutig und stark sind und ein Kind zur Not allein aufziehen würden, und dass ich mich schäme, weil ich schwach bin und schon in die Knie gehe, wenn ich nur an die Schande denke.

Er hat nichts mehr gesagt, sondern ist aufgestanden, zu seinen Orangenbäumen gegangen und hat sich mit flinken Bewegungen die Hände mit Blüten gefüllt. Er kam zu mir zurück, hat mir die Blüten aufs Haar rieseln lassen und gesagt: ›Sei meine Braut, Manon. Ich wünsche mir so sehr, dich als meine Braut und dich mit unserem Kind im Arm zu sehen, dass vielleicht mein Augenlicht zurückkommt, wenn du mir meine Bitte erfüllst.‹

Vielleicht verstehst du es nicht, aber in diesem Augenblick habe ich ihn heiraten wollen, und zwei Tage später haben wir es euch allen gesagt. Feliks' Augenlicht ist nicht zurückgekehrt, seine Familie hat ihm nicht vergeben, und vielleicht ist es Sünde, was ich getan habe, aber ich habe es nicht so empfunden. So unglaubwürdig es auch klingt, aber es erschien mir mehr als ein Jahr lang, als hätte ich das Richtige getan, als wären wir drei, Feliks, Dawid und ich, ganz genau richtig so, einerlei, wie es dazu kam.«

»So ist es auch, Manon«, riss Claras Stimme sie aus der Erinnerung. »So habe ich es auch empfunden, und ich bin sicher, den anderen geht es genauso. Feliks ist ein grandioser Kerl, ich möchte ihn mir aus unserer Familie nicht mehr wegdenken, und dein kleiner Dawid hat wundervolle Eltern.«

»Das war es, was ich gedacht habe«, stieß Manon hervor. »Ich fand, ich müsse mir keine Gedanken mehr machen, sondern könne mich an unserem Leben so freuen, wie es nun einmal gekommen ist. Trösten, hat einmal Maria Peters zu mir gesagt, trösten kann man sich immer erst, wenn man sich zugesteht, dass man sich trösten *darf*. So war es bei mir. Ich habe es mir zugestanden, und ich habe mich getröstet. Bis … bis Maxim verhaftet worden ist. Seither denke ich jedes Mal, wenn ich mit meinem Freund Feliks und meinem Sohn Dawid glücklich bin, dass ich im Grunde kein Recht dazu habe, dass ich Maxim sein Kind weggenommen habe und dass ich ihn hätte retten müssen, dass ich hätte wissen müssen, wie.«

Clara stieg von der Sofabank, kam zu ihr und legte die Arme um sie. »Der Unsinn, den du da von dir gibst, ist so groß, dass selbst du, meine kleinrussische Steppenziege, es wissen müsstest«, sagte sie. »Maxim hat sich das Recht genommen, seinen Weg allein zu wählen, auch wenn ich, verdammt noch mal, gern wissen würde, was er dafür für Gründe hatte. Du aber hattest dasselbe Recht, und wenn mir bei alledem überhaupt jemand leidtut, dann ist es Feliks, der es wahrlich verdient hätte, mehr als nur dein Freund zu sein. Aber auch er hat seinen Weg selbst gewählt, und da er alles andere als einen kummervollen Eindruck macht, ist es so, wie es ist, wohl in Ordnung für ihn.«

»Ach du liebe Zeit, Clara, ich glaube, ich habe mich nicht richtig ausgedrückt.« Manon löste sich ein wenig aus der Umarmung und sah zu der Freundin auf. »Ich nenne Feliks immer meinen Freund, weil er das gewesen ist, als ich einen Freund am dringendsten brauchte, und weil er es immer sein wird. Aber er ist auch mein Mann, und das ganz und gar. Bei uns beiden fehlt nichts, und traurig macht mich nur, dass Maxim all das Glück, das ich mit meiner Familie erlebe, nicht haben darf, dass er in Wladiwostok, in der endlosen Kälte allein ist, wo Ossip Mandelstam am Wegrand gestorben und in einem Massengrab verscharrt worden ist.«

Clara schien einen Moment lang verwirrt, was bei ihr kaum je vorkam, und Manon musste lachen. Sie nahm die Hand ihrer Freundin und legte sie sich auf den Bauch. »Glaubst du mir nicht, dass zwischen Feliks und mir nichts fehlt? Nun, hier hast du den Beweis. Wenn der Sommer vorbei ist, im Oktober, wirst du wieder Patin. Vielleicht kommt ja dieses Mal Feliks' Augenlicht zurück, weil er sich so sehr wünscht, sein Kind zu sehen, aber wenn nicht, ist es auch recht, denn für uns, für seine Familie, sieht er scharf genug.«

»Zum Teufel, Manon, meine süße, raffinierte Manon – und das hast du mir so lange verschwiegen?« Clara riss sie in die Höhe und drückte sie an sich, drehte sich mit ihr im Kreis, und sie tanzten ohne Musik. »Jetzt sehe ich auch, was du dir für einen mächtigen Wanst zugelegt hast – und ich dachte, du hättest einfach zu viel von Emils *Baklava* in dich hineingestopft.«

»Von *Baklava* muss ich mich übergeben. Das war schon in der Schwangerschaft mit Dawid so.«

»Du weißt ja nicht, wie ich mich freue, Manon. Das kannst du verdrehte kleine Steppenziege gar nicht wissen.«

Über allem hatten sie vergessen, nach der Uhr zu schauen, und inzwischen war es fast Zeit fürs Abendessen. Sie weckten die Kinder, die schläfrig und übellaunig waren, gingen durch die vom Regen gereinigte Luft zurück zu ihren Rädern und machten sich auf den Heimweg. Auf der Fahrt sang Clara lauthals, um das Greinen der Jungen zu übertönen, und ihre Haare flatterten im Wind:

It Don't Mean a Thing,
If it Ain't Got That Swing.

Je näher sie der Stadt kamen, desto mehr Fahrzeuge kamen ihnen entgegen, eine Reihe von Personenwagen, gefolgt von Truppentransportern voller Soldaten. In den vergangenen Wochen hatte man solche Konvois häufig gesehen, weil Truppen an die rumänische Grenze verlegt worden waren, und jedes Mal musste Manon dabei an ihre Brüder, an Kasi und an Hanno, denken. Als sie jedoch in die Straße einbiegen wollten, die eine Abkürzung zur Innenstadt darstellte, fanden sie sie mit Barrieren versperrt. Vier Milizionäre mit Maschinengewehren stellten sich ihnen in den Weg.

»Hier ist kein Durchgang. Fahrt durch die Moldawanka und macht, dass ihr nach Hause kommt. Ist kein Abend, an dem Frauen und Kinder alleine unterwegs sein sollten.«

»Was ist denn los?«, fragte Clara in ihrer selbstsicheren Art, mit der sie für gewöhnlich jedem eine brauchbare Antwort abzwang.

Der Soldat, der sie aufgehalten hatte, hatte ihr eine solche Antwort wohl auch geben wollen. Sein Kamerad aber drängte ihn zur Seite und spuckte Clara im Bogen vor die Füße. »Was los ist, willst du wissen, Nazi-Braut? Deine Leute haben den Pakt gebrochen und heute Vormittag die Union der Sozialistischen Sowjetrepubliken überfallen. Unsere Städte beschießen sie aus der Luft, aber wenn die glauben, wir sind wie Frankreich und sie können uns einfach überrennen, haben sie sich geschnitten. Wir machen ein Ende mit dem Dreckspack, und mit euch als Erstes. Bis Ende der Woche haben wir euch und eure Brut ins Lager geschafft, und eure Kerle, die Schweine, stellen wir an die Wand.«

35

ODA

Nichts wird so heiß gegessen, wie es gekocht wird«, sagte Lidija, die diesen Namen jetzt wieder öffentlich führte, da er zumindest ratsamer als der andere erschien.

Einer Kontrolle ihrer Papiere hätte der Namenswechsel allerdings nicht standgehalten. In der odessitischen Schlampigkeit war es ein Leichtes, einen Pass verlängern zu lassen, und der von Maria Peters war bereits so oft auf dem Konsulat gestempelt worden, dass an ihm inzwischen mehr echt als falsch war. Der echte hingegen, der auf den Namen Lidija Petrowna Bezborodko ausgestellt war, war noch zur Zeit des Zarenreichs abgelaufen. Im Grunde hätte sie eindringenden Milizen beide Pässe zeigen und es den Männern freistellen können, ob sie lieber eine seit einem Vierteljahrhundert gesuchte Hochadelige oder eine potenzielle baltendeutsche Spionin verhaften wollten.

Das Leben war ein Verschwender. Es riss seine besten Witze immer dann, wenn niemandem zum Lachen war.

»Nichts wird so heiß gegessen, wie es gekocht wird«, wiederholte Lidija, schob den frisch eingeschenkten Tee beiseite und griff stattdessen nach dem Schwenker mit dem Brandy.

»Dass du hohle Spruchweisheiten von dir gibst, ist mir neu«, sagte Oda. »Und ich wäre dir dankbar, wenn du mich damit verschonst.«

Es gab so vieles zu tun, dass sie nicht wusste, wo sie anfangen sollte. Sie hatten Ende Juli, es war Hochsaison, und im Hotel befanden sich noch immer neunzehn Gäste, die ihre Chance zur Abreise verpasst hatten. Jetzt war ihnen der Weg abgeschnitten.

In grotesker Weise spiegelte der Ablauf den des ersten Krieges, der ebenfalls mitten in der Saison begonnen hatte, und solange sich im *Grandhotel Odessa* Gäste aufhielten, würde Oda für ihr Wohlbefinden sorgen. Sie hatte Lidija gesagt, dass sie keine Zeit für eine ihrer Teestunden hatte, bei denen niemals Tee konsumiert wurde. Lidija aber hatte darauf bestanden: »Wenn man nicht weiß, wo man anfangen soll, hört man am besten erst einmal auf.«

»Keine Spruchweisheit kann so hohl sein, dass sich nicht ein Körnchen Gehalt in ihr finden lässt«, sagte sie jetzt. »Und dieses Körnchen betrifft unsere Lage. Ich meine es ernst, Oda. Wenn die Bolschewisten uns anbieten, uns auf einem Schiff ihrer Schwarzmeerflotte zu evakuieren, haben sie sich das mit der Internierung in Lagern wohl noch einmal überlegt, betrachten uns weiterhin als ihre Staatsbürger und sind um unsere Sicherheit besorgt.«

Lidija würde sich nie abgewöhnen, die Regierung ihres Staates als »die Bolschewisten« zu bezeichnen. Dass die Nazis dasselbe taten, ignorierte sie. Vor den Bolschewisten war sie einmal aus ihrer Heimat geflohen, und ein zweites Mal hatte sie sich vor ihnen in den Katakomben versteckt. Dass jetzt ausgerechnet sie darauf drängte, sich in ihre Hände zu begeben, hatte Oda nicht erwartet.

Odessas Stadtbevölkerung sollte evakuiert werden, weil die Armeen Rumäniens, das auf deutscher Seite in den Krieg eingetreten war, die ukrainische Grenze bereits überschritten hatten. Überall in der Stadt wurden Barrikaden hochgezogen, während die Schwarzmeerflotte Nachschub in die Bucht schickte, um Schützenhilfe vom Meer aus zu leisten und die Bewohner in Sicherheit zu bringen. Vor den Kais stapelte sich das Gepäck der Flüchtlinge so hoch, dass man die Berge von den Fenstern des *Odessa* aus sah. Dazwischen drängten sich die Menschen selbst in immer größeren Trauben, kämpften erbittert um die vorderen

Plätze, um als Erste auf eines der versprochenen Schiffe zu gelangen und sich in Sicherheit zu bringen.

Die meisten waren Frauen und Kinder. Auch Alte und Kranke. Männer im wehrfähigen Alter gab es so gut wie keine mehr in der Stadt. Auch Edvard hatte sich noch an jenem gottverfluchten Tag im Juni seiner Einheit angeschlossen und war in Richtung Grenze in Marsch gesetzt worden. Seither hatte Oda weder von ihm noch von Kasi oder Hanno etwas gehört. Ironischerweise mochte Maxim in Sibirien im Augenblick der am sichersten Aufgehobene ihrer Söhne sein.

»Oda?«

»Ich habe dich gehört«, sagte Oda. »Du mich auch? Ich gehe hier nicht weg, Lidija. Wenn du gehen willst, wäre ich dir dankbar, wenn du Mascha, Clara, Manon und die Kinder mitnähmst. Und Belle und Georgchen erst recht, auch wenn es mit dem Rollstuhl nicht ganz einfach werden wird.«

»Mascha, Clara und Manon?« Lidija hob die Brauen in die Stirn. »Ich denke, du weißt, dass sie nirgendwo hingehen, solange du nicht gehst. Manon ist schwanger, und ihr Mann kann nicht sehen, auch wenn man es im Umgang mit ihm leicht vergessen könnte. Meinst du nicht doch, ihr solltet alle zusammen gehen? Irgendwo in Sicherheit abwarten, bis das Spektakel vorüber ist? Unser Held General Budjonny soll doch mit seiner Schützendivision zu Odessas Verteidigung auflaufen. Da wird es ja wohl nicht allzu lange dauern, bis Antonescus Rumänen die Schwänze einziehen und den Rückzug antreten.«

Es klang vernünftig. Odessas Bucht lag voller Schiffe, die Geschütze einsatzbereit auf die Stadt gerichtet. Die Barrikaden waren bemannt, rund um die Stadt waren drei Verteidigungslinien gezogen. Die Rote Armee war der Stolz des Sowjetstaats, alle Zeitungen beständig voll von ihrem Lob. Ion Antonescu hingegen war ein politischer Abenteurer, ein Niemand, der vor kaum einem Jahr das Steuer in Rumänien an sich gerissen und seither nicht viel mehr getan hatte, als Adolf Hitler in den Hintern zu kriechen.

War dieser Faschismus eine Krankheit wie die Spanische Grippe, steckte sich ein ganzer Kontinent und womöglich die Welt damit an?

In jedem Fall hatte Antonescu in seiner kurzen Regierungszeit bereits zwei Putschversuche niederschlagen müssen und hatte sich wohl kaum darauf konzentrieren können, in blitzartigem Tempo seine Armee aufzurüsten.

Zu Feindseligkeiten in den Straßen war es verschiedentlich gekommen, besonders Clara war davon betroffen und hatte beschlossen, fürs Erste mit Fridolin im Haus zu bleiben. Einer der verbliebenen Gäste, ein Jurist aus Minsk, schimpfte beim Frühstück vor sich hin, er schäme sich, unter dem Dach des Feindes nächtigen zu müssen, was seinem Appetit auf die *Pierogi* dieses Feindes jedoch keinen Abbruch tat. Aus den umliegenden Siedlungen der Schwarzmeerdeutschen gab es Berichte von Zwangsumsiedlungen in Richtung Sibirien und Zentralasien, doch die Liebenthals vom *Odessa* hatte niemand behelligt. Dass man die Flotte, die derzeit an so gut wie allen Küsten der Union dringend gebraucht wurde, benutzen würde, um Odessas Schwarzmeerdeutsche, die seit einem Vierteljahrtausend hier lebten, in Lager für feindliche Ausländer zu verschiffen, war mehr als unwahrscheinlich.

Sie würden irgendwo untergebracht, bis die Gefahr von Odessa abgewendet war. Danach könnten sie zurückkehren und das Hotel wieder übernehmen. Länger als ein oder zwei Wochen konnte es kaum dauern, und bis Manons zweites Kind zur Welt kam, wären sie längst wieder zu Hause.

Oda räusperte sich und nahm nun auch einen Schluck von dem Brandy, obwohl sie sonst vor der blauen Stunde nicht trank.

»Lidija«, sagte sie. »Ich habe es mir überlegt, und ich denke, du hast recht. Ich rede mit den Mädchen, ich bringe sie dazu, sich auf die Liste setzen zu lassen. Geh du mit ihnen, nimm Jurij, Ullrich und Feliks mit und lass mir Fjodor und Eduard, der sowieso nirgends hingeht. Dass ich hier nicht wegkann, weißt du. Ich habe dieses Hotel nie im Stich gelassen, und ich werde es nicht ausgerechnet jetzt tun.«

»Lass es uns umgekehrt machen«, sagte Lidija. »Du gehst mit den Kindern und Feliks, und ich bleibe mit Jurij und Ullrich hier und verspreche dir, das Hotel wie meinen Augapfel zu hüten.«

»Und warum du und nicht ich?«

»Weil ich alt bin, mein Herz.« Oda konnte sich nicht erinnern, dass Lidija sie je zuvor mit einem Kosenamen angesprochen hatte. »So alt, dass ich dir strengstens verbiete, dir die genaue Zahl auszurechnen. Wenn ein derart alter Zahn irgendwann gezogen wird, spricht kein Mensch mehr von einer Tragödie. Du hingegen kommst mir noch immer vor wie ein höchstens leicht angejahrtes Mädchen. Abgesehen davon, dass deine Kinder und Enkelkinder ohne dich nicht gehen, finde ich, dass dir in deinem Leben noch etwas zusteht. Etwas Unvollendetes, das noch gelebt werden will.«

»Wir sind nicht in der Oper, Lidija.«

»Wie schade. Wir waren da lange nicht mehr.«

»Wenn meine Kinder und Enkelkinder nicht ohne mich gehen, gehe ich nicht ohne dich.«

»Jetzt bist du kindisch.« Lidija kramte nach ihren Zigaretten.

»Und du etwa nicht? Was ist überhaupt mit Jurij und Ullrich? Jurij ist jünger als ich, und Ullrich höchstens fünfzehn Jahre älter.«

Lidija lachte. »Genau weißt du das auch nach dreißig Jahren Ehe nicht?«

»Nein.«

»Hör zu, Madame Sturkopf. Was diesen dummen Jungen Jurij angeht, so habe ich bereits mit Menschen- und Engelszungen auf ihn eingeredet, als wäre ein Pope an mir verloren gegangen, aber dieser verunglückte Ritter Lanzelot hat sich nun einmal in den Kopf gesetzt, ich alte Hutschachtel wäre die eine und einzige Liebe seines Lebens. Die verlässt er nicht. Außerdem ist er entschlossen, dieses Hotel, als dessen Empfangschef du ihn schnöde verschmäht hast, mit dem Blut seines Herzens zu verteidigen. Da kann man nichts machen. Selbst schuld, wenn man sich nichts Reiferes sucht, die grünen Jungen wollen spielen, und wir haben das Nachsehen. Was nun deinen Ullrich angeht, so sagt er, es gebe Wurzeln, die sich selbst mit schärfster Klinge nicht durchtrennen lassen. Unser Herr Schriftsteller, was? Poetisch in jeder Lebenslage.«

»Er hat recht«, sagte Oda. »Aber das mit der Wurzel betrifft mich, nicht ihn. Wie könnt ihr von mir erwarten, dass ich dieses Hotel einfach so verlasse, wenn es demnächst vielleicht Bomben regnet? Mein Vater hat alles dafür gegeben, alles geopfert, er hat darum gekämpft, ohne sich je zu schonen.«

»Dein Vater, Oda? Wirklich?«, fragte Lidija. »Warst es nicht eher du, die dafür alles geopfert und ohne Schonung gekämpft hat, waren es nicht in geringerem Maße die Frauen, die dich dabei unterstützt haben, meine Wenigkeit eingeschlossen? Ich finde, wir können deinen Vater jetzt allmählich von seinem Sockel schubsen und uns selbst draufstellen. Dieses Hotel ist das Kind, das wir Frauen miteinander hatten. Es ist bei jeder von uns in guten Händen, meinst du nicht auch? Und im Gegensatz zu mir hast du noch deine Familie zu bedenken, die du ja wohl auch keinem Bombenhagel aussetzen willst.«

Oda überlegte länger, als sie vorgehabt hatte, und fand sich stärker berührt, als ihr lieb war. Am Ende aber fasste sie sich und sagte zu Lidija: »Lass uns beide weiterhin akzeptieren, dass jede von uns tut, was sie tun muss, ohne einander moralisch zu erpressen, einverstanden? Ich weiß, dass ich bleiben muss, und du weißt, dass du bleiben musst, also bleiben wir eben alle und versuchen, so gut wie möglich für die Sicherheit der Gäste und der Familie zu sorgen. Wenn ich übrigens jemals zu gehen gezwungen wäre, würde ich keinen von euch zurücklassen, weder dich noch Ullrich oder Jurij. Glücklicherweise zwingt man uns nicht, sondern wir entscheiden selbst. Hoffen wir auf das Beste.«

Drei Tage später begannen die Kämpfe, die im Radio »Schlacht um Odessa« genannt wurden. Für die Bewohner der umzingelten Stadt bedeutete das Granateinschläge, Bombardierung vom Meer her, weithin sichtbaren Flammen, die Odessas Gesicht, wie sie es kannten, für immer veränderten. Odas Gäste flüchteten in die Gärten, scharten sich um den Brunnen des Fauns, dessen Plätschern beruhigte. Sobald sie auf die obere Terrasse zurückkehrten, holte das Kriegsgetöse sie wieder ein, das Pfeifen und Dröhnen der Geschosse, das Donnern von Stiefeltritten auf dem Pflaster, das Heulen der Sirenen, das wie ein Aufweinen der geschundenen Stadt klang, und das unentwegte Geschrei. Wurden zuerst die Verteidigungsringe eingenommen, auf die die Rote Armee sich innerhalb zweier Tage hatte zurückziehen müssen, so drangen kurz darauf durch beide Zugänge rumänische Truppen in die Stadt. In den Hauptstraßen tobten Gefechte, jeder Besorgungsgang wurde zu einem Hindernislauf auf Leben und Tod. Bald schon wagte sich niemand, der nicht dazu gezwungen war, mehr vor die Tür.

Nach vier Wochen erhielten die Rumänen Verstärkung durch deutsche Truppen, die auf die Krim vorstoßen und Odessa sozusagen im Vorbeigehen mitnehmen sollten. Im kleinen Salon saßen die Gäste und Familienmitglieder jeden Nachmittag zusammen und entnahmen den Radioberichten den Verlauf der Frontlinien. Solange es diese Nachmittage gab, gab es auch jeden

Nachmittag ein wenig Hoffnung auf eine erlösende Nachricht. Dann aber wurde der Radiosender erobert oder zerstört, und die Berichte brachen ab. Kurz darauf brach auch das Versorgungsnetz zusammen. Es gab keinen Strom mehr, und die Wasserlieferung an das Hotel setzte aus.

Glücklicherweise verfügte das *Odessa* über eigene Tanks und zwei Brunnen, sodass sie sich eine Zeit lang selbst würden versorgen können.

»Über eine Abschaltung des Faunenbrunnens ist mit dir wohl nicht zu reden, oder?«, fragte Lidija. »Ich frage nur, weil sich dadurch möglicherweise sicherstellen ließe, dass die Gäste sich noch eine ganze Weile über fließendes Wasser aus ihren Hähnen freuen dürfen.«

»Wenn sie kein fließendes Wasser mehr haben, bringen wir ihnen Krüge und Schüsseln auf die Zimmer«, sagte Oda. »Das wäre nicht das erste Mal, und davon ist noch niemand gestorben. Wenn wir dagegen den Brunnen abstellen, verlieren wir den Glauben daran, dass wir das hier überstehen. Willst jetzt bitte du mir sagen, was schwerer wiegt?«

»Ist schon gut«, sagte Lidija. »Ich wollte es nur vorgeschlagen haben, was beileibe nicht bedeutet, dass ich mit deiner Antwort nicht zufrieden wäre.«

Kerzen, Gasvorräte, dicke Daunendecken und Polster sorgten dafür, dass die Gäste es auch dann noch komfortabel hatten, als über Nacht der Herbst einbrach und die Temperaturen sanken. Mehr noch halfen der Weinkeller und der eingelagerte Wodka, manchmal auch das Grammofon, auf dem Lidija zumeist die sentimentalen Lieder des ersten Krieges abspielte. Von irgendwoher war in die Sammlung des Hotels jedoch auch eine Platte mit dem Schlager gelangt, der als Lied der ausziehenden Soldaten auf einmal im ganzen Land bekannt geworden war:

»Ach du Lied, du kleines Lied eines Mädchens.
Flieg hinter der hellen Sonne her,
Und bring dem Krieger an der fernen Grenze,
Einen Gruß von Katjuša.«

Im ersten Impuls wollte Oda Lidija verbieten, die Platte zu spielen, weil das Lied *Katjuša* hieß, und weil die beiden Namen – Katjuša und Sonya – noch immer etwas in ihr aufwühlten. Dann aber sah sie, dass die Leute dabei weinten, wie sie im ersten Krieg bei *Roses of Picardie* geweint hatten, sah, dass das Lied ihnen ein Gefühl von Gemeinschaft schenkte, und nahm es ihnen nicht weg. Sie hatten alle Söhne. Sie hatten alle Angst. Es war gleichgültig, ob das Mädchen, das in dem Lied um das Leben seines Liebsten fürchtete, Katjuša, Sonya, Mireille oder Betty hieß. In diesen Tagen, Wochen und Monaten war ganz Europa voll von solchen Mädchen.

»Sie walzen uns nieder wie die Franzosen, nicht wahr?«, jammerte Dubawez, der Jurist aus Minsk, der unter dem Dach seiner Feinde nicht hatte nächtigen wollen, der jetzt aber täglich in der Runde im kleinen Salon saß, als gehöre er zum Inventar. »Sie sind nicht nur hier und auf der Krim, sie sind auch schon in Litauen, in Weißrussland und wer weiß, wo noch. Was werden Sie dann mit uns machen, Frau Liebenthal? Bringen Sie uns alle um, rotten Sie die slawischen Rassen aus, um sich Ihren Lebensraum im Osten zu sichern?«

»Ich führe ein Hotel«, erwiderte Oda. »Mein Lebensraum liegt im Osten, zumindest von Deutschland aus betrachtet, denn meine Familie lebt in Odessa seit Gründung der Stadt. Dass Sie fürchten, wir wollten Sie umbringen, kränkt mich allerdings. Ich weiß, die Küche ist derzeit nicht in der Lage, den gewohnten Standard zu bieten, da unsere Kaltmamsell praktisch auf sich gestellt ist, aber als derart ungenießbar empfinde ich das, was wir Ihnen servieren, nicht.«

Dubawez blickte auf und öffnete den Mund, der für sein Gesicht viel zu klein schien. »Sie stehen zu uns, Frau Liebenthal? Sie sind auf unserer Seite?«, murmelte er überwältigt.

»Ein Hotelier kennt keine Seiten, er kennt nur Gäste«, sagte Oda. »Und der Gast in einem Hotel ist König, selbst in einer sozialistischen Stadt.«

Wie lange sie diese Fassade, die ihr vorkam wie eine Clownsmaske, wohl aufrechterhalten konnte, fragte sich Oda, wenn sie spätnachts in ihrem Bett lag. Sie war ohne Nachricht von ihren Söhnen, sie wusste im Grunde nicht einmal, ob sie noch Söhne hatte. Ihre Vorräte gingen zur Neige, wenn jemand krank wurde, gab es keine Medikamente, und immer häufiger wurde über mögliche Luftangriffe geredet, die das stolze London in Schutt und Asche gelegt hatten und unter denen Moskau bebte. Im Zimmer nebenan glaubte sie Feliks und Manon, deren Entbindungstermin näher rückte, tröstlich miteinander flüstern zu hören, und Clara, die die Sorge um Edvard um Jahre hatte altern lassen, hatte Fridolin erlaubt, zu ihr ins Bett zu kriechen. Lidija und Jurij würden sich aneinander und am Brandy festhalten, und Belle teilte sich ihr Zimmer mit ihrem Sohn, den sie selbstloser liebte als jeden der Männer in ihrem Leben.

Allein war nur sie. Oda. So wie immer. »In deinen Armen ist kein Platz, da hältst du das Hotel«, hatte Ullrich einmal gesagt.

Anfang Oktober begann die rumänische Luftwaffe tatsächlich, Angriffe auf den Hafenbereich Odessas zu fliegen. Ullrich gab sich alle Mühe, Odas Nerven zu beruhigen: »Antonescu wird vor allem versuchen, die Truppentransporte in Richtung Krim zu verhindern. Um zivile Ziele zu beschießen, hat er nicht genug Flugzeuge.«

»Mir reicht, wenn er eines hat«, beschied ihm Oda. »Diese Truppentransporte brechen dort unten, zu unseren Füßen auf, und eine einzige Bombe, die fehlgeht, reicht aus, um das *Odessa* in Flammen zu setzen.«

Sie zwang die schwangere Manon samt den Kindern, Mascha, die an einer Art Bronchitis litt, und alle Alten und Schwachen, in den Keller umzuziehen. Clara und Lidija ließen sich nicht zwingen, obwohl sie die Maßnahme guthießen und bei der Errichtung der Schlaflager halfen. Desgleichen Eduard. »Ich bleibe auf meinem Posten, *Madame.* Wir haben schon anderes überstanden, und davon, dass man seinen Posten verlässt, ist noch nie etwas besser geworden.«

»Ich weiß das zu schätzen«, sagte Oda, sah an dem noch immer imposanten Mann hoch, der über achtzig sein musste, und kam nicht umhin, zu lächeln. »Ich möchte allerdings nicht, dass Sie eines Tages auf Ihrem Posten tot umfallen, Eduard.«

»Aber ich«, sagte er. »Ich hatte ein gutes Leben, und wenn ich noch einen Wunsch frei hätte, dann den.«

Eine Woche später stürmte eine Abordnung Soldaten in den Empfang, als Oda gerade aus dem Keller kam, wo sie geholfen hatte, den Eingebunkerten ein Frühstück zu servieren. Sie hörte die Letzten, die eindrangen, Rumänisch miteinander sprechen, und sah, wie zwei von ihnen Fjodor, der sich ihnen entgegenstellte, an den Armen packten und zu Boden warfen.

»Kann ich Ihnen helfen, meine Herren?«, rief sie laut auf Deutsch durch den Saal. Sie ignorierte das Kribbeln in ihrem Nacken, mit dem sich das feine Haar aufstellte, und den Schweiß, der ihr kalt über den Rücken lief, ging zu Fjodor und half ihm auf die Beine. »Wenn in meinem Hotel etwas nicht nach Ihrem Geschmack ist, brauchen Sie das nicht an meinem Empfangschef auszulassen.«

»Aber ich bitte Sie, meine Dame. Ich bin sicher, Ihr Hotel könnte nicht mehr nach unserem Geschmack sein, und was das Benehmen dieser Flegel betrifft, haben Sie ganz recht.« Der Offizier mit den schwarzen Kragenspiegeln und der Brust voller Orden, der die Truppe angeführt hatte, drehte sich zu ihr um. Er hatte graues Haar und gut geschnittene Züge, wirkte distinguiert, wie man ihn im Sprechzimmer eines Arztes oder hinter einem Apothekentresen erwartet hätte.

Ein bisschen wie Bodo, durchfuhr es Oda. Was Bodo tat, ob er sich noch darum kümmerte, dass Eisenbahnwagen von einer Spur auf die andere gelangten, ohne umzukippen, oder ob er nicht länger zurückgestellt worden war, wusste sie nicht. Seit dem Frühjahr hatten sie nichts mehr voneinander gehört. Trug Bodo die gleiche Uniform wie dieser Mann, polterte er an der Spitze einer Einheit des Morgens in Häuser, die ihm nicht gehörten? Stand er an irgendeinem Punkt der Front Edvard gegenüber, sah er durch das Visier seiner Waffe seinen eigenen Schwiegersohn?

»Frau Liebenthal, nehme ich an?« Der Offizier trat auf sie zu und streckte ihr seine Hand hin. »Ich habe schon jede Menge von Ihnen gehört und freue mich, Sie endlich persönlich kennenzulernen. Die berühmte Oda Liebenthal vom *Grandhotel Odessa*. Wir können Deutsch miteinander sprechen, richtig? Wie angenehm. Bekannte von mir und meiner Frau, die Eheleute Meier zu Köcker, waren vor dem Krieg Stammgäste bei Ihnen und können es nicht erwarten, Sie wieder zu beehren. Sie gestatten? Generalmajor Erich von Manstein.«

Zögernd gab ihm Oda die Hand, sah zu, wie er sich zackig darüberbeugte und einen Kuss auf ihren Handrücken hauchte. Haben Sie Söhne?, fragte eine Stimme in ihr. Haben die Meier zu Köckers Söhne? Dann schießen sie vielleicht jetzt gerade auf meine oder meine auf sie.

»Ich bitte noch einmal, den kleinen Zwischenfall nicht übel zu nehmen«, sagte von Manstein. »Mit meiner eigenen Truppe wäre Ihnen das nicht passiert, aber den Manieren dieser Horden aus dem Reich Graf Draculas fehlt leider einiges an Schliff. Ich werde jedoch bei der Einquartierung dafür sorgen, dass Sie ausschließlich mit Offizieren zu rechnen haben, die das Ambiente zu schätzen wissen und sich entsprechend benehmen.«

Oda sagte nichts. Sie bedankte sich nicht einmal.

Erich von Manstein lächelte. »Sie arme Person. Man sieht Ihnen ja richtig an, wie Ihnen der Schrecken dieser Wochen in den Knochen sitzt. Nun denn, von jetzt an haben Sie nichts mehr zu befürchten. Diese Stadt steht ab heute unter der Kontrolle der Achsenmächte, vertreten durch unseren Stadtkommandanten General Ion Glogojanu. Ein Ehrenmann, das versichere ich Ihnen. Zwar werde ich selbst umgehend auf der Krim erwartet, aber den Schutz Ihres Hotels lege ich unserem Verbündeten persönlich ans Herz.«

36

ANSELM

Der Lärm war ohrenbetäubend. Er degradierte alles, was in den letzten Wochen und Monaten auf seine Trommelfelle eingedrungen war, zum zarten Geklimper eines Glockenspiels. Anselm hatte nicht gewusst, wie berauschend das war, wie es all die Lebensgeister, die andere erstickt und erdrückt hatten, von Neuem in ihm wachrief. Dunkel erinnerte er sich an seinen Einzug mit der Roten Armee nach dem zermürbenden Ringen des Bürgerkriegs. Auch das war laut gewesen, auch das war im Siegestaumel geschehen, aber was sich in diesem Augenblick da draußen auf der Marazlijewskaja-Straße abspielte, hatte ein anderes Kaliber. Es war so allumfassend, übertönte jedes Knacken in den Wänden, jedes Hämmern des eigenen Herzens, als wäre es gemacht, damit die ganze Welt es hörte.

Kein liebliches Singen.

Kein Rufen von Menschenstimmen.

Nicht einmal ein Trommeln und Tröten, das menschliche Hände hervorriefen, oder das Trampeln ihrer Stiefeltritte.

Stattdessen ein Lärmen, das den Grund der Erde aufwühlte, das Gehörgänge zerschmetterte und alles aus dem Boden riss, was ihm im Weg stand.

Anselm hatte auf diesen Augenblick hingearbeitet, hatte die Einzelheiten überdacht und mit der peniblen Sorgfalt vorbereitet, die ohne Zweifel zu den herausragenden Eigenschaften seiner Rasse gehörte. Auf seine Gründe aber hatte er keinen Gedanken verschwendet. Er tat, was er tun musste, er hatte sein Leben lang getan, was er tun musste. Dass er dazu gezwungen war, war sein

Fluch, dass er dazu in der Lage war, weil er Entwicklungen im Voraus erkannte, war sein Segen. Trotz gründlicher Planung konnte er kaum glauben, dass der Coup am Ende haargenau so gelungen war, wie er es am Reißbrett vorausberechnet hatte. Er durfte mit sich zufrieden sein, hatte sich des Sturms würdig erwiesen, der sich in diesem Moment vor der Tür des NKWD-Hauptquartiers von Odessa Bahn brach.

Das Stampfen und Grölen, der Kanonendonner und die hellen Salven, die den ewig schläfrigen, halb orientalischen Singsang aus Odessas Straßen niederbrüllten, bildeten zusammen einen Triumphmarsch, der selbst die Knochen in den vermoderten Friedhofsgräbern erzittern ließ und der dieser im Überholten verfangenen Stadt den Marsch blies: Was der Sozialismus nicht geschafft hat, schaffen wir. Ab jetzt weht ein neuer Wind!

Anselm spürte mit jeder Faser, dass es das war, wonach er sich sehnte. Ja, er hatte aufs falsche Pferd gesetzt, aber er war klug genug gewesen, seinen Irrtum zu erkennen und im letzten Augenblick umzusatteln. Und wenn man es mit genügend Weitsicht betrachtete, hatten die beiden Pferde nicht wenig gemeinsam, auch wenn sie vor entgegengesetzte Karren gespannt waren: Die Radikalität war gleich, die Kompromisslosigkeit, mit der das Alte ausgerissen und durch Neues ersetzt wurde, der Zorn, das Blut und die Kraft. Hier wie dort wurden uralte Seilschaften aus ihren Sesseln gehoben, und die Türen öffneten sich denen, die über den Willen, über die gnadenlose Entschlossenheit verfügten, keinen kleinkrämerischen Plan umzusetzen, sondern eine weltumspannende Vision.

Er hatte auf das falsche Pferd gesetzt, doch er hatte auf diesem Pferd reiten gelernt.

Jetzt, wo er sah, dass das richtige Pferd ein Pegasus war, für den der Himmel keine Grenze darstellte, wusste er, wovon er ein Teil sein wollte.

Er war für den großen Moment gewappnet. Aus dem Tornister, den er aus dem ersten Krieg aufgehoben hatte, zog er zwei von Katreins Bettlaken, die perfekte weiße Fahnen abgaben, und hängte sie aus zwei der großen Fenster im Erdgeschoss. Die beiden kleineren Fahnen, die Katrein ihm genäht hatte, befestigte er jeweils darüber: die rumänische Trikolore und die Hakenkreuzfahne von Hitlers Tausendjährigem Reich. Katrein war keine sehr geschickte Näherin, war noch immer die verwöhnte Tochter des reichen Konditors und hatte sich mit dem Hakenkreuz mächtig geplagt, doch was zählte, war das Ergebnis, und das konnte man weithin erkennen.

Einer Bemerkung hatte ausgerechnet sie, die doch sonst nichts zu sagen wusste, sich nicht enthalten können: »Hängst du wieder dein Fähnchen nach dem Wind, Anselm? Fällt das nicht irgendwann jemandem auf?«

»Was geht das dich an?«, hatte er zurückgegeben. »Soweit ich weiß, hast du mit meinen Entscheidungen bisher nicht schlecht gelebt, also bist du besser still und konzentrierst dich auf deine Handarbeit.«

»Deine Entscheidungen sind mir egal«, hatte sie erwidert. »Solange du mich und meinen Sohn damit nicht in Gefahr bringst. Ich hätte mich und ihn ganz gern zwangsumsiedeln lassen, wohin, wäre mir egal gewesen, aber dafür ist es nun wohl zu spät.«

Im ersten Moment hatte Anselm tatsächlich überlegen müssen, wen sie mit *meinen Sohn* meinte. Der Idiot lag zusammengerollt an ihrer Seite und schlief. Wenn er es recht bedachte, hatte er ihn schon seit Langem nicht mehr sein unsägliches »Ich bin hier« quäken hören.

Stattdessen hörte er jetzt die Besatzungstruppen, die neuen Herren Odessas, die wie eine Sturmflut auf das Gebäude zurollten. Der große Moment war da, gerade jetzt kam es auf alles an. Wenn er seine Sache gut machte, würde er endlich sein Ziel nicht nur vor Augen haben, sondern mit den Händen greifen können.

Sein Mann im Hotel hatte ihm schon eine Nachricht zukommen lassen und davor gewarnt, Oda Liebenthal könne die neuen Machthaber auf ihre Seite ziehen.

Anselm aber war davor nicht bange. Er kannte die Schwachstellen im Geflecht der Liebenthals, sie lagen nicht in der alten, sondern in der jungen Generation. Sein Plan, den halb toten Kasimir ins Kanonenfeuer zu schicken, war bereits aufgegangen, und einen Kandidaten für den nächsten Schlag hatte er nicht erst seit gestern im Blick. Zudem würde er sich in der neuen Spitze seinen eigenen Platz verschaffen, einen, auf dem er endlich am längeren Hebel saß.

Mit drei Fahnen konnte er unmöglich den einmarschierenden Truppen entgegenlaufen, also hatte er sich für eine entscheiden müssen. Er hatte die des Deutschen Reichs gewählt, die schließlich im Grunde seine eigene war. Also hatte Katrein sich an die Arbeit für noch ein Hakenkreuz machen müssen, ob sie dabei mit den Zähnen knirschte oder nicht. Mit dieser zweiten Hakenkreuzfahne in den Händen machte er sich jetzt auf seinen großen Weg, stieß die Tür des Gebäudes auf und lief auf die heranrollenden Einheiten zu.

Das Gefühl war erhebend. Der Wind ließ den Stoff seiner Fahne knattern und pfiff ihm in den Ohren. Mitten auf der Straße stand ein erbärmlich zerbeulter, verlassener sowjetischer Truppentransporter, und daneben, verstreut auf dem Pflaster, lagen noch übler verbeulte Helme und ein geplünderter Patronengürtel. Die Häuserreihe entlang des Parks, die dem Hauptquartier gegenüberlag, war dezimiert, wirkte wie Katreins Blumenfenster, in das Vladimir einmal einen Ball geschossen hatte. Die Blumen waren futsch, und den Töpfen fehlte der obere Rand. Im Laufen musste Anselm lachen über seinen gelungenen Vergleich, und dass es Vladimir nicht mehr gab, machte ihm nichts aus.

Erhebend war es auch, zu erleben, wie diese gewaltige Schlachtreihe auf einen einzigen Ruf ihres Kommandanten zum Stillstand kam. Das war System, das war Ordnung, und genau das hatte Stalin, der ja durchaus Potenzial gezeigt hatte, zu Fall gebracht: Er hatte es nicht geschafft, Ordnung in das notorische Chaos, das slawisch-jüdisch-orientalische Durcheinander zu bringen, für das eine Stadt wie Odessa das abschreckendste Beispiel war.

Anselm blieb ebenfalls stehen und hielt seine Fahne in die Höhe. Dass die Läufe von mindestens vier Gewehren auf ihn gerichtet waren, machte ihm nichts aus, an so etwas hatte er sich schon vor Jahren gewöhnt.

»Genosse Kommandant«, wäre ihm um ein Haar herausgerutscht, doch im letzten Augenblick verbesserte er sich: »Herr Kommandant. Das NKWD-Hauptquartier der Stadt Odessa wird Ihnen kampflos übergeben durch Anselm Fleißer, Repräsentant der Gemeinschaft der Schwarzmeerdeutschen in der westlichen Ukraine.«

An der Formulierung dieses Satzes hatte er eine geschlagene Nacht lang gefeilt, und er erlaubte sich, auf seinen Einfall stolz zu sein.

Der Kommandant, von dem Anselm erst jetzt sah, dass er eine rumänische Uniform trug, stierte ihn an, als hätte er Chinesisch gesprochen. Kurz beriet er sich mit seinem Nebenmann, ehe er sich umwandte und einem der Offiziere in der zweiten Reihe etwas zurief. Der trat nach vorn. Anselm war nicht wirklich firm in der Zuordnung reichsdeutscher Rangabzeichen, glaubte aber immerhin zu erkennen, dass es sich um einen Stabsoffizier der Marine handelte.

»Sie sind Deutscher?« Die Stimme des Mannes schnarrte. Viel älter als Vladimir konnte er nicht sein.

»Das bin ich in der Tat. Im Namen der Gemeinschaft der Schwarzmeerdeutschen begrüße ich die Armee der Befreier in unserer Stadt.«

»Können Sie sich ausweisen?«

»Selbstverständlich.«

Der Kerl begann ihm auf die Nerven zu gehen, und um ein Haar hätte er verlangt, mit dessen Vorgesetzten zu sprechen. Stattdessen würde er diesem unzugänglichen Menschen jetzt seinen Coup präsentieren und freute sich bereits auf dessen Gesicht.

Er gab dem Mann seinen Pass, einschließlich eines Dokuments, das er sich selbst ausgestellt hatte. Es war nicht gefälscht. Eine Gemeinschaft der Schwarzmeerdeutschen der südlichen Ukraine hatte er höchstpersönlich soeben gegründet, also war er höchstpersönlich auch berechtigt, sich zu deren Repräsentanten zu ernennen. Noch einen Herzschlag lang genoss er das Gefühl, hier auf der Straße, zwischen den Trümmern der Sowjetherrschaft zu stehen und als einzelner Mann eine komplette Armee aufzuhalten.

Dann begann er zu sprechen, noch während der Marinemensch in seinen Papieren herumblätterte. »Wie gesagt, obliegt mir die erfreuliche Pflicht, Ihnen Odessas Hauptquartier des NKWD kampflos zu übergeben. Sie werden die vierundzwanzig Funktionäre, die sich im Gebäude verschanzt hatten, bereit zur Festnahme in den Kellerräumen finden.«

Der Mann blickte auf. Anselm entschloss sich, dies als die Frage zu werten, die er brauchte:

»Ich habe mir erlaubt, die Herrschaften für Sie festzusetzen«, sagte er. »Es handelt sich sämtlich um hochrangige Funktionäre des hiesigen NKWD, fanatische Bolschewisten, die für die brutale Verfolgung und Zwangsumsiedlung der Schwarzmeerdeutschen in diesem Land maßgeblich verantwortlich sind. Sie in den Keller zu locken, war ein Leichtes, da ich mich mit dem Luftwarnsystem des Gebäudes vertraut machen konnte. Dass einige der Männer bewaffnet sind, ist anzunehmen, doch ich denke nicht, dass es Ihnen schwerfallen wird, sie zu übermannen.«

37

CLARA

Die Angst um Edvard ließ sich tagsüber unter Kontrolle halten, weil so viele Menschen Clara brauchten. Allein die Nächte waren hart. In den Nächten wurde die Angst zur Alarmsirene, die in der sich dehnenden Stille und Leere mit einem endlosen Echo hallte. Wenn sich endlich das erste Grau des Morgens hinter den Vorhängen zeigte und die Qual beendete, fühlte sich Clara, als wäre sie meilenweit gerannt.

Fridolin und Dawid spürten die allgemeine Anspannung und waren quengelig und schwer zu bändigen. Gäste und Personal lebten in unablässiger Furcht um ihr eigenes Leben wie um das ihrer Angehörigen in der gesamten Union, die unter den Einschlägen deutscher Granaten zerfiel. Sie katzbuckelten geradezu vor den zwanzig rumänischen und sechs deutschen Offizieren, die in den Suiten des Hotels einquartiert worden waren, und Oda und Lidija – jetzt wieder Maria Peters aus dem Baltikum – gaben sich alle Mühe, die beiden Gruppen getrennt zu halten.

Gouvernement Transnistrien hieß nun das Land, in dem sie lebten, das Stück Ukraine zwischen den Flüssen Bug und Dnjestr, das Claras Lieblingsland auf der Welt gewesen war, und es sollte regiert werden wie ein faschistischer Staat. Odessa war zu seiner Verwaltungshauptstadt gewählt worden.

Oda tat, was sie immer getan hatte, und Clara kam nicht umhin, sie dafür grenzenlos zu bewundern: Sie passte sich an, sie arrangierte sich, stand mit den Militärs in ihrem Haus in ständigen Verhandlungen, um ihre Schar zu schützen und das Beste für sie herauszuschlagen. Clara selbst hätte das nicht fertiggebracht:

Diese Leute bedrohten das Leben ihres Liebsten und ihrer Schwager – das von Kasi ebenso wie das von Hanno, der ihre erste Liebe gewesen war. Diese Leute hatten aus dem Europa der Jugend, der Freundschaft und des Swing, durch das sie mit Hanno getanzt war, ein Irrenhaus aus Mord, Zerstörung und Angst gemacht. Was von den Truppen der Roten Armee übrig war, war durch den rumänisch-deutschen Vorstoß auf die Krim vermutlich abgeschnitten, und wenn sie ihr Kind anschaute, fragte sie sich, ob es seinen Vater je wiedersehen würde. Sie hätte diesen Leuten in ihre Suppe lieber gespuckt oder Gift gestreut, statt sie ihnen auf den Silbertabletts mit dem Emblem des *Odessa* zu servieren.

Auch Ion Glogojanu, Befehlshaber der 10. Infanteriedivision, der zum Stadtkommandanten von Odessa ernannt worden war und in der einstigen NKWD-Zentrale am Alexandrovsky-Park sein Hauptquartier errichtet hatte, hatte das Hotel als seine Wohnstatt gewählt. Er war ein großer, schwer und weich gebauter Mann mit einem Schnurrbart nach Hitlerart, der in der Royal Suite residierte wie ein kleiner König und in seinem gebrochenen Deutsch Witze über Judenkinder riss, die er sich gebraten zum Frühstück wünschte.

»Lass ihn reden«, beschwor Oda Clara auf dem Gang. »Dass er hier wohnt und dass wir die Gelegenheit haben, ihn einzulullen, kann unseren Leuten das Leben retten.«

Natürlich hatte sie recht. In der Stadt wurde jeder verhaftet, der auch nur im Mindesten in Verdacht stand, der Sache des Bolschewismus anzugehören, vom sechzehnjährigen Zeitungsjungen bis zu dem Greis, der auf der Deribasowskaya Schuhe polierte. Clara war dennoch nicht in der Lage, diesen Verbrechern das treudeutsch gesinnte Mädel vorzuspielen. Sie musste sich von Glogojanu fernhalten oder wäre bei der ersten Bemerkung von ihm geplatzt.

Umso mehr imponierte ihr Odas Haltung, und sie bemühte

sich, ihr zumindest auf praktischer Ebene zur Seite zu stehen. Es gab so viel zu erledigen, auf so viele neu installierte Ämter zu laufen, damit unterbrochene Versorgungswege wieder in Gang kamen, und in dem beklommenen Häuflein von sowjetischen Gästen war immer jemand, der eine Tasse Tee, ein Glas Wodka, einen Teller süße *Pierogi* oder einen Scherz zur Aufmunterung gut brauchen konnte.

Lebensmittelbestände mussten in der ganzen Stadt zur Beschlagnahme gemeldet werden, aber Oda gelang es, dem Kommandanten die Vorräte des Hotels als relevant zur Versorgung seines Stabes aufzuschwatzen. Sein Stellvertreter, ein Brigadegeneral namens Constantin Trestioreanu, der sich als lustiger Vogel präsentierte und gern soff wie ein Loch, bestärkte ihn darin: »Wir sind mitten in die Kornkammer der Bolschewisten geplumpst, warum sollen wir es uns also nicht ein bisschen gut gehen lassen?«

Dass Oda aus ihren Speisekammern auch ihre eigenen Gäste verköstigte, schien den Mann nicht zu stören. Im Gegenteil. Er versuchte sogar, sich mit der Tochter eines Ehepaars aus Leningrad anzufreunden, was das Mädchen jedoch in eine Schreckstarre versetzte und somit scheiterte.

Misstrauisch schien allein ein Mann in Zivil, ein schmaler, hochgewachsener Blonder mit langem Gesicht und überhoher Stirn, der sich gleichfalls seinen Schnurrbart nach Hitler-Art schneiden ließ. Seine Funktion war Clara unklar. Er sprach mehrere Sprachen, darunter fließendes Deutsch, und gab in Gesprächen zu erkennen, dass er studierter Jurist war. Im Hotel strich er oft scheinbar absichtslos umher, sandte aber prüfende Blicke über Schränke und Kammern, was wirkte, als mache er sich mit den Augen Notizen. Unter den Offizieren schien er keine Freunde zu haben, sondern blieb für sich. Sein Name war Gheorge Alexianu, doch die Männer nannten ihn unter sich »den Mords-Professor« und schütteten sich darüber vor Lachen aus.

Die Offiziere frühstückten morgens um Punkt sieben, wie es in ganz Odessa vermutlich kein Mensch tat, und brachen dann auf zu ihrem Hauptquartier am Alexandrovsky-Park. Durch das ganze Hotel ging ein Aufatmen, sobald sie aus der Tür waren, und es dauerte mehrere Tage, bis Clara auffiel, dass Alexianu nicht mitging. Er strich herum, stellte Fjodor und den Leuten in der Küche Fragen oder schloss sich in seinem Zimmer ein. Erst Stunden später brach er selbst auf und kehrte zu anderer Zeit als die Offiziere zurück.

Auch indem sie solche Dinge im Blick behielt, versuchte Clara zu helfen. Sie hatte als Einzige in Nazi-Deutschland gelebt, hatte am eigenen Leib erfahren, wie schnell sich ein Netz von Denunzianten entspann und welche harmlosen Kleinigkeiten genügten, um Verdacht zu erregen. Da sie ohnehin stärker als je zuvor den Drang zu zeichnen verspürte, legte sie eine Sammlung von Skizzen der einquartierten Männer an. Gut möglich, dass sie einmal jemandem nützen würden, wenn Clara auch noch nicht wusste, wozu.

Zusätzlich kümmerte sie sich um Manon, deren Entbindung unmittelbar bevorstand. Es ging ihr nicht gut. Nicht nur ihr Leib, sondern all ihre Glieder und sogar ihr sonst so zartes Gesicht waren angeschwollen. Ihr war oft schwindlig, sie konnte sich nur noch mit Mühe bewegen und fand nachts keinen Schlaf.

»Ich wandere auf dem Gang auf und ab, weil ich Feliks mit meinem Herumwälzen nicht wecken will«, erzählte sie Clara. »Er muss schließlich in der Frühe arbeiten, während ich wie eine nutzlose Seekuh auf der Chaiselongue liege. Irgendwie wacht er aber trotzdem immer auf, kommt zu mir und holt mich ins Bett zurück. Ich muss dann immer weinen, ich alberne Gans, weil mir alle Menschen auf der Welt so leidtun, die nicht so glücklich sind wie ich, die keiner hält, wenn sie weinen, die niemanden so sehr lieben, wie ich Feliks und Dawid und das kleine Ungeheuer, das einfach nicht aus mir herauswill, liebe.«

Dann schlug sie sich vor den Mund und umarmte die Freundin. »Ach, mein Clärchen, was bin ich nur für ein taktloses Huhn. Ich jammere dir die Ohren voll, und dabei bist du so viel schlimmer dran. Du hast deinen Edvard nicht bei dir und musst vor Angst um ihn ganz krank sein.«

»Nur halb krank«, sagte Clara und bemühte sich um ein Grinsen. »In jedem Fall bin ich besser dran als meine Freundin, die sich in einen ganzen Zoo verwandelt hat: eine nutzlose Seekuh, eine alberne Gans, ein taktloses Huhn und eine kleinrussische Steppenziege. Na komm, setz dich wieder hin und trink deinen Tee. Von deinen Spinatflinsen solltest du auch zumindest probieren. Wann hast du eigentlich das letzte Mal etwas gegessen?«

»Ich weiß nicht, Clärchen.« Kraftlos ließ sich Manon zurück zu dem Tagesbett führen, auf dem sie den größten Teil ihrer Stunden verbrachte. »Irgendwie wird mir schlecht, wenn ich an Essen nur denke. Bei Dawid war das ganz anders, da konnte ich nicht genug in mich hineinstopfen. Maria hat gesagt, es wird bestimmt ein Mädchen. Jungen sind kleine Kavaliere, die quälen ihre Mütter nicht so.«

»Ich frage mich, woher Lidija das wissen will«, sagte Clara. »Sie hat doch weder das eine noch das andere.«

»Maria weiß eben alles. Und dass ich keinen Appetit habe, ist im Grunde gar nicht so schlecht, wo wir doch jetzt alle Marken bekommen und die Lebensmittel rationiert werden sollen. Je weniger ich Tante Oda von ihrem Vorrat wegesse, desto besser.«

»Am besten lassen wir dich dann gleich ganz verhungern«, bemerkte Clara trocken. In Wahrheit aber machte sie sich Sorgen und fragte sich, ob sie womöglich aufgrund der Lage etwas an Manons Zustand übersahen, da Schwangerschaft etwas so völlig Normales, ihre Lage hingegen so unnormal wie überhaupt denkbar war. Sie beschloss, der Sache nachzugehen, und als Manon ein wenig eingedöst war, lief sie hinunter in den Garten, um mit Feliks zu sprechen.

Vielleicht mache ich mir eine Menge sinnloser Sorgen, um mich von der einen abzulenken, die nicht sinnlos ist, dachte sie. Sie wusste, in der Nacht, wenn sie mit dem schlafenden Fridolin allein war, würde sich die Angst nicht länger unterdrücken lassen. Erinnerungen an den Augenblick, in dem ihr Vater ihr hatte sagen müssen, dass ihre Mutter tot war, stiegen in ihr auf, und sosehr sie sich dagegen wehrte, fantasierte ihr Geist die Szene herauf, in der jemand ihr sagen würde, dass Edvard tot war.

Wer würde es sein? Oda, Ullrich, Lidija?

Aber das ist doch nicht möglich, Edvard, dachte sie. Nicht für uns, die wir ganz am Anfang stehen und die Kraft in uns haben, hundert Jahre zu leben. Ich habe doch gerade erst entdeckt, was ich dir noch alles sagen, was ich dich fragen, wozu ich dich herausfordern, worin ich mit dir über mich hinauswachsen will. Du bist eine solche Fundgrube, und ich hatte doch gerade erst angefangen, zutage zu fördern, was alles in dir noch steckt. Du hast ja selbst gerade erst damit angefangen, es kann doch nicht das, was aus uns noch werden wollte, so einfach nach ein paar Schritten abgeschnitten sein?

Wir hätten die Welt in einem Raumschiff umrunden können, Edvard, und das verspreche ich dir: Wenn du es nicht mehr kannst, dann tue ich es für dich. Ich zeichne einen Film, in dem wir Riesen werden, in den Himmel wachsen, bis die da unten, die mit den Hitler-Bärten, die alles zerstören, kleiner als Ameisen sind. Du bist mein Riese, Edvard, meiner und Fridos. Wo immer du jetzt bist, und wenn ich einen Film aus Tausenden von einzelnen Bildern dazu brauche, ich werde dich wiederfinden.

An ihren Vater durfte sie bei alledem überhaupt nicht denken. Seit dem Überfall auf die Sowjetunion hatte sie von ihm keine

Nachricht, was kein Wunder war, da ja Post- und Fernsprechverkehr unterbrochen waren. Selbst über das eigene Telefonnetz der Reichsbahn, das ihnen lange gute Dienste erwiesen hatte, war er nicht mehr zu erreichen. Als sie ihn zuletzt gesprochen hatte, hatte er auf sie durch die rauschende, Stimmen verzerrende Leitung wie ein Tier in der Falle gewirkt. Clara verstand ihn nur zu gut, auch wenn sie sich hüteten, alles, was sie dachten, offen auszusprechen. Sie hatten lange genug allein miteinander gelebt, um eine Art Geheimsprache entwickelt zu haben und aus Lücken verschwiegene Worte zu erschließen.

Bei der Reichsbahn, wo ihr Vater inzwischen zum Oberrat aufgestiegen war, machten seine Kenntnisse von den Streckennetzen des östlichen Europa ihn unabkömmlich und bewahrten ihn vor dem Fronteinsatz als Offizier. Nach dem Ende des ersten Krieges hatte er sich geschworen: »Ich marschiere nie wieder in ein verschlafenes Land namens Belgien und richte dort ein Massaker an.« Er wandelte im Schlaf, seit er aus Belgien zurückgekommen war, und Clara – mit vier oder fünf Jahren – hatte gefragt: »Und wenn sie dich anderswo hinschicken?«

»Zwecklos«, hatte ihr Vater geantwortet. »Für mich ist fortan jedes Land Belgien.«

Der Weg in den Krieg stand für ihn außer Frage, doch zugleich wusste Clara, dass er sich nichts vormachen konnte: *Räder müssen rollen für den Sieg!* stand auf knalligen Plakaten, und allein für den Überfall auf Polen hatte die Reichsbahn Zeitungsberichten zufolge knapp zweihunderttausend Wagen zur Verfügung gestellt. Für ihren Vater war die Eisenbahn zeitlebens sein schönstes Spielzeug, das ihm die Welt erschloss, die damit auch zu einem Spielzeug wurde. Es musste ihm das Herz umdrehen, dass die Nazis diese Bahn, die Entfernungen zwischen Menschen ganz klein gemacht hatte, als Waffe missbrauchten, als weltgrößten Truppentransporter, ohne dessen Logistik kein Blitzkrieg und schon gar kein Angriff auf die straßenmäßig kaum erschlossene Sowjetunion möglich gewesen wäre.

Vor dem Krieg hatte er sein Gewissen zumindest damit beruhigen können, dass er seinen hohen Posten in Hitlers Bahnmaschinerie benutzte, um auf möglichst unbekannten, wenig kontrollierten Strecken gefährdete Menschen aus Deutschland herauszuschaffen. Seit das nicht mehr möglich war – was blieb ihm jetzt?

Oder machte er es noch immer möglich?

Trieb er ein halsbrecherisches Vabanquespiel mit seinem Leben, indem er mitten im Krieg Menschen schmuggelte?

War ihm etwas passiert?

Oder gab es etwas anderes, noch Dunkleres, das ihn belastete und das er nicht einmal ihr hatte anvertrauen können?

Sie durfte in der Tat nicht länger darüber nachdenken, denn was immer dahintersteckte – sie konnte ihm so wenig helfen wie Edvard. Die Einzige, der sie im Moment hoffentlich zu helfen vermochte, war Manon, und auf die musste sie sich konzentrieren.

Der Garten lag unter dem Grau des Himmels wie unter einer Glasglocke und als warte er auf mehr als nur auf einen neuen Frühling. Tropfen vom Regenguss des Vormittags hingen wie Tränen an Blättern und Blüten. Wie so oft bemerkte Feliks, der die hohen Ligusterhecken beschnitt, schon beim ersten Schritt, dass jemand seinen Garten betreten hatte, drehte sich um und kam Clara entgegen. »Ist es Manon?«, fragte er. »Kommt das Baby?«

»Nein, noch immer nicht«, antwortete Clara und versuchte, ihn durch ein leicht missglücktes Lachen zu beruhigen. »Manon geht es so weit gut, sie hat sich noch ein wenig hingelegt. Sprechen wollte ich mit dir aber trotzdem über sie. Mir gefällt nicht, dass sie so wenig isst und trotzdem aufgeht wie Hefeteig. Und dazu immer diese Schwindelanfälle. Ich frage mich, ob ich nicht doch lieber Dr. Wajsberg holen sollte. Ich würde nicht gern des Krieges wegen etwas versäumen, lieber mache ich ein bisschen zu viel Lärm um nichts.«

»Ja, Clara. Bitte geh und hol Dr. Wajsberg.« Sekundenlang legte Feliks ihr die Hand auf den Arm. Sein Blick schien so eindringlich wie seine Stimme. »Ich mache mir seit Tagen Sorgen um Manon. Sie war so anders bei unserem Dawid, leichtfüßig, fröhlich bis zum letzten Tag. Ich habe ihr gesagt, ich hätte gern, dass sie einen Arzt aufsucht, aber sie lacht mich aus und sagt, sie ist nicht aus Porzellan, Kinder kriegen können auch Kaninchen, und es gibt andere Sorgen.«

Clara lachte, nahm seine Hand und drückte sie. Sie mochte diesen Kerl, den sie als ihren Schwager betrachtete, schrecklich gern. Empfindsam, versponnen und viel eher einer Märchenwelt voller Blumen als der nackten Realität entsprungen, war er wie geschaffen für Manon. »Mit mir macht sie es so ähnlich«, sagte sie. »Aber da ich im Gegensatz zu dir nicht mit ihr verheiratet bin, höre ich nicht hin und tue, was ich will. Ich schwinge mich jetzt auf mein Rad und fahre zu Dr. Wajsberg.«

»Danke, Clara.« Er hielt ihre Hand kurz fest, und sie spürte, dass seine Finger leicht zitterten. »Es sterben nämlich auch Kaninchen beim Kinderkriegen. Nur macht die Natur davon so viele, dass wir es nicht bemerken. Meine Manon aber hat sie nur einmal gemacht – was der Kaninchenvater, der traurig zurückbleibt, wohl genauso sieht.«

Hastig drückte sie ihn an sich. »Keine Sorge, Kaninchenvater. Deiner nur einmal gemachten Manon geschieht nichts, und das Riesenkaninchen, das da in ihrem Bauch rumort, bringen wir heil auf die Welt.«

Sie brach sofort auf. Es war schon nach fünf, es wurde dunkel, und all die Laternen, die sonst Odessa ihren Abendglanz verliehen, blieben ausgeschaltet. Glücklicherweise hatte sich das Gerücht, die Rumänen würden Fahrräder beschlagnahmen, bisher nicht bewahrheitet. Busse und Straßenbahnen waren lahmgelegt, die Straßen noch immer nicht von den Trümmern der Schlacht geräumt, und ohne Rad wäre ein weiteres Stück Freiheit verloren gegangen. Wie seltsam das war. Noch vor ein paar Jahren war es ihr vollkommen realistisch erschienen, eine Reise nach New York zu planen, und jetzt musste sie sich fragen, wie lange sie wohl noch bis in die Slobodka kam.

Und doch bleibt etwas in uns ganz frei, stellte sie verwundert fest. Etwas, das überall hingehen kann und sich von niemandem halten oder beugen lässt. Sie konnte kein Kino besuchen und ihrem Sohn *Pinocchio* und *Fantasia* zeigen, die Filme, die Walt Disney seit *Schneewittchen* gedreht hatte, sie – die glühendste Verehrerin – hatte noch nie einen Zeichentrickfilm in Spielfilmlänge gesehen. Und doch hatte sie Hunderte gesehen und würde noch hundert weitere sehen, sie ihrem Sohn zeigen und sich die seinen zeigen lassen. Sie würde nach New York reisen. Überallhin. Auch wenn es nie wieder Schiffsverkehr oder Flugreisen gab.

Dr. Wajsberg wohnte nicht in der Slobodka, sondern ein gutes Stück davor, bei der Brodsky-Synagoge. Sie musste nur noch in die Marazlijewskaja-Straße, am Alexandrovsky-Park vorbei und eine Querstraße hinunter, dann wäre sie da. Gerade wollte sie kräftiger in die Pedale treten, da zerriss ein Donnerschlag die Luft, als wäre ein Vulkan ausgebrochen oder eine gewaltige Flutwelle auf die Stadt geprallt. Wochenlang waren die Einschläge der Geschosse schier unablässig auf ihr Gehör eingedrungen, aber nichts davon war mit diesem Knall zu vergleichen.

Clara wurde schwarz vor Augen, ihr Fahrrad schlingerte, und sie stürzte zu Boden. Es war nicht schlimm, das erkannte sie praktisch sofort. Die Schwärze klärte sich, zwar musste sie husten, weil Rauch sie umhüllte, aber außer einem aufgeschlagenen Knie und einem zerrissenen Strumpf war ihr nichts passiert. Hastig rappelte sie sich auf die Füße, sah durch Schwaden von Qualm, wie Menschen die Straße hinuntereilten, in die Richtung, aus der die gewaltige Explosion gekommen war. Andere kamen von dort, rannten über Gehsteig und Fahrbahn wie auf der Flucht.

Sie hob ihr Rad auf. Es sah noch gut aus, nur die Lenkstange ein wenig verbogen. Noch leicht benommen schob sie es weiter. Eine Frau, die ihr mit einem Einkaufskorb voller Jerusalem-Artischocken am Arm entgegenkam, hielt sie an. »Was ist da vorn denn passiert?« Kaum hatte sie es ausgesprochen, sah sie über die Schulter der Frau hinweg die Flammen, die aus schwarzen Rauchwolken in den sich verdunkelnden Himmel loderten. Es hatte etwas von Weltuntergang, und Clara fühlte sich jäh und auf erschreckend allumfassende Weise allein.

»Die sind hochgegangen«, sagte die Frau mit den Jerusalem-Artischocken. »Die Besatzer im *Café Komm-nicht-wieder.*«

»Im Hauptquartier vom NKWD? Wo jetzt die rumänische Stadtkommandantur sitzt?«

»Sie sagen es, meine Hübsche.« Ein Mann in Zimmermannsmontur, dem Akzent nach Georgier oder Armenier, schloss sich ihrer Gruppe an. Sein Gesicht war rußgeschwärzt. »Eine Bombe. Oder genauer gesagt: wohl eine Mine mit Zeitzünder. Der gesamte rechte Flügel liegt in Schutt und Asche, und der Rest hat auch genug abbekommen. Wenn von denen, die da drin waren, einer überlebt hat, heiße ich Hase.«

Oder Kaninchen, schoss es Clara absurderweise durch den Kopf. Von denen macht die Natur so viele, dass wir es nicht bemerken. Dann begriff sie, was der Mann gesagt hatte. Die Rumänen waren in dem Gebäude gewesen, die Rumänen und die Deutschen aus ihrem Hotel. Glogojanu und die anderen. Alle bis auf Alexianu, den Mords-Professor, und Trestioreanu, den Stellvertreter, der sich gestern mit Wodka hatte volllaufen lassen und heute Morgen unpässlich gewesen war.

Sie waren tot, es gab sie nicht mehr.

Und würde irgendwem damit geholfen sein?

Der Zimmermann erhielt Gesellschaft von einem Kollegen, der aus derselben Richtung kam. Beide waren völlig ergraut und mochten älter sein als Leo Ullrich. Junge Männer sah man in der Stadt so gut wie überhaupt nicht mehr. »Geh mal besser nach Hause, Mädchen«, riet ihr der Neuankömmling in breitem Odessitisch. »Mit den Besatzern ist jetzt bestimmt nicht gut Kirschen essen. An die hundert von denen dürfte's erwischt haben. Und alles hohe Tiere.«

Es war nicht vernünftig, jetzt dort aufzutauchen, das war Clara selbst in ihrem benommenen Zustand klar. Es war weder vernünftig, noch erfüllte es irgendeinen Zweck, und sie musste es, angeschlagen, wie sie war, noch zu Dr. Wajsberg schaffen, ehe der seine Praxis schloss. Sie fuhr besser einen Umweg, im Bogen um den Alexandrovsky-Park herum. Noch während sie sich für die Auskünfte bedankte und sich wieder aufs Rad schwang, wusste sie jedoch, dass sie zum einstigen Hauptquartier des NKWD fahren würde, dass sie nicht anders konnte, sondern mit eigenen Augen sehen musste, was sich dort abgespielt hatte.

»He, Mädchen!«, rief ihr der odessitische Zimmermann hinterher. »Das ist der falsche Weg, mit denen ist nicht zu scherzen.« Aber Clara radelte einfach weiter, in Schlangenlinien um die Leute herum, die ihr entgegenkamen. Als das Gewimmel zu dicht wurde, sprang sie ab und schob das Rad. Die verqualmte Luft brannte ihr in der Lunge, mit jedem Schritt vorwärts wurde das Atemholen schwerer. Es war Ende Oktober und der Abend feuchtkalt, dennoch begann ihre Haut zu glühen, wie sie es weder von Fieber noch von Sonnentagen an Odessas Strand kannte.

Als sie die Ecke der Marazlijewskaja-Straße erreichte, versperrte ihr ein Ring von gaffenden Menschen den Weg. Weiter wäre sie ohnehin nicht gekommen, ihr ganzer Körper schmerzte, als stünde er selbst in Flammen, und der Schweiß rann ihr in Strömen herunter. Viel sehen konnte sie nicht. Wo das ausladende vierstöckige Gebäude gestanden hatte, ballte sich Qualm, durch den sich Flammen in die Höhe fraßen.

Ein Löschfahrzeug stand gegenüber auf der Parkseite, und ein paar Feuerwehrleute, auch sie in die Jahre gekommen, setzten ohne viel Energie dem Brand mit einem Schlauch zu. Rumänische Soldaten versuchten, der ungeheuren Hitze zu trotzen und Landsleute aus den Trümmern zu bergen. Zwei von ihnen hatten einen Mann, dessen Kleider noch brannten, auf die Straße gezerrt, rissen sich die Jacken vom Leib und versuchten, damit die Flammen zu ersticken. Schreie hallten, das Feuer prasselte und zischte, Balken brachen krachend ein. Der Gestank war entsetzlich, ein Gestank nach versengendem Fleisch.

»Madame!« Aus den Büschen, die die Zufahrt zum Park säumten, sprang ein Mann sie an, und Clara erschrak bis ins Mark. Ehe sie aufschreien konnte, presste er ihr die Hand auf den Mund. Sie drehte den Kopf in seinem Griff und sah, dass es einer der zerlumpten, bärtigen Bettler war, die in Odessas wohlhabender Innenstadt auf Beute hofften. Sie gingen dabei zwar drastisch vor, galten ansonsten aber als harmlos. Erleichtert atmete sie auf. Der Mann hatte sich einen zerrissenen Filzhut tief ins Gesicht gezogen.

»Wären Sie so gut, mich wieder loszulassen?«

Er umfasste sie fester, zog sie rückwärts von der Menge weg, und dann spürte sie ihn. Die magere Festigkeit seines Körpers, die sehnigen Muskeln, die man bei seinem Anblick nicht vermutete. Seine Kleidung war völlig verschmutzt, er stank, und das wüste Bartgestrüpp, das wuchernde Haar waren offenbar echt. Es gab wenig Menschen, zu denen eine derartige Verwilderung so wenig passte.

Clara gab nach, gab sich hin, passte ihren Schritt seinem an.

Mit sich drehendem Vorderrad blieb ihr Fahrrad auf der Straße liegen.

38

CLARA

Ich wollte weitergehen«, sagte er, sobald sie den Schutz des Gebüschs erreicht hatten. »Ich habe mich beschworen, dass es Wahnsinn ist, aber nachdem ich dich entdeckt hatte, musste ich unbedingt zu dir.«

Mit beiden Händen packte sie sein Gesicht, presste hart ihren Mund auf seinen und küsste ihn. Wie er schmeckte, war ihr egal. Er war da, er war gesund, er bebte vor Leben.

»Clara. Clara.«

»Edvard.«

»Wie geht es Frido?«

»Gut. Er fragt nach dir.«

Er stöhnte auf und ließ sich gegen sie sinken. Sie stützte ihn. Fing ihn auf.

»Wo kommst du her?«

»Von der Front.«

Er erzählte es ihr. Nach der verheerenden Niederlage an der rumänischen Grenze war er mit seiner Schützendivision der neu aufgestellten Küstenarmee zugeführt worden, die Odessa verteidigen sollte. Mitte September begann die Evakuierung jener Armee auf die Krim, wo die Deutschen am Durchbruch gehindert werden sollten. Edvard und seine Einheit waren abgeschnitten worden, ehe sie ein Schiff hätten erreichen können.

»Zwei Divisionen des Korps sind den vorrückenden Rumänen in die Hände gefallen. Meine hat sich in die Stadt vorgekämpft.«

»Und jetzt?«

Er zögerte. »Wir kämpfen weiter«, sagte er dann. »Im Untergrund. Wir kämpfen, solange wir noch einen einzigen Mann haben, der stehen kann.« Er nickte in Richtung des brennenden Gebäudes, dann senkte er den Blick.

»Das wart ihr?«

Er blickte wieder auf und griff nach ihr. »Ich war dagegen, Clara, ich habe mich schier um den Verstand geredet, aber es ist die Gruppe, die entscheidet. Ich konnte es nicht aufhalten.«

»Warum hättest du es aufhalten wollen? Weil es nichts bringt?«

»Jeder tote Faschist bringt etwas«, erwiderte er hart. »Und im Grunde haben die anderen recht: Wir müssen große Schläge erzielen. Wenn wir uns darauf beschränken, ihnen ein paar Kisten Munition zu klauen oder einen Zug lahmzulegen, laufen wir uns tot. Aber die Vergeltungsmaßnahmen sind furchtbar. Es wird sein wie in Kiew. Wie überall. Clara, Feliks hat seine Leute in der Slobodka, richtig? Die, die ihn verstoßen haben? Sag ihm, er soll zu ihnen gehen und sie zu uns in die Katakomben schaffen. Noch heute Nacht. Er soll nicht zögern.«

»Was ist in Kiew geschehen?«

Sie sah, wie er sich quälte, wie er sich im Innersten wand, doch sie konnte ihm in diesem Augenblick nicht helfen.

»Sie haben«, begann er, brach wieder ab und wischte sich die Stirn, die schweißnass glänzte. »Sie haben mehr als dreißigtausend Juden aus der Stadt in eine Schlucht getrieben, haben ihnen befohlen, sich nackt auszuziehen, und haben mit Maschinengewehren alle erschossen. Die Aktion war eine Vergeltungsmaßnahme, nachdem im Stadtzentrum mehrere Bomben hochgegangen und Angehörige der Wehrmacht getötet worden waren.«

In Claras Kopf überschlugen sich die Gedanken. Sie musste handeln, und zwar so schnell wie möglich. Sie musste zu Dr. Wajsberg. Sie musste zu Feliks zurück ins Hotel. Sie wollte bei Edvard bleiben und ihn nicht gehen lassen. Sie hätte sofort aufbrechen müssen und fühlte sich, als risse an jedem ihrer Glieder eine Hand und sie käme nicht fort.

»Sag Feliks, er soll seine Leute zu Katjušas Kate bringen«, presste Edvard heraus. »Bei Nacht, auf Schleichwegen über die Höfe. Er wird nicht wissen, wo das ist, aber meine Mutter weiß es. Pass aber auf wie eine Besessene, wo und mit wem du sprichst. Am liebsten wäre es mir, du müsstest gar nicht sprechen. Ihr habt einen Spion im Haus, und wir wissen nicht, wer es ist. Einen Spion von Anselm Fleißer, der sich jetzt den Besatzern angedient hat.«

»Einen Spion von Anselm Fleißer? Aber ich dachte, Vladimir …«

»Nein«, unterbrach er sie, »Vladimir und Malwine hatten nichts damit zu tun. Malwine ist verhaftet, Clara. So wie Maxim. Ausgerechnet ihr, der linientreuen, aufrechten Malwine, haben sie antikommunistische Umtriebe vorgeworfen und sie für zwölf Jahre in ein Arbeitslager bei Orenburg geschickt. Sie konnte das eben nicht – den Mund halten, wenn sie der Meinung war, dass etwas nicht richtig ist, dass etwas verbessert werden müsste. Warum das am Kommunismus kratzt, hat sie nicht begriffen. Schreit es nicht zum Himmel? All diese Leute, die wir jetzt dringend bräuchten, darunter scharenweise fähige Offiziere, haben wir in Lager verschleppt oder gleich an die Wand gestellt. Wir haben uns selbst ausgeblutet.«

»Woher weißt du das mit Malwine?«, fragte Clara.

»Von Vladimir«, sagte Edvard. »Seine Einheit ist meiner Division zugeführt worden. Ich bin kein vertrauensvoller Mensch, du kennst mich, aber ich weiß, dass Vladimir nicht der Verräter im Hotel war. Andernfalls, wenn er das mit Kasi auf dem Gewissen hätte, hätte ich ihn umgebracht.«

Vor Clara blitzten in rascher Abfolge die Gesichter der Hotelbewohner auf, doch keiner, der ihr einfiel, kam als Verräter infrage. Vermutlich gehörte der Mann zu denen, die eingezogen worden waren, doch sie konnten sich dessen nicht sicher sein.

»Nun haben es die Faschisten getan«, sagte Edvard.

»Vladimir ist tot?«

Er nickte.

Clara versuchte, auch sein Gesicht und das von Malwine heraufzubeschwören, und empfand einen scharfen, unerwarteten Schmerz, als es ihr nicht gelang.

»Er hatte schon zwei Streifschüsse abbekommen, als er noch auf die Barrikade vor dem Zugang zum Hafen gesprungen ist und versucht hat, zurückzufeuern. Von dort haben sie ihn heruntergeschossen. Er hat seine kleine Tochter in Moskau in der Obhut fast fremder Leute zurücklassen müssen. Ich habe ihm versprochen, dafür zu sorgen, dass sie zu uns kommt, aber ich weiß nicht, wie ich das zustande bringen soll.«

»Ich bringe es zustande«, sagte Clara, die es auch nicht wusste. Sie umarmte ihn, presste sich an ihn, wünschte sich, ihr weicher Körper möge von seinem harten einen Abdruck davontragen, den nichts mehr löschte. »Und wegen des Spions mach dir keine Sorgen. Ich muss nicht sprechen. Ich kann zeichnen. Ich kann das alles, was du mir erzählt hast, in einer mit ein paar Strichen entworfenen Bildergeschichte verstecken und behaupten, ich hätte etwas zur Unterhaltung der Kinder gezeichnet.«

»Du bist unglaublich, Clara.« Er schien ehrlich verblüfft. Dann fiel ihm etwas ein: »Aber Feliks kann nicht sehen.«

»Feliks nicht, aber Oda und Manon. Und Manon findet schon einen Weg, Feliks das Nötige verständlich zu machen. Jetzt muss ich weiter, weil es Manon nicht gut geht und ich noch zu Dr. Wajsberg will. Wann sehe ich dich wieder?«

»Ich weiß nicht.« Er ließ die Schultern sacken. »Ich müsste wohl sagen: Wenn Odessa befreit ist, aber das klingt nach dem Stadttheater, nicht nach mir.«

»Ich gehöre zu euch«, sagte Clara. »Ihr werdet Hilfe von außen brauchen, und ich habe jahrelange Erfahrung mit der Arbeit im Untergrund.«

»Und du kannst zeichnen«, sagte er. »Wir werden einen Kurier für Nachrichten brauchen. Es wehrt sich nur alles in mir dagegen, dass die Mutter meines Kindes sich in solche Gefahr begibt.«

Sie strich ihm das Haar zurecht, das wirr, verschwitzt und viel zu lang war. »Das geht mir umgekehrt nicht anders«, sagte sie. »Aber unser Kind ist so sicher, wie ein Kind in dieser Zeit nur sein kann. Es hat eine große Familie, viele Menschen, die es lieben, selbst wenn es uns verliert. Und wir müssen beide tun, was wir tun müssen. Ich nicht anders als du.«

»Ja, das müssen wir.« Er streifte ihren Mund mit seinem. »Sag Dr. Wajsberg, er soll mit seiner Familie in irgendein Versteck. Ich liebe dich.«

39

CLARA

Weil es für Dr. Wajsbergs Familie kein Versteck gab, nahm Clara ihn samt seiner Frau, seinen Töchtern und seinem Schwiegervater kurzerhand mit ins Hotel. In Wajsbergs Hof stand ein Fahrrad mit Anhänger, das seinem Hausdiener gehörte. In den Anhänger setzten sich der Schwiegervater und die Kleinere der beiden Töchter, die Frau besaß ein eigenes Rad und nahm die ältere Tochter auf den Gepäckträger. So brachen sie auf. Die Wajsbergs wie die Milsteins waren weltlich und assimiliert, sie würden auf den ersten Blick niemandem als Juden auffallen. Im Hotel hatten sie lediglich Trestioreanu und den Mords-Professor zu fürchten. Und den Spion. Sie gingen durch den hinteren Zugang zum Garten, durch den Edvard unzählige Flüchtlinge geschleust hatte.

Im Hotel kam Clara nicht dazu, sofort wie beabsichtigt mit Oda und Feliks zu sprechen, denn die gesamte Familie befand sich in Aufregung. Manon ging es elend. Ohne sich weiter um seine eigenen Angehörigen kümmern zu können, stürmte Dr. Wajsberg nach oben zu der Schwangeren, die sich stundenlang qualvoll erbrochen hatte und jetzt stöhnend und unansprechbar vor sich hin dämmerte. Ihr Gesicht war weiß wie ein Fischbauch und fast bis zur Unkenntlichkeit aufgequollen. Feliks und Oda waren bei ihr, beide selbst nicht ansprechbar, sondern halb irr vor Angst.

Augenblicklich griff die Angst auf Clara über. Das darf nicht sein!, beschwor sie eine unbekannte, namenlose Macht. Auf all die Ungerechtigkeit, die du wie deinen Nachttopf über der Welt ausschüttest, darfst du nicht auch noch das häufen. Du darfst nicht diesem schönen, vollkommen guten, schuldlosen Geschöpf sein Leben wegnehmen. Du darfst sie uns allen nicht wegnehmen, ihrem Mann, der sie so sehr liebt, dass er alles für sie aufgegeben hat, ihrem süßen Jungen, der zu klein ist, um seine Mutter zu verlieren, Oda, die vielleicht alle ihre Kinder verliert, und mir, die ich sie so lieb habe wie einen Teil von mir selbst. Du darfst sie der Welt nicht wegnehmen. Wie kannst du denn die Welt so schön machen und so wundervolle Menschen hineinsetzen, nur um dann alles kaputt zu schlagen?

Dr. Wajsberg hatte nur rasch Manons Temperatur und ihren Blutdruck gemessen. Dann sah er auf und suchte den Blick des Ehemannes, nicht wissend, dass Feliks blind war. »Das Kind muss aus ihr heraus«, sagte er. »Jetzt sofort. Sie hat das, was der Volksmund eine Schwangerschaftsvergiftung nennt, und ich sage Ihnen ehrlich, dass die Chance, einen von beiden durchzubringen, gering ist. Wenn Ihre Frau und Ihr Kind überhaupt eine haben sollen, muss ich hier und jetzt einen Kaiserschnitt durchführen, mit den unzureichenden Mitteln, die mir eben zur Verfügung stehen.«

Oda war nicht mehr in der Lage, besonnen zu handeln, sie bestürmte den Arzt mit Fragen nach Manons Zustand, den Gründen, dem Risiko und anderen Möglichkeiten.

»Haben Sie denn Erfahrung mit Kaiserschnitten?«, rief sie. »Muss sie nicht ins Krankenhaus?«

»Dort wäre sie am besten aufgehoben«, stimmte Dr. Wajsberg zu. »Aber die Stadt ist in Aufruhr, und wir haben Krieg. Wir bekämen sie vermutlich nicht einmal bis zum Annenspital, und wer weiß, ob wir dort nicht nur noch Trümmer vorfinden? Außerdem haben wir keine Zeit.«

»Herr Doktor«, unterbrach Feliks sehr leise. Er hielt Manons Hand in seiner und weinte. »Bitte tun Sie, was immer getan werden kann, um meine Frau zu retten. Und unser Kind. Ich vertraue Ihnen.«

Clara half, alle Leute aus dem Zimmer zu schaffen, ließ eins der Zimmermädchen heißes Wasser, Handtücher, Mullbinden bringen, kümmerte sich um Oda, um Dawid und Frido, lief von oben nach unten und wieder zurück durch das Hotel, und setzte sich endlich hin, um für Oda zu zeichnen, was Edvard ihr aufgetragen hatte. Oda war zu durcheinander, um es zu begreifen, doch so verging zumindest die Zeit.

Die Zeichnung gab sie schließlich Lidija, und sie zeichneten eine Weile auf dem Blatt hin und her, bis die andere alles begriffen hatte: dass sich ein Spion im Haus befand, dass Edvard eine Partisanengruppe um sich geschart hatte, die in den Katakomben versteckt lag, und dass etwas Entsetzliches bevorstand, dass Feliks' Familie aus der Slobodka in Sicherheit gebracht werden musste. Sie wusste auch, dass mit Katjušas Kate der versteckte Einstieg im Peressyp gemeint war, durch den Katjuša einst aus den Katakomben herausgekommen war, in den ihre Tochter geflohen war, und in dem Lidija selbst sich vor den einrückenden Bolschewisten versteckt hatte.

»Das ist schlau«, sagte Lidija und wies auf die Zeichnung. »Besser als Schreiben. Selbst wenn es uns jemand aus der Hand reißen sollte, weiß er nichts damit anzufangen.« Dann umarmte sie Clara. »Mach dir keine Sorgen. Ich gehe sofort, ich stelle sicher, dass alles Nötige unternommen wird. Du bleibst hier, falls die arme Manon dich braucht.«

Sie nahm die Zeichnung und ging, und Clara war eine Spur leichter ums Herz. Eine kleine Ewigkeit später ertönte aus Manons Zimmer das Schreien eines Säuglings.

Feliks, der wie die anderen im Korridor auf einem Klappstuhl gesessen hatte und in eine Art Gebet vertieft schien, sprang auf. »Sie haben es geschafft«, stieß er hervor, die Hände verkrampft, das Gesicht nass von Schweiß und Tränen. »Ich bin ganz sicher: Manon und unser Kleines haben es geschafft.«

Es verging noch einmal keine kleine, sondern eine große Ewigkeit, bis die Tür des Zimmers sich öffnete und der achtzigjährige Samuel Milstein, der seinem Schwiegersohn assistiert hatte, erschien. »Ihre Frau ist sehr schwach und noch nicht bei Bewusstsein«, sagte er zu Feliks. »Sie braucht äußerste Ruhe und Schonung, aber wenn Sie sich still verhalten, dürfen Sie jetzt zu ihr.«

Ehe Feliks losstürmen konnte, vertrat der alte Arzt ihm den Weg und reichte ihm die Hand. »Ich gratuliere, Herr Bajgelman. Die Tochter, die Ihnen geschenkt worden ist, ist mit Abstand das größte und schwerste Neugeborene, das mir in meiner Berufszeit untergekommen ist.«

Er musterte Feliks mehrmals von oben bis unten, als könne er dessen schmächtigen Körperbau nicht fassen. Feliks gab einen Laut von sich, den man getrost als Jauchzen bezeichnen konnte, und fiel Samuel Milstein um den Hals. Clara, Oda und Belle umarmten erst einander, dann die junge Miriam Wajsberg. Danach wurde es Zeit, für ihre jüdischen Gäste in einem der Gartenhäuser ein wohnliches Versteck herzurichten. Niemand wusste schließlich, ob Trestioreanu und der Mords-Professor sich im Haus befanden oder ob sie wiederkommen würden, geschweige denn, wo der Spion sich aufhielt. Als alles erledigt war, durfte endlich eine nach der anderen für einen kurzen Augenblick in Manons Zimmer, um das neue Mitglied der Familie zu begrüßen.

Das Bett, in dem Manon lag und tief schlief, sah aus, als hätte darin ein Blutbad stattgefunden. Das kleine Mädchen aber, das der Arzt in letzter Minute aus ihr herausgeschnitten hatte, sah tatsächlich aus, als sei es schon seit mindestens einem Monat auf der Welt und fühle sich dort pudelwohl. Es hatte zornig nach

Nahrung gebrüllt, und da seine Mutter vorerst nicht zur Verfügung stand und nicht geschwächt werden durfte, fütterte es nun der überglückliche Vater mit einer Mischung aus warmer Milch und Haferflocken, die Andreja zubereitet hatte.

Flüchtig war ihnen allen zum Lachen, zum Jubeln und zum Feiern zumute wie in der Silvesternacht, wenn das neue Jahr einen neuen Anfang versprach. Oda köpfte eine Flasche Krimsekt, die eigentlich für die Besatzer reserviert war, und Feliks scheuchte lachend alle in den Korridor, damit sie seine Liebste nicht störten.

Mit dem nächsten Herzschlag zerbrach das Glück.

Lidija und Ullrich kamen die Treppe herauf, sie waren außer Atem, die Gesichter hochrot, und in ihren Augen stand blankes Entsetzen. An Vorsichtsmaßnahmen war nur noch das Allernötigste machbar. Lidija packte Clara am Arm und zog sie mit sich bis ans Ende des Korridors in eine Besenkammer.

»Es tut mir so leid«, keuchte sie, nachdem sie die Tür hinter ihnen zugezogen hatte und sie sich in der Enge, in völligem Dunkel zwischen Schrubber und Wischeimer aneinanderdrängten. »Es ist zu spät, die Slobodka ist abgeriegelt und von Soldaten umstellt, da kommt kein Mensch mehr rein. Da draußen tobt jetzt die Hölle. Ich habe gedacht, die hätte ich schon mehrmals erlebt, aber wie es aussieht, habe ich mich geirrt.«

»Feliks' Familie«, stammelte Clara, überwältigt von den Gefühlsumschwüngen dieses Tages.

»Nichts mehr zu machen.« Im Dunkeln tastete Lidija nach ihrer Hand. »Irgendwer wird mit diesem armen Jungen sprechen müssen, aber frag mich nicht, wie man es ihm sagen soll. Wenigstens kommen der Mords-Professor und sein Kamerad wohl vorläufig nicht hierher zurück. Ich nehme an, sie werden sich den Woronzow-Palast als Residenz wählen, sodass wir am sichersten sind, wenn wir uns hier verschanzen. Vor allem verhindere um alles in der Welt, dass Oda oder gar der alte Doktor Milstein nach draußen vor das Portal gehen. Halt sie hier im Haus fest. Lenk sie mit dem Baby oder irgendetwas ab.«

»Warum?« Claras Herz schlug wie rasend in der Dunkelheit.

»Da draußen liegt Eduard«, sagte Lidija. »Diese Barbaren haben ihm die Kehle durchgeschnitten.«

Vor Jahren, in der guten Zeit, oder besser: in der Zeit, in der sie alle wie auf der Insel der Seligen gelebt und ignoriert hatten, dass das Ende längst eingeläutet war, hatte einmal jemand bei *Tanner* Claras Vater gefragt, wie es denn möglich sei, dass in Odessa all diese Völker zusammenlebten, ohne dass es ständig zu Mord und Totschlag käme.

»Die Völker Odessas«, hatte Claras Vater gesagt, »haben dafür ein spezielles Rezept: Sie nehmen einander nicht ernst. Die Türken balbieren die Griechen über den Löffel, und die Griechen dichten auf die Türken Spottverse. Die Russen schreiben über alle Komödien, die keine Pointe haben, die Italiener können keinem Armenier eine Aubergine verkaufen, ohne sich kaputtzulachen, und die Ukrainer sind sich noch immer nicht ganz sicher, ob sie eigentlich existieren, lachen sicherheitshalber aber mit. In der Stadt kursieren die besten Judenwitze, und über die, die die Juden selbst erzählen, müssen sogar die Deutschen grinsen. Natürlich funktioniert die Methode nicht perfekt. Aber sie funktioniert seit vielen Jahren besser als alles, was wir anderen uns haben einfallen lassen.«

In dieser Nacht im Oktober 1941 hörte die Methode auf zu funktionieren. In dieser Nacht wütete ein Volk, das darauf bestand, ernst genommen zu werden, in einer Weise, dass allen Übrigen das Lachen im Hals stecken blieb. Für immer. Nicht nur bis zur nächsten Saison. Odessa würde nie mehr Odessa sein, die Stadt, die sich keine Sorgen machte und in die man flüchten konnte, wenn man sich auch keine machen wollte. Sie würde nie mehr das Odessa sein, in dem irgendwie und mit ein bisschen Ach und Krach und viel Wein schon alles gut ausgehen würde. Es war nicht gut gegangen. Und am Morgen nach dieser Nacht wünschten sich die, die in Odessa überlebt hatten, sie hätten sich rechtzeitig Sorgen gemacht.

Bei der Explosion der Bombe im rumänischen Hauptquartier waren einundfünfzig Rumänen und sechzehn Deutsche ums Leben gekommen. Ion Antonescu, Rumäniens Staatspräsident, ordnete an, als Vergeltungsmaßnahme für jeden toten Offizier zweihundert, für jeden Soldaten hundert Bolschewisten zu töten. Das Kommando übernahm Gheorge Alexianu, der offenbar im Zuge der Ereignisse zum Gouverneur von Transnistrien ernannt worden war und bei dem sich bald niemand mehr fragte, warum man ihn den Mords-Professor nannte. Dieser hatte längst festgestellt, dass sich in der Stadt keine Bolschewisten mehr befanden, weil diese sich entweder der Armee oder den Partisanen angeschlossen hatten. Somit entschied er, dass man stattdessen getrost mit Juden vorliebnehmen könne, solange die Durchführung systematisch erfolgte.

Juden, die sich rund um das Hafenviertel aufhielten, sollten dort zusammengetrieben und an Ort und Stelle liquidiert werden. Andere, die man innerhalb des Stadtgebiets aufgriff, sollten in Lastwagen verladen und zu den Militärbaracken in den Vorort Dalnyk geschafft werden, wo man sich ihrer entledigen würde.

Constantin Trestioreanu, der dem umgekommenen Glogojanu als Stadtkommandant nachfolgte, beschloss, die Anweisung weniger förmlich umzusetzen. Seine Leute sollten sich nach dem Schrecken, der ihnen in die Glieder gefahren war, ein wenig austoben dürfen. Also befahl er jeder seiner Einheiten, mindestens hundert Juden zu beseitigen, wobei er die Grenze nach oben hin offenließ.

Die Männer wüteten durch die Slobodka, die Moldawanka und den Rest Odessas wie die Reiter der Apokalypse. Sie hängten Passanten an Straßenlaternen und an den Zweigen der berühmten Akazien auf, die im Frühjahr mit ihrem Blütenduft Touristen lockten. Sie brachen in Wohnhäuser ein und schlitzten Frauen und Kindern die Bäuche auf, schlugen Greisen die Schädel ein oder schnitten ihnen die Kehlen durch. Ein Überlebender berichtete später, einer der Männer habe das Schoßhündchen seiner Kinder eine Juden-Töle geschimpft und mit bloßen Händen erwürgt, nachdem er die drei Kinder mit seiner Maschinenpistole bis zur Unkenntlichkeit zerschossen hatte.

Die Zahl derer, die im Hafen zusammengetrieben und dort vor aller Augen erschossen wurden, betrug etwa zwanzigtausend, und noch einmal genauso viele wurden aus der Stadt herausgekarrt, in die Munitionslager auf dem Militärsperrgebiet bei Dalnyk gesperrt und bei lebendigem Leib in Brand gesteckt. Einer der Aufseher auf dem Gelände berichtete, wie eine Frau, deren Haar lichterloh in Flammen stand, sich aus dem einbrechenden Dachstuhl gereckt und versucht hatte, ihren Säugling ins Freie hinauszuwerfen. Das Kind landete in einem Flammenherd vor dem Gebäude. Der Mann, der den Bericht weitergegeben hatte, damit er um die Welt ging, brachte sich drei Tage später um.

Was von dem jüdischen Leben, das Odessas Gesicht und seinen Charakter geprägt hatte, verblieben war, wurde in der Slobodka zusammengepfercht. Das quirlige Viertel der Straßenhändler, der Trickbetrüger, der Diamantenschleifer, Musiker und Handwerker war nun ein Getto, das umzäunt und mit Hunden bewacht wurde. Feliks ließ sich dennoch nicht abhalten, dorthin zu gehen, um herauszufinden, was aus seiner Schwester, seinem Schwager, dem kleinen Bruder, der so gut Pflanzen beschreiben konnte, und den klugen Kindern geworden war.

Drei Tage lang war es der Familie gelungen, ihn in Ahnungslosigkeit zu wiegen, weil er mit der Freude über die Geburt seiner Tochter und der Sorge um Manon, die sich nur langsam erholte, abgelenkt war. Dann aber ließ sich ihm nicht länger verschweigen, was geschehen war. Vorkehrungen zu seiner Sicherheit mussten getroffen werden, zumal sich noch immer ein Spion im Haus befand, und für Manon und die Kinder war es das Beste, nicht länger den Namen Bajgelman, sondern Manons Geburtsnamen Albus zu führen. Die Deutschen und ihre Verbündeten überrannten die Sowjetunion von allen Seiten. Sie würden bleiben, und überleben würde nur, wer in der größten Verzweiflung einen kühlen Kopf bewahrte.

Als Feliks begriff, wurde er zu einem Rasenden, in dem den sanften, besonnenen Mann, als den sie ihn alle kannten, niemand mehr fand. Alle Versuche, ihn zum Bleiben zu bewegen, waren vergeblich.

»Sie kommen nicht lebend durch die Straßen und in das Getto hinein«, sagte Lidija. »Und wenn Sie es wie durch ein Wunder doch schaffen, dann lässt man Sie in jedem Fall nicht wieder heraus.«

»Ich muss hinein, und ich komme hinein«, sagte Feliks. »Alles andere ist gleichgültig.«

Clara sagte nichts. Sie hätte alles tun wollen, um ihm den Wahnsinn auszureden, aber sie verstand, dass Feliks keine Wahl hatte.

»Es tut mir von Herzen leid, Ihnen das so hart sagen zu müssen«, probierte es Ullrich. »Aber nach allem, was wir in Erfahrung bringen konnten, besteht keine Chance, dass Ihre Verwandten noch am Leben sind.«

»Ich weiß«, sagte Feliks. »Ich gehe und spreche ihr Totengebet.«

Manon weinte, hielt seine Hand fest und erinnerte ihn daran, wie sehr sein Sohn ihn liebte, wie sehr seine Tochter ihn lieben würde. »Wenn du gehst, sehen unsere Kinder dich nie mehr wieder, Feliks. Willst du das?«

»Und wenn jemand unsere Kinder umgebracht hätte?«, fragte er zurück. »Würdest du dann nicht gehen und sie noch einmal sehen wollen, weil es das Letzte ist, das dir von ihnen bleibt? Ich will die, die ich liebe, noch einmal sehen, und ich wünsche mir mit aller Kraft mein Augenlicht zurück, damit ich es kann.«

40

BODO
1943

Das deutsche Volk hat hier seine heiligsten Güter, seine Familien, seine Frauen und Kinder, die Schönheit und Unberührtheit seiner Landschaft, seiner Städte und Dörfer, das zweitausendjährige Erbe seiner Kultur und alles, was uns das Leben lebenswert macht, zu verteidigen. Wäre die deutsche Wehrmacht nicht in der Lage, die Gefahr aus dem Osten zu brechen, so wäre das Reich und in kurzer Folge ganz Europa dem Bolschewismus verfallen.«

Das Heer der fünfzehntausend, die sich zu der Propagandaveranstaltung im Hexenkessel des Berliner Sportpalasts versammelt hatte, brach in ein Grölen aus, das den seit einer Stunde währenden Fluss des Redners zumindest flüchtig unterbrach. Bodo holte Atem und fragte sich, wie lange er sich das, was Reichspropagandaminister Joseph Goebbels mit drohend erhobenem Zeigefinger in die Menge spie, noch anhören konnte, ohne zu schreien, sich die Hände auf die Ohren zu pressen oder mit beiden Fäusten auf seinen Nebenmann einzuschlagen.

Letzteres wäre noch weniger klug gewesen als die beiden anderen Varianten. Sein Nebenmann war Albert Ganzenmüller, stellvertretender Generaldirektor der Reichsbahn und de facto sein Vorgesetzter. Der eigentliche Generaldirektor – Julius Dörpmüller – fungierte zugleich als Verkehrsminister und hatte für die Angelegenheiten der Reichsbahn wenig Zeit. Ganzenmüller war einer von den Perfekten, den Hundertprozentigen, die ein Henkersbeil auf Hochglanz poliert wissen wollten, ehe sie mit einem glatten Schnitt einen Hals durchtrennten. Er hatte vor einem knappen Jahr den weicheren, leichter manipulierbaren Kleinmann abgelöst, weil dieser im Osten, auf dem alles entscheidenden sowjetischen Boden nicht die Leistung erbracht hatte, die von ihm erwartet worden war.

Joseph Goebbels persönlich hatte seine Ablösung gefordert und Kleinmann sogar mit seiner Überstellung ins KZ gedroht. Leere Drohungen waren die Sache des Herrn Goebbels nicht. Zwei der in Weißrussland und der Ukraine eingesetzten Reichsbahnräte, die Kollegen Hahn und Landenberger, waren verhaftet und aus Minsk und Kiew geradewegs nach Sachsenhausen geschickt worden.

Mit der Reichsbahn, versteht sich.

Komisch war das nicht.

Ins KZ zu kommen, riskierte kein Mensch, der halbwegs bei Verstand war. Wer wie Bodo Leute kannte, die im KZ gewesen waren, riskierte es noch viel weniger. Die meisten dieser Leute lebten nicht mehr. Die, die noch lebten, sagten, sie wären lieber tot.

Manchmal fragte er sich, ob das nicht die Lösung, der Ausweg aus seiner Lage war: der Heldentod. Erich Ohser, einem der wenigen verbliebenen Freunde, mit denen er offen zu reden wagte, hatte er neulich diese Frage gestellt. Mit einem Grinsen zwar, aber so kannte ihn Erich: Einen Witz zu reißen und etwas todernst zu meinen – das war für Bodo kein Widerspruch.

Erich befand sich in einem ähnlichen Dilemma. Seine Vater-und-Sohn-Comics in der *Berliner Illustrirten* fanden reißenden Absatz, und er hätte den lieben Gott einen guten Mann sein lassen und auf ewig so weitermachen können. So wie Bodo selbst mit seiner Überwachung von Gleissicherheit, aber so einfach war es eben nicht. Wenn man sich in den Dienst eines Mörders stellte, leistete man in letzter Konsequenz Beihilfe zum Mord, auch wenn man dem Mörder nur den Hintern wischte.

»Ich verstehe, was du meinst«, hatte Erich gesagt. »Und ich denke oft das Gleiche: Ich zeichne meine Figuren, die die Leute lieben, weil sie Charakter und Anstand haben. Aber wenn sie wirklich Charakter und Anstand hätten, müsste ich sie dann nicht statt auf Lehrerpulte auf Barrikaden springen und ausrufen lassen: ›Leute, wohin sind sind eure Nachbarn verschwunden? Vor euren Augen geschieht ein Massenmord, und ihr schaut weg?‹ Aber sobald ich den Stift nehme und genau das endlich aus mir herauszeichnen will, damit es mich vor meinem eigenen Talent nicht länger ekelt, muss ich an Marigard und Christian denken. Daran, dass diese Liebe, die ein Mann für seine Frau und sein Kind empfindet, das verrückteste Wunder der Welt ist und dass ich die Vorstellung nicht ertragen kann, meine Marigard wäre auf sich gestellt und mein Christian müsse ohne mich aufwachsen.«

Bodo war, als nähme Erich ihm die Worte aus dem Mund. Dabei hätte es ihm doch leichter fallen müssen, denn seine Liebste war tot und sein Kind war eine erwachsene Frau. Dennoch schmerzte es verblüffend heftig, sich vorzustellen, dass der kleine Frido keinen Opa haben sollte, und davon abgesehen gab es noch etwas Konkretes: Sie saßen da unten in der Falle, seine grandiose Tochter, sein Schwiegersohn, sein Zauberenkel, die ewige Oda Liebenthal, Belle samt Georgchen und der Rest. Odessa und seine Umgebung waren von Antonescus Faschisten besetzt, und mit jedem Tag, der verstrich, wuchs die Gefahr, dass einer der feinen, geraden Menschen, die er liebte, ihnen in die Fänge geriet.

Und wenn es anders kam?

Die katastrophale Niederlage von Stalingrad, die vor zwei Wochen besiegelt worden war und zweifellos den Grund für Goebbels' Auftritt darstellte, mochte noch mehr bedeuten als Hunderttausende eingekesselter, erfrorener, verhungerter, viel zu früh ausgelöschter Menschen. Einen Wendepunkt im Kriegsgeschehen. Vor vierzehn Monaten waren die Vereinigten Staaten in den Krieg eingetreten, und seit dem ersten Tag des Jahres 1942 gehörten sie, allen politischen Differenzen zum Trotz, mit der Sowjetunion zur Anti-Hitler-Koalition.

Die längst erstickten Hoffnungen, die damit neu aufgeflammt waren, hatten sich bisher nicht erfüllt, doch dann hatte Hitler bei Stalingrad seine 6. Armee in die Vernichtung gehetzt, und nun waren alle Karten neu gemischt. Bodo saß nah genug an der Quelle, um zu wissen, dass selbst die oberste Riege der Parteifunktionäre plötzlich Panik verspürte. Umsonst stand Joseph Goebbels nicht seit einer geschlagenen Stunde auf der von Hakenkreuzfahnen umrahmten Rednertribüne des Sportpalasts. Umsonst waren nicht Berühmtheiten aus Kunst, Kultur und Sport sowie Funktionäre aus kriegswichtigen Bereichen wie er selbst genötigt worden, der Veranstaltung beizuwohnen, die der Großdeutsche Rundfunk in alle Teile des Reiches übertrug.

Auf einmal war möglich, was noch Wochen zuvor undenkbar erschienen war: ein Sieg der Alliierten. Ein Ende des Mörder-Reichs, das sich selbst das Tausendjährige nannte.

Und dann?

Für solche wie ihn war dies ein Kampf zwischen Menschen und Unmenschen, zwischen Faschisten und der freien Welt. Für all jene, die Hitlers Super-Variante des Faschismus jedoch überrannt hatte – für die Sowjetunion, die allein in der Schlacht um Stalingrad eine halbe Million junger Männer verloren haben mochte –, war es noch immer ein Kampf gegen Deutschland.

Der Hass, den das auf sich zog, würde auch seine Familie in Odessa treffen. Wenn man zum zweiten Mal in nur dreißig Jahren deutsche Besatzer aus dem Land trieb, würde man sie nicht bleiben lassen, und von Völkern, die um eine ganze Generation von Söhnen trauerten, war nicht zu erwarten, dass sie in ihrer Gier nach Rache Unterschiede machten.

Seine Leute mussten da weg. Er konnte nicht hier neben Ganzenmüller in seiner Loge thronen und über Heldentode nachsinnen, solange Oda und ihre Leute dort unten ihn noch brauchten. Bodo riss sich zusammen und zwang sich, sein Gesicht wieder Goebbels zuzuwenden. Es würde nie aufhören, ihn zu erstaunen, wie dieser kleine Mann es fertigbrachte, einen Saal mit fünfzehntausend Menschen in seinen Bann zu schlagen. Noch immer reckte er zu jedem dritten Wort wie ein erregter Dorfschullehrer den Zeigefinger, sperrte beim Sprechen den Mund wie ein Froschmaul auf und trug zur Uniform eine Mütze, unter der sein Gesicht fast verschwand. Damals, als Goebbels' Aufstieg begann, hatte Erich Ohser gewitzelt, er liebe die Nazis, weil »sie ein gefundenes Fressen für jeden Karikaturisten sind«.

Der Herr Goebbels – schmächtig von Wuchs und mit einem Klumpfuß geschlagen – ließ jedoch nicht mit sich scherzen. Der Direktor des Oskar-Helene-Heims, der ihn in einer Schrift als »berühmten Krüppel« aufgeführt hatte, war von der Bildfläche verschwunden, und das gleiche Schicksal widerfuhr jedem, der es wagte, ihn als »Schrumpfgermane« oder »Humpelstilzchen« zu verunglimpfen.

Vielleicht waren das die Gefährlichsten unter den Mördern der Weltgeschichte, überlegte Bodo. Die, die keinen Humor hatten. Gleich darauf verwarf er jedoch den Gedanken. Gefährlich an den Mördern der Weltgeschichte war, dass sie in jeglicher Form und Variante daherkamen und es nicht möglich war, sie nach festgelegten Kategorien zu erkennen. Man hätte wachsam sein müssen. An jedem Ort und in jedem Augenblick wachsam.

Wohin aber führte ihn das jetzt? Was sollte er tun, wie sich aus dem Schwitzkasten, in dem er steckte, befreien? Bei der Reichsbahn konnte er nicht länger bleiben, wenn er seinem Enkel noch einmal ins Gesicht sehen wollte. Die Reichsbahn war nicht länger sein Traum von der weiten Welt. Sie war eine Mordwaffe, und

Männer wie er trugen mit ihrer Arbeit dazu bei, sie zu einer der effektivsten Mordwaffen der Geschichte zu machen.

Zweitausend Menschen ließen sich in einen einzigen Zug quetschen, in Güterwagen wie in die für den Personentransport. Ob auf den fünfhundertsechzig Kilometern Fahrtstrecke zwischen Berlin und Auschwitz von den Eingepferchten jemand erstickte, war gleichgültig. Wichtig war allein die Zahl derer, die auf dem Bahnhof Grunewald, wo er mit Valerie und Clara einst zum sonntäglichen Picknick ausgestiegen war, verladen wurden. Für jeden Reisenden veranschlagte die Bahn einen Fahrpreis der dritten Klasse, stellte das Geld dem Reichssicherheitshauptamt in Rechnung, und dieses kassierte es direkt von den Deportierten ein.

Das war es, was er, Bodo Arndt, der Eisenbahn-Streichler, tat: Er sorgte für einen sicheren Transport in den Tod. Dass es ihm dabei gelegentlich gelang, ein oder zwei von ihnen auf einen anderen Zug umzubuchen und ins Leben zu schicken, konnte er sich nicht länger als Entschuldigung anrechnen. Räder rollten für den Mord, und nur weil solche wie er sich nicht verweigerten, würden sie weiterrollen bis zum letzten Mann.

Es ging nicht mehr. Es musste ein Ende haben.

Aber wie?

Valerie sprach nicht mehr mit ihm, nicht einmal im Traum. Er hatte ihr damals, im ersten Krieg, geschworen, dass er nicht zu ihr zurückkehren würde, wenn er keinen Weg fände, sich aus der Rolle eines Mörders zu befreien. Er wünschte, er hätte es ihr noch einmal schwören können, sich noch einmal wie ein Kamel durch ein Nadelöhr quetschen. Er war es ihr schuldig. Ihr und sich selbst.

Aber wie?

Dass Goebbels nach anderthalb Stunden des Geiferns überhaupt noch Spucke hatte, war unglaublich, doch der Mann setzte noch einmal an und steigerte sich, schraubte sich selbst und sein Publikum auf den Gipfel der Raserei:

»Die Engländer behaupten, das deutsche Volk hat keine Lust mehr, sich der überhandnehmenden Kriegsarbeit zu unterziehen. Seid ihr entschlossen, das Letzte für den Sieg herzugeben? Die Engländer behaupten, das deutsche Volk wehrt sich gegen die totalen Kriegsmaßnahmen der Regierung. Es will nicht den totalen Krieg, sagen die Engländer, sondern die Kapitulation. Ich frage euch: Wollt ihr den totalen Krieg?«

Die letzte Frage hatte er gebrüllt, und sein Echo, das fünfzehntausendfach gebrüllte »Ja« ließ die Wände der Halle beben. Hier war er mit Georgchen zum Sechstagerennen gewesen, erinnerte sich Bodo, um in den Wellen des Wahnsinns den Verstand nicht zu verlieren. Sie hatten sich eine Bockwurst geteilt und auf den Sieger gewettet, und Krücke, das Berliner Original, hatte die Takte des Sportpalastwalzers mitgepfiffen, bis die Halle schunkelte.

Damals hatte Georgchen Radrennfahrer werden wollen oder Lokomotivführer, ganz genau hatte er es noch nicht gewusst. Heute saß Georgchen in seinem Rollstuhl im von Rumänen und Deutschen besetzten Odessa und konnte nicht weg, wenn niemand ihm half. Clara und Manon hatten kleine Kinder und konnten ebenfalls nicht weg, wenn niemand ihnen half. Waren Edvard und Feliks am Leben? Wie stand es um Hanno? Würden sie alle zurückkommen, um ihre Frauen in Sicherheit zu bringen, ehe die Rote Armee zu ihrem Vergeltungsschlag ausholte und dabei womöglich so blindlings vorging wie die rasende Menge dort unten im Saal, die Goebbels zujubelte und den totalen Krieg von ihm forderte?

Mit einem Schlag wusste Bodo, was er zu tun hatte.

Und wie so oft, wenn man dergleichen schließlich wusste, fragte er sich, warum er es nicht die ganze Zeit gewusst hatte.

Wollt ihr den totalen Krieg?

Er hatte ihn ganz bestimmt nicht gewollt, aber wenn sein ganzes Land danach brüllte, würde er sich nicht länger entziehen.

»Ich bedanke mich für die Einladung, Herr Ganzenmüller«, sagte er zu seinem Nebenmann, als Goebbels seine Rede nach knapp zwei Stunden endlich beendet hatte und die von den Sitzen gesprungenen Zuhörer frenetisch applaudierten. »Es war äußerst beeindruckend.«

Zum ersten Mal fiel ihm eine solche Lüge nicht schwer.

In Wahrheit hatte Ganzenmüller ihn zu der Veranstaltung nicht eingeladen, sondern regelrecht genötigt, da Bodo dafür bekannt war, dass er sich vor solchen Veranstaltungen gern drückte. Er war auch dafür bekannt, unnahbar zu sein, und unter den Kollegen wurde getuschelt, der Herr Bahnoberrat von Arndt sei sich für schnöde Reichsbahnleute zu fein und verkehre lieber mit Künstlern und Intellektuellen. Es gab einige, die ihm liebend gern an den Karren gefahren wären. Zugleich aber suchten noch immer viele seine Nähe und hofften aus unerfindlichen Gründen, von ihm als seinesgleichen anerkannt zu werden.

Ganzenmüller war einer von ihnen. Der Mann, der so schneidig und straff gescheitelt in seiner Uniform daherkam, war einer von denen, die einen kapitalen Minderwertigkeitskomplex im Massenmord abreagierten.

Er wandte sich Bodo zu, und sein Gesicht leuchtete regelrecht auf. »Freut mich, dass ich Ihnen Gelegenheit verschaffen konnte, diese erhebende Erfahrung mit mir zu teilen, Bahnoberrat von Arndt.«

»Ich würde mich gern revanchieren«, sagte Bodo. »Wir arbeiten nun schon eine ganze Weile zusammen, und ich dachte, es wäre an der Zeit, sich auch außerhalb der Arbeit einmal zusammenzusetzen. Darf ich Sie in der nächsten Woche vielleicht zum Abendessen einladen? Es wird allerdings ein Restaurant sein müssen, fürchte ich. Wie Sie ja wissen, bin ich Witwer, und mit meinen Kochkünsten behellige ich Sie lieber nicht.«

»Aber mein lieber von Arndt, ich bin ja hocherfreut.« Ganzenmüller unterbrach sein Klatschen und klopfte Bodo auf den Rücken. »Da sage ich nicht Nein. Im Gegenteil. Ich freue mich darauf, das ›Genie der Gleise‹, wie wir Sie unter uns nennen, einmal von der privaten Seite kennenzulernen.«

»Die Freude ist ganz meinerseits«, behauptete Bodo. »Vielleicht geben Sie mir dann auch Gelegenheit, Ihnen ein wenig das Dilemma darzulegen, in das mich die großartige Rede unseres Propagandaministers gestürzt hat.«

»Ein Dilemma, Bahnoberrat?«

Bodo nickte beflissen. »Der totale Krieg, das bedeutet natürlich Opfer. Von jedem von uns. Selbstverständlich müssen die Unabkömmlich-Stellungen wehrfähiger Volksgenossen erneut überprüft werden ...«

»Meine Rede, mein Lieber!«, fiel ihm Ganzenmüller, der schon wieder klatschte, ins Wort. »Genau das sage ich seit Monaten: Hätten wir diese ganzen Feiglinge, die sich hinter dem Stempel ›Unabkömmlich‹ verkriechen, an die Front in den Osten geschafft, wäre uns Stalingrad nicht passiert.«

»Ja sehen Sie, derselben Ansicht bin ich eben auch«, griff Bodo die Steilvorlage dankbar auf. »Und aus diesem Grund bedrückt es mich, dass ich selbst, als kriegserfahrener deutscher Offizier, mich hinter einem solchen Stempel verstecke.«

»Aber ich bitte Sie.« Wieder tätschelte ihm Ganzenmüller den Rücken, und Bodo nahm sich vor, die Jacke gleich morgen in die Wäscherei zu geben. »Männer wie Sie und ich leisten unseren Kriegsdienst an anderer Stelle. Sie wissen doch: *Räder müssen rollen für den Sieg*.«

»Genau das ist mein Problem«, sagte Bodo. »Wie uns ja beiden leider bekannt ist, rollen sie im Osten ganz und gar nicht so, wie wir es uns wünschen. Deshalb überlege ich, ob ich Sie im Interesse des Vaterlands nicht bitten sollte, mich freizustellen und eine Empfehlung für meine Entsendung an die Ostfront auszusprechen. Natürlich bilde ich mir nicht ein, in meinem Alter im Feld von nennenswertem Nutzen zu sein. Als militärischer Beobachter der Abläufe könnte ich an einer strategisch wichtigen Schaltstelle meine Kenntnisse aber sehr wohl nutzbringend einsetzen. Ich dachte beispielsweise an Litauen. Sie wissen, ich spreche fließend Russisch und verstehe in den meisten slawischen und baltischen Sprachen zumindest das Nötigste. Zudem ist mir das Terrain bekannt wie meine Westentasche. Wenn es also darum ginge, Sabotageakte aufzudecken und Partisanennester entlang unserer Transportachsen auszuheben, wäre ich nicht die schlechteste Wahl, denke ich.«

Der Beifall ebbte noch immer nicht ab, und Albert Ganzenmüller klatschte weiter mit. So wie seine Augen beim Blick auf ihn glänzten, war Bodo sich jedoch nicht sicher, ob er noch Goebbels oder vielmehr ihm applaudierte. »Wissen Sie was, von Arndt?«, fragte er strahlend. »Wir nennen Sie nicht nur so, sondern Sie sind tatsächlich ein Genie. Und Sie werden noch mehr sein: unser Mann im Osten. Sagen Sie, warum arrangieren wir unser kleines Abendessen nicht gleich für morgen, dabei können wir unsere Pläne dann konkretisieren. Aber Sie müssen mir erlauben, Sie einzuladen, nicht umgekehrt. Nein, keine Widerrede. Ich bin stolz auf Sie. Ich bin wirklich stolz.«

Es dauerte noch eine geschlagene Stunde, ehe es Bodo gelang, sich unauffällig zu verabschieden, den noch immer gefüllten Sportpalast zu verlassen und zu Fuß nach Hause zu gehen. Er brauchte jetzt frische Luft. Und daheim würde er sich einen nicht allzu knappen *shot* aus der eisernen Cognac-Reserve gönnen, weil es nach dem heutigen Tag ein fader Weinbrand nicht tat.

Als er endlich ankam, fand er vor der Tür seiner Wohnung die in Tränen aufgelöste Marigard Ohser, die den schlaksigen vierzehnjährigen Christian wie einen kleinen Jungen im Arm hielt.

»Bodo!«

Ehe sie mehr sagen konnte, sperrte er auf und zog die beiden in die Wohnung. Hinter jedem Türspion musste man jetzt einen Denunzianten befürchten, auch hinter dem des Nachbarn, von dem man sich seit Jahr und Tag Eier oder eine Tasse Mehl borgte und dabei über Fußballergebnisse fachsimpelte. Er legte sich einen Finger auf die Lippen, um Marigard zu ermahnen, trotz allem leise zu sprechen.

Wie berechtigt seine Sorge war, bewies sie ihm mit dem, was sie sagte: »Erich ist verhaftet worden. Unser Nachbar, der Bruno, dem Erich noch Karten für seinen Zeichentrickfilm geschenkt hat, hat ihn angezeigt. Ich muss mit Christian hier weg, ich gehe zu meinen Verwandten an den Bodensee. Bitte hilf du ihm, Bodo. Sei du für ihn da.«

41

MANON
1944

Der Winter war eisig. Erbarmungslos. Eine Tortur selbst für die, die wie Manon im komfortabelsten Haus von Odessa wohnten und über Holz und sogar eine begrenzte Menge Heizöl verfügten. Für die, die in einem Versteck unter der Erde hausten, waren jeder Tag und vor allem jede Nacht ein Kampf ums Überleben. Aber es würde nun nicht mehr lange dauern, jetzt endlich.

Vor fünf Wochen hatte die Rote Armee das belagerte Leningrad befreit. Und vor drei Tagen hatte eine Offensive im Süden begonnen, die die Deutschen aus der Ukraine treiben sollte. Manon hätte sich niemals vorstellen können, dass ausgerechnet sie sich für die die Ergebnisse von Schlachten und den Verlauf von Fronten interessierte, doch in diesem Krieg ging es für sie wie für so viele Frauen im Land um das Leben ihrer Liebsten. Sie waren alle Katjušas, waren alle wie das Mädchen aus dem Lied:

»An sein einfaches Mädchen soll er denken,
Und hören, wie sie singt.
Er beschützt die heimatliche Erde,
Katjuša schützt ihre Liebe zu ihm.«

Sie kämpften alle zusammen. Die Soldaten zu Land, zu Wasser und in der Luft, die den Gegnern Stück für Stück Boden abrangen, und die Partisanen unter der Erde, die den Feinden mit ihren Sabotageakten in den Rücken fielen. Gerade in der letzten

Woche war es ihnen wieder gelungen, einen Zug zum Entgleisen zu bringen, der Waffen und Munition lieferte. Den Besatzern in der Stadt wurde der Atem knapp.

Und sie selbst, die daheimgebliebenen Frauen, kämpften auch. Jede auf ihre Art. Natürlich gehörte Manon nicht zu denen, die wie Clara ein aktiver Teil der Partisanenorganisation sein konnten. Clara war einfach fantastisch: Ihre Bildergeschichten von Mischa dem Maulwurf, der mit seinen Leuten die Spinne mit den vier Hakenarmen bekämpfte und den Boden unter den Füßen der Faschisten aufwühlte, kursierten im Untergrund der ganzen Stadt. Auf nächtlich verteilten Flugblättern machten sie den Menschen Hoffnung, ermutigten sie, durchzuhalten und den Kampf nicht aufzugeben.

Mischa der Maulwurf aber konnte noch mehr. Seine von Clara ohne Worte erzählten Geschichten waren es, mit deren Hilfe die Partisanen einander Nachrichten zukommen ließen, sich gegenseitig Standorte, Einsatzpläne, Befehle und Meldungen übermittelten.

»Bilder sind klassenlos und international«, hatte Clara ihr erklärt. »Wir alle verstehen sie, auch wenn wir nicht dieselbe Sprache sprechen. Ebendeshalb ist ja der Film wie ein Komet zum Medium der Demokratie avanciert. Deren Feinde haben ihn für ihre Propaganda missbraucht, aber wenn das alles hier vorbei ist, werden wir ihn uns zurückerobern.«

Clara würde ihren Film von Mischa dem Maulwurf zeichnen und der ganzen Welt von dem Kampf erzählen, der tief unter Odessas Straßen ausgefochten worden war: Seit drei Jahren lebten die Männer – und auch ein paar wenige Frauen – dort unten in der feuchten Kälte, im Dunkel der niedrigen Gänge verschanzt, um die Besatzer von innen heraus zu schwächen. Sie schliefen im Stroh, ernährten sich von dem, was ihre Außenkontakte nach unten schaffen konnten, sprachen im Flüsterton oder schwiegen, und wenn sie krank waren, gab es für sie keine Pflege, nur Gesundwerden oder Sterben.

Claras Film würde von ihnen erzählen. Von denen, die kämpften, um an dem, was ihnen angetan worden war, nicht zu zerbrechen, die kämpften, weil sie es denen, die sie verloren hatten, schuldig waren, und die kämpften, um eines Tages mit denen, die ihnen geblieben waren, wieder vereint zu sein und ins Leben zurückzukehren.

Kampf aus Liebe solle der Film heißen, hatte Manon vorgeschlagen, aber natürlich hatte Clara darüber gelacht und gesagt, sie habe ja nicht vor, eine Schnulze zu zeichnen.

»Wenn er von uns handelt, muss es eine Schnulze werden«, hatte Manon aufgetrumpft und mitgelacht. »Eine Schnulze mit Happy End, bei dem alle weinen.«

Der Film handelte von ihnen. Mischa der Maulwurf – das war natürlich kein anderer als Feliks, der sich in dem insgesamt mehr als zweitausend Kilometer langen Labyrinth unter der Erde, das beim Sandsteinabbau unter Odessas Oberfläche entstanden war, besser als jeder andere zurechtfand. Obgleich er der Einzige war, der die Zeichnungen von Clara nicht mit eigenen Augen sehen konnte, kannte er sie in allen Einzelheiten. Clara beschrieb sie ihm, wie sein Bruder ihm die Blüten und Blätter der Pflanzen beschrieben hatte. Er war ein Experte. Und er war es auch, der zu Clara gesagt hatte: »Zeichne uns im Haupttunnel an die Wand, wie der Maulwurf die Spinne zerreißt. Damit wir immer vor Augen haben, dass es möglich ist.«

Das hatte Clara getan und Feliks das Bild in allen Einzelheiten beschrieben. Es war ihr bestes, sagte sie. Der Maulwurf trug darauf seine dunkle Brille und sein Cape, in das er sich hüllte, wenn ein Feind versuchte, sein Gesicht zu erkennen, und die Spinne zerfetzte er mit den krallenbewehrten Pfoten.

»Warum hat er ein Cape?«, hatte Feliks gefragt.

Clara hatte gelacht. »Weil er ein Superheld ist. Weil er nach dem Krieg nach Amerika fährt und mit den anderen Superhelden eine Schutztruppe gründet, die dafür sorgt, dass es nie wieder Faschisten gibt.«

Das gefiel Feliks. Er versprach Clara, mit Manon und den Kindern nach Amerika zu kommen, sobald der Film von Mischa dem Maulwurf dort in den Kinos anlief.

Manon hätte kein Amerika gebraucht, um glücklich zu sein, ihr hätte Odessa genügt, und doch freute sie sich so unbändig auf ihre Reise, dass sie sich nachts, wenn sie nicht einschlafen konnte, ausmalte, wie sie alle zusammen aufbrachen.

Wie Feliks aus dem Getto der Slobodka, wo die Überlebenden des Massakers noch immer eingesperrt waren, wieder herausgekommen war, blieb sein Geheimnis. Von jenem Tag, an dem er die Leichen seines Bruders Efraim, seiner Schwester Rebekkah und ihrer Familie gefunden hatte, ohne sie zu sehen, sprach er nie. Stattdessen konzentrierte er seine Kräfte darauf, Überfälle auf Lastwagen zu planen, mit denen Menschen aus dem Getto in Lager verschleppt wurden. Anders als die anderen verließ er die Katakomben nur selten, sondern arbeitete vorwiegend im Hauptquartier. Bei den aktiven Einsätzen war er als Blinder im Nachteil und stellte sogar ein Sicherheitsrisiko dar. Wenn es jedoch darum ging, Sabotageakte zu ersinnen und im Detail zu durchdenken, machte ihm niemand etwas vor.

Es waren nur wenige Menschen, die sie auf diese Weise befreien und vor dem sicheren Tod bewahren konnten, aber diese wenigen würden leben. Sie würden sich in die Steppe, die die geschwächte rumänische Armee nicht mehr kontrollieren konnte, durchschlagen und von der zerschlagenen jüdischen Welt Odessas übrig bleiben.

Das hatte Feliks in diesen Jahren am Leben gehalten.

Das und seine Liebe zu ihr und ihren Kindern.

Anfangs hatte es Manon genügt, von ihm zu hören und ihm Nachrichten übermitteln zu können. Viel zu glücklich war sie gewesen, dass er überlebt hatte, sie wollte sich damit zufriedengeben und darauf hoffen, dass der Krieg eines Tages zu Ende ging.

Dann aber war in ihr ein Neid auf Clara erwacht, den sie kaum bezähmen konnte. Natürlich, Clara war eine Partisanin, sie war unter den Männern als ihresgleichen akzeptiert, verbrachte Tage und Nächte mit ihnen in den Katakomben, um dann wieder tagelang im Hotel für Fridolin zu sorgen und Vorbereitungen zu treffen, von denen Manon nichts verstand.

Sie hatte sich immer mit ihren Rollen zurechtgefunden: Clara war die Kluge, und sie war die Liebe, so hatte es gepasst, und keine hätte mit der anderen tauschen wollen. Jetzt aber bedeutete Claras Rolle, dass sie ihren Edvard in manchen Nächten in den Armen halten durfte, wenn auch auf einem feuchtkalten Lager in den Katakomben.

Manon hingegen wurde vor Sehnsucht nach Feliks krank.

Irgendwann hatte sie es Clara gesagt: »Ich halte es nicht mehr aus. Ich will meinen Mann bei mir haben. Ich will ihm von seinen Kindern erzählen und ihn fragen, was ich seinen Kindern von ihm erzählen soll. Ich will seinen Körper und sein Leben spüren. Wenigstens für eine Stunde.«

Sie hatte eine Gardinenpredigt erwartet, nach der sie sich beschämt fühlen würde, weil sie nicht so tapfer war wie andere Partisanenfrauen. Stattdessen hatte Clara gesagt: »Ich glaube, dass du recht hast. Es wird für dich gut sein und auch für Feliks.«

Es hatte noch eine Zeit lang gedauert, und Manon hatte versucht, sich in Geduld zu fassen. Clara hatte so viel anderes zu tun, von dem sie selbst nicht einmal gewusst hätte, wie sie es anfangen sollte. Obwohl Krieg war und alle gängigen Verbindungswege unterbrochen waren, forschte sie nach Malwines Kind. Das Rote Kreuz half ihr schließlich, brachte in Erfahrung, dass die arme

Malwine in der Haft an Typhus gestorben war, und dass ihr Kind, ein Mädchen namens Rosa, außerhalb von Moskau in einem Arbeitslager für obdachlose Kinder untergebracht war.

Warum gab es Arbeitslager für Kinder, weshalb galt ein kleines Mädchen, das eine Familie hatte, als obdachlos?

Manon war froh, dass sie diesen Teil der Welt nicht zu verstehen brauchte, dass es Clara gab, die dafür stark genug war. Wie sie es angestellt hatte, war Manon ein Rätsel, doch sie hatte erreicht, dass Malwines Kind mit einem Zug des Roten Kreuzes zur Familie nach Odessa gebracht werden durfte und dass sie es aus Holovna abholen konnten. Es war ein mageres, aber stämmiges Geschöpf von sieben Jahren, es sah aus wie Malwine mit schwarzem Haar, war ebenso altklug, und Manon hatte es auf den ersten Blick lieb.

Als sie es jedoch ins Hotel gebracht hatten, fand sich jemand, der es noch lieber hatte: Mascha. Sie war eine Mutter ohne Kind, die kleine Rosa war ein Kind ohne Mutter, und nach ein paar Wochen stand fest, dass diese beiden künftig zusammengehörten. Manon wünschte noch immer, sie hätte sich um ihre Stiefschwester liebevoller gekümmert, es tat ihr weh, dass sie Malwine des Hauses verwiesen hatten, sodass sie allein in einem Lager gestorben war. Zumindest eines aber hätte sie Malwine sagen können, wenn sie ihr je im Traum begegnet wäre: Deine Kleine ist in guten Händen. Sie hat einen Menschen gefunden, dem sie Glück schenkt und der alles dafür tun wird, um ihr Glück zu schenken.

Kurz darauf hatte Clara ihr mitgeteilt: »Es tut mir leid, dass ihr beide so lange habt warten müssen, aber wir wollten so sichergehen wie möglich. Du kannst Feliks nicht außerhalb der Katakomben treffen, Manon, es ist zu gefährlich, doch wenn es dir recht ist, nehme ich dich heute Nacht mit hinunter, und ihr könnt eine Stunde zusammen verbringen.«

Also hatte Manon Clara zu dem im Boden verborgenen künstlichen Einstieg in die Katakomben begleitet, den sie Katjušas Kate nannten, war ihr voran an den Steigeisen in der Wand hinuntergeklettert und hatte sich in der Unterwelt wiedergefunden, vor der ihr zeitlebens gegraut hatte.

Es war nicht besser, als sie gedacht hatte, sondern dunkel, feucht und so eng, dass das Atmen schwerfiel. Aber Feliks war da unten, ihr Geliebter, und um bei ihm zu sein, wäre Manon auch zum Mond geflogen. Wie sich zeigte, gab es in den Gängen größere Ausbuchtungen, von denen manche zu regelrechten Kammern wurden, und in einer davon war ein Strohlager für zwei aufgeschüttet, bei dem eine Stalllaterne und ein Krug mit Wasser standen.

Das war Claras und Edvards Bett. Weil sie das einzige Ehepaar waren, das hier unten hauste, hatten die Genossen ihnen sogar einen Vorhang an die niedrige Decke genagelt, den sie schließen konnten, um ungestört zu sein.

Auf diesem Bett durften Manon und Feliks ihre kostbare Stunde verbringen, und sie genossen jeden Augenblick davon. Manon schenkte Feliks eine Fotografie seiner Kinder, die sie beim Atelier Rembrandt hatte machen lassen: Dawid, ganz der große Bruder, auf einem Stühlchen sitzend, hielt das kleine Schwesterchen in seinem Arm. Sie hatte das Bild in Auftrag gegeben, obwohl sie wusste, dass Feliks es nicht sehen konnte, denn sie wollte, dass er es bei sich hatte, falls sein Augenlicht doch zurückkehrte. Bis dahin würde sie es ihm beschreiben.

»Du glaubst nicht, wie groß unser kleines Mädchen ist. Dawid hat sich beklagt. Er will lieber ein anderes Baby. Dieses kann er nicht halten.«

Sie lachten beide. »Und sie ist hübsch, nicht wahr? Sie wird so hübsch wie du, Manon.«

»Ich glaube eher, sie wird eine kleine Dickmamsell, weil sie den ganzen Tag frisst wie eine Raupe.«

»Das ist dann auch hübsch. Und gut für schlechte Zeiten.«

Er küsste sie, und sie liebten sich sehr leise. Dabei weinte er, und als sie sich in den Armen hielten, fragte sie ihn: »Willst du mit mir darüber sprechen, Liebling? Über die Slobodka, über Rebekkah, Efraim und Reuben?«

Er schüttelte den Kopf. Er wolle nie mehr darüber sprechen, sagte er, es sei zu viel Tod in ihm, aber er wolle für sie und für die Kinder weiterleben. »Deshalb will ich gern, dass wir unsere Tochter Chaja nennen«, sagte er. »Das bedeutet Leben. Wenn es aber zu gefährlich ist, mit einem Namen, wie nur Jüdinnen ihn tragen, herumzulaufen, nenn sie Vita. Das bedeutet auch Leben.«

Er erzählte ihr noch, dass er, seit er sich in den Katakomben verbarg, oft an Maxim denken musste, der hier unten geboren war. »Ich werde versuchen, über Maxims erste Jahre mehr herauszufinden, um es dir zu erzählen«, sagte er.

»Lass Maxim«, rief sie und umarmte ihn fester. »Nur du zählst, nur dich liebe ich.«

»Oh nein«, sagte er, »du wirst immer Maxim und mich zugleich lieben, und dafür liebe ich dich umso mehr.«

So begannen ihre Begegnungen in der lichtlosen Welt, und sosehr Manon sich nach einem normalen Leben mit ihrer Familie sehnte, sosehr liebte sie bald diese stillen, gestohlenen Stunden zu zweit. Etwa einmal in jedem Monat, manchmal viel seltener, doch zuweilen auch öfter, gelang es Clara, eine solche Stunde für sie zu arrangieren, und heute war wieder eine Nacht, in der sie einander sehen durften.

Eine besondere Nacht, denn heute gab es nur gute Nachrichten. Das Ende war nah. Vielleicht würden sie sich, wenn sie das nächste Mal zusammen waren, in ihrem eigenen duftenden Bett umarmen und hätten ihre Kinder bei sich. Dawid war schon ein großer Junge von fünf Jahren, und Vita war ein Goldschatz, den außer Hunger nichts aus der Ruhe brachte. Sie würden lange still liegen und einander nur spüren, eine Familie, die wie eine zerhackte Rosenhecke war und nun wieder zusammenwuchs. Es gab keinen Traum, den Manon lieber träumte.

Auf einem weiten Umweg radelte sie mit Clara durch die klirrende Nachtkälte in den Peressyp. Als sie Katjušas Kate erreichten, war sie so steif gefroren, dass jeder Schritt schmerzte, und trotz der Handschuhe konnte sie die Steigeisen, die hinunter in die Tiefe führten, kaum greifen. Unten aber wartete ihr Feliks, er spürte sie kommen und schloss sie in seine Arme.

»Du bist eiskalt, meine liebste Manon. Ganz durchgefroren.«

»Du auch. Hier unten wird es ja nicht warm.«

»Ach, so schlimm ist es nicht«, sagte er. »Wir dürfen natürlich kein Feuer machen, aber wir haben eine kleine Heizlampe, die ganz gut wärmt.«

Tatsächlich stand die verbeulte, mit Petroleum betriebene Lampe bei ihrem Lager. Sie wärmte überhaupt nicht, fand Manon, aber als sie unter die Decken kroch und Feliks sie in die Arme nahm, fiel die Kälte von ihr ab.

»Ich möchte hierbleiben und dich wärmen«, sagte sie. »Das ist das Schlimmste für mich: Wenn ich im Hotel am warmen Ofen sitze und daran denke, dass du hier unten frierst.«

»Und das ist das Schönste für mich«, sagte Feliks. »Wenn ich friere, denke ich daran, dass du es mit den Kindern warm hast, und dann wird mir auch warm.«

Sie liebten sich sehr langsam, weil sie beide so durchgefroren waren. Feliks erschrak über Manons kalte Finger, streifte ihr die Handschuhe wieder über und lachte, wenn sie ihn damit streichelte. Es war so schön, ihn lachen zu hören. Es war wie ein Zeichen, dass sie ihren Kampf bald gewonnen hatten.

»Ich bin dir so dankbar, Feliks«, sagte sie, als sie sich nach der Liebe in den Armen lagen, so eng umschlungen, dass keine Kälte zwischen sie kriechen konnte.

»Wofür, mein Herz? Ich denke immer, ich habe nur dir dankbar zu sein.«

»Aber nicht doch! Wie kannst ausgerechnet du, mein kluger Mann, so dumm sein, das zu denken?«

»Es ist nicht dumm.« Er nahm ihre Hände in den Handschuhen und legte sie an sein Gesicht. »Für mich wird es immer ein Wunder sein, dass die süßeste Blume, das liebenswerteste Mädchen von Odessa mich, den Blinden, den Fleischersohn aus der Slobodka, genommen und ihm eine Familie geschenkt hat. Als ich mir damals gewünscht habe, nichts mehr zu sehen, habe ich auch gedacht: Wenn ich nicht sehen kann, werde ich als Fleischer nicht arbeiten und nie heiraten können. Ist es nicht verrückt, was man alles denken kann, in einem einzigen Augenblick? Aber ich habe mich geirrt. Ich bin blind, und ich wäre auch sehend kein guter Fleischer geworden, und doch bin ich ein verheirateter Mann mit zwei prächtigen Kindern.«

Er sprach selten so viel. Etwas schien regelrecht aus ihm herauszusprudeln. Sie nahm seine Hände wie er zuvor ihre und legte sie sich ebenfalls an ihr Gesicht. »Willst du es mir erzählen, Feliks? Von dem Tag, an dem du dir gewünscht hast, blind zu sein? Vielleicht kommt ja davon dein Augenlicht zurück.«

»Ich glaube nun doch nicht, dass es noch einmal zurückkommt«, sagte er. »Ich habe damals nicht die Kraft gehabt, hinzuschauen, und bin verschont worden, und dabei wird es nun wohl bleiben. In der Slobodka, nach dem Massaker, hat ein Nachbar mich hinführen müssen zu meinen Verwandten und hat gesagt: Sei froh, Brüderchen, dass du nicht sehen kannst, denn wenn du es könntest, würdest du nicht überleben. Ich habe gebetet: Herr, lass mich sehen, damit ich nicht überleben muss. Sie haben die Mesusa an der Tür meines Schwagers zerschmettert, ich habe darübergetastet, und ich habe über ihre Gesichter getastet, die keine Gesichter mehr waren. Als ich dann noch immer nichts sah, habe ich erkannt, dass ich geschont werde wie damals, als ich mit meiner Mutter und meinen zwei Schwestern aus dem Dorf Petrowiriwka kam, wo wir Fleisch ausgeliefert haben. Sie haben uns überfallen, Männer, die wir nicht kannten. Erst glaubte ich, sie würden uns nur unser Geld und Pferd und Wagen nehmen, doch sie haben meine Schwester Esther geschlachtet wie eins der Schweine, deren gesottene Ohren sie auf dem Privoz-Markt verkaufen.«

Manons Körper wurde steif, und sie ballte die Hände in den Handschuhen zu Fäusten, damit sie ihm nicht den Mund zuhielt oder sich die Ohren. Er musste es einmal erzählen, und sie musste es hören, damit sie einander ganz kannten und beieinander ganz zu Hause waren.

»Menschen, die wollen, dass die Welt *judenrein* ist, hat es immer gegeben«, sagte Feliks. Er sprach sonst meist in Odessas Dialekt mit ihr, doch das Wort *judenrein* sprach er deutsch aus. »Männer wie Hitler und Antonescu haben das nicht erfunden, sie haben es nur für sich genutzt. Als ich in der Slobodka zum zweiten Mal bei meinen ermordeten Verwandten hockte und nichts sehen konnte, habe ich erkannt, dass ich geschont werde, um zu überleben. Dass das der Kampf ist, den ich kämpfen muss: überleben, meine Kinder aufziehen und dafür sorgen, dass sie wieder Kinder haben. Damit besiege ich sie. Alle Hitlers, alle Antonescus. Auch wenn meine Kinder keine Juden sein werden, sind sie doch das, was die Mörder in der Welt nicht mehr wollten. Ich habe für meine Verwandten, die verrottend auf der Straße lagen, mit meinen blinden Augen nichts tun können und habe den Nachbarn bitten müssen, sich um sie zu kümmern. Aber ich habe aus dem Getto fliehen und kämpfen und überleben können. Damit meine Familie zurückkommen kann und nicht totzukriegen ist.«

»Das ist es, wofür ich dir dankbar bin«, sagte Manon und

wärmte seine Hände in ihren. »Dafür, dass du überlebt hast. Ich wusste nicht, wie du es geschafft hast, aber jetzt weiß ich es und bin noch dankbarer. Clara hat wieder heimlich das Radio abgehört, und da hieß es, die Rote Armee ist schon fast hier. Wir sind bald wieder zusammen, Feliks, und wenn es so weit ist und du es willst, können wir noch viele Kinder haben.«

»Nicht allzu viele«, sagte er, lachte und küsste sie. »Kinder sind wie ein Garten, in dem man jeder Pflanze die Zeit geben will, die sie braucht. Aber ein paar wohl schon noch.«

Sie schmiegte sich noch einmal an ihn, ehe ihre Zeit vorbei war und sie in die kalte Nacht zurückmusste. »Also gut, mein Liebster. Nicht allzu viele, aber schon noch ein paar.«

42

CLARA

Clara radelte durch die Nacht und fühlte sich unwohl. Sie mochte diese Fahrten ohnehin nicht, aber heute fiel sie ihr noch schwerer als sonst.

Am Abend zuvor hatte sie sich mit Oda und Belle gestritten. Wegen einer Lappalie. Für gewöhnlich hielt sich Belle ständig in Georgchens Nähe auf, da sich dieser, falls er etwas brauchte, nicht selbst helfen konnte. Das Krampfen in seinen Händen hatte in letzter Zeit zugenommen, und an manchen Tagen fiel es ihm schwer, auch nur ein Glas zu greifen, um daraus zu trinken. Gestern allerdings hatte Belle sich erlaubt, in der Deribasowskaya zum Friseur zu gehen. Sosehr sie Georgchen liebte, war der Gedanke, ohne frisch gelegte Wasserwelle durch die vom Krieg gebeutelte Stadt zu spazieren, ihr noch immer unerträglich.

Oda begleitete sie. Sie hatte irgendwo einen Posten Lederflicken aufgetrieben, den sie abholen wollte, um für die kommende Saison die Zaumzeuge für die Badekarren ausbessern zu lassen. So absurd, ja abartig es auch klang: Es gab im *Odessa* noch immer eine neue Saison. Die Besatzer hatten sehr schnell eine Schwäche für das entwickelt, was Oda in diesem Hotel selbst jetzt noch aus dem Nichts stampfte, und dafür gesorgt, dass es wieder wurde, als was es errichtet worden war: ein Luxushotel, in dem die, die es sich leisten konnten, die Welt um sich vergaßen.

Das waren jetzt natürlich vor allem die Besatzer selbst. Sie feierten im *Odessa* rauschende Feste, bei denen sie lebende Schlachtschweine durch den Wellensaal trieben und Tänzerinnen engagierten, die nackt auf den Tischen tanzten. In den Sommermonaten holten sie ihre Familien, Mätressen, Freunde und Parteigenossen her, damit sie sich an dem weißen Sandstrand, den sie nun für sich allein hatten, vergnügten. Um sie herum hungerte die Stadt, gaben Leute ihren Kindern Gras zu essen wie zu Zeiten des *Holodomor*, und die Kinder der Rumänen spachtelten auf Picknickdecken ihre Sahnetorten.

Clara ekelte sich, aber Oda machte ihr schnell klar, dass ihnen nichts Besseres passieren konnte. »Je mehr sie uns trauen, umso sicherer sind Edvard und Feliks. Und je mehr sie sich mit meinem Wodka volllaufen lassen, umso weniger schauen sie uns auf die Finger. Denk auch an Hanno und Kasi, Clara. Meinst du, ich möchte, dass der Mords-Professor einen genaueren Blick in meine Akte wirft und feststellt, dass meine Söhne für die Bolschewisten kämpfen? Lieber besorge ich ihnen ihren Hummer und in Gottes Namen auch ihre Huren. Sollen sie prassen, bis sie platzen, uns kann es nur recht sein.«

Wie immer hatte Oda natürlich recht. Also sollte sie gehen und ihre Lederflicken für die Badekarren holen, die es den rumänischen Gästen so sehr angetan hatten, dass die zwei Ponys und der Esel nicht für militärische Zwecke beschlagnahmt wurden. Zudem freute es Clara, wenn Oda und Belle mal aus dem Haus kamen und vielleicht eine weniger sorgenvolle Stunde verbrachten.

Da sie selbst sich bis zur folgenden Nacht im Hotel aufhalten, sich um Frido kümmern und zeichnen wollte, hatte sie sich angeboten, in Georgchens Rufweite zu bleiben. Als auf einmal der kleine Anselm – Fleißers mongoloider Sohn, der für immer klein blieb – hinter ihr stand und stolz verkündete: »Ich bin hier«, hatte sie ihm erlaubt, Georgchen zu besuchen.

»Mutti und ich haben ihn mit seiner Mutter einmal auf dem Privoz-Markt getroffen«, hatte ihr Georgchen erzählt. »Seitdem kommt er manchmal zu mir, wenn Mutti nicht da ist.«

Georgchen freute sich unbeschreiblich. Er erhielt ja sonst nie Besuch und saß viele Stunden allein in seinem Zimmer. Weil er sie so sehr darum bat und um die Freude noch größer zu machen, hatte Clara ihnen obendrein einen Stapel Mischa-der-Maulwurf-Comics gegeben, Entwürfe, die missglückt waren oder aus taktischen Gründen nicht verwendet wurden. Die beiden stürzten sich darauf und waren bis auf Weiteres beschäftigt. Clara an ihrem Schreibtisch hörte sie lachen und war ein bisschen stolz. Natürlich hatte sie die Mischa-Geschichten als Nachrichtensystem der Partisanen erfunden, doch ihr persönlicher Ehrgeiz war es, sie obendrein unterhaltsam, clever, hintersinnig und einfach gut zu machen.

»Wenn es gute Comics sind, erregen sie weniger Verdacht, falls man sie findet«, hatte sie zu Edvard gesagt.

»Meine Partisanen-Frau zeichnet Comics, die so gut sind, dass die Faschisten sich ins Anschauen vertiefen und den Krieg vergessen«, hatte Edvard gesagt und sie geküsst.

»Komm, gib es zu – du schaust dir Mischa den Maulwurf selbst nachts im Bett an.«

»Wenn du nicht da bist, immer«, sagte er. »Davon abgesehen glaube ich, dass du tust, was jeder Künstler in deiner Lage täte: dein Bestes geben. Alles hineinlegen, als wäre es das Letzte, was von dir bleibt. Aber du wirst leben, Clara. Du wirst nach diesem Film noch viele andere zeichnen, auch wenn dieser dein bester bleibt.«

»Findest du, ich bin eine Künstlerin? Findest du, Comics sind Kunst?«

»Ich verstehe nichts davon. Sind sie es etwa nicht?«

Dieses Mal hatte sie ihn geküsst und sich einmal mehr darüber gewundert, wie glücklich man inmitten von Furcht, Not und Verzweiflung sein konnte.

Und die Zeit von Furcht, Not und Verzweiflung ging ihrem

Ende zu. Die 3. Ukrainische Front unter Generaloberst Malinowski hatte die Grenze des sogenannten Gouvernement Transnistrien überschritten und bewegte sich langsam, aber stetig auf Odessa zu. Es gab Anzeichen dafür, dass die Rumänen die Flucht ergreifen würden, noch ehe die Rote Armee die Stadt erreichte. Eine Sprengstoffaktion gegen Materiallager, für die Clara an diesem Nachmittag abschließende Hinweise zeichnete, sollte diese Flucht beschleunigen, Trestioreanu und seinem Stab klarmachen, dass sie nicht einmal mehr genug Ausrüstung hatten, um einen Kampf durchzustehen. Es mochte die letzte Aktion der Partisanen vor der Befreiung sein, der letzte Schritt in ihr neues Leben.

Sie war guter Dinge gewesen und hatte sich gefreut, dass Georgchen und sein Besucher auch guter Dinge waren. Dann aber waren Oda und Belle – mit frisch gelegten Locken – nach Hause gekommen und wie die Furien über sie hergefallen.

»Wie kannst du erlauben, dass ein Fleißer das Zimmer meines Kindes betritt?«, hatte Belle geschrien.

»Dein Kind ist ein Mann von vierundzwanzig Jahren«, hatte Clara erwidert.

»Das spielt keine Rolle. Er kann sich im Zweifelsfall nicht wehren«, hatte Oda sich eingemischt.

»Gegen den armen kleinen Anselm muss er sich auch nicht wehren. Der kann sich noch weniger wehren als er, und die beiden sind Freunde, ob das in eure Köpfe geht oder nicht.«

»Kein Kind von mir ist befreundet mit einem Kind von Anselm Fleißer!«, schrie Belle. »Anselm Fleißer ist der Mann, der Karol auf dem Gewissen hat, vergiss das nicht.«

»Manchmal kommt es mir vor, als hätte die halbe Stadt Karol auf dem Gewissen«, sagte Clara. »Ich weiß jedenfalls, wer ihn nicht auf dem Gewissen hat: der kleine Anselm. Außerdem wird diese Besessenheit mit Anselm Fleißer allmählich grotesk. Der

Mann ist doch selbst ein Verlierer. Die Besatzer lassen ihn mit einer Truppe von ein paar Wachleuten durch die Straßen dackeln und Leute verhaften, die Blechbüchsen wegschmeißen.«

»Die Wachleute sind bewaffnet«, versetzte Oda.

»Dann werft eben keine Blechbüchsen weg, sondern gebt sie hübsch ordentlich in den Sammeldienst«, erwiderte Clara müde. »In jedem Fall ist Fleißer mit seiner Anbiederei beim Mords-Professor gescheitert, und sein kleiner Sohn hat mit alledem nichts zu tun. Ich bringe ihn jetzt mit dem Rad ein Stück weit nach Hause, damit ihr eure Ruhe habt. Wenn ich wiederkomme, würde ich gern mit meinem eigenen Sohn allein zu Abend essen und dann ungestört noch ein bisschen arbeiten, also gute Nacht.«

Sie war gegangen, ohne sich die weiteren Tiraden der beiden anzuhören, und hatte nach ihrer Rückkehr tatsächlich den ganzen Abend kein Wort mehr mit ihnen gesprochen. Auch den heutigen Tag über hatte sie weder Belle noch Oda gesehen. Wäre eine von ihnen aufgetaucht, hätten sie sich zweifellos versöhnt, doch von sich aus suchte sie keine von ihnen auf.

Sie zeigte sich auch nicht beim gemeinsamen Abendessen. Stattdessen verabschiedete sie sich schon vorher von Manon und den Kindern und verbrachte noch ein wenig Zeit ziellos und allein. Dann wand sie sich die Leibwärmer, die Manon für die Männer gestrickt hatte, um die Taille, zog Bluse und Jacke darüber und versteckte in den Innentaschen noch zwei Schachteln Zwieback, eine Dauerwurst und ein Päckchen *Papirossa* für Edvard, ehe sie sich ohne Abschiedsgruß für Oda und Belle auf den Weg machte.

Nach neun Uhr herrschte Ausgangssperre, aber Clara kannte die Schleichwege, auf denen keine Kontrollen stattfanden. Odessa war immer eine laute Stadt gewesen, doch jetzt herrschte Totenstille. Es war eine helle Stadt gewesen, die Straßenlaternen mit ihrem gelblichen Licht denen am Seineufer in Paris nachempfunden, doch die Laternen brannten nicht mehr, und Clara radelte durch tiefe Dunkelheit. Mond und Sterne zeigten sich nicht. Es wurde schon Frühling, doch die verhangene Nacht gehörte noch dem Winter an. Dieser Teil war immer schwierig. Natürlich konnte sie nur bei Dunkelheit den Einstieg im Peressyp benutzen und hatte es im Laufe der letzten beiden Jahre etliche Male getan, aber an die Fahrt durch die wie ausgestorbene Stadt gewöhnte sie sich einfach nicht, sondern brachte sie so schnell wie möglich hinter sich.

Heute war es schwieriger als sonst. Der Streit kam ihr albern und sinnlos vor, jetzt wo sie sich anschickte, noch einmal unter die Erde zu tauchen und ihr Leben zu riskieren. Sie würde dieses Mal nicht zum Sprengen der Depots mitgehen, sondern versuchen, nahe dem Einstieg in ihrem Radiogerät den verbotenen sowjetischen Heeresbericht abzuhören. Außerdem würde sie sich bereithalten, um später, wenn nötig, Verwundete zu versorgen, doch auch ihr Versteck konnte jederzeit auffliegen. Dann war alles zu Ende. Weshalb also hatte sie sich dieser Lappalie wegen so aufgeregt?

Weil ihr Georgchen und der kleine Anselm leidtaten? An der Haltung der zwei Frauen würde sich nichts mehr ändern, auch nicht dadurch, dass sie die beiden schnitt. Sie liebte sie, so stur und verschroben, wie sie waren. Selbst jetzt, wo der Krieg in den letzten Zügen lag und die Befreier schon vor den Toren standen, würden noch Menschen ums Leben kommen, und niemand, der in diesen Kampf ging, wusste, ob er noch einmal nach Hause kam. Sie hatten sich deswegen angewöhnt, sich von niemandem im Streit zu trennen, nicht aufzubrechen, ohne Abschied zu nehmen, und »Ich liebe dich« besser dreimal zu oft zu sagen als einmal zu wenig.

Warum hatte sie sich heute daran nicht gehalten? Sie blickte im Dunkeln auf ihre Uhr. Vor der Abzweigung auf einen Feldweg hielt sie an und hinterlegte ihre Zeichnungen, die den geänderten Ablaufplan der Aktion enthielten, in einem Astloch. Dort würde ein Genosse sie abholen und unter den anderen Gruppen, die Einstiege im ganzen Stadtgebiet benutzten, verteilen. Sie änderten solche Pläne häufig, sei es, weil sich an den gegebenen Bedingungen etwas änderte, sei es, um im Fall eines Auffliegens Verwirrung zu stiften. Wurde jemand festgenommen, konnte er auch unter der Folter nichts verraten, weil die endgültigen Pläne so spät bekannt gegeben wurden.

Clara wollte an so etwas nicht denken, nicht in dieser so seltsam belasteten Nacht. Hastig stieg sie wieder aufs Rad und fuhr noch einmal zurück. Die Zeit würde knapp werden, wenn sie rechtzeitig im Peressyp sein und die Änderungen mitteilen wollte, doch dies hier war ihr wichtig, und sie würde es schon schaffen.

In der Empfangshalle des *Odessa* brannte Licht wie eh und je, wenn auch nicht mehr strahlend, sondern gedämpft. Clara durchquerte die Drehtür, vor der nun kein Portier mehr stand, um den Gästen mit seinem Schirm oder einem Willkommensgruß entgegenzueilen. Hinter dem Tresen saß ebenfalls niemand, weil es außerhalb der Saison nicht mehr vonnöten war, die Rezeption ständig besetzt zu halten. Einzig Fjodor stand davor, hatte sich einen der Telefonapparate herangezogen und wohl gerade vergeblich versucht, eine Verbindung herzustellen. Große Teile des Fernsprechnetzes waren ausgefallen, und es war nur eine Frage der Zeit, bis es ganz zusammenbrach.

Er legte auf und lächelte ihr entgegen. »Frau Liebenthal. Mit Ihnen haben wir heute ja gar nicht mehr gerechnet.«

»Ich bin auch gleich wieder weg, Fjodor«, entgegnete Clara. »Ich will nur kurz etwas holen, was ich vergessen habe, dann beeile ich mich, zu meiner Verabredung zu kommen.«

»Passen Sie auf sich auf«, sagte er. »Es ist Sperrstunde.«

»Ich weiß. Aber ich fahre ja nicht zum ersten Mal.«

Was er von ihr dachte und was die meisten dachten, wusste sie: dass der Herr Edvard fürs Vaterland gefallen war, wie sie es offiziell bekannt gegeben hatten, und dass seine kesse Berliner Witwe schon einen Neuen hatte, um sich in dessen Bett zu wärmen. Einen verheirateten Mann vermutlich. Womöglich einen von den Besatzern, der ihr hübsche Strümpfe schenkte. Schließlich war sie eine Deutsche. Männer wie Fjodor trauten ihr nicht über den Weg, und Clara nahm es hin, da es zu riskant gewesen wäre, alle aufzuklären. Je wenig Mitwisser es gab, desto besser. Sie winkte ihm zu und lief die Treppe hinauf zur Wohnung der Familie.

Hoffentlich fand sie gleich Oda oder Belle und konnte wieder aufbrechen. Auf einmal fühlte sie sich im Hotel so beklommen wie draußen. Nicht wegen des Spions, den Edvard hier vermutet hatte und an den Clara schon lange nicht mehr glaubte, sondern weil ihre Leute in Katjušas Kate Bescheid wissen mussten. Wenn sie zu spät eintraf, wenn ihr irgendetwas dazwischenkam, würde Edvard die Gruppe um elf Uhr aus dem Einstieg führen, nicht um vier in der Frühe, wie es nach dem neuen Plan zu geschehen hatte.

Nicht das Ende der Welt, versuchte sie sich zu beruhigen. Solche Abspracheprobleme waren auch in der Vergangenheit vorgekommen, und es gab auf dem Weg Hinweise, die der Gruppe verraten würden, dass die anderen noch nicht zum Treffpunkt aufgebrochen waren. Sie würden in ihr Versteck zurückkehren. Bis sie tatsächlich losmussten, wäre sie bei ihnen.

Das hier sieht mir nicht ähnlich, fiel ihr auf. All dieses törichte Durcheinander wegen eines albernen Streits mit Oda und Belle, das bin nicht ich. Wir sind alle kriegsmüde, stellte sie fest. Wir sind ausgelaugt und machen Fehler, und das ist gefährlich. Mochte dies wirklich die letzte Aktion sein, der letzte lange Schritt in die Freiheit. Vielleicht kamen die Truppen der 3. Ukrainischen Armee schon in der nächsten Woche. Wenn sie später Glück und ein wenig Radioempfang hatte, was selbst dicht beim Einstieg schwierig war, würde sie hoffentlich Neues erfahren.

Hinter der Tür zur Wohnung herrschte Stille. Einer plötzlichen Eingebung folgend, schwenkte sie um und ging hinüber zu Lidijas Zimmer. Mit einem lachhaften Gefühl der Erleichterung vernahm sie die Stimme der einstigen Fürstin, die sich einfach nicht angewöhnen konnte, ihre Stimme zu dämpfen.

Wie hatte sie seinerzeit in den Katakomben überlebt? Vermutlich hatte es in jener Zeit im Peressyp mehrere Erdbeben gegeben.

Ohne anzuklopfen, riss Clara die Tür auf. Wie erhofft saßen Lidija, Oda und Ullrich um den Teetisch, zwischen sich den Aschenbecher, ein aufgerissenes Päckchen, das offenbar Süßigkeiten enthielt, und die Karaffe mit Lidijas geliebtem Brandy.

»Clara.«

Oda stand auf, kam zu ihr und nahm sie in die Arme. Das war in etwa so untypisch wie Tannenschmuck im Mai. Aber Clara verstand sie. Es war untypisch für die unnahbare Oda Liebenthal, aber nicht für das dritte Jahr Krieg.

»Es tut mir leid«, sagte Clara. »Nicht das mit Georg und dem kleinen Anselm, aber dass ich mich wie ein trotziges Kind benommen und die Sache nicht mit euch geklärt habe.«

»Ist schon gut, Clara«, unterbrach Oda sie und wies mit dem Kopf auf das Päckchen auf dem Tisch. Erst jetzt bemerkte Clara, dass ihr Gesicht weiß und spitz wie eine Maske war. »Danke, dass du zurückgekommen bist. Maxim ist tot.«

43

CLARA

Maxim war nicht kürzlich gestorben, sondern vermutlich schon vor Jahren. Natürlich waren zwischen Wladiwostok in Sibirien und Odessa in der Ukraine keine Sendungen hin- und hergeschickt worden, doch auf unerfindlichen Wegen hatte es eines von Odas zahllosen Päckchen nun hierher zurückgeschafft. Es stammte aus dem Frühjahr 1941, die Süßigkeiten darin – *Gänselatschen*, die Karamellbonbons, die auch Fridolin liebte – waren verklebt und verdorben. Das Versanddatum war nicht zu entziffern, nur der Stempel: *Empfänger verstorben.*

»Das ist das Schlimmste für mich«, sagte Oda ganz ruhig, ganz beherrscht. »Dass er gestorben ist, ohne dass ich um ihn geweint habe. Und dass sich das nicht mehr nachholen lässt.«

Selbst wenn es sich nachholen ließe, dachte Clara mit Entsetzen, wir haben ja keine Zeit. Ließ sich Weinen immer weiter verschieben, bis nach dem Krieg oder bis zum nächsten Todesfall, wo man dann alles in einem Aufwasch erledigen konnte?

Das war zynisch. Sie hatte ironisch, schwarzhumorig, auch manchmal sarkastisch sein wollen, aber zynisch nie.

Lidija stand auf, wandte sich Clara zu und hielt ihr ein Glas hin. Clara hob ablehnend die Hand. Sie musste zu Katjušas Kate, sie musste auf jeden Fall einen klaren Kopf behalten und fühlte sich doch schon jetzt, als wäre ihr Schädel mit Watte gefüllt.

»Ich denke, ich habe es gewusst«, sagte Oda und trat vors Fenster. »Seit Manon einen anderen geheiratet hat, habe ich gewusst, Maxim kommt nicht wieder.«

Zum Zeitpunkt von Manons Hochzeit war Maxim noch gar

nicht verhaftet gewesen, aber Clara sah ein, dass das für Oda derzeit keine Rolle spielte.

»Wir haben es Manon noch nicht erzählt«, sagte Lidija zu Clara. »Wir dachten, es wäre das Beste, wenn du das übernimmst.«

Ja, in drei Tagen, hätte Clara um ein Haar erwidert, ich habe jetzt keine Zeit. Im letzten Moment fiel ihr auf, wie grausam das war. Was aber sollte sie tun? Hilfe suchend sah sie zu Ullrich, der als Einziger noch am Tisch saß. Oft wusste er, der weniger persönlich beteiligt war, in den vertracktesten Momenten noch einen Rat. Jetzt aber stellte sie mit Schrecken fest, dass er alles andere als unbeteiligt wirkte. Er hielt mit der Rechten krampfhaft sein Glas umklammert, schien aber zu schwach oder zu erstarrt, um es an den Mund zu heben.

»Ich dachte immer, dass er Manon liebt«, murmelte Oda hinaus in die Nacht. »Dass ihm das Halt gibt, dass es ihn hierher zurückbringt. Aber ich habe mich wohl geirrt.«

»Natürlich hat er sie geliebt!« Mit einem Klirren zerbrach Ullrichs Glas in seiner Hand. Der Brandy, der über den Tisch floss, verströmte den Duft nach heimeligen Abenden am Kamin, nach einer anderen Zeit in einer anderen Welt. Eine Scherbe steckte in Ullrichs Handfläche, und das Blut, das aus der Wunde quoll, mischte sich mit dem Brandy.

»Er hat sie so sehr geliebt, wie ich es bei einem Mann nie gesehen habe«, sagte Ullrich, ohne dem Glassplitter Beachtung zu schenken. »Aber es war doch nicht möglich. Deshalb musste er doch von hier weg. Er hat sich gequält wie ein Tier.«

Über Ullrichs Gesicht rannen Tränen. Clara hatte nie zuvor gesehen, dass er weinte, und es flößte ihr eine solche Furcht ein, als sähe sie einen Hund, dem sich das Nackenfell sträubte.

»Warum war es nicht möglich?« Oda drehte sich zu ihm um. »Ich hätte den beiden doch keine Steine in den Weg gelegt. Im Gegenteil. Ich habe alles getan, um ihnen den Weg zu ebnen, und das mit Feliks ist nur geschehen, weil Manon die Hoffnung aufgegeben hat.«

»Begreifst du denn nicht?«, schrie er sie an, und auch das geschah zum ersten Mal. »Es war nicht möglich, weil er überzeugt war, dass sie seine Schwester ist. Habt ihr das denn alle nicht begriffen? Er war hübsch, er konnte tanzen wie ein Gott, und noch immer behauptet jeder sensationslüsterne Maulaufreißer in der Stadt, Karol Albus, der Primoballerino vom Stadttheater, habe in jener Nacht der Tochter der Kaltmamsell ein Kind gemacht. Manons Vater. Maxim hat es geglaubt.«

Wie lange es tatsächlich gedauert hätte, bis einer von ihnen wieder in der Lage gewesen wäre, zu sprechen, würden sie nie erfahren. In der Stille zählte Clara ihre Atemzüge, als könne ihr das helfen, die Fassung wiederzugewinnen. Eins, zwei, zählte sie. Als sie mit drei weitermachen wollte, fiel der Schuss.

Die nächsten Augenblicke verrauschten in einer Art von gnädigem Nebel. Sie rannten alle die Treppe hinunter, aber wer zuerst und wann sie selbst, blieb unklar. Unklar blieb auch noch für eine Weile die Szene im gedämpften Licht der Halle, obwohl sie sich deutlich vor ihnen darbot. Vor dem Tresen der Rezeption lag ein Mensch, um dessen Oberkörper sich eine Lache Blut ausbreitete. Zwischen ihm und der Treppe befand sich ein weiterer Mensch, der einen Revolver noch immer erhoben hielt.

Der Nebel war zäh, klärte sich nur langsam.

»Jurij«, murmelte Lidija. »Jurij.«

Jurij ließ den Revolver sinken und drehte sich nach ihnen um. »Er ist Anselm Fleißers Spion«, sagte er. »Ich habe ihn seit einiger Zeit in Verdacht, aber dann dachte ich wieder, ich müsse mich täuschen, weil er doch damals selbst verhaftet worden ist. Aber das war ein Trick. Ich habe ihn heute auf frischer Tat ertappt.«

Von dem Apparat auf dem Tresen baumelte der Telefonhörer.

Der Tote war Fjodor.

44

CLARA

In dem einen Auto, einem Kleintransporter, den die Besatzer ihnen gelassen hatten, rasten sie zu fünft durch die Nacht und wussten: Wenn sie nicht rechtzeitig eintrafen, wenn sie in eine Kontrolle gerieten, wenn es ihnen nicht gelang, die Männer in Katjušas Kate zu warnen, war alles vorbei.

Die Männer – Jurij und Ullrich – hatten in Windeseile den Toten beseitigt. Clara fragte nicht, was sie mit seinem Leichnam gemacht hatten, sie hatte nicht einmal die Kraft gefunden, beim Aufwischen des Blutes zu helfen.

Edvard, Edvard, Edvard, war alles, was sie denken konnte, und dazu hämmerte ein unklares Schuldgefühl in ihrem Kopf:

Wenn, wenn, wenn.

Wenn sie irgendetwas anders gemacht hätte, nicht mit Oda gestritten, nicht zurückgefahren, nicht dieses oder jenes allzu laut gesagt, sodass Fjodor es aufschnappen konnte, dann wäre ihr Mann jetzt nicht in höchster Gefahr.

Dabei war das Unsinn. Jeder von ihnen konnte derjenige gewesen sein, dem ein falsches Wort zur falschen Zeit entfahren war. Sie hatten Fjodor zwar nicht eingeweiht, doch sie hatten ihm nach all den Jahren gemeinsamen Lebens vertraut. Mit Claras Streit und ihrer spontanen Rückkehr hatte das Ganze nichts zu tun, und außerdem war das alles ohnehin gleichgültig: Sie mussten zu Katjušas Kate, sie mussten Edvard und die Gruppe retten. Was Anselm Fleißer tun würde, wenn er vor ihnen den Einstieg fand, ließ sich leicht vorhersehen: Mit seinen sechs Mann konnte er den Tunnel nicht stürmen. Er würde sie ausräuchern. Der nächste Einstieg war viel zu weit weg, um ihn auf der Flucht vor einem Feuer zu erreichen. Sie mussten nach vorn hinaus, einzeln, denn für mehr als einen war auf dem Aufstieg an die Oberfläche kein Platz.

Katjušas Kate war ein herrliches Versteck gewesen, weil es so gut verborgen lag. Es war erst lange nach der Zeit des Sandsteinbaus dem Labyrinth hinzugefügt worden und wurde deshalb von niemandem dort vermutet. Aber der Einstieg, der besser geschützt, jedoch auch viel enger war als jeder andere, konnte zur tödlichen Falle werden. Fleißers Leute brauchten nur draußen zu warten und konnten einen nach dem anderen niederschießen.

Die Fahrt schien endlos. Aber sie war es nicht. Als Oda den Wagen von der Straße herunter und über das unebene, unbefestigte Brachland hinunter in die Senke lenkte, ertönte weit hinter ihnen eine Detonation. Automatisch drehte Clara sich um, obwohl alles in ihr nur nach vorn starren wollte, und sah über dem Meer eine in Rauch gehüllte Flamme in den Himmel steigen.

»Die Rumänen sprengen die Hafenanlagen«, sagte Ullrich tonlos. »Sie wollen nicht, dass irgendetwas von Wert in die Hände der Roten Armee fällt.«

Das Hotel, die Kinder, Manon – sie waren vom Hafen nur einen Steinwurf entfernt! Jetzt aber daran zu denken, war sinnlos und würde sie dabei behindern, hier zu retten, was immer noch zu retten war.

Eins nach dem anderen.

Clara hatte das in zwei Jahren Partisanenkampf gelernt und konnte nicht fassen, dass es selbst jetzt noch funktionierte.

Oda bremste den Wagen so scharf, dass sie alle gegeneinanderfielen.

»Waffen bereit«, zischte Jurij.

Sie waren alle bewaffnet, selbst Lidija, die zu Claras Überraschung in ihrer Nachttischschublade eine zierliche Damenpistole aufbewahrte. Oda öffnete auf ihrer Seite die Tür, und die Übrigen begannen, von der Ladefläche über die Sitze nach vorn zu steigen. In diesem Augenblick begann die Schießerei.

Für den Bruchteil einer Sekunde wollte Clara nichts sehen, wollte buchstäblich im Dunkeln lassen, wen die Schüsse trafen, die durch die Nacht hallten. Das aber war kein Weg, den sie gehen konnte, es war auch kein Weg gewesen, als ihr Vater ins Leichenschauhaus der Charité in der Hannoverschen Straße gefahren war und sie nicht hatte mitnehmen wollen.

»Ich muss sie noch mal sehen! Sie ist meine Mama, ich muss sie sehen bis zum Schluss.«

So war es auch jetzt.

Ich muss dich noch mal sehen! Du bist mein Liebster, ich muss dich sehen bis zum Schluss.

Sie schaltete ihre Taschenlampe ein und begriff im selben Moment: Anselm Fleißer hatte nicht den Tunnel ausräuchern, die zwölf Mitglieder der Gruppe einzeln abfangen und von seinem Wachtrupp erschießen lassen können. Die Männer hatten ja ihre Nachricht nicht bekommen, sie hatten den Einstieg zur ursprünglich vereinbarten Zeit verlassen, gerade eben, vielleicht vor einer oder zwei Minuten. Clara sah sie über die Weite der Senke davonlaufen, sah einen von ihnen, Oleg, der als Clown auf der Strandpromenade sein Geld verdient hatte, sich im Rennen umdrehen und dreimal feuern. Er erwischte einen von Anselms Männern, und einen Zweiten traf Jurij, der sofort, als das Mündungsfeuer aufblitzte, geschossen hatte.

Sie entkamen!

Alle bis auf die vier, die als Letzte aus dem Einstieg gekommen waren und von Fleißer und seinen vier verbleibenden Wachleuten umzingelt standen.

Ruslan und Wassili, zwei Brüder, die die Statur von Ringern hatten und als so etwas wie eine Leibwache der Führung fungierten. Edvard als Kopf der Gruppe. Und Feliks als sein rechter Flügelmann, sein vertrautester Gefährte, das, was die Briten *Right of the Line* nannten. Was zwischen den beiden Männern in diesen Jahren unter Tage gewachsen war, ließ sich nicht beschreiben, sondern höchstens vergleichen. Oder zeichnen. Es glich ihrer Freundschaft mit Manon, die noch mehr als Schwesternschaft war, weil sie einander selbst gewählt hatten. Und gezeichnet hatte sie die beiden als Mischa den Maulwurf und Vanja das Wiesel, die Seite an Seite einer feindlichen Übermacht entgegenstapften, während sich hinter ihnen mehr und mehr Mitstreiter einfanden.

Es war wie eines dieser krankhaften Duelle des vergangenen Jahrhunderts: Wer überlebte – der, der am schnellsten, oder der, der am präzisesten schoss? Edvard schoss und traf einen weiteren Gegner in die Brust, doch gleich darauf traf ihn dessen Nebenmann im Arm, sodass er aufschrie und den Revolver fallen ließ. Clara schrie ebenfalls auf und feuerte, bis sie keine Munition mehr hatte. Dabei fiel die Taschenlampe ins Gras, das ihr bis über die Knie reichte. Das Licht erlosch. Schüsse hallten, und Körper prallten auf die Erde, doch sie sahen nichts mehr.

Lidija hatte versucht, mit ihrer Damenpistole zu schießen, doch offenbar war der Mechanismus verrostet oder verklemmt. Stattdessen hielt sie ihr Feuerzeug in die Höhe. Im Licht der Flamme sah Clara ihren Mann, der sich den Arm hielt, sah Ruslan und einen von Anselms Männern, den offenbar sie erschossen hatte, am Boden liegen und sah eine hell gekleidete Gestalt auf der anderen Seite den Hang der Senke hinunterrennen. Was die Gestalt brüllte, konnte sie nicht hören, weil in ihrem Rücken, im Hafen eine weitere Salve explodierte.

Oda feuerte einen Schuss ab und verfehlte ihr Ziel. Ullrichs Schuss ging ins Leere, und Wassili schoss viermal hintereinander auf einen der Männer, den er bei dem schlechten Licht jedoch nur in den Schenkel traf. Im Fallen feuerte der Mann auf ihn und streckte ihn nieder.

»Jetzt ist Schluss, Edvard Liebenthal«, sagte Anselm Fleißer. »Deine Leute sind gerannt wie die Hasen, und mit dem traurigen Häufchen, das dir geblieben ist, haben wir aufgeräumt.«

Edvard wich zur Seite, doch sowohl Anselms Lauf als auch der des verbleibenden Wachmannes folgten ihm.

Vielleicht erst in diesem Moment gestand sich Clara ein, dass sie an Feliks' Blindheit gelegentlich gezweifelt hatte. Wie er die Schönheit der Gärten gestaltete, wie er mit Manon und ihnen allen umging, wie er sich im Labyrinth der Katakomben zurechtfand und wie problemlos er die Nachrichten von Mischa dem Maulwurf verstand – das alles war ihr ein wenig zu perfekt erschienen, und sie hatte sich gefragt, ob er nicht ein bisschen übertrieb und flunkerte.

Wenn sie aber tatsächlich einen Beweis dafür brauchte, dass er so blind war, als hätte er keine Augen, so erhielt sie ihn jetzt. Feliks hob seine Waffe, sprang vor, um seinen Freund zu decken, und feuerte gleichzeitig. Sein Sprung war zu kurz, seine Kugel zischte zwischen Anselm und seinem letzten Mann hindurch, und während er neu nach Gehör zu zielen versuchte, rannte er geradewegs in die Kugel, die der Wachmann abschoss, hinein.

Als er zu Boden fiel, schoss Anselm auf Edvard.

Mehrere Männer, die nachgeladen haben mussten, schossen wiederum auf Anselm, und über die Senke hallte der Ruf: »Ich bin hier, ich bin hier!«, begleitet von hastigen, unbeholfenen Schritten. Ein weißes, mondrundes Gesicht leuchtete im Dunkeln auf.

Lidijas Feuerzeug erlosch.

Das Nächste, was Clara spürte, war der Körper ihres Mannes, der sich an ihren drängte, ohne dass seine blutenden Arme sie halten konnten. »Clara. Meine Clara.«

Von irgendwoher kam Licht. Clara krallte sich an Edvard fest und hörte sich hysterisch schluchzen. Auf dem Boden, nicht weit von Feliks, lagen Anselm Fleißer und sein Sohn, den er eigenhändig erschossen haben musste.

Bilder waren klassenlos und international. Wie es aussah, reichten die Schranken, die sie überwanden, noch viel weiter. Was immer Anselm der Dritte aus den Bildergeschichten von Mischa dem Maulwurf herausgelesen hatte – es hatte genügt, um loszulaufen und der Familie seines Freundes beistehen zu wollen.

Wahrscheinlich hatte er außerdem das Telefongespräch seines Vaters mit angehört, der ihn für zu blöde hielt, um in seiner Gegenwart vorsichtig zu sein.

In jedem Fall aber war er ein Held.

Ein Superheld so wie Feliks, der still dalag und nicht mehr atmete. Clara konnte nicht weinen. Sie würde ihm in ihrem Film ein Cape zeichnen und aus Mischa dem Maulwurf Anselm den Adler machen, das weitsichtigste Tier von allen.

Edvard, der aus mehreren Wunden blutete, schlotterte am ganzen Körper, und Clara schlotterte nicht weniger. »Ich hab dich so lieb, Edvard, ich wusste nicht, dass man jemanden so lieb haben kann.«

»Ich ja«, stieß Edvard hervor und ließ sich mit ihr auf den Boden fallen.

45

ODA

Die Rumänen sprengten Odessas Hafen, machten ein Trümmerfeld aus dem, was einst der Stolz Katharinas der Großen gewesen war. Die Rumänen sprengten überdies sämtliche Kraftwerke, Speicher und die Wasserleitung, sodass die, die keinen Zugang zu einem Brunnen hatten, auf dem Trockenen saßen. Dann zogen sie ab. Räumten den Palast des Prinzen Woronzow, in dem sie wie französische Sonnenkönige Hof gehalten hatten, und die Unterkünfte, in die sie sich zwangsweise einquartiert hatten. Auch das *Grandhotel Odessa.* Oda saß am geschlossenen Fenster und sah den endlosen Zügen samt Pferden, Wagen und verbliebenen Geschützen zu, die sich aus der zerstörten Stadt wälzten.

Die Rote Armee stand so gut wie vor den Toren. Sie würde niemanden mehr zu vertreiben haben. Aber auch nicht mehr viel zu retten.

»Das ist völlig übertrieben und larmoyanter, als es zu dir passt«, sagte Lidija. Also hatte Oda wohl laut gedacht. Es machte ihr nichts aus.

»Potemkins Treppe ist unversehrt«, fuhr Lidija fort. »In der Deribasowskaya stehen immer noch Buden, die sich auch wieder mit allerlei Krimskrams füllen werden, und die Verklärungskathedrale hat ihren Turm noch. Das Stadttheater hat keinen Strom mehr, und rechts fehlt ihm ein Zipfel, aber ansonsten könnte man dort demnächst wieder Opern aufführen. Auf dem Privoz-Markt verkaufen sie Heringe und schmieren sich gegenseitig ihren Rahm zum Probieren auf die Hände. Es gibt noch Häuser, die sich bewohnen lassen, Höfe, um im Sommer, wenn der Wein wächst, draußen zu sitzen, und Menschen, die froh sind, darin Unterschlupf zu finden. Nicht zuletzt steht auch noch das *Grandhotel Odessa,* das denen, die hierbleiben, vielleicht zu einem Symbol werden kann. Dafür, dass man das meiste wieder aufbauen kann. Und dass das Leben weitergeht.«

»Nicht für die, die tot sind.«

Lidija sprang auf, packte sie an den Schultern und riss sie samt dem Stuhl herum.

»Herrgott, Oda, glaubst du, ich weiß nicht, wie es ist, ein Kind zu verlieren?«

»Ja, das glaube ich«, sagte Oda, schüttelte sie ab und ging zum Teetisch, um das Telegramm aufzuheben. »Woher sollst du das schließlich wissen? Du hattest ja nie ein Kind.«

Und ich habe bald auch keines mehr. Mein kleiner Junge, mein Jüngster, der Einzige, mit dem ich gelacht, gesungen, unter einer Decke gelegen und mich für kurze Zeit eins gefühlt habe, ist nicht mehr da.

Sie hatte den Umschlag aufgerissen, war auf die Knie gefallen und konnte nur noch schreien.

»Nein, nein, nein!«

So hatte sie sich bei keinem gebärdet, nicht bei Karol, nicht bei ihrem Vater, nicht einmal bei Maxim.

»… müssen wir Ihnen mitteilen, dass Ihr Sohn Kasimir Leowitsch Ullrich im Kampf um Leningrad für sein sozialistisches Vaterland gefallen ist.«

Mein Kasi. Mein Kleiner. Mein Fröhlicher. Warum haben sie dich nicht schon im *Café Komm-nicht-wieder* umgebracht und dir die Jahre stummer Qual erspart?

»Doch, ich weiß das«, sagte Lidija jetzt und stopfte in ihre Zigarettenspitze eine *Papirossa,* die dafür nicht gemacht war. Es gab in der Stadt keine Zigaretten mehr, nur noch zu Schwarzmarktpreisen, von denen man eine halbe Kuh hätte kaufen können. Gott, den es nicht gab, mochte wissen, wo Lidija ihre herhatte. »Doch, ich weiß, wie es sich anfühlt, ein Kind zu verlieren. Es fühlt sich an, als griffe jemand in dich hinein, in deinen Unterleib und risse alles, was darin ist, heraus. Man erholt sich auch nicht davon. Man wird eine andere, eine, die nie nach vorn schaut, sondern immer zurück. Aber das heißt nicht, dass man daran stirbt. Es heißt nicht einmal, dass man daran sterben *darf*. Du schon gar nicht, Oda. Du hast noch mehr Kinder. Du hast eine ganze Herde, die auf dich angewiesen ist und die du dringend von hier wegbringen musst.«

Warum *muss* ich immer?, fragte sich Oda und erkannte im selben Atemzug, dass die Frage müßig war.

»Manon braucht dich«, sagte Lidija und hielt ihr die Schachtel mit den Zigaretten hin. Oda mochte den Geschmack von Rauch nicht, aber irgendetwas musste man tun. Der Brandy war alle. Sie ließ sich von Lidija das Mundstück falten und zündete die Zigarette an.

»Manon und ihre Kinder brauchen dich. Belle und ihr Georg, Mascha und Rosa. Clara und Edvard sind stark wie junge Akazien, die werden dir helfen, aber angeschlagen sind sie auch. Dr. Wajsberg hat drei Stunden gebraucht, um alle Kugeln aus Edvard herauszufischen. Der Kerl war das reinste Sieb.«

Sie nahm einen sehr tiefen Zug, und Oda konnte ihr förmlich ansehen, wie sehr sie sich ihren Brandy herbeiwünschte, um das Nächste über die Lippen zu bringen: »Ihr müsst hier weg, Oda. Du weißt das selbst. Wenn die Rote Armee erst da ist, setzt eine Vertreibung ein, die biblische Ausmaße haben wird, und was sonst noch geschieht, möchte ich mir nicht ausmalen. Die Sowjetunion hat eine halbe Generation junger Männer in diesem Krieg verloren, und jeder von denen, die binnen Tagen in diese Stadt strömen werden, bebt vor Rachsucht. Denen ist egal, dass dein jüngster Sohn unter denen ist, die für dieses Land gestorben sind, dass dein mittlerer vermutlich noch irgendwo da draußen kämpfen muss und dein ältester drei Jahre Partisanenkampf hinter sich hat. Die sehen in euch keine Menschen mehr, sondern nur noch Deutsche. Ihr müsst euch auf den Weg machen. Noch ehe alle gehen, noch ehe diese ganze verwüstete Welt vor Trecks von vertriebenen Menschen wimmelt. Und sag jetzt nicht zu mir: ›Das hier ist mein Hotel‹, ich beschwöre dich.«

»Das sage ich nicht«, erwiderte Oda ruhig. »Ich sage zu dir: Das hier bin ich.«

Es war so. Sie hatte sich dem Hotel gegeben, seit sie denken konnte, das Hotel hatte alles genommen, und jetzt wusste sie nicht mehr, was von ihr übrig war.

»Sie werden dir das Hotel nicht lassen, Oda«, sagte Lidija. »Du bist kein naives kleines Mädchen, das warst du nicht einmal mit zwanzig. Du weißt alles, was ich dir sagen könnte, selbst.«

Ja, stellte Oda fest. Sie wusste all das selbst.

»Das Hotel kannst du nicht retten. Jurij und ich werden es für dich hüten, so gut wir es vermögen, und ich denke, du hast guten Grund, es uns anzuvertrauen. Vielleicht überlässt man es uns zur Verwaltung. Vielleicht beruhigt sich in ein paar Jahren die Lage, und du kommst hierher zurück. Zur Sommersaison.«

»Red keinen Quatsch. Die Welt wird in Schollen zerbrochen, die auseinandertreiben. Wer jetzt hier weggeht, der kommt nicht wieder.«

»Nein«, sagte Lidija. »Wohl nicht. Aber retten kannst du nur deine Familie. Und das ist es, was du tun musst.«

Oda zog an der Zigarette und musste husten, was ihr einen Augenblick zum Denken verschaffte. Ihr Kopf aber fühlte sich leer an, sie fand darin nichts als ein paar verstreute Fetzen: Sie würde nicht hier sein, wenn die Strandmöbel zur Saison frisch lackiert werden mussten. Würde daran jemand denken? Sie würde nicht hier sein, wenn die Todesnachricht für Hanno eintraf. Die letzte Feldpostkarte, die sie von ihm erhalten hatte, hatte er in aller Eile auf dem Weg nach Stalingrad gekritzelt. Sie hatte sich eingeredet, dass er schon durchkommen würde, dass er nur keine Zeit zum Schreiben hatte, doch die Zeit des Selbstbetrugs war vorbei.

Sie würde nicht hier sein, doch spielte das eine Rolle? Die Leichname ihrer Kinder, die Körper, die in die Welt zu bringen so viel Mühe und Leid gekostet hatte, schaffte ihr ja niemand hierher zurück. Sie war allein. Allein unter lauter Menschen, die sie brauchten.

»Nein«, sagte sie.

»Oda, das darfst du nicht. Du darfst diesmal nicht Nein sagen.«

»Sage ich aber«, erwiderte Oda. »Ich gehe nicht ohne dich. Ohne Jurij und Ullrich auch nicht. Wenn wir das *Odessa* verlassen, dann alle zusammen.«

Lidija schüttelte den Kopf. »Ich wollte, du könntest Jurij zum Mitgehen überreden. Aber immerhin, er ist Russe, er ist noch in den besten Jahren, er wird schon auf die Füße fallen. Ich dagegen bin so alt, dass ich die Zeiten, die ich überlebt habe, nicht mehr zählen kann. Ich gebe mir alle Mühe, es zu vertuschen, aber meine Beine wollen nicht mehr, und meine Lunge pfeift aus dem letzten Loch. Ihr habt einen mörderischen Weg vor euch, samt Kindern, einem Mann im Rollstuhl und einem mit beiden Armen in Bandagen. Und Clara, die, wenn du mich fragst, wieder schwanger ist. Ein altes Wrack, das euch nur aufhält, um euch dann unterwegs wegzusterben, könnt ihr keinesfalls brauchen.«

Oda hielt sich die Ohren zu, weil sie wusste, dass alles, was die Freundin sagte, zutraf. Und weil sie es nicht wissen wollte. »Ich gehe nicht ohne dich. Punkt.«

Lidija drückte die Zigarette aus, packte Oda bei den Gelenken und zog ihr die Hände herunter. »Wirklich nicht?«

»Nein«, sagte Oda. »Ich brauche dich.«

Sekundenlang war Lidija still und setzte sich wieder in ihren Sessel. »Das ist ein mächtiges Eingeständnis für Oda Liebenthal, die niemanden braucht«, sagte sie dann. »Ich danke dir dafür. Aber was, wenn es nicht stimmt? Wenn du mich doch nicht brauchst, weil es mich gar nicht gibt? Wenn diese Fürstin Lidija Petrowna Bezborodko nur meine Erfindung ist und ich eine gemeine Diebin, eine Landstreicherin, die sich den Aufenthalt in deinem Hotel, anfangs gar in der Royal Suite, auf Jahrzehnte ergaunert hat? Du hast eine Menge russischen Hochadel hier bei dir gehabt vor dem ersten Krieg, oder nicht? Sah irgendwer davon aus wie ich, war jemand so angezogen, hat irgendwer mich erkannt oder auf den Verkehr mit mir Wert gelegt?«

Oda saß da wie vom Donner gerührt und starrte die andere an. »Ist das einer deiner Tricks, um mich von meiner Entscheidung abzubringen? Das ist nicht wahr, was du da sagst, das denkst du dir jetzt gerade aus, hab ich recht?«

»Es klingt so«, sagte Lidija. »Und ich würde es mir zutrauen. Aber es ist wahr. Ich bin eine Hochstaplerin. Die Fürstin Lidija Petrowna Bezborodko hat es zwar gegeben, aber sie war meine Dienstherrin und ich nur das Kindermädchen, das auf ihrem friedlich verschlafenen Landgut ihre kleinen Töchter hütete und dafür ihren eigenen Sohn mit ihnen zusammen aufziehen durfte. Kindermädchen sind ein seltsames Zwischending, sie sind zwar arm und Bedienstete, doch sie leben in den Wohnungen der Reichen. Als die Bolschewisten kamen, haben sie zwischen der Herrschaft und dem Mädchen keinen Unterschied gemacht und zwischen den Kindern der Herrschaft und meinem auch keinen. Mein Junge war vierzehn. Schon kein richtiges Kind mehr.«

Sie hatte es Oda einmal erzählt, in einer Nacht mit viel Brandy, die ein halbes Jahr her war: Die Bolschewisten hatten das friedlich verschlafene Landgut gestürmt, den Vierzehnjährigen mit Messerstichen durchlöchert und auf einen Misthaufen geworfen. Sie, Lidija, hatte nicht mehr als eine Handvoll Kleider zusammengerafft und war bei Nacht und Nebel geflohen, hatte auf dem Weg gehungert, gefroren und um ihr Leben gefürchtet und war schließlich nach Odessa gekommen. Nur hatte sie damals behauptet, es wäre ihr kleiner Bruder gewesen, den die Bolschewisten auf den Misthaufen geworfen hatten.

Ein Jahrhundert, das gerade fünfundvierzig Jahre alt war und schon von so viel Gewalt strotzte, dass die, die es erlebten, es nicht aushalten konnten. Dass sie es sich umdichten, zurechtreimen, erträglich machen mussten. Ein Jahrhundert, von dem einmal womöglich mehr Legenden übrig bleiben würden als Wahrheit.

»Ich weiß nicht, was ich mir damals gedacht habe«, sagte Lidija. »Ich fand wohl, dass ich mich neu erfinden müsste, um durchzukommen, und warum man immer weiter durchkommen will, darfst du mich nicht fragen. Ich glaube, als ich hier eintraf, wollte ich nichts, als durch diese wundervolle Drehtür in eine Märchenwelt treten und mit dem, was draußen war, nicht länger zu tun haben. Die Bolschewisten hatten mich nicht anders als die Fürstin behandelt, also dachte ich: Warum soll ich mich selbst anders behandeln? Ich war der Ansicht, die Lüge würde ein paar Wochen lang standhalten, während ich meine Rechnung stunden lassen und meine Vergangenheit in Champagner ertränken konnte. Aber Philipp Liebenthal hätte ja nie und nimmer eine Petersburger Fürstin aus seinem Haus geworfen. Er hat mir die Rechnung immer weiter gestundet. Und dann sprang Ullrich ein und hat sie bezahlt, bis die Revolution kam und ich behaupten konnte, das Vermögen der Fürstin sei eingezogen worden.«

»Ullrich?«

Lidija, die vermutlich ebenso wenig Lidija hieß wie Maria, nickte. »Du hattest nicht nur einen Betrüger im Haus, sondern zwei. Das hat uns wohl zueinander hingezogen, auch wenn wir uns die ganze Wahrheit erst viele Jahre später erzählt haben.«

Ullrich, der Schriftsteller, der nicht schrieb.

Ullrich, der sie geheiratet hatte, um sie aus einer Notlage zu retten, und der in all den Jahren nur ein einziges Mal ihr Bett geteilt hatte: in der Nacht vor dem ersten Krieg, in der ihr Hanno entstanden war.

Ullrich, von dem sie nach all den Jahren angenommen hatte, er wäre auf seltsame Weise so etwas wie ein Freund.

»Wer ist denn Ullrich wirklich?«, brach es aus ihr heraus. »Rasputin, der im Keller des Zarenpalastes überlebt hat?«

Lidija lachte nicht. »Ullrich ist tot«, sagte sie. »Er hat dir einen Brief schreiben wollen, aber er hat nicht einmal das mehr gekonnt. Also bleibe nur ich, um dir zu erklären, was man nach so vielen Jahren noch weniger erklären kann als damals. Er hat sich erschossen. Gestern Nacht. Maxims Tod war der letzte Tropfen, den sein Fass nicht mehr halten konnte, und überdies wollte er, dass du gehen kannst, ohne ihn und seine Lüge auch noch in ein neues Leben mitzuschleppen.«

»Maxims Tod? Aber weshalb hätte denn Maxims Tod ausgerechnet Ullrich so sehr mitnehmen sollen?«

»Maxim war sein Sohn, Oda. Hast du das nie geahnt? Nein, wohl nicht, denn allzu sehr hat dich ja Ullrich auch nicht interessiert. Das ist kein Vorwurf. Es war zwischen euch so ausgemacht, und Ullrich war froh darüber. Er war über alles froh. Er ist hierhergekommen als ein gequälter, getriebener Mann, den seine Gesellschaftsschicht ausgespuckt hatte und dessen Seele sich ihrer Zwänge erwehrte, indem es ihn zu Abgründigem, Verderbtem, zur Zerstörung zog. Er kam hierher, weil ihn diese Geschichte um die

Entstehung des Hotels fesselte, die beiden Selbstmorde, das Geheimnis um Katjuša, die womöglich eine ganze Verbrecherbande umgebracht hat, um an Geld für Philipp Liebenthals Traum zu kommen. So etwas faszinierte ihn. Das Dunkle in uns. Bekommen hat er etwas, von dem er nicht einmal wusste, dass er sich danach sehnte: ein Zuhause. Eine Familie. Das, was im Menschen hell ist.«

»Das Buch hat er nie geschrieben«, murmelte Oda vor sich hin.

»Und auch kein anderes«, sagte Lidija. »Er hatte sein erstes Buch geschrieben, weil er es für die Wahrheit hielt, doch nach dem, was geschehen war, hätte er ja nichts Wahres mehr schreiben können, ohne das unverhoffte Leben, das er so sehr liebte, zu verlieren. Den Mut dazu hatte er nicht. Er hat einmal versucht, zu gehen, hat gehofft, er würde im Krieg bleiben, aber er hat überlebt, und du hast ihn zurückgeholt.«

»Und Ullrich ist der, der Sonya …« Sie konnte das Wort nicht aussprechen, sie würde es niemals über die Lippen bringen.

»Er hat ihr keine Gewalt angetan«, sagte Lidija leise. »Das ist keine Entschuldigung, denn es gibt keine. Sie war ein Kind, ein Mädchen von vierzehn. Er hat mit ihr geredet, hat ihr Fragen für sein Buch gestellt, und sie war geschmeichelt, dass so ein eleganter, gelehrter Herr mit ihr sprach. An irgendeinem Punkt ist diese ungesunde Mischung dann umgeschlagen, und etwas in ihm hat das Verderbte, Zerstörerische, das ihn so magisch anzog, wohl ausprobieren müssen. Sonya hat sich zu Tode erschreckt und ist in die Katakomben geflüchtet. Damals gab es noch Reste der großen Verbrecherbanden dort unten, die sich um sie und dann auch um ihr Kind halbwegs kümmerten. Bis der Krieg kam zumindest. Ullrich hat nichts unversucht gelassen, um sie zu finden, und er hat den Anwalt engagiert, der Karol Albus aus dem Gefängnis holte. Ich erzähle dir das nicht, damit du ihn erträgst, Oda. Sondern damit du dich erträgst.«

Mein Hanno darf das nicht wissen, durchfuhr es Oda. Mein Hanno darf nicht wissen, was sein Vater getan hat. Manon darf es auch nicht wissen. Niemals. Aber Hanno war tot, er konnte diesen Wahnwitz des Schlachtens ja nicht überlebt haben, und Manon war stumpf vor Trauer um ihren Mann. Was sie selbst ertrug, fragte sie sich nicht. Sie würde sich die Frage später stellen, wenn der Nebel aus Schmerz in ihrem Kopf sich lichtete. Blindlings griff sie über den Tisch, als stünde dort das Glas Brandy, das Lidija ihr in allen schwierigen Lagen ihres gemeinsamen Lebens bereitgestellt hatte. Aber ihre Hand griff ins Leere.

»Mir ist egal, wer du bist«, hörte sie sich sagen. »An Ullrich will ich jetzt nicht denken, das halte ich im Augenblick nicht aus, und bei dir ist es mir egal. Ich vergesse es. Ich will, dass wir zusammenbleiben. Mit dem, was mir bevorsteht, kann ich nicht alleine fertigwerden.«

»Ich bin deswegen schon viel zu lange geblieben«, sagte Lidija. »Weil ich mich von dir, mein Fräulein Liebenthal, nicht habe losreißen können. Ich dachte manchmal, ich habe statt eines Sohnes eine Tochter bekommen, aber vielleicht trifft es nicht einmal das. Ich habe *dich* bekommen. Eine Freundin, eine Schwester, eine Seelenverwandte, ach Gott, was weiß denn ich. Zum Teufel, ich liebe dich, Madame Oda. Ich würde für dich in die Hölle barfuß latschen. Aber gerade deshalb und weil es um die Hölle nicht geht, sondern um unsere Welt, muss ich dich jetzt dazu bringen, ohne mich von hier wegzugehen.«

»Verdammt noch mal, Lidija, ich will dieses ganze Gesülze nicht hören!«, schrie Oda. »Ich habe dir eben gesagt, dass ich dich brauche, dass ich mit dem ganzen gottverfluchten Schlamassel nicht allein sein will, und dabei bleibt es.«

»Du bist nicht allein«, sagte Lidija. »Du bist mit diesem Schlamassel ganz und gar nicht allein. Dein Sohn Hanno, der nie ein

Aufhebens darum gemacht hat, was für ein tapferer kleiner Kerl in ihm steckt, ist zurück und wird dir helfen. Und dann ist da noch einer. Der, der immer da war, wenn es ohne ihn nicht mehr gegangen wäre, und der sich mit dir durchkämpfen wird. Du hast ihn mehr als verdient, und er wartet im Garten auf dich, meine liebste Oda. Beim Brunnen des Fauns.«

46

ODA

Oda Odessa!«

»Blödsinn-Bodo. Bodo Berlin.«

So hatte der Sommer begonnen. Jeder Sommer ihrer Kindheit und die meisten Sommer ihres Lebens. Wonach wir uns sehnen, ist niemals ein Ort, sondern immer Zeit.

Bodo trug einen Mantel, der so abgewetzt war, als hätte er die Räude, und dennoch war er für die Jahreszeit zu warm. Es war Frühling. April in Odessa. Die Akazien blühten, und an der Rosenhecke, die Feliks gesund gepflegt hatte, platzten Knospen auf. Auf dem vom Tau nassen Gras glitt Oda aus und schlitterte das letzte Stück. Bodo öffnete die Arme. Sobald er sie darin einschloss, begann sie zu weinen.

»Es tut mir so leid, Oda Odessa. Mehr leid als alles.«

Sie rieb sich über die Augen. »Wo kommst du her? Und wie?«

»Das ist eine lange Geschichte, die ich dir unterwegs erzählen kann, falls wir etwas brauchen, um uns abzulenken. Zwei Flaschen Wodka habe ich auch, die tun es besser, und dann noch deinen Hanno, dem ich sozusagen in die Arme gelaufen bin.«

»Hanno ist zurück? Er ist wirklich zurück?«

Bodo wies mit einem Kopfschwenk nach oben, wo ihr Sohn in der Uniform der Roten Armee bei den anderen stand. Die unschätzbare Andreja hatte auf einen der Tische ihren Suppenkessel gestellt und schöpfte Hanno einen Napf voll, aus dem es dampfte.

Ihr Sohn war zurück. Ihr Sohn Hanno lebte. Er entdeckte sie, lächelte und vollführte die Geste des Umarmens. Wie ein Spiegelbild tat sie das Gleiche, umarmte die Luft, als umarme sie ihren Sohn. Sie durfte nicht klagen. Sie hatte vier Söhne gehabt und hatte noch immer zwei übrig. Wie viele Menschen in diesem Land, auf diesem Kontinent, in der ganzen Welt waren übler dran?

Ich hab dich so lieb, Hanno.

Ich hab dir, glaube ich, nie gesagt, wie lieb ich dich hab, und wenn wir uns nachher sehen, bin ich womöglich wieder nicht in der Lage dazu. Aber was macht das schon? Du lebst, und ich lebe. Wir haben noch Zeit, Hanno. Wir haben für das, was wir nicht sagen können, noch Zeit.

»Hannos Einheit ist die Vorhut«, sagte Bodo. »Wir müssen hier weg. Und zwar schnell.«

»Und wohin gehen wir?«

»Das ist erst einmal nicht die Frage«, antwortete Bodo. »Einfach weg von hier, in westliche Richtung. Alles andere nehmen wir Tag für Tag.«

»Und rennen den Nazis in die Arme? Was meinst du, was die mit einem wie dir, der ihnen desertiert ist, machen?«

»Ich bin nicht desertiert«, sagte Bodo und leistete sich trotz allem sein halbes Bodo-Grinsen, in das sie sich als Mädchen verliebt hatte, ohne es zu wissen, weil er ihr zugleich so unsäglich auf die Nerven gegangen war. »Ich bin tot.«

»Ich habe keine Ahnung, was du bist, und hatte auch nie eine«, sagte Oda. »Aber das bist du eindeutig nicht.«

»Ich wollte sagen, Bodo von Arndt ist tot«, erwiderte Bodo. »Vor dir steht der auferstandene Oberleutnant Karlheinz Schnitzler, dessen Identität ich mir auszuborgen gestattet habe, als mir siedend heiß einfiel, dass ich als Deserteur keine Möglichkeit hätte, euch hier herauszuholen. Schon gar nicht als einer, der wegen Sabotage an Judentransporten aus Litauen gesucht wird. Für die Familie von Herrn Schnitzler tut es mir herzlich leid, und ich werde das aufklären, sobald es mir möglich ist, ohne an einem Laternenpfahl zu enden.«

Nein, dachte Oda. Ende bitte an keinem Laternenpfahl, es ist schon zu viel Unersetzliches daran geendet. Und bei all dem Heulen und Zähneklappern in der Welt soll die Familie von Karlheinz Schnitzler sich ruhig noch eine Weile länger in der Hoffnung wiegen, dass er am Leben ist und zu ihnen zurückkommt.

»Ich habe noch den einen oder anderen zusätzlichen Pass«, sagte Bodo. »Und wir haben deine Badekarren, die Clara schon begonnen hat zu bepacken. Wir kommen durch, Oda. Irgendwie. Wir sind nicht allein.«

»Deine Clara ist unglaublich.«

»Ja, das ist sie. Wie ihre Mutter. Und wie du.«

»Kriegt sie ein Kind?«

»Beide«, sagte Bodo. »Clara und Manon.«

Damit gab es nichts mehr zu sagen. Sie mussten fort von hier. Oda wollte noch einmal weinen, und Bodo hielt sie noch einmal fest, aber es kamen keine Tränen mehr. Sie hörte dem Plätschern des Brunnens zu und holte Atem in der Gewissheit, dass das Leben weitergehen musste.

»In der Stadt herrscht Wasserknappheit«, sagte Bodo. »Die Rumänen haben sämtliche Leitungen zerbombt.«

»Ich weiß.«

»Ich bin hier heruntergekommen, damit du es nicht allein tun musst«, sagte er, legte den Arm um ihre Taille und trat mit ihr durch das Tor in der Hecke ins Labyrinth. »Ich habe mir das als Junge immer gewünscht.«

»Was?«

»Mit dir hier zu sein. Wo die Liebespaare waren und sich in den Winkeln küssten.«

Schweigend gingen sie weiter, bis sie die Mitte erreichten, wo der Brunnen stand.

»Ich wünsche es mir immer noch«, sagte er und zog sie an sich. Als sie vierzehn und er sechzehn gewesen war, hatte er ihr auf der Deribasowskaya vorgeschlagen, einen Luftanhalte-Wettbewerb zu veranstalten, und hatte gewettet, sie könne nicht gegen ihn gewinnen. Sie hatte sich überreden lassen, weil ihr seine Angeberei auf die Nerven ging. »Steh still, mach den Mund zu und halt die Luft an«, hatte er gesagt, und dann hatte er sich vorgebeugt und sie geküsst.

Es war das erste Mal gewesen. Dieses war das zweite.

Sie lösten sich voneinander, wandten sich beide dem Brunnen zu und starrten in das niederströmende Wasser. Ihr Atem ging schwer, und ihr Herz hämmerte wie eine Faust an eine verschlossene Tür.

Aber die Tür war offen. Bodos Hand berührte die ihre wie eine Hundeschnauze, und ihre Hände klammerten sich aneinander, als sie vom Brunnen weg nach dem Hotel blickten.

Von dort oben würden nie wieder Stimmen, Musik und Gelächter zu ihnen herunterdringen. Clara, die Manon stützte, Belle mit Georg im Rollstuhl, Mascha, Edvard und Hanno standen, umringt von allen vier Kindern, auf der Terrasse und warteten.

Oda warf einen Blick auf das Meer, das schwarzgrau zwischen den kahlen Bäumen aufblitzte, und dann noch einen in den Himmel, gegen den sich weiß ihr Hotel abhob. Das steile kleine Stück dazwischen war vermutlich das, was man Leben nannte.

»Versuch, bei mir zu Hause zu sein«, sagte Bodo. »Wo wir beide sind, ist immer Odessa.«

»Seit wann schwatzt du Kitsch?«

»Seit mir nichts anderes übrig bleibt.«

Sie beugte sich vor, ergriff den Hahn und schaltete den Wasserstrahl des Brunnens aus. In dem Augenblick, in dem das Geräusch, das zu ihrem Leben gehört hatte, verstummte, wurde der Faun, der eigentlich ein etruskischer Dämon war, zum ersten

Mal ohne seine Schleier aus Wasser sichtbar. Die Halterungen, an denen er im Sprinklersystem befestigt war, waren durchgerostet und dünn wie zwei Nadeln. Es war ein Leichtes für Oda und Bodo, gleichzeitig zuzupacken und ihn aus der Verankerung herauszubrechen. Er war verblüffend klein, beinahe schäbig. Der schwarze Marmor glänzte wie Metall.

Oda wollte ihn an sich nehmen, aber Bodo hielt ihn an der anderen Seite fest. Sie drehten sich nicht noch einmal um, sondern machten sich gemeinsam auf den Weg.

GLOSSAR

Akmeismus. Von altgriechisch *akme:* Spitze, Gipfel. Eine Bewegung der russischen Literatur, die ihren Höhepunkt zwischen 1910 und 1920 erlebte. Die Akmeisten – deren berühmteste Vertreter Anna Achmatowa und Ossip Mandelstam waren – grenzten sich durch klare Sprache, Gegenständlichkeit und realistische Schärfe der Beschreibung vom Symbolismus und der Esoterik ab.

AMA Jazz. 1926 von dem Bandleader und Pianisten Alexander »Bob« Zfasman gegründete erste große Jazz-Formation Moskaus. Stilistisch beeinflusst von Sidney Bechet, musste die vor allem bei der Jugend überwältigend beliebte Formation sich 1928 in *Moskowskie rebjata (Moskauer Jungen)* umbenennen.

Arbeitsgemeinschaft Nationalsozialistischer Studentinnen. Unterorganisation des Nationalsozialistischen Deutschen Studentenbundes. Eine Mitgliedschaft war nicht bindend vorgeschrieben, wurde jedoch erwartet. Innerhalb der NS-Ideologie war ein Frauenstudium nicht vorgesehen. Nur noch jeder siebten Bewerberin gelang es, einen Studienplatz zu erhalten, während dies kurz vor der Machtergreifung bei jeder zweiten der Fall gewesen war und der Frauenanteil an den Universitäten mit 18,3 Prozent einen Höchststand erreicht hatte.

Baklava. Griechisches Süßgebäck mit Nüssen und Honig.

Balfour-Deklaration. Am 2. November 1917 durch den britischen Außenminister Arthur Balfour abgegebene Erklärung, durch die die britische Regierung – unter Lloyd-George – sich bereit erklärte, in Palästina eine Heimstätte des jüdischen Volkes zu errichten, wie es die Vertreter des Zionismus forderten.

Bandura. Berühmte Lautenzither der ukrainischen Volksmusik mit bis zu fünfundsechzig Saiten. Das traditionelle Instrument erlebte zu

Beginn des zwanzigsten Jahrhunderts eine neue Blüte, als die Ukrainer ihre eigene Kultur wiederentdeckten.

Bednyak. Armer Bauer, Häusler.

Beluga. Hellgraue, teuerste Kaviarart.

Berliner Illustrirte Zeitung. 1892 von Leopold Ullstein gegründete Wochenzeitschrift, die in der Weimarer Republik enorm erfolgreich war und von der über zwei Millionen Exemplare verkauft wurden. Die Nationalsozialisten enteigneten und vertrieben die Familie des Verlegers und machten aus der populären Zeitschrift ein NS-Propagandablatt.

Berliner Tageblatt. Vom Verleger Rudolf Mosse von 1872 bis 1939 publizierte überregionale Zeitung des Deutschen Reichs; war im Kaiserreich die auflagenstärkste Zeitung überhaupt. In der Weimarer Republik hielt sie einen linksliberalen Kurs und stand der DDP nahe. 1933 gleichgeschaltet.

Bessarabien. Historische Landschaft am Schwarzen Meer, die weitgehend mit dem Westen der heutigen Republik Moldau übereinstimmt. Zur Zeit der Romanhandlung wurde der jahrhundertelang zwischen dem osmanischen, dem österreichischen und dem russischen Kaiserreich umkämpfte Landstrich vorwiegend von Rumänen bewohnt und gehörte als Gouvernement zum Reich des Zaren.

Bindengürtel. Anfang des zwanzigsten Jahrhunderts aufkommender Hygieneartikel. Es handelte sich dabei um einen Gurt, der um die Hüften befestigt wurde und in den man Monatsbinden einlegte, um sie an Ort und Stelle zu halten.

Blockwart. Eigentlich Blockleiter. Dienstbezeichnung der NSDAP. Aufsichtsperson über etwa fünfzig Haushalte eines Häuserblocks, deren Aufgabe vor allem darin bestand, Propagandamaterial zu verteilen, für die nationalsozialistischen Hilfsorganisationen zu sammeln und Nachbarn bei Verstößen gegen die Vorschriften zu denunzieren, insbesondere bei regimekritischen Äußerungen und beim Verdacht, jemand habe Juden empfangen oder sei ihnen behilflich. Ein Blockwart musste einen sogenannten großen Ariernachweis erbringen, der zurückreichte bis ins Jahr 1800.

BNSDJ. Bund Nationalsozialistischer Deutscher Juristen. Berufsorganisation der Juristen innerhalb der NSDAP, die bereits 1928 gegründet wurde. 1936 ging sie im NSRB – Nationalsozialistischen Rechtswahrerbund – auf. Die Mitgliedschaft war pro forma nicht Pflicht, de facto wurde sie jedoch verlangt.

Bolschewiki. Russisch: »Mehrheitler«. Der radikale, auf eine sofortige Revolution drängende, von Lenin geführte Flügel der Sozialdemokratischen Arbeiterpartei Russlands (SDAPR) errang 1903, auf dem Zweiten Parteitag, die Mehrheit. Seither bürgerte sich diese Bezeichnung ein, während der gemäßigte Flügel → *Menschewiki* – »Minderheitler« – genannt wurde.

Bolschoi Fontan. An der Küste gelegener Vorort von Odessa, in dem es viele Sommerhäuser gab.

BT2-Panzer. Sowjetischer Panzer der 1930er-Jahre, der im Zweiten Weltkrieg im Grunde durch die T4-Reihe überholt war, jedoch noch verschiedentlich zum Einsatz kam.

Burlaki. Treidler, die z. B. an Wolga und Newa mit ihren Pferdegespannen Schiffe flussaufwärts zogen.

Deribasowskaya. Odessas Flaniermeile, seine schönste, berühmteste Straße, die quer durchs Herz der Stadt bis zum Hafenviertel führt und eine Vielzahl von Restaurants, Bars, Kaffeehäuser und Geschäfte bot und noch bis heute bietet. Das berühmte Nachtleben Odessas spielt sich noch immer vor allem hier ab.

Der heitere Fridolin. Zweimal monatlich herausgegebene Kinderzeitschrift des Ullstein-Verlags. Das Magazin erschien von 1921 bis 1928, enthielt die *Latsch & Bommel*-Comics sowie Wolf Durians Fortsetzungsroman *Kai aus der Kiste* und war zu ihrer Zeit die allgemein populärste Kinderzeitschrift.

Deruny. Kleine runde Kartoffelpuffer, die sowohl süß als auch herzhaft gegessen werden.

Deutscher Juristinnenverein. 1914 unter anderem von Marie Munk gegründete Vereinigung, die für die Rechte deutscher Juristinnen einstand. Zu dieser Zeit konnten Frauen unter bestimmten Bedingungen zwar ein Jurastudium absolvieren, der Vorbereitungsdienst, der zum Assessorexamen geführt hätte, blieb ihnen jedoch verwehrt, sodass es ihnen de facto unmöglich war, Richterin oder Anwältin zu werden. Dies war erst in der Weimarer Republik ab 1922 möglich.

Deutsches Jungvolk. Nationalsozialistische Jugendorganisation, zu der sich 1930 verschiedene rechtsgerichtete Jugendverbände in Absprache mit der Leitung der Hitlerjugend zusammenschlossen. Im *Jungvolk* wurden die Zehn- bis Vierzehnjährigen zusammengefasst, die für die Hitlerjugend noch nicht alt genug waren. Die Mitglieder wurden Pimpfe genannt und in sogenannten Jungenschaften mit je fünfzehn Pimpfen unter einem Jungenschaftsführer zusammengefasst.

Duchesse. Schweres, schimmerndes, reinseidenes Kettatlasgewebe, das zur Herstellung hochwertiger Garderobe wie z. B. Ballkleidern verwendet wird.

Duma. Seit der Revolution von 1905 wird der Begriff *Duma* vorwiegend für die seither bestehende Staatsduma verwendet, das gesamtrussische Parlament. Dabei handelt es sich um eine zweite Kammer neben dem Reichsrat, die – sehr grob ausgedrückt – dem britischen Unterhaus entspricht.

Edeltopas. Auffällig blau gefärbte und daher auch *Blauer Topas* genannte Form des Edelsteins, die sehr selten vorkommt und daher auch sehr teuer ist.

Entkulakisierung. Von 1929 bis 1933 durchgeführte Kampagne Stalins, die sich gegen sogenannte Großbauern – Kulaken – richtete. Wurden diese anfangs lediglich enteignet, so setzte sich die Kampagne bald mit Massendeportationen und Exekutionen fort und griff auf sämtliche Bauern, die eigenes Land bearbeiteten, über.

Estrada. Im ersten Drittel des zwanzigsten Jahrhunderts entstandene, sowjetische Variante der Unterhaltungsmusik, des Schlagers.

GAZ-A. Sowjetischer Personenkraftwagen, der ab 1932 in Serie ging. Hersteller war die Firma GAZ mit Sitz in Nischni Nowgorod (ab 1932 Gorki), die diesen Typ in Zusammenarbeit mit der Firma Ford entwarf.

Gimlet. Cocktail, der Ende des neunzehnten Jahrhunderts bei der Royal Navy beliebt gewesen sein soll und aus lediglich zwei Zutaten – Gin und Lime Juice Cordial (Limettensirup) – besteht.

Goldrubel. In der Sowjetunion geprägte 10-Rubel-Münze, die nicht für den Binnenhandel bestimmt war und einen höheren als den aufgeprägten Wert hatte.

GPU. Verkürzt von OGPU, *Vereinigte staatliche politische Geheimpolizei.* Seit 1922 agierende Geheimpolizei der Sowjetunion, die 1934 im NKWD aufging.

Halacha. Rechtlicher Teil der Überlieferung des Judentums.

Herzegowina Flor. Papirossa, Stalins Lieblingszigarette.

Hetmanat. Kurzlebiger ukrainischer Marionettenstaat, der von April bis Dezember 1918 unter der deutschen und österreichisch-ungarischen Besatzung existierte.

Holodomor. Wörtlich: »Tötung durch Hunger«. Schwere Hungersnot in der Ukraine in den Jahren 1932–33, die auf systematische stalinistische Repressionen folgte. Schätzungen zufolge verhungerten zwischen drei und zwölf Millionen Menschen vor allem unter der Landbevölkerung. Um eine Anerkennung des *Holodomor* als Völkermord bemüht sich die Ukraine bisher vergeblich. Dies mag sich auch dadurch erklären lassen, dass weder die Maßnahmen, die dazu führten, noch das Sterben sich auf die Ukraine beschränkten, sondern in der gesamten Sowjetunion vorkamen, was einer genozidalen Absicht widerspricht.

Holovna. Bahnhof von Odessa.

Hoppegarten. Die Galopprennbahn Hoppegarten ist eine östlich von Berlin gelegene, 1868 eröffnete Pferderennbahn, die in ihrer gesamten Geschichte wichtige Renntage austrug und dies mit wenigen kurzen Unterbrechungen bis heute tut.

Hot Toddy. Alkoholhaltiges, dem Grog ähnliches Heißgetränk aus Wasser, Whisky, Zucker und Gewürzen, das vor allem in den Vereinigten Staaten und Großbritannien verbreitet ist.

Hromada. Ukrainisch: Gesellschaft, Vereinigung. Im Roman spielt die *Odesska hromada ukrajinskoji molodezi* eine Rolle, die Odessaer Gesellschaft zur Befreiung der Ukraine.

(Anmerkung: Um das Lesen zu vereinfachen, beschränke ich mich bei diesen und anderen Namen auf die deutsche Wiedergabe.)

Intourist. Staatliche Monopol-Reiseagentur für den ausländischen Fremdenverkehr in der Sowjetunion; gegründet 1929. Bis zum Zweiten Weltkrieg besuchten über Intourist etwa 130.000 ausländische Touristen die Sowjetunion.

IOC. Internationales Olympisches Komitee; gegründet 1894. Die Sowjetunion trat erst 1952 bei und nahm an den Spielen von Helsinki erstmals teil.

Iswestija. Russische Tageszeitung, die 1917 gegründet wurde und bis heute erscheint.

Kaddisch. Zentrales Gebet des Judentums, das der Lobpreisung Gottes dient und neben vielen anderen Anlässen zum Totengedenken und am Grab gesprochen wird.

Kaltmamsell. Angestellte eines Restaurants, die für die Zubereitung kalter Speisen zuständig ist.

Kaschrut. Jüdische Speisegesetze, Bestandteil der *Halacha*.

Kataifi. Griechische Süßigkeit mit Walnüssen und Zimt.

Kolchos. Von einem sozialistischen Kollektiv verwalteter landwirtschaftlicher Großbetrieb der Sowjetunion.

Komintern. Kurzform von: Kommunistische Internationale. 1919 auf Initiative Lenins gegründeter, weltweiter Zusammenschluss der Kommunistischen Parteien. Im Mai 1943 fasste das Exekutivkomitee der *Komintern* den überraschenden Entschluss, sich aufzulösen.

Komsomol. 1918 gegründete Jugendorganisation der KPdSU. Ihre Mitglieder hießen Komsomolzen.

Korovka-Torte. Traditionelle russische Gebäckspezialität; eine Honigtorte mit zahlreichen hauchdünnen Böden.

Kotlin. Sankt Petersburg westlich vorgelagerte Insel im Finnischen Meerbusen.

KPU. Kommunistische Partei der Ukraine.

Krazy Kat. Comicstrip des amerikanischen Zeichners George Herriman, der zwischen 1913 und 1944 in den Zeitungen des Verlegers Randolph Hearst erschien.

Kruchenyky. Schweinefleischröllchen der ukrainischen Küche, die traditionell mit Backpflaumen, Pilzen oder auch mit Käse gefüllt werden.

Kulaken. Seit dem neunzehnten Jahrhundert in Russland gebräuchliche Bezeichnung für wohlhabende Bauern. Die stalinistische → *Entkulakisierung* von 1929–1933 richtete sich gegen diese Bevölkerungsgruppe.

Kulesch. Ukrainisches Nationalgericht. Ein Getreidebrei, der als Zwischengericht eines Menüs gereicht wird.

Kutja. Festliche Fastenspeise, die aus Graupen und Honig zubereitet und mit Nüssen, Mohn und Rosinen verfeinert wird. Wird häufig während des Fastens vor der orthodoxen Weihnacht gereicht.

Latsch und Bommel. Zwei populäre Figuren aus einer Bildergeschichtenserie, die zwischen 1921 und 1928 in der halbmonatlich im Ullstein-Verlag aufgelegten Kinderzeitschrift *Der lustige Fridolin* erschien. Die beiden Gefährten bildeten ähnlich wie Dick und Doof ein zwar vertrotteltes, aber unzertrennliches Paar, weshalb die Redensart »wie Latsch und Bommel« bis heute vor allem in Berlin ein Gespann bezeichnet, das gemeinsam allerlei Missgeschicke besteht.

Leninorden. Höchste Auszeichnung der Sowjetunion; wird seit 1930 verliehen.

Lindy Hop. Tanzstil, der zu Beginn der 1930er-Jahre in den USA populär wurde und als Vorläufer von Jive, Boogie-Woogie und Rock 'n' Roll gilt.

Literaturnaja Gaseta. Seit 1830 erscheinende, einflussreiche russische

Wochenschrift für Literatur und Kultur, in der unter anderem Werke von Puschkin, Gogol und Gorki veröffentlicht wurden.

Lomonossow-Universität. Berühmte Moskauer Universität, die 1755 auf Veranlassung des russischen Universalgelehrten Michail Lomonossow gegründet wurde. Die Universität trägt Lomonossows Namen zwar erst seit 1940, da sie aber unter diesem Namen bekannt ist, habe ich ihn im Roman bereits für das Jahr 1932 verwendet.

Lubjanka. Am gleichnamigen Platz gelegene Moskauer Haftanstalt, in dem sich von 1920–1991 das Gefängnis des sowjetischen Geheimdienstes befand.

Lunapark. Im Berliner Ortsteil Halensee gelegen, war der Lunapark von 1909 bis zu seiner Schließung 1933 der größte Vergnügungspark Europas.

Machno-Bewegung oder: Machno*wschtschina.* Revolutionäre aufständische Armee der Ukraine, auch Schwarze Armee genannt. Es handelt sich dabei um die von 1917 bis 1922 in der Ukraine aktive anarchistische Bauern- und Partisanenbewegung unter Nestor Machno. Am Ende des Bürgerkriegs von den Bolschewiki zerschlagen.

Manhattan. Cocktail aus Whisky, Vermouth und Angostura, der vor dem Essen getrunken wird.

Massandra. Stadt auf der Krim mit einem berühmten, von Zar Nikolaus II. gegründeten Weingut.

Mazewa. Jüdischer Grabstein.

Menschewiki. Russisch: »Minderheitler«. Der gemäßigte, auf konservative politische Mittel setzende Flügel der Sozialdemokratischen Arbeiterpartei Russlands (SDAPR) war 1903, auf dem Zweiten Parteitag, knapp in der Minderheit. Seither bürgerte sich diese Bezeichnung ein, während der radikale Flügel – → *Bolschewiki* – »Mehrheitler« – genannt wurde.

Mesusa. Hebräisch: Türpfosten. Die Mesusa ist ein kleiner, am rechten Türpfosten eines jüdischen Hauses befestigter Behälter mit Abschnitten der Thora auf Pergament.

Mitzwa. Gebot der jüdischen rechtlichen Überlieferung. Die → *Halacha* enthält sechshundertdreizehn solche Gebote.

Mlynzi. Ukrainische Variante der Blinis. Dünne Pfannkuchen, die mit verschiedenen Füllungen gegessen werden.

Moldawanka. Quirliges, in weiten Teilen von Juden bewohntes Armenviertel von Odessa.

Mongolismus. Andere Bezeichnung für Trisomie 21 oder Downsyndrom, die bis in die 1980er-Jahre gebräuchlich war, heute aber nicht mehr verwendet wird, da sie als abwertend gilt. Sie geht auf den Arzt John Langdon Down zurück, der das Syndrom 1866 beschrieb und »Mongolian idiocy« nannte.

Molva. Überregionale liberale Zeitung, die im russischen Reich weit verbreitet war.

Muttertag. In Deutschland vom Verband Deutscher Blumengeschäftsinhaber eingeführter und mit dem Werbeslogan »Ehret die Mutter« propagierter Tag, der am 13. Mai 1923 erstmalig begangen wurde.

Nationalsozialistischer Deutscher Studentenbund. 1926 gegründete Organisation innerhalb der NSDAP, die ab 1930 mit Braunhemden und Hakenkreuz-Symbolen auftrat und im Oktober 1945 verboten wurde.

Nemet. Russisch: Deutscher.

Neue Ökonomische Politik, kurz: NEP. Wirtschaftspolitisches Strategiekonzept von Liberalisierungen und Dezentralisierungen, das Lenin und Trotzki 1921 gegen erheblichen innerparteilichen Widerstand durchsetzten. Die NEP blieb auch nach Lenins Tod bis 1927 (Beschluss auf dem 15. Parteitag) in Kraft.

Nierenfleck-Falter. Bräunlicher Zipfelfalter, der im Spätsommer zu sehen ist.

NKWD. Volkskommissariat für Innere Angelegenheiten; Sowjetisches Innenministerium. Der → GPU ging 1934 darin auf, und vom selben Zeitpunkt an unterstand dem NKWD die Verwaltung der Gulag.

Ochrana. Zaristische Geheimpolizei und Zusammenschluss der Geheimdienste.

Odessaer Nachrichten. Russisch/ukrainisch: *Odesskija Novosti.* Tageszeitung in Odessa.

Ohser, Erich. Der unter dem Namen E. O. Plauen berühmte Zeichner, der bis heute für seine zauberhaften Vater-und-Sohn-Bildergeschichten geliebt wird, wurde nicht, wie in meinem Roman behauptet, im Februar 1943, sondern im März 1944 auf eine Denunziation seines Nachbarn hin verhaftet. In der Nacht des 5. April erhängte er sich in seiner Zelle, ehe sein Fall vor dem Volksgerichtshof hätte verhandelt werden sollen. Ich habe mir diese Freiheit erlaubt, da ich sonst nicht die Möglichkeit gehabt hätte, dem Leser noch von Ohsers Verhaftung zu erzählen. Sowohl ich selbst als auch meine noch in Deutschland geborenen Kinder haben die Vater-und-Sohn-Geschichten mit großem Vergnügen in der Schule behandelt, aber keiner von uns erfuhr dort, was dem Schöpfer der Geschichten angetan wurde.

Organza. Zartes, durchscheinendes Gewebe.

Oskar-Helene-Heim. Im Jahr 1905 gegründetes orthopädisches Privatheim im Berliner Bezirk Zehlendorf, das sich vor der Zeit des Nationalsozialismus in der sogenannten »Krüppelfürsorge« engagierte und körperbehinderten Kindern ein Heim gab. Unter der NS-Herrschaft wurde einer der Direktoren entlassen und verhaftet und das Kinderheim in eine Forschungs- und Schulungsanstalt für Körperbehinderte umgewandelt.

Panzerkreuzer Potemkin. Bahnbrechendes Meisterwerk der Filmgeschichte unter der Regie von Sergei Eisenstein aus dem Jahr 1925. Der deutsche Titel ist ein Übersetzungstitel – die *Fürst Potemkin* war ein Schlachtschiff. Die berühmte Schießereiszene auf Odessas großer Hafentreppe, die wegen des Films seither »Potemkinsche Treppe« heißt, hat vermutlich nicht dort, sondern anderswo im Hafen stattgefunden. Ich habe mich diesen und andere Umstände betreffend dennoch nach Sergei Eisensteins Film gerichtet, weil ich der Meinung bin, dass Geschichten, die so großartig erzählt werden und sich ins menschliche Gedächtnis prägen, ihren eigenen Teil von historischer

»Wahrheit« schaffen – Bilder, die uns noch fast hundert Jahre später mehr vom eigentlichen Geschehen vermitteln, als lückenhafte Orts- und Zeitangaben es könnten.

Papirossa. Zigarette mit flachem Mundstück aus Pappe.

Pargolovo. Mondäner, zur Sommerfrische beliebter Ort nördlich von Sankt Petersburg.

Pastrami. Geräuchertes, gewürztes und dünn aufgeschnittenes Rindfleisch; stammt aus der jüdisch-rumänischen Küche.

Peressyp. Außenbezirk von Odessa, vornehmlich von Arbeitern, kleinen Händlern und Handwerkern bewohnt.

Pierogi. Süß oder herzhaft gefüllte Teigtaschen.

PNF. *Partito Nazionale Fascista.* Im November 1921 von Benito Mussolini gegründete faschistische Partei Italiens. Aufgelöst und verboten im Juli 1943.

Politbüro. Kurzform für: Politisches Büro des Zentralkomitees der Kommunistischen Partei der Sowjetunion. Leitungsgremium der Partei, eingesetzt im März 1919.

Pontosgriechen. Griechen, die von den Bewohnern der historischen Region Pontos abstammten, die türkische Schwarzmeerküste besiedelten und durch Wanderungsbewegungen in die Ukraine, nach Georgien und bis nach Russland gelangten.

Princesse de Vaudémont. Kräftig blühende Moosrosensorte in Rosé, gezüchtet seit 1854.

Privoz-Markt. Großer, sehr beliebter offener Markt in Odessa, auf den die Bauern der Umgebung ihre Waren brachten, der aber auch feste Geschäfte und Lokale enthielt. Der Privoz-Markt existiert bis heute.

Protokolle der Weisen von Zion. Antisemitisches, fiktives Pamphlet, mit dem eine Verschwörung des Weltjudentums zur Erreichung der Weltherrschaft bewiesen werden sollte. Die erste Fassung tauchte 1903 auf Russisch im russischen Kaiserreich auf. Obwohl die Schrift relativ schnell als Fälschung entlarvt wurde, fand sie nach dem Ersten Weltkrieg immer weitere Verbreitung.

Pulmotor. Beatmungsgerät für Notfälle, das 1907 von Johann Heinrich Dräger entwickelt wurde und bis Mitte des zwanzigsten Jahrhunderts in Gebrauch war.

Reichspressekammer. Nationalsozialistische Organisation, die am 1. November 1933 gegründet wurde und das gesamte Pressewesen der NS-Zeit regelte. Ohne Mitgliedschaft durfte niemand in der Presse tätig werden.

Regia Aeronautica Italiana. Italienische Luftwaffe.

Rote Sportinternationale. Sportdachverband der *Komintern,* der 1921 gegründet und 1937 aufgelöst wurde. Ziel der RSI war es, zu den bürgerlichen Sportveranstaltungen ein Gegengewicht zu setzen.

Rôtisseur. Chef de Partie – also Leiter eines Bereichs in der Küchenhierarchie –, der für Gebratenes zuständig ist.

Rottenführer. Dienstgrad der Hitlerjugend. Nach dem einfachen Hitlerjungen war der Rottenführer der zweitniedrigste Rang.

Ruthenisch. Veraltete Bezeichnung für die ukrainische Sprache.

Salo. Schweinerückenspeck, in Salzlake und Gewürzen gereift, kalt aufgeschnitten und gepfeffert. Eine Delikatesse der ukrainischen Küche.

Samisdat. Art des Selbstverlegens, Verbreitens von verbotener Literatur in der Sowjetunion. Texte wurden abgetippt oder mit der Hand geschrieben, kopiert und weitergereicht. Obwohl der Samisdat nicht organisiert war, entstand ein regelrechtes Netz, durch das auch zahlreiche Werke ins Ausland gelangten.

Scharkoe. Bratengericht, in kleinen Töpfen zubereitet.

Schwarzmeerdeutsche. Dieser Begriff wurde von der für Umsiedlungen zuständigen Volksdeutschen Mittelstelle – einer nationalsozialistischen Organisation – geprägt und erst seit den 1940er-Jahren verwendet. Ich habe mich nach längerem Abwägen entschlossen, diesen schwierigen Begriff dennoch zu verwenden, da er heute für die gemeinten Siedler geläufig ist und dem Leser ein rasches Verständnis ermöglicht.

Semechki. Sonnenblumenkerne.

Seredniaken. Bäurischer Mittelstand. Landwirte, die zwar Zugtiere und Arbeitsgeräte zur Bewirtschaftung ihres Landes besaßen und sich klar von den → *Bednyaken* abhoben, jedoch nicht in die Klasse der → *Kulaken* gehörten.

Shalimar. 1925 kreierter Parfümklassiker von Guerlain, der bis heute erhältlich ist.

Shimmy. Temperamentvoller Tanz, der Anfang der 1920er-Jahre aus den USA nach Europa kam und sich schnell großer Beliebtheit erfreute. Beim Shimmy werden sämtliche Glieder geschüttelt.

Sliwki. Rahm.

Slobodka. Eines der jüdischen Viertel von Odessa, das unter der rumänischen Besatzung zum Getto wurde.

Smetana. Schmand; beliebt als kalte Soße.

Sowchos. Landwirtschaftlicher Großbetrieb der Sowjetunion; im Gegensatz zum → *Kolchos* in Staatsbesitz und von Lohnarbeitern bestellt.

Sparta Odessa. Der 1923 gegründete Fußballverein wurde 1926 in Dynamo Odessa umbenannt. Ich habe es im Roman bei *Sparta* belassen, um ihn von dem weltberühmten, tragisch ausgelöschten Team von Dynamo Kiew deutlich zu unterscheiden. Dynamo Odessa spielte bis 1939 in der Gruppe A, der 1936 gegründeten, höchsten Liga der Sowjetunion, und wurde 1940 aufgelöst.

Stadttheater Odessa. Auch: Opern- und Balletthaus Odessa. 1884–87 vom berühmten Wiener Architekturbüro Fellner & Helmer im prachtvollen Barockstil errichtetes Opernhaus, das trotz zweimaliger Zerstörung auch heute noch in Betrieb ist. Das alte Stadttheater stand zuvor an genau derselben Stelle.

Sternrußtau. Pilzbefall bei Rosen, der schwarze Flecken auf den Blättern verursacht.

Stolypin-Waggon. Eisenbahnwaggon, der nach dem Staatsmann Pjotr Stolypin benannt ist. In diesen einfachen Wagen wurden im Zarenreich Bauernfamilien samt ihrem Vieh und ihren Nutzgeräten nach

Sibirien transportiert, das landwirtschaftlich erschlossen werden sollte. Nach der Revolution wurden die Verschläge zu Zellen umgestaltet und die Wagen zum Transport der Verbannten in den Gulag verwendet. Bis heute sind Stolypin-Waggons zum Gefangenentransport in Russland im Einsatz.

Südliche Rundschau. Russisch: *Juznoe obozrenie.* Tageszeitung in Odessa.

Swesda. Leningrader Literaturzeitschrift, 1924 gegründet; erscheint bis heute.

Syrniki. Quarkklößchen; beliebte Süßigkeit der ukrainischen Küche.

Three Little Pigs. Der acht Minuten lange Farbzeichentrickfilm von Walt Disney erschien im Mai, nicht wie von mir behauptet im Januar 1933. Ich habe mir erlaubt, sein Erscheinungsdatum im Roman um ein paar Monate vorzuverlegen, damit meine Heldin Clara ihn noch sehen kann. In einem Jahr, in dem das Erscheinen so vieler großer Filme auf unbestimmte Zeit nach hinten verschoben wird, bitte ich dafür um Nachsicht.

Transnistrien. Gouvernement. Verwaltungseinheit des Gebietes zwischen Dnister und Bug, innerhalb des während des Zweiten Weltkriegs von Rumänien besetzten Gebiets.

Treif. Das Wort bezeichnet das Gegenteil von *koscher,* also Lebensmittel beziehungsweise deren Zubereitung, die den jüdischen Speisevorschriften nach als unrein oder ungeeignet gelten.

Troika. Dreigespann. Kommission von drei Personen, die über Verhaftete Strafen – bis hin zu Todesurteilen – verhängen konnten, obwohl sie nicht der Justiz, sondern der Exekutive angehörten. Die Troikas kamen besonders während des Großen Terrors bzw. der Großen Säuberung bis November 1938 zum Einsatz und wurden dann offiziell aufgelöst.

Tscheka. Staatssicherheit der Sowjetunion, gegründet im Dezember 1920. 1922 wurde die *Tscheka* aufgelöst und ihr Archiv auf Lenins Anweisung hin vernichtet. Die neu gegründete politische Polizei → GPU wurde nach ihrem Vorbild gestaltet.

Volkskommissar. Zwischen 1917 und 1946 ein Funktionär der Sowjetunion, einem Minister ähnlich.

Weißes Blut. Bis ins zwanzigste Jahrhundert hinein gebräuchliche Bezeichnung für die bis nach dem Zweiten Weltkrieg noch weitgehend unerforschte und unbehandelbare Leukämie.

Weltbühne. 1905 von Siegfried Jacobsohn in Berlin gegründete Wochenschrift, die ab 1913 auch andere kulturelle und vor allem politische Themen behandelte. *Die Weltbühne* wurde zum Forum der demokratischen Linken. Ihre bekanntesten Herausgeber waren Kurt Tucholsky (1926) und Carl von Ossietzky (ab 1927). Unter den Nazis war *Die Weltbühne* ab 1933 verboten, wurde nach dem Krieg jedoch wieder herausgegeben und erst 1993 endgültig eingestellt.

Zentralna Rada. Politisches Entscheidungsgremium der Ukrainischen Volksrepublik und zuvor der revolutionären autonomen Republik der Ukraine von 1917–1920.